Lina Frisch

Rising Skye

Bereits erschienen:

ISBN 978-3-649-63344-0
Auch als @book erhältlich:
ISBN 978-3-649-63641-0

FSC www.fsc.org
MIX
Papier aus verantwortungsvollen Quellen
FSC® C083411

5 4 3 2 1

ISBN 978-3-649-63366-2

Text: Lina Frisch
Covergestaltung: Frauke Schneider
Lektorat: Frauke Reitze
Satz: Sabine Conrad
Printed in Germany
www.coppenrath.de

Das @book erscheint unter der ISBN 978-3-649-63714-1.

LINA FRISCH

RISING

Werden deine Gefühle dich retten?

SKYE

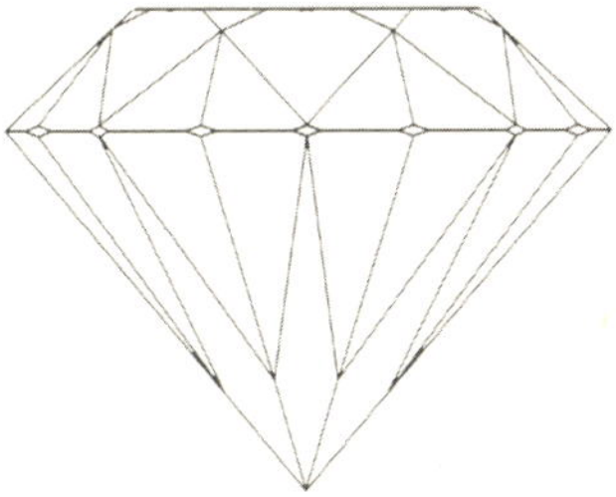

COPPENRATH

Für all diejenigen, die den Mut haben,
ihre Stimme zu erheben.

1

Am Horizont beginnt der Morgen, die Dunkelheit zu verdrängen. Ich hebe den Kopf und betrachte Hunters Gesicht neben mir. Seine blonden Bartstoppeln, die so lang geworden sind, dass sie die feine Narbe auf seiner Wange verdecken. Die Locken, die ihm wie immer in die Stirn fallen. Irgendwann müssen wir so eingeschlafen sein, die Rücken gegen den Stamm einer Palme gelehnt, mein Kopf auf seiner Schulter. Der Sand unter mir ist kühl und ich fröstele.

Heute Nacht hatte ich keinen Albtraum. Ich lag nicht, wie unzählige Male zuvor, im Kofferraum eines Fluchtautos, habe keinen Schrei und keinen Schuss gehört. Aber seit gestern weiß ich, dass es diesen Kofferraum wirklich gegeben hat, genau wie den Schuss. Seit gestern weiß ich, warum Mum vor vier Jahren spurlos verschwunden ist und warum Hunter die Kristallisierer mit jeder Faser seines Körpers hasst – ganz besonders meinen Vater. Wer könnte es ihm verdenken? Jeder würde den Mörder seiner Mutter hassen. *Mörder.* Das Wort fühlt sich nicht richtig an in Verbindung mit dem Mann, der mich aufgezogen hat. Aber der Schmerz, den ich im Mondlicht in Hunters Augen gesehen habe, lässt keinen Zweifel zu. *Mörder.*

Neben mir beginnt Hunter, sich zu regen. Ich beuge mich vor und drücke meine Lippen auf scine. Nur kurz und nicht halb so leidenschaftlich wie gestern, denn mit der Helligkeit bahnt sich die kalte Realität ihren Weg zurück in mein Herz. *Das hier ist ein Albtraum, aus dem ich nicht erwachen werde.* Ich blicke hinaus auf das wütende Meer, das in der Nacht noch friedlich an den Strand plätscherte, und spüre den rauen Wind in meinem Gesicht. Wir haben es bis hierher geschafft. Aber alles, was wir erreicht haben, ist wertlos, wenn wir unsere Aufgabe jetzt nicht zu Ende bringen. In meiner Jackentasche schließen sich meine Finger fest um das kühle Metall des Diktiergeräts, das Luce mir im Zentrum gegeben hat. Da sind sie, die beiden kleinen runden Knöpfe. Aufnahme, Wiedergabe. Mein Finger drückt auf Play.

»*Wir schwören der Kristallisierung Treue.*« Chloe Cremontes Stimme ist trotz des Sturms, der sich über uns zusammenbraut, deutlich zu verstehen. Hell und scharf wie Glas. »*Wir verpflichten uns, vor keinem Hindernis zurückzuschrecken, um den Menschen zu seiner Natur zurückzuführen. Für ein Leben in Klarheit!*«

Ich bemerke erst, dass meine Hand sich zur Faust geballt hat, als Hunter sich streckt und das Diktiergerät behutsam aus meinen Fingern löst. Chloe Cremontes Worte werden vom Wind davongetragen.

»Sie war einmal wie wir. Sie wollte etwas verändern, diese Welt zu einem besseren Ort machen!« Ich höre selbst die Wut in meiner Stimme. Leiser füge ich hinzu, was mich seit gestern Nacht nicht mehr loslässt: »Ich kann einfach nicht glauben, dass hinter all den Ideen von der gläsernen Gesellschaft ohne Diskriminierung, von Klarheit durch Traits – dass dahinter die ganze Zeit in Wahrheit ReNatura gesteckt hat. Sieht sie denn nicht, dass das Programm Frauen erst zu Emotionalen und dann zu Rechtlosen machen wird?«

»Wir reden von der Frau, die, ohne zu zögern, die Karriere ihrer eigenen Mutter beendet hat«, sagt Hunter hart. »Chloe Cremonte würde für ihren Platz im Weißen Haus alles und jeden opfern.«

»Ich habe mir immer vorgestellt, dass es schwer für sie gewesen sein muss damals …«

»Schwer?« Hunter lacht bitter. »Skye, der große Skandal war für Chloe ein gefundenes Fressen.«

Ich denke an den Tag, als die Ministerin Jessica Cremonte ihre Tochter Chloe in den Händen von Entführern glaubte und den fatalen Befehl gab, sie mit allen Mitteln zu befreien. Am Ende waren unzählige junge Menschen tot, unter ihnen auch Chloes kleine Schwester. Und ihre Mutter war eine gebrochene Frau. »Wie meinst du das?«, frage ich leise. »Sie hatte doch so viel verloren!«

Hunter wirft mir einen langen Blick zu. »Noch am selben Tag, an dem ihre Mutter ins Exil flog, hat Chloe uns zu einer verdammten Feier eingeladen.«

»Uns?« Ich muss so verblüfft aussehen, wie ich mich fühle.

»Ja, uns.« Hunter seufzt. »Meine Eltern, um genau zu sein, und eine Reihe anderer Unterstützer der ersten Stunde. Sie haben auf die Traits angestoßen. Und ich schwöre dir, dass Chloe ihrer Mutter keine Träne nachgeweint hat.«

»Deine Eltern waren Kristallisierungsanhänger?« Der Gedanke will einfach nicht bei mir ankommen.

»Mein Vater vor allem.« Hunters Kiefer spannt sich an. »Bevor Dad bei der *Times* anfing, hat er Journalistik-Kurse an der Long Island Universität gegeben. Zur gleichen Zeit studierte Chloe dort Politikwissenschaft. Sie gründete eine Hochschulgruppe, eine Art politischen Debattierclub. Dad ging zu einem der Treffen und war von den Themen begeistert. Damit begann ihre Freundschaft.« Hunter schüttelt verächtlich den Kopf.

»Warum hast du mir das nie erzählt?«, frage ich.

Er schaut mich verlegen an. »Vielleicht, weil ich diese Vergangenheit meiner Eltern gern ausblende. Aber immerhin hat zumindest Mum noch rechtzeitig erkannt, dass sie auf der falschen Seite stand.«

»Und dein Dad?«

Hunter zuckt die Schultern und starrt aufs Meer hinaus. Wir schweigen. Ich wünschte, er würde nicht immer diese Mauern um sich hochziehen. Ich wünschte, er würde mir vertrauen.

Vorsichtig frage ich: »Also waren sie zu Beginn beide in diesem … Debattierclub?«

Er nickt. »Dad ging regelmäßiger zu den Treffen als Mum, aber sie waren beide Mitglieder. Als die Gruppe wuchs, organisierte Chloe

Klimastreiks und fuhr nach Washington, um dort gegen Waffengewalt zu protestieren.«

Ich versuche, mir die kühle Chloe Cremonte als leidenschaftliche Demonstrantin vorzustellen, doch es gelingt mir nicht. »Wie konnte aus einer idealistischen Hochschulgruppe eine diktatorische Partei werden?« *Wann ist alles aus dem Ruder gelaufen?*

»Macht«, antwortet Hunter grimmig. »Macht verändert Menschen. Aber die Kristallisierer werden mit diesem Wahnsinn nicht durchkommen.« Er schiebt das Diktiergerät zurück in die Innentasche meiner Jacke, zu McCartys Bericht über den medizinischen Hintergrund von ReNatura, den ich aus dem geheimen Labor des Zentrums gestohlen habe. Dann steht er auf und streckt mir die Hand hin. »Von hier aus ist es nicht mehr weit bis in die Seaview Hills. Wenn außer uns beiden noch irgendjemand von diesen Plänen erfahren soll, dann –« Er braucht nicht auszusprechen, was wir beide wissen: Dann müssen wir Angelas Wohnung finden, bevor *wir* gefunden werden. Von dort aus können wir die Welt über ReNatura aufklären. Von dort aus werden wir das perfide Geheimprogramm der Regierung zerstören.

Der Wind treibt das Meer über den Strand, während wir uns Hand in Hand auf den Weg machen. Sandkörner prickeln gegen unsere Arme und Gesichter wie tausend winzige Nadelstiche. Eine Böe fährt durch die Palmwedel über uns und mein Herz schlägt schneller, als ich einen Moment lang glaube, Sirenen in der Ferne zu hören. Obwohl es Unsinn ist. Die schwarzen Transporter der Kristallisierer haben keine Sirenen. Ich versuche, mich zu beruhigen, doch es gelingt mir nicht. *Wenn sie uns aufspüren, dann sind wir verloren.* Genau wie die klugen und mutigen Mädchen, die mir im Zentrum so ans Herz gewachsen sind. Mit einem Kloß im Hals denke ich an Luce, Fiona, Maxeni und all die anderen, die sich der Kristallisierung nicht beugen wollen. Ganz besonders an Luce. Ich berühre ihre Kette, die geschliffene Glasscherbe, die an einem Lederband um meinem Hals hängt, und wiederhole stumm das Versprechen, das ich gestern Nacht in Schlafsaal 4 gegeben habe, bevor ich mich mit dem Diktiergerät in der Hand auf die Jagd nach der Wahrheit machte. *Ich bringe die Kette zu Luce zurück.* Zu Luce, die ihre Freiheit für die dieses Landes gegeben hat … *Wo bist du jetzt?*, denke ich. *Was machen sie mit dir?*

»Sieht aus, als wären wir fast da«, ruft Hunter gegen den Wind an.

Ich folge seinem Blick. In einiger Entfernung erkenne ich eine Promenade mit den üblichen Cafés und Strandläden, in denen man Plastikschaufeln und Sonnencreme kaufen kann. Ich streiche über meinen weißen Faltenrock, der mittlerweile klamm und voller Flecken ist. Erst jetzt wird mir klar, was für ein Bild wir beide abgeben müssen. Am liebsten hätte ich die verhasste Zentrums-Uniform gestern Nacht zusammen mit meinem Check im Meer versenkt, aber ich kann schlecht in Unterwäsche bei dieser Angela aufkreuzen.

Wenig später klettern wir über eine kniehohe Mauer auf die asphaltierte Promenade, und Hunter kauft einem Bäcker, der gerade seine Ladentür aufschließt, zwei Doughnuts ab. Der Mann entdeckt mich vor dem Geschäft, lächelt und zwinkert mir zu. Wahrscheinlich hält er uns für zwei harmlose Teenager, die sich für eine Nacht von zu Hause weggeschlichen haben. Immerhin haben mir die Ereignisse der letzten Stunden das Wort *Verräterin* also noch nicht auf die Stirn geschrieben. Hunter zieht mich mit der Papiertüte in der Hand in einen Hauseingang, wo wir vor dem Wind geschützt sind.

»Willst du Schokolade oder Streusel?«, fragt er und hält mir die offene Tüte entgegen.

»Schokolade.«

Mein Überlebensinstinkt sorgt dafür, dass ich den Doughnut in Sekundenschnelle aufesse. Hunter lacht, bricht die Hälfte von seinem ab und hält sie mir hin.

»Das geht doch nicht –«

»Immerhin bin ich schuld daran, dass du damals das Abendessen im Zug verpasst hast. Jetzt sind wir quitt.« Grinsend sieht er zu, wie ich auch seine Doughnut-Hälfte verschlinge.

»Was soll ich sagen.« Ich lecke mir die Finger ab. »Der Verzicht auf regelmäßige Mahlzeiten ist der Teil des Rebellinnen-Daseins, der mich am meisten stört!«

»Gut, dass es nicht der Teil ist, in dem du mit dem unfassbar heißen Kerl durchbrennst.« Hunters grüne Augen funkeln. Er hebt mich hoch und wirbelt mich herum, bevor er meinen Hals küsst. Für einen winzigen Moment sind wir die zwei harmlosen Teenager, die von zu Hause abgehauen sind – doch dann nehme ich aus den Augenwinkeln eine Bewegung wahr. Hunter lässt mich herunter.

»Dein Wechselgeld!« Der Bäcker läuft mit wedelnden Armen auf uns zu und ich atme erleichtert auf.

Hunter nimmt die Dollarscheine entgegen, die der rotgesichtige Mann ihm reicht, und bedankt sich. Der Bäcker will sich schon umdrehen und zurück zu seinem Laden gehen, als sein Blick auf etwas zu unseren Füßen fällt. Er bückt sich und hebt die schmale Broschüre vom morgenfeuchten Asphalt auf. Doch bevor er eine Chance hat, die Schrift auf dem Deckblatt zu entziffern, reiße ich ihm die zusammengehefteten Papiere aus der Hand.

»Wichtige Hausarbeit«, murmele ich und presse McCartys Bericht fest gegen meine Brust. Er muss aus der Innentasche meiner Jacke gerutscht sein, als Hunter mich herumgewirbelt hat. Der Bäcker sieht verwirrt von Hunter zu mir und fragt sich wahrscheinlich, warum ich eine Hausarbeit mit zu einem Date nehme, noch dazu an einem Wochenende. Doch zu meinem Glück beschließt er, dass ihn diese Dinge nichts angehen.

»Na dann.« Der Bäcker verabschiedet sich mit erhobener Hand.

Als er wieder in seinem Laden verschwunden ist, lehne ich meinen Kopf gegen Hunters Brust.

»Tut mir leid«, sagt er geknickt. »Manchmal fühlt sich alles an wie ein Spiel. Und dann vergesse ich, wo wir sind. *Wer* wir sind.«

»Bald sind wir nur noch *wir.*«

Ich drücke seine Hand und versuche, McCartys Bericht wieder in meiner Jackentasche zu verstauen, doch die Blätter des Forschungspapiers flattern widerspenstig im Wind. Voller Abscheu betrachte ich die Hormonkurven, die in der kranken Welt von ReNatura beweisen sollen, dass die Gleichberechtigung der Geschlechter eine Fehlentwicklung ist.

Über uns steigt die Sonne langsam höher. Sie verdrängt die Sturmwolken und erinnert mich daran, dass wir keine Zeit zu verlieren haben. Denn Zeit ist unser einziges Ass im Ärmel.

»Lass uns gehen«, sage ich grimmig.

Nach ein paar Minuten biegen wir von der verlassenen Strandpromenade in eine Nebenstraße ein und passieren ein Schild mit der Aufschrift *Seaview Hills.*

»Wer ist diese Angela eigentlich?«, frage ich. »Du musst sie doch ziemlich gut kennen, wenn sie uns einfach so aufnimmt.«

»Nicht wirklich«, antwortet Hunter knapp. »Wir sind derselben Arbeit nachgegangen.«

Hunters Gesichtsausdruck ist mit einem Mal abweisend, und ich bohre nicht tiefer, obwohl die Fragen, die ich schon gestern Nacht heruntergeschluckt habe, mir keine Ruhe lassen. Was ist das für eine Arbeit, bei der er sich diese Narben zugezogen hat, eine über seiner Wange und eine, die seine helle Augenbraue streift? Was für eine Arbeit macht Codenamen nötig? Doch ich wische die Gedanken beiseite. Stattdessen erinnere ich mich daran, wie salzig Hunters Lippen geschmeckt haben – nach Meer, Tränen, nach Verzweiflung und so etwas wie Liebe. *Uns bleibt noch ein ganzes Leben für den Rest unserer Geheimnisse. Hoffentlich.*

»Warte mal.«

Ich folge Hunters Blick zu einem Appartementkomplex, dessen Tor im Gegensatz zu den Eingangstoren der anderen gesicherten Anwesen um uns herum weit offen steht.

»Ist das Angelas Adresse?«, frage ich.

Hunter nickt. »Ich versuche besser mal, sie zu erreichen, bevor wir reingehen.«

Er zieht sein altes Klapphandy aus der Hosentasche und tippt eine Nummer ein. Nervös spähe ich durch das Tor.

»Wir sollten –«, beginne ich, doch Hunter steht nicht mehr neben mir. Ich schaue mich um und sehe, wie er mit dem Handy am Ohr den Bürgersteig auf und ab geht. *Was verheimlichst du mir noch immer?*

Über mir werden Rollläden heraufgezogen und enthüllen Fenster, die auf mich herabstarren wie große, leere Augen. Mein Herz pocht. Die Seaview Hills erwachen zum Leben – und damit wird es höchste Zeit für uns, von der Straße zu verschwinden. Einen Moment lang bin ich hin- und hergerissen, mache einen Schritt in Hunters, einen in die entgegengesetzte Richtung. Dann schiebe ich mich vorsichtig durch das geöffnete Tor, gehe an einem parkenden Prius vorbei und bleibe vor der Eingangstür stehen. An der trostlosen Betonwand des Appartementblocks sind drei Klingelschilder befestigt, zwei davon ohne Namen. Neben der untersten Klingel steht *Angela Kent* in handgeschriebenen Buchstaben.

Plötzlich höre ich das Geräusch eines Motors herannahen. Mein Herz schlägt schneller, doch ich traue mich nicht, zur Straße zu sehen. *Was, wenn gleich ein schwarzer Transporter um die Ecke biegt?* Bevor ich einen klaren Gedanken fassen kann, habe ich schon die Klinke der Haustür hinuntergedrückt. Sie ist nicht verschlossen. Atemlos stolpere ich hinein und presse mich gegen die kalte Wand. Das Motorengeräusch kommt näher und ich sprinte zu dem Fenster im Treppenhaus. Ich erreiche es gerade rechtzeitig, um einen Ford mit ganz normalem Kennzeichen um die nächste Ecke biegen zu sehen. *Wer auch immer da gerade vorbeigefahren ist, sucht nicht nach der Verräterin und dem falschen Testleiter.* Mein rasendes Herz beruhigt sich. Die Kristallisierer werden vermuten, dass wir nach unserer Flucht aus dem Zentrum den Zugschienen nach Norden gefolgt sind, zurück in Richtung New York. *Sie haben keine Ahnung, wo wir sind.*

Ich laufe die wenigen Treppenstufen zurück ins Erdgeschoss und bleibe vor einer Wohnungstür mit Angelas Namen stehen. Überrascht sehe ich, dass sie nur angelehnt ist.

»Hallo?« Ich hebe die Hand und klopfe, doch drinnen rührt sich nichts. Es ist ihr doch nichts passiert?

Auf den Türrahmen ist eine Fünf mit einem Kreis drum herum gezeichnet. Als ich mit den Fingern darüberfahre, bleibt die staubige Farbe an meiner Hand zurück. Kohle. *Was bedeutet das?*

Und wo bleibt Hunter?

Irgendwo in der Ferne läuten Kirchenglocken. Sieben Mal. Sieben Uhr morgens. *Also wird Luce mittlerweile seit neun Stunden vom Konsilium verhört.* Ich denke an die Entschlossenheit, mit der sie Elias und dem Konsiliar entgegengetreten ist, und weiß, dass sie versuchen wird, stark zu bleiben. Für mich und für uns alle. Aber wie lange wird ihr das noch gelingen?

Ich klopfe erneut an Angelas Wohnungstür, doch wieder bekomme ich keine Antwort. Zögernd drücke ich die Tür auf. Strecke den Kopf in die Wohnung, sehe mich um. Keine umgeworfenen Möbel, keine Kampfspuren. Meine Anspannung sinkt. *Wahrscheinlich leiden Hunter und ich einfach unter Verfolgungswahn.*

»Angela?«, probiere ich es noch einmal. »Ich bin eine Freundin von Hunter.«

Zaghaft trete ich in ein Wohnzimmer, das mit hellgrauem Teppich ausgelegt ist. Ein scharfer Geruch steigt mir in die Nase. An irgendetwas erinnert er mich. Vielleicht ist es Desinfektionsmittel? Ich gehe ein paar Schritte weiter. Und dann fällt mein Blick auf den Schreibtisch an der gegenüberliegenden Wand. Ein Laptop!

Im Gehen nehme ich das Diktiergerät aus der Tasche. Alles, was wir brauchen, ist Zugang zum Internet, um den Menschen die Augen über unsere Regierung zu öffnen. Chloe Cremonte wird den Parteivorsitz verlieren, genau wie der Präsident seinen Platz im Weißen Haus. Denn noch werden die Leute sich dem verzerrten Weltbild von ReNatura nicht kampflos fügen!

Ich klappe den Laptop auf. Wenn ich es schaffe, unsere Aufnahmen in jeden wichtigen Social-Media-Kanal zu laden, haben wir es geschafft! Ich überlege, wie ich Angelas Passwort umgehen kann, als sich anstelle einer Anmeldeseite eine eisblaue Schrift über den schwarzen Bildschirm zu ziehen beginnt.

Man muss wissen, wann man verloren hat.

Ich verstehe nicht, was das bedeuten soll. Dann ertönt ein Knall.

Das Geräusch von splitterndem Glas lässt mich herumfahren. »Skye!«

Ich stürze zurück, die Straße entlang, renne durch das offene Tor und die Eingangstür in den Flur, wo mir eine Welle von Hitze entgegenschlägt.

Skye! Bitte nicht …

Dicker, beißender Rauch verpestet die Luft, und meine Augen beginnen zu tränen, als ich mich in Angelas Wohnzimmer kämpfe. Es steht in grellen Flammen.

Nein.

Nein!

Ich kann Skye nicht verlieren. Ich kann nicht zulassen, dass die Kristallisierer mir auch noch sie nehmen!

Wo bist du?

Verzweifelt versuche ich, durch den dichten Rauch etwas zu erkennen. Ich wische mir die Tränen aus den Augen. Da liegt sie, auf dem Rücken. Umringt von Feuer, das sich unaufhaltsam durch den Teppich frisst. Ich stürze an der brennenden Couch vorbei und hebe Skye hoch. McCartys Bericht fällt aus ihrer Tasche und fängt augenblicklich Feuer. *Benzin,* denke ich mit zusammengebissenen Zähnen. *Jemand hat hier Benzin ausgeschüttet!*

Skye rührt sich nicht. Ich schirme sie mit meinem Körper vor den Flammen ab und entdecke eine Balkontür in unserem Rücken. Ich ziehe mein Shirt hoch, presse es über Nase und Mund, und haste mit Skye in den Armen durch das Zimmer, während sich die hohen Pieptöne der Rauchmelder in meinen Ohren mit dem Knistern der Flammenhölle vermischen. Ich reiße die Tür auf, stürze auf den Balkon und schaffe es, uns beide über die niedrige Brüstung auf den Parkplatz hinunterzuhieven.

Erst hinter dem nächsten Wohnblock bleibe ich im Schatten einer Toreinfahrt stehen. Vorsichtig lege ich Skye auf dem Asphalt ab.

»Bitte, Skye«, flüstere ich. Angsterfüllt lehne ich meine Stirn an ihre. *Du weißt es nicht, aber ich liebe dich mehr als alles andere auf dieser Welt.*

Eine Hand greift nach meiner, und mein Herz stolpert, als kornblumenblaue Augen zu mir aufblicken. Skye atmet rasselnd. »Wo ist –« Sie dreht den Kopf zur Seite und hustet. »Wo ist das Diktiergerät?«

Ich taste nach ihrer Jackentasche, doch Skye schüttelt den Kopf, langsam und mit schmerzverzerrtem Gesicht. »Es war in meiner Hand! Ich muss es fallen gelassen haben.« Sie will sich aufsetzen und stöhnt.

»Es ist hier«, lüge ich hastig.

Skye lässt sich erleichtert zurück in meine Arme sinken.

»Dann haben wir es fast geschafft«, flüstert sie.

»Ja.« Eine dumpfe Verzweiflung breitet sich in mir aus. »Fast.«

2

Skyes Augenlider flattern, als ich sie auf den Rücksitz des Cadillacs hebe. Das Schloss war ein Kinderspiel, wie immer bei alten Autos. Ich lächle, so aufmunternd ich kann, obwohl mir noch nie in meinem Leben so wenig danach zumute war. Behutsam streiche ich über ihren Arm, aus dem ich geistesgegenwärtig die Splitter gezogen habe. Sie müssen von dem Laptop stammen. *Von der Bombe.* Meine Kehle schnürt sich zu, als ich zurücksehe, die Straße hinunter, wo sich nun schwarze Rauchwolken über dem Wohnkomplex bilden. Das Diktiergerät ist zerstört, genau wie der Bericht von McCarty. Unsere Beweise für die Existenz von ReNatura - für immer fort. Aber darum werde ich mich später kümmern müssen. Die Kristallisierer sind bereit, uns zu töten. *Wir müssen von hier verschwinden.*

»Kannst du mich hören, Skye?«

»Mir ist schwindelig«, sagt sie gepresst. »Ich krieg keine Luft!«

»Alles wird gut«, behaupte ich lahm. *Was tut man gegen eine Rauchvergiftung?* Das Einzige, was mir einfällt, ist, die Fenster des Cadillacs herunterzukurbeln, damit Skye mehr Sauerstoff bekommt. »Ich habe einen Plan, okay? Aber du musst durchhalten.«

Skyes Hand liegt auf ihrer Brust, wandert zu ihrem Hals, als würde sie den Fehler suchen. »Warum ... keine Luft ...«

Ich beobachte besorgt den Rhythmus, in dem Skyes Brust sich viel zu schnell hebt und senkt.

»Du atmest. Es ist alles in Ordnung, hier ist kein Rauch mehr. Du wirst nicht ersticken, okay?«

Skyes Kopf sackt zur Seite weg, und mir wird klar, dass sie das Bewusstsein verloren hat. *Beeil dich, Idiot!*

Mit fahrigen Fingern schließe ich den Motor kurz und stoße einen erleichterten Laut aus, als das alte Ding aufbrummt. Ich lege den Gang ein und fahre los. Nervös schalte ich das Radio ein und suche einen Sender. Fahnden sie nach uns? Der Empfang wird klarer.

»Es sind nur noch knappe drei Wochen bis zum Kristallfest am ersten Juli und ganz New York trifft fieberhafte Vorbereitungen für die Parade. Schließlich haben die Gläsernen Nationen in diesem Jahr mehr zu feiern als je zuvor! Ich stehe gemeinsam mit Regierungssprecher Edward McCarty vor der Administration. Herr Regierungssprecher, welche Meilensteine hat die Kristall-Administration in diesem Jahr erreicht?«

»Seit Kurzem schießen die Kristallisierungsraten unter Erwachsenen in die Höhe. Wir reden bereits in drei Viertel aller Bezirke von Vollkristallisierung und erwarten dieses Ergebnis bald in den gesamten Nationen.«

Kein Wunder, wenn die Bereitschaft der Eltern, sich einem Trait zuzuordnen, die Bildungschancen ihrer Kinder bedingt, denke ich bitter.

»Der Kristall ist sehr bewegt von dieser Welle der Überzeugung, jährt sich doch neben dem Kristallfest auch der große Skandal in wenigen Tagen …«

Erleichtert schalte ich das Radio aus. Keine Meldung über zwei gesuchte Verräter. Stattdessen werden sie jetzt wieder den Tod der Studierenden breittreten, die schreckliche Schießerei und die impulsiven Befehle einer Ministerin, die für all das verantwortlich sind. Sie werden uns vorbeten, wie glücklich wir uns schätzen können, weil die neue Ordnung uns vor derartigen Katastrophen schützt. Und wieder einmal werden sie das Loblied anstimmen auf Chloe Cremonte, die Tochter eben jener unbeherrschten Ministerin. Chloe Cremonte, die uns die Traits geschenkt hat, die Einteilung der Menschen in Rationale und Emotionale ... und noch so viel mehr. Aber davon wissen nur Skye und ich. *Noch.*

Ich gebe Gas, wütend auf die Show und die Menschen, die sich zu wohlfühlen, um irgendetwas zu hinterfragen. Laut der Uhr am Armaturenbrett ist schon mehr als eine Stunde vergangen. In den Seaview Hills werden die Bluthunde der Regierung Angelas Wohnung mittlerweile nach unseren Leichen durchsucht haben. Ich umklammere das Lenkrad fester. Die Kristallisierer werden nichts unversucht lassen, um uns zu finden. *Und sie sind nicht die Einzigen, vor denen ich Skye beschützen muss.*

Ich folge den Schildern und fahre auf den Highway. Es gibt einen Ort in den Gläsernen Nationen, über den die Kristallisierer keine Macht haben. Auf dem Rücksitz beginnt Skyes bewusstloser Körper, unkontrolliert nach Luft zu schnappen.

»Halt durch!« Der Motor heult auf, als ich das Gaspedal durchtrete. Die Reservate sind selbstverwaltete Gebiete, dort werden Cremontes Ordnungswahrer uns nicht finden. *Ich muss Las Almas erreichen, bevor es zu spät ist.*

Eine glühende Sonne brennt auf die Pinien am Straßenrand herab, als ich die Fahrertür des Cadillacs aufstoße und aus dem Wagen springe. Fast wünsche ich mir den stürmischen Wind der Küste zurück.

»Wir haben es bald geschafft«, presse ich zwischen zusammengebissenen Zähnen hervor, als ich Skye vom Rücksitz hebe.

Ausgerechnet so kurz vor dem Ziel musste mir das verdammte Benzin ausgehen! Mit Skye in meinen Armen klettere ich über die Leitplanke auf einen verlassenen Feldweg. Ängstlich mustere ich Skyes gespenstisch blasse Wangen. *Halt durch ...* Ich treibe mich zu einem schnelleren Tempo an. Links neben dem Pfad beginnt ein sumpfiges Gebiet, über das sich mächtige Mangrovenbäume erstrecken. Wie oft haben Yana und ich uns früher hier versteckt, wenn unsere Familien am Ende des Sommers zurück nach New York fahren wollten ... Es wird nicht leicht werden, mein plötzliches Auftauchen zu erklären. *Oder besser mein fünfjähriges Fernbleiben.*

Skye stöhnt leise und jeder andere Gedanke verschwindet aus meinem Kopf. *Bitte sei nur noch ein einziges Mal stark!* Ich betrachte den sanften Schwung ihrer Lippen, die dunklen Wimpern, die ihre geschlossenen Augen umrahmen. Und dann kann ich nicht mehr an mich halten.

»Es tut mir so leid«, stürzt es aus mir heraus, während ich den Feldweg entlanghaste. »Ich hätte dir die Wahrheit sagen sollen ... über Beth ... deine Mum ... was sie seit vier Jahren wirklich tut. Über den Ring. Über ihren Plan für euch beide.« *Und jetzt habe ich vielleicht nie wieder die Chance dazu.*

Erneute Krämpfe schütteln Skyes Körper, als die ersten Straßen des Reservats in Sicht kommen. Ich beschleunige nochmals mein Tempo, bis ich endlich das Haus der einzigen Person erreiche, die Skye vielleicht noch retten kann.

Heb ihren Kopf an.« Ich höre jemanden stöhnen. »Vorsicht! Pass auf die Verbrennungen auf.« Kühle Finger befestigen einen Schlauch unter meiner Nase. »Bis morgen früh komme ich nicht an ein vernünftiges Beatmungsgerät. Du hättest sie ins Krankenhaus bringen sollen, Hunter!« Jemand streicht meine Haare zurück. Ich öffne die Augen und erkenne das Gesicht einer Frau. Ihre Stirn liegt in Falten, der Blick, mit dem sie mich mustert, ist konzentriert. »Immerhin muss sie sich nicht erbrechen. Das ist ein gutes Zeichen.«

Wo bin ich? Doch bevor ich diese Worte über die Lippen bringen kann, wird wieder alles schwarz.

Beißender Rauch dringt unaufhaltsam in meine Lunge. Ein scharfer Schmerz. Splitter. Das Krachen wütender Flammen in den Ohren, taste ich über den Teppich. Wo ist das Diktiergerät? Ich muss es fallen gelassen haben, kurz nachdem die eisblauen Buchstaben über den Computerbildschirm liefen und die Hölle auf Erden begann.

Man muss wissen, wann man verloren hat.

Der Rauch wird dichter, ich kann kaum noch etwas sehen. Das Diktiergerät! Meine Hand tastet verzweifelt über den Boden. Auf dem unscheinbaren Apparat sind die Worte gespeichert, die das Kartenhaus aus Lügen, in dem ich seit fünf Jahren lebe, zum Einsturz bringen können. Es darf nicht verbrennen! Meine Hand entzieht sich meiner Kontrolle. Ich spüre wieder, wie Tonyas Finger meinen entgleiten. Sehe sie fallen, sehe den Transporter mit den getönten Scheiben, der die Mädchen fortschafft. Mädchen, die ihre eigene Stimme behalten wollten und für die es in den Gläsernen Nationen bald keinen Platz mehr geben wird. Mädchen wie mich.

»Skye!«

Seine Stimme treibt meinen Herzschlag in die Höhe, als würde sich mein Körper noch einmal aufbäumen, um ihn nicht in diesem Chaos zurückzulassen.

»Hunter«, flüstere ich, aber ich bekomme keine Antwort. Ich will mich aufraffen, will zu ihm, aber ich kann mich nicht bewegen, während das erstickende Feuer immer näher kommt. *Lass mich nicht allein!*

Ich spüre Hunters Lippen auf meinen, unseren ersten Kuss in der kühlen Luft des Parks am Abend unserer Flucht aus dem Zentrum. Meine Finger streichen über sein Gesicht. Ich presse ihn an mich und atme durch den rauen Stoff seines Shirts den vertrauten Duft nach Pfefferminze ein.

»Wir müssen sie aufhalten«, flüstere ich, bevor ein tiefes schwarzes Loch die Angst und Wut und Liebe, die mich zu erdrücken drohen, endlich verschwinden lässt.

»Skye!«

Meine Augenlider flattern, hin- und hergerissen zwischen zwei Welten. Ich spüre ein feuchtes Tuch auf meinem Gesicht.

»Wir dürfen …« Meine Stimme ist rau wie zersplittertes Glas. »Wir dürfen nicht länger warten!« Als ich versuche zu schlucken, schüttelt mich ein heftiger Hustenanfall. Meine Brust zieht sich zusammen, und ich schnappe nach Luft, ohne atmen zu können.

»Was passiert mit ihr?« Hunters Stimme klingt fern. »Warum geht es ihr immer schlechter? Verdammt, das kann doch nicht normal sein!« Der Raum verschwimmt vor meinen Augen – aber ich muss bei Bewusstsein bleiben.

»Das Diktiergerät!« Meine Worte sind kaum mehr als ein Keuchen, doch das Aufleuchten in Hunters grünen Augen verrät mir, dass er mich verstanden hat. Er muss meine Aufnahme aus dem geheimen Konferenzraum veröffentlichen, die Welt muss von ReNatura erfahren – jetzt! Ich versuche, meine Hand nach ihm auszustrecken, und wieder entfährt mir ein Stöhnen.

»Bring Hunter hier raus!«, befiehlt die strenge Frau. Eine jüngere Version von ihr taucht neben Hunter auf und fasst ihn sanft am Arm.

»Ich gehe nirgendwohin!«, protestiert er.

Ich will nicht, dass er geht. Ich will, dass er bei mir bleibt. Eine Nadel schiebt sich in meinen Handrücken. Meine Finger erschlaffen und geben den Stoff frei, den sie umklammert haben, während die Ränder des kleinen Zimmers wieder schwarz werden.

Ich will nicht schlafen.

Die Uhr über dem Herd zeigt eins, als das Geräusch von Schritten die nächtliche Stille durchbricht. Ich springe auf.

»Reka, wie geht es –«, beginne ich, doch es ist nicht die frühere beste Freundin meiner Mutter, die die Küche betreten hat.

»Keine Sorge. Die Verbrennungen sind versorgt. Ma ist jetzt mit der Blutprobe auf dem Weg ins Krankenhaus.«

Ich nicke erschöpft. Das Auto habe ich nicht wegfahren hören, ich muss also doch eingeschlafen sein. »Warum bist du nicht im Hauptquartier?«, frage ich. »Hat Beth dir endlich Urlaub gegeben?«

Yana legt den Kopf schief. »Unwichtig. Sag mal, täusche ich mich, oder liegt gerade genau das Mädchen bewusstlos in meinem Bett, für das Beth dich ins Zentrum geschickt hat?« Ihr dichtes Haar fällt seitlich über ihre Schulter, wo der Flügel eines Vogels unter ihrem Shirt hervorblitzt. Die Natives halten den Vogel für den Herrscher der Erde. Yana Faray hält ihn für ein Protestsymbol gegen diejenigen, die sich benehmen, als wären sie diese Herrscher. »Will Beth die Kleine auf einmal nicht mehr haben?«

Bei dem Gedanken an meinen Auftrag läuft ein Schauer über meinen Rücken. *Ich sollte dafür sorgen, dass Skye das Zentrum als Rationale verlässt, nicht als Untreue.* Wenn die Kristallisierer eine öffentliche Fahndung nach uns herausgeben und Beth das Gesicht ihrer Tochter in den Nachrichten sieht, wird sie sofort wissen, dass etwas nicht stimmt. *Und dann …*

»Erde an Hunter?« Yana schnipst mit den Fingern vor meinem Gesicht herum.

»Beth darf nicht erfahren, dass wir hier sind.« Ich bemühe mich, gefasst und ruhig zu klingen.

»Was ist passiert?«

»Es ist … kompliziert«, stammele ich.

Yana stellt eine dampfende Tasse vor mir ab und setzt sich neben mich auf die Küchenbank. »Wenn du verlangst, dass ich meine Chefin hintergehe, solltest du mir besser einen guten Grund dafür liefern.«

Yana vergöttert Beth, seit diese sie vor zwei Jahren beim Ring aufgenommen hat. Ich rühre in meinem Kaffee herum, schwarz, ohne Zucker. Beth würde mich umbringen, wenn sie wüsste, dass ich es Yana erzähle. *Aber Beth wird mich sowieso umbringen ...* Müde fahre ich mir durch die Haare.

»Skye ist nicht irgendein Auftrag. Sie ist Beths Tochter.«

»Beth hat eine Tochter?«

Yana reißt erstaunt die Augen auf. Ich kann es ihr nicht verdenken. Beth ist alles andere als ein mütterlicher Typ. Oder vielleicht ist dieser Teil von ihr auch einfach nur verschwunden in den vier Jahren, die sie nun schon damit verbringt, die Leben anderer Menschen aufs Spiel zu setzen, um Skye zurückzubekommen. Wie immer meldet sich ein nagendes Schuldgefühl in mir, als ich an die Nacht ihrer Flucht denke. *Ich hätte bei Skye bleiben müssen, hätte sie aus dem Kofferraum befreien müssen. Dann wäre ihr Vater nicht mit ihr abgehauen. Dann hätte sie nicht vier Jahre lang geglaubt, von ihrer Mutter verlassen worden zu sein - und Beth hätte nicht vier Jahre lang Zeit gehabt, einen stummen Hass auf mich zu entwickeln, weil ich ihr geblieben bin statt Skye.*

In der Küche herrscht vollkommene Stille, die nur durch das Ticken der Uhr unterbrochen wird.

»Beth hat den Ring nicht aus Großherzigkeit gegründet«, sage ich schließlich. »Was sie tut, dient nur einem Ziel, und zwar sich selbst und Skye die Flucht zu ermöglichen.«

»Deshalb musstest du dafür sorgen, dass sie eine Rationale wird?«, fragt Yana. »Damit Beth mit ihr problemlos die Grenze überqueren kann, ohne -«

»Ohne eins ihrer eigenen falschen Traitmarks nutzen zu müssen«, beende ich ihren Satz. Die Bitterkeit in meiner Stimme lässt sich nicht verbergen. Yana legt ihre Hand auf meinen Arm.

»Die Lösungen des Rings sind nicht ideal, aber immerhin tut Beth etwas, anstatt wie die Leute im Reservat bloß stillzuhalten und zu hoffen, dass die Kristallisierer von allein wieder verschwinden! Die Traits nehmen uns unsere Freiheit. Wir geben sie den Menschen zurück.«

Ich zucke zusammen. *»Die Traits nehmen uns unsere Freiheit.«* Das ist es, was Abigail zu mir gesagt hat, als ich ihr das falsche R stach. Ich hatte keine Ahnung, ob es sie in Sicherheit bringen würde. Mit aller Macht versuche ich, Abigails Gesicht aus meinen Gedanken zu verbannen, aber wie üblich funktioniert es nicht. *Wann werde ich dich endlich vergessen können?*

»Was auch immer Beth den anderen einredet«, sage ich und befreie meinen Arm aus Yanas Hand. »Was auch immer sie dir eingeredet hat, damit du glaubst, deine Arbeit für den Ring sei ein Dienst an der Menschheit: Vergiss es. Beth ist kein wohltätiger Engel. Sie weiß nur zu gut, dass unsere Traitmarks nichts als Tinte sind, die ohne Datentransmitter keinem Scan standhalten.« Hasserfüllt betrachte ich das R auf meinem eigenen Handgelenk. Eine nur fast perfekte Täuschung ...

»Aber das sagt sie den Kunden doch auch offen und ehrlich! Es ist die freie Entscheidung jedes einzelnen, das Risiko einzugehen.«

»Du meinst die freie Entscheidung der Leute, die keine andere Chance mehr haben als uns?« Ich schiebe meinen Stuhl zurück und stehe auf. »Beth kann den Ring als Fluchthilfeorganisation bezeichnen, so viel sie will - aber wir sind Schlepper, nichts anderes. Wir lassen uns ein bisschen Tinte und eine Fahrt zur Grenze mit einem Vermögen bezahlen, das wir nicht nehmen müssten, wenn Beth -«

Wenn Beth es nicht für Skyes und ihren Neuanfang brauchen würde ... Mein Mund wird trocken. Noch drei Wochen. Wir haben noch drei Wochen, bevor die Testung offiziell endet und Beth uns in der alten Bibliothek erwartet. Ich muss so schnell wie möglich an neues Beweismaterial für ReNatura kommen. Wenn wir die Pläne der Regierung enthüllt haben, braucht Beth nicht mehr zu fliehen. *Dann wird sie mir Skye nicht wegnehmen ...*

»Und warum machst du dann mit?« Yanas dunkle Augen glänzen. »Wenn alles, was wir machen, so aussichtslos ist, warum hast du dich Beth dann überhaupt angeschlossen? Und warum hast du mich zu euch geholt?«

Ich habe mich Beth nicht angeschlossen, ich hatte keine andere Wahl! Aber das kann ich nicht sagen, nicht einmal Yana. Ich kann nicht aussprechen, was mit Mum passiert ist. Nicht hier, bei den letzten Freunden meiner Eltern, die glauben, Sol Riviera sei noch am Leben. Ich kann sie kein zweites Mal sterben sehen.

»Du wolltest zum Ring, vergiss das nicht«, sage ich kühl. »Ich habe versucht, dich nach Las Almas zurückzuschicken. Aber du wolltest die Gefahr, du wolltest nicht gehen, weil –« Ich stoppe mich gerade noch rechtzeitig. Es wäre unfair, Yana vorzuwerfen, dass sie raus aus dem Reservat wollte. Dass sie nicht zusehen konnte, wie ihre Mutter sich immer mehr abschottete, während ihr Vater gegen den Krebs verlor. Und ausgerechnet ich darf mir wohl kein Urteil über ungesunde Bewältigungsstrategien erlauben.

»Ich wollte nicht gehen, weil du mich ebenso sehr gebraucht hast wie ich dich!«, ruft Yana.

Ich senke den Blick. *Vielleicht habe ich das.*

»Also ist dann alles vorbei?«, fragt sie schließlich. »Wenn du sie zu Beth bringst, hauen die beiden ab und der Ring ist Geschichte?«

»Keine Ahnung. Vielleicht bestimmt sie einen Nachfolger.«

Yana sieht mich forschend an. »Aber du wirst Skye nicht zu Beth bringen, richtig?«

»Nicht, solange Skye das nicht will.«

»Du bist in sie verliebt.« Yana lacht trocken. »Mein Gott, Hunter! Als ich die Tür aufmachte und dich sah, habe ich gedacht, dass deine Tarnung als Testleiter aufgeflogen ist. Nicht, dass du mit deinem Schützling getürmt bist und jetzt vorhast, dich gegen Beth Anderson zu stellen.« Yana mustert mich mit verschränkten Armen. Einen Moment lang bin ich unsicher, auf wessen Seite *sie* sich stellen wird. »Von mir erfährt Beth nichts«, sagt sie schließlich und ich atme erleichtert aus. »Aber wenn es stimmt, was du sagst, wird sie alles tun, um an Skye heranzukommen, ob mit oder ohne R. Und ihre Chancen stehen nicht schlecht.«

»Ich weiß«, erwidere ich und denke an die Karte der Gläsernen Nationen im Hauptquartier, auf der blinkende Punkte die Kontakte des Rings markieren. Sie leuchtet so hell wie der Weihnachtsbaum vor dem Rockefeller Center. »Ich weiß …«

Die Stimmen hinter der Wand verstummen. Ich lasse meinen Kopf zurück ins Kissen sinken. Was für ein Medikament auch immer die strenge Frau mir gespritzt hat, es muss im Laufe der Nacht seine Wirkung verloren haben. *Leider.* Ich schließe die Augen in der Hoffnung, so den pochenden Schmerz hinter meinen Schläfen zu beruhigen.

Es war also nicht die ganze Wahrheit, was Hunter mir über Mum erzählt hat. Dass sie mit mir fliehen will. Dass sie meine Testung abgewartet hat, damit ich als Rationale ohne Antrag das Land verlassen kann. *Wir sind Schlepper, nichts anderes.* Auf einmal ergibt Hunters Verschlossenheit, wenn es um seine Arbeit geht, einen Sinn.

Ich schließe die Augen und denke an die Abende, an denen Mum mir beigebracht hat, Fotografien zu entwickeln. An ihr Lächeln und ihre Wärme, in der ich mich zu Hause gefühlt habe. *Beth ist kein wohltätiger Engel.* Ich schüttle den Kopf und stöhne, als unter dem Verband eine Feuerzunge über meine Schulter leckt. Aber der brennende Schmerz ist nichts gegen das seltsame Ziehen in meiner Brust, das mir weismachen will, keine Luft zu bekommen, obwohl ich atme. Ist das normal bei einer Rauchvergiftung? Meine Hände fahren zu dem Schlauch unter meiner Nase und ich konzentriere mich auf den Rhythmus meines Herzschlags. *Ich kann atmen. Keine Panik. Alles wird gut.* Tränen laufen über meine Wangen, während ich dieses Mantra wiederhole und versuche, damit zu übertönen, was ich durch die Wand gehört habe.

Meine Mutter hat sich nach ihrer gescheiterten Flucht nicht bloß versteckt und darauf gewartet, dass Hunter mich zu ihr bringt. Sie hat *unsere* Flucht vorbereitet, indem sie sich von verzweifelten Kristallisierungsgegnern für falsche Traitmarks bezahlen ließ, von denen sie wusste, dass sie einem Scan nicht standhalten würden. Sie hat Hunter gezwungen, als Schlepper zu arbeiten. Einen damals fünfzehnjährigen Jungen! Und mein Vater ... mein Vater hat Sol Riviera erschossen. Ich beginne wieder, nach Luft zu schnappen. Das sind nicht die Eltern, die mich aufgezogen haben. Die nur das Beste für mich wollten und die mich geliebt haben. *Das sind nicht die Menschen, die ich kenne.*

Als sich die Matratze unter mir zur Seite neigt, zucke ich zusammen. »Jetzt habe ich ihr auch noch wehgetan.«

Ich öffne die Augen und sehe, wie Hunter aufspringt und sich durch die aschblonden Locken fährt. Ich habe ihn nicht hereinkommen hören.

»Solange du keine Bombe unter meinem Bett zündest, kann ich so gut wie alles ertragen«, erwidere ich krächzend.

Hunter lächelt erleichtert, als ihm klar wird, dass ich aus eigener Kraft aufgewacht bin. Doch dann mustert er mich besorgt. »Wie geht es dir? Sind die Schmerzen stark? Reka hat ein Medikament dagelassen, für den Fall –«

»Hunter«, unterbreche ich ihn sanft.

Die letzte Spur seines Lächelns verschwindet, als er mir in die Augen sieht. »Du hast uns gehört.« Er weicht von meinem Bett zurück, als wollte er sich in Sicherheit bringen.

Ich strecke die Hand nach ihm aus. »Hör auf, dir selbst Vorwürfe zu machen!« Es kostet mich Kraft zu sprechen. »Im Zentrum hattest du die Wahl. Und du hast dich entschieden, das Richtige zu tun. Im Gegensatz zu ihr.«

Ich schließe die Augen, nur ganz kurz. Als ich sie wieder öffne, kniet Hunter neben meinem Bett. Er seufzt, als würde ihm das, was er mir jetzt sagen will, nicht leicht über die Lippen kommen. »Beth hat dich damals verloren und tut seitdem alles, um dich wiederzubekommen. Sie liebt dich, Skye. Wenn es eine Entschuldigung für ihre Entscheidungen gibt, dann, dass sie jede einzelne aus Liebe getroffen hat.« Ich beobachte, wie sich die Muskeln seines Kiefers verkrampfen. »Ich hatte Angst, dass du schlecht von mir denkst, wenn du erfährst, was ich getan habe. Deswegen habe ich dir nichts vom Ring erzählt. Aber vielleicht wollte ich dir auch einfach nicht zeigen, wie sehr deine Mutter dich liebt.« Seine grünen Augen schimmern, als er mich endlich ansieht. »Wenn du deine Meinung änderst, wenn du zu ihr willst, dann bringe ich dich nach New York.«

»Nein«, sage ich leise, aber bestimmt. Hunter öffnet den Mund, doch ich lege meine Hand an seine Wange und sehe ihm fest in die Augen. »Mum hat einen Jungen, der gerade seine Mutter verloren hatte, benutzt. Sie hat Menschenleben für meine Flucht riskiert. Liebe ist keine Entschuldigung für eine solche Grausamkeit.« Meine Augenlider werden schwer. »Am wichtigsten ist jetzt«, bringe ich heraus, »dass wir ReNatura so schnell wie möglich veröffentlichen. Bevor Mum uns in die Quere kommt oder die Kristallisierer uns aufhalten können.« Schatten legen sich über Hunters Blick. »Wir haben das Diktiergerät«, mache ich ihm Mut. »Damit sind wir beinahe unbesiegbar.« Ich lächle ihn an. *Vielleicht hat das alles auch etwas Gutes*, denke ich noch, bevor mich die Erschöpfung zurück in einen traumlosen Schlaf zieht. *Endlich steht nichts mehr zwischen uns.*

3

Die Bohlen der Veranda knirschen, als ich meinen Fuß auf ihr altes Holz setze. Mit gemischten Gefühlen drücke ich die kupferfarbene Klingel. *Es war nicht fair, damals einfach so von der Bildfläche zu verschwinden.*

Neben mir holt Yana tief Luft. »Vielleicht solltest du noch wissen -«

Doch bevor sie ihren Satz beenden kann, öffnet sich die Tür quietschend und ein schlanker Mann tritt heraus. Sein Haar ist grau und auf den Knien seiner abgetragenen Jeans kleben Erdflecken. Manuel! Erinnerungen an die Sommer meiner Kindheit durchströmen mich. Yanas Großvater hat uns Hütten im Garten bauen und so lange fernsehen lassen, wie wir wollten, wenn unsere Eltern abends gemeinsam nach Greenhill gefahren sind, um auszugehen. Jedes Mal, wenn wir am Ende des Sommers zurück nach New York aufbrachen, hat Manuel uns dann versprechen lassen, dass wir im nächsten Jahr zurückkehren. Und das haben wir getan - bis ein Sommmer alles verändert hat.

»Hunter!« Manuels Lippen verziehen sich zu einem breiten Lächeln, das einen goldenen Eckzahn aufblitzen lässt. »Willkommen zu Hause, Junge.«

Seine dunklen Augen glänzen, als er zur Seite tritt und uns ins Haus winkt. Er deutet auf die Korbsessel, die im Wohnzimmer verteilt stehen. Gewebte Teppiche in allen möglichen Farben bedecken den Holzboden, an den Wänden hängen Strichzeichnungen der reichen Natur des Reservats. Alles sieht noch genauso aus wie vor fünf Jahren, als ich das Cottage zum letzten Mal betreten habe.

Eine prankenartige Hand legt sich auf meine Schulter. »Erst kommt meine Aiyana zurück aus der großen Stadt und dann du. Was für ein schöner Beginn des Sommers.«

Die Wärme in Manuels Blick beschämt mich, schließlich bin ich nicht seinetwegen zurückgekommen.

»Eistee? Wasser?«

»Wasser, bitte«, sage ich und setze mich zögernd in einen der Sessel, die ich als Kind zum Klettern benutzt habe. *Der Boden ist Lava.* Das war mein Lieblingsspiel. Die Erinnerung daran, wie Mum mich schimpfend von Möbeln herunterzerrt, legt sich wie ein Granitblock auf meine Brust.

Manuel kommt zurück aus der Küche, ein Tablett mit drei Gläsern in der Hand. Ich gebe mein Bestes, um sein Lächeln zu erwidern.

»Danke, Grandpa«, sagt Yana in dem warmen Ton, mit dem ich sie nur hier in Las Almas sprechen höre.

»Es ist so lange her.« Manuel lässt sich mit einem Ächzen in einen der Sessel sinken. »Ich hoffe, deiner Mutter geht es mittlerweile besser? Was sie schrieb, hat mich damals wirklich überrascht. Reka war geradezu schockiert! Niemand von uns hätte geglaubt, dass dein Vater euch so etwas antun könnte ... Matteo und Sol waren doch immer ein glückliches Paar. Selbst als ihr im Sommer des großen Skandals ohne deinen Vater herkamt, habe ich mir nichts dabei gedacht.«

Ich senke den Blick. Wenigstens habe ich in dem Brief nicht gelogen, den ich mit Mums gefälschter Unterschrift nach Las Almas geschickt habe, um zu erklären, warum wir nicht mehr herkommen würden. Dad hat uns tatsächlich verlassen. Und Mum war wirklich am Boden zerstört. Ausgelassen habe ich einzig und allein das winzige Detail, dass Mum fast genau ein Jahr, nachdem mein Vater abgehauen ist, ermordet wurde. Dieses Täuschungsmanöver ist mir nicht leichtgefallen. Aber es war wichtig, Reka, Manuel und den anderen hier einen Grund dafür zu liefern, warum Mum in diesen Ferien nicht auftauchen würde und auch nicht in den nächsten. Es war wichtig, dass sie trotzdem glaubten, es ginge uns gut - denn sonst hätten sie versucht, mich zu sich zu holen. Sie hätten mir die Familie ersetzen wollen, die ich verloren hatte. *Aber diese Option gab es für Beth nicht, denn ich hatte eine Schuld zu begleichen.*

»Er hat sich also endlich hergetraut!«

Ich blicke auf und sehe direkt in Amandas wache Augen, denen nie etwas entgeht. Ich lächle schwach, stehe auf und werde in eine feste Umarmung gezogen.

»Ich habe schon gedacht, Manuel und Reka wollten mir einen Bären aufbinden. Aber du bist tatsächlich hier!« Sie drückt mich zurück in den Sessel und setzt sich neben ihren Mann. »Erzähl, wie geht es Sol?«

»Sie ... hat eine schwere Zeit durchgemacht«, sage ich. »Nachdem mein Vater uns verlassen hat, hat Mum den Kontakt zu vielen gemeinsamen Freunden abgebrochen. Aber sie vermisst Las Almas.«

Ich bin noch immer gut in dem alten Spiel, bloß spiele ich nun die Variante für Erwachsene: *Die Wahrheit ist Lava.*

Manuel nickt. In den Furchen seines von der Sonne gegerbten Gesichts steht so viel Mitgefühl, dass ich den Blick wieder abwenden muss.

»Wie geht es Sol?«, fragt Amanda. »Ich suche im Abspann von jedem CCN-Bericht ihren Namen. Deren Nachrichtenredaktion hat sie doch übernommen, als die *Times* damals geschlossen wurde, oder nicht?«

»Nein. Sie ... sie arbeitet als freie Journalistin. Unter einem Pseudonym.«

Amanda nickt verständnisvoll, dabei habe ich in einem Satz gleich mehrmals gelogen. *Als ob es in den Gläsernen Nationen noch freie Journalisten gäbe ...*

»Eine Schande, dass man sie nach der Neudefinierung der Medien nicht wieder eingestellt hat«, schimpft Manuel. »Der große Skandal war doch nicht Sols Schuld!«

»Nun, immerhin war sie die Chefredakteurin der Zeitung, deren Reporter das Land ins Chaos gestürzt hat«, erwidert Amanda. »Nichts gegen deine Mutter, Hunter. Sie ist unfassbar talentiert. Aber welchen Sinn hätte eine Neudefinierung mit altem Personal gehabt?«

Neudefinierung. Yanas Großeltern reden, als wüssten sie nicht, was damals wirklich passiert ist, als alle Nachrichtenstellen geschlossen und durch *CrystalClear News* ersetzt wurden. Der große Skandal im Jahr zuvor, bei dem ein Journalist der *Times* versucht hatte, die damalige Regierung zu erpressen, war der perfekte Vorwand.

»Gleichschaltung trifft es wohl eher«, rutscht es mir heraus.

Manuel räuspert sich. Eine Weile herrscht Schweigen. Dann erhebt er sich, geht zur Terrassentür und kommt wenig später mit einem Topf zurück, in dem eine Sonnenblume wächst. »Bring Sol die hier mit, wenn du zurückfährst. Sie arbeitet doch noch immer so gern im Garten?«

Früher hat Manuel Mum jedes Jahr so viele liebevoll angezogene Pflänzchen mitgegeben, wie neben mich auf den Rücksitz des Autos passten. Damit sie Las Almas in der Großstadt nicht vergisst, hat er immer gesagt. Schließlich reiche es manchmal nicht, die Sonne im Namen zu tragen.

Ich nicke Manuel stumm zu und nehme den Topf entgegen, während ich versuche, die Bilder von Mum in unserem kleinen Vorgarten aus meinem Kopf zu schieben.

»Reka hat mir erzählt, dass es um deine Freundin nicht gut

steht«, sagt Amanda in die Stille hinein. »Das tut mir leid. Obwohl Daniels Tod jetzt schon zwei Jahre her ist, erinnert sich jeder von uns daran, wie schwer es ist, einen geliebten Menschen leiden zu sehen.«

Im Sessel neben mir versteinert Yana. Ich strecke die Hand nach ihr aus, bevor mir einfällt, dass sie es nicht leiden kann, getröstet zu werden. Verlegen zupfe ich an dem Shirt, das Reka mir geliehen hat. Es muss Daniel gehört haben. Yanas verstorbenem Vater.

»Ich bin sehr dankbar für Rekas Hilfe«, wechsle ich schnell das Thema. Dabei bin ich mir gar nicht mehr sicher, ob die erfahrene Ärztin Skye überhaupt helfen kann. Am Tag nach unserer Ankunft hat Reka es mit einhundertprozentigem Sauerstoff versucht. Doch als sie Skye die Maske nach den vorgeschriebenen neunzig Minuten Beatmung wieder abnahm, blieben ihre Augen geschlossen. »Skye wird jeden Moment aufwachen, mach dir keine Sorgen«, hieß es am Morgen darauf. Schließlich führt selbst eine schwere Rauchvergiftung nicht zu langfristiger Bewusstlosigkeit - und Skye war den giftigen Gasen kaum drei Minuten lang ausgesetzt. Aber diese hoffnungsvolle Prophezeihung ist mittlerweile sieben Tage her. Sieben Tage, in denen ich Skyes Zimmer kaum verlassen habe, bis Yana mich heute Morgen überredet hat, sie endlich zum Cottage ihrer Großeltern zu begleiten. Ich blicke auf und sehe in drei besorgte Gesichter.

»Inzwischen schließt Reka eine Rauchvergiftung aus. Sie hat alle möglichen Tests durchgeführt, aber anders als bei einer Vergiftung konnten keinerlei Schadstoffrückstände in Skyes Blut nachgewiesen werden. Aus medizinischer Sicht gibt es keinen Grund dafür, dass Skye noch immer Anzeichen von Atemnot zeigt, obwohl sie ausreichend Sauerstoff bekommt, und -« Meine Stimme stockt. »Und auch keinen dafür, dass sie nicht wieder aufwacht.«

Ich stütze die Ellenbogen auf die Knie und überlege zum tausendsten Mal, was Skye in Angelas Wohnung noch passiert sein könnte. Denn wenn die Folgen des Rauchs ihr nicht das Bewusstsein rauben - was dann?

Amanda mustert mich. Ihrem Blick standzuhalten ist nicht einfach, aber ich bin an die irritierende Wirkung des hellen Kreises gewöhnt, der sich um ihre fast schwarze Iris legt. Als Kinder haben Yana und ich so getan, als sei Amanda eine Hexe. Oder eine Seherin. Letzteres erscheint mir manchmal gar nicht so unwahrscheinlich.

»Warum erlaubst du Reka nicht, deine Freundin ins Krankenhaus nach Greenhill zu bringen? Sie könnte dort weitaus besser behandelt werden.«

Ich setze mich aufrecht hin. Es ist wohl an der Zeit, Manuel und Amanda einen Teil der Wahrheit zu sagen.

»Nach Skye und mir wird gesucht«, beginne ich zögernd.

Manuels Augenbrauen heben sich überrascht. »Du bist auf der Flucht?« Das entspannte Lächeln verschwindet aus seinem Gesicht. »Was ist denn passiert? Bist du in Schwierigkeiten?«

»Wer von uns ist das nicht.« Meine Verbitterung ist nicht zu überhören.

»Du solltest eins wissen, bevor du weitersprichst.« Amandas Stimme bekommt einen warnenden Unterton. »Das Gesetz der Kristallisierer ist auch unseres. Es ist eine gute Regierung.«

Die Worte treffen mich wie ein Schlag. Das Reservat war immer neutraler Boden! Insgeheim habe ich sogar damit gerechnet, dass Amanda und Manuel Kristallisierungsgegner sind. Trotz der Mittagshitze ist mir, als würde auf einmal ein kalter Windhauch durch das Cottage ziehen.

»Und warum schließt Manuel dann so schnell, dass jemand vor einer so guten Regierung auf der Flucht ist?«, frage ich frustriert.

Amanda tut so, als hätte sie mich nicht gehört. »Unter Chloe

Cremonte hat sich die Lage der Natives im ganzen Land verbessert. Die Kristallisierer sind die Ersten, die sich ernsthaft für unsere Rechte einsetzen.«

»Indem sie euch ihre Ordnung aufzwingen?« Meine Stimme wird laut. *Das kann nicht wahr sein. Das Reservat sollte uns in Sicherheit bringen - sollte Skye in Sicherheit bringen!*

Ich werfe Yana einen Blick zu, den sie zerknirscht erwidert. Das war es also, was sie mir sagen wollte, kurz bevor ich geklingelt habe.

»Die Gläsernen Nationen schützen die Unabhängigkeit des Reservats und lassen uns mit ihren Traits in Frieden - im Tausch gegen unser Wort, der Kristallisierung außerhalb des Reservats nicht im Wege zu stehen«, unterbricht Amanda meine Gedanken.

»Dann ist es wohl doch keine so tolle Bewegung, wenn ihr die Traits selber nicht haben wollt!«, erwidere ich wütend. »Und soweit ich weiß, gab es hier noch vor zwei Jahren einen Riesenzirkus um Yanas E!« Ich deute anklagend auf ihr Handgelenk mit dem falschen Traitmark. Yana hat mir erzählt, dass für ihre Großeltern eine Welt zusammenbrach, als sie damals als angeblich frisch Kristallisierte aus New York zu Besuch kam.

»Die Welt ist nicht so einfach, wie du sie dir machst, Hunter«, erklärt Manuel ruhig. »Uns wurde im Zuge der Anti-Rassismus-Erklärung ein Pakt angeboten. Die Kristallisierer wollen für die Fehler der Geschichte geradestehen.«

»Und wie?«

Manuel erhebt sich. Schwerfälliger als früher geht er zu einem der Regale. »Reka hat uns damals geraten zuzustimmen«, sagt er und legt mir ein Stück Papier in den Schoß.

Ich überfliege das Gerede über die großartige Gerechtigkeit der Gläsernen Nationen und die Hilfspläne zur Senkung regierungsgemachter Probleme in den Reservaten. Am letzten Satz bleibe ich hängen.

Das Land der Stämme, die dem Pakt zur Aufarbeitung historischer Schuld zustimmen, untersteht weiterhin einer eigenen Verwaltung, ist von der Ordnung der Gläsernen Nationen befreit und erhält alle oben aufgeführten Hilfen, sofern diese Verwaltung sich bereiterklärt, mit dem Justizsystem der Kristall-Administration zu kooperieren.

Ich lasse die Urkunde sinken und schließe die Augen. Mir hätte klar sein müssen, dass Chloe Cremonte die Reservate nicht ohne Grund vor der Kristallisierung verschont. *Mit dem Justizsystem der Kristall-Administration kooperieren.* Die Härchen auf meinen Armen stellen sich auf, als mir klar wird, wie falsch ich lag. Dies ist ein Auslieferungspakt. Manuel und Amanda müssen uns der Administration melden, wenn sie erfahren, dass wir Untreue sind! Ich betrachte ihre unversehrten Handgelenke. Niemand in Las Almas muss sein Leben von einem weißen Buchstaben bestimmen lassen. Aber dieser Frieden hat seinen Preis - und Amandas entschlossener Blick verrät mir, dass sie bereit ist, ihn zu zahlen. Übelkeit steigt in mir auf. Anstatt uns in Sicherheit zu bringen, habe ich Skye und mich geradewegs in eine Falle geführt.

Auf einmal fühle ich mich, als säße ich wieder am Testungscomputer im Zentrum und würde einem Avatar dabei zusehen, welche Entscheidungen er trifft. *Rational oder emotional?* Das hier ist nichts weiter als ein kompliziertes Szenario. Es gibt eine Lösung - ich muss sie bloß finden!

Yana holt tief Luft. »Wenn du ihnen nicht sagen willst, weshalb ihr gesucht werdet, dann muss ich es eben tun.«

Panisch sehe ich zu ihr hinüber. *Was zur Hölle hat sie vor?* Meine Gedanken rasen. Yana hat keine Ahnung von dem Diktiergerät, auch nicht von der Bombe. Aber sie weiß, dass wir aus dem Zentrum geflohen sind. Sie weiß genug, um Manuel und Amanda zu zwingen, die Ordnungswahrer zu rufen. »Yana, ich ...«

»Hunter und Skye sind ein Paar«, erklärt sie gelassen. Ich

schließe verdattert den Mund. »Aber Skyes Mutter ist gegen die Beziehung und macht den beiden das Leben schwer. Also sind sie abgehauen. Sie brauchen einen Unterschlupf, zumindest für eine Weile.« Der Blick aus Yanas dunklen Augen trifft meinen.

»Warum hast du das denn nicht gleich gesagt!« Erleichtert lehnt Manuel sich in seinem Sessel zurück. »Wenn das so ist, könnt ihr selbstverständlich erst einmal hierbleiben.«

»Vielen Dank, wirklich.«

Ich sehe Yana an, während ich spreche, doch ihr Lächeln verschwindet. *Ich habe dich gedeckt,* sagt ihr fordernder Blick. *Jetzt schuldest du mir die Wahrheit.*

»Auch ich bin beruhigt.« Trotz ihrer freundlichen Worte ist Amandas Stimme schneidend wie ein Messer. »Vor allem darüber, dass wir Skye nun ja sofort ins Krankenhaus bringen können. Es war leichtsinnig von dir, Hunter, das Leben deiner Freundin für so eine Nichtigkeit wie einen Streit mit ihrer Mutter zu riskieren. Reka kann Skye nicht länger in einer unsterilen Umgebung ohne richtige Ausrüstung behandeln, das ist eine Farce! Ihr Fall muss vernünftig registriert werden.«

»Nein!« Ich springe auf. »Nein, Amanda, das geht nicht. Wenn -«

Wenn Skyes Patientendaten in irgendwelchen Krankenhausakten auftauchen, dann werden die Kristallisierer uns finden. Oder Beth wird uns finden ...

Yana legt den Kopf schief. *Was verschweigst du mir?,* bedeutet das. Wir erzählen uns alles. Wir kennen einander seit dem Tag unserer Geburt, als unsere Mütter nebeneinander im Krankenhaus lagen. *Wir lügen einander nicht an.*

Manuel erhebt sich und stellt sich neben mich. »Ich verstehe, dass Skye und du nicht gefunden werden wollt, Junge. Aber ihre Gesundheit muss jetzt an erster Stelle stehen. Natürlich könnt ihr bleiben, aber denk zumindest über das Krankenhaus nach.«

Er zwinkert mir zu. »Und glaub mir, wenn du sie ernsthaft liebst, werdet ihr in fünfzig Jahren zusammen auf eurer Veranda sitzen und die Probleme eurer Jugend belächeln.«

Amanda wirft ihrem Mann einen tadelnden Blick zu. »Die Lage ist zu ernst, um lange nachzudenken! Nach allem, was ich gehört habe, ist Skye sehr schwach, Hunter.«

Eine schrille Version von Nirvanas *Smells like Teen Spirit* unterbricht Amandas Vorhaltungen. Yana zieht ihr Handy aus der Hosentasche und nimmt den Anruf entgegen. »Ja?«

Ich muss Zeit schinden. Ich brauche irgendeinen plausiblen Grund, warum Skye das Reservat nicht verlassen kann ...

»Wirklich? Das ist großartig, Ma!«

Ich schaue auf. Reka ist am Telefon? »Warte, ich stelle dich auf Lautsprecher.« Yana nimmt ihr Handy vom Ohr.

»Hunter?« Reka klingt ernst, wie immer, aber der sorgenvolle Ton der letzten Tage ist verschwunden.

Ich reiße Yana das Handy aus der Hand. »Ja! Ja, ich höre dich!« Mein Herz schlägt mir bis zum Hals.

»Skye ist wach. Es geht ihr gut. Sie zeigt keine Anzeichen von mangelnder Sauerstoffversorgung mehr. Keine Kopfschmerzen, kein Gefühl von Atemnot.«

Skye ist wach. Es dauert einen Moment, bis die Worte bei mir ankommen. Dann lache ich vor Erleichterung laut auf. All die Angst und die Anspannung der letzten Tage fallen von mir ab. Sie ist wach! Jetzt wird alles gut.

»Reka? Ich mache mich auf den Weg. Richte Skye aus, dass ich in zehn Minuten da bin!«

Reka sagt etwas über eine Transfusion und darüber, dass Skye Ruhe braucht, aber ich höre nicht mehr richtig zu.

»Bei allem Respekt, Amanda.« Ich deute auf das Handy in meiner Hand. »Skye für schwach zu halten, ist ein gefährlicher Irrglaube.«

Damit drehe ich mich um und verlasse das Cottage so schnell, wie meine Beine mich tragen.

»Ich bin nicht blöd, weißt du?«, keucht Yana, als sie mich auf Höhe von Monas Café einholt. »Ihr seid doch nicht aus dem Zentrum abgehauen, um vor Beth zu fliehen! Was ist hier los, Hunter? Woher stammen Skyes Verbrennungen wirklich?«

»Nicht mitten auf der Straße«, zische ich, als uns eine Horde Jugendlicher entgegenkommt, die auf das Café zusteuert.

Yana verdreht die Augen. »Du tust so, als würdest du Staatsgeheimnisse hüten! Und was sollte deine oscarreife Darstellung des besorgten Sohnes vorhin? Wenn die Trennung von deinem Dad Sol so hart getroffen hat, warum hast du dir dann in den zwei Jahren, die ich beim Ring bin, kein einziges Mal Urlaub genommen, um nach Hause zu gehen und sie zu besuchen? Weiß Sol überhaupt noch, wie du aussiehst?«

Wie angewurzelt bleibe ich stehen. »Ich habe kein Zuhause!«, platzt es aus mir heraus. Die Gruppe Jugendlicher sieht zu uns herüber und ich senke die Stimme. »Ich habe kein Zuhause mehr, seitdem meine Mutter vor vier Jahren erschossen wurde. Deshalb bin ich beim Ring. Deshalb konnte ich nicht hierher zurückkehren.«

Yana lässt die Zigarette fallen, die sie gerade aus der Schachtel gezogen hatte. »Sol ist tot?«, flüstert sie ungläubig.

Ich nicke.

»Dann war ihr Brief an Manuel –«

»Eine Fälschung.«

»Was sie geschrieben hat ... dass sie Abstand zu uns brauchte, weil Las Almas sie nach der Trennung zu sehr an Matteo erinnert, das –«

»Das habe ich geschrieben.«

»Und als wir Sol letzten Winter nicht besuchen konnten, weil sie im Urlaub war?«

»Habe ich gelogen. Und auch, als sie Grippe hatte.«

Yana geht stumm neben mir her.

»Wenn du sagst, dass sie erschossen wurde«, beginnt sie dann zögerlich. »Heißt das –«

»Dass du es niemandem erzählen darfst. Nicht deiner Mutter, nicht Manuel und auf keinen Fall Amanda.«

»Aber weshalb?«

Weil sie sich fragen würden, warum meine Mutter zum Schweigen gebracht wurde. Weil sie herausfinden würden, dass wir auf verschiedenen Seiten stehen.

Wir biegen in die Straße ein, in der Rekas Bungalow liegt. Für einen Moment werde ich von einem gleißenden Sonnenstrahl geblendet. Im nächsten traue ich meinen Augen kaum.

Skye.

»Bitte tu es einfach«, sage ich, ohne meinen Blick von dem Mädchen abzuwenden, das ich mehr liebe als mein Leben. »Ich erkläre es dir später.«

Skye hält sich am Türrahmen fest. Mit wenigen Schritten bin ich bei ihr. Sie streckt mir lächelnd die Hand entgegen, ich presse ihre Finger an meine Lippen. Und für einen Moment glaube ich an Manuels Worte: *Wenn ich Skye nur genug liebe, dann kann alles gut werden.* Ihre Hand fühlt sich warm an, nicht mehr eiskalt, und zum ersten Mal seit Tagen kann ich wieder lächeln.

»Du bist wach«, stottere ich, während Yana sich diskret an uns vorbei ins Haus schiebt.

»Ich hatte die Nase voll von Albträumen«, sagt Skye, und ich bin so unendlich dankbar für den Klang ihrer Stimme, weil ich Angst hatte, sie nie wieder zu hören. »Bewusstlosigkeit ist nicht so friedlich, wie sie vermutlich aussieht.«

Ich will einen Witz machen, aber meine Stimme bricht im ersten Satz. »Es tut mir leid, es ist nur –« Ich wende den Kopf ab. *Verdammt, soll Skye mich nach allem, was sie durchgemacht hat, jetzt auch noch weinen sehen?*

Ihre Lippen berühren meine Wange, bevor sie nah an meinem Ohr flüstern: »Du bist mein Freund, Hunter. Das bedeutet nicht, dass du gleichzeitig immer der taffe Superheld sein musst.«

Ich warte einen Moment, bis das Kribbeln hinter meinen Augen nachlässt. »Aber die Klamotten würden mir stehen.«

Skye boxt mir gegen den Arm. Die rasche Bewegung lässt sie zurücktaumeln, als sei ihr schwindelig. Unter dem Kragen ihres Schlafanzugs ziehen sich ihre Verbrennungen wie rote Blüten bis in ihren Nacken, doch ihre blauen Augen funkeln voller Leben. Die Farbe auf ihren Wangen, die vor zwei Stunden noch totenblass gewesen sind, erscheint mir wie das größte Wunder unserer Zeit.

»Alles in Ordnung? Du hättest besser liegen bleiben sollen.« Ich lege meinen Arm stützend um ihre Taille, nur um einen erneuten, wenn auch sanfteren Schlag zu kassieren.

»Wegen des kleinen Komas bin ich noch lange nicht zur adligen Lady mutiert, die alle zwei Sekunden mit Riechsalz wiederbelebt werden muss.«

Ich grinse. »Also weder Superman noch Mr. Darcy. Weitere Regieanweisungen für die Rolle als Skye Andersons offizieller Freund?«

»Nein.« Sie lächelt. »Bisher machst du deinen Job erstaunlich gut.« Dann legt sie ihre Hand in meinen Nacken und küsst mich. *Du lebst,* pocht es bei jedem ihrer kostbaren, stetigen Herzschläge durch mich hindurch. *Gott sei Dank, du lebst.*

Also, wo ist das Diktiergerät?«, frage ich leise, nachdem ich den schönsten Kuss meines Lebens widerwillig beendet habe. Ein Teil von mir will Hunter nie mehr loslassen, aber neben Skye, dem harmlosen Teenager, gibt es inzwischen eben auch Skye, die Rebellin. Und bis wir ReNatura aufgehalten haben, muss ich Letzterer den Vortritt lassen. »Hast du die Aufnahmen schon hochgeladen?«, schiebe ich ungläubig nach, als Hunter mir nicht antwortet. Finden mittlerweile in den Großstädten Proteste gegen die Entrechtung der Frau statt? Sind die Verfahren gegen Chloe Cremonte und den Präsidenten schon eingeleitet? Nein, Hunters zerknirschter Gesichtsausdruck verrät mir, dass nichts davon der Fall ist. »Du hättest es tun müssen, Hunter!« Ich merke selbst, wie verstimmt ich klinge, und versuche, einen sanfteren Ton anzuschlagen. »Ganz egal, was mit mir los war – du hättest dich davon nicht aufhalten lassen dürfen.«

Er nickt zögerlich. Dann bleibt sein Blick an dem Zugang hängen, der noch in meinem Handrücken steckt.

»Was war das für ein Medikament, das dich gerettet hat?«, fragt er.

»Es war kein Medikament, sondern eine Bluttransfusion.«

Hunter runzelt die Stirn. »Aber du hast doch gar kein Blut verloren.«

Ich wische seinen Einwand mit einer Handbewegung beiseite. »Was tut das denn zur Sache, solange es geholfen hat! Hunter, wenn die Kristallisierer uns finden, bevor wir ReNatura öffentlich gemacht haben –«

Hunter zieht mich eng zu sich heran, als wollte er mich erneut küssen. Stattdessen wispert er mir ins Ohr: »ReNatura ist gerade nicht unsere größte Sorge. Ich dachte, das Reservat wäre unabhängig von der Regierung, deshalb habe ich uns hierhergebracht.« Er atmet tief durch. »Aber Las Almas ist nur deshalb noch immer selbstverwaltet, weil die Leute eingewilligt haben, Untreue auszuliefern.«

Ich stolpere zurück, als hätte er mir eine Ohrfeige gegeben. »Du meinst, wir sind hier in Gefahr?«

Hunter nickt. »Können wir drinnen reden?«

Er geht mir voraus ins Haus und hält die Tür des Zimmers, in dem Reka mich untergebracht hat, für mich auf. Langsam lasse ich mich auf das Bett sinken. Das tagelange Liegen hat mich mehr Kraft gekostet, als ich dachte, und ich fühle mich ein wenig benommen.

»Ich kenne diese Leute nicht«, bringe ich heraus. »Aber wenn sie so einem Pakt zugestimmt haben, dann doch nur, weil sie keine Ahnung haben! Wenn wir ihnen erzählen, was die Regierung vorhat, werden sie uns bei der Enthüllung helfen!«

Hunter schüttelt den Kopf. »Die Bewohner des Reservats sind keine Kristallisierungsgegner.«

»Dann müssen wir sie eben dazu machen!«, fordere ich. »Zeigen wir ihnen, was auf dem Diktiergerät ist.«

Hunter sieht mich eindringlich an. »Solange der Pakt Las Almas vor den Traits bewahrt, werden sie uns ausliefern!«

»Aber dieser Pakt wird nichts mehr wert sein, wenn ReNatura erst einmal ins Rollen gerät. Reka ist Ärztin! Nichts wird sie davor schützen, mit allen anderen Frauen ihren Job zu verlieren, sobald ReNatura in Kraft tritt!«, halte ich dagegen.

Durch das große Fenster neben dem Bett nehme ich eine Bewegung wahr. Reka geht auf der Straße auf und ab, während sie angespannt in ihr Handy spricht. Wollte sie nicht längst zur Arbeit gefahren sein? Geht es um mich? Sie bleibt stehen und legt auf. Der Gesichtausdruck, mit dem sie ins Leere starrt, wirkt verwirrt und ein wenig ängstlich. Dabei ist mit mir doch alles wieder in Ordnung! Ich betrachte den leeren Transfusionsbeutel, der an dem Ständer neben meinem Bett hängt. Jetzt macht auch mich stutzig, was Hunter direkt aufgefallen ist: Wie konnte eine Blutkonserve mich retten, wenn ich doch gar kein Blut verloren habe?

»Wir sind hier, weil wir uns vor deiner Mutter verstecken, die unsere Beziehung nicht gutheißt.« Hunters eindringliche Stimme reißt mich aus meinen Gedanken. »Der Brand in der Wohnung unserer

Freundin Angela wurde von einem Unfall am Gasherd verursacht, nicht von einer Bombe.« Hunter setzt sich neben mich und lässt die Schultern sinken. »Wir müssen verdammt vorsichtig sein, Skye. Um ein Haar hätte Rekas Mutter dich ins staatliche Krankenhaus einliefern lassen.«

Bei dem Gedanken dreht sich mir der Magen um. Innerhalb von Stunden wäre ein schwarzer Transporter gekommen, um mich aus der Klinik zu entführen …

»Aber sie vermuten nichts?«

Hunter schüttelt den Kopf. »Nein. Reka hat dich gerade noch rechtzeitig zurück ins Reich der Lebenden geholt. Ein paar Minuten später und ihre Mutter hätte den Notruf gewählt.«

Ich atme aus. Hunter hat recht. Wir sind die Einzigen, die das größte Geheimnis unserer Zeit kennen. Niemand darf vermuten, dass wir mehr sind als zwei Verliebte auf der Flucht – zumindest, bis wir einen Plan haben, wie wir den Inhalt des Diktiergeräts veröffentlichen können. Einen fehlerlosen Plan dieses Mal.

»Dann müssen wir wohl eine überzeugende Vorstellung liefern«, sage ich leise und küsse Hunter genau in dem Moment, als Reka durch die Fensterscheibe zu uns hereinsieht.

4

Und da haben wir also Julia.«

Verwirrt schaue ich auf. Ich habe Hunter erwartet, der uns Muffins von dem Café an der Ecke holen wollte. Aber in der Tür steht die junge Frau mit dem Pony, die vorhin mit Hunter gekommen ist.

»Mein Name ist Skye«, stelle ich klar.

Ich betrachte ihr Tattoo, einen Vogelflügel, dessen Federn sich bis auf ihren Hals erstrecken. Das Mädchen, das den harten Gesichtszügen zufolge Rekas Tochter sein muss, verdreht die Augen.

»Glaub mir, ich weiß. Noch nie was von Shakespeare gehört? Romeo, Julia und das ganze Ding mit der vom Schicksal verfolgten Liebe?«

Ich betrachte ihr unsymmetrisches Gesicht. Sie ist keine konventionelle Schönheit, aber etwas an ihr fasziniert. Sie bleibt im Gedächtnis. Fast würde ich behaupten, sie schon einmal gesehen zu haben.

Sie zieht sich einen Stuhl heran und mustert mich. »Ich weiß auch, dass du nicht hier sein solltest, sondern im Zentrum, wo Hunter höchstpersönlich für dein R sorgen müsste«, fährt sie fort. »Was ich nicht weiß, ist, wofür ihr zwei Turteltauben gerade euer Leben aufs Spiel setzt.«

»Wir verstecken uns vor meiner Mutter«, sage ich, überrascht, wie gelassen mir der Satz über die Lippen kommt. *Immerhin ist es die Wahrheit – oder zumindest ein Teil davon.*

»Oh, bitte«, stöhnt die Dunkelhaarige. »Diese Geschichte kannst du meinen Großeltern erzählen. Mit Beth ist nicht zu spaßen, aber wenn sie die Einzige wäre, die hinter euch her ist, hätte Hunter nicht dein Leben riskiert, um unentdeckt zu bleiben. Ich meine, lieber ins Ausland verschleppt als tot, richtig?«

Beth. Nur Hunter nennt meine Mutter so. Mein Blick bleibt an dem narbenhaften E hängen, dessen Linien die gebräunte Haut ihres Handgelenks durchziehen.

»Yana Faray«, erinnere ich mich mit einem Mal. *Die Emotionale aus der U-Bahn-Station!* »Das Mädchen, das mein Smartphone gefunden hat. Das warst du!«

»Gefunden, nachdem ich es dir geklaut hatte«, grinst Yana. »Irgendwoher brauchte Hunter schließlich deine Daten.«

»Du arbeitest auch für den Ring!«, rufe ich aus. Sie war es also, mit der Hunter in unserer ersten Nacht hier über Mum gesprochen hat.

Yana wirft mir einen bösen Blick zu. »Nur zur Info: Die Wände in diesem Haus sind verdammt dünn.« Sie wischt sich gestresst die Haare aus dem Gesicht. »Niemand hier weiß, dass es den Ring überhaupt gibt. Also halt in Zukunft besser die Klappe. Oder willst du es darauf anlegen, dass deine Mutter auffliegt?«

Meine Mutter.

»Wenn du mich so fragst, hätte ich nichts dagegen«, erwidere ich, obwohl das Ziehen in meiner Brust meine Worte Lügen straft. Meine Mutter ist die Frau, die mir Lesen beigebracht hat und an meinem Bett saß, wenn ich Fieber hatte. Die Frau, die ich bewundert habe. *Bis ich herausgefunden habe, wer sie wirklich ist.*

»Nicht alles am Ring ist schlecht, weißt du? Wir haben schon einige Leute erfolgreich aus den Gläsernen Nationen gebracht, denen sonst keine allzu rosige Zukunft bevorgestanden hätte.« Yana hebt das Kinn. »Beth gibt ihr Bestes. Sie verdient deine Verachtung nicht.«

»Hunter hat mir eine andere Geschichte erzählt.«

»Hunter sollte endlich lernen, stolz auf das zu sein, was er leistet.«

»Aber eure Fluchtrouten sind nicht sicher!«, platzt es aus mir heraus. »Wie viele R-Traitmarks wurden an der Grenze schon als

Fälschung entlarvt, hm? Ohne Transmitter in der Tinte halten sie keinem Scan stand, das habt ihr selbst gesagt!«

»Das ist das Risiko, das man eingehen muss«, zischt Yana. »Zumindest jetzt noch.«

Ich schüttle den Kopf. »Es ist zu hoch. Hunter redet nicht darüber, aber ich weiß, dass er unter jedem einzelnen Flüchtling leidet, der unter seiner Aufsicht erwischt worden ist. Jeder mit einem Herz würde das.«

Leidet Mum? Die Frage schleicht sich ohne Erlaubnis in meinen Kopf. Ich will glauben, dass sie es tut. Alles andere wäre unerträglich.

»Jeder mit einem Herz würde das.« Yana äfft meinen Tonfall nach. »Du glaubst, du kennst Hunter. Du glaubst zu wissen, was leiden bedeutet, aber du hast nicht die geringste Ahnung! Und trotzdem liegst du hier in meinem Bett und sagst … was eigentlich genau? Dass ich ein schlechter Mensch bin, nur weil ich zu meiner Arbeit stehe, ohne Nervenzusammenbrüche zu bekommen?«

»Ich …«

»Pass mal auf. Du bist aus dem Zentrum abgehauen, okay. Ich weiß nicht, warum es dir da plötzlich nicht mehr gefiel. Aber bis dahin hast du in deiner rosa Blümchenwelt gelebt, in der es nur darum ging, wer es an die Cremonte-Uni schafft und wer wen küsst. *Ich* sehe seit Jahren, was in den Nationen vor sich geht. Und ich habe mich entschieden, etwas dagegen zu tun.«

»Indem du den Kristallisierungsgegnern eine Chance von wie viel Prozent gibst? Zwanzig? Dreißig?«

»Du hast doch keine Ahnung, wovon du sprichst!« Yana funkelt mich an. Dann beugt sie sich nach vorn. »Ich glaube Hunter kein Wort von seiner Geschichte mit den Gardinen, die aus Versehen Feuer gefangen haben. Aus irgendeinem Grund wollen die Kristallisierer dich umbringen – und wenn sie entdecken, wie viel er dir bedeutet, landet er gleich mit auf der Liste.«

Ein kurzes, unvernünftiges Triumphgefühl durchfährt mich.

Hunter hat Yana nichts von ReNatura erzählt. Nichts davon, dass der Kristall hinter uns beiden her ist. Also vertraut er ihr nicht vollständig. *Ganz egal, was für eine Vergangenheit die beiden zusammenschweißt.*

»Du weißt, dass dieser Idiot sein Leben für dich riskieren wird, sobald ihm jemand die Gelegenheit dazu gibt«, raunt Yana mir zu. »Denk darüber nach, ob du die Verantwortung dafür tragen kannst.« Sie steht auf. »Denn wenn nicht, gibt es in New York jemanden, der auf dich wartet.«

Bevor ich etwas erwidern kann, geht Yana ohne ein weiteres Wort aus dem Zimmer und lässt mich mit ihrer Drohung zurück.

Etwas Feuchtes berührt meine Wange.

»Chief, aus!«

Blinzelnd öffne ich die Augen. Jemand zerrt einen schwanzwedelnden Mischlingshund vom Kopfende meines Bettes fort, doch es ist weder Hunter noch Yana. Ein Junge in einem schwarzen Kapuzenpullover nimmt sich die Kopfhörer aus den Ohren, wickelt das dünne Kabel auf und legt einen altmodischen MP3-Player auf den Nachttisch.

»Entschuldige, eigentlich ist Yanas Hund eher scheu.«

Ich wische mir über die Wange. Vor dem Fenster über meinem Bett gehen schon die Straßenlaternen an.

»Yana musste weg, deshalb hat sie mich geholt. Tante Reka ist noch auf der Arbeit, aber sie hat vor ein paar Minuten angerufen und gesagt, dass ich dir Schmerztabletten geben soll, wenn du welche willst.«

»Nein, danke.« Ich setze mich auf und bemühe mich, nicht zu stöhnen, als der Stoff meines Schlafanzugs über meine Verbrennungen scheuert. »Du musst nicht weiter den Babysitter spielen«, sage ich und greife nach der Salbe, die neben dem Verbandszeug auf dem Nachttisch steht. »Mir geht es gut.«

Mein neuer Hang dazu, die Dame in Nöten zu geben, gefällt mir überhaupt nicht. Aber der Junge mit dem schmalen Gesicht und einer blond gefärbten Strähne in seinem ansonsten pechschwarzen Haar lächelt bloß freundlich.

»Es macht mir nichts aus. Dank dir konnte ich hier ungestört zeichnen, ohne wie daheim alle fünf Minuten zu irgendeiner Hausarbeit verdonnert zu werden. Außerdem würde meine liebe Cousine mich umbringen, wenn ich nicht tue, was sie mir sagt.« Er klappt das Skizzenbuch auf seinem Schoß zu. »Mein Name ist übrigens Ocean.«

»Ocean, hm?«, lächle ich und betrachte seine Augen, die zweifellos zu diesem Namen geführt haben. Sie sind weder blau noch grau, sondern irgendetwas dazwischen – der Farbton von Wellen im Sturm.

»Sollte eine *Skye* wirklich die Nase über außergewöhnliche Namen rümpfen?«

Ich grinse. »Wahrscheinlich nicht.« Hunters Warnung vor dem Auslieferungpakt klingelt in meinen Ohren. *Ich sollte vorsichtig sein.* Doch mein Bauchgefühl sagt mir, dass ich Ocean vertrauen kann. »Hast du eine Ahnung, wo Hunter ist?«

»Er war hier. Aber dann hat Grandpa ihn abgeholt. Hunter hat in der letzten Woche jede Nacht hier neben dir verbracht, und Reka meinte, so geht es nicht weiter. Er bräuchte seinen Schlaf und auf der Couch im Wohnzimmer übernachtet schon Yana, also schläft Hunter ab jetzt im Cottage.« Ocean greift hinter sich und nimmt eine Papiertüte mit dem bunten Logo eines Cafés vom Schreibtisch. »Aber die hier hat er dir dagelassen.«

Ich nehme die Tüte entgegen und muss lachen, als ich eineinhalb Doughnuts mit Schokoglasur sehe. Das ist nicht bloß Gebäck, das ist eine Botschaft! Ein warmes Gefühl durchfährt mich, als ich verstehe, was Hunter mir mitteilen will. *Bald sind wir nur noch wir.* Das habe ich auf der Promenade der Seaview Hills zu ihm gesagt, nachdem wir uns seinen Doughnut geteilt haben. Also hat er einen Plan, wie wir ReNatura an die Öffentlichkeit bringen können! Einen Plan, der es uns erlauben wird, bald nur noch Skye und Hunter zu sein, nicht mehr die Untreuen auf der Flucht. Ich spüre, wie eine Last von mir abfällt.

»Möchtest du etwas?«

Ocean schüttelt den Kopf und deutet auf die leere Chipstüte zu seinen Füßen. »Zeichnen macht mich immer hungrig. Was nicht besonders vorteilhaft ist – auf der Hälfte meiner Bilder ist mindestens ein fettiger Fingerabdruck.«

Ich zwinkere ihm zu. »Wenn du irgendwann berühmt bist, könnte das eine sehr exzentrische Art der Künstlersignatur werden.«

»Ich glaube kaum, dass jemand anders als meine Mutter meine Bilder jemals aufhängen wird«, erwidert Ocean.

Ich lege meinen angebissenen Doughnut zur Seite und wische mir sorgfältig die Finger an der Serviette ab. »Kann ich mal sehen?«

Ocean reicht mir sein Skizzenbuch. »Warte!«, sagt er, als ich es aufschlagen will. Er nimmt den MP3-Player vom Nachttisch und reicht ihn mir. »Du musst sie mit der Musik anschauen, zu der ich sie gezeichnet habe.«

Ich stecke mir die Kopfhörer in die Ohren und brauche einen Moment, bis ich mich daran gewöhnt habe, ein Gerät ohne Touchscreen zu bedienen. »Ist der aus einem Vintageshop?«, frage ich belustigt.

»Nee«, antwortet Ocean verlegen. »Ich hab mir zum letzten Geburtstag eins der neuesten Smartphones gewünscht. War jeden Tag im TechMania-Laden in Greenhill, um es mir anzusehen.« Er zuckt mit den Schultern. »Aber ich hab's nicht bekommen, meine Mutter sagt, dafür haben wir kein Geld. Also hat Yana mich mit in den Keller des Bungalows genommen. Ich durfte mir was von ihren alten Sachen aussuchen, Tischtennisschläger, DVDs – alles, was ich wollte. In einer Kiste habe ich dann das Ding hier gefunden.« Er wirft seinem MP3-Player einen liebevollen Blick zu. »Selbst Yana hatte keine Ahnung, wo der herkommt. Aber jetzt gehört er mir.«

»Ich finde ihn cool«, sage ich und halte Ocean einen der Ohrstöpsel hin, bevor ich auf Play drücke.

Ocean lächelt mir zu. Dann rutscht er näher zu mir heran und öffnet das Skizzenbuch. »Daran arbeite ich im Moment«, sagt er und deutet auf eine Zeichnung. »Es ist noch nicht perfekt, aber –«

»Es ist wunderschön!«, entfährt es mir.

Ocean hat das Gesicht des Mädchens zwar nur mit Bleistift skizziert, aber keine Farbe hätte ihre Züge lebendiger wirken lassen können. Die sanfte Akustikmusik des MP3-Players lässt mich entspannen. Ich blättere durch die Seiten. Neben wenigen Landschaftsbildern hat Ocean immer wieder dasselbe Mädchen gezeichnet, mal mit wehenden Haaren auf einer Vespa, mal mit fröhlichem Lächeln in einer Schulcafeteria.

»Sie heißt Reilly.«

»Deine Freundin?«, frage ich.

Ocean nimmt seinen Kopfhörer heraus und schüttelt den Kopf. Auf einmal wirkt er niedergeschlagen, und ich wünschte, ich könnte meine neugierige Frage zurücknehmen.

»Zeig ihr irgendwann mal dieses Buch«, rate ich ihm, nachdem ich den MP3-Player wieder auf den Nachttisch gelegt habe. Welches Mädchen würde bei so viel Hingabe nicht gerührt sein? Aber ich spüre, dass Ocean über dieses Thema nicht weiter sprechen will. »Sag mal, funktioniert der?«, lenke ich ab und deute auf einen alten Fernseher in der Ecke gegenüber von meinem Bett.

Ocean nickt und steht auf, um die Fernbedienung zu holen. »Die Qualität ist nicht mehr die beste«, bemerkt er.

Auf dem eingeschalteten Programm läuft eine Serie, bei der ein künstliches Publikum im Hintergrund lacht. Der nächste Sender zeigt eine Spielshow. Ich atme tief durch. Das Nachrichtenbanner am unteren Bildschirmrand berichtet über Aktienkurse und einen

Unfall auf einer Bohrinsel. Keine Fahndung nach einem falschen Testleiter und einer Verräterin. *Natürlich nicht*, denke ich mit einem Anflug von Häme. Schließlich kann die Regierung ihre Suche nach uns nicht begründen, ohne sich selbst zu verraten. Ocean schaltet weiter.

»Lass das mal dran.«

Mein Blick bleibt an dem vertrauten CCN-Logo hängen. Ich erkenne das Audimax der Cremonte-Universität, aber die Sitzreihen sind nicht mit Studierenden besetzt. Unter den schweigenden Menschen entdecke ich Mitglieder des Rats, Vertreter des Parlaments und Gründungsmitglieder der Kristallisierungspartei. Ihre Gesichter sind ernst. Über dem Rednerpult hängt ein Banner mit den Worten *In Memoriam.*

»Das ist bloß eine Wiederholung«, sagt Ocean, doch ich bedeute ihm mit einem Kopfschütteln, dass ich sie gern sehen möchte.

»Was haben wir heute für einen Tag?«, frage ich.

»Dienstag«, erwidert Ocean. »Dienstag, den 20. Juni.«

Also habe ich über eine Woche verpasst. Und damit auch den Jahrestag des großen Skandals.

Eine Gänsehaut zieht sich über meine Arme, als eine schlanke Frau Ende zwanzig ans Rednerpult tritt, deren beinahe farbloses Haar akkurat auf Höhe ihres Kinns endet. Chloe Cremonte. *Der Kristall.* In ihrem weißen Hosenanzug sticht die Vorsitzende der Kristallisierungspartei aus der schwarzen Masse von Krawattenträgern heraus wie eine Lichtgestalt.

»Wie Sie wissen, habe ich am 14. Juni vor fünf Jahren in diesem Hörsaal meine kleine Schwester verloren«, beginnt sie mit gesenktem Kopf. »Emma hätte in diesem Sommer ihren Abschluss gemacht. Sie wäre jetzt 22 Jahre alt.«

Auf der Wand hinter dem Kristall erscheinen die Aufnahmen der Überwachungskameras, die ich schon so oft gesehen habe. Agenten des United States Secret Service stürmen während der Begrüßung der Erstsemester das Audimax. Sie rufen den Studierenden zu, mit erhobenen Händen den Hörsaal zu verlassen, während die Universität durchsucht werde. Die Worte »Chloe Cremonte« und »Entführung« sind zu hören. Die Jugendlichen lachen, halten die ganze Aktion für einen Scherz der älteren Semester. Niemand befolgt die Anweisungen. Dann fallen Schüsse. Hier stoppt die Aufnahme normalerweise. Ich runzle die Stirn, als das Video nun jedoch weiterläuft und wir sehen, wie die Jugendlichen verzweifelt zu den Ausgängen rennen. Dad und ich haben uns die Übertragung der Gedenkfeier jedes Jahr angesehen. Aber noch nie zuvor wurden diese Aufnahmen eingespielt! Ich zucke zusammen, als ein Mädchen von Kugeln durchlöchert zu Boden fällt. Dürfen solche Bilder überhaupt öffentlich gezeigt werden? Ich wende den Blick ab und sehe erst wieder zum Fernseher, als die Schreie und Schüsse verstummt sind – nur, um geradewegs auf das Resultat des Massakers zu schauen. 49 weiße Leichensäcke, genau dort aufgereiht, wo Chloe Cremonte jetzt steht, fünf Jahre danach, und das Standbild auf der Wand hinter dem Rednerpult mit unlesbarem Gesichtsausdruck betrachtet. Nach ein paar Sekunden respektvoller Stille winkt sie einen Mann in Uniform nach vorn. Das Licht der Deckenlampen spiegelt sich auf seiner Glatze, als er den Angehörigen der Opfer sein Beileid ausspricht und die Überlebenden der Schießerei um Verzeihung bittet.

»Ministerin Jessica Cremonte gab uns persönlich die Anweisung, ihre Tochter Chloe mit allen zur Verfügung stehenden Mitteln aus den Händen eines Entführers zu befreien. Erst später erfuhren wir, dass es sich bei dieser Entführung um eine grausame Täuschung handelte, mit der ein Journalist der *New York Times* versuchte, politische Daten zu erpressen. Natürlich entschuldigt nichts den Tod Ihrer Kinder und Kommilitonen –« Die Stimme des Agenten versagt, doch der Kristall scheint damit gerechnet zu haben.

»Es gibt nur einen Schuldigen«, übernimmt Chloe Cremonte mit kraftvoller Stimme. **»Aber das sind nicht Agent Roy und sein**

Team, die einen Befehl umsetzen mussten. Es ist auch nicht meine Mutter, die geblendet von Angst um ihr Kind diesen Befehl gab. Schuld ist ein System, das versagt hat, seine Bürger zu schützen!« Applaus brandet auf. Ich höre kaum zu, als Chloe Cremonte fortfährt: **»Der große Skandal brachte mir die Idee zur Kristallisierung unseres Landes. Am 14. Juni vor fünf Jahren haben wir alle deutlicher denn je gesehen, was passiert, wenn die Führung einer Nation in den Händen emotionaler Menschen liegt. Wir haben aus dem Geschehenen gelernt und uns unter dem Wahlspruch Klarheit durch Traits eine Zukunft geschaffen. Wir sind eins geworden, eine Symbiose aus Rationalen und Emotionalen, Führern und Geführten, Denkern und Machern. Und obwohl Emma und die 48 anderen jungen Opfer des Skandals uns für immer genommen wurden, können und müssen wir uns damit trösten, dass sie nicht umsonst gestorben sind.«**

Die Dokumentation des Grauens endet damit, dass der Kristall weiße Rosen an die Hinterbliebenen der Opfer verteilt. Ein schaler Geschmack breitet sich in meinem Mund aus, als mir klar wird, welchem Zweck die bisher zurückgehaltenen Aufnahmen dienen. *Das sterbende Mädchen und die Leichensäcke sollen uns zeigen, wie wichtig die Traits sind.* Die brutalen Bilder sollen jeden Zweifel an der Kristallisierung ausrotten.

Dieses Mal ist es stockdunkel, als ich aufwache. Der Stuhl neben meinem Kopfende ist leer. Ocean muss nach Hause gegangen sein, als Reka von der Arbeit zurückgekehrt ist. *Wann bin ich eingeschlafen?* Ich knipse die Nachttischlampe an. Dort liegt noch der MP3-Player, Ocean hat ihn wohl vergessen. Mit den Kopfhörern und sanfter Akustikmusik im Ohr tappe ich in die dunkle Küche. Im Regal über der Spüle finde ich Gläser, fülle eins davon mit Wasser und trinke es in großen Schlucken leer. Auf der Anrichte steht ein abgedeckter Teller mit meinem Namen auf einem Klebestreifen. Die Überreste eines Abendessens, das ich verschlafen haben muss. *Wenigstens bin ich so gefährlichen Fragen entkommen*, denke ich und setze mich an den Tisch. Oceans Erzählungen zufolge haben Hunter und seine Eltern zusammen mit Yanas Familie jeden Sommer hier verbracht, bevor die Farays im Jahr nach dem großen Skandal ganz zurück nach Las Almas zogen. Hunter ist für Manuel und Amanda wie ein zweiter Enkel. Würden sie ihn wirklich der Administration melden? Ich drehe kalte Spaghetti auf eine Gabel, als mich eine streichende Bewegung an meinem Bein zusammenfahren lässt.

»Du bist es«, flüstere ich erleichtert. Chief wedelt mit dem Schwanz und setzt sich erwartungsvoll vor meine Füße. Ich habe keine Ahnung, was Ocean mit scheu gemeint hat. »Dein Frauchen würde das jetzt sicher nicht gut finden«, murmele ich, nehme die Kopfhörer heraus und gehe zum Kühlschrank. Chief verschlingt die Wurstscheibe, die ich ihm hinhalte, und legt grummelnd den Kopf schief, als wollte er mir sagen, dass das gerade einmal eine Vorspeise war.

»Aiyana! Wo ist der Autoschlüssel?«

Ich lasse vor Schreck die Packung fallen, auf die Chief sich in Sekundenschnelle stürzt. Mit klopfendem Herzen schiebe ich mich an dem Hund vorbei zur Küchentür.

»Ist alles in Ordnung?«, frage ich.

Reka, die gerade eine Jacke über ihren Schlafanzug zieht, greift sich an die Brust. »Mein Gott, Skye! Du hast mich erschreckt.« Sie drückt mir ihr Handy in die Hand, während sie ihre Schuhe zubindet. »Auf Lautsprecher«, befiehlt sie knapp.

»Ein Notfall, sechzehn Jahre und Überdosis. Wir brauchen Sie sofort auf der Intensivstation, Dr. Faray«, plärrt eine Stimme aus dem Handy.

»Zustand?«, ruft Reka.

»Das Mädchen kam in einem Regierungstransporter aus dem Landesinneren. Greenhill war das nächste Krankenhaus, aber sie ist zwei Stunden unversorgt geblieben. Kommen Sie schnell.«

Die Verbindung endet mit einem Klick, während mir auf einmal eiskalt wird. *Es gibt nur einen Ort, von dem dieser Transporter kommen konnte.*

Yana stürzt mit verwuschelten Haaren aus dem Wohnzimmer. Sie fischt einen Autoschlüssel aus der Tasche ihrer Jeansjacke, die an der Garderobe hängt, und hält ihn mit einem schuldbewussten Blick ihrer Mutter hin. Reka verschwindet, ohne sich zu verabschieden, während ich an Luces Festnahme und die Worte des Konsiliars denke. »Sie wird uns schon die Wahrheit erzählen. Dafür haben wir Mittel und Wege.«

Sechzehn Jahre, Überdosis. *Was haben sie nur mit dir gemacht?* Kraftlos sinke ich gegen die Wand und frage mich, ob ich die Antwort überhaupt wissen will. Denn wie auch immer sie lautet: Es ist meine Schuld.

Die kühle Nachtluft zieht durch die Ritzen ins Innere der Garage. Ein lang gezogenes Quietschen des Wellblechtors kündigt an, dass ich nicht länger allein bin. Yana duckt sich durch den schmalen Spalt, den sie das Tor geöffnet hat, und schließt es hinter sich.

»Du warst schnell«, stellt sie fest.

Ich lege mein Handy mit Yanas Nachricht zur Seite, auf die ich bis gerade gestarrt habe, und mache eine Bewegung mit dem Kopf in Richtung des Tors. »Das Haus hat also noch immer keinen neuen Besitzer?«

»Würde es hier sonst noch so aussehen wie früher?«, fragt

Yana und deutet auf das alte Sofa, die Kaffeemaschine und den Kühlschrank, die wir vor Jahren mit vereinten Kräften in unser Geheimversteck geschleppt haben.

»Ich schätze nicht«, gebe ich zu. »Wie geht es Skye?«

»Sie war ziemlich aufgewühlt. Wie es scheint, kennt sie das Mädchen. Aber ich hoffe, dass sie trotzdem zurück ins Bett gegangen ist.«

Das hoffe ich auch. Ich weiß ganz genau, was jetzt in ihr vorgeht. *Es ist nicht deine Schuld!* Es ist die Schuld dieser kranken Regierung, die Sechzehnjährige foltert ... Ich sehe zu Yana hinüber. Ich muss so schnell wie möglich an einen neuen Beweis für ReNatura kommen. Nur so kann ich etwas für Luce tun. Denn dass es Luce war, die so grausam verhört worden ist, daran besteht kein Zweifel.

Yana lässt sich auf das durchgesessene Plüschsofa fallen, das zwischen alten Motorradteilen und lange vergessenen Kartons fehl am Platz wirkt. Der Geruch nach Tabak und Tiefkühlpizza hat sich in den Polstern festgesetzt, als würden die verregneten Sommerabende meiner Vergangenheit darauf bestehen, nicht in Vergessenheit zu geraten.

»Die Testung soll hart sein, jeder kennt die Gerüchte. Aber Drogen, Hunter?« Yana sieht mich an. »So weit kann das Konsilium doch nicht gehen!«

»Das war kein Teil einer Aufgabe«, sage ich düster. »Das war ein Verhör.«

Für ein paar Atemzüge ist nur das Surren des alten Kühlschranks zu hören, den ich vor wenigen Minuten eingeschaltet habe, ohne damit zu rechnen, dass er noch immer funktioniert.

»Wenn du meine Hilfe willst, wirst du mir verraten müssen, weshalb ihr wirklich aus dem Zentrum geflohen seid.«

Mein Blick bleibt an Yanas Vogeltattoo hängen. Wandert zu ihrem entschlossenen Gesichtsausdruck. Es gibt niemanden, der besser dafür geeignet wäre, einen Beweis für das größte Staatsgeheimnis der Nationen zu stehlen. Ich hole tief Luft.

»Also gut.«

Ich lausche in die Dunkelheit, als würde Reka so schneller zurückkommen, um mir zu sagen, dass es nicht Luce war, die sich in diesem Transporter befand. Oder wenigstens, dass ihr Opfer sie nicht das Leben gekostet hat. Dass Elias' Verrat ihn nicht zu einem Mörder gemacht hat. Der Wecker auf dem Nachttisch zeigt vier Uhr morgens. Es ist totenstill im Bungalow – Yana muss wieder eingeschlafen sein auf der Couch im Wohnzimmer. Ich hingegen bin hellwach.

Vielleicht ist es jemand anders. Im Zentrum sind immerhin noch über 70 weitere Mädchen. Aber nur einer von ihnen gehört das Diktiergerät, mit dem ich mich in die geheimen Labore geschlichen habe. Nur eine hat sich Elias und dem Konsiliar gestellt, damit ich es schaffe, die Beweise für ReNatura aus dem Zentrum zu bringen. Ich richte mich auf und schiebe die Decke zur Seite, bevor ich noch wahnsinnig werde. So geräuschlos wie möglich drücke ich die Klinke der Schlafzimmertür hinunter und schleiche den schmalen Flur entlang. Rekas Arbeitszimmer ist klein und hat kein Fenster. Ich setze mich auf den Drehstuhl und schalte den Computer ein. Die Anmeldeseite baut sich auf und bietet mir die Wahl zwischen Rekas privatem Account und dem des Greenhill Hospital. Meine Finger trommeln auf die Tischplatte, während ich fieberhaft überlege, woraus Rekas dienstliches Passwort bestehen könnte. Mir läuft die Zeit davon. Wenn es wirklich Luce ist, werden die Konsiliare sie zurück ins Zentrum bringen, sobald sie wieder einigermaßen stabil ist, um mit ihrem Verhör fortzufahren. *Aber das kann ich nicht zulassen.*

Ich durchblättere Rekas Adressbuch, schiebe Papierberge zur Seite, taste den Rand der Tischplatte ab – und bleibe an einem Klebestreifen hängen. Ich reiße ihn ab und tippe triumphierend die Zahlenfolge in das Passwortfeld.

Greenhill Hospital, Zugriff Dr. Reka Faray.

Ungeduldig fahre ich mit der Maus über die verschiedenen Ordner mit Zahlencodes, die mir nichts sagen, bis meine Augen an einem gelben Symbol hängen bleiben. *Notfalldokumentation.* Ich lasse den Cursor über Daten und Uhrzeiten fliegen. *03:33 Notfallcode 011, Ärztin in Bereitschaft: Dr. Faray.*

Mein Zeigefinger schwebt zitternd über der Maus.

»Yana?«

Ertappt springe ich auf und stoße mit dem Knie gegen den Schreibtisch. Ocean streichelt einem aufgeregt wedelnden Chief beruhigend den Rücken.

»Du bist es«, sagt er überrascht. »Was ist passiert? Chief stand bellend vor unserer Haustür. Es ist mitten in der Nacht!«

Chief kommt auf mich zu und hinterlässt einen Sabberfleck auf meiner Schlafanzughose.

»Er muss in all der Aufregung aus der Tür gelaufen sein. Danke, dass du ihn zurückgebracht hast.«

Ocean bewegt sich nicht von der Stelle. »Danke, dass du ihn zurückgebracht hast?«, wiederholt er entgeistert. »Warum konnte er überhaupt abhauen? Was war hier los? Wo ist meine Tante und –« Er wirft einen Blick auf den Computer. »… und was tust du hier?«

»Schht!« Ich ziehe Ocean ins Arbeitszimmer und schließe leise die Tür. »Yana schläft auf der Couch.«

»Im Wohnzimmer ist niemand«, erwidert Ocean. »Da habe ich als Erstes nachgesehen. Wir sind allein.«

Ich lasse mich wieder auf Rekas Schreibtischstuhl sinken. *Wohin ist Yana verschwunden?* Aber diese Frage ist zweitrangig. Je weiter sie vom Bungalow entfernt ist, desto besser. Yana würde mich, ohne mit der Wimper zu zucken, an Reka verraten, wenn sie wüsste, was ich hier tue. Und Reka würde nicht lange brauchen, um die richtigen

Schlüsse zu ziehen und die Romeo-und-Julia-Geschichte als das zu enttarnen, was sie ist: eine Lüge.

Ich mustere Ocean, wie er da steht in seinem schwarzen Kapuzenpullover und den Jeans, die seine Beine viel zu dünn aussehen lassen. Heute Nachmittag hat mir mein Gefühl gesagt, dass ich ihm vertrauen kann. Jetzt werde ich sehen, ob meine Intuition mich getäuscht hat. Ich beiße mir auf die Lippe.

»Hör zu, Ocean. Ich verspreche dir, dass ich meine Gründe habe. Sehr, sehr wichtige Gründe. Bitte geh einfach wieder nach Hause. Und bitte verrate mich nicht!«

Ocean verschränkt die Arme. »Ich gehe, wenn ich diese Gründe kenne.«

»Ocean –«

»Du kannst nicht von mir verlangen, meine Familie zu belügen, ohne mir zu erklären, weshalb! Also: Was tust du hier?«

»Ich ...«, beginne ich, ohne zu wissen, wo ich anfangen soll. Wie kann ich einem Vierzehnjährigen erklären, dass die Testung kein Sommercamp ist, in dem wir unsere wahre Persönlichkeit herausfinden? Wie soll der verträumte Ocean verstehen, dass die Traits als Werkzeuge dienen, um Frauen zurück in eine Rolle zu drängen, die die Kristallisierer für unsere natürliche halten? Ich drehe mich zurück zum Computerbildschirm. *Notfallcode 011.* Mit klopfendem Herzen scrolle ich nach unten.

Und da steht ihr Name. *Luce Vaillant.*

»Ich versuche, ihr das Leben zu retten«, sage ich leise. Ich wende den Blick vom Bildschirm ab und sehe in die Augen des Sturms. »Reka wurde zu einem Mädchen nach Greenhill gerufen. Dieses Mädchen, Luce, muss noch heute Nacht aus dem Krankenhaus verschwinden, sonst –« Ich hole tief Luft. »... sonst bin ich verantwortlich für ihren Tod.«

5

Seid ihr befreundet?«, fragt Ocean, während ich auf das Foto auf dem Bildschirm starre.

Ich nicke wortlos. Weißblonde Locken umrahmen Luces Wangen und bilden einen starken Kontrast zu den dunklen Schatten unter ihren Augen. Jemand hat ihr ein zweites Kissen unter den Kopf gelegt. Für einen kurzen Moment überlege ich, Hunter um Hilfe zu bitten, doch dann denke ich an Yanas Vorwurf. *Luce ist meine Freundin. Sie zu retten ist meine Verantwortung.*

Ich schiebe meinen Stuhl zurück. »Wie komme ich am schnellsten zu diesem Krankenhaus?«

Ocean stellt sich in die Tür des Arbeitszimmers und hebt beschwichtigend die Hände. »Ich weiß, wie hart sich das anhört, aber du musst den Ärzten vertrauen. Reka wird dafür sorgen, dass die Drogen aus ihrem Körper kommen, dann kann deiner Freundin geholfen werden. Vielleicht schicken sie Luce ja auch auf so eine Farm. Ich glaube, Reilly geht es gut dort«, fügt er nachdenklich hinzu.

Reilly? Ich brauche einen Moment, doch dann fällt mir das Mädchen in Oceans Skizzenbuch wieder ein.

»Was für eine Farm?«, frage ich.

Ocean zuckt mit den Schultern. »Ich weiß selbst nichts Genaues. Während Reillys Testung ist dem Konsilium aufgefallen, dass sie psychische Probleme hat. Ihre Mum hat etwas von Depressionen erzählt. Auf den Farmen scheinen die betroffenen Jugendlichen Hilfe zu bekommen.«

Und auf einmal fällt es mir wie Schuppen von den Augen. »Daliawood«, flüstere ich und denke an die Mädchen in schwarzen Overalls, die in der fünften Nacht der Testung in den Transporter verladen wurden. Ich frage mich, ob *Depression* auch die Erklärung war, die den Eltern von Fiona und Maxeni für das Verschwinden ihrer Töchter gegeben wurde …

»Man sollte meinen, ich hätte was davon gemerkt«, sagt Ocean abwesend, »immerhin hat mich Reilly jeden Tag auf ihrer Vespa mit zur Schule genommen. Sie wohnt gleich gegenüber … also, wohnte. Ich habe keine Ahnung, wann sie zurückkommt.« Oceans schmale Schultern sacken in sich zusammen und am liebsten würde ich ihn in den Arm nehmen. Aber dazu bleibt uns keine Zeit.

»Diese Vespa«, sage ich stattdessen. »Du kannst sie dir nicht zufällig ausleihen?«

Yana presst die Hände gegen ihre Stirn. Ich weiß, dass ihr Verstand sich ebenso sehr gegen die Fakten wehrt, die ich ihr gerade eröffnet habe, wie meiner.

»Sie behaupten, unsere Welt wäre aus dem Gleichgewicht geraten«, versuche ich zu erklären. »Dass Straftaten, Depressionen und Krankheiten die Welt überfluten, weil wir uns von der menschlichen Natur abgewandt haben. All diese Probleme sollen verschwinden, wenn wir wieder unsere *natürlichen Rollen* annehmen.«

»Männer an die Arbeit und Frauen an den Herd, oder was?«, sagt Yana kopfschüttelnd. »Ich würde dir nicht glauben, es klingt einfach zu wahnsinnig - aber den Kristallisierern traue ich mittlerweile alles zu.« Sie seufzt. »Jetzt bereue ich, dich so unter Druck gesetzt zu haben. Wie heißt es so schön? Selig sind die Unwissenden.«

Ich beobachte meine beste Freundin. Sie streicht gedankenverloren über ihr eigenes E, das ich ihr vor zwei Jahren im Lesesaal der alten Bibliothek gestochen habe. Die groben Striche pflügen durch ihre Haut. Damals war ich noch nicht besonders gut darin, die Tätowierung zu fälschen.

»Aber wir leben im einundzwanzigsten Jahrhundert.« Yana lässt die Hände sinken. »Die Leute werden ReNatura nicht einfach so hinnehmen!« Ich ziehe an meiner Zigarette. Die Argumente der Kristallisierer sind krank, doch sie wirken. Und auf alle, bei denen sie es nicht tun, wartet ein schwarzer Transporter ...

»Sol wusste von ReNatura. Und sie hat es doch auch nicht hingenommen!«

Ich atme den Rauch aus. Es war schwer, Yana die volle Wahrheit über meine Mutter zu sagen. »Und wie ist das ausgegangen?«, erwidere ich mit rauer Stimme. »Ganz abgesehen von der hohen Sterblichkeitsrate unter Kristallisierungsgegnern ist nicht jeder bereit, für das Richtige einzustehen.« Meine Hände verkrampfen sich. »Sieh dir doch nur mal an, was wir schon seit Jahren protestlos geschehen lassen! Emotionale dürfen die Nationen ohne Antrag nicht verlassen, Emotionale dürfen ohne einen rationalen Bürgen kein Konto eröffnen und keine Wohnung mieten. Es fehlt nur noch der Zusatz, dass Frauen und Emotionale ein und dasselbe sind, dann geht die ReNatura-Gleichung auf! Glaub mir, das E wird Frauen so lange an ihre Grenzen stoßen lassen, bis sie bereit sind, an ihre eigene Unmündigkeit zu glauben. Und genau in diesem Moment eilen die Kristallisierer zur Rettung.«

»Mit einem Programm, das den Frauen die Verantwortung für ihr Scheitern nimmt«, murmelt Yana nachdenklich.

»Ganz genau.« Ich drücke die Zigarette aus und fahre mir müde durch die Haare.

»Trotzdem.« Yana steht auf. »Damit kommen sie nicht durch. Doch nicht im verdammten Internetzeitalter, in dem das alles in Sekunden um die Welt gehen wird!«

»Du meinst um die Welt, mit der Chloe Cremonte Beitrittsgespräche führt?«, entgegne ich nüchtern.

»Ich habe die Schlagzeilen aus Europa gelesen«, sagt Yana. »Aber das heißt noch lange nicht, dass niemand erkennen wird, welches Spiel die Kristallisierer spielen!«

»Genauso wie alle erkannt haben, dass die Traits bloß der erste Schritt sind?« Ich schüttle den Kopf. »Selbst Chloe Cremonte ist zu blind, um zu merken, dass ihr Ausnahmestatus sie nicht ewig schützen wird. Niemand wird aufwachen, wenn die schleichende Indoktrinierung der Kristallisierer weiter fortschreitet.«

»Dann ist wenigstens klar, was wir zu tun haben.« Yana sieht mich auffordernd an. »Also, wo ist euer Beweis? Was genau haben wir in der Hand?«

Ich massiere meine Schläfen. *Verbrannt. Zerstört. Verloren. Asche.* Das ist unser Beweis. Doch vielleicht gibt es eine Möglichkeit, die Grausamkeiten der Regierung öffentlich zu machen und gleichzeitig das Mädchen zu retten, das sich für unseren ersten Beweis geopfert hat.

Ich blicke auf. »An diesem Punkt brauche ich deine Hilfe.«

Ocean beobachtet besorgt, wie ich den Motor aufbrummen lasse. Wahrscheinlich bereut er es schon jetzt, die Vespa aus dem Carport von Reillys Eltern geschoben und den nachlässig daneben hängenden Schlüssel eingesteckt zu haben. Es ist nicht seine Art, die Regeln zu brechen, genauso wenig wie meine. *Aber manchmal muss man etwas Verbotenes tun, weil es um etwas Größeres geht.* Um das Leben einer Freundin, zum Beispiel. Und um das Schicksal eines Landes. Die Reifen drehen durch und Kies spritzt gegen Rekas hellblaue Hauswand.

»Vielleicht sollte ich lieber mitfahren«, meint Ocean zweifelnd.

»Und wie bekomme ich Luce dann ins Reservat?« Ich schüttle den Kopf und zucke zusammen, als die Vespa einen Satz nach vorn macht. »Die Main Road bis zur Highway-Auffahrt, richtig?«, vergewissere ich mich, als mein Herzschlag sich wieder beruhigt hat.

»Und dann einfach geradeaus«, bestätigt Ocean.

Ich will einen zweiten Fahrversuch starten, als mir einfällt, dass ich etwas vergessen habe. »Ihre Stationsdaten!«

Ich drücke Ocean den Lenker in die Hand und stürme zurück in Rekas Arbeitszimmer. Im Krankenhaus nach einer Patientin zu fragen, die mit einem Regierungstransporter gebracht wurde, würde zu viel Aufmerksamkeit erregen.

»Was glaubst du, was du da machst?«, ertönt eine scharfe Stimme hinter mir.

Yana steht in der Tür des Arbeitszimmers und stützt die Hände in die Hüften. Ocean folgt ihr auf dem Fuß.

»Schon in Ordnung, Skye brauchte den Computer, weil –«

Yana bringt ihn mit einer Handbewegung zum Schweigen.

»Du schläfst in meinem Bett, bringst meine Mutter an den Rand des Burn-Outs und schnüffelst jetzt auch noch in ihren Sachen herum?«

»Genau genommen in den Sachen des Krankenhauses«, sage ich, während ich mir Luces Station und ihre Zimmernummer mit einem Kugelschreiber auf die Hand kritzele. »Wenn das Mädchen, das heute Nacht eingeliefert wurde, nicht sofort aus Greenhill verschwindet, wird selbst deine Mutter sie beim nächsten Mal nicht mehr retten können.«

»Das meinst du doch nicht ernst.« Yana deutet auf die verwackelten Buchstaben. »Dir ist klar, dass du nie wieder aus dem Krankenhaus zurückkommen wirst, oder? Das ist eine Himmelfahrtsmission!«

Ich will gerade erwidern, dass sie mich noch vor ein paar Stunden dazu aufgefordert hat zu verschwinden, als ich hinter ihr eine Bewegung wahrnehme.

»Skye?« Hunter schiebt Yana zur Seite und bleibt wie angewurzelt stehen, als er mich vor Rekas Computer sieht. Mit einem Mal bricht die Fassade zusammen, die ich so krampfhaft aufrechterhalten habe.

»Hunter!« In zwei Schritten ist er bei mir und ich lasse mich von ihm auffangen. »Sie foltern Luce. Sie haben ihr irgendetwas gegeben, damit sie spricht, und jetzt soll Reka sie retten. Aber dann werden sie weitermachen. Sie werden weitermachen, Hunter, so lange, bis sie redet oder stirbt oder beides –« Meine Worte gehen in Schluchzern unter, die tief aus meiner Kehle kommen.

»Ich weiß.« Hunter hält mich fest, einen Arm um meine Taille geschlungen, einen um meine Schultern. »Ich weiß«, wiederholt er. »Und wir werden Luce nicht noch einmal im Stich lassen.«

Ich löse mich aus seinen Armen und sehe ihn an. »Ihr … ihr seid gekommen, um sie da rauszuholen?«

»Allerdings«, sagt Yana. »Aber wir brauchen einen Plan. Und zwar einen besseren, als mit einer gestohlenen Vespa im Pyjama nach Greenhill aufzubrechen.«

Hunter wirft Yana einen wütenden Blick zu, doch ich achte nicht auf sie. Mein Blick wird vom Bildschirm des Computers angezogen, auf dem sich die Zeile *Patientenstatus* leert. Ein neuer Eintrag ersetzt den alten.

»Verlegt in Rehabilitationseinrichtung?« Oceans Stimme bestätigt mir, dass ich mich nicht verlesen habe. »Dann geht es ihr wohl besser!«

»Aber so schnell?«, stammle ich. »Das kann doch nicht sein, sie müssen doch –« Meine Stimme bricht erneut. *Sie müssen gar nichts tun, außer Luce am Leben halten.*

»Es dauert nicht lange, jemandem den Magen auszupumpen«, sagt Yana nüchtern.

»Mittlerweile ist sie bestimmt schon unterwegs zu einer der Farmen.« Ocean greift nach der Maus, um die Maske zu schließen, als sei jetzt alles in bester Ordnung.

»Verstehst du denn nicht?«, fahre ich ihn an. »Luce ist nicht drogenabhängig, genauso wenig wie Reilly depressiv ist!«

Ich werde Luce finden. Ich habe es versprochen. Als ich ihre Kette an mich genommen habe, habe ich geschworen, sie zu ihr zurückzubringen. Die Kette! Ich taste nach der Glasscherbe an dem schwarzen Lederband, dem Zeichen der *Sonne*, das ich für Luce bewahre – doch die Kette ist fort. *Genau wie Luce selbst.*

Hunter zieht mich wieder in seine Arme. Ich vergrabe mein Gesicht an seiner Schulter und kralle meine Finger in sein Hemd, während er mich mit leisen Worten zu beruhigen versucht. Aber die Stimme in meinem Kopf übertönt ihn. *Zu spät. Wir sind zu spät.*

Hunter stützt müde seine Ellbogen auf den Küchentisch. Ocean ist nach Hause gegangen und Yana hat sich kurz darauf erstaunlich feinfühlig ins Wohnzimmer zurückgezogen.

»Wir müssen den Inhalt des Diktiergeräts jetzt hochladen«, sage ich leise. »Das ist die einzige Möglichkeit, wie wir verhindern können, dass sie Luce und den anderen Untreuen noch mehr antun.«

Die Muskeln in Hunters Oberarmen spannen sich an. »Es ist noch nicht so weit.«

»Aber die Kristallisierer spielen auf Zeit!«, widerspreche ich. »Je länger wir mit der Enthüllung warten, desto mehr Möglichkeiten geben wir ihnen, sich darauf vorzubereiten.« Ich greife nach Hunters Hand, doch er zieht sie weg.

»Ich habe gesagt, es geht nicht!« Er lehnt sich zurück. »Glaubst du wirklich, dass es reicht, eine Tonaufnahme ins Internet zu stellen, um die Kristallisierer aus dem Weißen Haus zu holen?«

Wut kocht in mir hoch. Auf einmal fühle ich mich, als stünden wir wieder im zugigen Einstiegsraum des Transregion. *Die kleine Expektantin und der allwissende Testleiter.*

»Ich brauche Zeit«, sagt Hunter in einem etwas versöhnlicheren Ton.

Ich starre ihn an. *Ich?* »Zeit wofür? Worauf willst du noch warten?«, entfährt es mir lauter als gewollt. Ich zucke zusammen, als die Küchentür hinter mir aufgeht.

»Wenn ihr weiter so schreit, weckt ihr Yana noch auf«, zischt Reka. Sie trägt ihren weißen Arztkittel noch und sieht abgekämpft aus. »Solltet ihr nicht beide im Bett sein?«

»Skye konnte nicht schlafen«, murmelt Hunter.

»Hast du Schmerzen?«, fragt Reka. Ich schüttle den Kopf. »Sehr gut.« Reka nickt mir zu, als sei das ein persönlicher Verdienst. »Aber wenn du sowieso wach bist, können wir auch genauso gut jetzt einen kleinen Check-up machen. Ich habe Schnelltests aus Greenhill mitgebracht, um deine Werte zu überprüfen.«

Ich lasse mich von Reka in Yanas Zimmer führen. Bevor ich die Tür hinter mir schließe, drehe ich mich noch einmal zu Hunter um. Er schüttelt kaum merklich den Kopf. Meine nächste Anweisung. *Frag Reka nicht nach Luce. Sie darf keine Verbindung zwischen euch ziehen.*

Ich bleibe still, während Reka meine Armbeuge desinfiziert. »Alles in Ordnung?«, fragt sie.

»Ja.« Ich lächle sie an.

Warum zögert Hunter auf einmal, ReNatura zu veröffentlichen, wie es doch von Anfang an geplant war? Er verheimlicht mir etwas, so viel ist sicher. Und nichts ist in Ordnung, bis ich herausgefunden habe, was es ist.

Wenig später sind wir zurück in der Küche. Wir setzen uns an den Tisch, an dem Hunter auf uns wartet.

»Die gute Nachricht ist, dass der Sauerstoffgehalt deines Blutes wieder stabil im Normbereich liegt, Skye«, beginnt Reka. »Der Stoff, der deine roten Blutkörperchen angegriffen hat, ist mittlerweile aus deinem System.«

Hunter atmet auf und drückt meine Hand, als hätte er für einen kurzen Moment vergessen, dass wir uns streiten. Wahrscheinlich sollte ich mich ebenfalls freuen, aber alles, woran ich denken kann, ist Luce. Ist der Stoff, den die Kristallisierer ihr verabreicht haben, auch aus ihrem System? Hat Reka ihr das Leben gerettet, ohne zu wissen, was ihr als Nächstes bevorsteht?

»Moment mal, der Stoff?«, hakt Hunter nach. »Also war es doch eine Rauchvergiftung?«

Reka schüttelt den Kopf. »Nein, obwohl Skyes Symptome darauf hingedeutet haben. Kohlenmonoxid verdrängt den Sauerstoff im Blut. Skye litt unter einem solchen Sauerstoffmangel, bloß war kein Kohlenmonoxid in ihrem Blut zu finden – und auch kein anderes Giftgas. Das hat ihren Fall so unerklärlich gemacht.« Reka fährt sich durch das kurze Haar, das ihren ohnehin harten Zügen eine zusätzliche Strenge verleiht. »Habt ihr schon einmal von einem Medikament namens Erythrozynol gehört?«

»Nein«, antworte ich verwirrt.

Auch Hunter schüttelt den Kopf. »Weshalb?«

»Weil Erythrozynol die einzige Erklärung für deine Symptome ist, Skye. Als ich eine Ahnung davon bekam, wonach ich suchen muss, konnte ich Spuren dieses Stoffes in deinem Blut nachweisen. Merkwürdigerweise, denn er wurde schon vor Jahren als Gift klassifiziert und vom Markt genommen.«

»Und was genau ist dieses Erythro…?« Hunter macht eine vage Geste mit der Hand.

»Erythrozynol ist ein Medikament, das entwickelt wurde, um die Symptome von Blutarmut zu lindern«, erklärt Reka. »Eine Anämie, also der Mangel an roten Blutkörperchen, kann viele Ursachen haben – und die meisten davon sind äußerst einfach behandelbar.

Aber es gibt eine spezielle Form, bei der das Immunsystem die bereits vorhandenen Blutkörperchen zerstört.«

Hunter sieht genauso ratlos aus, wie ich mich fühle.

»Es ist ganz einfach«, sagt Reka geduldig. »Rote Blutkörperchen, auch Erythrozyten genannt, sind dafür verantwortlich, den Sauerstoff von unserer Lunge zu den anderen Organen zu transportieren. Das schaffen sie durch das in ihnen enthaltene Hämoglobin, den roten Blutfarbstoff. Werden die roten Blutkörperchen aber zerstört, so löst sich der Sauerstoffträger Hämoglobin und schwimmt von da an frei im Blut herum.«

»Also wird kein Sauerstoff mehr zu den Organen transportiert?«, frage ich.

Reka nickt. »Genau so ist es. Ein großer Konzern namens Pharma-Con hat vor Jahren an einem Medikament geforscht, das dieses Problem beheben sollte: Erythrozynol. Es sollte das losgelöste Hämoglobin aufnehmen und zu den Organen transportieren. Ein Ersatz-Blutkörperchen, wenn man so will. Das Problem ist aber, dass Erythrozynol das Hämoglobin nicht bindet, sondern es absorbiert.«

»Und was heißt das?«, fragt Hunter.

»Die Symptome verstärkten sich, statt sich zu verbessern. Das Medikament zerstört die Sauerstoffträger, die es eigentlich zu den Organen transportieren sollte, und man hat das Gefühl, keine Luft zu bekommen, obwohl man atmet. Schlussendlich, wenn der rote Blutfarbstoff komplett verschwunden ist, stirbt der Patient an multiplem Organversagen.«

Ich spüre wieder die Schwäche in meinem Körper. Das Ziehen und das grausame Gefühl, keine Luft zu bekommen, obwohl reiner Sauerstoff durch meine Nase gepumpt wird.

»Und warum bin ich nicht gestorben?«, frage ich leise.

»Die Konzentration in deinem Blut war gering«, sagt Reka. »Das Erythrozynol hat zwar genug rote Blutkörperchen angegriffen, um die Symptome einer schweren Anämie hervorzurufen, aber dein eigentlich gesunder Körper konnte schnell genug neue produzieren.«

»Deshalb auch die Bluttransfusion«, schließe ich.

Reka nickt.

»Und wo sollte Skye mit diesem Teufelszeug in Kontakt gekommen sein?«

»Da bin ich genauso neugierig wie du, Hunter«, erwidert Reka. Sie mustert uns, und mir wird klar, dass dies der Punkt des Gesprächs ist, auf den Reka die ganze Zeit hingearbeitet hat. »Pharma-Con wurde vor Jahren die Herstellungslizenz entzogen, Erythrozynol gibt es nicht mehr. Wie konntest du also damit in Berührung kommen?«

»Ich weiß es nicht«, gebe ich zu.

Hunter löst seine Hand aus meiner. »Der Schnitt!«, sagt er und deutet auf die helle Narbe, die sich quer über meinen Handballen zieht. »Du hast mir nie gesagt, wie das passiert ist.«

»Ich bin mit deinem Taschenmesser abgerutscht«, erkläre ich und beiße mir gerade noch rechtzeitig auf die Zunge, bevor ich hinzufügen kann, dass ich damit die Falltür zu den Laboren des Zentrums aufgehebelt habe.

»Nun gut, ob ihr die Gründe kennt oder nicht, ich muss den Vorfall melden. Das gehört zum Standardprotokoll für Vergiftungsfälle.« Bevor wir widersprechen können, hebt Reka die Hand. »Um Skyes Mutter müsst ihr euch keine Sorgen machen, die Patientendaten sind anonymisiert.« Reka steht auf. »Ihr solltet jetzt ins Bett gehen und ein paar Stunden Schlaf nachholen. Das ist es zumindest, was ich tun werde.« Sie streckt die Arme über den Kopf, wobei die Ärmel ihres Kittels verrutschen, und verlässt gähnend die Küche. Hunter starrt ihr hinterher, als hätte er einen Geist gesehen.

»Was ist?«, flüstere ich.

»Das kann nicht sein.« Hunters Stimme ist kaum hörbar.

Ich nehme seine verkrampften Hände in meine. »Hunter, rede mit mir!«

Doch er schüttelt den Kopf. Sein Gesichtsausdruck ist verhärtet. »Nicht hier. Und nicht jetzt. Es gibt Wichtigeres, über das wir nachdenken müssen.«

»Dann lass uns das tun!« Ich streiche mit dem Daumen über seinen Handrücken. »Geh nicht zum Cottage. Bleib hier.«

Hunter schüttelt den Kopf. »Ich bin zu müde, um zu reden. Bitte, Skye, es war eine lange Nacht.«

Ich denke daran, dass er die letzten Stunden damit verbracht hat, zusammen mit Yana einen Plan zu schmieden, um Luce aus dem Krankenhaus zu holen. *Bist du zu müde, um zu reden, oder nur zu müde, um mit mir zu reden?*

»Okay«, sage ich mit einem Kloß im Hals. »Bis morgen?«

Hunter nickt. Als ich wenige Minuten später das Fenster meines Zimmers schließe, sehe ich, wie Hunter die Straße hinuntergeht. Seine Hände stecken tief in den Taschen seiner Jeans. Er schaut sich nicht nach mir um.

6

Ein lautes Rumpeln reißt mich aus dem Schlaf. Ich stehe auf und öffne meine Zimmertür, aber es ist nur Chief, der ein Paar Schuhe vom Regal geworfen hat und mich jetzt schuldbewusst ansieht.

»Subtiler Hinweis«, gähne ich. »Kannst du nicht dein Frauchen bitten, mit dir spazieren zu gehen?« Doch ein Blick ins Wohnzimmer verrät mir, dass Yana nicht da ist. Ich ignoriere Chiefs Hundeblick und gehe ins Bad, wo ich mir kaltes Wasser über die Hände laufen lasse.

Meine Nacht war kürzer als gedacht, es ist gerade einmal halb zehn. Ich ziehe den Schlafanzug aus und löse vorsichtig den Verband von meinen Verbrennungen. Die lilafarbenen Brandblasen sind kein schöner Anblick, aber wenigstens schmerzen sie nicht mehr so stark. Während ich mich vorsichtig wasche, wandern meine Gedanken zurück zu gestern Nacht. Wie kann dieses Gift, von dem Reka gesprochen hat, in meinen Körper gelangt sein, wenn es schon seit Jahren nicht mehr hergestellt wird? Ich wünschte, Hunter hätte mich mit dieser Frage nicht allein gelassen. Aber etwas hat ihn aus dem Konzept gebracht. Etwas, das nichts mit Luce oder mit dem Erythrozynol zu tun hatte … Vor meinem inneren Auge sehe ich wieder den Gesichtsausdruck, mit dem er Reka angestarrt hat. Als wäre ihm auf einmal etwas klar geworden. Wütend flechte ich meine Haare zu einem Zopf. Was auch immer es ist – wenn er mich weiter ausschließen will, muss er damit selbst zurechtkommen. Aber in seinen mysteriösen neuen Plan zur Enthüllung von ReNatura wird er mich einweihen. Gestern Nacht war ich zu müde und zu ausgelaugt, um darauf zu bestehen, aber heute werde ich eine Erklärung verlangen. Und ihn anschließend davon überzeugen, dass Abwarten keine Option ist. Wir müssen die Kristallisierer so bald wie möglich stürzen, das sind wir Luce schuldig.

Zurück im Schlafzimmer ziehe ich die oberste Schublade von Yanas Kommode auf. Obwohl es ihr mit Sicherheit nicht gefallen wird, dass ich mich an ihren Sachen bediene, nehme ich eine Jeans heraus – schließlich kann ich nicht im Schlafanzug auf die Straße gehen. Auf der Suche nach einem Oberteil öffne ich auch die nächste Schublade. Und da liegen sie, die Sachen, in denen ich aus dem Zentrum geflohen bin: Der weiße Faltenrock, die weiße Bluse und die Kniestrümpfe. Alles gewaschen und ordentlich zusammengelegt. Nur die Jacke fehlt, wahrscheinlich war zu viel Stoff verbrannt, um noch von Nutzen zu sein. Mit spitzen Fingern schiebe ich den Stapel Wäsche zur Seite. Darunter kommt Hunters silbernes Taschenmesser zum Vorschein, das in meiner Jackentasche gesteckt hat. Ich streiche über das kühle Metall und stecke es in die Tasche meiner Jeans. Es hat mich schon zwei Mal gerettet, erst im Labyrinth und dann in der Nacht der Flucht. Vielleicht werde ich es auch noch ein drittes Mal brauchen können. Das Diktiergerät finde ich nicht, aber das ist auch kein Wunder. Hunter muss es an sich genommen haben. *Aber wo ist …* Mein Magen knurrt. Ich gehe in die Küche und bestreiche zwei Toasts mit Erdnussbutter und Himbeermarmelade, dann durchsuche ich die Schublade in Yanas Zimmer ein zweites Mal. Doch das Lederband mit der orangefarbenen Glasscherbe ist nicht da.

»Seltsam«, murmele ich. Wahrscheinlich hat Hunter auch die Kette mitgenommen, schließlich weiß er, wie viel sie mir bedeutet. Ich ziehe ein Top von Yana an und schlüpfe im Flur in ein Paar ihrer Sandalen. Chief sieht mich mit schief gelegtem Kopf an und winselt.

»Also gut. Aber nur, wenn du mir den Weg zu diesem Cottage zeigst, wo Hunter übernachtet!« Ich kann mir trotz meiner Sorgen ein Grinsen nicht verkneifen. »Weißt du, ich habe Leute, die mit ihren Haustieren reden, bisher immer für verrückt erklärt.« Ich greife nach der Leine, die neben der Haustür hängt, und befestige den Karabinerhaken an Chiefs Halsband. Er wedelt enthusiastisch mit dem Schwanz. »Wenigstens bekomme ich von dir Antworten, anders als von den meisten Menschen«, murmele ich und öffne die Haustür.

Auf der Main Road brummt ein Lastwagen an mir vorbei. Ich schaue auf den Zettel mit der Adresse von Yanas Großeltern, die ich aus Rekas Adressbuch abgeschrieben habe. Jetzt muss ich nur noch jemanden finden, der mir den Weg zu ihrer Straße erklärt. Während ich mich umsehe, wird mir klar, warum Dad immer darüber schimpft, dass meine Generation sich so sehr auf Smartphones verlässt – ohne die Hilfe des Internets ist mein Orientierungssinn komplett aufgeschmissen. Mangels einer besseren Alternative lasse ich mich von Chief weiterziehen. Die Sonne strahlt warm vom Himmel und es weht ein leichter Wind. *Perfektes Laufwetter,* denke ich sehnsüchtig. Wenn das hier ein ganz normaler Tag wäre, würde ich jetzt meine Turnschuhe anziehen und das Adrenalin genießen, das durch meine Adern fließt, wenn ich zu joggen beginne. Aber es ist kein normaler Tag. Statt Rekordzeiten beschäftigt mich die Frage, was mit meinem Land passieren wird, wenn Hunter und ich es erst einmal ins Chaos gestürzt haben. Wer wird nach Chloe Cremonte und dem Präsidenten an die Macht kommen? Welches System wird das der Traits ersetzen?

Chief zieht ruckartig an der Leine. Ich verliere das Gleichgewicht und stolpere dem Hund hinterher in eine Querstraße. »Stopp!« Doch gegen fünfzig Kilo pure Willenskraft bin ich machtlos. »Chief, halt!« Zu meiner Überraschung bleibt der große Mischlingsrüde augenblicklich stehen. »Guter Junge«, keuche ich.

Als ich meine Hand aus der Leine gewickelt habe, bemerke ich jedoch, dass er mit aufgestellten Ohren starr geradeaus blickt und leise knurrt. Ich folge seinem Blick. Nicht weit von uns entfernt stemmt eine junge Frau ärgerlich die Hände in die Hüften. *Ist das etwa …* Sie hat uns den Rücken zugedreht, um ihr Gegenüber anzusehen, aber diese entschiedene Haltung würde ich überall erkennen.

»Woher weißt du, dass ich hier bin?«, faucht Yana.

Reflexartig ziehe ich den Hund hinter ein paar Mülltonnen am Straßenrand und ducke mich.

»Uns entgeht nichts, das solltest du doch wissen. Es tut mir leid, was in Arizona passiert ist. Aber das ist genau der Grund, aus dem ich –«

»Wenn du gekommen bist, um mich zu bitten, bei Beth ein gutes Wort für dich einzulegen, dann hast du dich geschnitten. Ich bin froh, dass sie dich aus New York hierher versetzt hat. Dann habe ich zumindest im Hauptquartier demnächst meine Ruhe.«

Vorsichtig spähe ich hinter den Mülltonnen hervor und sehe, wie Yana die Arme verschränkt. Ihr Körper versperrt den Blick auf denjenigen, mit dem sie spricht.

»Es geht um mehr als den Ring«, sagt der Typ jetzt. »Ich weiß, dass du so bist wie ich. Du willst etwas verändern –«

»Keine Chance«, fährt sie erneut dazwischen. »Ich werde nicht alles riskieren, was ich habe.«

»Und was genau hast du? Die Position als Handlanger von Beths Handlanger?«

Yana hebt warnend die Hand. »Wage es nie wieder, meine Arbeit zu beleidigen«, zischt sie. »Hunter ist vielleicht schon länger dabei, aber ich habe in den letzten beiden Jahren mehr geleistet als er in vier!«

Der Typ lacht. »Ich weiß. Und deshalb steht mein Angebot.«

»Und meine Antwort bleibt Nein. Beth vertraut mir. Wenn du mich noch einmal fragst, werde ich dafür sorgen, dass sie dich endgültig rauswirft!« Mit diesen Worten dreht sie sich um und lässt ihn stehen.

»Also willst du einfach geduldig darauf warten, dass sie deine Leistungen irgendwann anerkennt?« Was auch immer er will – der Typ gibt nicht so schnell auf.

»Nein«, ruft Yana über die Schulter. »Ich werde mir Beths Anerkennung *verdienen*!«

Chief springt schwanzwedelnd auf, als Yana an unserem Versteck vorbeistürmt, doch ich halte ihn am Halsband fest und lege meine Hand sacht auf seine Schnauze. Mit klopfendem Herzen presse ich mich gegen die Mülltonnen und warte, bis Yana um die Ecke gebogen ist. Dann richte ich mich auf. Die Straße ist leer, der Typ ist verschwunden. Yanas letzter Satz hallt durch meinen Kopf. *Ich werde mir Beths Anerkennung verdienen.* Das kann nur eins bedeuten … So schnell ich kann, laufe ich Yana hinterher in Richtung der Main Road. *Ich muss Hunter finden. Ich muss ihm sagen, dass er der Falschen vertraut …* Yana verehrt meine Mutter. Und im Augenblick gibt es einen sehr einfachen Weg, sich Mums Anerkennung zu verdienen und gleichzeitig in der Leitungsriege des Rings zu landen. Ich weiche einem Pärchen aus, das mir entgegenkommt. Yana könnte zwei Fliegen mit einer Klappe schlagen. Denn obwohl sie Hunter in der Nacht unserer Ankunft versprochen hat, uns nicht zu verraten, spüre ich, dass sie mich liebend gern an der Seite meiner Mutter in ein Flugzeug steigen sehen würde. Ohne Ticket zurück.

»Skye?«

Ich beschleunige meine Schritte.

»Hey, Skye! Warum rennst du so?« Ocean winkt mir aus der Tür eines Cafés zu. *Das muss der Laden sein, wo Hunter die Doughnuts geholt hat. Monas Café.*

»Bloß … ein Morgenspaziergang«, rufe ich ihm zu. Doch die Ablenkung hat mich Tempo gekostet. Seufzend sehe ich Yana hinterher, die gerade um eine Ecke verschwindet. Früher hätte ich sie problemlos eingeholt, aber meine Kondition ist nach mehr als einer Woche Bettruhe nicht mehr dieselbe. *Vielleicht brauche ich Yana allerdings gar nicht, um Hunter zu finden.* Mein Blick wandert zurück zu Ocean, der mir winkend bedeutet, ins Café zu kommen. Ocean kann mich ebenso gut zum Cottage seiner Großeltern führen. Ich binde Chief im Schatten vor Monas Café an.

»Nur eine Sekunde, versprochen«, sage ich und schiebe ihm den Wassernapf hin, der auf dem Gehweg steht.

Ich öffne die Glastür und dränge mich an den Tischen vorbei, an denen Leute die Zeitung lesen, ein frühes Mittagessen oder ein spätes Frühstück zu sich nehmen.

»Solltest du nicht in der Schule sein?«, frage ich, als ich zu Ocean an den Tresen trete.

»Chemieklausur.« Er grinst. »Lohnt sich nicht.« Er deutet auf einen Barhocker.

»Ich kann nicht bleiben«, sage ich abwehrend. »Hör zu, Ocean, ich muss dringend mit Hunter sprechen.« Ich erwische mich dabei, wie ich nervös mit den Fingern auf den Tresen trommle. »Kannst du mir erklären, wie ich zum Cottage deiner Großeltern komme?«

Ocean nickt. »Ich bring dich gleich hin, okay? Ich warte nur noch auf meine Pancakes.« Er sieht mich an. »Ich habe über deine Freundin nachgedacht. Wenn du wirklich herausfinden willst, wo sie ist, gibt es vielleicht eine Möglichkeit.«

Ich setze mich auf den Hocker. »Welche?«

Ocean hält mir das Display seines in die Jahre gekommenen Handys entgegen, von dem mir eine Anzeige entgegenstrahlt.

»Neueste Technologie, neuestes System, bester Komfort?«, lese ich stirnrunzelnd. Das Bild unter dem Text ist zu verpixelt, um mehr als ein graues Rechteck in der Hand einer lachenden Frau zu erkennen.

»Die Teile sind der Wahnsinn. Erst gestern rausgekommen und trotzdem schon überall ausverkauft, sogar in den Onlineshops.« Er deutet auf eine Zeile in einer Sprechblase: *So weißt du immer, wo deine*

Freunde sich gerade befinden! »Das hier meine ich. Eine Art Radiusangabe soll dir anzeigen, wer in der Nähe ist. Auf den Farmen werden bestimmt ab und an Ausflüge in die Stadt angeboten. Wenn Luce sich so eins besorgt, könntest du sie garantiert ausfindig machen.«

Ich betrachte Oceans unbekümmertes Gesicht. *Er glaubt tatsächlich, die Radarfunktion von irgendeinem neuen Handy würde meine Probleme lösen.*

»Dich findet man im Zweifel wohl immer in einem TechMania-Laden, nicht wahr?«, sage ich.

»Erwischt.« Ocean grinst.

Ich versuche, meine Enttäuschung zu verbergen. Vielleicht ist es gut, dass Ocean trotz meines Ausbruchs gestern Abend glaubt, Luce und Reilly seien auf der »Farm« in Sicherheit und hätten die Möglichkeit, sich das neuste Smartphone zu besorgen.

»Na, was kann ich dir bringen? Omelette, French Toast oder vielleicht einen Milchshake?«, reißt mich eine warme Stimme aus meinen Gedanken. Das Schild auf der karierten Bluse der Frau verrät, dass Mona sowohl der Name des Cafés als auch der seiner Besitzerin ist. Sie stellt einen Teller Pancakes vor Ocean ab und lächelt mich fragend an.

»Nichts, ich bin eigentlich auf dem Sprung«, sage ich, als Chiefs Bellen neue Besucher ankündigt. Eine Frau mit zwei Kindern, Zwillingen, wie es scheint, setzt sich an einen runden Tisch nicht weit entfernt von unseren Hockern.

»Mummy versucht mal, Daddy anzurufen«, erklärt sie. »Wollt ihr Daddy erzählen, dass wir bei echten Indianern gelandet sind?«

Oceans Lächeln verschwindet.

»Wir würden es vorziehen, als Native Americans bezeichnet zu werden, wenn Sie den Namen unseres Stammes schon nicht wissen«, sagt Mona freundlich, als sie der Frau die Speisekarte reicht. »Und übrigens: Es gibt über 500 indigene Stämme allein auf dem Gebiet der ehemaligen USA. Sie alle einfach als *Indianer* zu bezeichnen, obwohl sich unsere Sprache, Religion und Kultur grundsätzlich voneinander unterscheiden, ist nicht nur falsch, sondern auch ziemlich unsensibel.«

Die Frau starrt Mona mit offenem Mund hinterher.

»Eine Gläserne Nation ohne Rassismus, dass ich nicht lache.« Mona schüttelt den Kopf, als sie an uns vorbei hinter den Tresen geht. »Unglaublich, oder?«

Ich erwidere nichts. Im Sonnenlicht, das durch das Fester fällt, blitzt ein silbernes Armband auf, das sich unauffällig wie eine Uhr um das Handgelenk der Frau legt. Auf einmal spüre ich wieder die Kühle des Metalls, als Hunter mir den Check an meinem ersten Abend im Zentrum umlegte. Fühle es förmlich brennen bei dem Gedanken daran, dass sich in dem harmlos wirkenden Gerät Kameras und Mikrofone verbergen, die nur darauf warten, jeden untreuen, regierungsfeindlichen Atemzug zu verraten.

»Wow!«, sagt Ocean zwischen zwei Bissen. »Es sieht in echt noch viel beeindruckender aus.«

Ich beobachte, wie die Frau das Metallarmband mit einer Streichbewegung ihres Zeigefingers dazu bringt, sich bis zur Mitte ihres Unterarms auszubreiten. Mit gerunzelter Stirn tippt sie auf dem Display herum.

»Hallo!« Die Frau winkt in Richtung des Tresens. »Funktioniert Ihr Internet nicht?«

Als Mona sie nicht beachtet, steht die Frau auf und stellt sich neben uns an die Theke. »Ich kann meinen Mann nicht erreichen, weder über Nachrichtenfunktionen noch über Mobilfunk. Und an meinem Check liegt das wohl nicht, der ist brandneu!« Anklagend streckt sie Mona ihren rechten Arm entgegen.

Hitze schießt in mein Gesicht und ich springe auf. Ocean, der bewundernd auf den Check der Frau gestarrt hat, protestiert, als ich ihn mit mir aus dem Café schleife und ihm stumm bedeute, die Klappe zu halten. *Wenn er meinen Namen ausspricht, ist alles vorbei …*

»Was sollte das?«, fragt er, als wir auf der Straße stehen.

Ich lasse ihn los und beiße mir auf die Lippe. Wie kann es sein, dass die Checks auf einmal frei verkäuflich sind? Im Zentrum hieß es doch, sie seien noch in der Testphase! Vor meinem inneren Auge sehe ich wieder die Tonspuren im Kontrollraum. Den winzigen Mikrofonen des Checks entgeht kein kritisches Wort, kein Lachen über den falschen Witz. *Wenn erwachsene Untreue bis jetzt in Sicherheit waren – nun sind sie es nicht mehr.* Ein Schauer läuft mir über den Rücken. Die Checks werden ein geeintes Land schaffen. Ein Land, in dem es keinen offenen Widerspruch gegen die Kristallisierer mehr gibt. Ein Land ohne Regierungsgegner. Zumindest ohne hörbare.

Jemand rempelt mich an, und plötzlich wird mir bewusst, wie viele Menschen den Bürgersteig entlangeilen oder Monas Café betreten. Wer von ihnen trägt schon einen Check? Mein Herz hämmert in meiner Brust, als ich mir vorstelle, wie die winzigen versteckten Kameralinsen mein Gesicht einfangen. *Ich muss von hier verschwinden.*

»Hey!« Ocean zieht einen hechelnden Chief hinter sich her, der mich fröhlich begrüßt, als ob ich ihn nicht beinahe an einer Straßenlaterne vergessen hätte. »Meinst du nicht, du schuldest mir so langsam mal eine Erklärung?«

Ich versuche, die aufwallende Hitze in mir zu ignorieren. Panik hilft mir jetzt auch nicht weiter. »Bring mich zum Cottage. Ich muss mit Hunter sprechen, und zwar jetzt gleich.«

Ocean sieht mich an. Dann deutet er nach links, ohne eine weitere Frage zu stellen.

Ich werfe meine Jacke über den alten Hutständer in der Ecke der Garage, dann lasse ich mich neben Yana auf die Couch fallen. *Der Schmuckanhänger.* Ich habe kaum geschlafen, weil ich an nichts anderes denken konnte als an den Anhänger, der gestern

Nacht unter dem Ärmel von Rekas Kittel hervorblitzte, als sie die Arme über den Kopf hob und sich streckte. Es ist derselbe, dessen bin ich mir sicher. Silber, gegossen in die Form eines winzigen Buches, verziert mit einem smaragdgrünen Stein. Dad hat ihn bei einem Juwelier in Manhattan anfertigen lassen und ihn Mum geschenkt, als sie die Stelle als Chefredakteurin bei der *Times* bekam.

Ich schließe die Augen und sehe wieder vor mir, wie Reka am Tag nach unserer Ankunft in Las Almas eine neue Schicht Salbe auf Skyes Schulter aufträgt. Die Sonne ließ das Silber ihres Armbands schimmern, und eine Sekunde lang glaubte ich da schon, den Anhänger wiederzuerkennen. Doch ich hielt es für unmöglich, schließlich war das Schmuckstück eine Sonderanfertigung – für immer verloren, genau wie seine Trägerin. Aber seit der vergangenen Nacht besteht kein Zweifel mehr. Ich denke daran, wie der Smaragd das Licht der Deckenlampe einfing. *Einen Moment lang habe ich geglaubt, Mum wieder in die Augen zu sehen ...*

»Willst du eine?« Ertappt sehe ich auf. Yana hält mir eine Dose Cola entgegen. »Sieht aus, als startet unsere Suche nach neuen Beweisen wieder bei null.« Sie öffnet ihre Dose und flucht, als Schaum auf ihre Hand und auf das Polster der Couch spritzt. »Was für ein Scheißtag!« Sie knallt die Dose auf den Tisch, was eine noch größere Sauerei veranstaltet.

Ich stehe auf und reiche ihr einen Lappen. »Alles okay bei dir?«

Sie nickt unwirsch. »Kaum geschlafen, das ist alles.« Sie atmet tief durch. »Außerdem hasse ich es, wenn ein Plan nicht funktioniert. Jetzt, da das Mädchen aus dem Krankenhaus als Zeugin wegfällt, müssen wir uns etwas anderes einfallen lassen. Etwas deutlich Riskanteres, als eine Patientin aus Greenhill zu entführen.«

Ich trinke einen Schluck. Die süße Kälte macht es mir leichter, nicht weiter über Mums Anhänger nachzugrübeln und mich stattdessen auf die Frage zu konzentrieren, die jetzt wichtiger ist: Wo finden wir einen neuen Beweis für ReNatura? Es gibt nur eine Antwort. *In New York.* Ich denke an die Wachen rund um den Regierungssitz, das neue Weiße Haus, und daran, was Skye jetzt sagen würde. *Da reinzukommen ist unmöglich.*

Ich seufze. Gestern Nacht war ich kurz davor, Skye die Wahrheit zu sagen. Sie würde mir meine Lüge verzeihen, dessen bin ich mir sicher. *Aber sie würde sich trotz all ihrer Zweifel nicht davon abhalten lassen, mich nach New York zu begleiten.* Wo die Kristallisierer höchstwahrscheinlich nur darauf warten zu beenden, was in Angelas Wohnung begann. Nein, ich kann Skye nicht sagen, dass das Diktiergerät verbrannt ist. Ihr Leben ist ein zu hoher Preis für Ehrlichkeit.

Ich greife in meine Tasche und hole Luces Kette heraus. »Es wäre so einfach gewesen«, murmele ich, doch bevor ich weitersprechen kann, reißt Yana mir das Lederband mit der geschliffenen Glasscherbe aus der Hand.

»Wem gehört das?«

»Luce«, erwidere ich, verwundert über die Schärfe in ihrer Stimme. »Skye hat die Kette seit Luces Festnahme getragen. Ich habe sie ihr nur abgenommen, damit Reka die Verbrennungen behandeln konnte, und wollte sie ihr eigentlich schon längst zurückgeben, aber -«

Yana schnaubt. »Das lässt du besser bleiben. Außer, Skye ist scharf darauf, für eine Terroristin gehalten zu werden.« Sie wirft mir die Kette zu. »Hier, ich will das Zeichen der *Sonne* nicht.«

Das Zeichen der Sonne? Ich betrachte die Scherbe, diesmal mit anderen Augen. »Du meinst -«, stammle ich.

»Wenn diese Luce sie getragen hat, dann ist sie eine von Yaels Leuten. Und wir hätten einen verdammt großen Fehler damit begangen, sie zu befreien und ihr von ReNatura zu erzählen.«

Ich denke an Luces strahlendes Lachen, ihre Selbstlosigkeit

und die Art, mit der sie zu Skye stand, als niemand anders es tat. Wie sie den Gang durch das Labyrinth auf sich genommen hat, um Skye zu schützen. Das ist das Mädchen, das ich kennengelernt habe. Aber allem Anschein nach hat Luce Vaillant noch eine ganz andere Seite. Ich will mir nicht vorstellen, was unsere Informationen in der Hand der gefährlichen Untergrundorganisation angerichtet hätten.

Yana schnalzt mit der Zunge. »Schon erstaunlich, was eine kleine Kette, ein winziges Detail, in Sekundenschnelle zerstören kann. Vertrauen, Freundschaften ...« Sie sieht mich mit schief gelegtem Kopf an. »So ein Bruch ist hart, aber nötig.«

»Ich weiß nicht, ob es klug wäre, Skye die Wahrheit über die *Sonne* zu sagen. Sie vertraut Luce. Im Zweifel vielleicht sogar mehr als mir.« Ich spüre, wie sich meine Brust zusammenzieht, als ich den Gedanken weiterführe. Wenn Skye herausfindet, dass das Diktiergerät verbrannt ist, bin ich in ihren Augen ein Lügner. Was läge da näher, als sich der gleichen Organisation anzuschließen wie ihre beste Freundin, die ihr noch nie Anlass gegeben hat, ihr zu misstrauen?

»Zumindest vorerst sollte Skye nichts von der *Sonne* wissen«, sage ich und schiebe die Kette zurück in meine Tasche. »Es ist sicherer für sie.«

»Oder bequemer für dich?«

»Wir haben gerade wirklich einen Haufen anderer Probleme, Yana. Und Skye auch.«

Kopfschüttelnd klappt Yana ihren Laptop auf. »Ich schlage vor, wir durchkämmen erst einmal das Internet«, sagt sie kurz angebunden. »Selbst wenn ReNatura absoluter Geheimhaltung untersteht - irgendeine Spur findet sich immer, und wenn es nur ein Name ist.«

Sie beginnt zu tippen, doch ich kann mich nicht konzentrieren. *Schon erstaunlich, was ein winziges Detail in Sekundenschnelle zerstören kann.* Wenn Yana wüsste, wie wahr ihre Worte sind ... Wieder sehe ich Rekas Handgelenk vor mir. Wieder ist es ein kleines Schmuckstück, das mir das Vertrauen in jemanden raubt, den ich zu kennen geglaubt habe. *Denn der Anhänger verrät mir, dass ich in Las Almas nicht der Einzige bin, der von Mums Tod weiß.*

»Hunter? Ich rede mit dir.«

»Sorry.«

Ich beuge mich vor, um pflichtschuldig die Ergebnisse von Yanas Recherche zu begutachten, doch sie klappt den Laptop zu. Forschend sieht sie mich an. »Was ist?«

Ich lasse die Schultern sinken. »Nichts ... Ich habe nur das Gefühl, niemand steht noch auf unserer Seite. Erst Amanda und Manuel, die einen Pakt mit den Kristallisierern geschlossen haben. Dann Luce, die zu einer Terrorgruppe gehört. Und –«

Und Reka. Die beste Freundin meiner Mutter, die vor den anderen so tut, als sei Mum noch am Leben, obwohl sie die Wahrheit kennt. Ich habe wenigstens einen guten Grund für meine Lüge. Wie lautet ihrer?

»Mit dir und mir ist unsere Seite stark genug«, sagt Yana entschieden, bevor ihre Gesichtszüge sanfter werden. »Und meine Großeltern würden dich niemals ausliefern, Hunter.«

»Ach, glaubst du das?«

»Ja, das glaube ich!« Yana klingt verletzt. »Sie waren immer für dich da. Sie heißen dich nach Jahren der Funkstille willkommen wie einen verlorenen Sohn. Sie machen keine Anstalten, Sol zu erreichen und ihr zu petzen, dass du mit einem Mädchen durchgebrannt bist, weil sie deinen Freiraum respektieren.« Yana kneift die Augen zusammen. »Das ist es, worüber du dir Sorgen machst, oder nicht? Dass sie rauskriegen könnten, dass der Brief damals von dir war und Sol ...?«

»Lass uns bitte einfach mit der Suche weitermachen.« Ich klappe den Laptop wieder auf. Wir werden weder im Internet noch im

Darknet irgendetwas über ReNatura finden, aber der Versuch wird Yana hoffentlich für eine Weile beschäftigen, damit ich nachdenken kann.

Doch sie beachtet mein schwaches Ablenkungsmanöver nicht. »Denkst du, meine Mutter wird versuchen, deine anzurufen? Jetzt, wo du hier aufgetaucht bist?«

Ich fixiere eins der Löcher im Wellblechtor, durch das ein schmaler Lichtstrahl in die Garage fällt. Der Gedanke, der mir seit Stunden keine Ruhe lässt, kreist wieder und wieder in meinem Kopf. Im Juni vor vier Jahren ist Mum erschossen worden. Wenige Tage später ließ Reka ihren Job und ihre Freunde zurück und zog quasi über Nacht zusammen mit ihrem Mann und ihrer Tochter zurück nach Las Almas. Ich habe den spontanen Umzug, den auch Yana mir damals nicht erklären konnte, für einen Zufall gehalten - bis ich den Anhänger an Rekas Armband entdeckte. Denselben Anhänger, den Mum bei ihrer Flucht getragen hat. Den ich zusammen mit ihrer Leiche zurückließ, als Beth mich panisch wegzerrte.

»Nein«, beantworte ich Yanas Frage. »Ich glaube nicht, dass deine Mutter versuchen wird, meine anzurufen.«

Denn Tote gehen nicht ans Telefon - das weiß auch Reka.

7

»Was heißt das, nicht da?«

Der freundliche Mann, der sich als Manuel vorgestellt hat, schiebt sich den Sonnenhut in den Nacken und kratzt sich die Stirn. »Als meine Frau ihn vor einer halben Stunde zum Frühstück holen wollte, war sein Bett leer. Wahrscheinlich steht der Junge gerade bei Reka vor der Tür und verpasst dich.« Yanas Großvater lächelt mir zu, wobei sich tausend Falten um seine Augen bilden. Er schiebt die Schubkarre beiseite, die vor der Veranda steht. »Möchtet ihr vielleicht hereinkommen? Amanda würde sich mit Sicherheit freuen, dich kennenzulernen!« Manuel wirft Ocean einen strengen Blick zu. »Und ihren Enkel zur Abwechslung mal wiederzusehen.«

Ich schüttle den Kopf, bevor Ocean etwas erwidern kann. »Danke. Vielleicht ein anderes Mal.«

»Ich weiß, wo Hunter sein könnte«, sagt Ocean zögerlich, als wir wieder auf die Main Road stoßen. »Aber es wird dir nicht gefallen.«

Abseits der Hauptstraße werden die Häuserreihen schmaler, während die Strommasten ein Spinnennetz aus Kabeln über ihren Dächern bauen. Die Fenster der wenigen Häuser, an denen wir vorbeikommen, sind mit Pappkartons zugeklebt.

»Wie weit ist es noch?«, frage ich ungeduldig.

Ocean deutet die Straße hinab auf ein schmales Holzhaus, halb verdeckt von einer hohen Hecke. »Dort, neben dem Geisterhaus. Yana und Hunter haben einen Sommer lang die halbe Einrichtung in die Garage geschleppt.« Er zuckt mit den Schultern. »Manche Leute fühlen sich anscheinend wohl im Zwielicht.«

Ich denke an Yana und den Kerl, mit dem sie in der Nebenstraße gestritten hat. *Das kannst du laut sagen ...*

Das »Geisterhaus« ist nicht das erste verlassene Gebäude, an dem wir vorbeikommen. Zwar haben die Kristallisierer ihr Wort gehalten und Las Almas mit den versprochenen Hilfen unterstützt, aber genügend Arbeit gibt es im Reservat offenbar immer noch nicht.

Wir betreten die verwahrloste Auffahrt. Ocean geht mir voraus zu einer niedrigen Garage und schiebt das Wellblechtor nach oben. Überrascht starren Hunter und Yana uns entgegen. Sie sitzen nebeneinander auf einem alten Sofa und sehen angespannt aus. Bei Yanas Anblick vergesse ich die Rede, die ich mir auf dem Weg hierher zurechtgelegt habe. »*Ich werde mir Beths Anerkennung verdienen*«, klingt ihre Stimme wieder in meinen Ohren.

»Skye!«, entfährt es Hunter, als ich auf Yana zustürme und ihr den Laptop entreiße, der auf ihrem Schoß liegt.

»Was –« Weiter kommt sie nicht.

»Willst du es Hunter sagen oder soll ich?«

»Skye, was ist hier los?« Sein Blick wandert von mir zu ihr.

Ich stelle den Laptop auf dem wackligen kleinen Tisch ab und schaue Hunter an. »Es war ein Fehler, ihr von dem Plan meiner Mutter zu erzählen«, stürzt es aus mir heraus. »Ich habe sie belauscht. Aber ich werde nicht zulassen, dass sie mich ins Hauptquartier verschleppt, womöglich noch mithilfe dieses unangenehmen Typen.«

Yana reißt erstaunt die Augen auf, bevor sie zu lachen beginnt. »Du bist es wirklich gewohnt, dass die Welt sich nur um dich dreht, oder?«

Hunter steht auf. »Wovon spricht Skye, Yana?«

»Von einem unfreiwilligen Treffen auf dem Weg hierher – mit jemandem, über den ich lieber nicht reden würde. Aber keine Sorge. Anders als deine Freundin vermutet, ging es ausnahmsweise einmal nicht um sie.«

Ich beiße die Zähne zusammen. Eine Erwiderung liegt mir auf der Zunge, aber was Yana Faray von mir denkt, muss mir im Augenblick egal sein. *Sagt sie die Wahrheit?* Yanas Erstaunen schien echt. Andererseits wird sie als Mitglied des Rings auch ein beträchtliches Schauspieltalent besitzen …

»War es Cren?«, fragt Hunter. Yana verschränkt die Arme vor der Brust. »Er hat sich über seine Versetzung beschwert, oder?« Hunter schnaubt. »Der kann froh sein, dass er nur nach Florida gekommen ist. Wenn es nach mir gegangen wäre, hätten wir ihn komplett rausgeworfen.«

Ich mustere Hunters Gesichtszüge, die mir auf einmal kantiger vorkommen, härter. Das ist der Mann, der für den Ring arbeitet. *Beths Handlanger.*

»Richtig«, sagt Yana widerstrebend. »Es ging um die Versetzung. Er vermisst das Hauptquartier.«

»Ich kann mir denken, was Cren vermisst«, erwidert Hunter düster. »Und das ist garantiert nicht das Hauptquartier. Der war doch öfter in den Bars der Lower Eastside als in der alten Bibliothek.«

»Oh bitte!« Yana verdreht die Augen. »Du bist wirklich der Letzte, der sich darüber ein Urteil erlauben darf.«

Ich beschließe, Yanas Bemerkung zu ignorieren, und werfe ihr stattdessen einen auffordernden Blick zu. Wir wissen beide, dass es diesem Cren nicht um irgendeine Versetzung ging. Er wollte sie auf seine Seite ziehen, was auch immer das bedeutet. Doch als ich den Mund öffne, deutet Yana mit dem Kinn zu Ocean, der noch immer am Tor der Garage steht, und schüttelt beinahe unmerklich den Kopf. Ich beiße mir auf die Lippe. Oceans Anwesenheit erinnert mich daran, warum ich eigentlich hier bin.

»Es ist noch etwas anderes passiert, oder nicht?« Hunter sieht mich fragend an. *Er kennt mich so gut.* Ein warmes Gefühl durchflutet mich. Wortlos umarme ich ihn, atme seinen Duft ein und schließe für einen Moment die Augen.

»Wir müssen den Inhalt des Diktiergeräts ins Internet stellen«, sage ich, nachdem ich mich von ihm gelöst habe. »Jetzt. Wir dürfen die Enthüllung keine Sekunde länger hinauszögern, wenn wir Luce und uns selbst retten wollen.«

Hunter senkt den Kopf. Anders als gestern Abend lese ich jedoch weniger Wut als Verzweiflung in seinem Gesicht. »Ich habe doch gesagt, dass ich –«

»Die Kristallisierer haben die Checks auf den Markt gebracht«, unterbreche ich ihn.

Hunter sieht mich erschrocken an. »Bist du sicher?«

Ich nicke. »Eine Touristin in Monas Café trug einen. Die Überwachung im Zentrum –« Meine Stimme stockt, als ich an die Mädchen in den schwarzen Overalls denke, verraten durch ein silbernes Armband. »Das war nur der Anfang.«

Meine Hand findet Hunters wie ein Magnet seinen Gegenpol. Wir brauchen keine Worte, um zu wissen, was der andere denkt: wie gut das alles zusammenpasst. Unsere Flucht, die überstürzte Marktpremiere der Checks. *Die Regierung muss keine öffentliche Fahndung nach Hunter und mir ansetzen.* Nicht, wenn jeder Winkel dieses Landes bald von unfreiwilligen Spionen besetzt wird. Die Kristallisierer haben die Jagd eröffnet – nicht nur auf uns, sondern auf jeden einzelnen Regierungsgegner, damit bis zum Programmstart von ReNatura kein Untreuer mehr übrig ist. *Und damit sind wir nirgendwo mehr sicher …*

»Könnte mir endlich jemand erklären, was hier los ist?« Ocean hat die Arme vor der Brust gekreuzt. »Seid ihr jetzt alle zu Verschwörungstheoretikern geworden, oder was?«

»Geh nach Hause, Ocean.« Yanas Stimme hat jede bissige Schärfe verloren. »Bitte.«

»Ich gehe nirgendwohin!«, protestiert der schmächtige Junge und sieht mich auffordernd an.

Doch ich kann nichts für ihn tun, denn ich weiß, wie gefährlich die Wahrheit ist. Und ich weiß, dass jemand, der so unverdorben ist wie Ocean, nicht damit umgehen kann.

»Es ist wirklich besser, wenn du uns allein lässt«, bringe ich heraus und bemühe mich, meine Worte nicht so ablehnend klingen zu lassen, wie sie in Wahrheit sind.

»Verstehe.« Ocean zieht Chief zu sich und sieht mich wütend an. »Du vertraust mir also auch nicht. Aber wenn du mir nicht sagen willst, warum du solche Angst um Luce hast, werde ich eben selbst herausfinden, was mit ihr und Reilly passiert ist.« Er dreht sich um und stürmt die Auffahrt hinunter.

»Ocean!«, rufe ich ihm hinterher, doch der Junge, der in so kurzer Zeit zu einem Freund geworden ist, verschwindet hinter der Hecke, ohne sich noch einmal umzudrehen.

Yana schließt das Garagentor mit einem Knall. »Das wäre geklärt«, seufzt sie und stützt die Hände in die Hüften. »Also, zurück zu –«

»Machst du dir denn gar keine Sorgen um ihn?«, fahre ich sie an. »Ihr behandelt Ocean wie ein Kind, dabei führt das nur dazu, dass er sich beweisen will! Wir sollten noch mal mit ihm sprechen. Ihm zumindest einen Teil erklären –«

»Ich werde meinem kleinen Cousin garantiert nicht eröffnen, dass antifeministische Fanatiker unser Land regieren und in diesem Moment Gott weiß was mit dem Mädchen anstellen, in das er verliebt ist«, schneidet Yana mir das Wort ab.

Also hat Hunter ihr von ReNatura erzählt. Er wirft mir einen entschuldigenden Blick zu, doch ich sehe weg. *Ich hoffe, dass du dein Vertrauen nicht bereuen wirst!*

»Was ist, wenn Ocean anfängt, anderen Fragen zu stellen?«, bohre ich weiter. »Wenn er versucht, etwas über Daliawood herauszufinden? Das Konsilium registriert Suchverläufe im Internet. Man wird wissen, wenn Ocean gegen das System ist.«

»Wird man nicht.« Ungläubig sehe ich Yana an. »Weil Ocean nicht mehr im Netz recherchieren kann«, fügt sie hinzu.

»Was soll das heißen?« Ich drehe mich zu Hunter um, der sich wieder auf die Couch gesetzt hat und den Laptop aufklappt.

»Die Checks sind nicht unser einziges Problem, Skye.«

Mit einem unguten Gefühl setze ich mich neben ihn. »Seite nicht gefunden«, lese ich auf dem Bildschirm und klicke auf die anderen geöffneten Tabs. Sie verkünden alle dasselbe.

»Zuerst haben wir gedacht, es läge an unserer Verbindung. Oder an den einzelnen Adressen«, sagt Hunter. »Aber das ist es nicht. Nichts geht mehr, weder Nachrichtendienste noch soziale Netzwerke oder Suchmaschinen.«

»Das Internet kann man doch nicht einfach so abschalten.« Ich verstumme, als auf einmal eine ähnliche Diskussion in meiner Erinnerung lebendig wird. *Das ist gegen die Menschenrechte.* Elias und ich sahen schweigend die Bilder von den Protestzügen in Kairos Straßen, während der Sprecher darüber berichtete, dass die ägyptische Regierung den Nachrichtenverkehr blockiert hatte. *So etwas passiert in einer Welt ohne Traits*, haben wir damals gedacht.

Ich starre auf das kleine rote Ausrufezeichen auf dem Bildschirm vor mir und denke an die Touristin im Café, die ihren Mann nicht erreichen konnte. »Bist du sicher, dass der Ausfall nicht nur Las Almas betrifft?«, frage ich, doch Hunter schüttelt den Kopf.

»Dann hätte ich den Fehler längst entdeckt. Nein, die Gläsernen Nationen sind komplett abgeschnitten. Es gibt keine Möglichkeiten mehr, in irgendeiner Form Kontakt aufzunehmen. Die Mobilfunkleitungen sind tot, das Internet ist aus.«

Ich schließe die Augen und stütze die Stirn auf meine Hände. »So wollen die Kristallisierer uns aufhalten«, flüstere ich.

Nun erst wird mir klar, was dieser Shutdown bedeutet: Unser Diktiergerät ist wertlos. Ohne Internet, ohne die Möglichkeit, jede Frau, jeden Mann und jedes Kind in den Gläsernen Nationen hören zu lassen, wie die Kristallisierer die Emanzipation zurückdrehen wollen, sind wir nichts weiter als drei machtlose Teenager in einer verlassenen Garage am Ende der Welt.

8

Ich nehme den Kaffee entgegen, den Yana mir schweigend reicht, obwohl ich noch nie welchen getrunken habe.

»Es nennt sich Internet Kill Switch«, erklärt Hunter, während er in der Garage auf und ab läuft und dabei fast über einen Reiserucksack stolpert, den jemand achtlos auf dem Boden liegen gelassen hat. »Jeder, der sich ein bisschen für die Thematik interessiert, weiß, dass Staaten das Internet und das Mobilfunknetz stilllegen können, zum Beispiel im Fall von nationalen Krisen oder Angriffen. Das funktioniert wie mit einem Notausschalter.«

»Und das ist legal?«, wirft Yana ein und tippt auf ihrem Handy herum.

»Solange ein solches Gesetz existiert, ja.« Hunter lacht trocken. »Was auch immer das noch wert ist. Immerhin sprechen wir von einer Regierung, die Menschen verschwinden lässt und ihre Bürger ausspioniert.« Er setzt sich und zieht den Laptop erneut zu sich. »Sieht so aus, als müssten wir einen Weg finden, die Sperrung zu umgehen, wenn wir mehr wissen wollen«, murmelt er.

Der Kaffee ist noch zu heiß, aber ich trinke trotzdem einen bitteren Schluck, während ich seinen langen, schlanken Fingern dabei zusehe, wie sie auf die Tastatur einhämmern. Wie lange können die Kristallisierer diesen Shutdown halten, ohne Unruhen zu provozieren? Nervös tippe ich mit den Fingerspitzen gegen meine Tasse.

»Kannst du das bitte lassen?«, fragt Hunter angepannt. Er öffnet einen Browser – und anstelle des kleinen roten Fehlerzeichens baut sich vor unseren Augen die CCN-Seite auf.

»Du hast es geschafft!«, rufe ich.

Yana sieht erstaunt von ihrem Handy auf. »Wie hast du das denn gemacht?«, fragt sie anerkennend.

Doch Hunter schüttelt den Kopf. »Das war nicht ich.«

Yana, Hunter und ich rutschen dichter vor dem Bildschirm zusammen. Die Livestreamübertragung von CrystalClear-News funktioniert ohne jede Unterbrechung, als hätte im Internet nicht Sekunden zuvor noch gähnende Leere geherrscht.

»Mit dem nationalen Shutdown reagierte ein Krisenstab der Regierung heute Mittag auf den größten Social-Media-Eklat in der Geschichte der Gläsernen Nationen«, sagt Regierungssprecher Edward McCarty in ein Mikrofon, das ihm vor den Toren des Weißen Hauses entgegengehalten wird. Der Sitz des Präsidenten ist dem Washingtoner Original nach der Gründung der Gläsernen Nationen täuschend echt in einem abgeriegelten Teil des Central Parks nachgebaut worden.

»Ein Datenleck in bisher unbekanntem Ausmaß wurde zuvor vom nationalen Sicherheitsdienst detektiert. Woher der Hackerangriff stammt, ist noch unklar, aber er beweist die Unsicherheit der sozialen Netzwerke und Nachrichtendienste mit erschreckender Deutlichkeit.«

Ein Hackerangriff, ausgerechnet jetzt? Ich schaue zu Hunter, der die Worte des Regierungssprechers mit gerunzelter Stirn aufsaugt. »Das ist ein Vorwand, oder nicht?«, wispere ich.

Hunter nickt, ohne den Blick vom Bildschirm abzuwenden. »Die IT-Experten des Weißen Hauses werden das Silicon Valley eigenhändig lahmgelegt haben«, murmelt er. »Selbst der Kristall braucht einen Grund für den Einsatz des Kill Switchs.«

Wie aufs Stichwort schwenkt die Kamera von McCarty zu Chloe Cremonte. Sie trägt Weiß, wie immer, und trotz des Windes, der die Wipfel der Bäume bewegt, liegen ihre glatten Haare gleichmäßig um ihr Gesicht.

»Wir müssen die Sicherheit unserer Bürgerinnen und Bürger um jeden Preis gewährleisten«, verkündet sie mit ihrer klaren Stimme, die kein Mikrofon benötigt. Chloe Cremonte, *der Kristall*, ist das perfekte Beispiel einer Rationalen, ruhig und gefasst in jeder Krise. Und obwohl ich ihr Spiel durchschaue, erwische ich mich dabei, wie ihre Worte mich in dem alten Vertrauen wiegen. **»Dieses Datenleck ist ein bedauernswerter Fehler, aber ein solcher Angriff wird zukünftig unmöglich sein.«**

Chloe Cremontes glattes Lächeln verschwindet vom Bildschirm und lässt uns ohne Antworten zurück. Dass ich mein rechtes Handgelenk umklammert halte, bemerke ich erst, als Yana mir einen spöttischen Blick zuwirft.

»Was ist, kleine Rebellin? Trauerst du um das R, das du hättest haben können? Hast du etwa doch nicht die Seiten gewechselt?«

Ich starre auf die Adern, die durch die dünne Haut meines Handgelenks schimmern. Ein Teil von mir vermisst die Klarheit meiner früheren Welt. Rational oder emotional. Beherrscht oder impulsiv. Es gab nichts dazwischen. Es war nicht nötig, sich zu fragen, wer man wirklich ist – es war nicht nötig, sich überhaupt irgendetwas zu fragen. Ich schließe die Augen. Die Seiten gewechselt habe ich, daran besteht kein Zweifel. *Aber wofür genau kämpft meine?* Für eine Welt ohne ReNatura? Für eine Welt ohne Traits? Und wenn das der Fall ist, wie werden wir ohne die Buchstaben zurechtkommen, die unsere Identität ersetzt haben? Ich gebe mir einen Ruck und erwidere Yanas herausfordernden Blick.

»Ich bin auf der Seite derjenigen, die ReNatura aufhalten wollen«, sage ich und deute auf den Verband quer über meiner Schulter. »Das hier sollte als Beweis reichen.«

»Du musst nichts beweisen.« Hunter zieht mich an sich. »Bald sind die Traits Geschichte«, sagt er mit fester Stimme. »Dann entscheiden nur noch wir selbst, wer wir sein wollen.«

Ich lächle, obwohl sich mein Innerstes zusammenzieht. *Hunter hasst die Traits von ganzem Herzen.* Für ihn sind sie eine Fessel, von der er sich nicht schnell genug befreien kann. Was würde er über mich denken, wenn er wüsste, dass mir die Traits trotz allem, was passiert ist, noch immer wie ein Rettungsring vorkommen?

»Wenn ihr zwei Turteltauben eure Hormone nicht bald in den Griff bekommt, dann sind *wir* demnächst Geschichte.« Yana dreht den Laptop zu uns. »Es ist so, wie ich es mir gedacht habe«, verkündet sie düster. »Das Internet ist zwar wieder da und auch Handys funktionieren wie gehabt. Aber während des Shutdowns haben diese Schweine eine schwarze Liste erstellt.« Sie fängt meinen fragenden Blick auf. »Die Kristallisierer haben bestimmte IP-Adressen gesperrt«, erklärt sie. »Während das Internet abgeschaltet war, haben sie eine Firewall aufgebaut. Sie blockiert jede Seite, auf der die Kristallisierer unerwünschte Inhalte gefunden haben.«

»Mit anderen Worten, *untreue* Inhalte«, murmele ich.

Yana nickt. »Grob gesagt, ja. Wir haben mit CCN zwar seit der Gleichschaltung der Medien sowieso nur noch einen einzigen Nachrichtensender, und die Kristallisierer löschen kritische Artikel und Profile, seit sie an der Macht sind. Aber bisher hatte man Zugang zu ausländischen Websites. Jetzt komme ich zu denen nicht mehr durch. BBC, Al-Jazeera und sogar Youtube sind gesperrt.« Yana schaut uns an. »Sie haben endgültig ein Nachrichtenmonopol geschaffen. Ab jetzt sehen wir wohl nur noch, was wir sehen sollen.«

Ich starre auf den Bildschirm, auf dem sich das CCN-Logo langsam um sich selbst dreht. *Es war alles umsonst.* Das Labor, die Flucht, das Feuer. Bei der Erinnerung an die Hitze und den beißenden Rauch in Angelas Wohnung zieht sich erneut meine Lunge zusammen.

»Vielleicht hatten wir nie eine wirkliche Chance«, sage ich erschöpft. Mein Körper sinkt tiefer in die weichen Kissen der Couch, als hätte er sich bereits zur Kapitulation entschieden. »Vielleicht haben wir uns überschätzt.«

Hunter springt auf und zieht mich auf die Füße.

»Wir haben uns geschworen, ReNatura aufzuhalten. Zusammen. Wir werden nicht aufgeben, okay?«

Der Stress der letzten Tage scheint mit einem Mal von Hunter abzufallen. Er wirkt energiegeladen, beinahe euphorisch. Ich weiche seinem glühenden Blick aus. Wir haben keinen Geheimdienst im Rücken, keine allmächtige Partei, keine Journalisten, die uns treu ergeben sind, und keine Ordnungswahrer. *Alles, was wir haben, ist ein Diktiergerät voller Worte, die ohne freies Internet niemand hören wird …* Zögernd hebe ich den Blick, schaue in die smaragdgrüne Tiefe von Hunters Augen und spüre, wie die verzweifelten Stimmen in mir leiser werden.

»Wir können das schaffen«, sagt Hunter beschwörend. »Wir *müssen.*«

Ich merke, wie mein Kopf nickt. Ich habe diesen Kampf gewählt, als ich mich entschloss, nicht wegzusehen. *Jetzt werde ich ihn zu Ende führen müssen, ob ich will oder nicht.*

Ich hole tief Luft. »Wir müssen es schaffen«, wiederhole ich. Dann erwidere ich sein Lächeln und deute auf den alten Kühlschrank. »Aber ohne Lunch mache ich gar nichts.«

»Na wunderbar, dass wir uns darüber einig sind.« Yana klappt den Laptop zu und steht auf. »Ich würde allerdings Monas Café vorschlagen, wenn wir mehr als Cola und trockene Sandwiches zur Auswahl haben wollen.« Sie hält ihr Handy hoch. »Ma schreibt, sie lädt uns ein.«

Ich öffne schon den Mund zum Protest, doch Hunter kommt mir zuvor. »Dann lasst uns gehen.«

Erstaunt sehe ich ihn an. Yana kramt ein Päckchen Kaugummi aus der bunten Umhängetasche, die neben der Couch liegt. »Ich wäre bereit.«

»Aber die Checks –«, sage ich verständnislos.

Hunter streicht mir beruhigend über den Arm. »Die Checks sind gerade erst auf den Markt gekommen und hier wahrscheinlich noch nicht verbreitet. Außerdem hast du doch gehört, was Yana gesagt hat. Reka kommt extra aus Greenhill, um ihre Mittagspause mit uns zu verbringen.« Hunters Lächeln erreicht seine Augen nicht, und ich denke daran, wie er Reka gestern Nacht hinterhergestarrt hat. »Es wäre doch unhöflich, sie warten zu lassen.«

Er schiebt das Garagentor nach oben, und mir bleibt nichts anderes übrig, als ihm und Yana hinaus ins Sonnenlicht zu folgen.

Auf der Main Road stauen sich Stoßstange an Stoßstange Trucks und Autos. Das Internet war keine Stunde lang tot – und in Las Almas herrscht bereits der Ausnahmezustand.

»Wer weiß, was dieser Angriff noch für Folgen haben wird«, höre ich eine Frau an einer Bushaltestelle sagen.

»Ich lösche auf jeden Fall sofort alle meine Social-Media-Profile«, erwidert ihre Begleiterin.

Sie beachten uns nicht, als wir an ihnen vorbeigehen. Schließlich können sie nicht wissen, dass das Mädchen in dem blauen Top und der Typ mit den Locken diejenigen sind, die die Kristallisierer eigentlich ausschalten wollen. Meine Hand fühlt sich kalt an in Hunters warmer.

»Bist du sicher, dass wir das tun sollten?«, zische ich Hunter zu, als wir vor der Glastür von Monas Café angekommen sind.

Yana hebt spöttisch die Augenbrauen. »Hast du dich hier schon mal umgesehen? Sind dir die eingeschlagenen Fensterscheiben und die heruntergekommenen Häuser entgangen? Das hier ist Las Almas, Schätzchen. Der letzte Ort, an dem die Leute ihr Geld für die neusten Technikspielereien aus New York ausgeben. Die einzigen Checks, die du hier finden wirst, sind die am Arm der Tagestouristen.« Sie öffnet die Tür. »Und die werden nach allem, was heute passiert ist, garantiert längst zurück auf dem Highway sein.« Sie deutet die Straße hinunter auf den Stau und tritt ein.

Ich sehe mich um. Am Fenster ist ein Tisch frei, doch ich steuere stattdessen auf einen kleineren in der Ecke neben den Toiletten zu. Yana verzieht genervt das Gesicht, sagt aber nichts. Unauffällig mustere ich die anderen Gäste und atme auf, als ich keine silbernen Armbänder entdecke.

»Wollt ihr schon etwas bestellen?« Mona taucht neben unserem Tisch auf, ein Tablett mit Milchshakes in der Hand.

Yana schüttelt den Kopf. »Wir warten noch auf meine Mutter.« Sie sieht zweifelnd aus dem Fenster. Der Stau auf der Main Road löst sich nicht auf, im Gegenteil, jetzt hupen die Fahrer in ihrer Wut darüber, dass es nicht weitergeht.

»Ich bringe euch schon mal eine Runde Eistee«, entscheidet Mona und zwinkert uns zu. »Geht aufs Haus.«

Ich will mich bedanken, doch die Worte bleiben mir im Hals stecken, als plötzlich Chloe Cremontes Stimme ertönt. Sie ist überall gleichzeitig.

»Die Geschehnisse des heutigen Vormittags bieten Grund zur Sorge, aber die Gläsernen Nationen sind unangreifbar. Denn wir sind vorbereitet.« Die Worte multiplizieren sich. Der Kristall spricht aus jedem Smartphone um uns herum, aus jedem Laptop. Schlagartig verstummt das Café, und die Leute drehen sich zum Fernseher über dem Tresen, der sich ebenfalls selbst eingeschaltet hat. Anstelle von Chloe Cremontes Gesicht erscheint auf dem Bildschirm nun ein blaues Achteck auf weißem Grund. **»Octagon ist ein soziales Netzwerk, an dessen Entwicklung unsere Experten seit Jahren arbeiten. Es gewährleistet einen sicheren Austausch, den verantwortungsvollen Umgang mit Ihren Daten und absolute Transparenz.«** Das Achteck erhebt sich auf dem Fernsehbildschirm und dreht sich ins Waagerechte. Linien erscheinen darüber und darunter. Sie ziehen Verbindungen, bis uns ein stilisierter Kristall entgegenstrahlt. **»Teilen wir unsere Gedanken, Ideen und unsere Worte, vereint an einem sicheren Ort.«** Draußen auf der Straße haben die Autos aufgehört zu hupen. Die Leute auf den Bürgersteigen sind stehen geblieben, den Blick starr auf ihre Handys gerichtet. Chloe Cremontes Stimme schwebt über den Tischen des Cafés. **»Die Welt des Internets braucht endlich Regeln und Ordnung. Sicherheit muss höchste Priorität bekommen. Für Klarheit und Weitsicht.«**

Hunter und ich sehen uns an. Die Kristallisierer ziehen die Schlinge immer enger. *Sie wappnen sich mit allen Mitteln gegen die Enthüllung von ReNatura.* Um mich herum tippen die ersten Octagon schon in die Suchleiste ihrer Handys. *Erkennt ihr denn keine verdammte Zensur, wenn sie euch ins Gesicht spuckt?* Am liebsten würde ich schreien.

Die Kamera schwenkt herum, zeigt die dicht gefüllten Reihen des Parlamentsaals. Ich schiebe meinen Stuhl zurück und gehe auf den Fernseher über der Theke zu.

»Skye?«

Hunter erhebt sich ebenfalls, doch mein Blick klebt an dem grauhaarigen Mann im Anzug, der in der hintersten Reihe des Saals stehend applaudiert. Der Mann, von dem ich mich vor zweieinhalb Wochen an der New Yorker Central Station verabschiedet habe, um in den Zug zur Testung zu steigen.

»Nein.«

Meine Stimme ist kaum hörbar, als ich zusehe, wie mein Vater voller Stolz lächelt, während Chloe Cremonte unsere Freiheit begräbt.

9

Hör auf, dich zu benehmen, als wäre Octagon ein Glücksfall!«, zischt Yana, nachdem sie die Tür des Bungalows hinter mir geschlossen hat und Skye im Bad verschwunden ist. »Du wirst ihr trotzdem endlich sagen müssen, was mit dem Diktiergerät passiert ist.«

»Ich dachte, du kannst sie nicht leiden«, erwidere ich unwirsch.

»Kann ich auch nicht«, sagt Yana. »Aber sie verdient es nicht, im Dunkeln gelassen zu werden. Du schuldest ihr die Wahrheit und du wirst sie nicht mehr lange vor ihr verheimlichen können!«

»Du hast ja recht, verdammt noch mal!«, explodiere ich. Im Badezimmer rauscht der Wasserhahn und ich senke hastig die Stimme. »Octagon gibt mir Zeit, okay? Während Skye damit beschäftigt ist, darüber nachzudenken, was Cremontes neuster Coup für uns bedeutet, können wir –«

»Was? Nach New York fahren und da ins Weiße Haus einbrechen? Nein danke, Hunter. Wenn mir nach Selbstmord ist, springe ich von einer Brücke.« Yana schüttelt den Kopf. »Wir müssen gemeinsam nachdenken, wie wir an einen neuen Beweis kommen. Und so ungerne ich es auch zugebe, dabei könnte deine kleine Freundin tatsächlich von Nutzen sein.«

Yanas Handy klingelt. Sie wirft mir einen bedeutungsvollen Blick zu, bevor sie den Anruf annimmt. »Ma?« Yana stellt auf Lautsprecher. Ich folge ihr in die Küche.

»Auf dem Highway ist die Hölle los, und außerdem wurde ich gerade gebeten, heute auch noch die Nachtschicht zu übernehmen.« Rekas Stimme klingt gestresst. »Ich drehe um und fahre zurück nach Greenhill. Ist bei euch alles in Ordnung?«

»Alles gut, Ma. Wir haben schon damit gerechnet, dass du nicht mehr kommst. Wir sind nach Hause gegangen und essen hier.«

Während Yana verspricht, für den Rest des Tages im Bungalow zu bleiben, wandert mein Blick hinüber zu den gerahmten Fotos auf der Anrichte. Eins von ihnen zeigt Reka, wie sie ihren Arm um meine Mutter legt. Anders als die Bilder von Yanas Vater Daniel trägt es keine schwarze Trauerschleife. Ich fixiere das Gesicht der Frau, der ich noch vor wenigen Tagen mein Leben anvertraut hätte. Es gibt nur eine Antwort auf die Frage, wie sie in den Besitz von Mums Anhängers gekommen ist. Sie muss wissen, was in der Nacht der Flucht geschehen ist, muss Mum noch einmal gesehen haben. Und zwar, *nachdem* ich sie tot auf dem Highway zurückgelassen habe - denn da trug sie den Anhänger noch. Warum ist Reka mit ihrer Familie damals also Hals über Kopf zu ihren Eltern ins Reservat gezogen, wenn nicht aus Angst vor dem, was sie über Mums Tod erfahren hat?

»Ist Hunter noch bei dir?«, hallt Rekas Stimme aus dem Handylautsprecher.

»Natürlich, Ma.«

»Er ist nicht aufgebrochen, als der Shutdown losging?«

Yana seufzt. »Nein, Ma. Hunter ist hier, deine Patientin ist hier. Es geht uns allen gut, und ich werde jetzt auflegen, wenn du nichts dagegen hast.« Yana beendet das Telefonat und verzieht das Gesicht. »Als könnten wir nicht auf uns selbst aufpassen«, murmelt sie und öffnet das Gefrierfach, um drei Fertigpizzen herauszuholen. »Die meisten Leute halten Ma für kühl, aber eigentlich versucht sie nur, jeden zu schützen, der sich in ihrer Obhut befindet.«

Ich nicke, dabei ist mir klar, welche Rechnung Reka anstellt: In Las Almas war alles ruhig, bevor Skye und ich mit unserer wenig glaubwürdigen Geschichte des Pärchens auf der Flucht ankamen. Seitdem ist Skye fast an einem Medikament gestorben, das es nicht geben dürfte, seitdem wurde ein unter Drogen stehendes Mädchen von einem Regierungstransporter ins Krankenhaus eingeliefert und jetzt ... jetzt monopolisieren die Kristallisierer auf einmal das Internet. Reka ist nicht umsonst Chefärztin. Sie hat gelernt, Hinweise zu sammeln und sie zusammenzufügen.

»Es gibt Pizza?« Skye steht im Türrahmen, ein entschuldigendes Lächeln im Gesicht, als wollte sie beweisen, dass alles in Ordnung ist. Aber ihre geschwollenen Augen verraten, dass sie im Badezimmer geweint hat. *Sie liebt ihren Vater.* Sie will glauben, dass er sich in den letzten vier Jahren verändert hat, dass er bereut, dass er jetzt auf unserer Seite ist. Doch der heutige Tag hat das Gegenteil bewiesen.

»Ja«, sage ich schnell. »Du hast die Wahl zwischen Margherita und Salami.«

Wir setzen uns auf die Küchenbank. Skye zieht Yanas Laptop zu sich heran.

»Meinst du nicht, du solltest -«

»Mich ausruhen?« Skye schüttelt den Kopf. »Nein, Ruhe würde mich jetzt wahnsinnig machen. Wir müssen mehr über Octagon herausfinden. Ich will alles wissen, was es zu wissen gibt.«

Yana wirft mir einen triumphierenden Blick zu. *Ich habe es dir doch gesagt.*

Als der Ofen piept, holt Yana die Pizzen heraus und stellt drei Teller auf den Tisch.

»Octagon ist auf den Checks vorinstalliert und anscheinend auch nur auf Checks verwendbar.« Skye deutet auf einen Onlineartikel von CCN. »Nicht mit herkömmlichen Smartphones kompatibel, steht hier. Sie verkaufen das als weitere Sicherheitsmaßnahme gegen Hackerangriffe. Die Checks sollen zu einhundert Prozent zugriffsicher sein.«

»Außer vonseiten unserer eigenen Regierung«, grummelt Yana.

»Wenn ich das richtig sehe, müssen wir es schaffen, den Inhalt des Diktiergeräts irgendwie auf Octagon zu stellen«, sagt Skye unbeirrt. »Die alten sozialen Netzwerke können über den Check nicht aufgerufen werden und seit heute werden die meisten Leute sie sowieso nicht mehr nutzen. Damit sind sie als Enthüllungsplattform wertlos.«

Skye beißt in ein Stück Salamipizza, während Yana mir einen auffordernden Blick zuwirft. *Sag es ihr!*

»Für ein Octagon-Profil brauchen wir einen Check«, weiche ich aus. »Und selbst dann wird es nicht leicht sein, untreue Inhalte zu verbreiten. Jede Wette, dass dieses neue Netzwerk bestens überwacht wird.«

Yana tritt mir unter dem Tisch gegen das Schienbein. *Feigling!*

Skye streicht sich eine Haarsträhne hinters Ohr. »Du hast recht, Hunter. Wir müssen uns so schnell wie möglich darum kümmern, an einen Check zu kommen, obwohl mir die Idee, einen in der Nähe zu haben, nicht gerade gefällt.«

Ich betrachte ihr Gesicht. Die dunklen, starken Augenbrauen, die sich konzentriert zusammenziehen. Die zarte Linie ihres Kiefers, die in leicht erhöhten Wangenknochen endet. »Wir werden eine Lösung finden. Für alles.« Ich nehme ihre Hand und schwöre mir, ihr die Wahrheit zu sagen, sobald wir allein sind. Yana hat recht. Sie verdient es - und ich brauche sie an meiner Seite.

Als von den Pizzen nur noch Krümel übrig sind und Yana nach jedem Satz gähnt, stelle ich unsere Teller zusammen. »Ich weiß nicht, wie es euch geht, aber ich bin todmüde.«

Wir stehen auf und räumen das Geschirr in die Spülmaschine. Yana sagt nichts, als ich Skye in ihr Zimmer folge.

Fahles Mondlicht fällt durchs Fenster.

»Willst du, dass ich gehe?«, frage ich leise in die Stille hinein.

Skye schüttelt den Kopf. »Ich wäre heute Nacht nicht gern allein.«

Ich nicke. »Willst du reden?«

Skye lässt sich auf Yanas schmales Bett fallen. »Ich will nur noch schlafen, um ehrlich zu sein.« Sie schlägt die Decke zurück und ein alberner Teil von mir wird auf einmal nervös. »Es ist vielleicht ein bisschen eng«, sagt sie. »Aber bestimmt bequemer als Manuels Sofa.«

»Darauf würde ich wetten.«

Ich erwische mich dabei, wie ich mir verlegen den Nacken kratze. *Wie alt bist du, vierzehn?* In Jeans und T-Shirt lege ich mich neben sie. *Heute Nacht werde ich kein Auge zubekommen ...*

Skye breitet die dünne Decke über uns. »Alles in Ordnung?«, fragt sie grinsend.

Ich stütze mich auf meinen Ellenbogen. »Ich fürchte, es gibt etwas, das du über mich wissen solltest.«

»Du schnarchst!«

»Ich rede im Schlaf«, sage ich gleichzeitig.

Ein Klopfen unterbricht unseren Lachanfall. »Was auch immer ihr da drinnen macht, macht es leiser«, klingt Yanas Stimme gedämpft durch die Tür. »Ich brauche meinen Schlaf, wenn ich euch dabei helfen soll, diese verdammten Fanatiker aus dem Weißen Haus zu kicken.« Ihre Schritte entfernen sich.

»Sie hat recht«, seufzt Skye.

Ich will gerade die Nachttischlampe ausknipsen, als mein Blick auf den schwarzen MP3-Player daneben fällt.

»Der gehört Ocean.« Skye schlägt sich gegen die Stirn. »Mist, ich habe ganz vergessen, ihm zu sagen, dass er ihn hier liegen gelassen hat! Er hängt total daran.« Der Anblick des kleinen Kastens schnürt mir die Luft ab. »Du solltest die Musik mal hören. So schön ruhig. Perfekt zum Einschlafen.«

Ich nicke, mein Blick noch immer auf den MP3-Player fixiert.

Dad hatte genau so einen. Er trug ihn überall mit sich herum, nicht nur um Musik zu hören, sondern auch, um Ideen für Artikel jederzeit aufsprechen zu können. Notizbücher hat er gehasst. Die Erinnerungen überfallen mich wie aus dem Nichts. Dad, wie er mit mir Eis essen geht. Dad, wie er meiner Mutter Blumen mitbringt. Dad, wie er alte Jazz-Platten auflegt und durch das Haus tanzt.

Ich räuspere mich. »Welchen Song soll ich anmachen?«

Skye nimmt mir den Player aus der Hand und legt ihn zurück auf den Nachttisch. »Ich glaube, heute Nacht brauche ich keine Musik, um einzuschlafen.« Sie lehnt sich zu mir, doch dann hält sie inne. »Kann es sein, dass *du* reden willst?«

»Es ist nichts.« Ich schüttle den Kopf.

Skye sieht mich an, dann wickelt sie sich aus der Decke und steht auf. »Ich bin in fünf Minuten wieder da. Wenn du dich entschieden hast, schlafen zu gehen, ist das in Ordnung. Wenn nicht ...« Sie lächelt. »Wenn nicht, bin ich hier, um dir zuzuhören.«

Ich starre aus dem Fenster in die Dunkelheit und versuche, über Octagon nachzudenken. Über den Check, den wir beschaffen müssen, wenn wir Zugang zu Chloes neuster Gleichschaltungstechnik haben wollen. Über den fehlenden Beweis. Über das Misstrauen in Rekas Stimme. *Über alles - außer meinen Vater.*

Als Skye mit zwei dampfenden Tassen in den Händen zurück ins Zimmer kommt, brummt mein Kopf. »Du schläfst nicht«, stellt sie fest und reicht mir einen der Becher. »Kakao. Das Geheimnis sind echte Schokoladenstücke.«

Sie klettert zurück ins Bett und pustet in ihre Tasse.

»Er hat damals beschlossen, uns zu verlassen«, sage ich nach einer Weile. »Ich würde gern beschließen können, *ihn* zu vergessen.«

»Deinen Dad?«, fragt Skye.

Ich nicke.

»Das ist hart.« Sie beißt sich auf die Lippe. Ich weiß, dass sie an Beth denkt - dass sie traurig und wütend ist auf ihre Mutter, die sie verlassen hat, genau wie mein Vater mich. »Wann ist er gegangen?«, fragt Skye vorsichtig.

»Vor fünf Jahren. Ironischerweise ausgerechnet am 14. Juni - wir hatten quasi unseren ganz privaten großen Skandal. Ich habe nach ihm gesucht, weißt du.« Nach Jahren des Schweigens stürzen die Worte plötzlich nur so aus mir heraus. »Aber er war nirgends zu finden. Und Mum ... Mum wollte nicht über ihn sprechen.« Ich erinnere mich an den verschlossenen Gesichtsausdruck meiner Mutter, wenn ich Dad erwähnte. »Irgendwann hörte ich auf, Fragen zu stellen. Aber ich kann einfach nicht verstehen, wie Dad alles wegwerfen konnte. Ein ganzes Leben, von heute auf morgen zerstört!«

Skye stellt ihre Tasse auf den Nachttisch und legt den Arm um mich. Ein paar Minuten lang sitzen wir so da und starren aus dem Fenster in die Nacht.

»Jetzt weiß ich, warum ich mich dir von Anfang an so nah gefühlt habe«, sagt sie schließlich. »Das gleiche familiäre Trauma durchlebt zu haben, muss ja verbinden.«

»Vielleicht solltest du Psychologin werden, wenn das hier vorbei ist.«

»Und mir den ganzen Tag die Probleme anderer Leute anhören?« Sie lacht. »Davon habe ich selbst genug.«

»Aber du bist gut darin, Menschen zu lesen«, entgegne ich.

»Wirklich?« Skyes Stimme klingt auf einmal rau wie Schmirgelpapier. »Zumindest bei zweien habe ich mich doch wohl gründlich verschätzt.«

»Wie wäre es«, murmele ich in ihr Haar, »wenn wir unsere Eltern und den ganzen Rest vergessen. Nur für heute Nacht.« Skye wirft mir einen Blick zu. »Zum Schlafen!«, füge ich hinzu und spüre, wie mir die Röte prickelnd in die Wangen schießt.

Sie grinst. »Du kannst jetzt aufhören, nervös zu sein.« Ihr Kuss schmeckt nach Kakao. »Danke, dass du mir von deinem Dad erzählt hast«, flüstert sie. »Keine Geheimnisse mehr?«

»Keine Geheimnisse mehr.«

Ich streiche über ihr Haar, während ich beobachte, wie ihre Atemzüge langsam tiefer werden. *Keine Geheimnisse mehr.* Ich beiße die Zähne zusammen. Ich muss Skye die Wahrheit über das Diktiergerät sagen, hier und jetzt. Aber dann rutscht mein Blick zu der zarten Haut über ihren Schlüsselbeinen. Die feuerroten Striemen ziehen sich wie Lavaströme durch frisch gefallenen Schnee. Ich denke an die Panik, die ich verspürt habe, als ich Skye in Angelas brennender Wohnung liegen sah, an meine rasende Hilflosigkeit, während sie bewusstlos war. *Ich kann Skye nicht beichten, was geschehen ist.* Ich darf ihr Leben nicht durch eine kopflose Beweisjagd in Gefahr bringen, nur weil ich sie brauche!

Andererseits ist sie hier im Reservat auch nicht sicher. *Was immer ich tue, ich kann dich nicht schützen …*

Doch dann wird mir klar, dass das nicht wahr ist. *»Ist Hunter noch bei dir?«* Rekas Stimme klingt in meinen Ohren. Ich bin es, dem sie nicht traut. Weil sie mehr über meine Mutter weiß, als sie zugibt, und weil sie glaubt, dass ich wie Mum bin. Ich schließe die Augen. Wenn ich fort gehe, dann ist Skye hier in Sicherheit. Reka wird alles tun, um sie zu schützen, das hat Yana selbst gesagt.

Langsam löse ich mich aus Skyes Umarmung. *Wirfst du jetzt nicht auch alles weg?* Ich schlucke. Nein. Ich bin nicht wie mein Vater, ich verlasse Skye nicht. *Aber ich werde auch nicht noch einmal riskieren, sie zu verlieren.*

10

Ich weiß, dass ich verschlafen habe, als Sonnenstrahlen mein Gesicht kitzeln. Ich strecke mich und drehe mich langsam zur Seite.

»Guten Morgen«, sage ich lächelnd.

So gut wie in dieser Nacht habe ich seit Wochen nicht mehr geschlafen. Ich öffne die Augen. Die Matratze neben mir ist leer. *Hunter wollte mich wohl schlafen lassen.* Ich sehe die beiden Kakaotassen auf dem Nachttisch stehen, deren Inhalt mittlerweile kalt geworden ist, und spüre Hunters Lippen wieder auf meinen. Rasch öffne ich meine Haare, kämme sie und flechte sie in einen Zopf, damit ich nicht länger aussehe wie die Hexe von Eastwick. Dann gehe ich in die Küche.

»Erhalten Sie Ihren kostenlosen Check und tragen Sie dazu bei, die Gläsernen Nationen wieder zu einem sicheren Land zu machen!«, schallt mir eine Stimme entgegen. **»Sammelstellen für angreifbare Technologie finden Sie auch in Ihrer Nähe.«**

Yana klickt auf Pause, bis ich mich mit einem Bagel in der Hand neben sie gesetzt habe und mit ihr zusammen auf den Laptop schaue. Die CCN-Nachrichten zeigen Schlangen vor zahlreichen Gebäuden. Schnitt. Lächelnde Menschen winken mit ihren neuen Armbändern in die Kamera.

»Das ist wahre Demokratie«, sagt ein Mann, dem der CCN-Reporter sein Mikrofon entgegenhält. »Die Checks erlauben jedem Bürger Zugang zu Nachrichten und den Vorgängen im Weißen Haus. Und das unabhängig davon, ob man sich das Gerät leisten kann!«

Der Journalist wendet sich zur Kamera. **»Es sieht so aus, als wäre Chloe Cremonte die erste Politikerin, die ihre Wahlversprechen hält. Zugang zu Informationen, Bildung und Gesundheitsvorsorge darf nicht länger vom sozioökonomischen Status bestimmt werden. Die kostenlosen Checks sind ein großer Schritt in die richtige Richtung.«**

Yana klickt den Bericht weg. »Sie stellen es klug an«, sagt sie. »Solange die Leute glauben, sie hätten diese Neuerungen selbst gefordert, stehen die Kristallisierer nicht als diktatorische Partei, sondern als großzügige Retter der Nationen da.«

»Aber wir sind klüger«, sage ich bestimmt. »Dass bald jeder nur noch über Octagon erreichbar ist, kommt uns doch eigentlich gerade recht. Statt ReNatura in allen möglichen Netzwerken zu leaken, wird ein einziger Klick reichen, um die gesamten Gläsernen Nationen die Wahrheit sehen zu lassen. Alles, was wir brauchen, ist ein Check.«

»Hoffen wir, dass es so einfach wird«, erwidert Yana ohne die geringste Spur ihrer sonstigen Überheblichkeit.

Überrascht sehe ich sie an. Zum ersten Mal klingt es, als wolle Yana tatsächlich mit mir zusammenarbeiten. Ich verdränge den Gedanken an ihr Gespräch mit dem seltsamen Typen in der Querstraße. Sie hat geschworen, mich nicht an meine Mutter zu verraten. *Wenn wir ein Team sein wollen, muss ich ihr vertrauen.*

Yana klickt auf den neu eingerichteten »Check-Finder«. Als sie Las Almas in die Ortszeile tippt, wird uns das Rathaus von Greenhill als nächste öffentliche Sammelstelle angezeigt, bei der man sein Handy gegen einen Check eintauschen kann.

»Wir sollten mit Hunter sprechen, bevor wir weitere Pläne schmieden.« Ich esse meinen Bagel auf. »Wo ist er? In der Garage?«

Yana sieht mich erstaunt an. »Ich dachte, er ist bei dir?«

Auf einen Schlag bin ich hellwach. *Nein. Oh bitte, bitte nicht.* Ich starre auf die Adresse in Greenhill. Denke an die beschützende Art, mit der Hunter mich seit dem Feuer in Angelas Wohnung behandelt. *Bitte spiel nicht den Helden!*

Der Bagel in meinem Magen verwandelt sich in einen Stein, während ich den Bungalow absuche. In Yanas Zimmer schiebe ich unsere Kakaotassen zur Seite. Vielleicht hat Hunter mir ja eine Nachricht hinterlassen? Fehlanzeige. Da liegt nur Oceans MP3-Player, den ich ihm noch zurückgeben muss. Ich wechsele einen Blick mit Yana, die mir von der Tür aus zusieht, und schlucke, als ich meine Sorge in ihren Augen erkenne. *Was, wenn er sich allein auf den Weg zum Rathaus gemacht hat?* Dort wird es mittlerweile von Checks nur so wimmeln – und damit auch von Kameras. *Wir wollten in Ruhe einen Plan machen. Verdammt, Hunter!*

»Ich gehe ihn suchen«, beschließe ich, stecke den Player in meine Tasche und stürme in den Flur. Warum bin ich nicht aufgewacht, als Hunter gegangen ist?

Ich schlüpfe in Yanas Ledersandalen und öffne die Haustür. Gestern Nacht habe ich zum ersten Mal seit Langem wieder tief geschlafen, eingelullt von Hunters Wärme und der Sicherheit, in der er mich wiegt. *Ich hätte aufwachen müssen.* Dann wäre er jetzt noch hier.

»Willst du zu Fuß nach Greenhill, oder was?«, keucht Yana hinter mir.

Ich verlangsame meine Schritte nicht. »Wenn mir nichts anderes übrigbleibt, ja.«

Yana schließt zu mir auf. »Links«, sagt sie knapp und deutet auf die Abzweigung der Main Road, die zu Manuels Cottage führt. »Wir nehmen Grandpas Wagen«, erklärt sie. »Du kannst im Auto bleiben, während ich Hunter im Rathaus suche.« Ich setze zu einem Protest an, doch Yana schneidet mir das Wort ab. »Ich habe keine Lust, ReNatura allein am Hals zu haben, wenn die Ordnungswahrer dich auch noch fassen. Verstanden?«

Ich schlucke.

»Was macht Mas Auto hier?« Vor mir bleibt Yana abrupt stehen.

Mit zusammengezogenen Augenbrauen schaut sie auf Rekas blauen Ford Fiesta, der in der Auffahrt des Cottages parkt. »Ma müsste doch eigentlich noch bei der Arbeit sein«, murmelt sie. »Sie kommt normalerweise nie vor neun von der Nachtschicht zurück, weil sie die Übergabe leitet.«

Yana tritt auf die Veranda und hebt die Hand, um an die Haustür zu klopfen. Geistesgegenwärtig halte ich ihren Arm fest. »Warte.«

Ich spüre wieder, wie sich Hunters Hände verkrampfen, nachdem Reka uns von dem Giftbefund in meinem Blut erzählt hat. Sehe vor mir, wie er sie anstarrt, als sei ihm auf einmal etwas klar geworden. Und wieder höre ich Hunters Stimme flüstern: *Nicht hier.* Aus irgendeinem Grund hat er in dieser Nacht angefangen, Reka zu misstrauen …

Yana schimpft leise über Paranoia und Zeitverschwendung, doch sie folgt mir trotzdem, als ich das Cottage umrunde. Versteckt hinter Manuels Sonnenblumenbeet bleibe ich stehen. Die Terrassentür ist offen.

»Der Brief war gefälscht?« Ich halte die Luft an, als ich Manuels Stimme höre. »Was genau willst du damit sagen, Reka?«

Yana versucht, sich an mir vorbeizudrängen. Ein paar Atemzüge lang führen wir einen stillen Kampf.

»Hunter hat ihn geschrieben«, höre ich Reka antworten.

»Das ist doch Unfug! Es war Sols Handschrift, sie hat ihn unterzeichnet –«

Reka unterbricht ihn. »Ich *weiß*, dass der Brief von Hunter stammte, Dad. Denn Sol kann ihn gar nicht geschrieben haben.«

»Jetzt hör auf, in Rätseln zu sprechen, und sag uns, was los ist.«

Ich spähe vorsichtig um die Ecke. Die fordernde Stimme gehört einer Frau, die Yanas Großmutter sein muss – dabei wirkt Amanda Cypress nicht gerade wie eine typische Oma, die Kekse backt und Geschichten vorliest. Sie ist schlank, fast schon hager, und ihre aufrechte Haltung verrät, dass sie es gewohnt ist, den Ton anzugeben.

Eine Weile herrscht Stille. Dann beginnt Reka zu sprechen, so leise, dass ich mich konzentrieren muss, um sie zu verstehen: »Als ich vor vier Jahren entschied, aus New York wegzugehen und wieder hierher, nach Las Almas, zu ziehen, hatte das nichts mit Daniels Krankheit zu tun.« Yana lässt meinen Arm los. »Sol war es, die mir dazu geraten hatte, zurück ins Reservat zu gehen.« Ich mache einen Schritt rückwärts, als Reka sich neben ihre Mutter in einen der Korbsessel setzt. »Sol … sie hat sich verändert, nachdem Matteo sie verlassen hat. Auf einmal schien sie nicht mehr so große Stücke auf Chloe Cremonte zu halten. Sie war zwar nie so ein leidenschaftlicher Fan von ihr wie er, aber vor seinem Verschwinden hat auch sie ständig von Cremontes Ideen gesprochen.«

Yana sieht mich an. »Wusstest du das?«, wispert sie. Ich nicke und lege den Finger an die Lippen.

»Sol wurde immer seltsamer, hat sich und Hunter immer mehr von allen abgeschottet. Bis sie eines Abends bei mir Sturm klingelte und mich schwören ließ, den Pakt, den die Kristallisierer den Reservaten soeben vorgeschlagen hatten, anzunehmen. Sie sagte … Sie sagte, ich solle meine Familie schützen, falls etwas schiefgeht.«

»Schiefgeht wobei?«, fragt Manuel argwöhnisch.

»Bei ihrem Versuch, den Kristall zu stürzen.«

»Reka!«, ruft Amanda empört.

Ein Schauer läuft mir über den Rücken. *Also hat Reka alles gewusst!*

Es entsteht eine lange Pause, in der ich nur Yanas unterdrückte Atemzüge an meinem Ohr höre.

»Bist du deshalb so plötzlich nach Las Almas zurückgekommen? Weil etwas *schiefgegangen* ist?«, fragt Manuel schließlich.

»Ja.« Reka räuspert sich. »Ehrlich gesagt, habe ich Sols Warnungen anfangs gar nicht ernst genommen. Ich habe gedacht, dass sie den Kristall nach Matteos Verschwinden einfach hassen wollte, weil er immer so felsenfest hinter der Bewegung gestanden hat. Aber dann, in der Nacht zum 4. Juni, wurde … wurde eine Frau auf meiner Station eingeliefert.« Rekas Stimme bricht. Es dauert eine Weile, bis sie weiterspricht. »Sol war schon tot, als sie gebracht wurde. Die Polizei sagte etwas von einer Gang-Schießerei, aber ich wusste, warum sie wirklich ermordet wurde.«

Meine Fingernägel krallen sich in meinen Arm. *Der Kofferraum. Der Schuss. Und mein Vater, der Mörder.*

Eine Weile ist es still, jemand unterdrückt ein Schluchzen. Als Manuel spricht, wackelt seine Stimme. »Trotz alldem verstehe ich deine Forderung nicht, Reka.« Er schnäuzt sich. »Der Tod seiner Mutter ist doch kein Grund, Hunter jetzt wegzuschicken, ganz im Gegenteil. Er braucht eine Familie. Er hätte sie schon vor vier Jahren gebraucht!« Die Heftigkeit in Manuels Stimme lässt Yana neben mir zusammenzucken.

»Ich habe geglaubt, Matteo würde zurückkommen, um sich um Hunter zu kümmern«, stammelt Reka, doch Manuel hört ihr gar nicht zu.

»Ich kann es einfach nicht fassen. Sol ist tot –«

»Und eine Verräterin.« Das ist Amandas Stimme. »Wenn es wahr ist, was du sagst, Reka, dann bin ich deiner Meinung. Wir müssen Hunter und das Mädchen der Administration melden.«

»Das kann nicht euer Ernst sein!«, entgegnet Manuel, der seine Fassung langsam zurückgewinnt.

»Skye trägt keine Schuld«, sagt Reka schnell. »Sie ist verliebt und wurde in die Sache hineingezogen, ohne sich der Folgen bewusst zu sein.«

»Ich bin mir nicht sicher, ob du das Mädchen da nicht unterschätzt«, erwidert Amanda scharf. »Genau, wie wir Sol unterschätzt haben. Sie war nicht die nette Journalistin, die wir zu kennen glaubten.« Sie schnaubt. »Sol war offenbar eine gefährliche Frau, die versucht hat, eine stabile Regierung zu stürzen. Und wenn ich mir ansehe, was passiert ist, seitdem Hunter und dieses Mädchen hier aufgetaucht sind, tritt ihr Sohn in ihre Fußstapfen.«

Unwillkürlich mache ich einen Schritt auf die Terrassentür zu, will erklären, mich rechtfertigen – doch Yana hält mich am Arm fest und schüttelt stumm den Kopf. Kalte Angst lähmt auf einmal meine Glieder.

»Du hast den Pakt selbst unterschrieben«, wendet Amanda sich an ihren Mann. »Untreue zu melden ist unsere Pflicht gegenüber denjenigen, die uns schützen.«

»Ich kannte Sol!«, donnert Manuel. »Und ich kenne Hunter. Keiner von beiden würde eine Regierung unterminieren, wenn sie keinen guten Grund dafür hätten. Und der Pakt –« Er hält inne, als würde ihm erst jetzt klar werden, welchem Handel er vor vier Jahren zugestimmt hat. »Wenn es wirklich die Kristallisierer waren, die Sol ermordet haben, dann ist es ein Pakt mit dem Teufel.«

»Wer sagt, dass sie es waren?« Der Korbstuhl wird zurückgeschoben, Amanda steht auf. »Reka hat uns gerade geschildert, dass es Sol nicht gut ging, nachdem Matteo sie verlassen hatte. Dass sie Verschwörungstheorien nachhing. Es gibt tausend Möglichkeiten, wie sie sich diese Kugel eingefangen haben kann. Vielleicht ist sie wirklich aus Versehen in eine Schießerei geraten. Vielleicht wollte sie sich das Leben nehmen. Aber du glaubst doch nicht ernsthaft, dass unsere Regierung versuchen würde, Menschen zu töten! Wir leben in einem Rechtsstaat!«

»Vielleicht hast du recht«, sagt Reka leise. »Vielleicht existierte alles nur in ihrem Kopf.«

»Das reicht«, zischt Yana, drängt sich an mir vorbei und stürmt durch die Terrassentür ins Wohnzimmer. »Sol war keine Irre, Ma!«

»Aiyana!«, stammelt Reka erschrocken.

»Du wusstest, was passieren wird, oder? Sol hat dir gesagt, dass die Kristallisierer die Medien gleichschalten würden, stimmt's? Sonst wärst du gestern nach dem Shutdown nicht so nervös gewesen.« Reka setzt zu einer Antwort an, aber Yana ist noch nicht fertig. »Wovor hat Sol dich außerdem gewarnt? Wovor, Ma?«

»Vor einem Programm.« Rekas Stimme zittert. »Sie hat nichts Genaueres gesagt, weil sie mich nicht in Gefahr bringen wollte. Bloß, dass das hier – Octagon – der erste Schritt sein würde.«

Yana stößt einen triumphierenden Laut aus. »Siehst du, Grandma? Die Kristallisierer sind nicht die Fortschrittspartei, für die sie sich ausgeben! Das sind Fanatiker, die unser Leben bestimmen wollen.«

Ich starre auf Amandas Spiegelbild in der offenen Glastür. Ihr Mund verzieht sich nach unten, eine beinahe schmerzhafte Grimasse. »Sie haben ihr Versprechen uns gegenüber gehalten«, sagt sie. »Es gibt keine Traits im Reservat.«

»Noch nicht!«, ruft Yana wütend. »Aber was ist mit den Leuten, die nicht in einem Reservat leben? Wir schulden ihnen unsere Hilfe!«

Amanda richtet sich zu ihrer vollen Größe auf. »Als Dank für *ihre* Hilfe, all die Jahre? In den Gläsernen Nationen werden wir respektiert. Unsere Kultur wird respektiert. Ich werde mir nicht wegnehmen lassen, wofür ich mein ganzes Leben lang gekämpft habe!« Sie schüttelt den Kopf. »Es war ein Fehler, dass deine Mutter dir erlaubt hat, nach deinem Abschluss zurück nach New York zu gehen. Informatik hättest du auch bei uns in der Nähe studieren können. Du hast deine Herkunft vergessen, Aiyana! Vergessen, was es bedeutet, für jedes bisschen Freiheit dankbar sein zu müssen.«

»Vielleicht stimmt das«, entgegnet Yana, plötzlich ruhig. »Aber stattdessen habe ich gelernt, mir meine Freiheit selbst zu erkämpfen!« Sie wendet sich an Manuel. »Grandpa?«

»Wenn du erlebt hättest, was ich erlebt habe, dann wüsstest du eine Regierung zu schätzen, die vor Diskriminierung schützt.« Manuels Stimme klingt kraftlos. »Sieh doch, Aiyana. Ein reguliertes Internet ist ein kleiner Preis für Frieden!«

»Es geht nicht nur darum«, sagt Yana verzweifelt. »Das Internet war doch bloß der Anfang! Das Programm, vor dem Sol Ma gewarnt hat, heißt ReNatura. Und es … es wird die Rechte der Frauen abschaffen, darum geht es! Es geht um die verdammte Auslöschung der Emanzipation und der Freiheit aller, die nicht in das neue System passen werden oder wollen!« Sie wird lauter. »Begreifst du, was das bedeutet, Ma?«

Es dauert ein paar Atemzüge, bis Reka antwortet. »Niemand wird sie aufhalten, verstehst du? Sol hat es versucht – und sie ist tot.« Im Spiegelbild der Terrassentür sehe ich, wie Reka aufsteht und ihre Tochter an sich zieht. »Wir müssen unsere Familie schützen. Genau, wie Sol es gesagt hat.«

Yana löst sich aus Rekas Griff. »Ich hoffe, ihr könnt mit eurer Wahl leben.«

»Aiyana, bitte –«

»Ich hoffe es von ganzem Herzen«, schneidet Yana ihrer Mutter das Wort ab. »Denn ich könnte es nicht.«

11

Im Rathaus von Greenhill riecht es nach Bohnerwachs und zu vielen Menschen. Ich sehe mich um. Ein paar Meter von mir entfernt steht ein Mann in einem schwarzen Anzug, starrt auf sein Handy und tippt ungeduldig mit seiner Fußspitze auf den Boden. Zwischendurch stößt er einen Fluch aus, wenn die Seite auf seinem Smartphone wieder zusammenbricht.

»Zu nichts mehr zu gebrauchen«, murmelt er.

Ich lasse meinen Blick über die Menge schweifen, die sich eifrig vorwärtsschiebt und geradezu erpicht darauf scheint, ihre alten Handys gegen das Neuste vom Neuen einzutauschen. Sicherheit, Schnelligkeit, absolute Vernetzung. *Und das alles als Geschenk unserer aufopferungsvollen Regierung.*

Wie üblich, wenn ich für einen Auftrag unterwegs bin, sind meine Sinne geschärft. Ich bemerke jeden, der an mir vorbeigeht, jeden, der innehält, jeden, der ein wenig zu schnell läuft. Niemand bemerkt mich. Meine Haare stecken unter einer schwarzen Kappe, nicht gerade angenehm bei dem heißen Wetter, aber typisch für einen Highschool-Schüler. Die Jogginghose und das lässige Markenshirt, das ich auf dem Weg hierher von einem Sale-Tisch geklaut habe, machen meinen Look perfekt. Ich lächle locker, doch ein Blick auf die große Uhr über dem Eingang verrät mir, dass ich nicht mehr viel Zeit habe, bis der Fernbus nach New York abfährt. *Komm schon, irgendjemand!* Ich lasse mich an den Rand des Foyers treiben und scanne die Neuankömmlinge, die sich auf drei Warteschlangen verteilen. Ich brauche einen

Schüler, um die 1,85 Meter groß, wenn möglich mit dunkelblondem Haar - aber das ist nicht ausschlaggebend, zur Not färbe ich mir meins. Lautes Gejohle macht mich auf eine Gruppe Jugendlicher aufmerksam, Jungen und Mädchen. Ungeeignet. Er sollte allein sein. Dankbar für ein Gespräch. Ein wenig naiv. Hinter der Gruppe tritt ein einzelner Junge durch die Flügeltür, der sich unsicher umschaut. *Bingo.* Er ist groß, ungefähr 1,90. Seine Haut ist zwar deutlich heller als meine, aber auf solche Details kann ich jetzt keine Rücksicht nehmen. Ich sehe zu, wie er sich in die linke Schlange einordnet. Das Smartphone, das er gegen einen Check tauschen will, ragt aus der hinteren Hosentasche seiner Jeans hervor. *Das ist fast schon zu einfach.*

»Zigarette?« Der Junge dreht sich erstaunt zu mir um. Ich halte ihm die Schachtel hin.

»Ich, äh ... ich rauche nicht.« Er zeigt mir sein rechtes Handgelenk, auf dem ein weißes R prangt. »Zuflucht in Suchtmitteln zu suchen, ist emotional«, fügt er hinzu. Es klingt beinahe wie eine Entschuldigung.

Ich nicke und stecke die Zigaretten weg. *Ein treuer Rationaler.* Besser hätte ich es nicht treffen können.

»Du spielst Baseball, oder?«, frage ich nach einem Blick auf sein Shirt, das mir auch direkt seinen Namen verrät. *Jaden.*

Er nickt stolz. »Ich bin Pitcher der Senior-Mannschaft an der Greenhill High.«

Anerkennend klopfe ich ihm auf die Schulter, dann deute ich auf mich selbst. »First Baseman der Mannschaft aus Woodbridge.«

Jaden grinst. »Dann habe ich dich also letztes Jahr beim Homecoming-Spiel besiegt!«

Ich nicke gequält. Aus den Augenwinkeln sehe ich, wie der Ordnungswahrer vorne am Kopf der Schlange die Daten des Smartphones einer Frau mit einem Check synchronisiert, bevor er ihn seiner neuen Besitzerin übergibt. Die Schlange rückt weiter vor.

Zehn Personen trennen uns von dem Ordnungswahrer, der die Checks ausgibt, dann nur noch acht. Ich werfe einen gespielt verzweifelten Blick zurück zum Eingang.

»Wartest du auf jemanden?«, fragt Jaden.

Ich nicke erneut. »Auf meine Freundin. Sie wollte schon längst hier sein, und ich dachte, ich halte ihr einen Platz in der Schlange frei.« Ich zucke mit den Schultern. »Aber jetzt gehe ich sie wohl besser mal suchen. Sie wird stinksauer sein, wenn ich mir ohne sie einen Check geholt habe.«

Jaden lächelt verständnisvoll. »Bis zum Homecoming-Spiel nach dem Sommer?«

»Dieses Mal lasse ich dich nicht gewinnen!«, erwidere ich, drehe mich um und zähle stumm bis drei, während ich in Richtung Ausgang gehe. Dann ändere ich die Richtung, durchquere die mittlere Schlange mit gesenktem Kopf und stelle mich nur drei Personen vor dem Tisch des Ordnungswahrers in der rechten Schlange an. Die Frau hinter mir murmelt erbost und ich bin mir sicher, die Worte *heutige Jugend* herauszuhören. Ich setze mein gewinnendes Lächeln auf und drehe mich um.

»Bitte entschuldigen Sie, aber meiner Freundin ging es nicht gut, in der Hitze und der stickigen Luft ist ihr schwindelig geworden. Ich habe sie nach draußen begleitet, und da ich sie gern so schnell wie möglich nach Hause bringen würde, habe ich mich nicht noch einmal hinten angestellt.« Ich deute auf die Massen, die sich mittlerweile hinter uns im Foyer drängeln. »Das verstehen Sie sicher, nicht?«

Die Frau nickt erschrocken. »Selbstverständlich.«

Ich lächle dankbar. Dann setze ich die Sonnenbrille auf, die bis jetzt an meinem Shirt geklemmt hat, drehe mich um und halte dem Ordnungswahrer Jadens Handy entgegen. Er synchronisiert es mit einem brandneuen Check, anschließend wirft er das Smartphone in einen bereitstehenden Container.

»In Ordnung, Jaden«, sagt er und hält mir das silberne Armband hin. »Viel Spaß mit deinem neuen Check.«

Er rät mir noch, den Check nicht abzulegen, um eine durchgehende Aufzeichnung meiner Vitalwerte zu ermöglichen. Herzschlag, Atemfrequenz, Schlafrhythmus. Der Check sendet diese Daten regelmäßig an die Administration, um mögliche Krankheitsursachen schnell zu erkennen. Aber es sind nicht die Vitalwerte, die nicht abbrechen sollen. Es ist der fließende Strom an Worten, aus denen die T-Kontrolle untreue Inhalte herausfiltert. *Bloß bin ich der einzige neue Checkbesitzer, der davon weiß.*

»Danke, Sir.« Ich nehme den Check entgegen, dann verlasse ich das Rathaus, bevor der echte Jaden merkt, dass ich nicht nur sein Handy, sondern auch seine Identität gestohlen habe.

Im Gehen drehe ich das Armband hin und her, gebe vor, an der Beschaffenheit des Metalls interessiert zu sein, das sich auf der Haut ausbreiten und zusammenziehen kann. In Wahrheit suche ich nach dem winzigen stilisierten Kristall, unter dem sich die Kamera verbirgt. *Da ist er.* Ein Blick auf die Anzeige sagt mir jedoch, dass mir keine Zeit bleibt, die versteckte Linse zu zerstören. Ich lege mir das Armband um. Anders als für die Tonspur gibt es keine Software, die automatisch Bildaufnahmen ausliest - zumindest in den Zentren wurden die Kameramitschnitte nur dann überprüft, wenn jemand bereits der Untreue verdächtigt wurde. Dank Jadens Treue droht mir von seiner Kamera also hoffentlich vorerst keine Gefahr. Und bis der Check merkt, dass ich nicht Jaden bin, habe ich mir schon längst den nächsten besorgt.

Im Eiltempo gehe ich auf die Haltestelle zu, von der die Fernbusse nach New York abfahren, und bezahle meine Fahrt, indem ich den Check vor einen Scanner halte. Mal sehen, wie lange Jaden braucht, bis er sein Konto sperren lässt. Im Bus lehne ich meinen Kopf gegen die verschmierte Fensterscheibe. Liege in Gedanken wieder neben Skye und schmecke den Hauch von Vanille auf ihren Lippen. Sie wird mir diesen Alleingang verzeihen, wenn ich in New York an neue Beweise für ReNatura gekommen bin. Wenn ich uns Zugang zu Octagon verschafft habe, um sie hochzuladen. Skye wird mir verzeihen - und dann können wir endlich aufhören zu fliehen.

Ruckelnd fährt der Bus los. Wir lassen Greenhill hinter uns und ich schließe die Augen. Versuche zu vergessen, dass ich mich selbst verabscheue für das, was ich gerade getan habe. *Skye ist in Las Almas in Sicherheit.* Das ist alles, was zählt.

Sie werden die Ordnungswahrer rufen. Du solltest so schnell wie möglich von hier verschwinden.«

Ich muss rennen, um mit Yana Schritt zu halten, als sie die Auffahrt des Cottages hinunter zur Straße stürmt.

»Wo willst du hin?«, keuche ich.

»Lagebesprechung«, erwidert Yana knapp. »In der Garage findet uns erst mal keiner. Aber auch dort kannst du nicht lange bleiben.«

Und schon wieder sind wir auf der Flucht, denke ich, während ich Yana im Laufschritt hinterhereile. *Aber solange ich Hunter in Greenhill finde, kann alles gut werden.* Hauptsache, er ist noch nicht auf dem Weg zurück hierher …

Wenig später reißt Yana das Wellblechtor der alten Garage auf. »Hereinspaziert.« Sie öffnet den Kühlschrank und holt eine Flasche Wasser heraus. »Auch eine?«, fragt sie. Ich nicke. »Wir haben zwei Möglichkeiten, um dich nach Greenhill zu bekommen«, sagt sie, nachdem sie ihre Flasche in einem Zug ausgetrunken hat. »Den Bus oder Reillys Vespa. Wenn du dort bist, kannst du dir immer noch Sorgen darüber machen, wie du Hunter findest, aber jetzt musst du erst einmal so schnell wie möglich aus dem Reservat verschwinden.

Ich komme nach, sobald ich uns eine Unterkunft organisiert habe, von der aus wir unser weiteres Vorgehen planen können.«

»Ich kann nicht –«, beginne ich, doch Yana unterbricht mich.

»Was, stehlen? *Du* wolltest mit der Vespa zum Krankenhaus fahren, um deine Freundin zu retten, wenn ich mich recht erinnere.«

»Ich kann nicht den Bus nehmen«, vollende ich meinen Satz. »Zu viele Leute. Das Risiko, dass ich entdeckt werde, ist gigantisch.«

»Also dann die Vespa.« Yana nickt. »Du hast gesehen, wo der Schlüssel hängt?«

»Ja.« Ich schraube meine Wasserflasche auf und trinke einen Schluck. An die Vespa zu kommen ist nicht das Problem. Aber es gibt etwas, ohne das ich Las Almas nicht verlassen kann. »Hat Hunter dir gesagt, wo er das Diktiergerät versteckt hat?«

Yana antwortet mir nicht. Ich sehe sie auffordernd an.

»Es ist so …« Doch bevor sie weitersprechen kann, fällt ihr Blick auf etwas hinter mir.

Ich wende den Kopf – und begreife im selben Moment, dass der große Rucksack verschwunden ist, der zuvor neben dem Kühlschrank stand. *Warum braucht Hunter einen Reiserucksack für einen Trip in die nächste Kleinstadt?* Und dann dämmert mir, was ich schon viel früher hätte verstehen müssen.

»Er hat nicht geplant zurückzukommen, oder?« Ich drehe mich um. Yana hat die Arme um ihre Taille geschlungen. Sie sieht besorgt aus.

»Ich schätze nicht.«

»Aber wohin wollte er?« Die Verzweiflung lässt meine Stimme höher klingen als sonst. *Und warum ohne mich?*

Yana sucht hastig die Garage ab. Überlegt, was fehlt. Lässt sich schließlich auf die Couch fallen.

»Verdammt!« Sie atmet tief durch. »Ich fürchte, Hunter ist auf dem Weg nach New York.«

»Das ergibt keinen Sinn«, widerspreche ich. »In New York ist er in größerer Gefahr als irgendwo sonst. Er kann die Aufnahmen vom Diktiergerät doch überall hochladen!«

Yana weicht meinem Blick aus. Als sie endlich spricht, ist ihre Stimme ungewöhnlich leise. »Wenn Hunter nach New York gegangen ist, dann, um Beweise für ReNatura aufzutreiben.«

Ich runzle die Stirn, verstehe nicht, was sie sagen will.

»Skye … Das Diktiergerät ist bei der Explosion verbrannt.« Ich höre sie wie durch Watte. »Es tut mir so leid. Hunter hätte es dir sagen müssen, aber er hatte Angst, du würdest etwas Unüberlegtes tun.«

»So etwas wie mitten in der Nacht in die Hauptstadt abzuhauen?«, frage ich. Ich kann es nicht glauben.

Yana antwortet etwas, doch ich höre sie nicht mehr. Ich spüre wieder, wie Hunter mich aus dem brennenden Gebäude trägt, das mein Grab sein sollte. Rieche den schwefelhaltigen Rauch. Höre seine beruhigenden Worte: *Es ist hier. Das Diktiergerät ist hier.*

»Es war eine Lüge«, flüstere ich.

Und damit haben wir rein gar nichts mehr gegen die Kristallisierer in der Hand …

12

Ich bin nicht wütend.« Ich mache eine Pause. *Nur enttäuscht, krank vor Sorge und an meine Grenzen gekommen.* »Ruf mich an, okay?«

Ich lege auf, nachdem ich die dritte Nachricht auf Hunters Mailbox gesprochen habe. Die Digitaluhr auf Yanas Handy leuchtet hämisch ins Zwielicht der Garage. Ob Amanda Hunter und mich bereits der Administration gemeldet hat?

Ich gebe Yana ihr Handy zurück. »Wie zur Hölle glaubt er, an neue Beweise kommen zu können? Indem er ins Weiße Haus einbricht, oder was?«

Yana zieht die Schultern hoch. »Klingt zumindest nach Hunter.«

Ich schließe die Augen. *Er wird nicht anrufen. Er wird nicht umkehren.* Ich stehe auf.

»Was hast du vor?«, fragt Yana.

»Mich nach New York durchzuschlagen«, antworte ich.

»Um dich seiner Selbstmordmission anzuschließen? Das hat doch keinen Zweck!«

»Hier kann ich ja wohl schlecht auf Hunter warten, so wie es aussieht«, brause ich auf.

Yana senkt den Blick. Sofort tut mir die Bemerkung leid. Ich wollte ihr keinen Vorwurf machen, immerhin weiß ich genau, wie es ist, sich für die Entscheidungen der eigenen Familie schämen zu müssen.

»Entschuldige«, sage ich.

Ich verspüre einen Stich im Herzen, als ich an gestern Nacht denke. Hunter hat recht, ich bin gut darin, Menschen zu lesen. *Bloß er-*

kenne ich die Wahrheit jedes Mal zu spät. Ich schiebe meine Hand in die Tasche meiner Jeans und ziehe Hunters Taschenmesser heraus. Ich streiche über das schmale Silberetui. Mein Daumen findet das Rädchen des Feuerzeugs. Ich lasse es aufflammen, wie damals im Labyrinth. Hunter war gut darin, *mich* zu lesen. Er kannte meine größte Angst. Das Messer war nicht die Waffe, die ich brauchte. *Es war das Licht.*

Mir bleibt die Luft weg, als mir klar wird, dass ich etwas tun kann, um Hunter aufzuhalten. *Die Waffe ist das Licht!* Ich denke an Licht und ich denke an Luce. Und dann ist mir auf einmal klar, was mein nächster Schritt sein muss. Ich muss tun, was ich schon vor zwei Tagen hätte tun sollen.

»Vergiss New York!«, platzt es aus mir heraus. »Die entscheidenden Informationen sind in Greenhill.«

Wir haben zwar kein Diktiergerät mehr, auf dem die Regierung offen von ihren absurden Plänen erzählt. Wenn ich es jedoch nach Daliawood schaffe, wo unschuldige Jugendliche gefangen gehalten werden, dann können wir den Leuten die Auswirkungen dieser Pläne *zeigen.* Luce wird sie den Leuten zeigen.

Yana sieht mich mit hochgezogenen Augenbrauen an. »Hunter ist nicht mehr in Greenhill, das ist dir klar, oder?«

»Ja!«, erwidere ich ungeduldig. »Ich will auch nicht zu Hunter, ich will einen Standort herausfinden. Und dafür muss ich nach Greenhill. Hör zu, Yana. Wenn das, was ich vorhabe, klappen soll, brauche ich deine Hilfe.«

»Selbstverständlich brauchst du das«, erwidert sie trocken.

Ich seufze. Yana ist arrogant und nicht gerade der freundlichste Mensch, dem ich je begegnet bin. Aber wenn ich nach Daliawood kommen will, brauche ich jemanden, der sich im Greenhill Hospital auskennt – denn dort muss dokumentiert worden sein, wo Luce herkam. *Und wohin sie gebracht wurde.* Wehmütig denke ich an den Computer in Rekas Arbeitszimmer, der mir sofort Zugang zu den

Krankenhausdaten verschaffen würde. Doch nach allem, was wir im Cottage mit angehört haben, kann ich keine Sekunde länger in Las Almas bleiben.

Hastig beginne ich, die Garage nach Sachen zu durchsuchen, die wir vielleicht brauchen können – hauptsächlich Proviant, denn wir dürfen später auf dem Weg nach Daliawood keine Zeit damit verschwenden, an Supermärkten zu halten. »Hast du noch einen Rucksack?«, frage ich.

Yana setzt sich auf. »Du glaubst also nicht mehr, dass ich dich bei der ersten sich bietenden Gelegenheit entführen und zu Beth bringen will?«, fragt sie spöttisch.

»Ich glaube, dass du jetzt weißt, wie sehr die eigene Familie einen verletzen kann. Und dass du verstehst, warum ich keinen Fuß in die Nähe meiner Mutter setzen, geschweige denn mit ihr das Land verlassen werde.«

Der Spott verschwindet aus Yanas Blick. »Nimm die.« Sie deutet auf die bunte Umhängetasche, die noch immer neben der Couch liegt, wo Yana sie gestern zurückgelassen hat.

Ich hebe sie auf – und schnappe nach Luft.

»Was ist?« Yana steht auf und tritt neben mich.

Auf dem verblassten Samtpolster der Couch liegt das schwarze Lederband mit der Glasscherbe. *Luces Kette.* Sofort ist mir klar, dass Hunter sie nicht zufällig hier liegen lassen hat. Ich lächle. Das ist ein Zeichen! Eine Entschuldigung vielleicht? Ich will mir die Kette gerade um den Hals legen, da reißt Yana sie mir aus der Hand.

»Hey!«, protestiere ich.

Sie lässt die Scherbe vor meinem Gesicht baumeln. »Was denkst du, was das hier ist?«, fragt sie lauernd.

»Die Kette meiner besten Freundin«, erwidere ich. »Luce, das Mädchen, das ich aus dem Krankenhaus holen wollte. Die Scherbe steht für eine Geheimorganisation namens *Sonne*, die gegen die Regierung arbeitet – genau wie wir.«

»Genau wie wir?« Yana schaut mich grimmig an. »Ist das alles, was du über die *Sonne* und diese Ketten weißt?«

»Gibt es denn noch etwas, das ich wissen sollte?«

Yana seufzt. »Ich bringe Hunter um«, murmelt sie und lässt die Kette in ihre Tasche gleiten. »Wir reden später in Ruhe darüber. Jetzt kümmern wir uns erst einmal um diesen Standort, in Ordnung? Mit Reillys Vespa brauchen wir etwa zwanzig Minuten bis nach Greenhill.« Auffordernd sieht sie mich an, doch ich rühre mich nicht vom Fleck. »Na los! Wir sollten keine Zeit mehr verlieren.«

Ich beschließe, Yanas komische Reaktion vorerst zu ignorieren. Wir müssen nach Greenhill, und zwar so schnell wie möglich. Aber Luces Kette werde ich nicht noch einmal aus den Augen lassen. Ich halte die Hand auf. »Die Kette, bitte.«

Yana stöhnt, dann kramt sie das Lederband aus ihrer Tasche und hält es mir hin. »Aber steck sie wenigstens ein, statt sie zu tragen.«

»Warum sollte ich?«, erwidere ich wütend. »Luce war stolz auf diese Kette. Sie ist ein Zeichen ihrer Tapferkeit und –«

»Mein Gott, Skye! Hältst du es wirklich für klug, als Verräterin auf der Flucht das Symbol einer regierungsfeindlichen Organisation zu tragen? Wer garantiert dir, dass das Zeichen der *Sonne* wirklich so geheim ist, wie deine Freundin und ihre Mitstreiter glauben?«

Hitze strömt in meine Wangen. »Darüber habe ich nicht nachgedacht«, gebe ich zu und schiebe die Kette tief in die Tasche meiner Jeans.

»Offensichtlich.« Yana geht an mir vorbei, öffnet das Garagentor und tritt hinaus in den Sonnenschein. »Ich hätte nicht gedacht, dass ich dir schon den Hintern retten muss, bevor wir überhaupt losgefahren sind! Aber solange du ab jetzt tust, was ich sage, bin ich nicht nachtragend.«

Viel zu schnell brausen wir über die Main Road, und ich bin trotz der Hitze froh, dass Yana mir nicht nur ihren Kapuzenpullover, sondern auch den einzigen Helm überlassen hat.

Reillys Eltern waren nicht zu Hause, also war es ein Kinderspiel, die Vespa ein zweites Mal unbemerkt aus dem Carport zu schieben. Wann und wie wir sie ihnen zurückbringen können, weiß ich noch nicht, aber ich beruhige mein schlechtes Gewissen damit, dass die beiden sicherlich lieber ihre Tochter zurückhätten als deren Vespa. Und daran arbeite ich ja nun.

Wir biegen auf eine breite Landstraße ein, und ich lege meine Arme um Yanas Taille, um nicht von dem glatten Ledersitz zu rutschen. Der Motor der Vespa rattert unheilvoll, während Yana ihn zum Äußersten treibt. Eine Weile fahren wir nur geradeaus und ich schließe die Augen. Plötzlich spüre ich, wie Yanas Körper sich anspannt.

»Warum bremst du?«, frage ich.

Ich will vor Einbruch der Nacht aus Greenhill verschwunden sein, bestenfalls mit einer Spur zu Luce. Doch jeder Gedanke an Daliawoods Standort verschwindet, als ich nun über Yanas Schulter spähe. Ein schwarzer Wagen hat uns überholt und bremst uns aus. Es ist kein Transporter, aber auf dem Nummernschild befindet sich ein Kristall, der das Dienstfahrzeug der Ordnungswahrer ausweist. Mit fahrigen Fingern klappe ich das getönte Visier meines Helms nach unten. Die Autotür öffnet sich.

»Routinemäßige Kontrolle. Die Identifikationen, bitte.« Der Ordnungswahrer verschränkt gelangweilt die Arme vor der Brust.

Yana wühlt in ihrer Tasche herum, während mir das Blut aus dem Gesicht weicht. *Wenn er mich zwingt, meinen Helm abzunehmen und meinen Namen zu nennen, ist alles vorbei.* Zwar wurde keine offizielle Fahndung nach Hunter und mir herausgegeben – mit welcher Begründung auch? Aber die Ordnungswahrer werden den Befehl haben, uns nicht entkommen zu lassen.

Mit einem dumpfen Geräusch fällt Yanas Tasche zu Boden. Automatisch bücke ich mich, um sie aufzuheben. Aus dem geöffneten Reißverschluss lugt die Ecke eines zerfledderten Papierausweises hervor, auf dem Yanas Name steht. Das Foto ist so alt, dass nicht einmal ich die junge Frau mit den markanten Gesichtszügen erkenne, die vor mir auf der Vespa sitzt. Der Ordnungswahrer nimmt mir den Ausweis aus der Hand und überfliegt ihn.

»Ich fürchte, ich habe meinen zu Hause liegen lassen, Sir.« Yana streicht sich die vom Fahrtwind durcheinandergewirbelten Ponysträhnen aus der Stirn. Der Blick des Ordnungswahrers bleibt an dem E auf ihrem Handgelenk hängen. Seine Züge werden weicher.

»Jetzt sind Emotionale also auch noch vergesslich, was?« Er gibt mir lächelnd den Ausweis zurück. »Werdet ihr in Greenhill erwartet?«

»Ja. Von meinem Bruder. Ihm gehört auch die Vespa.« Yanas Hände liegen ruhig auf dem Lenker, während meine eigenen sich in den Stoff ihrer Jeansjacke krallen.

»Gut so.« Der Ordnungswahrer klingt ehrlich erleichtert. »Lasst euch nachher von ihm nach Hause bringen. Ihr solltet nicht ohne Begleitung unterwegs sein, besonders nicht abends.« Er sagt das, als wären wir Kinder, die an die Hand genommen werden müssen, damit sie keine Dummheiten anstellen. »Seid vorsichtig auf der Straße. Ihr wart zu schnell. Am besten überlasst ihr das Fahren demnächst deinem Bruder, verstanden?«

Yana nickt artig.

»Und besorgt euch einen Check, diesen Lappen von einem Ausweis kann man ja kaum noch lesen!«

Der Mann steigt zurück in seinen Wagen und braust davon, schneller, als unsere Vespa es je geschafft hätte. Erst als das Auto hinter der nächsten Biegung verschwunden ist, atme ich aus. *Das war verdammt knapp.*

»Danke«, sage ich mit wackliger Stimme.

»Dafür?« Yana steckt ihren Ausweis ein und hängt sich die Tasche wieder über die Schulter. »Reiner Selbstschutz. Der Typ hätte mich nie gehen lassen, wenn er mich mit einer gesuchten Verräterin erwischt hätte.«

»Und was genau ist jetzt dein großartiger Plan?«, fragt Yana, als wir wenige Minuten später auf dem Parkplatz des Greenhill Hospital von der Vespa steigen.

»Ich muss ins Krankenhaus, ohne gesehen zu werden«, erkläre ich. »Gibt es eine Art Personaleingang?«

Yana schüttelt den Kopf. »Aber in der Notaufnahme ist meistens so viel los, dass niemand bemerkt, wenn man sich nicht anmeldet.« Sie zieht den Schlüssel aus der Zündung. »Was für ein Idiot dieser Ordnungswahrer doch gewesen ist«, murmelt sie dabei. »Als ob Frauen zu nichts imstande wären!«

»Glaubst du, die Ordnungswahrer wissen Bescheid?«, überlege ich. »Über ReNatura, meine ich?«

Yana zuckt die Schultern. »Möglich. Andererseits brauchen Typen wie der kein Regierungsprogramm, um sexistisch zu sein. Ich würde ja gern mal erleben, wie *er* Flüchtlinge nach Mexiko schmuggelt. Wahrscheinlich würde der große Rationale schon beim ersten Anzeichen von Gefahr abhauen, der Feigling!« Sie bemerkt meinen Blick. »Auch wenn du es mir vielleicht nicht glaubst, aber nicht nur Hunter kann die Leute nicht vergessen, die wir in den Kontrollen verlieren.«

»Und warum machst du es dann?«, frage ich vorsichtig.

»Der Ring ist die einzige Möglichkeit, etwas gegen die Kristallisierung zu unternehmen. Zumindest war er das, bevor ihr aufgetaucht seid und mit ReNatura alles noch komplizierter gemacht habt.«

Sie sagt das, als wären Hunter und ich persönlich schuld daran, dass die Pläne der Regierung schlimmer sind als alles, was sie sich bisher ausgemalt hat. Ich gehe neben ihr über den Parkplatz und betrachte die Rückseite des Krankenhauses, das sich vor uns aufbaut wie ein Riese aus Glas und Beton.

»Ich arbeite an Transmittern. Falschen Transmittern, die wir in die Tinte für die Traitmarks mischen können.«

Überrascht schaue ich Yana an.

»Freunde an der New York University haben mir Zugang zu ihrem Labor verschafft. Es hat ein Jahr gedauert, hauptsächlich weil ich mich unerkannt in alle möglichen Vorlesungen schmuggeln musste, um überhaupt zu verstehen, was ich tue. Aber nun wären sie einsatzbereit. Oder zumindest testbereit.«

Ich starre sie an. »Wenn sie funktionieren«, beginne ich, »wenn sie die echten Datentransmitter perfekt nachbilden, dann würde niemand mehr an der Grenze gefasst!«

»Schnellmerkerin.« Yana zieht mich weiter, am mächtigen Gebäude des Krankenhauses entlang in Richtung des Hauptportals. »Viel wichtiger ist, dass wir dann nicht mehr auf die Landesgrenzen angewiesen wären und die dort herrschenden Stichprobenkontrollen bestehen müssten. Wenn unsere Traitmarks einem Scan standhalten würden, könnten wir die Leute ausfliegen.«

Auf einmal hält Yana inne. Passanten um uns herum sind stehen geblieben und tuscheln. Ich ziehe mir die Kapuze von Yanas Pulli tiefer ins Gesicht. Und dann erklingt ein fernes, rhythmisches Trommeln, gefolgt von Rufen. *Demonstranten.* Yana und ich wechseln einen Blick. Es ist zu spät, um zur Vespa zurückzueilen. Wir sind unfreiwillig Teil der neugierigen Menge geworden, die sich auf dem Bürgersteig vor dem Krankenhaus drängt und uns den Weg zum Parkplatz abschneidet. Das Trommeln kommt näher, es klingt wie ein aufziehendes Gewitter. Und nun sehen wir die Menschen, die über die Straße ziehen und den Verkehr lahmlegen. Viele sind es nicht, höchstens dreißig. Ich kneife die Augen zusammen, um die Plakate zu lesen, die sie in die Höhe halten: *Rettet das freie Internet,* steht auf den meisten. Ein paar andere tragen das neue Octagon-Logo, den Grundriss eines Kristalls, durchgestrichen mit dicken roten Linien. Trillerpfeifen ertönen und meine Sinne schalten auf Gefahr. Wir müssen von hier verschwinden! Krampfhaft versuche ich, Yana in der Menge der Schaulustigen wiederzufinden.

»Freies Internet! Keine Zensur!«, skandieren die Demonstranten. Sirenen erklingen in der Ferne, und zum ersten Mal frage ich mich, wie stark die Kristallisierer die Polizei schon in der Hand haben. Jemand stößt mich nach vorn, sodass ich auf die Straße stolpere. Eine Demonstrantin mit einem Baby in einem Tragetuch drückt mir einen Flyer in die Hand. »Uploadfilter: Die Wahrheit über Octagon.« Daneben lese ich das Ziel des Protestmarsches: das Rathaus von Greenhill, wo die kostenlosen Checks verteilt werden.

Ein paar Meter weiter kommt der Zug zum Stehen. Einige Jugendliche versperren den Demonstranten den Weg. »Eure Generation hat Amerika in den Ruin getrieben!«, ruft ein Junge in meinem Alter. »Ihr habt Sexisten und korrupte Lobbyisten zu Präsidenten gewählt, die beinahe unsere Zukunft zerstört hätten! Aber die Gläsernen Nationen werdet ihr uns nicht kaputt machen.«

»Für Klarheit und Weitsicht!«, ruft ein anderer. Die Schaulustigen um mich herum fallen ein, bis die Worte zu einem Sprechchor anwachsen, der jede andere Stimme übertönt. Immer mehr Menschen treten auf die Straße und stellen sich den Demonstranten in den Weg. Die ersten lassen ihre Plakate fallen und fliehen in die Richtung, aus der sie gekommen sind. Ich zucke zusammen, als ein Mädchen neben mir »Haut ab, ihr Untreuen!« brüllt.

»Legst du es darauf an, dass sie dich entdecken?«, zischt eine Stimme in mein Ohr.

Yana zerrt mich durch die Menge hinter das Krankenhaus. Wir bleiben nicht stehen, bis wir atemlos den Parkplatz erreicht haben, doch selbst hier hören wir die Rufe *Klarheit durch Traits* und *Untreue raus.* Ich spüre, wie mein ganzer Körper zu zittern beginnt.

»Gib mir dein Handy«, flüstere ich. Hunter muss hören, was wir gerade erleben. Und ich muss hören, dass er seinen Fehler bereut. *Dass er mich braucht, so wie ich ihn jetzt brauche.*

Ich wähle seine Nummer und bereite mich innerlich auf das ewige Tuten vor, darauf, genauso ignoriert zu werden wie bei meinen ersten drei Anrufen. Es klickt in der Leitung und mir fällt beinahe das Handy aus der Hand. »Hunter?«, flüstere ich.

Doch es ist nicht seine vertraute dunkle Stimme, die mir antwortet: »Der Anschluss unter dieser Nummer wurde deaktiviert.«

Langsam lasse ich das Handy sinken, während die Computerstimme mir die Nummer einer Hotline durchgibt.

»Nichts?«

Ich schüttle den Kopf. *Wie kannst du mich allein lassen? Wie kannst du einfach verschwinden?*

»Er will dich schützen«, sagt Yana leise.

»Denkst du, das weiß ich nicht?« Ich beiße mir fest auf die Innenseite meiner Wange, um die Tränen zurückzuhalten. Mein ganzes Leben lang war ich das kleine hilflose Mädchen. Für Elias, für Dad, für meine Mutter. Ich dachte, Hunter hätte gesehen, wer ich wirklich bin. Ich dachte, er hätte sich in jede Seite von mir verliebt, die schwache und die starke. Vielleicht ist er mehr wie alle anderen, als ich geglaubt habe. *Aber wenn du gedacht hast, dass ich einfach abwarte, bis alles vorbei ist, dann kennst du mich schlecht.* Mit entschlossenen Schritten wende ich mich dem Krankenhaus zu.

»Skye!« Yana schließt zu mir auf. »Was hast du vor?«

»Luces Akten einsehen«, erwidere ich. »Irgendwo muss es einen Vermerk über Daliawoods Standort geben. Ich zeige der Welt, was dort vor sich geht. Und ich hole Luce da raus.«

Yana bleibt so urplötzlich stehen, dass ich mich zu ihr umdrehe. Überrascht stelle ich fest, dass ihre Augen schreckgeweitet sind.

»Hör zu, ich schaffe das auch allein«, sage ich, obwohl mir bei dem Gedanken flau im Magen wird.

Yana schüttelt den Kopf. »Darum geht es nicht.« Sie zieht mich in den Schatten der Mauer, die den Parkplatz umgibt. »Deine Freundin Luce. Steht sie hinter dem, was die Sonne tut? Oder wirkte sie, als würde sie an manchen Dingen … zweifeln?«

Ich sehe wieder vor mir, wie Luce beinahe zärtlich über die Scherbe streicht, als sie von ihren Freunden spricht. An die Leidenschaft in ihrer Stimme.

»Luce brennt für die Revolution«, versichere ich Yana. »Sie steht auf unserer Seite. Und sie wird alles tun, um die Kristallisierer zu stürzen.«

Yana atmet tief durch. »Zweifellos. Skye, es ist so …« Sie nimmt meine Hand. Doch sie kommt nicht dazu weiterzusprechen. Denn an der Einfahrt des Parkplatzes tauchen Ordnungswahrer auf. Sie beginnen, das Krankenhaus zu umstellen. Mein Herz sinkt. *Ich muss hier weg!*

»Es gibt vielleicht noch einen anderen Weg, an Daliawoods Standort zu kommen«, sagt Yana langsam.

Ich hebe die Augenbrauen. »Also bist du dabei?«

»Die Bedingungen klären wir später. Aber ich kann dich ja nicht ganz allein deinen Hals riskieren lassen«, sagt sie mit dem Anflug eines Grinsens, das sofort wieder verschwindet. »Komm.«

Wir laufen um die parkenden Autos herum und schieben uns an aufgeregten Menschen vorbei. Yana winkt mich durch ein kleines Tor in der Mauer des Parkplatzes und steuert zielstrebig auf eine Nebenstraße zu.

»Wohin gehen wir?«, frage ich.

»Aus«, erwidert sie, ohne sich umzudrehen. »Wir gehen aus. Mit ein paar hilfsbereiten Freunden.«

13

Nachdem wir die letzten drei Stunden in einem schlecht besuchten Coffeeshop totgeschlagen haben, drängen wir uns an einem streng aussehenden Türsteher vorbei. Wie durch ein Wunder hält er uns nicht davon ab, über den abgewetzten roten Teppich das Innere des Clubs zu betreten. Zögerlich mustere ich die Leuchtschrift, die von der künstlichen Schieferwand auf uns herabstrahlt: *Fantasy.* Ausgerechnet hier treffen sich Yanas Freunde?

»Guck mal ein bisschen mehr wie 21«, raunt Yana mir durch den wummernden Bass zu.

Ich mustere die eng anliegenden Tops, die gebügelten Hemden und den glitzernden Schmuck um mich herum und versuche, mit den Händen meinen verworrenen Zopf zu ordnen. Mein Spiegelbild hinter der pink angestrahlten Bar beweist meinen mäßigen Erfolg. In Yanas dunklem Pulli sehe ich aus, als würde ich einen gemütlichen Serienabend auf dem Sofa planen, aber bestimmt keine Nacht im angesagtesten Club von Greenhill.

Ich bemühe mich, mir den verstörten Ausdruck aus dem Gesicht zu wischen.

»Was machen wir hier?«, frage ich über die Bässe hinweg und deute auf die sich schnell füllende Tanzfläche.

Das Fantasy scheint alles andere als ein Versammlungsort für regierungskritische Leute zu sein, und ich kann mir nicht vorstellen, dass uns eine Horde alkoholisierter Partygänger dabei helfen kann, Daliawood zu finden. Yana drängt sich ohne ein Wort weiter durch die Menge, und ich tue mein Bestes, um sie nicht zu verlieren. Wir laufen eine dunkle Treppe hinauf und überqueren eine zweite, deutlich weniger volle Tanzfläche mit Latinomusik. Ich weiche mühsam ein paar fliegenden High Heels aus, während Yana sich wie selbstverständlich durch die Tanzenden bewegt. Genervt erreiche ich schließlich die andere Seite und lehne mich neben Yana an die Wand. Sie rückt ein Stück zur Seite und ich erkenne eine Tür in ihrem Rücken.

»Bereit?«

Ich nicke. Yana drückt den Türgriff herunter. In letzter Sekunde lege ich meine Hand auf ihre. Winzig klein, aber gerade noch auffällig genug, prangt eine eingekreiste schwarze Fünf auf dem hellen Türrahmen. Mein Herz schlägt schneller, als ich das Symbol von Angelas Wohnungstür erkenne.

»Wir müssen hier weg!«, keuche ich. *Die Kristallisierer. Sie sind hier.*

Yana hält mich am Arm fest. »Keine Sorge, wenn wir deinen Namen nicht verraten, erfährt niemand, wer du bist!«

Und dann verstehe ich. Die eingekreiste Fünf ist kein Zeichen der Regierung, wie ich seit dem Anschlag geglaubt habe. Es ist das Zeichen des Rings. Ich berühre das Symbol und wieder bleibt schwarze Farbe an meinen Fingern zurück. *Kohlestaub.* Mum hat Kohlestifte benutzt. Ich habe sie zu Hause in Upperlake am See versteckt, zusammen mit ihren Polaroidbildern. *Als ich noch glaubte, dass ich meine Mutter wieder lieben könnte, wenn sie nur zu mir zurückkommt.*

»Du bringst mich ausgerechnet zum Ring?«, frage ich fassungslos. Damit habe ich nicht gerechnet, als Yana von ihren *Freunden* gesprochen hat.

»Daliawood ist eine Regierungszone, richtig?«, fragt sie, statt mir zu antworten.

Ich beiße mir auf die Lippe. Regierungszonen sind abgeschottete Orte, die der Öffentlichkeit nicht zugänglich sind. Orte wie die Zentren.

»Richtig«, erwidere ich. »Aber wie soll uns das weiterhelfen? Niemand kennt ihre genauen Standorte.«

»Niemand, bis auf die Mitglieder einer illegalen Schlepperorganisation.«

Ich denke daran, was Hunter mir über den Ring erzählt hat, über die langen Fahrten, die sie durch das Land unternehmen, um die Kristallisierungsgegner zur Grenze zu bringen. Yana grinst, als sie sieht, dass ich verstehe: Der Ring muss wissen, wo sich die Regierungszonen befinden. Zum Schutz seiner eigenen Leute.

»Also, Namenlose«, sagt Yana. »Auf geht's.«

Zuerst glaube ich, wir hätten uns in der Tür geirrt, denn bis auf den leiseren Geräuschpegel unterscheidet sich der Raum dahinter nicht viel vom Rest des Clubs. Der Boden unter meinen Füßen glänzt genauso schwarz, und auch hier gibt es eine Bar, die von pinken Scheinwerfern angestrahlt wird.

»Yana!« Eine Stimme lässt mich herumfahren. Ein Typ mit kurz rasierten Haaren steht auf einmal mitten im Raum. »Ich hätte nicht gedacht, dich so bald wiederzusehen.«

»Umstände«, erwidert Yana kurz angebunden. Die beiden taxieren sich wie Wölfe auf der Jagd.

»Und wer ist deine reizende Begleitung?« Sein Blick wandert zu mir. »Sie gehört nicht hierher.«

Sie kann sprechen, denke ich wütend und setze zu einer Bemerkung an. Doch etwas an ihm wirft mich aus der Bahn. Seine Stimme?

»Du solltest wissen, dass wir bei unseren Kunden auf Namen verzichten«, antwortet Yana an meiner Stelle.

»Eine Kundin, keine Freundin von dir?« Der Typ mustert mich, interessierter diesmal. »Seltsam, denn wir erwarten heute niemanden.«

»Es ist ein Notfall, ich bürge für sie. Wir brauchen Hilfe – und zwar diskret.«

»Diskret, soso.« Er grinst, als er bemerkt, dass ich seinem Blick ausweiche. »Na, dann will ich euch nicht länger aufhalten.« Er geht auf die Tür zu, durch die er zuvor gekommen sein muss, und holt einen Schlüssel aus der Tasche seiner Jeans. Das Schloss öffnet sich mit einem Klicken. »Willkommen in der Zweigstelle F.«

Ich setze eine abweisende Miene auf, als ich an ihm vorbei gehe. Alles in mir wehrt sich dagegen, diesem Typen zu vertrauen. *Aber wenn ich nach Daliawood will, habe ich wohl keine andere Wahl.*

Im Hinterzimmer stehen wuchtige Ledermöbel in Gruppen zusammen. Von der Musik im Club ist hier nichts mehr zu hören. Zwei Männer und zwei Frauen, die ins Gespräch vertieft waren, drehen sich in den Sesseln zu uns um.

»Wen hast du uns denn da angeschleppt, Cren?« Eine Frau mit asymmetrisch geschnittener Frisur steht auf und kommt mit großen Schritten auf uns zu.

Cren. Auf einmal weiß ich, warum mir seine Stimme bekannt vorkam. Ich erinnere mich an das Gespräch, das ich in der Querstraße in Las Almas belauscht habe. Also hat mein Instinkt mich nicht getrogen. *Ich kenne ihn.*

Die Frau zieht Yana ohne Umschweife in ihre Arme. »Lange nicht gesehen, Kleines. Wie geht es dir nach allem, was passiert ist?«

Während Yana eine Antwort murmelt, öffnet Cren einen surrenden Kühlschrank und holt drei Flaschen heraus. Unsere Blicke begegnen sich, als er mir eine davon reicht. »*Und deshalb steht mein Angebot*«, hallt seine Stimme durch meinen Kopf. Wozu wollte er Yana überreden?

Ich trinke, obwohl ich den malzigen Geruch von Bier erkenne. Beim ersten bitteren Schluck verziehe ich das Gesicht. Cren grinst. Er hat mich beobachtet.

»Ich bin übrigens Philippa«, wendet die Frau sich an mich. »Normalerweise treffen wir unsere Kunden das erste Mal an einem neutralen Ort, aber da Yana dich mitbringt, gehe ich davon aus, dass wir dir vertrauen können.« Yana nickt. »Dann kommt.«

Philippa führt uns zu einer leeren Sitzecke, und ich bin erleichtert, als Cren zurückbleibt. Die anderen haben ihr Gespräch wieder aufgenommen und beugen sich über Landkarten aus Papier. Offenbar werden gerade Routen diskutiert.

Philippa wendet sich an Yana. »Die Bibliothek hat sich gemeldet.«

Vor mir auf dem Tisch liegt ein Stapel Zettel. Ich ziehe einen davon unauffällig zu mir heran. *Pro Person ist ein Gepäckstück erlaubt (Rucksack oder Handtasche, kein Koffer, keine Reisetasche),* lese ich. *Geben Sie sich als Tagestourist aus, wenn sie an der Grenze befragt werden. Halten Sie sich an die Ihnen zugewiesene Coverstory, wenn Sie gefasst werden. Erwähnen Sie auf keinen Fall reale Details Ihrer Flucht.* Ich schlucke.

»Philippa, ich bin nicht hier, um –«, setzt Yana an.

»Keine Sorge, alle verstehen, dass du dir nach Arizona erst mal Urlaub genommen hast«, unterbricht Philippa sie. »Aber es gibt da etwas, das du wissen solltest.« Die Falten um ihren Mund, die noch dunkler sind als der Rest ihrer Haut, vertiefen sich. »Beth lässt dir ausrichten, dass sie die Transmitter-Idee ablehnt.«

Yana richtet sich auf. »Aber falsche Datenüberträger würden unsere Quoten erhöhen! Wir würden niemanden mehr in den Kontrollen verlieren. War das ihr letztes Wort?«

Philippa nickt. »Es tut mir leid«, sagt sie. »Ich habe versucht, Beth zu überzeugen. Ihr klarzumachen, wie viel Zeit und Arbeit du in die Entwicklung gesteckt hast.« Sie sieht Yana geknickt an. »Du weißt, wie gern ich deinen Vorschlag mit dir umgesetzt hätte – aber ohne Beths Zustimmung müssen wir die Entwicklung abbrechen.«

Yana lässt sich zurücksinken. »Sie haben die Kinder festgenommen in Arizona«, sagt sie tonlos. »Wusstest du das? Selbst die Kinder dieses Mal. Ich habe es mit eigenen Augen gesehen. Aber ich bin einfach zurück zum Auto gegangen und losgefahren.«

»Und das war richtig so«, sagt Philippa sanft. »Du hättest sie gar nicht erst begleiten sollen, das ist doch eine unserer wichtigsten

Regeln. Rauslassen, umdrehen, zurückfahren. Der Ring bietet eine Chance –«

»Keine Garantie. Ich weiß. Aber das könnten wir, verdammt noch mal!«

»Es ist zu teuer, Kleines.« Philippa klingt bitter. »Wenn wir künstliche Transmitter nutzen, verdreifachen sich unsere Preise – und Beth lehnt meinen Vorschlag, einen Teil der Kosten mit den nicht gerade kleinen Ersparnissen des Rings zu decken, rigoros ab. Ohne den Zuschuss würde unsere Preise aber wohl keiner mehr bezahlen können.«

»Wie teuer sind eure Traitmarks denn ohne Transmitter?« Die beiden sehen überrascht zu mir herüber, als würden sie sich erst jetzt daran erinnern, dass ich überhaupt da bin.

»Wir berechnen 4000 Dollar für die Tinte, das Stechen einer optisch perfekten Täuschung und die beiden Vorgespräche«, erwidert Philippa. »Die Fahrt zur Grenze kostet dann noch einmal extra.«

»Zur Grenze, nicht darüber?«, frage ich verwundert.

Philippa nickt. »Autos werden streng auf Flüchtende kontrolliert. Aber wer als Fußgänger die Grenze überquert, gilt als Tagestourist.« Sie lacht trocken. »Noch glaubt niemand, dass die Menschen verzweifelt genug sind, um mit nicht mehr als einem Rucksack auf dem Rücken ihre Heimat zu verlassen.«

»Also winken die Ordnungswahrer die Tagestouristen einfach so durch?«, frage ich.

»Die meisten kontrollieren nur oberflächlich, ob die Leute ein R haben«, antwortet Philippa. »Sie machen sich häufig nicht die Mühe, das Traitmark zu scannen. Dann kommen unsere Kunden durch.«

Die meisten. Häufig. Ich betrachte den harten Zug um Yanas Mund, für den sie eigentlich noch zu jung ist. Denke an die Trauer in Hunters Augen. *Häufig* passiert zu selten. Mir kommt die Frage wieder in den Sinn, die ich mir gestellt habe, nachdem ich die Wahrheit über Mum erfuhr. *Leidet auch sie?* Mit jeder Faser meines

Herzens will ich glauben, dass es so ist. Aber dann würde sie Yanas Transmitter-Idee annehmen. Dann hätte sie einen anderen Weg gefunden, unsere Flucht vorzubereiten, als eine illegale Schlepperorganisation zu gründen. In diesem Moment trifft es mich wie ein Blitz: *Es gibt diese andere Möglichkeit – oder besser gesagt, es gab sie!*

»Was ist mit Kindern?«, frage ich atemlos. »Was ist mit Kindern unter sechzehn?«

»Das sind die einfachsten Fälle«, erklärt Philippa. »Kinder und Jugendliche unter sechzehn dürfen laut Gesetz kein Traitmark tragen. Solange sie sich in Begleitung eines rationalen Elternteils befinden, kommen sie problemlos durch.«

Mum ist eine Rationale. Jetzt, da ich von ReNatura weiß, ist mir schleierhaft, wie sie das geschafft hat, aber vor fünf Jahren kam sie an der Seite meines Vaters mit einem R aus der Administration zurück. Meine Finger krallen sich in die Lederpolster des Sessels. Mum hätte mit mir ausreisen können, als ich noch unter sechzehn war. Als ich noch kein Traitmark brauchte, um die Grenze zu überqueren! Ich sehe zu den Leuten am Nebentisch. Wie oft haben sie schon ihr Leben riskiert, um Kristallisierungsgegner mit unsicheren Methoden über die Grenze zu bringen? Wie oft haben sie schon jemanden »verloren«? *Und warum hat Mum sich entschieden, diesen Weg zu gehen, wenn es doch bis vor drei Wochen einen anderen gegeben hat?*

»Jetzt aber zu dir«, unterbricht Philippa meine Gedanken. »Du bist nicht hier, weil du fliehen willst, oder?«

Ich zwinge mich, nicht weiter an Mum zu denken, und sehe zu Yana hinüber, die mir zunickt. »Nein, das bin ich nicht.« Ich atme tief durch. »Ich suche jemanden«, beginne ich. »Eine Freundin von mir. Ich glaube, dass sie in einer Regierungszone ist, die sich hier in Bezirk F befindet. Ich muss den genauen Standort herausfinden.«

Philippa überlegt. »Die einzigen Gebiete, die die Regierung in unserem Bezirk gesperrt hat, sind das Gelände des Athene-Zentrums und die Fläche rund um das Trainingscamp der Ordnungswahrer«, sagt sie dann.

Ich schüttle den Kopf. Das kann nicht alles sein. »Es muss noch einen anderen Ort geben, der vom Rest der Welt abgeschottet wird. Dem nach der Gründung der Gläsernen Nationen ein neuer Zweck zugewiesen wurde. Und er muss in der Nähe des Zentrums liegen, maximal sieben bis acht Stunden Fahrtzeit entfernt.« Denn wenn eins klar ist, dann, dass die Kristallisierer nicht riskieren können, dass verängstigte Mädchen in schwarzen Overalls gesehen werden oder dass eins von ihnen flieht. Und das schließt eine weitere Reise per Flugzeug und Zug aus.

Philippa mustert mich mit gerunzelter Stirn. »Wartet hier.«

Wenig später kommt sie mit einem Arm voller Landkarten zurück und breitet eine von ihnen auf dem Tisch aus. Ich erkenne die früheren Bundesstaaten. *Die Vereinigten Staaten von Amerika.* Es ist lange her, dass ich den alten Namen irgendwo gelesen habe. Philippa legt eine aktuelle Karte der Gläsernen Nationen daneben und deutet auf Bezirk F, das ehemalige Florida.

»Hier haben sie das Zentrum errichtet«, sagt sie und legt ihren Zeigefinger auf eine Fläche, die jemand mit schwarzem Filzstift umkreist hat. *Zentrum* steht in unordentlichen Buchstaben darin. Ich vergleiche die Stelle mit der alten Karte, auf der dasselbe Gebiet als Naturschutzgebiet ausgewiesen ist. »Und hier oben an der Grenze zu S liegt der Stützpunkt der Ordnungswahrer«, ergänzt Philippa. »Aber das war's.«

»Wieso seid ihr euch so sicher über die Art der Einrichtungen, die sich hinter den Regierungszonen verbergen?«, fragt Yana. »Sie werden doch geheim gehalten.«

»Ihr Standort wird geheim gehalten«, korrigiert Philippa. »Aber es gibt eine öffentlich einsehbare Liste der Regierungseinrichtungen pro Bezirk. Und für F sind ein Zentrum und ein Camp eingetragen. Als wir bei unseren Touren auf zwei abgesperrte Gebiete gestoßen sind, mussten wir bloß noch ein wenig beobachten, bis uns klar war, welche Einrichtung wo liegt.« Sie sieht mich bedauernd an. »Aber mehr haben wir nicht in F. Ich fürchte, was auch immer du suchst, gibt es hier nicht.«

Mein Blick springt zwischen den beiden Karten hin und her, fest entschlossen, einen Fehler zu finden. Eine Stadt, die auf der neuen Karte fehlt. Ein Gebiet, durch das keine Straßen mehr laufen. Irgendeinen Hinweis darauf, dass Daliawood in F existiert, obwohl es nicht auf der Liste der Regierungseinrichtungen steht. Doch Philippa hat recht, bis auf das Gebiet des Zentrums und die Regierungszone rund um das Camp sind beide Karten identisch.

»Wie kommst du zurecht?«, wendet Philippa sich leise an Yana.

Die zuckt mit den Schultern. »Ich habe versucht herauszufinden, wohin die beiden Jungs gebracht wurden. Den Eltern gibt man sie bestimmt nicht zurück, nachdem sie jetzt offiziell als Untreue gelten.«

»Und?«

»Nichts.« Yana seufzt. »Ich hatte der Mutter geraten zu rennen, wenn sie auffliegt. Sie hätte in einem Verhör niemals dichtgehalten, die Frau war ein einziges Nervenbündel. Aber genau deshalb hätte ich sie gar nicht erst mitnehmen dürfen.« Sie schüttelt den Kopf. »Es war ein Fehler. Mein Fehler.«

»Wir alle machen Fehler, Kleines.«

»Aber meiner hat Leben ruiniert. Das Leben unschuldiger Kinder!« Yanas Stimme ist laut geworden. Sie zieht ihre Hand mit einem Ruck aus Philippas tröstendem Griff, als könnte sie die Berührung nicht ertragen. »Ich … entschuldigt mich«, murmelt sie und drängt sich mit gesenktem Kopf an unseren Sesseln vorbei. Philippa springt auf und folgt ihr durch eine schmale Tür.

Nachdenklich zeichne ich Muster in das Kondenswasser auf meiner Bierflasche. *Wie sehr ich mich doch in Yana getäuscht habe!* Sie ist nicht gefühllos, bloß verdammt gut darin, ihre wahren Empfindungen unter einer taffen Oberfläche zu verbergen.

Vor Aufregung verschütte ich beinahe den Rest des Biers über den Karten. Die Wahrheit verbergen! *Was, wenn für Daliawood gar keine eigene Regierungszone eingerichtet wurde?* Die Kristallisierer veröffentlichen Listen. Listen, in denen Zentren eingetragen sind, und harmlose Trainingscamps. Aber wer sagt, dass sich hinter diesen Begriffen nicht etwas anderes, deutlich weniger Harmloses verbirgt?

14

Zwei Augenpaare sehen mich ungläubig an.

»Was wir suchen, muss sich in der Regierungszone rund um das Camp verbergen«, sprudelt es aus mir heraus, kaum dass ich die Tür zu den Toiletten hinter mir geschlossen habe. »Seht euch das Gebiet genauer an, das ihr als Stützpunkt der Ordnungswahrer identifiziert habt! Ein Trainingscamp ist gerade mal so groß wie eine normale Schule, das weiß ich von meinem Vater. Aber diese Fläche hier«, ich tippe auf die Karte der Gläsernen Nationen, »diese Fläche ist fast groß genug, um eine Kleinstadt zu verschlucken!«

Über mir zucken die hellen Deckenlampen und tauchen Yanas Gesicht in ein gespenstisches Licht. »Und was, wenn sie das Camp in letzter Zeit bloß vergrößert haben?«, zweifelt sie.

Ich schüttle den Kopf. »Der Bedarf an Trainings- und Ausbildungsplätzen für Ordnungswahrer kann nicht so hoch sein, dass ihr Camp die Größe von Greenhill haben muss. Noch dazu, wo es mittlerweile in jedem Bezirk eins gibt. Als die Nationen gegründet wurden, waren es nur zehn.«

Philippa runzelt die Stirn. »Das ergibt tatsächlich keinen Sinn. Ordnungswahrer sind nur für die innere Sicherheit zuständig. Entweder der Kristall formt eine ganze Armee oder –«

»Oder sie nutzen die Camps als Vorwand, um etwas anderes vor den Augen der Öffentlichkeit abzuschirmen«, sagt Yana langsam. »Du könntest recht haben, Skye. Und eine bessere Fährte werden wir wohl eh nicht kriegen.«

Philippa sieht von ihrem Schützling zu mir. »Ich habe keine Ahnung, was ihr dort zu finden hofft. Aber seid ihr sicher, dass es die Gefahr wert ist, in die ihr euch begebt?«

»Sind wir.« Yana wirft mir einen Seitenblick zu, und zum ersten Mal verstehe ich, warum Hunter sie mag. Sie ist hart und ruppig, aber sie würde niemanden im Stich lassen. »Wir müssen definitiv dort hin«, bekräftigt sie. »Unerkannt.«

»Gut. Dann kümmere ich mich um alles.« Philippa seufzt. »Ich hoffe, du verstehst, wie groß dieser Gefallen ist, Yana. Ihr werdet auf eigene Gefahr handeln und niemand anderen in eure Pläne hineinziehen.« Yana nickt und Philippa verschwindet.

»Wir könnten es ihr sagen«, schlage ich vor, als die Tür hinter ihr ins Schloss gefallen ist. »Was in den Zentren passiert.«

»Auf keinen Fall!«, sagt Yana entschieden. »Wenn der Ring von den Lagern wüsste, würden uns wahrscheinlich die Hälfte aller Fahrer abspringen.« Yana schweigt eine Weile. »Ich habe uns immer als Kämpfer gegen die Ungerechtigkeit gesehen, aber in Wirklichkeit sorgt der Ring wohl nur dafür, dass die Untreuen auf andere Art und Weise verschwinden. Hunter hatte recht, wir sind keine Helden. Bloß Schlepper.«

»Dass ich diese Worte mal aus deinem Mund hören würde.« Cren lehnt mit verschränkten Armen im Türrahmen. »Aber sei vorsichtig, ich würde nicht ausgerechnet hier ketzerische Bemerkungen fallen lassen. Hinterher versetzt Beth dich auch noch ans Ende der Welt.«

»Kannst du nicht lesen?«, fährt Yana ihn an. »Das ist die Frauentoilette!«

Cren hebt die Hände. »Ich dachte, du wärst nicht so zimperlich. Zumindest sagt das dein Ruf.«

Ich halte Yana fest, bevor sie auf ihn losstürmen kann. »Es wäre besser, wenn du jetzt gehst«, sage ich.

Cren deutet eine Verbeugung an. »Was auch immer Ihr befiehlt, Mylady. Ach, Philippa lässt ausrichten, dass du dir schon mal die Haare waschen sollst.«

Mit zwei Fingern schneidet er durch die Luft – und im bläulichen Licht des Toilettenraums wird mir klar, dass ich mich nicht nur von meinen Haaren verabschieden muss. Ich bin nicht mehr das Mädchen, das vor drei Wochen zur Testung ins Zentrum aufbrach, aufgewühlt von seinem ersten Kuss, enttäuscht von dem Jungen, den es für seinen Freund hielt, und verwirrt von der unerklärlichen Verbindung zu dem mysteriösen Testleiter. Ich bin das Mädchen, das Geheiminformationen gestohlen und einen Anschlag überlebt hat. *Und dieses Mädchen wird es nach Daliawood schaffen.* Mein Blick wandert zum Waschbecken hinüber.

»Spa-Räumlichkeiten haben wir leider nicht zu bieten«, sagt Cren, der noch immer lässig im Türrahmen lehnt. »Hat sie dich etwa nicht gewarnt, auf was du dich bei uns einlässt?« Er deutet mit dem Kopf zu Yana.

»Schon – nur nicht vor dir«, gebe ich zurück.

Cren grinst und wirft mir eine Flasche Shampoo zu. »Zumindest kann sie fangen«, sagt er an Yana gewandt. »Du wirst noch sehen, wie gut sie rennen kann.«

Ich hole aus. Cren schließt gerade noch rechtzeitig die Tür hinter sich, bevor die Shampooflasche dagegen knallt. Ich drehe den Wasserhahn des Waschbeckens auf und halte den Kopf unter den Strahl. Yana tritt neben mich und hilft mir, meine langen Haare durchzuspülen.

»*Mein Ruf*«, knurrt sie dabei. »Dieses Arschloch! Wenn ich ein Kerl wäre, würde mein Ruf niemanden kümmern.«

Ich denke an die roten Buchstaben auf meinem Schrank im Zentrum. *SCHLAMPE!*

Niemand hat so etwas auf Hunters Tür geschmiert. Niemand hat über ihn getuschelt.

»Danke!«, huste ich, als ich meinen Kopf aus dem Waschbecken ziehe, und grinse Yana verschwörerisch an. »Wenigstens bin ich jetzt auf Waterboarding vorbereitet.«

Eine Stunde später betrachte ich meinen neuen Aufzug im Spiegel. Die braunen Augen, die mir entgegenblicken, sind nicht halb so auffällig wie meine blauen. An das Einsetzen der Kontaktlinsen werde ich mich noch gewöhnen müssen. Auch meine neue Frisur ist mir fremd – meine Haare reichen mir nur noch bis knapp zu den Schultern. Misstrauisch zupfe ich an den Strähnen herum, die wie unbeabsichtigt aus dem hohen Zopf fallen und mein Gesicht umrahmen. *Chase Walker* steht auf meinem neuen Ausweis. Augenfarbe braun, Haarfarbe schwarz, geboren –

»Chase Walker ist neunzehn«, sagt Philippa, die bemerkt, dass mein Blick vom Spiegel zu dem Papier in meiner Hand gewandert ist.

»Aber ich habe kein Traitmark!«, protestiere ich. »Mit neunzehn müsste ich getestet sein. Das wird in einer Kontrolle sofort auffallen!«

»Nur, wenn die Ordnungswahrer sich für einen Scan entscheiden. Normalerweise sind unsere Papiere authentisch genug, um das zu vermeiden. Wenn du dich souverän verhältst.« *Normalerweise.* Philippa, die mir meine Zweifel anzusehen scheint, hebt die Schultern. »Alle anderen verfügbaren Ausweise würden dich noch älter machen.«

»Ihr habt mein Foto doch gerade erst eingefügt.«

»In vorgefertigte Papiere«, erklärt Philippa geduldig. »Aber wenn du noch zwei Wochen wartest –«

»Auf keinen Fall!«

»Dann würde ich sagen, herzlich willkommen in der Identität von Chase«, sagt Philippa. »Wir können dir ein falsches Traitmark stechen, wenn du das möchtest, aber du hast unser Gespräch vorhin mitbekommen. Unsere Tinte enthält keine Transmitter. Wenn es zu einem Scan kommt, bist du so oder so verloren.«

Ich lese in ihren Augen die gleiche stumme Wut wie in Yanas.

»Dann werde ich das Risiko wohl eingehen müssen«, sage ich mit fester Stimme. *Und wenn ich geschnappt werde, erfährt Mum wenigstens am eigenen Leib, was sie Hunderten von Menschen und ihren Angehörigen angetan hat, nur damit sie mit mir sicher hier rauskommt.*

Philippa rät mir, den Ärmel meines Shirts über mein Handgelenk zu ziehen und meine Papiere mit der linken Hand zu zeigen. »Mehr kann ich nicht für dich tun. Verhalte dich einfach so unauffällig wie möglich.«

Ich nicke und stecke den neuen Ausweis in die Tasche meiner Jeans. Die Hose ist das einzige Kleidungsstück, das ich behalten durfte. Statt des Tops und Yanas Pullover trage ich nun ein langärmeliges grünes Shirt mit V-Ausschnitt. Über meinem Arm hängt eine Jacke aus leichtem, wasserabweisendem Stoff. Ich verstaue Hunters Messer und Oceans MP3-Player, den ich nicht mehr zurückgeben konnte, in ihrer Tasche.

»Telefoniert mit diesem Handy nur im Notfall«, sagt Philippa und hält ein Smartphone älteren Modells hoch. »Es ist mit unseren Standardmaßnahmen gesichert, aber es gibt keine Garantie. Die Koordinaten der Regierungszone um das Camp habe ich euch auf der Karte hier notiert, denn die Navigationsfunktion des Handys solltet ihr natürlich nicht nutzen.« Sie drückt mir eine zusammengefaltete Karte in die Hand.

»Dann los.« Yana nimmt das Smartphone an sich. Wir verlassen den Toilettenraum, in dem ein Bündel pechschwarzer Haare und ein paar Klamotten zurückbleiben.

»Ich brauche einen Wagen und eine Coverstory für die Kontrollen«, verlangt Yana.

»Coverstory?«, frage ich.

»Eine glaubwürdige Geschichte. Wer sind wir, wohin wollen wir und kleinere Details: Bist du meine Freundin, meine Schwester, habe ich dich am Straßenrand eingesammelt, weil du eine Mitfahrgelegenheit brauchtest –«

»Ich fürchte, das wird nicht gehen«, unterbricht Philippa ihre Ausführungen.

Yanas Augen verengen sich. »Und warum nicht?«

»Das Hauptquartier hat dich als Fahrerin sperren lassen.«

»Wie bitte?«, ruft Yana empört. »Etwa wegen Arizona?« Sie deutet auf die Gruppe in den Ledersesseln, deren Gespräch erneut verstummt. »Jeder von uns hat schon einmal Kunden verloren! Und wenn überhaupt jemand etwas dafür kann, dann ist es ja wohl Beth, die –«

»Schluss jetzt!« Philippa sieht Yana bekümmert an. »Das reicht jetzt, Kleines.«

Ich betrachte Philippas gerötete Wangen und begreife, dass Yana recht hatte. Wir dürfen ihr nichts von den Untreuen erzählen, nichts von ReNatura. Vielleicht bedauert Philippa die Umstände beim Ring wirklich, aber sie ist noch immer eine Schlepperin. Keine Rebellin. Sie tut, wofür meine Mutter sie bezahlt. Die Leute wenden sich wieder ihrer Diskussion zu – bis auf einen.

»Jeder von uns hat schon mal Kunden verloren, das stimmt.« Cren sitzt mit dem Rücken zu uns auf einem Barhocker. Langsam dreht er sich um. »Aber nicht jeder von uns verliert deswegen gleich die Nerven.«

Zum ersten Mal frage ich mich, was genau nach Yanas letztem Auftrag passiert ist. Menschen wie sie sind schwer aus der Bahn zu werfen. Aber wenn der Ring Yana gesperrt hat, wird das nicht wegen einer spontanen Auszeit in Las Almas geschehen sein.

»Ich biete mich als Fahrer an.« Cren rutscht von seinem Hocker. »Solange die Dame einverstanden ist, selbstverständlich.« Er wirft mir ein Lächeln zu, das eine Reihe gerader weißer Zähne enthüllt.

»Wenn du mir helfen willst, tu das«, sage ich ruhig, »aber ohne dumme Sprüche. Und fürs Protokoll: Ich bin keine Dame.« Der letzte Rest meiner Schüchternheit ist wohl mit meinen alten Klamotten im Badezimmer zurückgeblieben.

»Wie du willst.« Er fixiert mich. »Auf dem Weg zur Grenze fahre ich durch den Norden von F. Ich bin bereit, dich in der Nähe der Regierungszone rauszulassen, ob Dame oder nicht. Aber ich werde weder meinen Hintern noch den von Beria oder Jamal riskieren, verstanden?«

Ich nicke. Mit klaren Worten komme ich zurecht, anders als mit seinen Spielchen.

»Beria?« Yana sieht zwischen Philippa und Cren hin und her. »Was will Beria an der Grenze?«

»Fliehen«, antwortet Cren trocken. »Octagon ist nur der Anfang. Demnächst werden die Checks nicht mehr großzügig verschenkt, sondern zur Pflicht, und dann spüren die Kristallisierer ihre Gegner auf, bevor der Ring sie rausbringen kann. Also fliehen jetzt sogar unsere eigenen Leute.«

In seinen dunklen Augen blitzt etwas auf, und ich denke daran, was er in Las Almas zu Yana gesagt hat: »*Ich weiß, dass du so bist wie ich. Du willst etwas verändern.*« Cren ist der Ring nicht genug. Das reicht mir, um ihm zu vertrauen. *Zumindest vorerst.*

»Also.« Cren reibt sich die Hände und sieht mich an. »Nimmst du den Platz?«

Meine Gedanken rattern. *Nur ich?*

»Keine Chance«, zischt Yana, als ich sie zur Seite ziehe. »Ich bleibe nicht hier und warte ab, ob Hunter oder du zuerst gefasst werden.«

»Danke, dass du so fest an mich glaubst«, erwidere ich sarkastisch, doch meine Kehle schnürt sich zu, ehe ich die Worte ganz ausgesprochen habe.

Mittlerweile muss Hunter schon fast in New York sein. Bei dem bloßen Gedanken daran wird mir schlecht. Ich bin nicht die Einzige, die die Kristallisierer töten wollen. *Ich muss ihn aufhalten. Ich muss nach Daliawood!* Doch da wird mir plötzlich klar, dass der fehlende Platz in Crens Wagen die Lösung für mein Dilemma sein könnte.

»Finde ihn«, wispere ich Yana zu. »Finde Hunter und erzähl ihm von dem Daliawood-Plan. Wenn er erfährt, dass wir bald neues Beweismaterial haben, wird ihn das davon abhalten, in der Zwischenzeit seinen Kopf zu riskieren.«

»Dafür wird er *mir* den Kopf abreißen, wenn ich dich allein gehen lasse.« Yana schnaubt.

Ich sehe zu Cren hinüber, der mit einem Finger auf seine Armbanduhr tippt. »Es war seine Entscheidung«, sage ich und spüre, wie Wut in mir aufsteigt. »Es war *seine* Entscheidung zu lügen, seine Entscheidung, nach Las Almas zu gehen, und seine Entscheidung, mich zurückzulassen. Das hier ist meine.«

Auf der Straße vor dem *Fantasy* weht ein kühler Nachtwind.

»Wenn du drinnen bist, musst du versuchen, die schlimmen Sachen zu filmen.« Yana gibt mir das Smartphone des Rings. »Was auch immer sie tun, um den Willen der Untreuen zu brechen, du musst es alles aufnehmen. Bilder von Zellen oder so etwas reichen nicht, wenn wir die Leute wachrütteln wollen.«

Ich nicke und verstaue das Handy in meiner Jackentasche. Zu behaupten, ich hätte keine Angst, wäre eine Lüge. *Aber es gibt Dinge, die stärker sind als Furcht. Liebe. Und Verzweiflung.*

»Sobald du es wieder aus Daliawood raus geschafft hast, rufst du mich an«, sagt Yana. »Ich hab dir meine Nummer eingespeichert. Wenn alles gut geht und Hunters Sturkopf einsieht, dass er einen Fehler gemacht hat, werden wir beide auf dich warten. Wo, sage ich dir dann.«

Keine von uns erwähnt, was passiert, wenn nicht alles gut geht.

»Braucht ihr Taschentücher? Wollen wir noch ein paar Erinnerungsfotos schießen?« Cren beugt sich aus der Fahrerkabine des Lieferwagens. »Man traut es mir nicht zu, aber ich arbeite nach Plan. Und der sagt, dass wir jetzt losmüssen.«

Ich gehe auf die Beifahrertür zu, doch Yana hält mich im letzten Moment am Ärmel fest. »Hör zu, ich habe deiner Idee zugestimmt, weil wir das Beweismaterial aus dem Lager brauchen. Aber wenn du deine Freundin findest –« Sie stockt. »Du darfst ihr nichts von ReNatura erzählen. Nicht, wenn sie zur *Sonne* gehört.«

Cren startet den Motor.

»Die Scherben an ihren Ketten«, flüstert Yana, »stehen nicht für den Neuanfang. Sie stehen für Zerstörung.«

Ich sehe sie ungläubig an, doch Yana verstärkt ihren Griff um meinen Arm.

»Hunter wollte es dir vielleicht nicht sagen, aber die *Sonne* ist gefährlich! Diese Leute wollen keinen friedlichen Regierungswechsel.«

Cren gibt Gas und rollt an.

»Bring Hunter in Sicherheit«, sage ich und drücke ihre Hand. Dann renne ich los. Ich reiße die Beifahrertür auf, und Cren hält an, um mich einsteigen zu lassen. Mein Herz klopft, als ich in den Sitz sinke.

»Bereit für ein Abenteuer, Namenlose?«

»Fahr«, erwidere ich knapp und beobachte durch die Scheibe, wie Yanas Gestalt am Straßenrand immer kleiner wird. Ich taste nach Luces Kette in meiner Hosentasche. *Sie steht für Zerstörung.* Kann das wahr sein? Ich denke an Colin, der mir mit Tränen in den Augen von seinem verschwundenen Vater erzählt hat. An Luce, die in so kurzer Zeit zu meiner besten Freundin geworden ist. Sie sind beide ins Zentrum gefahren, um der *Sonne* Informationen zu besorgen. *Aber würden sie auch noch weitergehen?*

Ich lehne meine Stirn gegen das kühle Fenster und verspreche mir selbst, dass alles gut wird. Dass ich es schaffen kann. Jeder andere Gedanke ist zu beängstigend, um ihn zu ertragen.

15

Du solltest ein wenig schlafen«, bemerkt Cren.

Die Leuchtanzeige des leise vor sich hin dudelnden Radios zeigt 2:37. *Schlafen.* Bei dem Gedanken muss ich beinahe lachen, doch ich klappe trotzdem die Sonnenblende mit dem Spiegel herunter, um meine Kontaktlinsen herauszunehmen. Das Mädchen, das mir danach entgegenblickt, sieht wieder ein wenig mehr aus wie ich selbst.

»Die blauen Augen gefallen mir besser«, sagt Cren, ohne den Blick von der Straße zu nehmen.

»Blöd, dass sie mich ins Gefängnis bringen könnten.«

Nun schaut Cren doch zu mir herüber. »Die Namenlose ist also eine Kristallisierungsgegnerin. Und eine von der gefährlichen Sorte noch dazu.«

»Ich stehe nicht auf dieses Bad-Boy-Getue«, sage ich müde. »Nur damit du Bescheid weißt.«

Er schüttelt den Kopf und grinst. »Ich mache hier meinen Job«, ahmt er meinen Tonfall nach. »Nur damit du Bescheid weißt. Aber ich dachte, ein bisschen Konversation könnte nicht schaden.« Er schaltet einen Gang herunter, als ein kleiner Chevrolet vor uns bremst. »Du wirst mir nicht sagen, was du auf dem Gelände des Camps wirklich zu finden hoffst, oder?«

»Gut erkannt.« Meine Stimme klingt schleppend. Obwohl ich dagegen ankämpfe, sickert die Erschöpfung durch meinen Körper wie dicker, schwerer Sirup.

»Du könntest mir wenigstens deinen Namen verraten.«

»Chase Walker«, erwidere ich.

Cren lacht. »Deinen richtigen Namen.«

»Ich dachte, eure Kunden nennen euch keine Namen.«

»Ich dachte, du bist keine Kundin«, erwidert Cren.

Die Müdigkeit lässt meinen Widerstand schwinden. »Skye«, sage ich. »Ich heiße Skye.« Cren grinst. »Was ist?«

»Deine Augen – sie passen zu deinem Namen. Blau wie der Himmel. Blau wie Kristall.«

»Kristalle sind farblos«, erwidere ich scharf. Früher hätte mich dieser Vergleich stolz gemacht. Heute ist er eine Beleidigung. »Wirst du auch fliehen?«, frage ich nach einer Weile. Ich ziehe meine Beine zu mir heran.

»Wirst *du*?«, gibt Cren die Frage zurück.

»Ich schätze, dann würde ich mir vorher nicht die Mühe machen, beim Camp auszusteigen«, sage ich.

Cren wirft mir einen erwartungsvollen Blick zu.

»Ich werde nicht gehen, auch wenn es leichter wäre«, erkläre ich und denke an Mum. »Manche Dinge sind einfach wichtiger als unser persönliches Glück.«

»Weise Worte, Crystal Skye.«

Wir schweigen. Das gleichmäßige Ruckeln des Wagens lässt mich langsam in den Schlaf gleiten. Im Wegdämmern spüre ich, wie eine kühle Hand meine Wange berührt. »Feuer schlägt Glas«, murmelt eine Stimme.

Gleißendes Sonnenlicht fällt auf meine geschlossenen Lider. Doch es ist nicht die Helligkeit, die mich geweckt hat. Das Rattern des Motors fehlt. Abrupt schlage ich die Augen auf.

»Na, ausgeschlafen?«

Verwirrt streiche ich mir die ungewohnt kurzen Haare aus dem Gesicht. »Wo sind wir?«

Cren nimmt gelassen vier Muffins aus einer Tüte und reicht mir einen davon. Dann klopft er gegen die Trennwand zur Ladefläche, in der daraufhin quietschend eine Tür zur Seite geschoben wird.

»Auf der Höhe von Orlando«, antwortet er, nachdem er zwei der Muffins nach hinten gereicht hat. »Sorry, falls dich das enttäuscht, aber ich musste mir auch ein wenig Schlaf gönnen.«

Ich blicke aus dem Fenster. Wir stehen vor einem Schnellrestaurant. Die Straße ist schmal und die wenigen Häuser sehen ziemlich heruntergekommen aus. Hier halten Trucker und Lieferanten auf dem Weg nach Norden. Touristen, die von den Stränden des Südostens zurück nach Tallahassee und Pensacola wollen.

Als ich meinen Muffin gegessen habe, setze ich vorsichtig meine Kontaktlinsen ein. Nach drei Versuchen klappt es. Jetzt bin ich offiziell wieder Chase Walker.

»Ich geh da mal rein«, verkünde ich in der Hoffnung auf eine saubere Toilette.

Cren nickt und reicht mir einen Zwanzig-Dollar-Schein. »Bring Proviant für den Rest des Tages mit.«

Ich nehme das Geld und öffne die Autotür. Genieße es, meine Beine zu strecken, die sich nach der Nacht im Lieferwagen steif und unbeweglich anfühlen. Verstohlen mache ich ein paar Dehnübungen, dann betrete ich den Burgerladen. Ein pickliger Teenager steht hinter dem Tresen.

»Willkommen bei Bob's Burgers. Wünschen Sie ein Maxi-Menü?«

»Ich –« Mein Blick fällt auf einen Fernsehbildschirm in der rechten Ecke über dem Eingang. Chloe Cremonte winkt in die Kamera. *Es ist, als würde ihr Gesicht meinen Blick magnetisch anziehen …* An ihrer Seite steht eine hochgewachsene Frau mit einem lockigen Dutt, die Chloes Hand lächelnd gen Himmel reißt. **Kristall unterstützt Kandidatur von Laura Schwarzer im Rennen um die EU-Ratspräsidentschaft.** Der Schriftzug erlischt, und ich sehe, wie sich die Lippen des Kristalls stumm bewegen.

»Dreh das mal laut, bitte.«

Ich achte nicht auf die Männer, die von ihren Plastiktellern aufsehen, als der picklige Junge meine Anweisung befolgt.

»Ich bin der festen Überzeugung, dass Laura Schwarzer als Präsidentin des Europäischen Rats hervorragend geeignet ist – und das sage ich nicht nur, weil ich es als Feministin für meine Aufgabe halte, andere Frauen zu unterstützen.«

Mir bleibt die Luft weg. Habe ich mich in Chloe Cremonte getäuscht? Während sie über Laura Schwarzers Lebenslauf spricht, frage ich mich aufgeregt, was der Präsident wohl zu diesem Auftritt sagt. *Will der Kristall gerade ein verstecktes Zeichen gegen ReNatura in die Welt schicken?*

»Manche Frauen wie Laura und ich sind dazu gemacht, mit klarem Kopf die Führung zu übernehmen«, endet Chloe. **»Andere, vielleicht sogar die meisten, finden ihr Glück in der Familie. Beide Wege sind wichtig. Beide Wege sollten respektiert werden.«**

Ich schüttle enttäuscht den Kopf, bevor ich mich daran erinnere, wo ich bin. *Diese Rede ist keine Kampfansage, im Gegenteil.* Chloe Cremonte tut genau das, wofür der Präsident sie braucht. Sie zeigt der Welt, wie tolerant die Gläsernen Nationen sind. Wie sehr wir uns für Frauenrechte einsetzen. Hier ist jede Entscheidung möglich, die für die Familie und die für eine Karriere. *Nur beides zusammen geht eben nicht. Nur treffen wir diese Entscheidung nicht selbst. Nur weiß noch niemand, was mit den Ausnahmen geschieht, die ReNatura nicht brauchen kann …*

»Willst du jetzt das Maxi-Menü?«

»Äh, ja«, stammle ich und lege die zwanzig Dollar auf den Tresen. »Alles, was wir dafür bekommen können, bitte.«

Der Junge schaltet den Fernseher wieder stumm und widmet sich meiner Bestellung. Als ich von der Toilette komme, sehe ich Chloe Cremonte mit ernstem Ausdruck Hände schütteln. *Wie kannst du dich als Feministin bezeichnen, wenn du ein Programm förderst, das*

Frauen jede Selbstbestimmung nehmen wird? Verdammt, dass selbst Männern die Selbstbestimmung nimmt!

Vor mir stapelt der Junge Burger, Salate und Getränkeflaschen auf der Theke. Ich verstaue alles in den bereitliegenden Papiertüten und will gerade voll beladen das Schnellrestaurant verlassen, als der Junge mich noch einmal zurückhält. »Ich glaube, das willst du sehen.« Er deutet auf den Fernseher.

Der Mann, der jetzt neben Chloe Cremonte steht, kommt mir bekannt vor, und als sein Name eingeblendet wird, weiß ich auch, weshalb. **Schwedens Ministerpräsident gibt erfolgreiches Ende der Beitrittsgespräche bekannt.** Ein Kloß bildet sich in meinem Hals. Der Junge dreht die Lautstärke auf und dieses Mal bin ich nicht die Einzige, die den Bildschirm anstarrt, als Chloe Cremonte erneut vor die Mikrofone tritt.

»Gerade in der aktuellen Zeit ist es Aufgabe aller Staaten, sich nicht abzuschotten, sondern eine Gemeinschaft zu bilden. Schwedens Beitritt zu den Gläsernen Nationen am heutigen Tag ist ein Beweis mehr dafür, dass Traits nicht nur die Zukunft unseres Landes sind. Sie sind die Zukunft der Welt.« Die Kamera schiebt sich frontal vor das Gesicht des Kristalls. **»Für Klarheit und Weitsicht.«**

Ich schließe die Augen. Was ich für widersprüchlich gehalten habe, passt in Wahrheit perfekt zusammen: Chloe Cremonte kämpft – für Traits, für sich und für Frauen, die ihr ähnlich sind. *Kalt, überlegt, rational.* Aber der Rest von uns ist dem Kristall völlig egal! Ob sie nun an die kranken Geschlechterstereotypen des Re-Natura-Programms glaubt oder nicht, Chloe Cremonte ist nie die selbstlose Retterin der Gerechtigkeit gewesen, für die ich sie einmal gehalten habe. Sie will Macht. Und sie ist auf dem besten Weg, mehr Macht zu bekommen als je jemand vor ihr.

Mit den Papiertüten im Arm stürme ich zurück zum Wagen. »Fahren wir«, stoße ich hervor und knalle die Beifahrertür hinter mir zu.

Cren wirft einen Blick in mein Gesicht und lässt den Motor aufbrummen. »Ist alles in Ordnung?«, fragt er, als wir die Kleinstadt verlassen und auf die Landstraße fahren.

Ich schüttle den Kopf. Wenn es so weitergeht, werden sich die Gläsernen Nationen wie eine neue Eiszeit über den Globus gelegt haben, bevor irgendjemand erfährt, wohin die Traits wirklich führen. Und dann wird es keinen Ort auf der Welt mehr geben, an den man vor ReNatura noch fliehen kann. Ich balle die Fäuste, als ich an Chloes Lächeln denke. *Du hast uns verraten – aber wir werden nicht aufgeben.* Die Worte, die ich im Halbschlaf gehört habe, kommen mir wieder in den Sinn: *Feuer schlägt Glas.* Die Kristallisierer können ihre gläserne Eiszeit planen, aber das Feuer in mir, das Feuer in Hunter, in Yana, in Luce und vielleicht auch in Cren – dieses Feuer wird ihr Eis zum Schmelzen bringen.

Während der nächsten acht Stunden halte ich Cren von einer Pause ab und drohe, ins Lenkrad zu greifen, wenn er es wagen sollte anzuhalten.

»Verdammt, Crystal Skye! Du bist ja noch bestimmender als Yana.« Er pfeift zwischen den Zähnen hindurch, lässt den Fuß aber auf dem Gaspedal. »Hast du es schon mal auf die nette Tour versucht?«

»Ja«, erwidere ich mürrisch. »Und herausgefunden, dass ich damit nicht weit komme.«

Als Cren den Wagen schließlich auf einen verlassenen Parkplatz lenkt, will ich empört widersprechen. Aber Cren kommt mir zuvor. »Ich dulde keinen Protest mehr. In der nächsten Kurve pinkelt mir sonst noch jemand ins Auto.« Er zieht die Handbremse an und deutet auf das winzige Häuschen, neben dem er gehalten hat. »Komfortabler wird's nicht.«

Ich gebe nach. In der engen Kabine der Toilette wasche ich mein Gesicht mit dem eiskalten Wasser, das aus dem rostigen Hahn spritzt. Dann öffne ich meinen hohen Zopf. Mit dem neuen Schnitt fallen meine Haare nicht mehr glatt und langweilig über meinen Rücken, sondern bilden einen lebendigen Rahmen um mein Gesicht. *Ob Yana Hunter bereits gefunden hat?* Ich ziehe die Jacke aus. In der Tasche spüre ich die Umrisse des Handys. Es kostet mich jede Willenskraft, es nicht herauszuholen und Yanas Nummer zu wählen. *Nur im Notfall.*

Ich atme tief durch und zwinge mich, noch einmal die Fakten durchzugehen. Philippas Landkarte nach zu urteilen, nähern wir uns endlich der Regierungszone im Norden von F. Nachdem wir den Tag damit verbracht haben, sichere Umwege zu fahren und Kontrollen auszuweichen, kann es nun nur noch wenige Stunden dauern. Ich spritze mir eine letzte Ladung kaltes Wasser ins Gesicht. *Ich komme, Luce.*

Auf dem Parkplatz sind die Hintertüren des Lieferwagens geöffnet. Cren, Beria und Jamal sitzen auf der Ladefläche und verspeisen das kalte Maxi-Menü aus dem Fast-Food-Laden.

»Wurde auch Zeit!«, murrt Beria, springt auf und verschwindet im Toilettenhäuschen.

Ich hocke mich neben Cren auf die Ladefläche.

»Cheeseburger?« Er schiebt mir eines der eingewickelten Päckchen zu.

Ich nehme es und bemerke, wie Crens Blick an meinem rechten Handgelenk hängen bleibt. »Du hast kein Traitmark«, stellt er fest. »Versteckst du dich vor dem Zentrum?«

»So was in der Art.« Ich starre auf meinen Burger.

»Entscheiden musst du dich trotzdem, egal, was Philippa sagt.« Cren wischt sich die Hände an seiner Jeans ab. »Ein falsches Traitmark fliegt bei einem Scan zwar auf, aber gar keins wirkt sofort verdächtig in deinem Alter. Wenn du deine Karten richtig ausspielst, bewahrt die Fälschung dich zusammen mit den Papieren vor einer genaueren Überprüfung. Sonst hätte der Ring ja schon längst zugemacht.« Eindringlich sieht er mich an. »Sollten wir in eine Kontrolle geraten, bist du mit Traitmark besser dran, glaub mir.«

»Nein.« Ich schüttle den Kopf, obwohl ich tief in mir weiß, dass Cren recht hat. *Eine Volljährige ohne Traitmark ist verdächtig.*

»Denk drüber nach.« Er sieht sich um. Bis auf unseren Lieferwagen ist der Parkplatz leer. Nur wenige Autos fahren auf der Landstraße an uns vorbei. Mittlerweile dürfte es fünf oder sechs Uhr abends sein. »Was Besseres werden wir nicht finden«, seufzt Cren, stemmt sich hoch und öffnet eine Klappe im Boden des Lieferwagens. Aus dem verborgenen Laderaum darunter holt er zwei große Matratzen.

»Aber –« Ich halte inne, als er grinsend zu mir aufsieht.

»Keine Sorge, du brauchst noch nicht schlafen zu gehen. Das Freizeitprogramm ist im Preis mit drin. Kartenspiele, *Wahrheit oder Pflicht* – alles, was du willst. Also, fast alles.« Er zwinkert mir zu. »Schließlich muss ich für morgen ausgeruht sein.«

Ich ignoriere seinen letzten Kommentar und springe von der Ladefläche. »Wir sollten weiterfahren. Wenn du zu müde bist, fahre ich.« Mit klopfendem Herzen versuche ich, nicht daran zu denken, dass mein Lernführerschein gerade einmal einen Monat alt ist und Dad regelmäßig zusammenzuckt, wenn ich wieder mal zu abrupt bremse.

Cren schüttelt den Kopf. »Kommt nicht infrage. Niemand anderes als der Fahrer steuert den Wagen. Und der Fahrer muss die vorgeschriebenen Pausenzeiten einhalten.« Er deutet auf die Matratzen. »Es ist zwar kein Fünf-Sterne-Hotel, aber wir müssen uns ausruhen, so sind die Regeln. Wer müde ist, macht Fehler.« Sein Ton wird freundlicher. »Das Camp läuft dir nicht davon.«

Das Camp nicht, die Zeit aber schon, denke ich. Je länger die Kristallisierer ihr Spiel weiterspielen können, desto geringer werden unsere Chancen, ReNatura noch aufzuhalten. *Und desto größer ist die*

Gefahr, dass Hunter in eine Falle gerät … Ich gehe ein paar Schritte vom Wagen weg. *Ist er inzwischen in Sicherheit?*

Wieder schwappt die Wut in mir hoch. *Wie konnte er mir das antun!* Hasst er seinen eigenen Vater nicht dafür, dass er Sol und ihn selbst verlassen hat? Einfach so, ohne Nachricht, ohne Verabschiedung?

Eine Weile laufe ich ziellos über den Parkplatz, während ich mir vorstelle, was alles schiefgehen könnte. Was, wenn Hunter für immer aus meinem Leben verschwindet, ohne dass ich die Chance habe, mich mit ihm auszusprechen? Tränen brennen in meinen Augen. *Ich habe dich gewarnt*, scheinen sie sagen zu wollen. *Gefühle verletzen dich stärker als Feuer und Bomben.* Ich denke an die Nacht, in der Hunter mir auf der Dachterrasse des Zentrums erklärt hat, wie man sich anhand des Polarsterns orientiert. Daran, wie er mich vor dem Konsilium warnte und damit zum ersten Mal die Regeln seines Auftrags brach. Daran, wie wir uns küssten und er mir seinen richtigen Namen nannte. Die Tränen laufen jetzt ungehindert über mein Gesicht. Vor drei Wochen war Hunter noch ein Fremder – und jetzt … Zum ersten Mal wird mir klar, wie schnell alles zwischen uns ging. *Vielleicht zu schnell …*

Ich öffne die Augen und zucke zusammen, als ich Cren im Licht der Abendsonne vor mir stehen sehe. Kommentarlos hält er mir eine saubere Serviette hin. Ich nehme sie und putze mir die Nase.

»Es tut mir leid, wenn ich vorhin etwas Falsches gesagt habe. Ich wollte dich nicht verletzen, aber –«

»Alles in Ordnung«, stammle ich und hasse mich dafür, ausgerechnet vor ihm die Fassung zu verlieren. »Gib mir einfach einen Moment, okay?«

Bevor Cren etwas erwidern kann, stürme ich an ihm vorbei und werde erst langsamer, als ich an der Straße angelangt bin. Schon wieder verschleiern Tränen meine Augen. Dieser Trip nach Daliawood wird Hunter und mich voneinander entfernen, genau wie seine Entscheidung, allein nach New York zu gehen. Das wusste ich – und trotzdem bin ich hier. *Weil ich weiß, dass es keine Zukunft für uns gibt?*

»Miss? Kann ich Ihnen helfen?«

Mein Blut gefriert zu Eis, als schwarze Stiefel in mein Blickfeld rücken. *Untypische Schuhe für diese Hitze.* Langsam, als könnte ich so das Unvermeidliche verhindern, blicke ich auf und schlucke, als ich das O auf dem Ärmel des Mannes erkenne. Die Ordnungswahrer mussten mich nicht finden. Ich bin ihnen geradewegs in die Arme gelaufen.

16

Ich verstaue meinen Rucksack an Bord des dritten Busses. Der erste hatte bei Orlando einen Motorschaden, weshalb wir die halbe Nacht bei abgestandenem Kaffee und trockenen Sandwiches in einer Raststätte verbringen mussten. Heute Morgen wurden wir nach Daytona Beach gebracht, von wo aus die nächsten Fernbusse fahren sollten - allerdings keiner nach New York. Ich musste also den in Richtung Westküste nehmen und dort noch einmal umsteigen.

»Wie immer, wenn man sich auf diese verdammten Busse verlässt«, flucht der Mann neben mir. »Ein Jammer, dass Kurzstreckenflüge seit dem Gläsernen Klimapakt verboten sind.« Vor sich hin grummelnd, hebt er seine Reisetasche in die Gepäckablage. »Was ist, Junge? Willst du dich nicht hinsetzen?«

Hastig rutsche ich auf den Platz am Fenster und kämpfe gegen die Erinnerung an eine ähnliche Busfahrt, gegen die Worte eines anderen Mannes, der vor sechs Jahren genauso geflucht hat. Während meine Mutter unbeirrt im Reiseführer alles über Chicagos wichtigste Sehenswürdigkeiten las, wechselten Dad und ich uns damit ab, uns auf der Bordtoilette zu übergeben.

»Dass du unbedingt auf diesem verdammten Bus bestehen musstest, statt einfach zu fliegen.«

»Du hast Chloe für ihren Klimaplan genauso gelobt wie alle anderen«, erwiderte Mum. »Wenn wir genügend Unterschriften bekommen, können wir den CO_2-Schaden vielleicht noch stoppen, den die Regierung anrichtet.«

»Du weißt doch genauso gut wie ich, dass uns niemand zuhört. Wir sind ja noch nicht einmal eine richtige Partei.« Dad schaute verbissen auf den Horizont, um seine Übelkeit in den Griff zu bekommen. »Um etwas zu bewirken, muss Chloe ins Weiße Haus. Und davon ist sie noch meilenweit entfernt, wenn kein Wunder geschieht.«

Er legte den Arm um Mums Schultern, trotz allem versöhnlich. Wie immer behutsam, liebevoll, als wäre sie das Wichtigste, was es auf der Welt gibt.

Ich starre aus dem dreckigen Fenster hinaus in die aufziehende Dämmerung und frage mich zum hundertsten Mal, wohin Dad nach dem großen Skandal verschwand. Ahnte er, dass er sich in Chloe Cremonte geirrt hatte? Warum sonst wäre er, ihr glühendster Unterstützer, von heute auf morgen einfach abgehauen, gerade als die Kristallisierung endlich an Macht gewann?

Ich betrachte meinen Check. Wenn ich es schaffe, ReNatura an die Öffentlichkeit zu bringen, wird Dad es erfahren, wo auch immer er gerade ist. Er wird erfahren, wie hinterhältig die Pläne der Kristallisierer sind - wenn er es nicht sowieso schon vermutet hat. Und er wird auch erfahren, dass sein Sohn, anders als er, nicht einfach feige verschwindet.

Mit einem Blick vergewissere ich mich, dass der Mann neben mir schläft, dann vergrößere ich die Oberfläche des Checks und tippe auf das Octagon-Symbol. Eine Willkommensnachricht begrüßt Jaden in der Community und teilt ihm mit, dass er der eine Millionen und zweite Bürger der Gläsernen Nationen ist, der Octagon beitritt. Kein Wunder, dass die Profile aus dem Boden sprießen wie Pilze, jetzt, wo alle freudig ihre Handys und damit ihren Zugang zu den alten sozialen Netzwerken abgeben. *Die Menschen kommen nicht lange ohne Brot und Spiele aus.* Ich wische die Nachricht beiseite und sehe zu, wie sich Jadens Newsfeed aufbaut. Die meisten Beiträge stammen von seinen

Freunden - durch die Synchronisation mit seinem Smartphone hat Octagon Jadens Kontakte übernommen. Dazwischen einige CCN-Meldungen über eine Wahl in Europa und irgendein Treffen des Kristalls mit dem schwedischen Ministerpräsidenten. Genervt scrolle ich weiter.

Ein neues Feld öffnet sich, das Jaden zu seinem ersten Post auffordert. Chloe Cremontes Worte kommen mir wieder in den Sinn: **Teilen wir unsere Gedanken, Ideen und unsere Worte, vereint an einem sicheren Ort.** Bloß sicher für wen?

Eine dunkle Ahnung macht sich in mir breit. Ich überzeuge mich davon, dass die Kamera des Checks nichts als den Fußraum des Busses filmt. *Die Kristallisierung ist eine Lüge*, tippe ich dann in das Textfeld. Stumm entschuldige ich mich bei Jaden für den Ärger, den ich ihm einhandle, und klicke auf Teilen. Der Post wird gesendet. Aber er erscheint nicht im Newsfeed. Ich aktualisiere es, doch meine Botschaft taucht nicht auf. Ich versuche es noch einmal, um ganz sicher zu gehen: *Octagon bricht das Recht auf freie Meinungsäußerung.* Wieder wird der Post blockiert. Ich knirsche mit den Zähnen, hin- und hergerissen zwischen Frustration und Bewunderung für Chloes IT-Leute. Uploadfilter gibt es nicht erst seit gestern, bloß sind diese hier klüger als alle, die ich bis jetzt erlebt habe. Sie sind nicht dazu gedacht, anhand von simplen Merkmalen Urheberrechte zu schützen oder kriminelle Inhalte zurückzuhalten. Sie sind so weiterentwickelt worden, dass sie Zusammenhänge verstehen und nun darauf spezifiziert, Untreue zu erkennen.

Ich ziehe mir den nutzlosen Check vom Arm. Doch eine neue Nachricht lässt mich innehalten, gerade als ich ihn in meiner Tasche verschwinden lassen will. Eine CCN-Eilmeldung. **Ausschreitung bei Demonstration: Kleinstadt im Süden von Bezirk F steht hinter seinem Kristall.** Ich tippe auf das Video und sehe Demonstranten, die mit Schildern über die Hauptstraße von Greenhill ziehen. Ein triumphierendes Grinsen macht sich auf meinem Gesicht breit. *Es sind also nicht alle Leute blind!* Und dann sehe ich sie, klein und schmal, am Rande des Protestzuges. *Skye.* Trotz der Kapuze besteht nicht der geringste Zweifel.

Alle meine Sinne schalten auf Alarm. *Verdammt, Skye, was machst du denn?* Ich springe auf, schnappe meinen Rucksack, dränge mich an meinem Nachbarn vorbei und laufe durch den Mittelgang nach vorn. Wenn die Kristallisierer diese Aufnahmen sehen, werden auch sie Skye erkennen. Dann wissen Chloes Leute sofort, wo sie sich befindet. *Und beim nächsten Mal werden sie sicherstellen, dass es aus ihrer Todesfalle kein Entkommen gibt …*

»Sir?«

Der Fahrer starrt stur geradeaus auf den Highway, als hätte er mich nicht gehört.

»Sir, Sie müssen den Bus anhalten, es ist ein Notfall!«

Der Fahrer dreht genervt sein plärrendes Radio leiser. »Nächster Halt New York, mein Sohn, sonst steigt mir der Rest der Leute aufs Dach. Aber hinten im Bus ist eine Toilette.«

»Ich weiß«, presse ich hervor. »Aber ich muss jetzt wirklich aussteigen.«

Im ersten Moment glaube ich, der Fahrer hätte meinen Wunsch erhört. Aber als der Bus unter der Wucht seiner Vollbremsung zur Seite schlingert, dass mir der Check aus der Hand fällt und ich mich gerade noch rechtzeitig an einer Rückenlehne festklammern kann, ahne ich, dass etwas anderes ihn zum Halten bewogen hat. Der Bus kommt mit einem Ruck zum Stehen. Doch seine Scheinwerfer erfassen keinen schwarzen Transporter auf der Suche nach dem untreuen Passagier - sondern eine rote Vespa, die sich quer auf der Fahrbahn postiert hat.

Der Busfahrer öffnet die Tür. »Bist du lebensmüde, Mädchen?«, brüllt er die hochgewachsene Gestalt an, die sich nun vom Ledersitz gleiten lässt.

»Sorry, Sir, es war keine Haltestelle in Sicht, also blieb mir nichts anderes übrig.«

Mit offenem Mund starrt der Busfahrer sie an. »Du hättest beinahe einen Unfall gebaut!«

Yana grinst ihn an. »Ich habe auf Ihre Kompetenz vertraut.«

Ich springe aus dem Bus. »Woher wusstest du –«

Yana nimmt den Helm ab und schüttelt den Kopf. »Du bist nicht so unvorhersehbar, wie du glaubst, Hunter. Spätestens am Abend nach der Einführung von Octagon hätte mir klar sein müssen, dass du dich in die Hauptstadt aufmachen wirst. Als du verschwunden warst, musste ich nur noch die schnellste und unauffälligste Reisemöglichkeit von Greenhill nach New York herausfinden.«

»Du hättest mich mit diesem Ding niemals eingeholt, wenn wir keinen Motorschaden gehabt hätten!«

Yana klopft auf das verbeulte Blech der Vespa. »Sie sieht alt aus, fährt aber über 100. Wenn ich nicht erst die Route der gestrandeten Fahrgäste hätte herauskriegen müssen, wäre ich schon längst in New York.« Sie mustert den schimpfenden Fahrer, der nun ebenfalls ausgestiegen ist und seinen Bus in Augenschein nimmt. »So leicht entkommst du mir nicht, Riviera.«

»Es war ein Fehler«, stürzt es aus mir heraus. »Ich hätte nicht abhauen sollen –«

»Du hättest Skye niemals belügen sollen. Sie hat die Wahrheit über das Diktiergerät nicht gerade entspannt aufgenommen.«

Mein Magen krampft sich zusammen. *Ich hätte es ihr sagen müssen, als ich noch die Möglichkeit dazu hatte.* Aber das ist jetzt nicht mehr wichtig. Jetzt gilt es, Skye aus Las Almas zu holen, bevor die Ordnungswahrer es tun. Ich greife nach Yanas Arm. »Sie ist in Gefahr«, sage ich eindringlich. »Der Kristall weiß, dass sie auf der Demonstration in Greenhill war. Wir müssen so schnell wie möglich zurück –«

Yana verdreht die Augen. »Skye ist schon längst nicht mehr in Greenhill, Hunter.«

Der Busfahrer, der sich davon überzeugt hat, dass mit seinem Fahrzeug alles in Ordnung ist, sieht zu uns herüber. »Was auch immer ihr für ein Problem habt, lasst beim nächsten Mal gefälligst andere dabei aus dem Spiel, verstanden?« Er murmelt etwas von gemeingefährlich und jugendlicher Dramatik, doch ich ignoriere ihn.

»Was meinst du damit?«, zische ich Yana zu.

»Dass Skye ihren eigenen Weg gefunden hat, an Beweismaterial für ReNatura zu kommen. Einen besseren, als kopflos in der Hauptstadt aufzutauchen und das Weiße Haus zu stürmen.«

»Aber ich -« Ich verstumme. Es stimmt, einen anderen Plan, als erst einmal nach New York zu fahren, hatte ich nicht.

Der Busfahrer lässt den Motor an, und ich sehe reglos zu, wie er mit meinem Check davonbraust. Wenigstens muss ich mich jetzt nicht mehr selbst darum kümmern, ihn zu entsorgen.

Yana deutet auf die Vespa. »Willst du noch lange hier herumstehen?«

Mit steifen Gliedern steige ich hinter ihr auf den Ledersitz und hebe die Fußsohlen, als sie Gas gibt.

»Wo ist Skye denn jetzt?«, rufe ich über den Motorlärm.

Yana klappt das Visier ihres Helms hoch. »Wenn alles gut gegangen ist, in Daliawood.«

Der Ordnungswahrer verlagert sein Gewicht von einem Fuß auf den anderen. Ich starre auf seine Schuhe. »Ich bin auf dem Weg nach –«, beginne ich. Dann breche ich ab. Die Coverstory, die Cren mir erklärt hat, passt nicht zu der neuen Situation. Fieberhaft suche ich nach einer Erklärung.

»Du kannst mich ruhig ansehen, Mädchen. Ich tue dir schon nichts.«

Nein, einem Mädchen, das heulend an einer Landstraße entlangläuft, tut er nichts. Aber für eine Verräterin gelten andere Regeln. Zu viele Dinge können mich auffliegen lassen, angefangen bei meinem unversehrten rechten Handgelenk. *Wenigstens habe ich die Kontaktlinsen …*

»Chase!« Beim Klang von Crens Stimme fahre ich herum. Mit schnellen Schritten kommt er auf mich zu, die Wangen gerötet. Er legt den Arm um meine Schultern, zieht mich an sich und dreht mich unauffällig weg von dem Ordnungswahrer, der entspannt an seinem Wagen lehnt. Ich verstehe sofort, welches Spiel Cren spielen will, um mich aus dieser Situation zu retten.

»Es tut mir so leid«, stammle ich die erstbesten Worte, die mir einfallen. »Ich hätte nicht so … überreagieren dürfen.« Crens große Hände greifen nach meinen. Genauer gesagt, nach meinen Handgelenken. »Verzeihst du mir?« Mein Blick flackert zu dem Ordnungswahrer, der uns aufmerksam beobachtet.

»Natürlich verzeihe ich dir!«, sagt Cren.

Aber es reicht nicht. Der Ordnungswahrer wendet sich ab, und zu meinem Horror erkenne ich, dass er nach einem mobilen Scanner greift. *Wenn er unsere Traitmarks kontrollieren will, bin nicht nur ich geliefert!* Crens falsches Tattoo wird auffliegen. Der Ordnungswahrer wird ihn festnehmen. Und dann schaffe ich es niemals nach Daliawood. *Verdammt, warum fällt mir nichts ein?*

Ich gebe einen überraschten Laut von mir, als Cren mich zu sich heranzieht und seine Lippen ohne Vorwarnung auf meine presst. Sein Kuss ist rau und grob und so anders als die, die ich bisher erlebt habe. Ich sehe in seine Augen. Sie sind hellbraun mit einem rotgoldenen Stich. *Flammen.* Ich weiß nicht, was von mir Besitz ergreift, als ich meine Hände in seinen Nacken lege und den Kuss erwidere. Cren drückt mich enger an sich und ich schnappe nach Luft.

»Na gut, dann will ich es mal dabei belassen.«

Die belustigte Stimme des Ordnungswahrers holt mich zurück ins Hier und Jetzt. *Was zur Hölle ist los mit mir?* Ich stolpere einen Schritt zurück.

Der Ordnungswahrer steigt in seinen Wagen und deutet mit dem Zeigefinger auf Cren. »Aber merk dir eins: Deine Freundin sollte sich nicht für ihre Natur entschuldigen müssen, junger Mann. Es ist *deine* Verantwortung, sie zu schützen, also musst du auch Rücksicht auf ihre Gefühle nehmen.«

Ich beiße die Zähne zusammen, als der Ordnungswahrer mir freundlich zulächelt. *Du weißt Bescheid. Und das bedeutet, ReNatura rollt unaufhaltsam auf uns zu!* Doch ich schaffe es nicht, wütend auf ihn zu sein. Er hat nicht wie ich im geheimen Konferenzraum im Keller des Zentrums gestanden und gehört, dass ReNatura auf gefälschten Testungsdaten und zurechtgebogenen medizinischen Berichten basiert. Er weiß nur, dass ein einziges Chromosom unsere Persönlichkeit bestimmt: R für die Jungen, E für die Mädchen.

Der Ordnungswahrer verabschiedet sich mit einem respektvollen Nicken in meine Richtung. Er glaubt an die Rückkehr zur menschlichen Natur. *Er glaubt, das Richtige zu tun.* Cren und ich warten lächelnd, bis er die Fahrertür geschlossen hat, und lösen uns erst aus der Formation des perfekten ReNatura-Pärchens, als der Wagen am Horizont verschwunden ist.

»Wie war der denn drauf?«, fragt Cren und nimmt seinen Arm von meiner Hüfte. »Bekommen Ordnungswahrer neuerdings Benimmkurse für echte Gentlemen?«

So was Ähnliches, denke ich düster. Cren sieht mich von der Seite an. »Gut gespielt«, bringe ich heraus, als die Stille zwischen uns nicht mehr zu ertragen ist.

»Du weißt, dass ich nicht spielen musste.«

»Cren, ich –«

»Keine Erklärungen nötig, Crystal Skye.« Wir gehen zurück zum

Parkplatz. »Verzweifelte Zeiten verlangen verzweifelte Maßnahmen, oder nicht?«

Ich lächle schwach. Dann fällt mein Blick auf den Lieferwagen, aus dem Beria und Jamal uns entgegenstarren. Erst jetzt wird mir voll und ganz bewusst, was gerade beinahe geschehen wäre. Mit zitternden Fingern reibe ich über mein Handgelenk. *Ich darf mich, die Mission und die anderen nicht noch einmal in eine solche Gefahr begeben.*

»Hast du die Tinte?«, frage ich.

Cren verlangsamt seinen Schritt. »Du musst das nicht tun.«

Ich sehe hinauf zum Himmel, wo schwere graue Wolken aufziehen. Doch, ich muss es tun – denn Cren hat recht: *Verzweifelte Zeiten verlangen verzweifelte Maßnahmen.*

17

Regen prasselt auf das Blechdach des Lieferwagens.

»Geht es wieder?« Cren sieht mich im Licht der Taschenlampe forschend an.

Ich nicke. Der Schmerz ist nicht der Grund, warum ich die letzte halbe Stunde still auf einer der dünnen Matratzen gehockt habe, während die anderen Karten gespielt haben. Ich betrachte die weiße Linie auf meinem Handgelenk, die sich zu dem Buchstaben formt, der einmal alles für mich gewesen ist – Ziel, Traum und Eintrittskarte für ein erfolgreiches Leben. Doch wenn ich jetzt das R ansehe, *mein R,* habe ich das Gefühl zu ersticken. Tonyas Worte spuken mir durch den Kopf*: Ich glaube, dass wir mehr sind als nur ein Buchstabe.* Wieder spüre ich ihre Finger aus meinen gleiten, sehe ihren Körper auf den Boden der Grotte im Labyrinth prallen. *Wir sind mehr als nur ein Buchstabe.*

Beria verteilt die Karten und dieses Mal lässt sie mich nicht aus. »Man gewöhnt sich dran«, sagt sie mit einem Blick auf mein Handgelenk – ein Fortschritt zu dem kühlen Schweigen zuvor.

Ich habe nicht viel Ahnung von Poker, spiegele aber für eine Weile einfach das Verhalten der anderen und lächle gezwungen, wenn ich zufällig gewinne. Die Haut an meinem Handgelenk brennt, als wollte mein Körper das R als den Fremdkörper kennzeichnen, der es ist. Ich versuche, mich auf die Symbole auf den abgegriffenen Karten zu konzentrieren, aber der Sturm in meinem Inneren lässt keinen klaren Gedanken zu.

»Full House, *Chase.*« Cren schiebt mir die Chips zu, die in der

Mitte liegen, und macht eine Bemerkung über unfaires Anfängerglück. Doch er stockt, als er mein Gesicht sieht. »Ich hab dir doch am Ende nicht das falsche Traitmark verpasst?«

Das R auf meinem Arm verschwimmt im Tränenschleier. In den letzten 32 Stunden habe ich verzweifelt nach Hunter gesucht, bin auf einer Demo in Gefahr geraten, habe Yana fortgeschickt und einen fast Fremden geküsst. Kein Buchstabe kann das Chaos zusammenfassen, das mein Inneres beherrscht.

Und vielleicht ist das ja auch gut so …

Entschlossen drehe ich mich zu Cren. »Gibt es beim Pokern nicht die Regel, dass der Verlierer dem Gewinner etwas schuldet?«

»Was soll das heißen, Skye ist in Daliawood?!« Noch in derselben Sekunde, in der die Vespa vor einem heruntergekommenen Motel anhält, springe ich vom Ledersitz und baue mich vor Yana auf.

»Es soll heißen, dass wir bald Videomaterial davon haben, wie unsere Regierung Minderjährige einsperrt und foltert.« Yana dreht sich um und verschwindet in dem kleinen Häuschen mit der Rezeption. Wenig später kommt sie mit einem Schlüssel in der Hand zurück. »Nummer 20«, verkündet sie und weist auf das zweistöckige Gebäude zu unserer Rechten.

»Keine Chance. Ich übernachte nicht in irgendeinem Motel, während meine Freundin –«

»Drinnen!«, unterbricht Yana mich scharf und deutet mit dem Kopf zu den zwei Motelgästen hinüber, die gerade zu ihrem Auto gehen. Widerstrebend folge ich ihr zu der Tür mit der Nummer 20 und warte, bis Yana aufgeschlossen hat. »Na ja«, befindet sie. »Zumindest scheint es sauber zu sein.«

Ich fahre mir durch die Haare. »Warum bist du nicht einfach

mit Skye in Las Almas geblieben? Scheiße, Yana, was glaubst du, warum ich dir den Zettel und Luces Kette in die Tasche gesteckt habe?«

»Keine Ahnung, was für einen Zettel du meinst, aber ich schätze, um es auf mich abzuwälzen, Skye die unbequeme Wahrheit über ihre beste Freundin zu sagen?« Sie kniet sich vor die Minibar und holt zwei Flaschen Bier heraus.

»Ich habe dich gebeten, Skye zu beschützen, solange ich es nicht kann!«, entfährt es mir lauter als gewollt.

Yana richtet sich auf und dreht sich zu mir um. »Jetzt hör mir mal gut zu. Skye ist keine verdammte Porzellanpuppe, die du irgendwo einschließen kannst, damit sie nicht kaputtgeht! Dass du sie liebst, macht sie nicht zu deinem Eigentum. Und unsere Freundschaft verpflichtet mich ja wohl nicht dazu, deinen seltsamen Befehlen zu folgen.« Sie setzt sich in einen der beiden abgewetzten Sessel und reicht mir die andere Flasche. »Außerdem konnte Skye nicht in Las Almas bleiben. Meine Mutter ... Ma weiß, dass Sol ermordet wurde. Und sie weiß auch, weshalb.«

Auf einen Schlag verschwindet meine Wut. *Also hatte ich recht.* Ich denke an Mums Schmuckanhänger. Reka hat es die ganze Zeit gewusst ... Aber obwohl ich so lange darüber gegrübelt habe, rauschen Yanas Worte nun an mir vorbei. Ich will nicht hören, dass die Frau, die jahrelang wie eine Mutter für mich gewesen ist, mich angelogen und im Stich gelassen hat. Es gibt nur eins, was mir jetzt wichtig sein darf.

»Wo ist es?«, frage ich leise.

»Wo ist was?«

»Daliawood.« Ich trinke die Flasche in einem Zug aus. »Noch kann ich sie einholen. Ihr helfen.«

»Hast du mir gerade nicht zugehört?«

»Ich will Skye nicht einsperren. Ich will ihr helfen, verdammt noch mal! Ich will sie nicht verlieren, verstehst du das nicht?«

Yana steht auf und drückt mich in den anderen Sessel. »Was glaubst du, das du tun kannst?«, fragt sie dann sanft. »Wenn Skye richtigliegt und sich hinter dem Camp tatsächlich Daliawood verbirgt, dann hat ein Mädchen eine Chance. Ein Mädchen kann versuchen, unentdeckt in ein Lager für untreue Frauen zu kommen. Wenn *du* dort auftauchst, dann wird man sie fassen, Hunter. Du würdest alles kaputt machen!« Ich zucke zurück. *Schon wieder.* Sie hat recht - ich würde schon wieder alles kaputt machen. »Skye hat ein Handy. Sie wird sich melden, wenn sie es mit dem Beweismaterial aus Daliawood rausgeschafft hat. Und ab dann arbeiten wir alle drei zusammen.«

Ich vergrabe den Kopf in meinen Händen. »Wie?«, frage ich schließlich. »Sag mir wenigstens, wie Skye versuchen wird, nach Daliawood zu kommen?«

»Nicht allein«, weicht Yana aus. »Wir haben uns Hilfe geholt.«

Ich denke an den CCN-Bericht über die Demonstration und eine dunkle Vorahnung macht sich in mir breit. »In Greenhill?«, frage ich.

Yana nickt und ich fluche leise. Anders als das Hauptquartier liegen die Zweigstellen des Rings nicht in den großen Metropolen der Bezirke. *Versteck dich immer dort, wo dein Feind dich am wenigsten vermutet.* Gemäß ihrem Motto hat Beth überall verschlafene Kleinstädte als Knotenpunkte ihres Netzwerks ausgewählt. Und Greenhill ist einer davon.

»Das Handy, von dem Skye sich melden wird. Es ist ein Handy des Rings, oder?«

Ich brauche nicht auf Yanas Antwort zu warten, um die Wahrheit zu begreifen. Bevor ich mich kontrollieren kann, prallt meine Faust gegen die Wand. Der Schmerz zieht sich bis in meinen Ellenbogen.

»Geht's noch?« Yana funkelt mich wütend an. »Das Letzte, was wir brauchen, ist eine Beschwerde aus dem Nachbarzimmer!«

»In einer Absteige wie dieser beschwert sich niemand über irgendjemanden.« Wie um meine Worte zu bestätigen, beginnt in diesem Moment über uns der Bass eines Rocksongs zu wummern.

»Der Ring war unsere einzige Möglichkeit«, antwortet Yana störrisch. »Wir brauchten die Ausweise und -«

»Ausweise? Verdammt, Yana! Wir notieren, wem welche Identität zugeordnet wird. Das weißt du genauso gut wie ich!«

»Ich habe Skyes Namen nicht genannt!«, verteidigt sie sich, doch ich wische das Argument mit einer wütenden Handbewegung beiseite.

»Das war auch gar nicht nötig! Philippa war oft genug im Hauptquartier, um zu wissen, wie ihre Chefin aussieht. Und dann stolpert ihr ein Mädchen in die Arme, das dieselben schwarzen Haare und dieselben blauen Augen hat wie Beth? Das seinen Namen nicht verraten will?«

Yana erwidert nichts und meine Wut verraucht langsam. Statt brodelnder Hitze spüre ich nun, wie sich eine eiskalte Faust um mein Herz schließt. Skye und Yana waren gestern Nacht im *Fantasy*. Philippa hatte also genügend Zeit, um ihre Chefin in New York zu benachrichtigen. Und selbst wenn sie das nicht getan hat, wird Beth bald das Ausweisregister überprüfen. Was, wenn Philippa dort Skyes Namen eingetragen hat? Es gehört zum Standardprotokoll beim Ring. Die Kunden nennen ihrem Fahrer keine Namen, falls der nach ihrer erfolgreichen Flucht gefasst und verhört wird. Aber die Zweigstellen führen Buch über jeden, der unsere Hilfe in Anspruch nimmt. Ich muss herausfinden, ob Skyes Name im System des Rings aufgetaucht ist - und ihn so schnell wie möglich verschwinden lassen!

»Gib mir dein Handy. Ich weiß, Anrufe sind riskant«, füge ich hinzu, als Yana sich nicht rührt. »Aber Beth glaubt, dass Skye noch immer im Zentrum ist. Und wenn wir eine Chance haben wollen, dann muss das so bleiben.«

»Ich vertraue Philippa, Hunter!«

»Schön für dich. Ich nicht.«

Yana reicht mir widerwillig das Handy. Ich tippe die Nummer ein, die ich seit Jahren auswendig kenne, und warte, bis sich eine tiefe Stimme meldet.

»Yana?«

»Benji, ich bin's.«

»Hunter! Hey Mann, ich hab dich vermisst!« Das Lächeln verschwindet aus der Stimme des einzigen Menschen beim Ring, den ich neben Yana als Freund bezeichnen würde. »Moment mal, ist etwas passiert? Was macht Yanas Handy denn bei dir im Zentrum?«

»Ich brauche deine Hilfe«, sage ich statt einer Antwort. *Wie oft Benji diese Worte schon aus meinem Mund gehört hat ...* »Bist du in New York?«

»Im Hauptquartier«, bestätigt er.

»Gut. Hör zu, es geht um eine Identität, die gestern in Florida vergeben wurde.«

Benji seufzt. »Du bist nicht der Erste, der anruft. Seit die Checks draußen sind, gibt es überall Probleme. Unsere Papierausweise sind auffällig geworden, ich weiß ... Aber ich arbeite dran.«

»Darum geht es nicht«, presse ich hervor. »Benji, du musst den Namen des Mädchens löschen, an das die Identität vergeben wurde.«

Es folgt eine lange Pause, bis Benji antwortet: »Was ist bei deinem Auftrag schiefgegangen?«

Ich atme tief durch. »Ich kann dir nichts Genaues sagen. Bitte vertrau mir. Jemand, der mir sehr viel bedeutet, ist in Gefahr. Und nicht nur sie.« Ich lausche in den Hörer. »Benji?«

»In Gefahr?« Ihre weiche Stimme lässt mich zusammenzucken wie ein Peitschenknall. »Du hast anscheinend nicht so gut auf meine Tochter aufgepasst, wie ich gehofft habe, Hunter.«

Ich lächle, als das Surren der Tattoonadel verstummt. Mit klopfendem Herzen halte ich meine beiden Handgelenke nebeneinander.

»Cren, was hast du getan?« Beria, die zum Toilettenhäuschen gelaufen ist, als der Regen aufhörte, fällt im Inneren des Lieferwagens vor uns auf die Knie. »Wenn das jemand entdeckt, ist sie geliefert!«

Ich betrachte das R auf meinem rechten und das E auf meinem linken Handgelenk.

»Es war meine Entscheidung«, sage ich.

Vielleicht neigen unsere Persönlichkeiten tatsächlich ein wenig zur einen oder anderen Richtung. Aber ich glaube nicht mehr, dass Menschen sich durch ihre Traits definieren. *Ich glaube, dass sie es durch ihre Entscheidungen tun.*

Mein Zeigefinger fährt über das bläuliche Geflecht aus Adern unter der Haut meines Handgelenks, das sich bis zum Herzen zieht. Ich bin eine Rationale. Ich bin eine Emotionale. Und ich bin alles, was dazwischen existiert.

Ich gebe ein paar unzusammenhängende Worte von mir.

»Hör auf zu stammeln. Wie steht es um Skyes Spiegel?«

Ich muss lügen, denke ich fieberhaft. *Ich muss die einzige Person auf dieser Welt anlügen, die sich von niemandem täuschen lässt!*

»Hunter! Verlaufen die Aufgaben erfolgreich? Ist Skyes R gesichert?« Beths Stimme klingt nicht mehr weich, sondern hart und verlangend. Und ... *gierig*?

»Es läuft alles nach Plan«, bringe ich heraus.

»Und warum rufst du dann eine Woche vor Skyes Kristallisierung unseren besten Informatiker an? Noch dazu vom Handy einer Fahrerin, die gerade im Urlaub ist?«

»Das Handy habe ich schon seit ein paar Wochen. Meins ging kaputt. Eigentlich sind diese alten Klapphandys ja ziemlich robust, aber –«

»Der Anruf, Hunter. Ich will wissen, warum du anrufst.«

»Ich –«

Yana wedelt mit den Händen durch die Luft, um meine Aufmerksamkeit zu erregen. Ich starre sie an. Ihre Lippen formen das Wort *Check*.

»Skyes Check!«, platze ich heraus. »Ich hatte Probleme mit ihrem Check.«

Am anderen Ende der Leitung herrscht Stille, dann höre ich, wie Beth Luft holt. »Es gibt Checks im Zentrum?«

»Dort gab es sie als Allererstes.« Ich berichte von der Testphase, die die Checks in den Zentren durchlaufen haben, und von der T-Kontrolle. Was mit denjenigen geschieht, die als untreu erkannt werden, erwähne ich nicht. Allmählich beruhige ich mich.

»Treu ist Skye ja allemal«, sagt Beth, als ich fertig bin. »Dafür hat ihr Vater gesorgt.« Sie schnaubt. »Wenn Samuel wüsste, wie sehr er mir gerade in die Karten spielt ...« Ich weiß nicht, was ich darauf erwidern soll, also bleibe ich stumm. »Und was ist jetzt das Problem?« Beth klingt gereizt. Seitdem sie erfahren hat, dass die Testung vorgezogen wird und Skye ins Zentrum kommt, liegen ihre Nerven blank.

»Benji hat mir schon geholfen«, sage ich in dem festen Vertrauen, dass er mich decken wird.

»Gut. Melde dich, wenn noch irgendetwas ist. Ach, und Hunter?«

»Ja?«

»Pass auf Skye auf. Sie ist mir wichtiger, als du glaubst.«

Es klickt in der Leitung.

»Mir auch.« Ich lasse das Handy sinken.

Beths drängender Ton klingt in meinen Ohren nach. Ich denke an die Nacht, in der Skye und ich aus dem Zentrum geflohen sind. Daran, wie ich ihr von dem Plan ihrer Mutter erzählt habe. *»Beth ist überzeugt davon, dass du nur mit einem R sicher ausreisen kannst«*, habe ich gesagt. *»Sie hat darauf bestanden, deine Testung abzuwarten, bevor sie dich zu sich holt.«*

Ich habe nie daran gezweifelt, dass jeder von Beths Schachzügen dazu dient, ihrer Tochter eine sichere Zukunft zu verschaffen. Deshalb habe ich Beth geholfen, einen Schlepperring aufzubauen, und vier Jahre lang mit ihr gewartet, bis Skye zur Testung einberufen wurde. Alles für ein echtes R. Doch auf einmal frage ich mich, warum sie so besessen davon ist. Beth ist eine Rationale. Mit ihrem R kommt sie über jede Grenze, und um ein Kind unter sechzehn mitzunehmen, hätte sie nur die Unterschrift des Vaters gebraucht. Es wäre ein Leichtes gewesen, Samuels Signatur zu fälschen und Skye aus Upperlake zu entführen. Ich lasse mich in den schäbigen Sessel sinken und frage mich zum ersten Mal, ob die sichere Flucht wirklich der einzige Grund ist, warum Beth auf der Rationalität ihrer Tochter besteht.

18

Nein! Auf gar keinen Fall.« Ich stolpere ein paar Schritte rückwärts.

»Komm schon, Crystal Skye! Gestern Abend habe ich gedacht, du wärest mutig.«

Ich sollte mich darüber ärgern, dass Cren vor Beria und Jamal meinen richtigen Namen benutzt. Ich sollte wütend sein, weil er das, was ich den dreien gestern Abend anvertraut habe, jetzt gegen mich verwendet. Aber ich kann an nichts anderes denken als an einen engen, dunklen Kofferraum, aus dem ich mich in einer Nacht vor vier Jahren nicht befreien konnte.

»Das … das geht einfach nicht.«

Schon beim Anblick des flachen Zwischenraums unter dem doppelten Boden des Lieferwagens beginnt mein Puls zu rasen. Ich schließe die Augen und versuche, meine Atmung zu beruhigen. *Ich komme da wieder raus. Ich werde nicht lange eingesperrt sein. Verdammt, jetzt ist nicht die Zeit für Panikattacken!*

»Es ist wirklich ungefährlich«, schaltet sich Beria ein, während Cren ein paar Schritte von uns weggeht, um einen Anruf entgegenzunehmen. »Es ist reine Kopfsache«, erklärt sie. Seit gestern ist sie beinahe freundlich zu mir. Ich reiße meinen Blick von Cren los, der leise mit jemandem spricht, den er seit dem Morgengrauen zu erreichen versucht, und sehe wieder zum Lieferwagen. »In der Platte, die über uns liegt, sind Luftlöcher«, fährt Beria fort. »Und –«

»Ich habe gesagt, es geht nicht!« Der flehende Unterton meiner Stimme ist mir egal. Sollen sie mich doch alle für schwach halten.

Verdammt, dann bin ich es eben! Meine Hände ballen sich zu Fäusten. Sobald ich in dem Zwischenraum liege, werde ich die Stimmen meiner Eltern hören. Sols letzte Worte. Den Schuss. Und Hunters Schrei.

»Skye.« Cren hat sein Gespräch beendet und taucht wieder neben mir auf. Er nimmt meine Hände in seine und bringt mich dazu, ihn anzusehen. »Ein Lieferant in einem Lieferwagen ist unverdächtig. Ein Lieferant und ein hübsches Mädchen in einem Lieferwagen sind erklärungsbedürftig.«

»Aber wir haben doch eine Erklärung, oder nicht?« Meine Stimme klingt schrill. »Wir haben doch eine Coverstory, sonst hätte ich gestern auch nicht auf dem Beifahrersitz mitfahren können!«

»Unsere Coverstory war auf die Landstraßenfahrten zugeschnitten. Da hätten wir dich problemlos als meine Stiefschwester ausgeben können, die einen Notfall hatte und von mir aus dem Urlaub abgeholt werden wollte. Aber jetzt nähern wir uns der Regierungszone.« Cren sieht mich an. »Verstehst du, was das bedeutet?«

Ich nicke. Es bedeutet, dass sich die Kontrollen häufen werden. Und Touristen sind hier ungewöhnlich.

»Der Zwischenraum ist deine einzige Möglichkeit, denn spätestens wenn wir versuchen, in die Zone reinzufahren, ist eine Menge Schauspieltalent gefragt, was du nun mal leider nicht besitzt.« Cren zwinkert mir zu.

Hitze schießt in meine Wangen, als ich an unseren Kuss denke. Mit Gewalt schiebe ich die Erinnerung beiseite und konzentriere mich auf das, was Cren gerade gesagt hat. »Was meinst du damit, wenn wir *in die Zone reinfahren*? Im *Fantasy* hieß es, ihr lasst mich im Norden von F in der Nähe der Zone raus.«

»Um dabei zuzusehen, wie du festgenommen wirst?« Jamal, der bisher noch stiller gewesen ist als seine Frau, tritt neben mich. »Im Laderaum eines Lieferwagens hast du eine realistische Chance, in die Regierungszone reinzukommen. Zu Fuß wird das nichts.«

»Bringt euch das denn nicht in Gefahr?«

Jamal lacht. »Selbstverständlich tut es das. Aber wir vertrauen Cren.« Er sieht mich an. »Und wir haben Respekt vor dir und dem, was du zu tun bereit bist. Keiner von uns hat geahnt, dass die Regierung Jugendliche foltert.« Jamal macht eine hilflose Pause, dann legt er den Arm um seine Frau. »Wir fliehen, weil wir nicht daran glauben, dass die Kristallisierer noch aufhaltbar sind. Aber wir werden niemandem im Weg stehen, der den Mut hat, es zu versuchen.«

Ich bin sprachlos. Diese Menschen sind bereit, ihr Leben für meine Sache aufs Spiel zu setzen, obwohl sie mich erst wenige Stunden kennen. Ich schaue Cren an.

»Was sie mit deiner Freundin gemacht haben –« Er stockt. Zum ersten Mal erlebe ich ihn ernst und sogar schockiert – dabei habe ich gestern Nacht gerade einmal das Nötigste über Daliawood und die Jugendlichen, die dorthin gebracht werden, erzählt. Es erschien mir fair, schließlich haben Beria und Jamal mich auch in ihre Pläne eingeweiht. Und wenn ich ehrlich bin, musste ich mit jemandem reden über das, was mich am nächsten Tag erwartet – sonst wäre ich verrückt geworden.

»Ich habe immer geglaubt, Kristallisierungsgegner enden im Gefängnis«, sagt Cren schließlich. »Und wären erwachsen.«

»Sie sondern jugendliche Untreue in den Zentren aus, damit wir ihnen gar nicht erst gefährlich werden«, antworte ich.

Cren bringt ein schwaches Lächeln zustande. »Dann haben sie wohl nicht mit dir gerechnet.«

Ich taste nach Luces Kette in der Tasche meiner Jeans. »Sie haben nicht mit *uns* gerechnet.« Mein Blick folgt der Landstraße, die uns zum Lager der Untreuen führen wird. »Wie willst du es schaffen, dass sie uns in die Regierungszone lassen?«

Cren schiebt sein Handy zurück in seine Hosentasche. »Das lass mal meine Sorge sein, Crystal Skye.«

Die Kartons um mich herum erzittern vom Rattern des Motors. Es war Jamal, der vorgeschlagen hat, mich zwischen unserer Alibi-Ware zu verstecken. Im Zwischenraum wäre ich sicherer gewesen, aber wenn die Ordnungswahrer misstrauisch genug werden, um den Laderaum zu überprüfen, werden sie auch Crens Traitmark scannen. Und dann bin ich sowieso verloren.

Unser Wagen hält immer häufiger an einer Kontrolle, je weiter wir gen Norden kommen. *Und dabei ist das hier nur das Gebiet um eine Regierungszone,* denke ich mit einem mulmigen Gefühl im Bauch. *Wie muss es erst sein, wenn sich die Fahrer der Grenze nach Mexiko nähern?* Ich denke an die Familie, von der Yana erzählt hat, und an die Erinnerungen, die Hunter nicht loslassen. *Aber all das wird bald ein Ende haben.*

Mein Herz beginnt zu hämmern, als wir zum sechsten Mal anhalten. *Ist das endlich die Regierungszone?* Vor meinem inneren Auge sehe ich die Karte vor mir, auf der Philippa das Camp markiert hat. Ich bete, dass meine Vermutung stimmt und die Zone mehr verbirgt als nur das Camp der Ordnungswahrer. Denn wenn nicht, habe ich keinen Strohhalm mehr, nach dem ich greifen kann. Dem Geräusch aus der Fahrerkabine nach zu urteilen, kurbelt Cren die Fensterscheibe hinunter.

»Sir«, erklingt eine scharfe Stimme. »Das hier ist eine Regierungszone. Sie können nicht weiterfahren.«

Ich wage kaum zu atmen. Stumm flehe ich darum, dass Crens mysteriöser Plan funktioniert – woraus auch immer er besteht.

»Ich dachte, meine Firma wird erwartet«, erwidert Cren mit einer Mischung aus Verwunderung und einer winzigen Spur von Arroganz. »Eine Miss Jean Dawson hat die Bestellung aufgegeben. Hören Sie, ich will Ihnen keine Umstände machen, aber ich habe noch andere Auslieferungen zu erledigen. Wenn hier also ein Fehler vorliegt …«

»Einen Moment, bitte.«

Zuerst herrscht Stille, dann höre ich, wie sich schwere Schritte entfernen. Wird der Ordnungswahrer die Türen des Laderaums öffnen? Wird er die Scharniere auf dem Boden bemerken, unter dem sich zwei Flüchtlinge verbergen, wird er die Kartons zur Seite schieben, um eine zusammengekauerte Rebellin dahinter zu finden?

»Mein Fehler, Sir. Miss Dawson erwartet Ihre Lieferung. Folgen Sie der Straße, fahren Sie am Camp vorbei, dann erreichen Sie nach einer Weile die Farm. Liegt ein bisschen weit draußen, ist aber nicht zu verfehlen.«

Ich stoße den Atem aus und bin froh um die Mauern aus Kartons um mich herum. Haltsuchend stütze ich mich an ihnen ab, als meine Knie unter mir nachzugeben drohen. *Meine Vermutung stimmt.* Sie haben Daliawood in der Regierungszone des Camps versteckt! Ich erlaube mir ein kurzes Gefühl des Triumphs, bevor ich mich daran erinnere, dass der schwere Teil des Plans noch vor mir liegt.

»Halten Sie am Hintereingang des Hauptgebäudes.« Die Stimme des Ordnungswahrers klingt nun freundlicher. »Dort können Sie ausladen.«

Cren bedankt sich, startet den Motor, und der Wall aus leeren Kartons um mich herum beginnt erneut zu zittern, als wir in die Regierungszone hineinfahren. In ein paar Minuten werden wir Daliawood erreichen. Jetzt gilt es, keine Fehler zu machen – denn der kleinste Patzer kann alles zunichtemachen, was wir bis hierher erreicht haben. In Gedanken gehe ich noch einmal unseren Plan durch: *Cren verzögert das Ausladen der Lieferung. Ich schleiche mich davon und filme mit dem Handy des Rings, wie die Kristallisierer den Widerstand der Untreuen brechen. Dann suche ich nach Luce. Wir verschwinden.*

Wie ein Mantra sage ich mir die Punkte vor, als würde unsere vage Strategie so auf wundersame Weise konkreter. Aber meine Chancen könnten auch schlechter sein. Wenigstens habe ich im Gegensatz zu den untreuen Mädchen mit Crens Lieferwagen einen sicheren Rückweg. Ich beiße mir auf die Lippe. Wenn mein Video es hier rausschafft, dann werden sie bald frei sein. *Wir alle werden frei sein.*

Ich ziehe das Handy aus meiner Jackentasche und tippe mit zittrigen Fingern eine SMS. *Ich bin drin. Wenn du bis heute Abend keine Nachricht von mir bekommst, dann versuch nicht, mich hier rauszuholen. Bring es zu Ende.* Ich halte einen Moment inne. *Und wenn er bei dir ist, dann sag H., dass …* Der Cursor blinkt erwartungsvoll.

… dass ich ihn vermisse.

… dass ich Angst habe, dass unsere Gefühle nicht stark genug sind, um das hier zusammen zu überstehen.

… dass ich einen anderen geküsst habe.

Ich lösche jeden der Sätze an Hunter. Dann schicke ich die Nachricht ab und bete trotz allem, was zwischen uns schiefgelaufen ist, dass Hunter bei Yana ist. Dass sie auf mich warten. Sie beide.

Wir fahren mit hoher Geschwindigkeit und immer, wenn ich glaube, dass wir endlich angekommen sind, biegen wir bloß um eine Kurve. Die Distanz vom Kontrollpunkt bis zum eigentlichen Lager ist zweifellos dazu gedacht, eine Flucht zu Fuß unmöglich zu machen. Aber sie bedeutet auch, dass die eigentliche Anlage von Daliawood kleiner ist, als ich angenommen habe. Die riesige Regierungzone hat mich eine Vielzahl von Gebäuden vermuten lassen, eine richtige Gefängnisstadt. Gerade, als ich überlege, ob ein kleineres Lager von Vorteil oder von Nachteil für mich ist, verstummt endlich der Motor. Ich höre die Fahrertür zuknallen. Schritte nähern sich.

»Die Lebensmittellieferung«, höre ich Cren sagen.

»Sie wurden schon angekündigt«, erwidert die Stimme einer Frau. Sicher Jean Dawson – unsere Eintrittskarte zur Farm. *Wo hatte Cren ihren Namen her? Mit wem hat er heute Morgen telefoniert?* »Stellen Sie alles dort ab. Melden Sie sich in einer halben Stunde wieder am Kontrollpunkt zum Checkout.«

Jeder Gedanke an Cren und seine Kontakte verschwindet aus meinem Kopf. *Eine halbe Stunde?!* Es hat schon fast zehn Minuten gedauert, vom Kontrollpunkt bis hierhin zu kommen. Das bedeutet …

Die fremden Schritte verklingen und Cren öffnet die Türen zum

Laderaum. Ein schleifendes Geräusch kündigt an, dass er die ersten Kartons ausräumt. Mein Atem geht flach. Eine halbe Stunde. Also bleiben mir nur etwa zehn Minuten, um mich im Lager zu orientieren, Luce zu finden und nebenbei genügend Material zu sammeln. *Letzteres wird ja wohl nicht allzu schwer sein*, sage ich mir mit einem beklemmenden Gefühl und denke an die Aufgaben der Testung. Die Schmerzsensoren, das Labyrinth. Wenn die Methoden im Zentrum schon so brutal waren, was tun die Kristallisierer dann erst den Untreuen an? Ich zucke zusammen, als Cren in den Laderaum springt.

»Na los, Crystal Skye!« Seine Stimme hat einen merkwürdigen Unterton. »Die Luft ist rein!«

Ich nehme all meinen Mut zusammen und klettere aus dem Lieferwagen. Die Sonne blendet mich und ich halte mir schützend die Hand über die Augen. Wir parken hinter einem modernen Flachdachgebäude, das sich L-förmig an eine alte Villa anschließt. Die Anlage wird von einem weitläufigen Garten eingerahmt. Mit den Holzbänken unter den Bäumen und den blühenden Büschen, die einen intensiven Duft verströmen, könnte sie direkt aus einer Broschüre für ein idyllisch gelegenes Wellnesshotel stammen. Ich lasse meinen Blick über das schier endlose Gelände schweifen. Bis zum Horizont erstreckt sich ein Meer aus Grün.

»Orangenbäume«, bemerkt Cren.

Ich zucke zusammen, als helles Lachen zu uns herüberweht. *Was ist das hier für ein Ort?* Das Foto aus Luces Patientenakte taucht vor meinen Augen auf. Ich sehe sie wieder vor mir in ihrem Krankenhausbett, sehe ihre bleichen Wangen und die dunklen Augenringe. *Ich weiß, wozu die Kristallisierer fähig sind.*

»Würdest du mir verraten, warum ich mein Leben aufs Spiel setze, um dich in ein Ferienparadies zu schmuggeln?« Cren klingt wütend.

Ferienparadies. Genau das ist es, wonach Daliawood aussieht. Ich schiebe das Handy zurück in meine Jackentasche. Hier werde ich keinen Beweis für die Untaten im Namen von ReNatura finden.

19

Wir sind allein auf dem Parkplatz hinter dem Anbau. Kein Zeichen von Ordnungswahrern weit und breit, bis auf ein Gebäude in der Ferne, wo das Camp liegen muss.

»Gib auf, Skye! Wir sollten zurückfahren, solange wir es noch können.« Cren lehnt am Lieferwagen, die Arme vor der Brust verschränkt.

Ich suche mit den Augen die friedliche Anlage nach verdächtigen Zeichen ab. Neben dem Anbau und der Villa gibt es noch zwei weitere Gebäude. Sie sind sonnengelb gestrichen. Was befindet sich darin? Schlafsäle? Oder klinisch reine Zimmer, in denen die Mädchen so lange festgehalten werden, bis sie sich ins Weltbild von ReNatura fügen?

»Ich gebe noch lange nicht auf«, sage ich grimmig. Die Kristallisierer können so viele Gärten anlegen, wie sie wollen – ich werde herausfinden, was hinter Daliawoods ekelhaft harmonischer Fassade steckt!

»Bleib hier«, bitte ich. »Es sieht nicht so aus, als würde außer der Frau vorhin noch jemand kommen, um die Lieferung anzunehmen. Wenn ich mich beeile, bin ich in zehn Minuten mit Luce wieder zurück.« Cren rührt sich nicht. »Was ist?«, frage ich angespannt.

»Du wirst es nicht rechtzeitig schaffen.« Ich will protestieren, doch Cren hebt die Hand. »Nicht einmal die Hälfte unserer Kartons hier ist überhaupt befüllt – und ganz bestimmt nicht mit der Ware, die bestellt wurde.« Er deutet in den Laderaum des Lieferwagens. »Wir werden auffliegen. Alle vier.«

Ich schlucke, als ich an Beria und Jamal unter der Klappe denke. *Ich darf ihr neues Leben in Mexiko, ihre Freiheit nicht riskieren.*

»Du hast recht«, sage ich leise. Einen Moment zögere ich noch. Dann hole ich tief Luft. »Fahr. Ich bleibe hier.«

»Skye, das ist Wahnsinn! Komm mit zurück, bitte!« Cren packt mich an den Schultern. »Ich weiß, dass da noch mehr ist. Dinge, die du uns gestern nicht erzählt hast. Und ich kenne Leute, die mit deinen Informationen eine Menge anfangen können.«

Ich schüttle den Kopf. »Ich gehe nicht ohne Beweise.«

»Es gibt Menschen, die nicht mehr überzeugt werden müssen«, flüstert Cren beschwörend. »Die keine Beweise brauchen. Es gibt Leute auf deiner Seite, Crystal Skye. Und sie sind bereit.« Er zieht etwas unter seinem T-Shirt hervor und ich schnappe nach Luft. An der groben Silberkette, die um Crens Hals liegt, hängt eine meergrüne, geschliffene Glasscherbe.

Ich starre ihn an. »Du wolltest Yana überreden, zur *Sonne* zu wechseln«, dämmert es mir. »Vor ein paar Tagen, in Las Almas. Deshalb wurdest du auch aus New York nach F versetzt. Weil –«

»Weil Beth nicht sehen will, dass sie falschliegt. Wir müssen die Kristallisierungsgegner versammeln und organisieren, anstatt sie außer Landes zu bringen!«

Feuer schlägt Glas. Als ich Crens flammenden Blick sehe, durchfährt mich ein Prickeln. Es ist, als würde ich die Gefahr förmlich fühlen. *»Die Scherben an ihren Ketten stehen nicht für den Neuanfang. Sie stehen für Zerstörung.«* Yanas Warnung drängt sich zurück in mein Bewusstsein. Die *Sonne* will die Gläsernen Nationen zerschlagen. *Aber will ich das nicht auch?*

Ich schließe die Augen und beschwöre die Wut herauf, die ich empfunden habe, als ich den Präsidenten im geheimen Konferenzraum des Zentrums über ReNatura sprechen hörte. Diese Wut hat mich mutig gemacht. *Und risikoblind!,* flüstert eine Stimme in mir. Ich stelle mir vor, was geschehen könnte, wenn sich meine Wut auf andere überträgt. Wenn sie sich potenziert. Mal zehn, mal hundert. Unsere sachliche Aufklärung über ReNatura, die friedliche Enthüllung könnte außer Kontrolle geraten. *Sie wird außer Kontrolle geraten.*

»Wir müssen den *richtigen* Weg nehmen.« Ich öffne die Augen und blicke in Crens. »Wir müssen nicht den Kristall zerstören, sondern den Glauben an ihn. An Chloe Cremontes Wunder. Und das können wir nur, wenn wir den Menschen die Wahrheit zeigen.« Ich verleihe meiner Stimme so viel Festigkeit wie möglich. »Ich habe es schon einmal mit Beweismaterial aus einer Regierungszone geschafft. Aus dem Zentrum. Vielleicht schaffe ich es noch ein zweites Mal.«

»Ohne einen Plan?«, fragt Cren verzweifelt. »Ohne jede Tarnung?«

Ich verberge meine eigenen Zweifel hinter einem Lächeln. »Ich bin eine Untreue, schon vergessen? Wenn ich hier nicht hinpasse, wohin dann? Fahr«, füge ich sanft hinzu. »Ich kann besser schauspielern, als du denkst.«

Stumm sieht Cren mich an. Schließlich nickt er mir zu. »Ich hoffe es.« Er steigt in den Wagen. »Du passt zu uns, Crystal Skye. Ob du es glauben willst oder nicht.« Er schlägt die Tür zu und dreht das Fenster herunter, dann sieht er mir ein letztes Mal in die Augen. »Viel Glück. Du wirst es brauchen.«

Das flache L-Gebäude hat auf der Rückseite keine Fenster, dafür aber eine Hintertür. Ich drücke die Klinke herunter und bin überrascht, als die schwere Metalltür sich problemlos öffnen lässt. *Haben die keine Angst, dass eins der Mädchen versucht zu fliehen?* Doch dann denke ich an die weite Strecke bis zum Kontrollpunkt. *Zu Fuß kommt man hier nicht so leicht weg.* Der Gedanke lässt mich schlucken.

Leise schließe ich die Metalltür hinter mir. Ich will den Lieferwagen nicht vom Hof fahren sehen. Ich will mir keine Chance lassen, meine Entscheidung zu bereuen.

Der Korridor vor mir ist verlassen, in diesem Flügel des Gebäudes scheint sich niemand aufzuhalten. *Wir brauchen eine Coverstory*, heißt es beim Ring. Ich atme tief durch. *Wenn ich jemandem begegne, bin ich Chase Walker aus Tallahassee, geboren am 31.1., Sternzeichen Wassermann.* Ich werde behaupten, dass ich dieses Jahr meine Ausbildung im Camp begonnen habe und für meine Praxisstunden hierhergeschickt wurde. Ich wünschte, ich hätte eine bessere Strategie, als mit einer Geschichte durch den Hintereingang zu spazieren, die mir bestenfalls eine Stunde Zeit verschafft. Aber wenn ich herausfinden will, was hier gespielt wird, bleibt mir keine andere Wahl. *Ich muss es nur hinkriegen, den Ordnungswahrern aus dem Weg zu gehen.* Von denen scheint es hier jedoch nicht allzu viele zu geben. Ich spähe aus dem Fenster. Auch auf dem Hof und an der Villa ist niemand zu sehen. *Seltsam.*

Meine Schritte hallen von den hellblau gestrichenen Wänden wider. Ich lasse meinen Blick über die Blumentöpfe auf den Fensterbänken schweifen, die den Korridor säumen. Das hier fühlt sich an wie eine Falle. Als würde jede Sekunde ein Testleiter in einer grauen Laborjacke vor mir auf den Gang treten – als wäre Daliawoods heiteres Erscheinungsbild bloß ein weiteres Testungsszenario. *Die Regierung verschleppt Untreue gegen ihren Willen, um sie auf eine hübsche Farm mit Garten zu bringen. Wie verhalten Sie sich, Miss Anderson?* Das schlangenhafte Lächeln der obersten Testleiterin erscheint vor meinem inneren Auge. *Wo ist hier der Fehler?*

»Ausgerechnet wir!« Das Blut gefriert in meinen Adern, als vor mir plötzlich Stimmen erklingen. Schritte nähern sich aus dem Korridorabschnitt, der hinter der L-förmigen Abzweigung liegt. »Dabei ist Spülen Newbie-Arbeit.«

Hastig stolpere ich zurück und presse mich flach gegen die Wand. Ein Türknauf bohrt sich in meinen Rücken.

»Nicht, wenn die Newbies die ganze Zeit nur Theater machen«, antwortet eine andere Stimme. »Ich trage jetzt seit drei Tagen dasselbe Kleid, weil sich die Gruppe der Neuen, die für die Wäscherei vorgesehen war, noch eingewöhnen muss. Wir haben letztes Jahr auch unsere Zeit gebraucht, aber doch nicht über zwei Wochen!«

Beifälliges Murmeln folgt dieser Anmerkung. Die Stimmen kommen immer näher. *Bald werden sie um die Ecke biegen und mich entdecken.* Mit fahrigen Fingern taste ich nach dem Türknauf. Lausche ängstlich, ob ich jemanden dahinter höre. *Nichts.* Blitzschnell drehe ich den Knauf und verschwinde gerade noch rechtzeitig in einem Raum, der, den Regalen voller Putzmittel nach zu urteilen, eine Abstellkammer sein muss. Erleichtert atme ich auf. Als die Schritte an meinem Versteck vorbeigegangen sind, wage ich es, durch einen schmalen Türspalt nach draußen zu linsen. Drei Mädchen laufen den Flur hinunter. Sie tragen keine schwarzen Overalls, sondern einfache Kleider. Der dunkelblaue Stoff reicht ihnen bis zu den Knien. In einiger Entfernung bleiben sie stehen, und ich spitze die Ohren, um ja kein Wort zu verpassen.

»Vielleicht können wir Jean überreden, uns der Kochgruppe zuzuteilen, wenn wir schon aushelfen müssen. Ich mache das gern, mit den Händen arbeiten. Fühlt sich irgendwie …« Das Mädchen macht eine Pause, als hätte es den Anfang des Satzes vergessen.

»… natürlich an«, ergänzt ein anderes. »Finde ich auch. Und nach dem Dienst könnten wir zur Gymnastik gehen. Meine Stempelkarte ist schon fast voll.«

Das erste Mädchen nickt. »Was ist mit dir, Alexia?«

»Ich hab keine Zeit«, erwidert die Dritte und streicht ihre rötlichen Haare zurück. »Ich muss nachher noch zu Dr. Salem.«

»Also haben sie dich ausgewählt?« In der Stimme des zweiten Mädchens schwingt Neid mit.

»Es ist erst mal bloß das Vorgespräch«, antwortet Alexia. »Aber ich hoffe sehr, dass ich alle Kriterien erfülle. Es wäre schön, etwas zurückgeben zu dürfen, wo uns selbst so viel Gutes getan wird.«

Ein Schauder läuft mir über den Rücken. Ein Vorgespräch für

was? Der selige Ausdruck auf Alexias Gesicht lässt jedenfalls keinen Zweifel zu: Das ist kein Schauspiel. Die Schullandheim-Atmosphäre ist keine Fassade, zumindest nicht in den Köpfen der Mädchen. Und doch ergibt nichts von dem, was ich höre und sehe, einen Sinn. Maxeni, Fiona und die anderen Untreuen wurden hierhergebracht, weil sie klug sind. Weil sie aufrührerisch sind. Weil sie nicht schweigen wollen. Keine von ihnen hätte sich freiwillig in solch ein sorgloses Püppchen verwandeln lassen! *Habt ihr denn vergessen, wer ihr seid? Wogegen ihr euch auflehnt? Weshalb man euch gegen euren Willen an diesen Ort gebracht hat?* Ich muss mich beherrschen, um nicht aus meinem Versteck zu springen und die Mädchen zu schütteln.

Und was, wenn sie vor einem Jahr noch genauso mutig waren wie Fiona und Maxeni?, flüstert eine Stimme in meinem Kopf. Ich lehne mich haltsuchend gegen die Wand der Abstellkammer. Wenn dies die Untreuen vom letzten Testungsjahrgang sind, dann haben die Kristallisierer es irgendwie geschafft, ihnen genau das zu nehmen, was sie gefährlich macht: den Grund zu kämpfen.

»Solltet ihr drei nicht längst im Küchenhaus sein?« Die Mädchen fahren herum, als die Hintertür, durch die auch ich gekommen bin, sich öffnet. Der Mann, der nun im Korridor steht, blickt die Mädchen aufmerksam und fast ein wenig überrascht an, als hätte er nicht damit gerechnet, sie hier zu sehen. »Jean wartet bestimmt schon auf euch«, fügt er mit einem tadelnden Lächeln hinzu.

»Aiden! Warst du im Garten?«

»Hast du gesehen, ob mein Oleander endlich blüht?«

»Aiden, wir wurden zum Spülen eingeteilt, dabei hätte ich heute Nachmittag eigentlich Gartenzeit gehabt. Alles nur wegen der Neuen!«

Der Mann namens Aiden ist um die dreißig, hat dunkle Haare und ein freundliches Gesicht. Er tritt zur Seite und öffnet den Mädchen galant die Tür, die hinaus zum Garten und den beiden gelb gestrichenen Häusern führt. »Ich bin mir sicher, Jean freut sich über eure Hilfe«, erwidert er diplomatisch. Er trägt normale Kleidung, nicht die Uniform der Ordnungswahrer.

Als die Mädchen durch die Hintertür verschwunden sind, weicht sein lockeres Lächeln einem sorgenvollen Ausdruck. Er schiebt einen Zettel in seine Hosentasche und geht dann schnellen Schrittes den Korridor hinunter. Hastig schließe ich die Tür der Abstellkammer. Kurz glaube ich, das Aufbrummen eines Motors zu hören. Ist das schon der richtige Lebensmittellieferant? Wenn ja, dann hoffe ich entgegen aller Vernunft, dass Cren, Beria und Jamal es bereits aus der Regierungszone hinausgeschafft haben.

Als ich sicher bin, dass der Mann verschwunden ist, öffne ich die Tür und trete auf den Korridor. Von irgendwoher erklingt helles Lachen. *Wo bist du, Luce?* Mein Finger fährt über die geschliffene Scherbe in meiner Hosentasche. Wo finde ich Bildmaterial, das die Gehirnwäsche beweist, denen die Mädchen hier unterzogen werden? *Wie kann ich der Welt da draußen zeigen, was den Untreuen angetan wird?* Vorsichtig werfe ich einen Blick um die Ecke in den längeren Teil des Korridor-Ls, aus dem die Mädchen gekommen sind. Auch dort keine Ordnungswahrer. Ich habe damit gerechnet, dass es hier drinnen von ihnen nur so wimmeln würde. *Vielleicht ist meine Praktikumsgeschichte also doch kein so guter Plan …* Besser, ich gebe mich als Insassin aus. Ich blicke an mir herunter. Wenn ich nicht auffallen will, brauche ich eins dieser blauen Kleider. Ich biege um die Ecke und sehe mich um. Vielleicht finde ich die Wäscherei, von der das Mädchen vorhin gesprochen hat. Links von mir gehen Türen ab. Schilder gibt es nicht, aber kleine Fenster gewähren mir Einblicke in die Räume dahinter. In jedem einzelnen erspähe ich Mädchen. Mädchen, die vor Staffeleien stehen und zeichnen. Mädchen, die in einer Art Klassenzimmer sitzen, und Mädchen, die Babypuppen wickeln. Sie alle tragen das gleiche blaue Leinenkleid. Sie alle lächeln. Wenn ich es nicht besser wüsste, würde ich glauben, ich wäre in einem Mädcheninternat um 1900 gelandet.

Der Korridor mündet in eine freundliche, helle Eingangshalle, deren große Doppeltüren offen stehen und den Blick auf ein von Blumenbeeten geschmücktes Rondell freigeben. Drinnen laden geflochtene Korbsessel zum Verweilen ein, und an den Wänden hängen Bilder mit Landschaftsmotiven, zweifellos die Ergebnisse der Kunstklasse, an der ich gerade vorbeigekommen bin. *Hier werde ich die Wäscherei nicht finden.* Im Gegenteil, diese Eingangshalle wirkt trotz der selbst gemalten Bilder und der rustikalen Farm-Möbel seltsam offiziell. Was haben Maxeni und Fiona gedacht, als der Transporter sie hier herausgelassen hat? Waren sie erleichtert? Oder hatten sie nur noch mehr Angst vor dem, was an diesem gruselig idyllischen Ort mit ihnen geschehen würde? *Und Luce?* Ich atme zitternd ein, während irgendwo in den Räumen ein Chor aus Mädchenstimmen zu singen beginnt. Ich habe Zellen erwartet, eine Art Arbeitslager. Aber ich habe die Kristallisierer unterschätzt – sie sind klug genug, um zu wissen, dass der menschliche Wille nicht mit Gewalt gebrochen werden kann.

»Sie müssen mein Termin sein. Mrs. Duval, richtig?« Mein Nacken beginnt zu kribbeln. Die Stimme in meinem Rücken klingt nah, zu nah, um sich nicht an mich zu richten. »Sie sind sehr früh, aber das ist kein Problem. Haben Sie und Ihr Mann denn gut hergefunden?«

Langsam drehe ich mich um und sehe in das Gesicht einer Frau, deren ebenmäßige Züge mir schon beinahe unnatürlich perfekt vorkommen.

Überrascht mustert sie mich. »Ich habe mich wohl geirrt – wenn wir nicht davon ausgehen wollen, dass Mrs. Duval kürzlich in einen Jungbrunnen gefallen ist.« Sie lacht. »Aber wenn du nicht Mrs. Duval bist …« Eine akkurat nachgezeichnete Augenbraue rutscht nach oben. »Wer bist du dann?«

Mein Mund ist staubtrocken. *Was hat das zu bedeuten?* Wenn ich doch nur mehr über diese unheimliche »Farm« wüsste, wenn ich in eine passende Rolle schlüpfen könnte, hätte ich vielleicht eine Chance, heil aus dieser Sache herauszukommen …

»Ich bin die Tochter«, sage ich zögerlich. Denn wer immer Mrs. Duval ist, wenigstens scheint sie nicht in Schwierigkeiten zu stecken. *Im Gegensatz zu mir.*

Die Frau macht ein überraschtes Gesicht. »Du bist Corinne Duvals leibliche Tochter?«

Etwas an ihrer Frage sagt mir, dass *Ja* die falsche Antwort ist.

»Adoptivtochter«, höre ich eine Stimme hinter mir sagen. Erstaunt drehe ich mich erneut um und erkenne Aiden – den Mann, den ich vorhin aus der Abstellkammer heraus beobachtet habe. »Die Duvals haben Chase in den Formularen nicht angegeben, da sie nicht ihr leibliches Kind ist. Aber sie ist heute anstelle ihrer Adoptiveltern zu uns gekommen, weil –« Aiden macht eine kleine Pause, als müsse er sich erinnern, und sieht mich auffordernd an.

Wer ist er? Warum deckt er mich? *Und woher zur Hölle kennt er meinen falschen Vornamen?* Meine Gedanken rasen. Aber egal aus welchem Grund dieser Mann mir helfen will, wenn ich jetzt nicht mitspiele, bin ich verloren.

»Weil … weil meine Eltern überraschend krank geworden sind«, taste ich mich vor. »Ein Infekt. Ganz üble Sache. Deshalb bin ich hier.« Mein Herz schlägt mir bis zum Hals.

»Willkommen in Daliawood, Chase.« Aiden schüttelt mir freundlich die Hand, als wüsste er nicht haargenau, dass jedes Wort aus meinem Mund eine Lüge gewesen ist. »Ich heiße Aiden und arbeite seit ein paar Tagen als General Manager hier auf der Farm. Und das ist Dr. Evanna Salem.«

»Es tut mir leid, dass deine Eltern erkrankt sind, Chase«, sagt Dr. Salem. Wie Aiden trägt sie Jeans und T-Shirt. Keine Uniform, keine Armbinde mit dem Ordnungswahrer-O – und zu meiner großen Erleichterung auch keinen Check. »Da unser Termin heute rein informativer Art ist, kannst du sie selbstverständlich gern vertreten. Unsere Wartezeit beträgt ja mittlerweile sechs Monate – und das nur für den Kennenlerntermin. Ein Nachteil unseres genauen Auswahlverfahrens. Ich würde das heutige Treffen also ebenso ungern verfallen lassen wie sie.« Dr. Salem lächelt mir zu. »Ich brauche nur eine Schweigepflichtsentbindung deiner Eltern, damit wir offen reden können.«

Ich schlucke, während ich verzweifelt zu verstehen versuche, was ich gerade gehört habe. *Was meint sie mit Auswahlverfahren?*

»Oh, das mit der Schweigepflicht ist kein Problem«, schaltet Aiden sich wieder ein. »Mr. Duval hat vorhin angerufen, als ich im Garten nach den Mädchen gesehen habe.« Seine Stimme ist ruhig. Wenn mir nicht klar wäre, dass er das Telefonat gerade erst erfunden hat, würde ich die Lüge niemals bemerken. »Ich wurde am Hintereingang noch von dem Lieferanten aufgehalten, war aber gerade auf dem Weg zu dir, um dir davon zu berichten.« Aiden wirft Dr. Salem einen entschuldigenden Blick zu.

Ich denke an seinen ertappten Gesichtsausdruck, als er durch die Tür kam und auf Alexia und die anderen Mädchen traf. *Ich wurde von dem Lieferanten aufgehalten.* Spricht er von Cren? Ich starre ihn an. *Was geht hier vor?* Evanna Salem sieht zögernd von Aiden zu mir.

»Wir wollen die Duvals doch nicht wegen einer Formalie noch ein halbes Jahr auf ihre Chance warten lassen, nicht wahr?«, fragt er mit einem einnehmenden Lächeln. *Ihre Chance auf was?*

»Also gut.« Dr. Salem nickt mir zu. »Folge mir, Chase. Ich hoffe, du hast gut zu uns gefunden, so ganz allein. Dass Daliawood auf dem Gelände einer Regierungszone liegt, verkompliziert die Anreise, und ich möchte mich für den Aufwand mit den Verschwiegenheitserklärungen und den Sicherheitsvorkehrungen am Kontrollpunkt entschuldigen. All das geschieht nur zum Schutz unserer Bewohnerinnen.« Dr. Salem deutet im Vorbeigehen auf die Türen des Korridors, die nun nacheinander geöffnet werden. Anders als an der Serenity High verlassen die Mädchen ihre Klassenzimmer geordnet, ohne über den Korridor zu rennen, ohne Gelächter und ohne Lärm. »Schau dich gern um. Das hier sind unsere Entfaltungsräume.«

Doch ich achte nicht auf die Staffeleien und Babypuppen, die in den Klassenräumen zurückbleiben, sondern auf die Mädchen, die stumm und lächelnd über den Flur gehen. Ich sehe in ihre Gesichter, recke den Hals nach einem hellen Blondschopf, aber Luce ist in keiner der Gruppen zu sehen. Etwas weiter den Gang hinunter scheint die Cafeteria zu liegen, von dort klingt das Klappern von Geschirr herüber. *Mittagspause.* Ich denke daran, wie Luce und ich zum letzten Mal im Wintergarten des Zentrums zusammen gegessen haben. An die Szene, die sie dem Testleiter vorgespielt hat, damit wir uns ins Zentrum der Jungen schleichen konnten. Mühsam beherrsche ich mich, um nicht in die Cafeteria zu stürmen und auch dort nach ihr zu suchen. *Aber du wirst sie nicht finden. Nicht ihr wahres Selbst.*

»Chase?« Aiden deutet auf die Ärztin.

»Entschuldigung«, stammle ich. »Ich war abgelenkt.«

Dr. Salem lächelt mich verständnisvoll an. »Die meisten Leute sind fasziniert von Daliawood, wenn sie zum ersten Mal hier sind. Hier entlang, meine Liebe.«

Sie weist auf eine Glastür, an der in geschwungenen Buchstaben steht: *Medi-Villa.* Diese Tür muss das große alte Haus mit dem Anbau verbinden. *Wofür ist eine medizinische Abteilung hier nötig?* Ich trete hinter Dr. Salem in einen großen Raum, den Stühlen an der Wand nach zu urteilen, ein Wartezimmer. Von der Decke hängen runde Lampen aus Glas, die alles in ein warmes Licht tauchen.

»Unterhalten wir uns doch direkt in meinem Sprechzimmer.« Dr. Salem deutet auf eine Treppe, die in den ersten Stock der Villa führen muss. »Du bist mein letzter Termin heute, also haben wir genügend Zeit für alle Fragen, die deine Eltern dir sicher mitgegeben haben.« Schnellen Schrittes steigt sie die Stufen nach oben.

Jetzt werde ich auffliegen! Wie soll ich ihr Fragen stellen, wenn ich keine Ahnung habe, was Corinne Duval hier will? Dr. Salem dreht sich um und sieht zu Aiden, der neben mir am Fuß der Treppe stehen geblieben ist. »Bitte kümmere du dich um die Probleme mit den

Neuen, Aiden. Ich bekomme schon den ganzen Tag Beschwerden, aber ich habe dafür nun wirklich keine Zeit.«

»Selbstverständlich«, antwortet Aiden, obwohl Dr. Salem ihm schon wieder den Rücken zugekehrt hat. Als er an mir vorbeigeht, spüre ich einen warmen Hauch an meinem Ohr. »Feuer schlägt Glas.«

Die Worte sind kaum mehr als ein Luftzug, doch ich zucke zusammen, als wäre neben mir eine Bombe explodiert. Eine kühle Hand streift meine. Automatisch schließt sich meine Faust um das Stück Papier.

»Auf Wiedersehen, Chase«, sagt Aiden in normaler Lautstärke. Ich starre ihm nach, bis er im Gang hinter der Glastür verschwunden ist.

»Chase?«

Ich haste die Treppe hinauf. *Feuer schlägt Glas.* Es sind dieselben Worte, die Cren in der Nacht im Lieferwagen geflüstert hat …

»Hier hinein, bitte.«

Unauffällig schiebe ich den Zettel in die Tasche meiner Jeans. *Welche Botschaft hat Aiden für mich?*

Dr. Salem führt mich in einen schlichten Raum und bietet mir mit einer Handbewegung einen der Sessel vor dem gläsernden Schreibtisch an. Daneben steht ein Modell, das mir bekannt vorkommt: der Plastik-Unterleib einer Frau im Längsschnitt. Wie beim Gynäkologen. *Aber was hat das hier in Daliawood zu suchen? Ist Dr. Salem Frauenärztin?*

»Deine Mutter hatte sehr spezifische Wünsche, aber wir haben es geschafft, eine passende Spenderin zu finden.« Dr. Salem öffnet eine Nebentür. »Komm rein!« Ein Mädchen tritt ins Sprechzimmer, und jeder Gedanke an das, was am Fuße der Treppe passiert ist, verschwindet aus meinem Kopf, als ich in Fionas leere Augen blicke. »Kennt ihr euch etwa schon?«

»Nein«, sage ich und wende schnell den Blick ab. So gelassen wie möglich sehe ich Dr. Salem ins Gesicht, während mich Bilder aus meinem Leben vor der Testung überschwemmen. Nachmittage im

Stadion, Lunch in der Schulcafeteria. Jasmine, die über Fiona herzieht, und Elias, dessen Blick mich davon abhält, ihr den Mund zu verbieten. »Ich habe mich bloß an jemanden erinnert.«

Fiona nimmt stumm auf dem zweiten Sessel Platz. Meine Hände zittern. *Weißt du wirklich nicht mehr, wer ich bin? Wer DU bist?* Ich denke an die Nacht ihres Transports, in der Fiona mich zwischen den Bäumen im Zentrumspark gesehen hat. Die Nacht ihrer Entführung. Wie kann man so etwas vergessen?

Dr. Salem schaut mich ernst an. »Deine Mutter hat dir sicherlich erzählt, was unsere Mädchen durchgemacht haben. Aber du brauchst kein Mitleid zu haben. Daliawood bietet ihnen alles, was sie zu ihrer Heilung benötigen. Und es macht sie glücklich, etwas an die Gemeinschaft zurückgeben zu können. Schließlich ist das der Grundgedanke der Kristallisierung: Jeder tut das, was er am besten kann. Und was kann man Schöneres tun, als Wünsche zu erfüllen?«

Ich zwinge mich, ihr zuzunicken.

»Richte deinen Eltern aus, dass sie ihre Spenderin natürlich auch bei ihrem nächsten Termin noch persönlich kennenlernen können. Unserer Erfahrung nach ist das für beide Seiten hilfreich.« Dr. Salem blickt von ihren Unterlagen auf und lächelt Fiona aufmunternd zu.

»Ich freue mich sehr, Ihrer Familie helfen zu können.« Fiona spricht schleppend, genau wie Alexia und die anderen Mädchen, wie mir jetzt auffällt. *Werden sie betäubt? Unter Drogen gesetzt?* Ich sehe in Fionas starres Gesicht. Sie scheint mich nicht zu erkennen, geschweige denn sich daran zu erinnern, dass sie vor wenigen Wochen noch versucht hat, sich gegen die Kristallisierer aufzulehnen.

»Vor dem Eingriff muss deine Mutter sich einer Hormonbehandlung unterziehen. Keine Angst, das ist völlig unbedenklich und unkompliziert«, reißt mich Dr. Salem aus meinen Gedanken. Sie schiebt eine Broschüre über den Tisch. »Dieses Informationsmaterial kannst du ihr mitbringen. Alle weiteren Termine machen wir dann nach Rücksprache mit ihrem behandelnden Arzt zu Hause aus.«

Ich nehme die Broschüre an mich und unterdrücke mühsam einen Laut der Überraschung. Auf dem Deckblatt erkenne ich die gleichen großen blauen Blockbuchstaben, die ich schon auf McCartys Bericht im Labor des Zentrums gesehen habe.

Bloß bilden sie dieses Mal nicht den Titel »ReNatura«, sondern das Wort »ProCommunity«.

»Nachdem wir bei Fiona eine erfolgreiche Entnahme durchgeführt haben«, erläutert Dr. Salem weiter, »findet die Kryokonservierung statt, im Volksmund auch Social Freezing genannt. Davon hast du sicher schon mal gehört. Die Aufbewahrung der Zellen erfolgt im ProCommunity-Center in New York. Im gefrorenen Zustand können wir sie jahrzehntelang lagern, ohne Verluste befürchten zu müssen. Deine Eltern wären also in der Wahl des Zeitraums völlig frei – aber ich weiß natürlich, dass sie es kaum erwarten können.« Dr. Salem weist lächelnd auf die Broschüre in meinen Händen. »Die Chance auf eine Schwangerschaft bei 20 gesunden, konservierten Eizellen liegt bei 90 Prozent.«

Mein Blick fällt auf das anatomische Modell neben dem Schreibtisch. *Das also sind die Mädchen hier für die Kristallisierer: Bloße Körper. Potenzial, das für die Zwecke des Programms genutzt werden kann.* Ich mustere Dr. Salems apartes Gesicht, das erst auf den zweiten Blick hager wirkt. Bemerke die Schatten unter ihren Augen, die von langen Arbeitsstunden zeugen und die ihr Make-up nicht ganz verleugnen kann.

»Da sollte es doch hoffentlich klappen mit dem kleinen Geschwisterchen.« Sie zwinkert mir zu. Doch sie scheint bemerkt zu haben, dass etwas in mir vorgeht. »Es muss sich komisch für dich anfühlen, hier zu sein«, sagt sie verständnisvoll. »Ich bin mir sicher, dass deine Eltern dich aufrichtig lieben, Chase. Aber sie haben jetzt nach Jahren der Hoffnungslosigkeit endlich die Chance, ein zumindest halb-leibliches Kind zu bekommen. Ein Kind, das deine Mutter selbst austragen kann! Und dank ProCommunity geht das, ohne sich finanziell zu ruinieren.« Sie beugt sich ein wenig vor. »Wenn du deine Eltern liebst, Chase, dann musst du sie dabei unterstützen.«

Regungslos betrachte ich die in Schwarz-Weiß fotografierte Silhouette einer schwangeren Frau, die hinter dem Schreibtisch von Dr. Salem hängt. *Sie glaubt zu helfen.*

Ich sehe ihr in die Augen. »Ich werde alles tun, was in meiner Macht steht.«

Die Ärztin nickt zufrieden und nimmt ein Dokument aus einer Mappe. »Das ist Fionas Verzichterklärung auf jegliche Ansprüche gegenüber dem möglichen Kind. Eines Tages wird sie ihre eigene Familie gründen wollen. Darum ist es besser für alle Beteiligten, die Rolle der Spenderin klar festzulegen. Ich werde euch beiden jetzt ein wenig Zeit geben, um euch auszutauschen. Fiona wird Aiden nachher Bescheid geben, dass du abgeholt werden kannst.«

Dr. Salem legt die Mappe zurück. Sie reicht mir zum Abschied die Hand, und ich bemerke, wie ihr Blick an dem R auf meinem rechten Handgelenk hängen bleibt. Auf einmal glaube ich, so etwas wie Bedauern in ihren dunklen Augen zu lesen.

»Dein Schicksal mag dir hart vorkommen, Chase. Das R macht uns besonders, aber es verpflichtet uns auch dazu, größere Verantwortung zu übernehmen als andere Frauen. Wir müssen tun, was Emotionale nicht können, nämlich das große Ganze beachten und unsere Wünsche zurückstellen.« *Sie weiß nicht, dass die Thesen von ReNatura auf gefälschten Testungsdaten basieren. Sie glaubt an die Rückkehr des Menschen zur Natur.* »Das bedeutet, dass wir die Aufgabe der Kindererziehung denjenigen überlassen müssen, deren Disposition sich dafür eignet.« Die Ärztin lächelt. »Du gewöhnst dich schon noch an das, was von dir erwartet wird. Versprochen.«

Ich starre ihr hinterher, als sie hinausgeht und die Tür des Sprechzimmers hinter sich schließt. *Also ist die Ausbeutung emotionaler Frauen nicht der einzige Bestandteil von ProCommunity. Also dürfen rationale Frauen ihre Kinder demnächst nicht mehr selbst aufzie-*

hen … Entsetzt frage ich mich, ob meine Tochter auf einer Farm wie dieser hier landen würde, wenn ich eine bekäme. In einem Heim, wo emotionale Frauen sie zu dem erziehen, was sie nach dem Willen der Kristallisierer sein soll.

Fiona sitzt still auf ihrem Stuhl. »Du hattest recht«, sage ich leise. »Als du den Kristall angezweifelt hast, hattest du recht.« Fiona sieht mich ausdruckslos an. »Das hier, ProCommunity und die Farm, das alles ist Teil eines Programms namens ReNatura«, erkläre ich. »Die Kristallisierer versuchen, die Emanzipation zurückzudrehen und traditionelle Geschlechterrollen zur offiziellen Norm zu erheben.« Keine Reaktion. Heiße Verzweiflung durchströmt mich. »Was haben sie dir angetan?«, flüstere ich, mehr zu mir selbst als zu ihr. Ich greife nach ihrer Hand, doch genau wie damals im Athene-Saal ist es zu wenig und zu spät. *Es tut mir alles so unendlich leid.*

Fiona zieht ihre Hand aus meiner. »Was meinst du damit, Skye?«

»Du –« Ich schlucke. Dann deute ich auf die Broschüre. »Das hier!«, stammle ich. »Das ist illegal, Fiona! Sie verkaufen deine Eizellen an Frauen, die keine Kinder bekommen können. Sie benutzen deinen Körper, weil du ihrer Ansicht nach die richtige genetische Disposition für eine Frau hast, anders als die rationalen Ausnahmen. Das ist … krank!«

Fiona schüttelt den Kopf. »Evanna würde nie etwas tun, wozu wir nicht bereit wären.« Eine Spur ihres alten Lächelns kehrt in ihr rundes Gesicht zurück. »Und außerdem werden die Chancen, wie wir hier sagen, nicht verkauft, sondern von uns gespendet.«

Ich springe auf, ich halte es nicht länger in meinem Sessel aus. »Du warst überzeugt davon, dass die Gläsernen Nationen auf dem Weg in eine Diktatur sind! Deshalb bist du hier!«

»Ich weiß.« Ein Schatten zieht sich über Fionas Gesicht. »Das war eine schlimme Zeit. Ich hatte so viel Angst. Angst und Wut …« Sie sieht mich an. »Genau wie du. Aber Jean und Evanna und all die anderen hier haben mir gezeigt, wie ein erfülltes Leben aussehen kann.«

»Erfülltes Leben?« Mühsam drossle ich meine Stimme. »Wach auf, Fiona! Sie benutzen dich, um ihre verrückten Ziele umzusetzen, merkst du das nicht?«

»Seit wann ist es verrückt, verzweifelten Paaren ihren Kinderwunsch zu erfüllen?« Fiona erhebt sich ebenfalls und streicht ihr Kleid glatt. »Noch habe ich keine eigene Familie. Warum sollte ich da nicht das Leben anderer bereichern?« Kraftlos lasse ich meine Hände sinken. *Wie kann ich sie nur erreichen?* »Aber das verstehst du nicht.« Fiona blickt auf mein frisch gestochenes R. »Du kannst nicht begreifen, was ich fühle. Du wirst es nie.« Völlig unerwartet drückt sie mich an sich. »Es tut mir sehr leid für dich, Skye. Aber Frauen wie du finden ihr Glück in anderen Dingen. Das kann ich nicht nachvollziehen, aber ich wünsche dir, dass du es findest.«

Ich umfasse ihre Arme. »Fiona, das bist nicht du!« Tränen der Verzweiflung steigen mir in die Augen, die Fiona überrascht betrachtet. »Du lebst hier kein erfülltes Leben – du fügst dich den Regeln eines Systems, das uns alle ersticken wird!« Noch im selben Moment, in dem ich die Worte ausspreche, weiß ich, dass ich zu weit gegangen bin.

Fiona schiebt mich von sich. »Sie haben uns vor Menschen wie dir gewarnt.« Der Schmerz in ihrem Blick ist echt. »Ich habe dich für meine Freundin gehalten, Skye. Aber du gönnst mir das Glück nicht, das du selbst nie haben wirst.« Sie dreht sich um und geht durch den Raum.

»Warte!«, rufe ich. Mein Herz pocht. *Wenn sie mich verrät, dann war alles umsonst.*

Kurz vor der Tür hole ich sie ein. »Fiona, hör mir bitte zu. Du kannst jetzt zu Dr. Salem gehen und ihr verraten, dass die Duvals in Wahrheit keine Adoptivtochter haben.« Meine Stimme zittert, doch ich tue nichts, um dagegen anzukämpfen. *Sie soll sehen, dass ich keine Kontrolle über meine Gefühle habe. Niemand hat das.* »Oder du sagst, dass Chase sich noch ein wenig umsieht.« Ich schaue ihr in die Augen. »Aber vergiss nicht, dass *du* mir geraten hast zu fliehen.« Fiona runzelt die Stirn. »In der Nacht, in der du aus dem Zentrum entführt wurdest, hast du mich entdeckt, aber du hast mich nicht verraten«, fahre ich eindringlich fort. »Du wolltest, dass ich mich in Sicherheit bringe. Du hattest Angst vor dem, was mit euch passieren würde. Vor dem, was sie tun würden, um euch zum Schweigen zu bringen.«

»Maxeni«, flüstert Fiona, und ich weiß, dass sie sich nun erinnert. An die Overalls. An die Nummern des Rankings. An den Testleiter, der Tonyas Freundin brutal in den Transporter stieß. *An Hunter.*

Fionas Gesichtsausdruck ist unlesbar. In ihrem Kopf muss ein Kampf stattfinden zwischen ihren Erinnerungen und dem, was man ihr hier als die Wahrheit verkauft.

»Es ist deine Wahl, Fiona.«

Ich drücke die Klinke hinunter, als Fionas Stimme mich noch einmal zurückhält. »Skye?«

Ich drehe mich um. Ihre Wangen sind gerötet.

»Wirst du meinen Eltern sagen, wo ich bin?«

Ich lasse die Klinke los und nehme Fiona in den Arm. »Ich werde dafür sorgen, dass du es ihnen selbst sagen kannst«, flüstere ich in ihre Locken.

20

Die Stunden seit Skyes SMS verrinnen quälend langsam. *Wenn du bis heute Abend keine Nachricht von mir bekommst, dann versuch nicht, mich hier rauszuholen. Bring es zu Ende.*

Die Jalousien unseres Zimmers sind geschlossen. Das Railway Motel ist zwar kein Ort, an dem irgendjemand Fragen stellt, aber sicher ist sicher. Und auch ohne einen Blick nach draußen verrät die Uhr über dem Bett, dass es schon bald Nachmittag ist.

»Es ist etwas schiefgelaufen«, sage ich und bleibe vor dem zerkratzten Schreibtisch stehen. »Skye ist schon seit Stunden da drin.« Was einerseits eine gute Nachricht ist. Sie hat das Lager der Untreuen tatsächlich auf dem Gelände des Camps gefunden. Andererseits jedoch – »Niemals ist sie bis jetzt unentdeckt geblieben«, spreche ich den Gedanken aus, der mich foltert.

»Es ist noch nicht Abend«, erinnert Yana mich. »Und hör endlich auf, hier wie ein Tiger im Käfig auf und ab zu laufen. Du machst mich nervös.«

Ich setze mich in einen der Sessel und stütze den Kopf in die Hände. Es grenzt an ein Wunder, dass Skye es geschafft hat, sich in die Regierungszone hineinzuschmuggeln. Aber hinaus? Daliawood muss schwer bewacht sein, da wird es von Ordnungswahrern nur so wimmeln.

Ich zucke zusammen, als der Fernseher an der Wand einen auffordernden Ton von sich gibt. Yana und ich wechseln einen Blick, als das CCN-Logo auf dem Flachbildschirm erscheint. *Propaganda-Nachrichten frei Haus. So weit sind wir jetzt also schon gekommen.* Ich stehe auf, um den Stecker aus der Steckdose zu ziehen, doch Yana hält mich zurück.

»Es könnte wichtig sein.«

Nebeneinander stehen wir vor dem Bildschirm, auf dem jetzt eine Eilmeldung erscheint: **Nationale Sicherheit in Gefahr?** Wir sehen einen Reporter vor einem hohen Zaun, den ich überall erkennen würde. *Die Grenze.* Yanas Körper verkrampft sich neben mir, und ich weiß, dass sie an die Familie denkt, die es in Arizona nicht hinübergeschafft hat. An die Mutter, der sie geraten hat zu rennen, und an ihre Kinder, die mit ihr festgenommen wurden. Auf unbefugtes Verlassen des Landes stehen zehn Jahre Gefängnis, auf Fälschung eines Traitmarks zwanzig. Ich lege den Arm um Yanas Schultern und versuche wie immer, mir einzureden, dass uns keine Schuld trifft. *Dass sie keine Schuld trifft,* korrigiere ich mich bitter.

Yana hat die Regeln befolgt. Ihr Verlust in Arizona war Pech. Ich hingegen ... Abigails Gesicht erscheint wieder vor meinem inneren Auge, und ich versuche, es zu vertreiben. Abigail. Ich will nicht an sie denken. *Ich habe getan, was ich tun musste.*

»Mein Name ist Christian Delvar.« Yana macht den Ton lauter. »Ich befinde mich hier am Grenzübergang San Diego - Tijuana. Es ist einer der Orte in unserem Land, die sich nach dem gestern vorgelegten Gesetzesentwurf grundlegend verändern sollen.«

»Welcher Gesetzesentwurf?«, frage ich, doch Yana legt den Finger an die Lippen.

»Die südlichen Grenzregionen erfordern immer mehr Aufmerksamkeit. Während Vergewaltigungen, Drogenkriminalität und die allgemeine öffentliche Gefährdung in den meisten Landesteilen dank der Kristallisierung auf ein historisches Tief gesunken sind, kämpfen die Bezirke auf dem Gebiet der früheren Bundesstaaten Kalifornien, Arizona, New Mexiko und Texas noch immer mit diesen Problemen. Nach den gescheiterten Beitrittsgesprächen mit Präsident Andres Castillo zieht unsere Regierung nun den Einreisestopp für mexikanische Bürger in die Gläsernen Nationen offiziell in Erwägung.«

Die Übertragung schaltet zu einer Pressekonferenz im Weißen Haus. **»Anders als frühere Regierungen geht meine Partei diesen Schritt nicht leichtfertig«**, erklärt Chloe Cremonte. Sie hat Mühe, sich über das Gemurmel der Journalisten hinweg Gehör zu verschaffen. **»Das zur Abstimmung stehende Gesetz dient der Wahrung der inneren Sicherheit. Es ist eine Reaktion auf steigende Kriminalitätsraten in den Südbezirken, die nur durch die überdurchschnittlich hohe Anzahl Unkristallisierter in diesen Bereichen zu erklären ist.«**

Als Fragen der Journalisten zugelassen werden, explodiert der Saal förmlich. »Die Kristallisierungspartei ist gegen Diskriminierung jeder Art«, meldet sich ein Mann im Anzug zu Wort. »Und jetzt sagen Sie, dass Einwanderer der Grund für höhere Kriminalitätsraten sind?«

Chloe Cremonte justiert ihr Mikrofon. **»Ich sage, dass *Unkristallisierte* der Grund für höhere Kriminalitätsraten sind, was die Statistiken bestätigen. Solange Präsident Castillo sich weigert, seinen Bürgern die Möglichkeit der Kristallisierung zu bieten, sehen wir uns gezwungen, jedem die Einreise zu verweigern, der kein Traitmark trägt.«**

»Miss Cremonte, was sagen Sie zu den Vorwürfen der Opposition, mit diesem Gesetz eine bürokratische Version der Mauer zu bauen, für die Sie vergangene Regierungen kritisiert haben?«

Chloe Cremonte hebt die Hände, um den Saal zu beruhigen. **»Meine Partei und ich distanzieren uns entschieden von der Vergangenheit dieses Landes. Es wird weder Internierungscamps noch auseinandergerissene Familien geben. Aber die Sicherheit unserer Bürger steht an erster Stelle. Und diese Sicherheit ist nur durch Traits zu gewährleisten.«**

»Bedeutet das eine verpflichtende Kristallisierung für Einwanderer?« Diese Frage bringt alle anderen Stimmen zum Verstummen.

»Wie Ihr Kollege schon sagte, stellt die Kristallisierungspartei sich gegen Diskriminierung jeder Art.« Der Kristall lächelt. **»Daher ist unsere Reaktion auf die Befunde der Südbezirke eine ganzheitliche. Mit dem neuen Gesetz zur Wahrung der inneren Sicherheit wird die Kristallisierung nicht mehr nur für Jugendliche verpflichtend, sondern für jeden Bürger und jede Bürgerin der Gläsernen Nationen.«**

Yana starrt auf den Bildschirm.

»Bedeutet das –«, beginne ich.

Yana nickt. »Der Pakt ... er ist ungültig.«

Ich sehe die Angst in ihren aufgerissenen Augen und denke an Reka, die stillgehalten hat, weil sie ihre Familie in Sicherheit wähnte. *Aber wer einen Pakt mit dem Teufel schließt, muss damit rechnen, betrogen zu werden.*

Eine Stunde. Warte auf die aufgehende Sonne.

Der Zettel in meiner Hand ist schweißnass. Was bedeutet Aidens kryptische Botschaft? Und was bedeuten die Worte, die er mir zugeflüstert hat? *Feuer schlägt Glas.* Diesen Satz habe ich zum ersten Mal aus Crens Mund gehört. Cren, der den Namen auf meinem falschen Ausweis kennt. Der sich der *Sonne* angeschlossen hat. Der Aiden gebeten hat, mir zu helfen? Ich starre auf die unordentlich gekritzelten Buchstaben und denke an Aidens ertappten Gesichtsausdruck, als er durch die Hintertür kam. Daran, wie er Dr. Salem erzählte, dass der Lieferant ihn aufgehalten hat. Meine Gedanken überschlagen sich. Aiden arbeitet erst seit Kurzem in Daliawood, das hat er selbst gesagt. Und obwohl Dr. Salem ihm zu vertrauen scheint, würde ich darauf wetten, dass er unter seinem Shirt eine geschliffene Scherbe um den Hals trägt. Wird die *Sonne* mir helfen, hier herauszukommen?

Ich ziehe das Handy des Rings aus meiner Tasche und schaue auf die Uhr. Wie viel Zeit ist vergangen, seit Aiden mir den Zettel zugesteckt hat? Dreißig Minuten maximal. Ich versuche, meinen Atem zu beruhigen. Ich muss Luce finden. Denn wenn ich Fionas Erinnerung zurückbringen konnte, dann schaffe ich das auch mit ihrer. Und vielleicht fällt uns zusammen eine Möglichkeit ein, hier drinnen doch noch an neues Beweismaterial zu kommen.

Aber wo soll ich anfangen zu suchen? Schließlich kann ich schlecht einfach so in einen der Entfaltungsräume hereinplatzen und nach ihr fragen!

Doch dann bleibe ich wie angewurzelt stehen. Die Bewohnerinnen verbringen ihre Zeit hier nicht nur mit Zeichnen und Singen. Sie übernehmen Dienste. Die Worte der Mädchen klingen in meinen Ohren, die ich aus dem Abstellraum heraus belauscht habe: »*Ausgerechnet wir! Dabei ist Spülen Newbie-Arbeit.*« Gehört Luce zu den Neuen, wegen der die älteren Mädchen in der Küche aushelfen müssen? Oder verrichtet sie dort brav ihren Spüldienst? Ich denke daran, wie Aiden den Mädchen die Hintertür aufhielt und sie zum Küchenhaus schickte. Dann laufe ich los. So schnell es geht, ohne auffällig zu wirken, eile ich den Korridor entlang und an der Abstellkammer vorbei. Aiden muss dafür gesorgt haben, dass die echten Duvals heute nicht mehr auftauchen, sonst wären sie längst hier. Also gibt Chase mir ein Alibi. Chase darf sich hier umsehen – zumindest bis Dr. Salem herausfindet, dass es die Adoptivtochter ihrer Patientin gar nicht gibt. *Vielleicht kann ich Luce finden, bevor es zu spät ist.*

Ich öffne die Hintertür und trete hinaus ins Sonnenlicht. Die beiden gelb gestrichenen Gebäude, die mir schon bei meiner Ankunft aufgefallen sind, liegen am Rande des großen Gartens. Das linke ist einstöckig, während das rechte über mehrere Etagen und Balkone verfügt, die ihm zusammen mit den beiden Hollywoodschaukeln auf der großen Veranda einen kitschigen, wenn auch gemütlichen Südstaaten-Charme verleihen. Dort sind vermutlich die Schlafsäle – dann muss das kleinere das Küchenhaus sein. Gemäßigten Schrittes gehe ich über den Kiesweg durch den Garten und tue so, als würde ich mich für die üppig blühenden Beete interessieren, in denen eine Gruppe von Mädchen kniet und Unkraut zupft. Wenn Dr. Salem jetzt aus dem Fenster der Villa schaut, dann sieht sie nichts anderes als die Tochter einer Patientin, die sich vor ihrer Rückfahrt noch ein wenig auf der Farm umschaut. Vor dem einstöckigen gelben Haus angelangt, atme ich tief durch. *Jetzt wird es Zeit, mein Schauspieltalent unter Beweis zu stellen – ohne Crens oder Aidens Hilfe.* Eine Wolke aus Gerüchen und Hitze umfängt mich, als ich zaghaft die Tür öffne. *Richtig getippt – das Küchenhaus!* Ich trete ein und schließe die Tür hinter mir. Mein Blick wandert über das eifrige Gewusel, das um mich herum herrscht.

»Suzanne, du solltest das Eiweiß unter den Teig *heben*, nicht rühren.« Eine Frau, die meine Großmutter sein könnte, nimmt einem Mädchen eine Schüssel aus der Hand. »Der Kuchen geht sonst nicht richtig auf.«

Sie demonstriert die Bewegung, bevor sie dem Mädchen die Teigschüssel zurückgibt und ihm über die Schulter streicht. »Das wird schon noch, keine Sorge. Bis ihr eure eigenen Familien habt, seid ihr Meisterbäckerinnen.«

Die silbern glänzenden Arbeitsflächen, die den Raum und seine drei großen Kücheninseln einrahmen, sind vollgestellt mit benutztem Geschirr. Mädchen in weißen Schürzen stehen vor riesigen Becken und spülen ab. Als die ältere Frau mit sanftem Tadel einen brodelnden Topf vom Herd nimmt, höre ich, was bis jetzt im Zischen und Klappern untergegangen ist: Die Mädchen, die sich um das Geschirr kümmern, singen leise. *Wo ist Luce?* Von meinem Standpunkt an der Tür aus kann ich das Ende des Raums nicht erkennen. *Es hat keinen Zweck.* Ich muss mich hineinwagen. Ich straffe meine Schultern und gehe zielstrebig auf die Frau zu, die gerade einem Mädchen in einer blauen Schürze zeigt, wie man einen Bisquitkuchen mithilfe eines Bindfadens in zwei Böden teilt.

»So wird es gleichmäßig, siehst du? Das ist wichtig, wenn wir gleich die Buttercreme aufstreichen, sonst bekommen wir eine schiefe Torte.«

»Entschuldigung?« Ich setze ein unverfängliches Lächeln auf. »Mein Name ist Chase Duval. Ich hatte gerade einen Termin bei Dr. Salem. Sie hat mich gebeten, Luce Vaillant in die Medi-Villa zu schicken.« Ich halte den Atem an.

»Luce? Seltsam, es stand gar kein Termin auf ihrem Tagesplan.« *Sie ist hier. Und es geht ihr gut!* Mir fällt ein Stein vom Herzen. Ich zwinge mich, die Frau ruhig anzulächeln, die nun mit den Schultern zuckt. »Aber das muss nichts heißen. Evanna hat sehr viel zu tun, die Arme. Sie wird vergessen haben, den Termin einzutragen.« Die Frau schüttelt den Kopf. »So viel Arbeit und nur eine einzige Ärztin. Trotzdem, sie sollte nicht ihre Patientinnen herüberschicken, das tut mir leid.«

»Ich bin keine Patientin«, sage ich schnell, bevor die Frau sich fragen kann, warum jemand in meinem Alter die Hilfe von ProCommunity in Anspruch nehmen will. »Bloß die Adoptivtochter.«

Die Frau nickt, dann wischt sie sich die Hände an der Schürze ab und reicht mir die Hand. »Wo bleiben meine Manieren? Jean Dawson, ich bin die Hausmutter der Mädchen.«

Jean Dawson. Der Name, der unsere Eintrittskarte in die Regierungszone war. Beruhigt registriere ich, dass auch sie keinen Check trägt. Jean lächelt, als sie bemerkt, dass mein Blick an ihrem Handgelenk hängen geblieben ist.

»Auf der Farm tragen wir keine Checks, falls du dich darüber wunderst. Die Mädchen sollen hier zu einem ursprünglicheren Leben ohne solche Ablenkungen zurückfinden. Und nichts darf sie an das erinnern, was sie früher erlebt haben.«

Ich denke an den Schleier über Fionas Blick, der sich erst gelichtet hat, als ich über das Zentrum sprach. *Checks würden die Mädchen daran erinnern, weshalb sie wirklich hier sind.*

Die Hausmutter reckt den Hals, dann läuft sie mit kurzen Trippelschritten zum hinteren Ende des Raums. »Luce, Kind, du hast einen Arzttermin.«

Langsam schiebe ich mich zwischen den blauen Kleidern und klappernden Töpfen hindurch. Mein Herz pocht, als Jean neben einem Mädchen stehen bleibt, das mir den Rücken zuwendet. Ich versuche, mich vor dem leeren Blick zu wappnen, vor dem friedfertigen Lächeln und den rosigen Wangen, die nicht zu meiner Freundin gehören.

»Dr. Salem erwartet dich«, fügt Jean etwas strenger hinzu, als sie keine Antwort bekommt. »Ihre wertvolle Zeit zu vertrödeln, wäre wirklich sehr unhöflich!«

»Das kann nicht sein.« Luces Stimme übertönt den leisen Singsang der anderen. »Ich habe keine Termine bei Dr. Salem.«

»Jetzt scheint sie dich aber ausgewählt zu haben«, entgegnet Jean. »Überleg doch nur einmal, welches Glück du spenden könntest. Ein neues Leben! Es gibt doch kein größeres Geschenk auf dieser Welt, nicht wahr?«

Mit einer heftigen Bewegung dreht Luce sich um. Ich kann sehen, dass ihr eine Antwort auf der Zunge liegt, als ihr Blick auf mich fällt. Überraschung weitet ihre Augen, doch beim nächsten Wimpernschlag hat sie sich wieder unter Kontrolle.

»Nein. Es gibt kein größeres Geschenk«, sagt sie artig, ohne den Blick von mir abzuwenden. Dann trocknet sie sich die Hände ab und löst das Band ihrer Schürze. »Ich melde mich dann im Farmhaus, wenn ich fertig bin?«

Jean nickt und streicht ihr wohlwollend über den Rücken.

Als Luce an mir vorbeigeht, deutet sie unauffällig mit dem Kinn nach rechts zum Fenster. Ich sehe hinaus in den Garten, hinter dem die Organgenfelder beginnen, und verstehe, was sie mir sagen will.

»Guten Mädchen passieren gute Dinge.« Jean richtet ihre Schürze, bis sie bemerkt, dass ich noch immer neben ihr stehe. »Kann ich noch etwas für dich tun, Liebes?«

»Nein, vielen Dank.«

Ich zwinge mich, das Küchenhaus langsam und ruhig zu verlassen. Draußen ziehe ich wieder das Handy des Rings aus meiner Hosentasche. Mir bleiben nur noch zwanzig Minuten. *Warte auf die aufgehende Sonne.*

Ich wende den beiden gelben Häusern den Rücken zu. In der Ferne ist ein weiteres Gebäude zu erkennen. Das muss das Camp der Ordnungswahrer sein. Ich haste durch den hinteren Teil der Gartenanlage. Hier stehen die Büsche um mich herum höher, blühende Sträucher verströmen einen schweren Duft. Sobald ich von den Gebäuden aus nicht mehr zu sehen bin, sprinte ich los. Meine Füße trommeln über das Gras und ich genieße für eine Sekunde den Wind in meinem Gesicht und das Gefühl meiner erwachenden Muskeln. Meine Kondition ist noch nicht wieder das, was sie einmal war, aber ich spüre, wie mein Körper sich daran erinnert, wer ich bin: eine Läuferin. Schneller als erwartet erreiche ich den lichten Hain mit Hunderten von Orangenbäumen.

»Trainierst du immer noch für Olympia?«

Keuchend bleibe ich stehen. Luces Grinsen zwischen dem duftenden Grün ist ebenso breit wie damals auf dem Dach des Zentrums. Sie zieht mich hinter einen der Bäume, dessen Zweige bis zur Erde herabhängen. Wir fallen uns in die Arme.

»Du hast sie ausgetrickst«, sage ich und grinse ebenfalls. »Ich hätte wissen müssen, dass du niemals aufgibst.«

»Und ich hätte wissen müssen, dass du kommst.«

Ich greife in meine Hosentasche und hole die Glasscherbe an dem

Lederband hervor. »Hättest du – denn wer sonst sollte dir die hier zurückbringen?« Luce streckt die Hand aus und berührt das orangefarbene Glas, als sei es ein kostbarer Edelstein. »Ich habe sie unter deinem Kopfkissen gefunden, nachdem Elias und der Konsiliar dich weggebracht hatten«, erkläre ich. »Da habe ich mir geschworen, sie dir wiederzubringen.«

Tränen glänzen in ihren Augen, als sie die Kette nimmt und mich wieder an sich drückt. »Danke«, flüstert sie mir ins Ohr. Für ein paar Sekunden halten wir uns einfach nur fest. Dann weicht sie plötzlich erschrocken zurück. »Skye, was ist geschehen?« Sie deutet auf meine Schulter.

Ich sehe an mir hinunter. Mein Shirt ist beim Laufen verrutscht und entblößt meine Verbrennungen. Hastig ziehe ich den grünen Stoff zurück an seinen Platz und winke ab. »Es ist nicht schlimm …« Ich ringe um die richtigen Worte. Und auf einmal weiß ich, wie Hunter sich gefühlt haben muss, als er mich belog. *Würde ich Luce nicht auch am liebsten die Wahrheit ersparen? Sie in Sicherheit wiegen?* Aber sie hat ein Recht darauf, alles zu erfahren. Ich hole tief Luft. Mitten in den riesigen Orangenfeldern der Farm erzähle ich Luce eilig, was seit unserer Trennung geschehen ist. Als ich fertig bin, sieht sie mit versteinertem Gesicht zu Boden.

»Ich hätte das Diktiergerät retten müssen«, sage ich leise. »Es tut mir so leid.«

Doch Luce scheint mir gar nicht mehr zuzuhören. »Es passt alles perfekt zusammen«, murmelt sie. »Emotionale dürfen keine Führungspositionen bekleiden. Emotionale dürfen ohne Antrag nicht das Land verlassen. Mums Kündigung … Wie habe ich übersehen können, worauf all das hinausläuft?« Luces Augen blitzen auf. »Deshalb also die Kochkurse hier und die Stunden über Kindererziehung. Ich habe mich die ganze Zeit gefragt, warum sie uns nicht wenigstens zu irgendetwas ausbilden, wenn wir hier schon festsitzen – aber das tun sie. Zum Frauenberuf der Zukunft.«

Ich senke den Kopf und denke an Alexia und ihre Freundinnen, an Reilly, an Fiona und all die anderen Mädchen, deren Chance auf eine freie Wahl mit dem Diktiergerät verbrannt ist.

»Ich wollte es wiedergutmachen«, flüstere ich. »Indem ich herkomme und neues Beweismaterial finde. Wenn ich die Welt nicht über ReNatura aufklären kann, dann wenigstens über die brutale Behandlung unrechtmäßig gefangen gehaltener Minderjähriger.«

»Aber das kannst du nicht«, erwidert Luce düster. »Denn jede einzige der Untreuen glaubt, sie sei freiwillig hier. Sie glauben, Daliawood hätte sie gerettet. Evanna kommt für die meisten einer Heiligen gleich, genau wie Jean.«

Ich denke an ProCommunity und die Lehren, die den Mädchen hier in Daliawood vermittelt werden. »Niemand darf Frauen verurteilen, die in Weiß heiraten wollen und ihr Leben ihren Kindern widmen«, sage ich. »Aber wir müssen weiterhin die Wahl haben! Und unter ReNatura wird man sie uns nehmen. Deshalb müssen wir kämpfen. Wir müssen für die Freiheit kämpfen, stark sein zu dürfen *und* Schwäche zeigen zu können – egal, zu welchem Geschlecht wir gehören. Männer und Frauen sind schließlich zuallererst eins, nämlich Menschen. Und das Grundrecht des Menschen ist Freiheit.«

Luce greift nach meiner Hand, und ich frage mich, wie ich Einfühlungsvermögen je verachtenswert finden konnte. »Skye.« Sie sieht mich an, wie sie mich erst ein einziges Mal angesehen hat, in der Nacht meiner Flucht aus dem Zentrum.

»Was ist?«, frage ich, auf einmal unsicher.

Luce lächelt. »Ich glaube, ich habe die Lösung für unser Problem. Vielleicht brauchen wir gar kein Diktiergerät mit Mitschnitten von Unterdrückungsplänen der Regierung drauf. Und auch keine Videos von eingesperrten Minderjährigen. Vielleicht bist *du* alles, was wir brauchen.« Luces Hand umklammert meine. »Die Zeichen sind doch schon längst da«, flüstert sie. »Und wenn du ihnen erzählst, was du mir erzählt hast, dann werden die Leute diese Zeichen erkennen.« Sie sieht mich drängend an. »Die Kristallisierer haben versucht, dich zu töten. Sie glauben, dass du ReNatura aufhalten kannst, ob mit Beweismaterial oder ohne. Und ich glaube es auch.«

»Ich bin niemand, dem andere folgen.«

»Aber du bist jemand, dem andere *vertrauen*. Yael wird sich hinter dich stellen. Die *Sonne* ist mächtig, Skye. Zusammen werdet ihr einen Weg finden, die Menschen auf eure Seite zu ziehen. Oder zumindest genug von ihnen, um den Rest zu besiegen.«

In Luces Augen glimmt dieselbe Glut, die ich bei Cren gesehen habe. *Feuer schlägt Glas.* Aber ich kann auch die Panik in Yanas Blick nicht vergessen. Unwillkürlich weiche ich ein Stück zurück. *Kann ich der Sonne vertrauen?*

Aus Richtung der Farmgebäude hallt ein Gong über die Felder und erinnert mich daran, dass ich ein Rätsel zu lösen habe, wenn Luce und ich nicht für immer hier festsitzen wollen. Ich ziehe den Zettel aus meiner Tasche.

»Du bist nicht das einzige Mitglied der *Sonne*, das sich hier eingeschleust hat. Er will uns helfen.« Ich deute auf das zerknitterte Papier. »Sein Name ist –«

»Aiden Jeffrey«, beendet Luce meinen Satz. Erstaunt hebe ich den Blick. »Bei meiner Eingangsuntersuchung habe ich Dr. Salems Computer benutzt, um Yael meine Koordinaten zu schicken. Einen Tag später kam Aiden.«

»Du hast von hier aus Kontakt zur *Sonne*?«

Luce legt den Kopf schief. »Theoretisch ja, aber Aiden und ich brauchen keinen Kontakt mehr. Außerdem wäre ein zweites Mal schon sehr riskant.«

Aiden Jeffrey. Plötzlich weiß ich, woher mir der Name bekannt vorkommt. »Aiden ist *Mr. Jeffrey*? Der Lehrer, der dich zur *Sonne* gebracht hat?«

Luce nickt. »Er sorgt dafür, dass ich nicht als Spenderin ausgewählt werde. Ist nicht besonders schwer«, sie grinst, »Evanna hat hohe Ansprüche an ihre Eizellen. Und er ersetzt meine Tabletten durch Placebos. Sie geben uns am Anfang starke Beruhigungsmittel«, erklärt sie, als sie meinen fragenden Blick bemerkt. »Nach der Eingewöhnung werden wir dann auf Psychopharmaka eingestellt. Glückspillen.« Sie schnaubt. »Aber Aiden passt auf, dass ich nicht vergesse, wer ich bin. Er braucht mich schließlich mit einem klaren Kopf, wenn ich ihm helfen soll. Und den würden diese Pillen ganz schnell mit Watte füllen.«

Ihm helfen? Es war doch Luce, die von der *Sonne* hergeschickt wurde, um herauszufinden, was mit den Untreuen passiert – und das hat sie längst geschafft.

»Ist Aiden hier, um sich Zugang zu den medizinischen Akten zu verschaffen?«, frage ich. Schließlich wäre das für einen vermeintlichen Angestellten deutlich einfacher als für eine Bewohnerin. Wenn Luce und ihr früherer Lehrer beweisen können, dass die Mädchen den ProCommunity-Verträgen nur unter Substanzeinfluss zustimmen, dann haben sie die Kristallisierer rechtlich am Haken. »Ist das der Plan der *Sonne*? Die Kristallisierer juristisch zu schlagen? Oder zu erpressen?«

Doch Luce sieht nicht mich an, sondern den Zettel in meiner Hand. »Ich glaube, ich weiß, was das heißt«, murmelt sie. »Und wenn ich richtigliege, dann bleiben dir noch genau fünf Minuten.«

»Luce! Hast du gehört, was ich gesagt habe? Sobald Aiden die Akten hat, können wir alle drei von hier verschwinden. Wenn wir die Kristallisierer wegen Körperverletzung verklagen und damit öffentlich machen, was hier geschieht, verlieren Cremonte und der Präsident ihre Ämter. Dann war's das mit ReNatura!« Ich packe Luce an den Schultern. »Es gibt keinen Grund mehr für dich hierzubleiben!«

Luce schüttelt den Kopf. »Das mit den Akten kannst du vergessen. Alle Eltern bekommen einen Brief, der ihnen erklärt, dass ihre Tochter sich wegen psychischer Probleme in einer Reha-Einrichtung befindet. Dabei befindet sich auch eine Einverständniserklärung. Sie erteilt Evanna die legale Befugnis, uns jeder Maßnahme zu unterziehen, die unserer *baldigen Reintegration in die Gesellschaft* dient.« Luce lacht bitter. »Eltern würden alles unterschreiben, wenn sie glauben, ihr Kind bekommt dann die Hilfe, die sie ihm sonst nicht geben könnten.«

Ich denke daran, wie lange ich auf einen freien Platz bei meiner Therapeutin warten musste, als meine Panikattacken nach der Nacht im Kofferraum losgingen – und wie viel Geld Dad für jede einzelne Sitzung gezahlt hat. Ohne Daliawood stünden die meisten Familien, die psychologische Betreuung für ihr Kind brauchen, vor einem gewaltigen Problem.

»Die sind hier gegen jeden Vorwurf abgesichert«, fährt Luce fort. »Und außerdem wäre ich nicht die Erste, deren Flucht scheitert. Jean und die Lehrerinnen, die den Unterricht in den Entfaltungsräumen leiten, schlafen mit uns im Farmhaus.«

»Dem gelben Gebäude neben der Küche?«, frage ich.

Luce nickt. »Jean kontrolliert die Betten jede Nacht. Wenn eine fehlt, dann fahren die Transporter los. Sie finden die Mädchen jedes Mal. Und danach kommen sie nicht wieder.«

»Wenn die *Sonne* einen Weg gefunden hat, Aiden hier einzuschleusen, dann wird es doch auch einen Weg geben, dich sicher wieder herauszubringen«, beharre ich stur.

Luce beißt sich auf die Lippe. »Bitte frag nicht weiter.« Sie schließt die Augen und atmet tief durch. »Aiden und ich werden hier drinnen gebraucht«, sagt sie dann ruhig. »Aber dich brauchen wir da draußen. Du bist im Zentrum nicht einfach so in die größte Verschwörung unserer Zeit hineingerutscht, Skye.« Luce sieht mich eindringlich an. »Du wolltest wissen, was vor sich geht. Und als du es erfahren hast, wolltest du kämpfen.«

Ich denke an das, was die Kristallisierer Fiona, Alexia und den anderen Mädchen im Namen von ReNatura antun. An alles, was noch folgen wird, wenn wir uns nicht wehren. *Wenn wir nicht kämpfen.*

»Und du bist dir sicher, dass du bleiben willst?«

Tränen treten in Luces Augen. »Todsicher.«

Ich umarme sie. Als wir uns endlich voneinander lösen, deute ich auf Aidens Zettel.

»Was muss ich tun?«

Das Firmenlogo auf dem Lieferwagen zeigt ein grünes Feld, über dem ein roter Halbkreis erstrahlt. Die aufgehende Sonne! Ein Lächeln breitet sich auf meinem Gesicht aus. Verborgen hinter den Zweigen der Orangenbäume sehen Luce und ich zu, wie der Lieferwagen aus Richtung des Kontrollpunktes an uns vorbei auf die Farm zufährt. Ich streiche den Zettel mit Aidens Botschaft glatt. Er muss Cren am Hintereingang getroffen haben, bevor der vom Hof fahren konnte.

»Lange kann dein Cren noch nicht bei der *Sonne* sein, sonst hätte ich schon mal von ihm gehört«, sagt Luce. »Aber ich kenne auch nicht jeden, im Gegensatz zu Aiden.«

»Er ist nicht *mein* Cren«, korrigiere ich sie, doch Luce grinst nur.

»Du wirst nicht klüger, was Jungsgeschichten angeht, so viel ist sicher.«

Ich hefte meinen Blick fest auf die Straße, damit Luce nicht sieht, wie sehr ihr Kommentar mich mitnimmt. Ich habe es nie darauf angelegt, mich zu verlieben. Nicht in Elias, der alles war, was ich wollte, obwohl es mir nicht guttat. Nicht in Hunter, der alles war, was ich *nicht* wollte, obwohl es mir guttat. Der Gedanke an Hunter schnürt mir die Kehle zu. *Bitte sei in Sicherheit. Bitte tu nichts Unüberlegtes.*

»Er kommt zurück«, sagt Luce leise. Dann höre auch ich das Motorengeräusch des Lieferwagens, der aus Richtung der Farm auf uns zufährt. »Bist du bereit?« Ich verdränge die Sorge um Hunter aus meinem Kopf und nicke. »Wenn du in New York bist, such nach dem *Shine* auf der Lower East Side. Frag dort nach Yael.« Luce zieht sich ihre Kette über den Kopf und hält sie mir hin. »Deine Eintrittskarte.«

»Aber sie bedeutet dir so viel –«

»Die Revolution bedeutet mir mehr. Und damit du sie auslösen kannst, brauchst du die Hilfe der *Sonne.*«

Ich nehme die Kette und lege sie mir um den Hals. Dann umarme ich Luce ein letztes Mal. »Versprich mir, dass wir uns wiedersehen«, flüstere ich. Ein Schatten legt sich über ihr herzförmiges Gesicht. »Versprich es mir!«

»Wenn alles gut geht, werden wir das.« Der Lieferwagen nähert sich und Luce späht durch die Zweige der Orangenbäume. »Keine Sorge«, sagt sie, als sie meinen zweifelnden Blick bemerkt. »Ich habe uns schon an Caroline vorbeigebracht, weißt du nicht mehr? Gegen eine oberste Testleiterin ist der Lieferant doch ein Kinderspiel.« Mit diesen Worten schlüpft sie zwischen den Zweigen hindurch und springt auf die Straße. Bremsen quietschen.

»Hey, was soll das?« Eine Tür knallt. Der Lieferant steigt aus und beugt sich erschrocken über Luce, die vor dem Wagen auf dem Boden liegt und sich den Knöchel hält.

»Es tut mir leid, Sir«, stottert sie. »Ich wollte mich beeilen, wissen Sie, der Gong hat zum Unterrichtsbeginn gerufen, und da bin ich wohl gestolpert.«

»Erst muss ich einen kompletten Identitätscheck über mich ergehen lassen, weil irgend so ein Idiot sich heute schon in seiner Lieferadresse geirrt hat, und jetzt das«, murrt der Mann. Doch dann schiebt er seine Baseballkappe zurück und macht Anstalten, Luce auf die Beine zu helfen.

Das ist mein Moment.

Ich laufe gebückt durch die Orangenplantage, bis ich auf Höhe der hinteren Türen angelangt bin. Dann werfe ich einen Blick nach vorne. Der Lieferant steht mit dem Rücken zu mir und wechselt ein paar Worte mit Luce, die ihn geschickt in ein Gespräch verwickelt. *Jetzt!* Ich husche über die Straße. Meine Finger zittern, als ich die Griffe der Hintertüren packe. Wenn sie nicht aufgehen …

Ein leises Klack ertönt und ich stoße erleichtert die Luft aus. Der Laderaum ist bis auf ein paar grobe Decken am Boden leer, und ich ziehe mich gerade noch rechtzeitig hinein, bevor die Fahrertür zuknallt und der Motor anspringt. Langsam fährt der Lieferwagen an Luce vorbei. *Ich wünschte, ich müsste sie nicht schon wieder zurücklassen.*

»Pass auf dich auf«, forme ich mit den Lippen.

Luce nickt unmerklich und ich schließe die Türen des Wagens in der Hoffnung, dass er mich in das bisschen Freiheit zurückbringt, die diesem Land noch geblieben ist.

21

An der Zimmertür des Motels drückt Yana mir ihr Handy in die Hand und hängt sich ihre Tasche über die Schulter.

»Bist du sicher, dass du das tun willst?« Enttäuschung und Ärger lassen meine Frage wie die Anklage klingen, die sie in Wahrheit ja auch ist.

Yana schlingt die Arme um sich. »Diese Abstimmung ist eine Farce. So wie Chloe Cremonte gesprochen hat, ist dieses neue Gesetz doch schon längst beschlossen.« Sie schließt die Tür mit der Nummer 20 noch einmal. »Ich habe nicht vergessen, was Ma getan hat. Oder wohl eher, was sie nicht getan hat. Aber sie sind meine Familie, Hunter. Ich muss mit ihnen gehen.«

»Du willst also genauso schwach sein wie sie?«, rufe ich.

»Im Gegenteil«, erwidert Yana ruhig. »Ich werde stark sein müssen.«

Augenblicklich bereue ich meine Worte. *Du weißt doch, was passiert ist.* Seit Yana ihre Kunden in Arizona verloren hat, schläft sie nicht mehr. Sie isst zu wenig, raucht zu viel und Rekas Andeutungen nach hat sie auf dem Rückweg von der Grenze einen Autounfall gebaut. Es ist zwar alles glimpflich ausgegangen, aber Yana ist nicht mehr dieselbe wie früher.

»Wirst du es schaffen, noch einmal zur Grenze zu fahren?«

»Ich muss«, erwidert Yana nüchtern. »Für meine Großeltern. Für Ma. Für Ocean.« Yana sieht mich an. »Er wird im Herbst fünfzehn. Wenn das Gesetz durchkommt, dann wird Ocean bald zur Testung einberufen, jetzt, wo der Pakt uns Natives nicht mehr schützt.« Ich spüre, wie der letzte Rest meiner Wut unter ihrem Blick schwindet. »Ocean würde ganz sicher nicht als Rationaler getestet werden - und du hast selbst gesagt, dass ihr nicht wisst, was mit den Jungen geschieht, die durch das Raster fallen. Ich kann nicht zulassen, dass mein kleiner Cousin es selbst herausfindet.«

Ich nicke. Ocean ist nicht nur das, was die Kristallisierer als emotional bezeichnen, er hat auch seinen eigenen Kopf und würde niemals so tun, als wäre er jemand, der er nicht ist. *Es würde nicht gut ausgehen.*

»Wie willst du es anstellen?«, frage ich leise. »Du weißt, wie unsicher unsere Traitmarks sind.«

Auch wenn Reka, Amanda und Manuel bereit waren, mich zu verraten - sie haben es nicht verdient, die nächsten dreißig Jahre im Gefängnis zu verbringen.

»Noch sind sie frei, das Land zu verlassen«, murmelt Yana. »Solange das neue Gesetz noch nicht durch ist, gilt der Pakt. Wir müssen uns eben beeilen.«

»Und du?«, frage ich und deute auf ihr E. »Was willst du machen? Willst du bei der Administration einen Reiseantrag stellen?«

»Das ist mir zu riskant.« Yana presst die Lippen aufeinander. »Ich werde versuchen, ein R draus zu stechen. Und dann setze ich mir falsche Transmitter ein.«

»Die du nie getestet hast.« Ich nehme ihre Hand. »Bitte, Yana. Du weißt nicht, ob sie funktionieren!«

»Und du weißt nicht, ob und wann ihr neues Beweismaterial findet! Wer sagt, dass Cremonte und der Präsident überhaupt angeklagt werden, selbst wenn ihr es schafft, ReNatura ans Licht zu bringen? Es sind schon andere Präsidenten trotz ihrer Straftaten im Amt geblieben.« Yana lehnt sich gegen die geschlossene Zimmertür. »Ich habe zu viele Familien gesehen, die auseinandergerissen wurden. Ich kann meine nicht zu einer von ihnen werden lassen. Vielleicht ... vielleicht bin ich meiner Mutter ähnlicher, als ich dachte.«

Ich betrachte ihre dunklen Augen, die unter ihrem Pony hervorblitzen, wenn sie lacht. Den tätowierten Vogel auf ihrer Schulter, der ein Eigenleben entwickelt, sobald sie sich bewegt. »Unsinn.« Ich schlucke schwer. »Reka war bereit, andere zu verraten, um ihre Familie zu schützen. Du opferst niemanden - außer dich selbst.«

Yana zieht mich an den Schultern zu sich heran. »Ich opfere unsere Freundschaft.«

Ich denke an die Winter in New York und die Sommer in Las Almas. An die Nächte, die wir flüsternd in unseren Betten verbrachten, als der Bungalow nahe der Main Road noch unser Ferienhaus war. Wir waren unzertrennlich. *Bis der Tag kam, an dem ich die Leiche meiner Mutter auf dem Highway zurücklassen musste. Und Yana mit ihrer Familie ins Reservat zog.*

»Ich habe mich nie entschuldigt, oder?«, frage ich. »Dafür, dass ich mich nicht bei dir gemeldet habe, bis du nach New York zurückgekommen bist.«

Yana hebt die Schultern. »Jetzt, wo ich die Wahrheit über Sol weiß, verstehe ich dich. Immerhin war meine Reaktion auf Dads Tod auch nicht gerade mustergültig. Ich hätte bei Ma bleiben müssen, statt mich einer illegalen Schlepperorganisation anzuschließen.« Sie lächelt schwach. »Aber ich habe noch nie das gemacht, was andere von mir erwarten.«

Einen Moment lang herrscht Stille zwischen uns.

»Wenn ich gesagt habe, der Ring sei meine zweite Familie, dann meinte ich damit nicht Beth und die Fahrer«, sagt Yana schließlich. »Meine zweite Familie warst immer du.«

Sie umarmt mich fest.

»Sobald Chloe und Präsident Kendrick hinter Gittern sitzen, könnt ihr zurückkehren«, höre ich mich mit rauer Stimme sagen.

Yana erwidert nichts. Stattdessen drückt sie mich noch einmal an sich, dann öffnet sie die Tür und tritt hinaus auf den Parkplatz. »Beweist mir, dass ich eine Idiotin war, weil ich an der Revolution gezweifelt habe.« Sie setzt ihren Helm auf und steigt auf die Vespa.

Danke für all die Jahre. Danke für alles, was du für mich getan hast. Und viel Glück.

Ich wende mich ab, als Yana auf den Highway einbiegt, und verbanne unsere Freundschaft zusammen mit Rekas Verrat und der Sorge um Ocean an den dunklen Ort in mir, den ich mit aller Kraft verschlossen halte.

Zurück im Motelzimmer lege ich Yanas Handy vor mir auf den Tisch. Die nervige Uhr an der Wand tickt laut. *Wenn du bis heute Abend keine Nachricht von mir bekommst, dann versuch nicht, mich hier rauszuholen. Bring es zu Ende.*

Zehn Minuten sitze ich so da. Dann halte ich es nicht mehr aus. Ich sammle meine Habseligkeiten ein, stopfe alles in den Rucksack und zähle das Bargeld, das ich am Bankautomaten in Orlando mit Jadens Check von seinem Konto abgehoben habe. Siebzig Dollar. Nicht viel, aber vorerst muss es reichen.

Draußen kontrolliere ich ein letztes Mal, ob Skye eine neue Nachricht geschrieben hat. Fehlanzeige. *Versuch nicht, mich hier rauszuholen.* Ich lasse das Handy in meinem Rucksack verschwinden und tue wie immer genau das Gegenteil von dem, worum Skye gebeten hat.

Ich schrecke auf, als der Lieferwagen abrupt hält. Bin ich eingeschlafen? Der schale Geschmack in meinem Mund und die hämmernden Kopfschmerzen sprechen dafür. Ich lasse das Display des Handys aufleuchten. Es sind zwei Stunden vergangen, seit wir losgefahren sind, und noch immer habe ich keinen Empfang. *Verdammt!*

Sind Yana und Hunter in Sicherheit? *Sie warten auf mich. Es geht ihnen gut. Es geht ihm gut.*

Ich höre, wie die Fahrertür geöffnet wird, wahrscheinlich halten wir an einer Tankstelle. Schnelle Schritte führen vom Wagen weg. *Vielleicht ist das meine Chance, hier unbemerkt rauszukommen.* Vorsichtig rutsche ich näher an die Türen heran, taste nach einem Nothebel und werde fündig. Ein leises Klack ertönt und durch den Türspalt dringen die gleißenden Strahlen der Nachmittagssonne. Ich lausche einen Moment. Wir scheinen am Straßenrand angehalten zu haben, aber das macht nichts. Neben der Fahrbahn beginnt ein Mangrovenwald. Genug Platz also, um unauffällig zu verschwinden.

Leise schließe ich die Türen des Laderaums und will gerade über die Leitplanke steigen, als eine Stimme mein Blut zu Eis gefrieren lässt.

»Stehenbleiben!« Jemand packt mich am Arm und dreht mich zu sich. Beim Anblick meiner Kleidung wird der Mann kurz stutzig, doch dann lächelt er kopfschüttelnd. »Du hast wohl jemanden bestochen, um an deine eigenen Sachen heranzukommen, was? Wirklich kreativ, Mädchen, das muss ich dir lassen. Aber dass du zur Farm gehörst, erkenne ich auch ohne blaues Kleid.« Er lockert seinen Griff. »Hör zu, Kleine. Du bist nicht die Erste, die versucht, von dort abzuhauen. Aber du musst den Leuten in Daliawood vertrauen, in Ordnung? Sie wollen nur dein Bestes. Und wenn das erste Heimweh vorbei ist, dann erkennst du bestimmt, dass dir auf der Farm bloß geholfen wird.« Er lässt mich los und deutet auf die Fahrerkabine. »Steig ein. Wenn ich die Interstate nehme, sind wir schon in einer Stunde wieder zurück.«

Ich umklammere das Handy, während mein Gehirn verbissen nach einem Ausweg sucht. *Schaffe ich es, Yana eine Nachricht zu schicken?* Doch schon streckt der Fahrer die Hand nach dem Smartphone aus. Er ist um die fünfzig, und der Bauchansatz, der über seinen Gürtel ragt, beweist, dass er bei einer Verfolgungsjagd zu Fuß keine Chancen hätte. Coach Verse hat immer gesagt, dass mein größtes Talent im Sprint liegt. Ich spanne meine Muskeln an und stelle mir vor, wieder in Startposition auf der Trackbahn der Serenity zu stehen. Fixiere die Leitplanke und den Mangrovenwald dahinter. Und dann laufe ich los.

»Hey, Mädchen!«

Ich ignoriere die Rufe des Lieferanten und springe über die Leitplanke. Ich bin nur noch wenige Meter vom Schutz der Bäume entfernt, als ein Schuss die Stille durchbricht. Augenblicklich bleibe ich stehen.

Er hat eine Pistole?!

Langsam hebe ich die Hände. Das Handy entgleitet mir. Erinnerungen an die Zeit vor der neuen Waffenordnung durchzucken mich wie Lichtblitze. Die Parkland-Schießerei, die Schülerproteste. Schlagzeilen über die Verbindung zwischen Waffenlobby und Regierung. *All das ist Vergangenheit!* In den Gläsernen Nationen sind spezielle Lizenzen notwendig und jede Waffe ist mit einem Perso-Sensor gesichert. Nur der Lizenzträger kann sie bedienen. Also entweder Polizisten oder Chloe Cremontes Personenschützer. *Gott weiß, woher Dad seine Pistole hatte …*

Ich drehe mich um. Der Mann lässt die kleine Waffe, mit der er in die Luft gefeuert hat, sinken.

»So ist es gut«, sagt er, als ich mit bleischweren Beinen über die Leitplanke steige.

»Woher haben Sie die Waffe?« Meine Stimme ist brüchig.

»Habe meine Lizenz seit einer Woche.« Der Lieferant tippt etwas in seinen Check und hält mir stolz das Armband entgegen. *Waffenberechtigung für H. Lewis, Mitglied des Bürgerverbunds zum Schutz der Werte der Gläsernen Nationen.*

Ich stolpere fast. Chloe Cremonte würde niemals zulassen, dass der Anti-Gewalt-Akt rückgängig gemacht wird! Nicht, nachdem ihre eigene Schwester bei einer Schießerei ums Leben gekommen ist.

Ach nein?, flüstert eine Stimme in meinem Kopf. *Genauso, wie sie Daliawood nicht zulassen würde? Und Octagon? Und die Bombe?*

Das Motorgeräusch eines herannahenden Fahrzeugs lässt mich aufhorchen. Ich rechne die Chance aus, mit der die Insassen bereit sein könnten, mir zu helfen, immerhin werde ich gerade mit einer Waffe bedroht. *Aber der Lieferant braucht nur zu erklären, dass ich psychisch instabil bin. Er muss ihnen nur seine Lizenz zeigen und sagen, dass er im Namen der Regierung handelt, die bloß das Beste für mich will …* Ich wage es, den Kopf zu wenden. Und dann setzt mein Herzschlag aus, als ich erkenne, dass es sich nicht um irgendein Fahrzeug handelt – sondern um einen schwarzen Transporter mit getönten Scheiben. Als er neben uns hält, erkenne ich den stilisierten Kristall auf den Seitentüren.

Ordnungswahrer.

Starr stehe ich am Straßenrand, unfähig, mich zu bewegen. Die Botschaft der Kristallisierer in Angelas Wohnung kommt mir wieder in den Sinn. *Man muss wissen, wann man verloren hat.*

Mich lähmt nicht die Angst vor dem, was die Regierung mit mir anstellen wird. Sondern die Gewissheit, dass das hier nicht nur mein Ende ist, sondern *unseres*. Ich schließe die Augen und beginne Hunters und meine Reise noch einmal von vorn. Der Blick im Servicewagen auf dem Weg ins Athene-Zentrum. Unser Kuss in der Nacht der Flucht. Sein Vertrauen, als er mir von seinem Vater erzählt hat, kurz bevor er verschwand. Alles, was zwischen uns geschehen ist, ging so unfassbar schnell, dass es mir den Atem raubt. Ich habe Zweifel gehabt, ob unsere Gefühle stark genug sind, um Bomben, Feuer und unsere Ängste zu überstehen. Ich habe mich gefragt, ob unsere Gefühle wettmachen können, dass wir einander kaum kennen. Aber jetzt, wo jeder Gedanke in meinem Kopf ihm gilt, wo ich mit jeder Faser meines Körpers hoffe, dass er in Sicherheit ist, dass es ihm gut geht, ganz egal, was mit mir geschieht – jetzt wird mir klar, dass unsere Gefühle alles sind, was je gezählt hat. *Nur leider erkenne ich das zu spät.*

»Guten Tag, Sir.« Dienstbeflissen tippt der Lieferant an seine Baseballkappe.

Es gibt keine Todesstrafe in den Gläsernen Nationen, sage ich mir stumm. Es beruhigt mich jedoch nicht – denn bis vor Kurzem gab es ja auch noch keine Waffenlizenzen für einfache Bürger. Ich straffe meine Schultern. Egal, was die Kristallisierer mit mir vorhaben, ich werde ihnen nicht ängstlich gegenübertreten. Ich werde nicht um Gnade flehen.

»Was ist hier los?«

Die Stimme reißt mich aus meiner Starre. Hart und doch vertraut – weil ich weiß, dass sie auch anders klingen kann. Ich wage es nicht, ihm ins Gesicht zu sehen. Denn ich muss mich irren … *Es kann nicht sein …*

»Dieses Mädchen ist eine Bewohnerin der Daliawood-Farm, Sir.«

»Dann sollten Sie es den Behörden überlassen, sie zurückzubringen, anstatt sie mit einer Waffe zu bedrohen. Diese Mädchen sind psychisch labil, das sollten Sie doch wissen, Mr. …?«

»Lewis«, erwidert der Lieferant beflissen. »Harold Lewis, Sir.«

Mein Herz hämmert gegen meinen Brustkorb. *Was, wenn er es nicht ist? Wenn meine Fantasie mir nur etwas vormacht?* Ich hebe den Blick – und sehe in die grünen Augen, von denen ich mich noch vor einer Sekunde für immer verabschiedet habe. Der Lieferant schiebt mich auf Hunter zu, doch meine Füße haben sich schon von allein in Bewegung gesetzt. Hunter öffnet die Schiebetür des Transporters. Sein Blick flackert kurz verwirrt, als er mir in die Augen sieht, lässt mich aber keine Sekunde lang los, während er mich auf einem der Sitze festschnallt. Dann schließt er behutsam die Tür.

»Ich wäre Ihnen dankbar, wenn Sie jetzt Ihre Tour fortsetzen würden«, höre ich seine gedämpfte Stimme sagen. »Sie blockieren mit Ihrem Lieferwagen die Straße.«

»Sicher, Sir. Einen schönen Tag wünsche ich.«

Es folgt Stille, dann ertönt das Brummen eines Motors, das sich langsam entfernt. Nach ein paar Sekunden öffnet sich die Tür wieder. Das Sonnenlicht fängt sich in Hunters Locken.

»Er ist weg. Es … es ist vorbei.« Hunter beugt sich zu mir, um meine Gurte zu lösen, doch seine Finger zittern zu stark.

»Hey.« Ich lege meine Hand auf seine. Erst jetzt bemerke ich, dass ihm Tränen über die Wangen laufen. Er wendet sich von mir ab. »Es ist okay«, flüstere ich mit erstickter Stimme, befreie mich von den Gurten und steige aus dem Transporter.

Hunter sieht mich an. In seinen Augen liegt alles, was er nie aussprechen konnte. Als er es nun endlich tut, weiß ich, dass es ihn mehr Mut kostet, als den Kristallisierern entgegenzutreten.

»Ich hatte solche Angst um dich.«

Ich ziehe ihn an mich. Er lässt seinen Kopf auf meine Schulter sinken. »Ich weiß«, bringe ich heraus. Ich streiche über seine wirren Locken und denke an die Nacht im Bungalow, in der Hunter ganz langsam begonnen hat, sich mir zu öffnen. An den Morgen danach und die Eiseskälte, die mich ausfüllte, als mir klar wurde, dass er mich allein gelassen hat. »Wir müssen aufhören, uns gegenseitig beschützen zu wollen.«

Hunter nickt und ich vergrabe mein Gesicht in seinen Armen, während mein Herz endlich beginnt, langsamer zu schlagen. Wir können uns nicht beschützen. Aber wir können zusammen sein. Und zusammen scheint mir in diesem winzigen Augenblick nichts unmöglich.

Ich weiß nicht, wie lange wir so dastehen, eng umschlungen und aneinandergelehnt. Als ein Auto an uns vorbeirauscht, hebe ich den Kopf. »Wir müssen hier weg, wenn wir nicht noch ein weiteres unserer neun Leben riskieren wollen.«

Hunter wischt sich mit dem Handrücken über die Wagen und lacht verlegen, doch bevor er sich abwenden kann, hauche ich einen

Kuss auf die letzte Spur seiner Tränen. »Wenn du willst, dass wir von hier verschwinden, dann solltest du so was lassen«, grinst er und zieht den Autoschlüssel aus seiner Tasche.

Besorgt sehe ich, dass seine Finger immer noch zittern. »Ist alles okay?«, frage ich.

»Klar.« Hunter flucht, als der Schlüssel zu Boden fällt. »Ich hab nur lange nicht geschlafen. Alles ein bisschen viel im Moment, aber wem sage ich das?« Der Versuch eines lockeren Lächelns misslingt ihm.

Ich bücke mich und hebe den Schlüssel auf. »Ich fahre.«

»Skye, es geht mir gut!« Ich ziehe die Augenbrauen hoch. »Okay, es ging mir schon mal besser. Aber du hast selbst gesagt, dass wir von hier verschwinden müssen!«

»Das müssen wir auch. Also lass mich fahren, zumindest einen Teil der Strecke. Ich bin hellwach, Hunter, und du musst dich ausruhen.«

»Hast du überhaupt einen Führerschein?«

»Einen Lernführerschein«, erwidere ich und versuche, mir meine Nervosität nicht anmerken zu lassen. Der Transporter ist definitiv ein anderes Kaliber als Dads wendiges Elektroauto, das sich quasi von selbst steuert.

»Bist du dir wirklich sicher?«

»Hey, wenn Ordnungswahrer so ein Ding fahren können, dann kann ich das schon lange.«

Hunter lächelt schwach. »Du solltest deine Feinde nicht unterschätzen.«

»Und du solltest deine Freunde nicht unterschätzen.« Ich öffne die Fahrertür. »Ich bremse ziemlich hart. Ansonsten bin ich eine passable Fahrerin.«

Hunter nimmt auf dem Beifahrersitz Platz und sieht mich an. »Wir wechseln sofort, wenn du müde wirst, okay?«

»Okay.«

Ich schnalle mich an und gebe Gas. Ohne dass wir uns absprechen müssen, wechsle ich auf die rechte Spur und fahre auf die I-95 in Richtung Norden. Es gibt nur einen einzigen Ort, an dem wir noch die Chance haben, an einen Beweis für ReNatura zu kommen. Ein Schild am Straßenrand kündigt New York in 900 Meilen an. Die Hauptstadt. *Meine Stadt.* Aber da ist keine Sehnsucht nach Heimat in mir. Die Heimat, die ich vor der Testung hatte, gibt es nicht mehr. Ich überhole einen protzigen SUV und genieße die Art, mit der die anderen Autos uns Platz machen. Hinter den getönten Scheiben und in der Gewissheit, dass uns keine Kontrolle anhalten wird, fühle ich mich seit langer Zeit zum ersten Mal sicher.

»Wie bist du an den Transporter gekommen?«, frage ich in die Stille zwischen uns hinein.

»In der Nähe des Motels, in dem ich übernachtet habe, bin ich auf ein paar Ordnungswahrer gestoßen, die leichtsinnig genug waren, den Wagen am Straßenrand zu parken«, erklärt Hunter. Ich mustere seine Armbinde mit dem unverkennbaren O. »Die Uniform lag im Kofferraum«, beruhigt Hunter mich. »Selbst ich bin nicht so dumm, einen Ordnungswahrer zusammenzuschlagen.«

Ich deute auf das Armaturenbrett und den darin eingelassenen Navigator. »Trotzdem wird der Transporter irgendwo registriert sein«, gebe ich zu bedenken.

»Es gibt einen Sender«, bestätigt Hunter. »Ich konnte ihn aber deaktivieren und auch die Funktionen des autonomen Fahrens habe ich abgeschaltet. Hoffen wir, dass wir es mit diesen Maßnahmen bis New York schaffen.«

»Wolltest du mich mit dem Transporter aus Daliawood rausholen?«

Hunter nickt. »Aber dann kam mir der Lieferwagen entgegen.« Er drückt ein paar Knöpfe über dem Radio und auf dem Bildschirm erscheinen lauter farbige Formen. Orange, gelb, lila.

»Eine Wärmebildkamera!«, sage ich erstaunt.

»Ich habe den Lieferwagen kaum beachtet, bis mir das Wärmebild ins Auge gesprungen ist. Alles war schwarz, bis auf den Fahrer in seiner Kabine. Und einen roten Kreis im Laderaum. Also habe ich gedreht und bin euch gefolgt.«

»Du wusstest, dass ich der Kreis bin?«

Hunter sieht mich von der Seite an. »Natürlich wusste ich es. Und ich war noch nie in meinem Leben so froh, einen roten Lichtfleck zu sehen.«

Der Wagen holpert, als ich meinen Fuß zu ruckartig vom Gas nehme. »Sorry«, murmele ich und lenke uns zurück in die Spur.

Erst jetzt begreife ich voll und ganz, was hinter mir liegt. Nicht nur die Flucht im Lieferwagen – alles, was passiert ist, seit ich Las Almas verlassen habe, wird mir in seiner ganzen Tragweite bewusst: die Demonstration in Greenhill. Das *Fantasy.* Meine Traitmarks. Ich betrachte das R auf meinem rechten Handgelenk und spüre, dass Hunter meinem Blick folgt.

»Eine Sicherheitsmaßnahme«, sage ich.

»Wie die Kontaktlinsen?«

Ich nicke.

»Die blauen Augen gefallen mir besser«, sagt Hunter.

Seine Worte treffen mich wie ein Schlag ins Gesicht.

»Die blauen Augen gefallen mir besser.«

»Blöd, dass sie mich ins Gefängnis bringen könnten.«

Mühsam schlucke ich die Erinnerung an eine andere Fahrt, einen anderen Wagen und einen anderen Mann neben mir hinunter. *Es ist Vergangenheit,* denke ich. *Bedeutungslose Vergangenheit.* Ich werfe Hunter einen Blick zu. Es gibt keinen Grund, ihn wegen etwas zu verletzen, das uns nie wieder beschäftigen wird.

»Wir können das R entfernen lassen, wenn alles vorbei ist«, schlägt er vor.

Ich ziehe meinen linken Ärmel nach oben. Hunter gibt einen überraschten Laut von sich, als er den Buchstaben auf meinem linken Handgelenk bemerkt, der einmal mein größter Feind gewesen ist.

»Ich will sie behalten«, sage ich. »Sie beide.« Rational, emotional und alles, was dazwischen existiert. Es ist meine ganz eigene Rebellion. *Und meine Wahrheit.*

In den drei Tagen, in denen wir getrennt waren, ist viel passiert. Wir reden über Daliawood. Über die Abstimmung zur Grenzschließung. Über Yanas Entscheidung, mit ihrer Familie das Land zu verlassen. Und über Luce.

»Warum hast du mir nicht gesagt, dass ihr die *Sonne* für gefährlich haltet?« Skyes Hand spielt an der Glasscherbe, die an dem Lederband um ihren Hals hängt. »Hast du geglaubt, dass ich die Enthüllung von ReNatura in die Hände einer Organisation lege, über die ich nichts weiß?«

»Nein«, erwidere ich. »Aber ich hatte Angst, dass du mir nicht glauben würdest, wozu Luce und ihre Freunde fähig sind. Erinnerst du dich an diesen Minister, der vor ein paar Monaten verschwand?«

»Jona Bennett. Er steht Chloe Cremonte ziemlich nahe, glaube ich. Ich habe nie wieder was von der Sache gehört.«

»Das hat niemand«, antworte ich grimmig. »Weil CCN nicht darüber berichtet, wenn Minister tot aus dem East River gezogen werden.«

»Was? Und das war die *Sonne*?«, fragt Skye ungläubig.

»Würde erklären, warum er ein Brandzeichen ihres Logos auf der Brust hatte.«

»Ihr Logo?«

»Eine weiße Sonne auf schwarzem Grund«, erkläre ich.

Skye schweigt. »Colins Unfall damals …«, beginnt sie schließlich. Ich denke an die Aufregung, als vor knapp einem Monat ganz New York dachte, ein Serenity-Schüler würde vermisst. Daran, wie ich im Zentrum erfuhr, dass Skye den Jungen, Colin, aus dem

Upperlake-See gerettet hat. »Dad hat eine Menge eindringlicher Fragen gestellt und mir sogar verboten, den Bus zu nehmen. Die Regierung hat geglaubt, es gäbe ein zweites Opfer, oder?«

»Vermutlich.« Ich beobachte Skye, die den Blick konzentriert auf die Straße richtet. Ich habe keine Ahnung, was sie denkt, aber sie hat die Glasscherbe losgelassen. »Wenn die *Sonne* von Re-Natura erfährt, dann wird es keine friedliche Enthüllung geben«, sage ich hart. »Sondern Krieg.«

Vier Stunden später halten wir an einem Rastplatz, damit ich Skye ablösen kann. Sie beharrt darauf, dass sie nicht müde ist, aber sie gähnt immer wieder. Dieser Tag hat ihr alles abverlangt.

Als ich mich wieder in die Autoschlange eingereiht habe, sehe ich zu Skye hinüber. Ihre Augenlider sind geschlossen.

»Ich hätte dir geglaubt, wenn du mir die Wahrheit erzählt hättest«, sagt sie leise. »Über das Diktiergerät. Und über die *Sonne.* Ich hätte mich ihr nicht angeschlossen. Und ich will es auch jetzt nicht tun.«

Das Radio spielt irgendeinen Song, der mir vage bekannt vorkommt. »Und warum sind wir dann auf dem Weg nach New York?«, frage ich.

»Weil wir nie eine andere Wahl hatten.« Skye sieht mich an. »Bloß wollte ich das nicht wahrhaben.«

Ich strecke meine Hand aus und Skye verschränkt ihre Finger mit meinen. Sie schaut den Autos hinterher, die uns überholen. »Als würde New York sie anziehen wie ein gigantischer Magnet. Dabei fahren sie dem Ende entgegen. Sie wissen es nur noch nicht.«

Ich drücke ihre Hand. »Wir werden dafür sorgen, dass es das richtige Ende ist.«

Die CCN-Melodie erklingt und Skye setzt sich auf. Ich drehe das Radio lauter.

»Am heutigen Abend hat das Parlament über den Gesetzesentwurf zur Wahrung der inneren Sicherheit abgestimmt.«

Meine Hände umklammern das Lenkrad fester. Die Mehrheit des Parlaments gehört der Kristallisierungspartei an. Diese Abstimmung ist eine Farce, genau wie Yana gesagt hat. *Hoffentlich schaffst du es noch rechtzeitig*, denke ich und bete, dass ihre falschen Transmitter an der Grenze funktionieren.

Der CCN-Sprecher räuspert sich. **»Der Vorschlag wurde mehrheitlich abgelehnt.«**

Skye muss ins Lenkrad greifen, um uns auf der Fahrbahn zu halten. *Der Vorschlag wurde abgelehnt?* Als ich in Skyes entgeistertes Gesicht sehe, weiß ich, dass ich mich nicht verhört habe.

»Das Parlament hat ein Statement veröffentlicht, in dem die Gesetzesvorlage als potenziell schädlich für internationale Beziehungen bezeichnet wurde. Es wird in den kommenden Tagen eine Gegenvorlage präsentieren, die im Vermittlungsausschuss verhandelt wird. Der ebenfalls eingegangene Antrag zur Auflösung der Gültigkeit nicht-elektronischer Ausweise wurde wie erwartet angenommen.«

Skye dreht das Radio leiser. »Warum, glaubst du, wollte Chloe dieses Gesetz verabschieden?«

»Um Mexiko zu zeigen, was passiert, wenn man sich den Gläsernen Nationen nicht anschließt«, sage ich.

Skye schüttelt den Kopf. »Sie riskiert Gegenwind, und das jetzt, wo sie ihn am allerwenigsten gebrauchen kann. Da muss mehr hinterstecken als ein Denkzettel für Castillo.«

»Was meinst du?«, frage ich.

»Chloe Cremonte weiß, dass es Kristallisierungsgegner gibt, die versuchen, sich abzusetzen. Und seit Kanada ein Teil der Nationen ist, bleibt diesen Leuten nur noch Mexiko.«

»Du meinst ...«

»Es ist eine Rückkehrsperre«, sagt Skye. »Der Kristall will verhindern, dass die Kristallisierungsgegner, die nach Mexiko geflohen sind, irgendwann zurückkommen. Das ist die einzig logische Erklärung.«

»Aber das Gesetz würde die Grenze doch nur für Unkristallisierte sperren«, gebe ich zu bedenken. »Die meisten Flüchtlinge haben ein Traitmark.«

»Ein falsches«, entgegnet Skye. »Und du kannst darauf wetten, dass bei der Einreise jedes einzelne Traitmark gescannt wird.« Sie sieht mich ungeduldig an. »Verstehst du denn nicht? Chloe Cremonte hat dieses Gesetz nicht vorgeschlagen, um unkristallisierten Mexikanern die Einreise zu verweigern. Sie will verhindern, dass *ihre Gegner* aus dem Exil zurückkommen. Dass jemand sie *zurückholt.*«

Und dann verstehe ich. *Die Kristallisierer haben Angst.* Angst vor einer Organisation, die ihre Minister ermordet und gebrandmarkt in den East River wirft. Und Angst vor zwei jungen Erwachsenen, die die Wahrheit über etwas kennen, das vorerst um jeden Preis ein Geheimnis bleiben muss.

»Sie bereiten sich vor«, murmele ich. *Die Checks, Octagon und jetzt dieses Gesetz, das uns von jeder Unterstützung aus dem Ausland abschneiden soll.* »Die Kristallisierer bereiten sich auf die Enthüllung von ReNatura vor.«

Skye lehnt sich zurück. »Dann sollten wir uns besser beeilen, Beweismaterial zu finden, das ihrer Mühe würdig ist.«

Ich werfe einen Blick auf die Straßenschilder, die an uns vorbeifliegen. Noch sechzehn Stunden bis New York. Sechzehn Stunden, in denen wir eine Lösung finden müssen – wenn wir diesen Wettlauf gegen die Zeit nicht verlieren wollen.

22

Ich spüre ein Ziehen in meinem Nacken und reibe mir die Augen. Hunter lächelt, als er bemerkt, dass ich aufgewacht bin.

»Willkommen in New Jersey.«

Ich gähne. Die lange Fahrt steckt mir in den Knochen, obwohl wir uns die Nacht hindurch am Steuer abgewechselt haben. Ich sehe aus dem Fenster und stelle mir für einen Moment vor, wie es wäre, wenn wir einfach die nächste Abfahrt nähmen. Wir könnten in einem der kleinen Straßencafés etwas essen und uns später die prestigeträchtige Princeton University ansehen. Princeton wäre bei der College-Bewerbung meine zweite Wahl gewesen, gleich nach der Cremonte-Uni. *Aber du wirst keine College-Bewerbungen schreiben*, erinnere ich mich. *Und wenn du es nicht schaffst, die Kristallisierer aufzuhalten, wird das auch kein anderes Mädchen mehr tun. Nie wieder.*

»Habe ich was verpasst?«, frage ich mit Blick auf das Radio.

»Alle Ausweispapiere müssen bis zum Kristallfest am nächsten Samstag bei der Administration eingereicht und gegen einen Check eingetauscht werden«, sagt Hunter und schüttelt den Kopf. »CCN redet von Effizienz und bürgerfreundlicher Bürokratie, dabei müssten die Reporter doch wissen, was da eigentlich geschieht. Es sind dieselben Zeichen, die es immer gegeben hat. Nur will niemand wahrhaben, dass im Weißen Haus keine Heiligen sitzen, sondern Verbrecher.«

»Menschen Checks zu schenken ist nicht strafbar«, entgegne ich. »Und das ist alles, was die Leute sehen.«

Hunter gibt Gas, als der Honda vor uns die Ausfahrt nimmt. »Irgendwelche Blitzideen geträumt?«, fragt er.

Ich schüttle den Kopf und betrachte die Schilder, die New York ankündigen. Die Hauptstadt rückt näher – und wir haben noch immer keinen Plan, wie wir an neues Beweismaterial kommen sollen.

Hunters Stirn liegt in Falten. »Als Erstes brauchen wir einen Ort, an dem uns niemand findet«, sagt er.

Ich denke an den Trubel der Stadt, die niemals schläft, und an die Menschenmengen. Früher haben mir die Massen die Möglichkeit gegeben, unsichtbar zu werden. Aber heute sind sie kein Deckmantel mehr, sondern eine Gefahr. Ich klappe die Sonnenblende herunter und betrachte im Spiegel meine braunen Augen – die einzige Tarnung, die ich habe. »Was schlägst du vor?«

Hunter zögert. »Es gäbe da eine Möglichkeit. Ich … ich bin mir nicht sicher, ob es noch steht. Es ist vier Jahre her, seit ich es zum letzten Mal betreten habe.«

»Dein Elternhaus?«, frage ich.

Hunter nickt. Sein Kiefer verkrampft sich.

»Du willst da nicht hin, oder?«

»Wenn wir dort sicher sind, ist alles andere egal«, sagt Hunter, doch die Worte klingen gepresst.

»Wir finden eine andere Lösung«, sage ich. »Eine anonyme, unvorhersehbare Lösung. In Ordnung?«

Hunter schüttelt den Kopf. »Ich kann nicht zulassen, dass meine Sentimentalität uns in Gefahr bringt.«

»Gesprochen wie ein wahrer Rationaler.« Ich lege meine Hand auf seinen Oberschenkel. Doch Hunter erwidert mein Lächeln nicht. »Die Adresse deiner Eltern ist sowieso keine gute Idee. Es würde Aufmerksamkeit erregen, wenn ein verlassenes Haus auf einmal wieder bewohnt wäre, noch dazu von einem Pärchen, das nicht im richtigen Alter ist, um eines zu kaufen.« *Falls das andere nicht schon längst getan haben*, denke ich mitleidig. »Wir werden ein besseres Versteck finden.«

Hunter nickt und ich drücke seine Hand. Wir müssen schon gegen die Dämonen der Gegenwart kämpfen. Da können wir keine aus der Vergangenheit gebrauchen.

Es ist warm geworden und ich stelle die Klimaanlage an. Als ich meine Jacke ausziehe, rutscht der Ärmel meines Shirts hoch. Ich betrachte mein R und erinnere mich daran, dass die Kristallisierer nicht die Einzigen sind, vor denen wir uns verstecken müssen.

»Warum genau besteht Mum eigentlich darauf, dass ich eine Rationale werde?« Die Frage lässt mich nicht los, seit mir im *Fantasy* klar geworden ist, dass es eine Logiklücke in Mums Plan gibt. »Bis vor ein paar Wochen war ich noch nicht verpflichtet, einen Trait zu tragen. Sie hätte einfach nur Dads Einverständniserklärung fälschen müssen. Niemand hätte eine Rationale und ihre noch nicht sechzehnjährige Tochter aufgehalten.«

Hunter hebt die Schultern. »Das habe ich mich auch schon gefragt. Ich wünschte, ich wüsste die Antwort.« Er stockt. »Beth hat nur immer wieder betont, dass alles von deinem R abhängt. Mehr weiß ich nicht. Aber ich bin ja auch nicht Teil ihres Plans.«

Ich knuffe ihn gegen den Arm. »Du bist Teil *meines* Plans.«

»Beth würde Luftsprünge machen, wenn sie das wüsste.« Hunters Grinsen wirkt gezwungen. »Ich habe übrigens mit ihr telefoniert.«

»Du hast *was*?« Ich reiße die Augen auf.

»Beth glaubt, dass du noch immer im Zentrum bist«, sagt Hunter, bevor ich weitersprechen kann.

Mein Puls beruhigt sich. *Das ist gut.* Ich betrachte das Datum, das neben dem Radiosender angezeigt wird. *Der 25. Juni.* Uns bleiben noch sechs Tage bis zum Kristallfest, bis Bea und Elias und all die anderen frisch kristallisiert aus dem Zentrum zurückkehren – und bis Mum beginnen wird, nach uns zu suchen. Sechs Tage, um ReNatura aufzuhalten. Danach wird eine Flucht entweder nicht mehr nötig sein oder nicht mehr möglich.

»Glaubst du, dass Yana zurückkommt?«, frage ich. »Jetzt, wo gar nicht sicher ist, ob das neue Gesetz überhaupt durchgeht?«

Ich konnte kaum glauben, dass Yana geflohen ist, als Hunter mir davon erzählt hat. Ausgerechnet Yana, die Letzte, von der ich angenommen hätte, dass sie ihre Freunde im Stich lässt. Aber ihre Familie konnte sie noch weniger im Stich lassen. Ich beiße mir auf die Lippe. *Werde ich meiner Familie jemals verzeihen können, so wie sie es getan hat?*

»Yana kommt nicht zurück«, erwidert Hunter. Sein Blick ist starr auf die Straße gerichtet. »Und ich kann es ihr nicht verübeln. Ich würde uns auch nicht zutrauen, die Kristallisierer aufzuhalten.«

»Ermutigend.« Ich versuche, einen lockeren Tonfall anzuschlagen. »Aber das Rennen entscheidet sich erst an der Ziellinie.«

Hunter sieht mich von der Seite an. »Hängt in deinem Zimmer ein Kalender mit Sinnsprüchen?«, fragt er schmunzelnd. »Ich meine es ernst. Wenn an deinen Wänden *Lebe, liebe, lache!* oder *Carpe Diem* steht, muss ich dich leider jetzt und hier rauslassen.«

Ich bin froh, Hunter lachen zu sehen. Yanas Entscheidung geht ihm nahe, das weiß ich. »Nein, keine Sorge«, grinse ich. »Das ist nur ein Rat, den mir jemand gegeben hat.«

Mein Lächeln schmerzt plötzlich, als ich daran denke, dass ich kein Zuhause mehr habe, wo kitschige Sinnsprüche an den Wänden hängen können. Zum ersten Mal empfinde ich doch so etwas wie Heimweh. Ich denke an Upperlake, an meinen Vater und an das Leben, das ich bis vor Kurzem noch geführt habe. Und dann trifft es mich wie ein Schlag. *Es gibt einen Ort, an den ich zurückkehren kann. Einen Ort, an dem wir sicher sind.*

»Fahr zum Flughafen«, sage ich.

»Zum Flughafen?«, fragt Hunter überrascht.

Ich nicke, während sich in meinem Kopf ein Plan zurechtspinnt. »Ich habe eine Blitzidee.«

Ich parke den Transporter am äußersten Rand des riesigen Flughafenparkplatzes. Es wird höchste Zeit, dass wir ihn loswerden. Den Schlüssel lasse ich im Zündschloss stecken, doch die Uniform behalte ich an. Niemand wird einen Ordnungswahrer und seine Freundin kontrollieren.

Skye fährt sich mit den Fingern durch die Haare und bindet sie zu einem hohen Zopf, dann überprüft sie vor dem Spiegel der Sonnenblende, dass ihre Kontaktlinsen nicht verrutscht sind.

»Den falschen Ausweis solltest du aber besser nicht nutzen«, gebe ich zu bedenken. »Sobald er einmal gescannt wird, tauchst du im Trackingsystem des Rings auf. Es ist gut möglich, dass Philippa dich erkannt und deinen richtigen Namen eingetragen hat.«

»Mach dir keine Sorgen.« Sie nimmt ihre Jacke. »Wir werden keine Ausweise brauchen.«

Ich hole meinen Rucksack aus dem Fußraum, dann folge ich ihr durch die Reihen parkender Autos. Je näher wir dem Eingang kommen, desto dichter wird die Menge an Urlaubern, die zu den Türen des Flughafengebäudes drängt. Mein Herz schlägt schneller. Hier sind verdammt viele Checks unterwegs, die uns erkennen könnten. Und hinter jeder der Glastüren wartet ein Traitmarkscanner. *Was, wenn die Ordnungswahrer ihren Kollegen doch kontrollieren wollen?* Aber bevor ich vorschlagen kann, dass wir besser einfach direkt nach Queens fahren und uns dort um den Transporter kümmern, zieht Skye mich zur Seite. Beinahe wäre ich gestolpert, aber ich fange mich gerade noch rechtzeitig. Sie deutet auf das Schild über unseren Köpfen. *AirTrain Transfer.*

»Die Bahnen, die vom Flughafen in Richtung Innenstadt fahren, haben keine Ausweisterminals«, flüstert sie mir triumphierend ins Ohr, während wir den Bahnsteig entlanglaufen. »Denn normalerweise fahren nur Touristen von hier aus in die Innenstadt. Und die sind gerade erst durch die Grenzbeamten kontrolliert worden.«

Natürlich!

»Habe ich dir schon mal gesagt, dass du genial bist?«, flüstere ich zurück.

Skye grinst und schiebt uns in einen der beiden überfüllten Waggons. »Nicht direkt, aber ich wusste es schon vorher.«

Ich halte mich an einem der Griffe fest und lege einen Arm um Skye, damit sie nicht fällt. In der Junihitze bilden sich Schweißperlen auf meiner Stirn. Ich atme flach, um dem stickigen Gemisch aus Deo, Schweiß und anderen Gerüchen, die ich lieber nicht identifizieren will, zu entgehen, aber es gelingt mir nicht.

Nach einer Viertelstunde, die sich anfühlt wie eine Ewigkeit, steigen wir aus. Ich werfe einen Blick auf das Haltestellenschild. *Jamaica Station.*

»Und wohin genau müssen wir?«, frage ich. Wir nehmen die Rolltreppe.

»Nicht weit.« Skye geht zielstrebig auf den Ausgang zu, doch ich bleibe wie angewurzelt stehen.

»Skye?«

»Was ist?« Ihre Stimme klingt angespannt.

Ich ziehe sie an mich und küsse sie auf die Wange. »Am Flughafen gab es keine Kontrollterminals«, wispere ich in ihr Ohr, während die Fahrgäste sich um uns herum drängen. »Aber an den Ausgängen hier schon!«

Skye versteift sich in meinen Armen. »Was machen wir denn jetzt?« Sie versucht zu lächeln, um unsere Tarnung des arglosen Pärchens aufrecht zu erhalten, aber es misslingt ihr.

Ich blicke an mir herunter. »Wir hoffen, dass meine Uniform uns irgendwie rausbringt.«

Der Menschenstrom zieht uns zum Ausgang. *Und auf die Terminals zu.* Ich drücke Skyes Hand, um ihr zu zeigen, dass alles gut wird, doch nun ist sie es, die abrupt stehen bleibt. Vor den großen Türen der U-Bahn-Station bilden sich keine Schlangen.

Keine Terminals verlangen eine Identifikation, bevor sie die Passagiere ins Sonnenlicht entlassen. Stattdessen bitten mehrere Schilder um Verständnis für die Baustellentätigkeiten und weisen darauf hin, dass hier anstelle der demontierten Terminals in Kürze Checkscanner eingerichtet werden.

Ich weiß, dass die neuen Scanner eine weitere Maßnahme sind, um den Bürgern der Gläsernen Nationen die Checks aufzuzwingen. Aber im Augenblick bin ich zu erleichtert, um mir deswegen Sorgen zu machen. Das Schild weist auf stichprobenartige Kontrollen während der Umbauphase hin, aber Skye und ich werden nicht aufgehalten, als wir durch den Ausgang eilen.

Wir folgen der von flachen Backsteingebäuden gesäumten Straße und kommen an einem Café vorbei, in dem niemand sitzt. Kein Wunder - Queens ist in den letzten Jahren zwar zum Touristenmagnet geworden, aber dieser Teil gehört noch immer zu den gefährlichsten Ecken von New York. Die Kristallisierer, die sich bei jeder Gelegenheit für unsere niedrigen Kriminalitätsraten loben, haben Orte wie diesen vermutlich einfach aus ihren Statistiken gestrichen, um den Schein zu wahren. Unweigerlich frage ich mich, warum ausgerechnet die behütet aufgewachsene Skye sich hier so gut auskennt.

»Wir sind gleich da.«

Ich muss mich anstrengen, um mit ihr Schritt zu halten. Wir bewegen uns in Richtung Norden, durchqueren einen Park und laufen schließlich eine respektable Reihenhaussiedlung entlang.

Skye verlangsamt ihr Tempo. »Da ist es.«

Sie steigt die Stufen zur Nummer 11 hoch und klopft an die Tür.

Ich lasse die Hand sinken. Drinnen rührt sich nichts. Ist er am Ende gar nicht zu Hause? Welchen Wochentag haben wir heute?

Sonntag – verdammt … Sonntags finden die Zusatztrainings statt. Ich will mich schon abwenden, als ein schleifendes Geräusch eine Bewegung im Inneren verrät. Die Tür öffnet sich.

»Skye?«

Ich umarme Coach Verse so stürmisch, dass der riesige Mann zurücktaumelt. Vielleicht liegt es daran, dass ich mich so verzweifelt nach einem Stück aus meinem alten Leben sehne, dass es wehtut. Oder an dem Gefühl, endlich an einem sicheren Ort zu sein. Bei jemandem, dem ich vertraue – zum ersten Mal seit Wochen. Zu meiner Erleichterung lächelt Coach Verse und schiebt das unvermeidliche blaue Schweißband zurecht.

»Komm rein.«

Ich drehe mich zu Hunter um. Erst jetzt bemerke ich, dass er wie angewurzelt auf der Straße stehen geblieben ist. »Hunter?«, frage ich.

»Sagtest du nicht, wir gehen zu deinem *Lehrer*?«, erwidert er.

Mit einem kurzen Blick vergewissere ich mich, dass Coach Verse keinen Check trägt.

»Alles okay«, sage ich an Hunter gewandt. »Das ist Coach Verse, mein –«

»Wir kennen uns«, unterbricht Hunter mich, ohne den Blick von Coach Verse zu nehmen.

»Bist du ein ehemaliger Schüler?«, fragt der verwirrt. »Wenn ja, dann tut es mir leid, aber ich erinnere mich nicht.«

»Sie erinnern sich nicht an mich, aber sicherlich an den Briefumschlag, den Sie vor einem Monat am Zaun der alten Bibliothek deponiert haben. Ich war es, der ihn abgeholt hat.«

»Wovon sprichst du?«, frage ich verwirrt.

»Davon, dass Coach Verse neben seinem Job an der Serenity als Informant für Beth Anderson arbeitet.«

Hunters Worte lassen das warme Gefühl von Sicherheit in mir verschwinden wie Luft, die aus einem Ballon weicht.

»Ist das wahr?«, frage ich.

Coach Verse nickt, dann schüttelt er den Kopf. »Wir sollten diese Dinge nicht auf offener Straße besprechen.«

Er tritt zur Seite, doch ich rühre mich nicht. *Werden die Überraschungen denn nie aufhören?* Habe ich irgendjemanden hier in New York je wirklich gekannt?

»Es ist nicht so, wie du denkst, Skye. Ich habe keine Aufträge für deine Mutter erledigt. Aber nachdem … unsere Wege sich gekreuzt hatten, bat sie mich, ein Auge auf dich zu haben. Und auf deinen Vater.« Erneut bedeutet er mir hereinzukommen.

Ich weiß, dass Hunter mich für verrückt halten wird. Trotzdem trete ich ein und gehe hinter Coach Verse durch den engen Flur in die Küche. Hier haben wir unsere Siege gefeiert und uns über Niederlagen hinweggetröstet. Das Team sei schließlich Familie, hat Coach Verse immer gesagt. Auf der Arbeitsplatte rumort eine Eismaschine. Hunter, der mir widerwillig gefolgt ist, sieht sich skeptisch um.

»Sie wussten also all die Jahre, wo meine Mutter sich aufhält?«, höre ich mich fragen.

Coach Verse sieht durch das Küchenfenster hinunter auf den Park. »Deine Mutter und ich sind zusammen zur Schule gegangen, Skye. Es wäre zu viel gesagt, uns Freunde zu nennen, aber wir kannten uns, wie man sich eben kennt, wenn man acht Stunden pro Tag zusammen im selben Raum sitzt. Elizabeth war wortgewandt, klug und ambitioniert.«

Ich schlucke, als ich zum ersten Mal seit Wochen wieder Mums richtigen Namen höre. *Elizabeth.* Das ist die Frau, die ich kenne. Beth ist mir fremd.

Der Coach schiebt mir einen Stuhl hin. Ich setze mich, während Hunter mit verschränkten Armen stehen bleibt.

»Nach unserem Abschluss bekam ich mit Ach und Krach einen Platz an einem staatlichen College, während Elizabeth es auf die Long Island University schaffte. Erst als du an die Serenity und in mein Laufteam kamst, erfuhr ich, dass sie dort einen Austauschstudenten kennengelernt hatte, der für sie in den Vereinigten Staaten blieb. Das Nächste, was ich dann von Elizabeth hörte, war, dass sie ihre Familie verlassen hätte. Abgehauen, einfach so.«

Mein Herz zieht sich zusammen, als er die Lüge ausspricht, die ich vier Jahre lang geglaubt habe. Als würde er spüren, was in mir vorgeht, tritt Hunter hinter mich und legt seinen Arm um meine Schultern.

»Ich schätze, ein Teil von mir hat schon immer an dieser Geschichte gezweifelt.« Coach Verse sieht mir fest in die Augen. »Ich konnte mir einfach nicht vorstellen, dass jemand dich einfach so zurücklassen könnte.«

»Und deshalb haben Sie nach ihr gesucht?«, fragt Hunter. »Nach ... Elizabeth?«

»Nein«, antwortet Coach Verse abwesend. »Zu meiner Schande muss ich gestehen, dass ich erst viel später nach ihr gesucht habe.« Er nimmt eins der gerahmten Fotos, die auf der Fensterbank stehen, in die Hand und streicht über den sorgfältig abgestaubten Rahmen. Das Bild zeigt einen Jungen in einem schwarzen Tanztrikot, der auf einer Bühne steht und zu einer Verbeugung ansetzt. »Ich habe erst nach Elizabeth gesucht, als ich ihre Hilfe brauchte.«

Der runde Küchentisch bietet eigentlich nur Platz für zwei. Weder Hunter noch ich rühren die Sandwiches an, die der Coach uns hingestellt hat.

»Vielleicht sagt dir der Name Gabriel noch etwas.« Coach Verse holt drei Gläser aus dem Schrank und gießt uns Eistee ein.

»Der mal Kapitän im Laufteam gewesen ist?«, frage ich angespannt. Coach Verse nickt. »Er war Ihr Sohn«, erinnere ich mich. »Gabriel gewann alle nationalen Wettkämpfe und bekam ein Athletenstipendium für die Cremonte-Uni. Danach wurde Colin unser Kapitän.«

Coach Verse nickt wieder. »Das Stipendium hat Gabriel aufgegeben, um sich bei der Juillard School of Arts zu bewerben.« Der Coach betrachtet den Jungen auf dem Foto. »Es tat mir leid um sein Talent, aber das Laufen war für ihn eben nur ein Mittel, um fit für die Bühne zu bleiben. Tanzen war sein Lebensinhalt. Und ich war so stolz auf meinen Jungen.« Er legt das Foto umgedreht auf den Tisch, als würden ihm die Erinnerungen auf einmal zu viel. »Gabriel wurde letztes Jahr, kurz nach seinem 18. Geburtstag, regulär zur Testung einberufen. Im Zentrum entdeckten sie dann Probleme bei ihm. Psychischer Natur. Er schien permanent wütend zu sein, schnell zu explodieren. Ich konnte das auch verstehen. Es war keine leichte Zeit für ihn, als Diana und ich uns getrennt haben.«

Übelkeit steigt in mir auf, die nichts mit meinem leeren Magen zu tun hat. *Wir haben nie herausgefunden, was mit den männlichen Ausnahmen passiert – den Jungen, die nicht als rational getestet werden …*

»Ich war immer ein Befürworter des Kristalls«, fährt Coach Verse fort. »Aber nach zwei Monaten ohne Nachricht von Gabriel begann ich zu zweifeln. Warum verweigerte man mir den Kontakt, die Auskunft darüber, wo er war? Warum konnte man mir in einem freien Land einfach so mein Kind wegnehmen?« Coach Verse sieht mich an. »Und dann erinnerte ich mich an die Geschichten, die man sich über Elizabeth Anderson erzählte. Dass sie sich gegen die Kristallisierung gewendet hatte, bevor sie euch verließ. Ich begann, nach ihr zu suchen – in der Hoffnung, dass sie mir dabei helfen könnte, Gabriel zu finden.«

»Weiß sie es?«

Erstaunt drehe ich mich zu Hunter, der bisher kaum ein Wort gesagt hat.

Er schaut den Coach mit zusammengezogenen Brauen an. »Weiß Beth, dass Expektanten aus den Zentren verschwinden?«

Der Gedanke eröffnet einen ganz neuen Abgrund in mir. *Hat Mum mich willentlich dieser Gefahr ausgesetzt?* Hunter und ich wechseln einen Blick. Nein, ich kann es mir nicht vorstellen. Mum will mich mit einem R, bereit zur Ausreise, nicht verschleppt auf irgendeine Farm.

Der Coach schüttelt den Kopf. »Als ich Beth vor knapp einem Jahr aufsuchte, glaubte ich, Gabriel wäre ein Einzelfall. Ich dachte, dass ihm wirklich geholfen werden muss. Ich wollte ihn bloß finden, versteht ihr?« Er spricht weiter, ohne auf unsere Antwort zu warten. »Beth hat mir angeboten, sich nach Gabriel zu erkundigen. Im Gegenzug sollte ich dasselbe für sie tun: die Ohren offen halten und ihr jede Information über dich, Skye, weiterleiten, die für deine Testung relevant sein könnte.« Er weicht meinem Blick aus. »Beth hat mir versichert, dass niemand in Gefahr ist, der sich nicht gegen die Kristallisierung stellt. Und Gabriel war kein Kristallisierungsgegner. Noch nie.«

Ich stütze meine Ellenbogen auf den Tisch und denke daran, wie Luce und ich von Colin erfuhren, dass es im Zentrum der Jungen keine emotionalen Ergebnisse gibt. Dass er mit Absicht versucht hat, als emotional getestet zu werden, seine Bewertung aber immer rational blieb.

»Würden Sie sagen, dass Gabriel eher gefühlsgesteuert war?«, frage ich. »Eher impulsiv?«

Coach Verse nickt, ohne zu überlegen. *Da haben wir unsere Antwort.* Gabriel wusste, dass er kein analytischer Mensch ist, der seine Gefühle jederzeit zurückstellen kann. Und er wollte auch nicht so tun als ob.

»Ihr Sohn ist nicht verschwunden, weil er ein Kristallisierungsgegner ist«, sage ich leise und betrachte das R auf meinem rechten Handgelenk. *R für die Jungen, E für die Mädchen.* Ein einziges Chromosom bestimmt die Ausrichtung der Persönlichkeit. Das ist ReNatura. Und der Kristall lässt nur die Ausnahmen zu, die dem

Programm nicht im Weg stehen. »Ich glaube, Gabriel hat sich geweigert, als rational getestet zu werden. Er wollte sich nicht in das Idealbild des rationalen Jungen fügen. Darum ist er verschwunden.«

Coach Verse hört mit bewegter Miene zu, während ich alles erzähle. Dass in den Zentren untreue Mädchen ausgesondert werden, um auf Farmen wie Daliawood zu gefügigen Anhängerinnen des ReNatura-Programms erzogen zu werden. Dass die Kristallisierer davon ausgehen, sich die Treue der rationalen Jungen mit deren Gewinnerrolle im neuen System gesichert zu haben. Dass das Programm für emotionale Jungen keinen Platz hat, weil es in der Welt von ReNatura keine Rolle für sie gibt.

»Jetzt ergibt alles einen Sinn«, sagt Coach Verse schließlich. Er nimmt das Schweißband ab und reibt sich die Stirn. »Alles, was sie erzählt hat.«

»Was *wer* erzählt hat?«, frage ich, als ein Geräusch im Flur mich herumfahren lässt.

Hat der Coach uns doch an Mum verraten?

Doch es ist kein Mitglied des Rings, das da im Türrahmen steht. Es ist die einzige Person, von der ich nie geglaubt hätte, dass ich einmal froh sein würde, sie zu sehen.

23

Jasmine?!« Vor meinem inneren Auge sehe ich wieder die Liste mit den Namen der Ausnahmemädchen vor mir. *Intelligent, rational und treu.* Die Liste, auf der Jasmines Name stand. Und meiner. »Ich dachte, sie hätten euch ins Institut gebracht!«

»Haben sie auch«, erwidert Jasmine und bückt sich, um die Scherben des Glases aufzusammeln, das ich fallen gelassen habe. Ihre Stimme ist fest, aber ihre Finger zittern. *Sie hat alles gehört.* Ich knie mich neben sie und nehme ihr die Scherben aus der Hand, bevor sie ein zweites Mal zu Boden fallen. Jasmine sieht mich an. »Ich war im Institut. Aber ich konnte nicht dort bleiben.«

»Wir müssen gehen, Skye.« Hunter ist aufgestanden. »Wenn sie aus dem Institut geflohen ist, dann sind wir hier nicht sicher.« Er betrachtet Jasmine, als sei sie eine tickende Zeitbombe. »Seit wann bist du hier?«

Ich weiß, was er in Wahrheit meint: *Wann werden sie hier sein? Und was haben* sie *gehört?* Aber ein schneller Blick auf Jasmines Handgelenk zeigt mir, dass auch sie keinen Check trägt.

»Wer sagt, dass ich *geflohen* bin?« Jasmine verzieht ihre Lippen zu dem herablassenden Lächeln, das ich von ihr gewohnt bin. »Ich habe mich beurlauben lassen. Seit gestern bin ich offiziell bei Aaron.«

Ich brauche einen Moment, um den Namen einzuordnen, doch dann erinnere ich mich an Jasmines Klärung im Zentrum, bei der sie von ihrem Bruder erzählt hat. Von Aaron, der bei einer der Demonstrationen für Klarheit und Weitsicht in der Zeit nach dem großen Skandal in eine Schlägerei mit Kristallisierungsgegnern geriet. Der seitdem vom Jura-Stipendiaten zum Pflegefall geworden ist.

»Aber dir war nicht danach, nach Hause zu gehen?«, frage ich vorsichtig.

»Offensichtlich nicht.«

Ich presse die Lippen zusammen. Jasmines Eltern sind Mitglieder der Kristallisierungspartei und glühende Anhänger von Chloe Cremonte. Etwas, worauf sie früher unfassbar stolz gewesen ist. Ich reiche ihr die Hand, um ihr vom Boden aufzuhelfen. Als ihre klammen Finger meine berühren, denke ich an ihre Worte im Athene-Saal des Zentrums nach Tonyas Tod im Labyrinth. »*Wir müssen hier durchkommen, Skye, und dann zurück nach Hause gehen. Und da müssen wir vergessen.*«

Jasmine hat nicht vergessen. Was ist im Institut geschehen?

Coach Verse schaltet die Eismaschine aus und holt Schüsseln aus dem Schrank. *Als würde uns ein Eis jetzt trösten.* Aber vielleicht hilft es ihm, etwas zu tun zu haben. Jasmine lässt sich auf den Drahtstuhl fallen, den er ihr hinschiebt.

»Am Morgen, nachdem du aus dem Zentrum verschwunden warst, kam Caroline in den Wintergarten«, beginnt Jasmine. »Sie rief sechs von uns auf und führte uns zu einem Regierungstransporter, der uns ins Institut bringen sollte. Sie erklärte, dass der Kristall uns persönlich ausgewählt habe. Dass wir außergewöhnliche junge Frauen seien, die Chloe Cremonte an ihrer Seite zu Anführerinnen unseres Landes ausbilden werde.« Jasmine sieht nur mich an, als sie weiterspricht. »Als ich zusammen mit Mira, Sadie und den anderen in den Transporter stieg, schwor ich mir zu vergessen, was im Zentrum geschehen war. Und ganz ehrlich – es fiel mir nicht schwer, denn die Cremonte-Uni ist nichts im Vergleich zu dem, was mich am Institut erwartete. Du wärst genauso überwältigt gewesen wie ich. Es gibt Forschungslabore auf dem neusten wissenschaftlichen Stand, eine digitalisierte Mediathek, die uns Zugang zu allem verschafft, was der Mensch je wusste. Dazu ein grenzenloses Seminarangebot, ein Fitnessstudio und, vor allem, ein riesiges Netzwerk von anderen Studentinnen und Mentorinnen aus Wirtschaft, Politik und Wissenschaft. Eine Absolventin, die ich kennengelernt habe, hat sogar dazu beigetragen, Octagon zu entwickeln. Und nicht wenige sind Ordnungswahrerinnen geworden.«

»Aber Ordnungswahrer werden doch in den Camps ausgebildet«, wundere ich mich.

Jasmine hebt die Schultern. »Anscheinend nicht die weiblichen. Der Kristall unterrichtet die angehenden Ordnungswahrerinnen persönlich. Und auch wir aus den anderen Zweigen werden die Chance haben, Chloe Cremonte zu begegnen, haben die Absolventinnen erzählt. Obwohl wir nicht gerade wenige sind, bemüht sie sich, eine enge Beziehung zu jeder einzelnen Studentin zu pflegen.« Jasmines Lächeln verrutscht. »Ich würde dich gern für völlig verrückt erklären, Skye, aber ich kann es nicht. Nicht nach dem Commitment. Es passt alles zu gut zusammen.«

Commitment? Ich habe davon noch nie gehört, und Hunters verwirrter Gesichtsausdruck zeigt mir, dass es ihm genauso geht.

»Erklär es ihnen, Jasmine. Sie müssen wissen, warum du hergekommen bist.« Coach Verse nickt Jasmine zu, wie früher, wenn er uns vor einem Wettkampf Mut machen wollte.

Jasmine atmet tief durch. »Nachdem wir unsere Mentorinnen kennengelernt und das Institut besichtigt hatten, hielt Chloe Cremonte eine Ansprache. Sie erklärte, dass uns als Absolventinnen des Instituts und Trägerinnen des rationalen Traits überdurchschnittliche Positionen in der Führungsebene der Gläsernen Nationen offenstünden. Und dass ein solches Studium und eine solche Position unsere volle Hingabe und Aufmerksamkeit erfordern würden. Sie fragte uns, ob wir das auch so sähen.« Jasmine lächelt kalt. »Und dann wurden wir gebeten, unseren Willen zu diesem Engagement, unser Commitment, mit einer Unterschrift zu besiegeln.«

Ein schreckliches Gefühl macht sich in mir breit. »Was genau solltet ihr unterschreiben?«

»Es war nur ein einziger Satz«, sagt Jasmine leise. »*Ich erkläre mich bereit, als Verteterin des rationalen Traits in Zukunft auf jegliche Art von emotionaler Lebensführung zu verzichten.*« Jasmine lehnt sich zurück. »Unsere Mentorinnen versicherten, dass es sich nur um eine Formalität handele. Den letzten Schritt auf unserem Weg zum R. Und nachdem ich gesehen hatte, welche Möglichkeiten das Institut mir bot, hätte ich alles unterschrieben. Jeder von uns ging es so.« Sie schluckt. »Bis auf Sadie.«

Ich schließe die Augen. Als ich von ReNatura erfuhr, waren es bloß Theorien und Pläne, in denen es um Traits, Untreue und Ausnahmemädchen ging. Ich war empört, aber jetzt, da jeder dieser Begriffe ein Gesicht bekommen hat, spüre ich erst die volle Wucht meiner Wut. Und die meiner Angst. *Nicht Sadie.*

»Sie hat gefragt, was mit emotionaler Lebensführung gemeint sei.« In der Küche ist es totenstill. »Eine der Mentorinnen hat ihr erklärt, dass jede Rolle Opfer verlangt. Manche Frauen wählen, ihre Spur auf der Erde zu hinterlassen, indem sie ihr Kinder schenken. Andere formen die Gläsernen Nationen, indem sie über die Richtung entscheiden, die unser Land nimmt. Frauen wie der Kristall. Frauen wie wir.«

Jasmine verstummt und ich denke an Dr. Salem. »*Das R macht uns besonders. Und das bedeutet, dass wir die Aufgabe der Kindererziehung denjenigen überlassen müssen, deren Disposition sich dafür eignet.*« Eiseskälte befällt meine Glieder, als mir klar wird, dass ich mich geirrt habe. Rationalen Frauen wird nicht verboten, ihre Kinder selbst aufzuziehen. *Ihnen wird verboten, überhaupt welche zu bekommen.*

»Das Commitment ist unwiderruflich«, sagt Jasmine leise. »Es verspricht uns Macht im Tausch gegen Liebe. Und ich habe unterschrieben.«

Wir reden, bis der Himmel vor dem Küchenfenster dunkel wird. Über ReNatura. Über den Beweis, den Skye und ich verloren haben, und über die Frage, wie wir an einen neuen herankommen sollen. Über Jasmines Angst vor ihrer Zukunft in einem ReNatura-Staat, der ihr als rationaler Ausnahmefrau verbietet, zu heiraten und Kinder zu bekommen. Über Sadie, die sich geweigert hat zu unterschreiben und noch am selben Tag aus dem Institut verschwand. Wir essen die Sandwiches aus Hunger und das Eis aus Höflichkeit. Irgendwann zieht Jasmine sich in Gabriels altes Zimmer zurück, wo sie seit gestern Nacht schläft. Niemand fragt, wann sie ins Institut zurückmuss.

Coach Verse führt Skye und mich ins Wohnzimmer und zeigt uns, wo wir schlafen können. »Habt ihr alles, was ihr braucht?«

Ich nehme ihm die Decken und Kissen ab. »Ja«, erwidere ich und schiebe ein »Danke« hinterher.

Ich bin bereit, dem Coach zu vertrauen. Etwas an der Art, mit der er von Skyes Mutter sprach, lässt mich glauben, dass er Beth nicht über unser Auftauchen informieren wird. Ich beziehe die beiden Kissen und schlage die Decke auf, froh darüber, ein sicheres Dach über dem Kopf zu haben.

»Es ist die Strafe für alle Frauen, die nicht einfach ein E annehmen wollen«, sagt Skye, während sie ihre Kontaktlinsen herausnimmt. »Wer wird noch dafür kämpfen, als Rationale erkannt zu werden, wenn das bedeutet, keine eigene Familie haben zu dürfen?«

Für einen kurzen Moment frage ich mich, ob der Kristall je verliebt war. Ob die Opfer, die Chloe Cremonte für ihre Position gebracht hat, nun dazu führen, dass sie ihre Studentinnen der Liebe abschwören lässt. Skye kaut auf ihrer Lippe herum.

»Du willst glauben, dass diese Bedingung nicht von Chloe stammt, oder?«, frage ich sanft.

»Ich will glauben, dass niemand so grausam wäre, anderen das Gleiche anzutun, was einem selbst widerfahren ist«, entgegnet sie.

Darauf habe ich keine Antwort.

Er schläft. Ich beobachte, wie seine Brust sich unter dem blauen Fan-T-Shirt der New York Giants, das Coach Verse ihm geliehen hat, langsam hebt und senkt. Ich streiche ihm eine Locke aus der Stirn und erlaube mir nur für eine Sekunde, glücklich zu sein. Weil ich nicht allein bin. Weil Hunter neben mir liegt. Ich schließe die Augen, aber mein Gedankenkarussell lässt sich nicht zum Stillstand bringen. Leise stehe ich auf und gehe zu dem Stuhl, über dem meine Jacke hängt. Ich schiebe meine Hand in die Tasche und ertaste Oceans MP3-Player, der auf wundersame Weise jede Station meiner verrückten Reise bis hierhin überlebt hat. *Ich bringe ihn dir wieder, versprochen.* Mit einem Kloß im Hals denke ich an Luce, der ich dasselbe Versprechen gegeben habe. Wie viele Freunde werde ich noch zurücklassen müssen? Ich streiche über die Kette mit der Glasscherbe, die noch immer um meinen Hals hängt. Sie ist das Zeichen einer terroristischen Organisation. Aber für mich ist sie auch ein Zeichen unserer Freundschaft, an der ich festhalte, denn Luce kann unmöglich das wahre Gesicht der *Sonne* kennen. Leise lege ich mich wieder neben Hunter und entwirre das Kabel der Kopfhörer. Während Oceans ruhige Akustikmusik zu spielen beginnt, frage ich mich, ob Yanas Plan funktioniert hat oder ob die Farays an der Grenze aufgehalten wurden und nun eine von Hunderten Familien sind, die die nächsten Jahrzehnte im Gefängnis verbringen. Ich wünschte, ich hätte die Chance gehabt, Yana zu danken. Ohne sie wäre ich nie nach

Daliawood gekommen. Und ich wünschte, ich hätte mich bei Ocean entschuldigen können. Ich weiß nur zu gut, wie es ist, wie ein Kind behandelt zu werden. Aber niemand kann die Zeit zurückdrehen.

Ich betrachte Hunters friedliches Gesicht und denke daran, worüber wir vorm Einschlafen gesprochen haben, an Jasmine und das Commitment. Die Kristallisierer halten rationale Frauen für einen Unfall der Natur. Was wäre also leichter, als sie mit meiner Generation aussterben zu lassen, indem man ihnen ganz einfach verbietet, sich fortzupflanzen? Auf einmal ist mir unerträglich heiß. Ich schlage meine Decke zurück. So leise wie möglich gehe ich über den Flur in die Küche. Ich hole mir ein Glas aus dem Schrank, als mich eine Bewegung herumfahren lässt.

»Ich wollte dich nicht erschrecken.« Coach Verse trägt trotz der heißen Juninacht einen gestreiften Bademantel. Er schließt die Tür hinter sich und nimmt eine Karaffe mit eiskaltem Wasser aus dem Kühlschrank. Langsam beruhigt sich mein Puls. Der Coach schenkt mir ein, und mir fällt mein letztes Gespräch mit ihm im Stadion der Serenity wieder ein, bevor ich ins Zentrum fuhr. *Pass auf dich auf.*

»Sie haben mich gewarnt«, sage ich. »Woher wussten Sie, dass ich im Zentrum in Gefahr bin?«

Coach Verse setzt sich an den Tisch. »Deine Mutter hielt ihr Versprechen und erkundigte sich nach Gabriel. Ich weiß nicht, ob sie die Sache zu oberflächlich anging oder ob sie wirklich nichts herausfinden konnte, aber *nichts* war das Ergebnis. Ich war am Boden zerstört, immerhin war deine Mutter meine letzte Hoffnung gewesen. Sie war der Ansicht, dass ich mir um Gabriel keine Sorgen zu machen brauchte. Aber das tat ich. Vor einem Monat rief ich bei der Administration an und verlangte, meinen Sohn zu sehen. Man entschuldigte sich mehrmals bei mir, erklärte, dass ich schon vor einem Jahr einen Brief hätte bekommen müssen, in dem ich über Gabriels Aufenthaltsort informiert worden wäre. Der Mann am Ende der Leitung nannte mir eine Adresse in einem der westlichen Bezirke.

Ich fuhr hin. Aber Gabriel wollte mich gar nicht sehen. Er war regelrecht wütend auf mich.« Coach Verse hebt den Bilderrahmen auf, der noch immer umgedreht auf der Tischplatte liegt. »Mein Junge, der sich noch nie in seinem Leben für etwas anderes als Tanzen interessiert hat, warf mir an den Kopf, ihn schlecht beraten zu haben. Mit Kunst könne man kein Geld verdienen, Tanzen eigne sich bestenfalls als Hobby. Er, der einen Schraubenzieher nicht von einem Hammer unterscheiden kann, wollte mir weismachen, dass er glücklich ist mit einer Lehre zum Mechaniker. Ich habe versucht, ihn zu überreden, mit mir zurück nach Hause zu kommen. Seinen Platz an der Juillard anzutreten. Aber Gabriel wollte in Blackhill bleiben.«

»Blackhill?«

»Ein Heim für Jugendliche«, der Coach räuspert sich, »aus instabilen Familienverhältnissen. Sie leben dort, bis sie volljährig sind. Lernen einen Beruf. Ich darf nicht mehr hin. Es hieß, ich hätte einen schlechten Einfluss auf die Entwicklung meines Sohnes.«

Blackhill. Daliawood. Tarnnamen für das, was sie wirklich sind: Umerziehungslager. Die breiten Schultern des Coaches hängen herab wie die Zweige einer Pflanze, die zu lange nicht gegossen wurde. Es ist ungewohnt, ihn so zu sehen. Ungewohnt – und schwer zu ertragen.

»Du … du hast gesagt, dass Fiona unter dem Einfluss von Medikamenten stand.« Coach Verse sieht mich gequält an. »Dass sie mit Tabletten gefügig gemacht wird.«

Ich stelle mein Glas ab. »Die untreuen Mädchen in Daliawood bekommen Angstlöser, die sie vergessen lassen, wofür sie kämpfen. Aber emotionale Jungen sind keine Untreuen. Sie haben keine Angst und keinen Hass auf die Kristallisierer, der gebrochen werden muss. Sie sollen bloß davon überzeugt werden, dass sie Rationale sind.« Ich versuche, meiner Stimme einen beruhigenden Tonfall zu geben. »Was Sie von Blackhill erzählen, klingt eher wie ein normales betreutes Wohnen.«

Coach Verse erhebt sich schwerfällig. Als er zurückkommt, hat er einen bunten Flyer in der Hand. »Den habe ich mitgenommen.« Er hält mir den Zettel hin.

Haben Sie das Gefühl, Ihr Sohn entwickelt sich nicht altersgerecht? Wünschen Sie sich Hilfe bei der Erziehung und wollen Sie gewährleisten, dass aus Ihrem Kind ein selbstständiger Erwachsener wird? Dann nehmen Sie das Unterstützungsprogramm Ihrer Regierung in Anspruch.

Unter der Kontaktmöglichkeit sind Fotos abgedruckt. Die meisten wurden bei sportlichen Aktivitäten geschossen: Jungen, die in einem Hochseilgarten klettern, Wildwasserrafting betreiben und wandern. Auf der nächsten Seite werden die Ausbildungsprogramme beschrieben. Ich betrachte ein Bild, auf dem ein Mann einer Gruppe von Jungen zeigt, wie man irgendeinen Motor repariert. Ich will den Flyer gerade beiseitelegen, als mein Blick am letzten Textabschnitt hängen bleibt.

Wir begleiten unsere Bewohner auf dem Weg zu ihrem natürlichen Platz in der Welt mithilfe verschiedenster Maßnahmen, darunter die bewährte Methode der Konversionstherapie.

»Haben Sie den letzten Absatz gelesen?«, frage ich.

Der Coach sieht mich erstaunt an. »Natürlich.«

»Was ist das für eine Methode, von der sie da sprechen?«

Coach Verse sieht mir nicht in die Augen. »Schwer zu erklären«, brummt er, doch so schnell gebe ich nicht nach.

»Also wissen Sie es.«

Er seufzt. »Konversionstherapie besteht aus Gesprächen, in denen dem Klienten suggeriert wird, sein Verhalten oder seine Gedanken seien falsch und verwerflich. Am Ende glauben sie es dann selbst. Eigentlich wird diese Taktik genutzt, um Menschen … umzuorientieren, die homosexuell sind.«

»Und das wird heutzutage noch praktiziert?!«, frage ich entgeistert.

Doch der Coach hört mir nicht zu. »Gabriel ist so willensstark. Ich hätte nicht gedacht, dass sie ihn mit bloßem Reden dazu bringen können, sich selbst zu vergessen.«

Stumm sehe ich auf mein rechtes Handgelenk. Nichts ist schlimmer als das Gefühl, falsch zu sein. Also redet man sich ein, jemand zu sein, der man nicht ist. Und irgendwann glaubt man es selbst. Ich streiche über das feine weiße R. *Wer wüsste das besser als ich …*

»Nachdem Sie in Blackhill waren, wussten Sie, dass Gabriel kein Einzelfall ist«, sage ich leise. »Darum haben Sie mich vor dem Konsilium gewarnt.«

Coach Verse nickt. *Pass auf dich auf.*

»Mich haben Sie gewarnt. Aber ihr haben Sie es nicht erzählt, oder?«, frage ich. »Weil Sie meiner Mutter nicht trauen.«

Draußen jault eine Alarmanlage auf und ich zucke zusammen. Coach Verse beobachtet mich.

»Wovor hast du solche Angst?«

Ich starre durch das Fenster in die Nacht. In der Ferne höre ich das Quietschen von bremsenden Zügen und bilde mir ein, es sei die Linie zum Flughafen. »Davor, dass sie mich von hier fortbringt«, sage ich, obwohl ich mich noch im selben Moment für meinen Egoismus schäme. »Davor, dass sie mich von *ihm* fortbringt.«

Meine Kehle schnürt sich zu, als ich an den Schmerz denke, den Hunter in sich einschließt. Die Frau, die ich kenne, hätte so etwas nicht gewollt. *Aber die Kristallisierer haben Mum verändert. Wie uns alle.*

»Was auch immer Elizabeth für Fehler hat«, sagt Coach Verse behutsam. »Sie würde dir nie wehtun.«

»Aber das hat sie schon!«, rufe ich ohne Rücksicht darauf, dass meine Stimme das ganze Haus aufwecken wird. »Das hat sie doch schon längst.«

Mein Körper krümmt sich zusammen, als würde er all den Schmerz und die Wut zum ersten Mal fühlen. Und vielleicht stimmt das sogar – weil ich mir diese Gefühle zum ersten Mal erlaube. Ich höre, wie die Küchentür geöffnet wird und jemand auf mich zueilt. Ich muss die Augen nicht öffnen, um zu wissen, wessen Arme mich umschließen.

»Schon gut.« Hunter hebt mich hoch und trägt mich ins Wohnzimmer. Er setzt sich auf die Couch und hält mich fest. »Schon gut.«

Ich spüre sein Herz unter meiner Wange. »Ich sollte nicht –«, stammle ich und verstumme, weil ich nicht die richtigen Worte finde. Ich sollte nicht ausgerechnet vor ihm weinen, dessen Vater nie wieder von sich hören ließ. Wenigstens plant Mum, mich zurückzuholen. Wenigstens hat sie mich aus Liebe verletzt, nicht aus Gleichgültigkeit.

»Es ist okay zu fühlen, was du fühlst«, flüstert Hunter in mein Haar. »Ein sehr kluges Mädchen hat mir beigebracht, dass man nicht immer ein Superheld sein muss.«

Mir entfährt ein Laut irgendwo zwischen Schluchzen und Lachen. Endlich schaffe ich es, mein Gesicht von seiner Schulter zu lösen.

»Es ist so hart. Das mit den Gefühlen, meine ich.«

»Ich weiß.«

Ein Schauer läuft über meinen Rücken, als er mit dem Daumen über meine Traitmarks streicht.

R. E. Und alles, was dazwischen existiert.

Mein Puls schlägt im Takt meiner Gedanken. Ich wollte Klarheit. Ein gläsernes Mädchen mit einem gläsernen Leben. Aber ich wusste nicht, was ich verpasse. Ich nehme Hunters Gesicht in meine Hände und sehe ihm in die Augen. Wir sind so viel auf einmal. Und alles gleichzeitig.

24

Am Morgen empfängt uns eine Notiz von Coach Verse auf dem Küchentisch. Er erklärt, dass er nach der Arbeit noch einen Termin hat und dass ein Schlüssel unter der Fußmatte liegt, falls wir das Haus verlassen möchten.

Jasmine mustert den Inhalt des Kühlschranks. »Nichts hier drinnen passt auch nur annähernd zu dem Ernährungsplan, den wir im Training einhalten mussten.« Sie hält eine Packung Bacon hoch und rümpft die Nase. Ich bin fast froh zu sehen, dass sie wieder ganz sie selbst ist.

»Also, ich beschwere mich nicht«, sagt Hunter, nimmt ihr die Packung aus der Hand und stellt eine Pfanne auf den Herd. »Für zwei?«, fragt er, doch ich schüttle den Kopf.

»Danke. Aber nach drei Tagen Cheeseburgern und Pommes ist mir nach Vitaminen.«

Hunter nickt und wendet sich der Pfanne zu. Er fragt nicht, was in der Zeit passiert ist, in der wir getrennt waren. Ein Teil von mir wünscht, er würde es tun. Ich hole eine Wassermelone aus dem Kühlschrank und beginne, sie zu schneiden. Der hellrote Saft spritzt auf meine Unterarme. Es wäre nicht fair, ihm von Cren zu erzählen, nur damit es mir besser geht. *Hunter hat meinetwegen schon mehr als genug durchgemacht.*

»Tragt ihr im Institut eigentlich keine Checks?«, fragt er Jasmine, während er Eier in die Pfanne schlägt.

»Doch«, erwidert sie. »Aber ich habe meinen abgenommen, als ich herkam. Er steckt seitdem in meiner Reisetasche.«

»Für den Ausfall deiner Vitalwerte wirst du dir eine Ausrede einfallen lassen müssen«, sagt Hunter.

Jasmine zuckt mit den Schultern. »Schon klar. Aber so können wir wenigstens ungestört reden. Die Dinger sind doch garantiert verwanzt, oder?«

Hunter nickt. »Und so gründlich ich auch suche – das Mikro finde ich nicht bei der neusten Version. Mehr Sorge als die T-Kontrolle macht mir allerdings, dass die Checks mit ziemlich hoher Wahrscheinlichkeit einen integrierten Ortungssensor haben.«

»Aber das war doch im Zentrum nicht der Fall«, werfe ich ein. »Sonst hätten Luce und ich es niemals unbemerkt ins Zentrum der Jungen geschafft.«

»Ich glaube, dass die Ortungsfunktion im Zentrum deaktiviert war, genau wie der Internetzugang«, erklärt Hunter. »Dort wurde schließlich beides nicht gebraucht. Oder die Kristallisierer dachten zumindest, die Ortung würde nicht gebraucht.«

Jasmine greift nach einem Teller. »Selbst wenn du recht hast – nichts ist verdächtig daran, seinen alten Trainer zu besuchen.« Sie setzt sich auf die Anrichte und beißt in ihren Toast. »Also, was ist der Plan?«

»Nach New York zu kommen, ohne gefasst zu werden«, sagt Hunter, als ich stumm bleibe. »Zumindest war er das bis jetzt.«

»Na dann, herzlichen Glückwunsch«, sagt Jasmine sarkastisch. »Wie vielen Sondereinsatzkommandos musstet ihr auf dem Weg denn ausweichen?« Spöttisch zieht sie eine Augenbraue hoch. »Ihr beide haltet euch wirklich für die Staatsfeinde Nummer eins, oder? Schon mal drüber nachgedacht, dass diese Bombe gar nicht für euch bestimmt war?«

»Die Kristallisierer haben Wege, das Kommunikationsnetz zu überwachen. Auch ohne Checks«, sagt Hunter beinahe verteidigend. »Es ist ziemlich sicher, dass sie wussten, wohin wir unterwegs waren.«

»Das ist eine Möglichkeit.« Jasmine wickelt sich eine Haarsträhne um den Finger. »Aber warum seid ihr dann noch am Leben?« Sie lässt sich von der Arbeitsplatte gleiten und lehnt sich gegen den Tisch, an dem Hunter und ich Platz genommen haben. »Wenn ich in der kurzen Zeit im Institut eins gelernt habe, dann, dass der Kristall mächtig ist. Ihr wärt nicht hier, wenn sie euch nicht hier haben wollte.« Jasmine nimmt einen der Baconstreifen von Hunters Teller. »Denkt mal drüber nach«, ruft sie über die Schulter, bevor sie im Badezimmer verschwindet.

»Hast du noch andere Freunde in New York, bei denen wir bleiben können?«, stöhnt Hunter, als wir allein sind. »*Irgendwelche* anderen?«

»Nein«, sage ich. Aber meine Gedanken sind nicht bei Jasmine. »Weißt du eigentlich, was mit Angela passiert ist?«

Hunter zuckt mit den Schultern. »Ehrlich gesagt, habe ich keine Ahnung. Ich kenne sie ja nicht. Aber ich hoffe für sie, dass sie an dem Morgen nicht zu Hause war.«

»Ich auch«, erwidere ich und löffle schweigend mein Melonenmüsli. Ich denke an die vielen Male, an denen wir gerade so entkommen sind. Da war die Flucht nach Las Almas, bei der uns niemand aufgehalten hat. Der Ordnungswahrer, der Yana und mich auf dem Weg nach Greenhill durchgelassen hat, obwohl nur eine von uns einen Ausweis hatte. Der geklaute Transporter, der kein einziges Mal angehalten wurde, obwohl der Diebstahl zweifellos gemeldet wurde. Sind es zu viele Zufälle, um sie unseren klugen Plänen und Glück zuschreiben zu können? Hat Jasmine recht und wir sind nur hier, weil der Kristall es zugelassen hat? Ich fange Hunters Blick auf, der sein Besteck zur Seite gelegt hat, und sehe in seinen Augen, dass er sich dasselbe fragt wie ich: *Sind wir geradewegs in eine Falle getappt?*

Du könntest versuchen, die Server des Weißen Hauses zu hacken.« Skye steht auf und öffnet das Fenster. Queens muss im Moment dran sein mit der Fahrerlaubnis, denn ein stetiges Brausen von Autoreifen dringt in die kleine Küche.

Ich schüttle den Kopf. »Das würde niemals funktionieren. Die IT-Experten der Regierung sind besser als ich. Sie haben besseres Equipment, mehr Erfahrung und ein Studium hinter sich. Die kann ich nicht schlagen.«

»Wahrscheinlich nicht.« Skye fährt sich durch ihre nur noch halblangen, von der Dusche feuchten Haare.

»Wir könnten versuchen, ins Zentrum einzubrechen, wenn die Testung vorbei ist«, schlage ich vor, aber ich glaube selbst nicht an diese Möglichkeit. Es war ein Wunder, dass wir es einmal geschafft haben, den gläsernen Mauern zu entfliehen. Das wird uns kein zweites Mal gelingen.

War es ein Wunder oder ein Plan? Ich vertreibe den Gedanken aus meinem Kopf. Jasmine kann unmöglich recht haben. Denn wenn sie richtigliegt, würde das bedeuten, dass Skye und ich nichts weiter sind als Marionetten, die brav an Chloe Cremontes Fäden hängen. Und es würde bedeuten, dass wir in größerer Gefahr schweben als je zuvor.

»Hunter!« Ich sehe auf. »Ich habe gerade gesagt, dass das gar kein schlechter Plan ist. Wir könnten die Testleiterinnen auf unsere Seite ziehen. Tamika, Marlene oder Caroline. Sie könnten für uns an Beweise kommen.«

»Caroline?« Jasmines Stimme erklingt von der Tür und lässt Skye verstummen. »Bevor Caroline sich auf unsere Seite stellt, werde ich Präsidentin.«

»Und was schlägst *du* vor?« Ich schaffe es nicht, den genervten Unterton zu unterdrücken. *Unsere Seite.* Ich habe wohl den Punkt verpasst, an dem aus Miss Universe eine Rebellin geworden ist.

Jasmine setzt sich. »Wenn ich euch richtig verstanden habe,

ist ReNatura bis zum Programmstart ein Staatsgeheimnis«, sagt sie. »Von der Traitzuteilung nach Geschlecht wissen nur der Rat, die Konsilien und die Testleiter.«

»Und die Vorsteher der Jungen«, fügt Skye hinzu.

Ihr Blick verdunkelt sich, und ich weiß, dass sie an Elias denkt. Ich greife nach ihrer Hand. »So weit waren wir auch schon«, sage ich zu Jasmine, bemüht darum, das Thema zu wechseln.

Doch sie beachtet mich nicht. »Die Testleiter, die Konsiliare und die Vorsteher befinden sich nach wie vor im Zentrum, zu dem wir keinen Zugang haben«, sagt sie seelenruhig. »Also bleibt uns nur noch eine Möglichkeit.« Erwartungsvoll sieht sie uns an.

»Der Rat?«, fragt Skye zweifelnd.

Jasmine lächelt. »Exakt.«

»Und wie soll das bitte funktionieren?«

Wenn Blicke töten könnten, wäre es spätestens jetzt um mich geschehen.

»Heute Abend findet zum Beispiel das traditionelle Staatsdinner zum Auftakt der Feierlichkeiten rund um das Kristallfest statt«, erklärt sie. »Der Rat nimmt teil, genau wie der Kristall selbst und Präsident Kendrick ... Lasst es mich anders formulieren«, sagt Jasmine, als weder Skye noch ich reagieren. »Die Ratsmitglieder nehmen teil - zusammen mit ihren *Begleitungen.*«

Und auf einmal dämmert mir, was Jasmine vorschlägt. »Auf keinen Fall«, sage ich entschieden.

»Keine Sorge. Niemand verlangt von dir, deine Verführerqualitäten unter Beweis zu stellen und dich als Gigolo in die illustre Runde zu schmuggeln. Abgesehen vom Kristall selbst gibt es sowieso nur eine einzige weitere Frau im Rat, Serena Adams. Und die ist alles andere als eine Mrs. Robinson. Nein, die Rolle der Tischdame übernehme ich.«

»Und welches Ratsmitglied nimmt bitte eine völlig Fremde mit zu einem Staatsdinner?«, frage ich.

»Ist das nicht zu riskant?«, ergänzt Skye. »Immerhin besuchst du gerade offiziell deinen Bruder zu Hause. Was ist, wenn Chloe Cremonte dich erkennt?«

Jasmine macht eine wegwerfende Handbewegung. »Ich habe bisher noch kein Wort mit dem Kristall gewechselt, und obwohl ich normalerweise schwer zu vergessen bin, glaube ich kaum, dass sie sich nach einer einzigen Ansprache vor dem gesamten Institut ausgerechnet an mein Gesicht erinnert.«

»Sie hat dich immerhin persönlich ausgewählt«, zweifelt Skye.

»Mich und eine Menge anderer Mädchen. Außerdem wird Chloe Cremonte Besseres zu tun haben, als sich mit irgendeiner unbedeutenden Begleitung zu unterhalten.« Jasmine hält einen Moment inne, dann sieht sie mich provozierend an. »Und was deine Frage angeht, Hunter, so unterschätzt du, wie einfach Männer zu überreden sind, wenn ich meine Karten richtig spiele.«

Ich verdrehe die Augen. Doch nicht einmal Skye beachtet mich. »Wo findet das Dinner statt?«, fragt sie mit gerunzelter Stirn.

»Im Pavillon des Central Parks.«

Skye überlegt. »Du wärest zwar auf dem Gelände, aber es wird schwer, von dort ins Weiße Haus reinzukommen.«

»Das habe ich ja auch gar nicht vor«, erwidert Jasmine ungeduldig. »Ich bin schließlich nicht lebensmüde. Mein Gott, wie seid ihr zwei nur bis hierher gekommen!« Sie schnaubt. »Ich werde die richtigen Fragen stellen. Und ich bin mir sicher, dass ich Antworten bekomme, die eigentlich niemand hören sollte. Was wir brauchen, ist nur ein neues Diktiergerät.«

Skye nickt. »Und über dein Octagon-Profil hätten wir die Möglichkeit, alles zu veröffentlichen.«

»Das könnt ihr nicht ernst meinen!«, platzt es aus mir heraus. Ich sehe Jasmine an. »Du kannst doch nicht wirklich so tun wollen, als würdest du ... als wärst du ... Verdammt, das ist nicht nur gefährlich, sondern auch erniedrigend!«

Zwei Augenpaare starren mich an, überrascht von meinem plötzlichen Ausbruch. Ich stehe auf und gehe zum Fenster. Ich kann mir vorstellen, dass Jasmine keine Schwierigkeiten haben wird, einem Ratsmitglied alle Informationen zu entlocken, die wir brauchen. Aber wie können wir das Zeitalter wahrer Gleichberechtigung mit der Degradierung einer Frau beginnen? Obwohl ich sie wirklich nicht ausstehen kann, ist Jasmine klug. Sie hat es nicht nötig, sich als Dummchen hinzustellen, um zu bekommen, was sie will. *Keine Frau hat das.*

»Ich werde das nicht zulassen«, sage ich.

Jasmine hebt eine Augenbraue. »Gut, dass ich dich nicht um Erlaubnis gebeten habe.«

»Versteht ihr denn nicht, was für eine Botschaft das senden würde?«, frage ich verzweifelt. »Sich an ein Ratsmitglied heranzumachen, um an Informationen zu kommen, entspricht doch genau dem Frauenbild, das diese Idioten haben!«

»Danke für die ungefragte Aufklärung«, spottet Jasmine. »Aber du liegst falsch. Die ReNatura-Anhänger halten Frauen für beschützenswerte, unmündige Wesen. *Der Idiot*, den ich mir aussuche, wird nicht den blassesten Schimmer haben, dass ich irgendeine andere Agenda verfolge, als ihm bewundernd an den Lippen zu hängen.« Sie schiebt ihren Stuhl zurück. »Männer tendieren dazu, uns zu unterschätzen. Und dafür lieferst du gerade den besten Beweis, Herr Testleiter.«

Hitze steigt mir ins Gesicht. *Ausgerechnet mich wirft sie in einen Topf mit den ReNatura-Fanatikern?* Den Männern, die glauben, Frauen die Welt erklären zu dürfen und das Recht zu haben, ihnen ihre Meinung aufzudrängen? Ich öffne den Mund. *Aber hast du nicht genau das gerade getan?*, meldet sich eine gemeine Stimme in mir. *Mit den besten Absichten*, verteidige ich mich stumm. *Wie manch andere Männer es von sich vielleicht auch glauben.* Resigniert lehne ich mich gegen die Fensterbank.

»Entschuldige, ich wollte nicht urteilend klingen. Oder bevormundend.«

Jasmine nickt gnädig. *Es ist die beste Idee, die wir haben.*

Ich seufze. »Also, was genau ist dein Plan?«

Ich betrachte das Bild des Mannes, den ich zu hassen gelernt habe. »Ausgerechnet er?«, frage ich und kann die Abscheu in meiner Stimme nicht verbergen.

»Edward McCarty hat an der Seite des Kristalls die Testung eingeführt«, erklärt Jasmine und rückt ihr Laptop zurecht. »Er ist die rechte Hand des Präsidenten.«

Und ein Widerling, ergänze ich in Gedanken. Aber ich weiß, dass Jasmine recht hat. Ich habe selbst gehört, wie McCarty ReNatura im Plenum vorgestellt hat. Wenn jemand jedes Detail des Programms kennt, dann er. »Und wie willst du an ihn rankommen?«, frage ich. »Immerhin wird McCarty nicht einfach irgendein Mädchen, das ihn auf der Straße anrempelt, zu einem Staatsbankett einladen.«

»Wie üblich bin ich dir einen Schritt voraus. Edward McCarty ist Mitglied bei Actrice Escorts.«

»Einem Begleitservice?«, frage ich ungläubig.

Jasmine nickt. »Mein Vater hat nach einem Parteitreffen im Theater einmal eine Verabschiedung zwischen ihm und seinem Date mitbekommen. Die Frau muss ihn ziemlich deutlich daran erinnert haben, wofür er zahlt und wofür nicht. Dad hat sich zu Hause am Frühstückstisch darüber empört. Und das macht unsere Aufgabe zu einem Kinderspiel.« Jasmine tippt auf ihrem Laptop herum.

Hunter wirft einen Blick auf den Bildschirm. »Wenn du McCartys Profil knacken willst, solltest du am besten –«

Er verstummt, als Jasmine eine Tastenkombination eingibt, woraufhin sich ein neues Fenster öffnet. Ich verbeiße mir ein Grinsen.

Mit einem triumphierenden Lächeln lehnt Jasmine sich zurück. »Für heute Abend ist McCarty mit einer Scarlett verabredet.«

Sie deutet auf den Laptop und ich betrachte die junge Frau auf dem Bild. Sie ist vielleicht Anfang zwanzig und sehr hübsch. In ihrem Profil steht, dass sie sechs Fremdsprachen spricht, darunter Arabisch, und Übersetzung studiert.

Jasmine dreht sich zu Hunter um, der sich gerade eine Limonade aus dem Kühlschrank nimmt. »Hey, Mister Feminist. Jetzt könnte ich deine Hilfe gebrauchen, sofern das hier nicht gegen deine moralischen Grundsätze verstößt.« Mit undurchdringlicher Miene setzt Hunter sich zurück an den Tisch. »Wenn ich das richtig sehe, bucht McCarty Scarlett heute zum ersten Mal. Es wird ihm also nicht auffallen, wenn ich an ihrer Stelle auftauche. Aber irgendwie müssen wir Scarlett davon abhalten, um halb acht am Eingang des Central Parks zu stehen.«

Hunter zieht den Laptop zu sich heran und gibt ein paar Befehle ein. »Scarletts Nachrichten kann ich abfangen«, erklärt er und beginnt zu tippen. »Dann gehen alle Mails von ihr an uns. Ihr für heute Abend eine Absage zu schicken, ist auch kein Problem.« Er wirft Jasmine einen Blick zu. »Dabei hättest du das mit Sicherheit auch allein geschafft, wenn du schon McCartys Profil gehackt hast.«

»Ich dachte, ich lasse dich trotzdem ein bisschen mitspielen.«

Hunter schnaubt und wendet sich der Tastatur zu. »Es gibt noch einen Haken«, sagt er schließlich, als er den Laptop zuklappt.

»Ist unsere Nachricht an Scarlett nicht rausgegangen?«, frage ich.

»Sie hat die Absage sogar bestätigt, aber darum geht es nicht. Du hast vorhin gesagt, dass Jasmine alles, was sie im Gespräch mit McCarty erfährt, über ihren Account auf Octagon stellen kann.« Ich nicke. »Das ist leider nicht ganz so einfach. Als ich auf dem Weg nach New York war, habe ich mir einen Check besorgt und probehalber versucht, etwas Kontroverses zu posten. Aber die Beiträge wurden blockiert.«

Eine Erinnerung durchfährt mich wie ein Blitz. »Uploadfilter«, murmele ich. Ich denke an den Flyer, den mir die Demonstrantin in Greenhill in die Hand gedrückt hat. *Natürlich.* So haben die Kristallisierer mit CCN nicht nur die offiziellen Nachrichten in der Hand, sondern kontrollieren auch das Rauschen von Milliarden Meinungen im Netz.

»Ich habe es schon mit dem Verschleiern der Dateitypen versucht«, sagt Hunter. »Aber es ist sinnlos, wenn der Filter am Ende sowieso den Inhalt rauskickt.«

Ich blicke von Hunter zu Jasmine. »Was genau bedeutet das für uns?«

»Stell dir einen Uploadfilter vor wie den Türsteher eines Clubs«, beginnt Hunter. »Türsteher erhalten Anweisungen, wen sie reinlassen und wen nicht, genau wie die Filter. Was würdest du tun, wenn der Türsteher dich nicht reinlässt?«

»Nach Hause gehen?«, erwidere ich.

»Oder du versuchst es mit einem falschen Ausweis.«

»Sprichst du aus Erfahrung?«

Hunter grinst, doch sein Gesicht wird ernst, als er fortfährt. »Um Uploadfilter zu umgehen, muss man die kritische Information als erlaubten Content tarnen. Und genau das habe ich mit der Umbenennung der Dateiendung versucht. Aber es funktioniert nicht, weil wir so nur den Dateityp verschleiern können, aber nicht den Dateiinhalt. Wir können Octagon zwar vorgaukeln, dass wir ein Bild posten, obwohl wir in Wahrheit einen Text senden, aber die Filter sind klug genug, um den Inhalt des Textes trotzdem als untreu zu erkennen.« Er fährt sich durch die Haare. »Der Kristall kontrolliert alles.«

Ich streiche über die Decke auf Coach Verses Küchentisch. *Der Kristall kontrolliert alles …* Hunters Worte bringen mich auf eine Idee. »Dein Check ist in deiner Reisetasche, oder, Jasmine?«

»Ja. Warum –«

Doch da bin ich schon aufgesprungen und auf dem Weg zur Treppe.

»Skye, es ist nicht sicher!«, ruft Hunter.

Ich höre die Schritte der beiden hinter mir, als ich in Gabriels Zimmer stürme. »Die Kamera einer Institutsstudentin wird wohl kaum angezapft«, gebe ich zurück und sehe mich um. Über dem Kopfende von Gabriels Bett hängt ein Poster von Billie Elliot.

»Oder gerade sie!«, widerspricht Hunter energisch.

Jasmine schiebt sich an uns vorbei, zieht den Check aus einem Seitenfach ihrer Tasche und reicht ihn mir. Ich lege meinen Daumen auf den winzigen stilisierten Kristall, unter dem sich die Kamera befindet. Dann schließe ich eine Meldung des Gesundheitsprogramms, die Jasmine auffordert, den Check künftig ohne Unterbrechung zu tragen, um eine lückenlose Aufzeichnung ihrer Vitalwerte zu ermöglichen, und tippe auf das Octagon-Symbol. Nachdem ich mir Jasmines Profil angesehen habe, gebe ich Chloe Cremontes Namen in die Suchzeile ein.

»Wusste ich es doch!« Triumphierend deute ich auf das Kristall-Symbol neben Chloes Namen. »Auf deinem Profil ist der nicht.«

Jasmine schaut mir über die Schulter. »Und was genau soll mir das jetzt sagen?«

»Jede Seite hat Administratoren, oder nicht?«, frage ich.

Hunter nickt. Dann gibt es eine Lösung für unser Problem! *Bloß ist sie alles andere als einfach.*

»Ich wette, dass die Posts der Admins nicht durch Uploadfilter geprüft werden«, sage ich, als Jasmine ihren Check wieder sicher verstaut hat und wir frei sprechen können. »Wir brauchen also nur noch Zugang zu einem Account mit administrativen Rechten und können posten, was wir wollen!«

»Die Regierung hat die besten IT-Experten des Landes auf ihrer Seite«, zweifelt Hunter. »Ich kann mir nicht vorstellen, dass es möglich ist, einen dieser Kristallaccounts zu hacken.«

Jasmine wirft einen Blick auf Gabriels Wecker. »Nun, dir bleiben ungefähr fünf Stunden, um das Unmögliche möglich zu machen.« Sie deutet auf ihre Tasche. »Wo du meinen Check findest, weißt du ja. Aber sorg bitte dafür, dass meine ID mit nichts von dem, was du tust, in Verbindung gebracht werden kann.«

»Versteht sich von selbst«, sagt Hunter.

»Gut. Währenddessen werden Skye und ich alles besorgen, was ich für heute Abend brauche.« Jasmine geht zur Tür und sieht mich auffordernd an, doch ich bin wie gelähmt.

»Du willst –« Mein Blick wandert zum Fenster, hinter dem die lauten Straßen der Stadt warten. »Ich kann da nicht raus«, stottere ich.

»Oh, entspann dich. Glaubst du, eine Horde von Ordnungswahrern erwartet dich, sobald du die Haustür aufmachst? Für den Kristall seid ihr beide nichts weiter als zwei harmlose Teenager, die vielleicht zu viel gehört haben. Aber mittlerweile ist der Regierung doch klar, dass ihr nichts gegen sie in der Hand habt, sonst hätten die Kristallisierer euch längst festgenommen. Ihr seid keine Gefahr!«

Ich wechsle einen Blick mit Hunter. *Das müssen wir ändern.*

»Also, was ist?«, fragt Jasmine ungeduldig.

»Ich bin in einer Stunde wieder da«, sage ich so zuversichtlich wie möglich zu Hunter. »Uns wird nichts passieren.«

Er nickt, obwohl ich spüre, dass ihm diese Sache ebenso wenig gefällt wie mir.

Auf dem Beifahrersitz von Jasmines Cabrio überprüfe ich, ob Chases Kontaktlinsen sitzen, auch wenn ihre Ausweispapiere mir mittlerweile nichts mehr nützen.

»Fertig, Miss Undercover?«, fragt Jasmine.

Ich nicke, und sie drückt auf einen Knopf, woraufhin sich das

Stoffdach zurückfaltet. Wir reihen uns in den Verkehr ein, der stetig Richtung Manhattan fließt. *Ein Glück, dass Queens gerade Fahrerlaubnis hat.* Im Auto fühle ich mich immer noch sicherer als zu Fuß.

»Als wären wir Thelma und Louise«, grinst Jasmine und gibt Gas. »Zwei Verrückte auf einem Roadtrip.«

Ich kralle meine Hände in den Ledersitz. *Von Roadtrips habe ich mittlerweile mehr als genug.*

Jasmine hält vor einem kleinen TechMania-Laden kurz vor dem Queens Midtown Tunnel, der unter dem East River hindurch nach Manhattan führt. Ich werfe einen Blick hinüber zu der Insel, die meine Heimat gewesen ist. Wo die Serenity liegt und der öffentliche Teil des Central Parks, in dem Elias und ich so oft gepicknickt haben …

»Hey, Anderson!« Jasmine schnipst mit den Fingern vor meinem Gesicht herum. »Ich bräuchte jetzt deine Expertise in Sachen Diktiergeräte.«

Ich steige aus dem Wagen und folge Jasmine in den TechMania-Laden, in dem für einen Montagmittag erwartungsgemäß wenig los ist.

»Kann ich behilflich sein?«

Ich mustere den schlaksigen Angestellten, der Jasmine unverhohlen anstarrt. *Ein Diktiergerät, bitte. Ein altmodisches, keins wie die Aufnahmefunktion des Checks, die geheime Inhalte erkennen und löschen wird. – Warum? – Oh, nichts Besonderes, wir wollen bloß die größte Verschwörung unserer Zeit enthüllen.*

»Ich glaube, dass mein Freund mich betrügt«, sagt Jasmine forsch. »Aber ich brauche einen Beweis, bevor ich ihn damit konfrontiere.«

Der TechMania-Mitarbeiter führt uns mit knallroten Wangen an Regalen voller Checkzubehör vorbei und bleibt schließlich vor einer kleinen Auslage stehen. Ich werfe einen Blick über meine Schulter, doch bis auf ein älteres Ehepaar, das kabellose Kopfhörer kauft, ist der Laden leer.

»Für den diskreten Einsatz kann ich Ihnen unsere Kugelschreiber mit Aufnahmefunktion empfehlen«, sagt der dünne Angestellte. »Wir nennen sie auch Spionage-Kulis.« Er lächelt scheu.

»Sehen Sie, Mac«, sagt Jasmine mit einem Blick auf das Namensschild des jungen Mannes. »Mein Freund und ich halten kein Business-Meeting ab. Ich brauche ein Aufnahmegerät, das man am Körper verstecken kann. *Direkt* am Körper.«

Mac läuft noch röter an, als ich es für möglich gehalten hätte. »Einen Moment bitte, ich werde nachfragen«, bringt er heraus und schiebt sich an dem älteren Ehepaar vorbei zur Kasse.

Jasmines strahlendes Lächeln verschwindet, genervt verdreht sie die Augen.

»Ist es so anstrengend, angehimmelt zu werden?«, frage ich belustigt.

»Ziemlich«, antwortet Jasmine ohne jede Spur von Ironie. »Obwohl der hier ja noch von der harmlosen Sorte ist. Richtig nervig sind die Kerle, die meinen, ich würde ihnen irgendetwas schulden, bloß weil ich an ihnen vorbei über die Straße gehe. Hey«, imitiert sie eine tiefe Stimme. »Ich weiß, dass du dieses Kleid nicht umsonst angezogen hast, Baby!« Sie schüttelt sich.

»Ein Kleid, egal wie kurz oder lang, ist eben keine Einladung, nicht wahr?«, ertönt eine Stimme neben uns. Eine junge Frau in dem weißen Hemd der TechMania-Mitarbeiter lächelt uns an. »Entschuldigt. Mein Kollege hat mich geholt, um euch bei der Auswahl zu helfen.« Sie führt uns zu einem Regal, das aussieht wie ein Schmuckständer.

Ich betrachte die glänzenden Geräte im Miniaturformat. »Und da ist ein Aufnahmegerät drin?«, frage ich.

Die Verkäuferin nickt. »Ein Tonaufnahmegerät und eine Kamera. Die Broschen sind Teil unserer neuen Be-Safe-Kollektion.«

Jasmine lässt ihre Finger darüber gleiten. »Was denkst du, Skye?«

Ich werfe einen Blick auf das Schild über dem Schmuckständer: *Feel Safe – Be Safe! Weil IHRE Sicherheit in den Gläsernen Nationen höchste Priorität hat.*

Jasmine und ich wechseln einen Blick, und ich weiß, dass sie dasselbe denkt wie ich. *Ihre Sicherheit.* Der Ansatz der Kristallisierer klingt erst einmal richtig. Und genau das ist das Problem, denn Re-Natura will uns vielleicht schützen – aber vor allem will das Programm uns kleinhalten.

Jasmine und ich folgen der Verkäuferin zur Kasse. »Ich konnte gerade nicht anders, als eurer Unterhaltung zuzuhören«, sagt sie, während sie die Brosche einpackt. »Falls ihr Interesse haben solltet, euch für Frauenrechte zu engagieren, solltet ihr mal bei *Pure Perspective* vorbeischauen. Wir treffen uns einmal pro Woche in Manhattan. Vielleicht sehen wir uns ja!« Sie zieht die Augenbrauen hoch, als Jasmine in bar bezahlt, sagt aber nichts.

Jasmine winkt ihr noch einmal zu, bevor die Glastür sich hinter uns schließt, und mir ist, als würde ich von einem Kühlschrank in eine Sauna treten. »Sie wirkte echt nett«, sagt Jasmine, während wir zurück zum Wagen laufen.

»Finde ich auch. Ich würde ja gern mal zu einem dieser Treffen gehen, von denen sie gesprochen hat, aber –« Ich stocke, als Jasmine geradewegs an ihrem Auto vorbeigeht.

»Ähm, der Wagen steht hier«, sage ich verwirrt.

»Ich weiß«, erwidert Jasmine. Sie schaut an sich herab. »Aber so kann ich ja wohl schlecht bei einem Staatsbankett aufkreuzen.« Sie deutet auf einen Modeladen in der Nähe. »Dauert auch nicht lange, versprochen.«

Während Jasmine in der Umkleidekabine von einem Outfit ins nächste schlüpft, versuche ich, so gut es geht, mit den Kleiderständern zu verschmelzen. Ich halte mir gerade probeweise ein leichtes Sommerkleid an, als ich ein Kribbeln in meinem Nacken spüre. Unauffällig sehe ich mich um, aber abgesehen von einer Frau, die gerade eine Jeans auseinanderfaltet, ist niemand sonst im Laden. *Vielleicht hat Jasmine recht,* denke ich und hänge das Kleid zurück. *Vielleicht bin ich wirklich paranoid geworden.*

»Was sagst du?«

Ich gehe hinüber zu den Umkleiden, wo Jasmine sich in einem großen Spiegel betrachtet. Sie trägt ein klassisch elegantes Kleid mit dazu passenden, halbhohen Schuhen. Was an mir wie eine Verkleidung wirken würde, lässt Jasmine aussehen, als sei sie geradewegs einer Modewerbung für Business-Outfits entsprungen.

»Erwachsen«, sage ich. »Und großartig.«

Sie lächelt mir kurz zu. »Sehr gut. Dann lass uns von hier verschwinden.«

Auf dem Rückweg genieße ich den Wind in meinen Haaren. »Interessante Tattoos«, bemerkt Jasmine nach einem Blick auf meine Handgelenke und biegt in die Straße zum Haus von Coach Verse ab. »Ich hätte nicht gedacht, dass ich dich je mit einem E auf dem Handgelenk sehen würde. Hat Hunter es dir gestochen?«

»Nein«, erwidere ich und ziehe hastig die Ärmel meines Shirts hinunter. »Wie war es bei dir?«, frage ich, um den Gedanken an Cren zu vertreiben. »Die Kristallisierungszeremonie, meine ich.«

»Feierlich«, erwidert Jasmine. »Unsere Eltern wurden eingeladen, Absolventinnen des Instituts haben Reden gehalten und wir haben Blumen bekommen. Aber ich konnte die ganze Zeit nur an das Commitment denken.« Sie bremst abrupt.

»Alles okay?«, frage ich.

Jasmine hat den Wagen angehalten, dabei sind wir noch vier Hausnummern von der des Coaches entfernt. Sie schüttelt den Kopf und steigt aus. »Ich habe euch wirklich für verrückt gehalten«, flüstert sie, als ich neben ihr auf dem Bürgersteig stehe. »Aber jetzt glaube ich doch, dass ihr beobachtet werdet.«

Augenblicklich verschärfen sich meine Sinne. Auf einmal höre ich jedes Wort eines belanglosen Gesprächs zweier Passanten, spüre jeden Schweißtropfen auf meiner Haut. »Von wem?« Adrenalin schießt heiß durch meine Adern. *Es war ein Fehler, das Haus des Coaches zu verlassen. Ein dummer Fehler.*

»Da vorne, auf der anderen Straßenseite«, zischt Jasmine. »Gegenüber von Coach Verses Haus.«

Ich folge ihrem Blick.

»Skye!«

Bevor Jasmine mich zurückhalten kann, laufe ich über die Straße.

»Was machst du hier?«, frage ich atemlos.

»Euch helfen. Und dieses Mal werde ich mich nicht wegschicken lassen.« Ocean sieht mir fest in die Augen. »Yana hat mir gesagt, dass ihr nach New York unterwegs seid. Und dass Hunter ihr Handy hat. Ich bin vor einer Stunde an der Central Station angekommen.«

»Und dann hast du Hunter angerufen?«, frage ich.

Ocean nickt und deutet auf den Reihenhausabschnitt Nummer 11. »Er hat mir diese Adresse gegeben. Aber ich dachte, ich warte lieber erst mal ab –« Ocean stockt. »Ich wollte sichergehen, dass ich niemanden hergelockt habe.«

Ich nehme ihn fest in den Arm. Dann lege ich meine Finger um sein linkes Handgelenk. »Den hier steckst du in deine Tasche, okay?«

Als Ocean seinen Check abgelegt hat, mustere ich sein Gesicht. Ich habe Angst, Spuren von Trauer darin zu finden. Ocean deutet meinen besorgten Blick richtig. »Yana und die anderen sind in Tijuana. Keine Zwischenfälle an der Grenze.«

Ich atme auf. »Und deine Familie hat dir einfach so erlaubt, hierzubleiben?«, frage ich ungläubig. Zusammen überqueren wir die Straße und gehen auf Jasmine zu, die mit verschränkten Armen vor dem Haus des Coaches wartet.

Ocean lächelt gequält. »Ich habe ihr nicht wirklich eine Wahl gelassen.«

Als ich die Haustür öffne, fällt Skye mir in die Arme und ich bekomme endlich wieder richtig Luft.

»Wir haben alles, was wir brauchen«, sagt sie. »Und ein neues Teammitglied.«

Schüchtern tritt Ocean vor. »Ich weiß, dass du mich eigentlich nicht dabeihaben willst«, sagt er anstelle einer Begrüßung. »Aber ich werde nicht einfach fliehen.«

Skyes auffordernde Blicke durchbohren mich wie Pfeile.

»Machst du Witze?« Ich klopfe Ocean auf den Rücken und bemühe mich, freundlicher zu klingen als am Telefon. »Wir können jede Verstärkung gebrauchen.« Zumindest ist das keine Lüge. Und nach Hause schicken können wir den Cousin meiner besten Freundin schlecht, obwohl mir das am liebsten wäre.

In der Küche hole ich das, was Skye von der Wassermelone übrig gelassen hat, aus dem Kühlschrank und stelle sie zusammen mit vier Gläsern und einem Karton Eistee auf den Tisch.

»Yana hat dir also erzählt –« Der Rest meines Satzes bleibt in der Luft hängen. *Wie soll man das, was in den Nationen passiert, auch in einfachen Worten zusammenfassen?*

Ocean schüttelt den Kopf. »Nein, hat sie nicht, zumindest nicht alles. Aber was sie angedeutet hat und was ich mir selbst zusammengereimt habe, hat gereicht, um eine andere Entscheidung zu treffen als der Rest meiner Familie. Es gibt ein Programm, das mit Reillys Verschwinden zu tun hat. Ihr arbeitet daran, es aufzuhalten. Und ich werde euch dabei helfen.«

Skye lächelt Ocean zu. Es ist dieses warme Lächeln, bei dem ihre Augen zu strahlen beginnen. Ich seufze innerlich. *Das hier ist kein Abenteuer für kleine Jungs …*

»Meine Familie hat gestern Mittag die Grenze überquert«, sagt Ocean, bevor ich fragen kann. »Yanas falsche Transmitter haben funktioniert. Sie hat es zwar nicht geschafft, aus ihrem E ein R zu stechen, aber das haben wir mit Make-up hinbekommen.«

»Wirklich?«, frage ich ungläubig. Meine Gedanken wandern zu Abigail. Wenn wir damals Transmitter gehabt hätten! *Du wärst kein Opfer geworden. Und ich kein Täter.* Mit aller Gewalt schiebe ich Abigail aus meinem Kopf. Es gibt jetzt dringendere Themen. »Die Administrator-Profile sind unantastbar«, informiere ich die anderen. »Zumindest sind all meine Versuche, sie zu knacken, gescheitert. Wir brauchen Chloe Cremontes Zugangsdaten, wenn wir ReNatura über ihr Profil hochladen und die Uploadfilter umgehen wollen.«

»Oder die von einem anderen Administrator«, sagt Skye und wendet sich an Jasmine. »Meinst du, du schaffst es, an McCartys Passwort zu kommen?«

»Ist das eine rhetorische Frage?«, erwidert sie, doch ihr Ton klingt nicht ganz so selbstsicher wie sonst.

Skye schaut auf die Uhr. »Soll ich dir helfen, dich fertig zu machen?«, fragt sie.

Jasmine nickt und beinahe wünschte ich, sie würde irgendeinen bissigen Kommentar machen. Doch sie verschwindet wortlos im Badezimmer.

25

Vorsichtig stecke ich Jasmines Haare mit durchsichtigen Klammern hoch. Unsere Blicke treffen sich im Spiegel.

»Du weißt, dass du das hier nicht tun musst«, sage ich.

Jasmine tupft sich Rouge auf die Wangen. »Ich komme damit zurecht, für einen Abend das brave Mäuschen zu spielen«, sagt sie schließlich. »Aber nicht mein ganzes Leben lang. Und das wird passieren, wenn ReNatura durchkommt. Dann sind Frauen für immer zum Schatten ohne Stimme verdammt – oder zur Außenseiterin, die ihr Leben einzig und allein für die Arbeit leben.«

Ich denke an die Fotos von Gabriel, die im ganzen Haus herumstehen. *Wir alle wären verdammt.* Vorsichtig ziehe ich den Reißverschluss von Jasmines Kleid zu. Der Stoff ist dick und wenig geeignet für die Hitzewelle, die New York überrollt hat, aber am Abend wird die Luft abkühlen. »Sobald das Dinner vorbei ist und ihr irgendwo allein seid, musst du ihn nach den Trends fragen, die sich bei der Testung abzeichnen. Bring ihn dazu, über die Trait-Separations-Hypothese, also die Traitzuteilung nach Geschlecht, zu sprechen. Und wenn es irgendwie möglich ist, dann nimm auf, dass die Testungsdaten für genau diesen Zweck gefälscht werden.«

»Und du bist sicher, dass McCarty davon weiß?«, fragt Jasmine. »Wer glaubt denn noch an die genetische Vorbestimmung von Traits, wenn die Realität sie widerlegt?«

»Fanatiker tun das.« Ich stecke Jasmine das als Brosche getarnte Aufnahmegerät ans Kleid und lächle ihr ermutigend zu. »Zeigen wir ihnen, dass sie sich mit den Falschen angelegt haben.«

»Du kannst uns jederzeit auf dem Handy erreichen.« Der Ton in Hunters Stimme verrät, dass auch er sich um Jasmine sorgt.

Sie streicht ihr Kleid glatt. »Tut nicht so, als wäre das hier eine Selbstmordmission. Ich werde schon nicht auffliegen.« Sie nickt Hunter zu. »Und mir wird auch sonst nichts passieren. Das einzig Gute an diesen ReNatura-Verrückten ist ja offensichtlich, dass sie sich für die großen Beschützer der Frauen halten. Ich bin heute Abend weniger in Gefahr als auf jeder High-School-Party.« Jasmine schnappt sich ihre Autoschlüssel.

»Du solltest die U-Bahn nehmen«, sagt Ocean. »Mein Check hat angezeigt, dass die Fahrerlaubnis für Queens um Mitternacht endet. Mit dem Auto kommst du nicht mehr zurück.«

Jasmine legt die Schlüssel zurück auf die Kommode. Ein leises Zittern ihrer Hand verrät, dass sie ihre Aufgabe nicht so locker nimmt, wie sie vorgibt.

»Wir lassen den Hausschlüssel unter der Fußmatte liegen. Hast du deinen Check?«, frage ich. »Für alle Fälle?«

Jasmine klopft auf ihre Handtasche. Sie zwingt sich ein Lächeln ins Gesicht und öffnet die Haustür. »Also dann – auf den Beginn einer neuen Ära.« Mit diesen Worten verschwindet sie in den hellen Sommerabend.

Als Coach Verse wenig später nach Hause kommt, fragt er gar nicht erst, wer Ocean ist. »Ich sollte ein Schild an meiner Tür anbringen: Auffangstation für heimatlose Rebellen.« Er gibt ein kurzes Lachen von sich. Doch er verstummt, als sein Blick an dem Foto auf der Fensterbank hängen bleibt. »Euch kann mein schlechter Einfluss zumindest nicht mehr schaden«, sagt er nach einem Moment.

»Sie wissen, was damit in Wahrheit gemeint ist, oder?«

Überrascht schaue ich zu Hunter.

»Die Kristallisierer wollten Sie abwerten. Aber in Wahrheit bedeutet *schlechter Einfluss*, dass Sie Gabriel dazu erzogen haben, seine Gefühle nicht wegzuschieben, wie es von Jungen und Männern oft erwartet wird. Sie haben Ihrem Sohn das gegeben, was jedes Kind braucht, ganz egal, welches Geschlecht es hat: Liebe, Anerkennung und Unterstützung für seine Träume, auch wenn diese Träume nicht Ihren eigenen entsprachen. Der schlechte Einfluss, den die Kristallisierer Ihnen unterstellen, ist das, was Sie zu einem verdammt guten Vater macht. Und ich bin mir sicher, dass Gabriel irgendwann vor dieser Tür stehen wird, um Ihnen das Gleiche zu sagen.«

Hunter schweigt.

Der Coach lässt sich auf einen Stuhl sinken. Ich reiche ihm ein Küchentuch, dann gehe ich zu Hunter und drücke seine Hand. *Wir werden dafür sorgen, dass Gabriel zur Vernunft kommt. Wir werden dafür sorgen, dass dieses ganze Land zur Vernunft kommt.*

Ich helfe Coach Verse beim Kochen, während Ocean unter Hunters Anleitung die Kamera seines Checks mithilfe einer Sicherheitsnadel zerstört.

»Ging das im Zentrum nicht auch einfacher?«, frage ich.

»Dort hatte ich Zugriff auf das System und konnte die Software manipulieren«, erwidert Hunter. »Jetzt muss ich mich zu etwas brutaleren Methoden herablassen.« Er kneift die Augen zusammen. »Außerdem haben sie das Modell ein wenig abgewandelt. Die Kamera ist noch immer leicht zu finden, aber das Mikro kann ich nicht mehr verorten.«

»Oh, das ist einfach«, sagt Ocean. Erstaunt schaut Hunter ihn an. »Das Mikro, oder besser gesagt, *die* Mikrofone, befinden sich an der Innenseite des Checks. Es ist tatsächlich ein sehr ausgeklügeltes System. Wenn die Mikros außen angebracht wären, würden sie alles aufnehmen, was um den Träger herum geschieht, unnötige Dinge wie Verkehrslärm eingeschlossen. Die Sensoren an der Innenseite des Checks transformieren die Vibration unserer Stimmen in Worte, die dann analysiert werden können. Von dieser Technik habe ich schon mal in einem Forum gelesen«, fügt er verlegen hinzu.

»Also nimmt der Check nur das auf, was man selber sagt?«, frage ich.

»Nicht ganz. Die Sensoren sind scharf genug, um in ruhiger Atmosphäre auch Nebengeräusche aufzunehmen, vor allem menschliche Stimmen. Aber sie sind eben auch ziemlich einfach zu *entschärfen*.« Ocean zieht sich den breit aufgezogenen Bildschirm vom Unterarm und deutet auf die Rückseite. »Durchsichtiger Kleber«, erklärt er. »Verstopft die Sensoren. Habe ich aufgetragen, nachdem Yana mir erzählt hat, dass die Dinger einen abhören. Der einzige Nachteil ist, dass ich den Check nicht mehr auf Armbandgröße schrumpfen kann, weil sich die Klebeschicht sonst ablösen würde. Aber damit kann ich leben.«

»Ich bin beeindruckt«, sagt Hunter.

Lächelnd beobachte ich, wie dieses Lob Oceans Gesicht aufleuchten lässt.

»Sobald Jasmine uns die Zugangsdaten zu McCartys Administratorprofil schickt, kann es losgehen«, sagt er eifrig. »Ich habe einen Weg gefunden, zwei Octagon-Profile parallel über einen Check zu steuern, meins und McCartys. Wenn ich in McCartys drin bin, können uns die Uploadfilter nicht mehr aufhalten.«

»Das ist großartig.« Ich bemühe mich, einen optimistischen Tonfall anzuschlagen, und schiele auf die Küchenuhr. *Acht.* Der Empfang ist vorbei, jetzt gehen Jasmine und McCarty gerade zu Tisch. Sie hat drei Stunden, um sein Vertrauen so weit zu gewinnen, dass er ihr erzählt, was sie hören will – und um an sein Octagon-Passwort zu kommen.

Hunter reicht mir eine Schüssel mit Salat. »McCarty ist ein Angeber«, sagt er, als hätte er meine Gedanken gelesen. »Er wird Jasmine beeindrucken wollen. Und dafür wird er sich um Kopf und Kragen reden.«

»Hoffen wir es«, erwidere ich und fülle meinen Teller.

Der Coach sieht uns der Reihe nach an. »Ich sollte fragen, was hier vor sich geht.« Er seufzt. »Aber wenn ich ehrlich bin, will ich es lieber gar nicht wissen.« Er setzt sich neben Ocean und greift nach dem Teller mit den gebratenen Maiskolben. »Guten Appetit!«

Wir sprechen über die ausstehende Abstimmung zur Grenzschließung und wechseln das Thema, als Ocean eigentümlich still wird. Wir reden über den zweiten Platz, den das Laufteam der Serenity in dieser Woche gegen die Edison High gemacht hat. Coach Verse erwähnt, dass wir gewonnen hätten, wenn Colin und ich dabei gewesen wären. Wir wechseln das Thema. Am Ende sprechen wir über die Sinnlosigkeit eines Fahrverbots für sowieso emissionsfreie Elektroautos, während Hunter und ich abwechselnd auf die Uhr und Oceans Check starren und der Coach sich bemüht, nicht zu fragen, worauf wir warten. Als er schließlich ins Bett geht, ist es halb elf.

»Das Dinner ist vorbei«, spricht Ocean aus, was jeder von uns denkt.

Nun kommt Jasmines Chance. Wird sie es schaffen, McCarty abseits der Gesellschaft auszufragen? Ist er dumm genug, mit seinem geheimen Wissen vor ihr zu prahlen? Wir spielen Karten, um uns die Zeit zu vertreiben, denn an Schlaf ist für niemanden von uns zu denken.

»Du bist ganz schön gut«, sagt Hunter, als ich zum dritten Mal gewinne. »Hast du heimlich Pokern geübt?«

Ein Stich durchfährt mich, als ich an den Abend auf dem Rastplatz denke. Und an Cren.

»Das ist bloß Anfängerglück«, murmele ich.

Bald darauf vergeht uns auch die Lust am Kartenspielen.

»Es muss kein schlechtes Zeichen sein«, versucht Hunter, die

Stimmung zu heben. »Dass Jasmine sich nicht meldet, kann genauso gut bedeuten, dass McCarty ihr in diesem Augenblick alles erzählt.«

Ich nicke und stehe auf. »Wir sollten versuchen, ein wenig Schlaf zu kriegen. Wenn alles gut geht, ist morgen der Tag der Tage.«

Zehn Minuten später liegen wir nebeneinander, Hunter und ich auf der schmalen Couch und Ocean auf einer Luftmatratze, die Coach Verse für ihn vom Dachboden geholt hat. Die Wanduhr tickt. Niemand von uns macht auch nur ein Auge zu.

Irgendwann im Laufe der Nacht muss ich doch eingeschlafen sein, denn ich schrecke auf, als ich im Flur ein Geräusch höre. Durch die Fenster scheint die Morgensonne, deren grelle Strahlen schon jetzt einen heißen Tag versprechen.

Ich steige über Ocean, der mit ausgebreiteten Armen auf seiner Luftmatratze liegt, und stecke den Kopf durch die Tür in den Flur.

»Jasmine?«

»Leicht zu verwechseln, ich weiß«, erwidert Coach Verse trocken. »Ich mache mich auf den Weg zur Arbeit. Braucht ihr irgendetwas?«

Einen verdammten Beweis für ReNatura.

Ich schüttle den Kopf. »Danke, nein. Bis heute Abend.«

Der Coach nickt und zieht leise die Haustür hinter sich zu. Ich höre Hunters Schritte, bevor er seine Arme um meine Hüfte legt und mich sanft auf die Schulter küsst. »Na, Frühaufsteherin?«

Ich drehe mich um, stelle mich auf die Zehenspitzen und küsse ihn richtig. »Noch ein Teil des Rebellinnen-Daseins, der mich stört: nicht ausschlafen zu können«, sage ich anschließend.

Hunter grinst. »Und das ist schlimmer als der Verzicht auf regelmäßige Mahlzeiten?«, neckt er mich.

»Hält sich ungefähr die Waage.«

Er zieht mich enger zu sich heran. »Wenn das hier vorbei ist«, flüstert er in mein Haar, »schlafen wir bis Mittag und ich mache dir Frühstück. Meine Pancakes sind Weltklasse, das Rezept ist von meiner Mum.«

Die Erwähnung von Sol erinnert uns beide daran, dass noch nichts vorbei ist. Seufzend löse ich mich aus seiner Umarmung. »Ich habe gestern Nacht gar nicht gehört, wie Jasmine nach Hause gekommen ist«, sage ich und gehe auf die Treppe zu.

Hunter hält mich fest. »Skye, ich glaube nicht, dass –«

»Sie schläft wohl noch«, sage ich zuversichtlich.

Jasmine schläft. Sie liegt in Gabriels Zimmer und schläft. Ich laufe die Treppe hinauf und drücke die Türklinge hinunter.

»Jasmine?«

Das Zimmer ist leer.

»Es könnte ein gutes Zeichen sein, oder?«, sage ich schwach.

Hunter, der mir leise gefolgt ist, legt seinen Arm um mich. »Nein. Das ist kein gutes Zeichen.«

Ocean sitzt angezogen in der Küche, als wir runterkommen. Wir versuchen, Jasmine über seinen Check zu erreichen – erfolglos. In meinem Kopf spielt sich jedes denkbare Szenario ab. *Der Kristall hat Jasmine als eine der Institutsstudentinnen erkannt. McCarty hat ihr falsches Spiel durchschaut. Jasmine hat einen Fehler gemacht.* Doch ein Teil von mir klammert sich noch immer an die irrationale Hoffnung, dass alles gut gegangen ist. *Vielleicht war es Jasmine bloß zu unsicher, mitten in der Nacht die U-Bahn zurück zu nehmen. Vielleicht hat sie lieber bei Freunden in Manhattan übernachtet. Vielleicht …*

»Wir sollten von hier verschwinden, wie wir es von Anfang an hätten tun sollen.«

»Wie bitte?« Verwirrt sehe ich auf.

Hunter hat seinen Teller von sich geschoben. »Wir nehmen uns ein Zimmer im Maddie. Da stellt niemand Fragen. Und ich bin mir sicher, dass dein Coach kein Problem damit hat, dir Geld zu leihen.«

Er steht auf und ich tue es ihm gleich. Ocean sieht verunsichert von Hunter zu mir, doch ich achte nicht auf ihn.

»Ich gehe jetzt garantiert nicht in irgendein Motel!« Mit verschränkten Armen stelle ich mich Hunter in den Weg. »Wenn Jasmine zurückkommt –«

»Das ist der Punkt«, presst er hervor. »Sie wird nicht zurückkommen.« Er versucht, mich zur Seite zu schieben, doch ich bewege mich keinen Millimeter. Hunter seufzt. »Findest du es überhaupt nicht merkwürdig, dass Jasmine noch am selben Tag aus dem Institut abhaut, an dem du in Daliawood auftauchst? An dem ich einen Transporter stehle? Vielleicht sind wir tatsächlich nicht so glücklich entkommen, wie wir geglaubt haben.«

Ich lasse die Arme sinken. »Du meinst, Jasmine wurde auf uns angesetzt?«, frage ich ungläubig.

»Du kennst sie. Du weißt, dass sie an der Serenity über Leichen gegangen ist, um sich ihren Platz an der Cremonte-Uni zu sichern. Mir fallen eine Million Dinge ein, die man ihr im Institut geboten haben könnte, um uns zu verraten.«

»Menschen ändern sich«, sage ich leise.

»Nicht so stark. Und nicht in so kurzer Zeit.« Hunter streckt die Hand nach mir aus, doch ich wende mich ab.

»Wir bleiben«, sage ich. »Die Kristallisierer konnten unmöglich im Voraus wissen, bei wem wir auftauchen würden.«

»Auch nicht, wenn sie Jasmine nach deinen Kontaktpersonen hier in New York befragt haben, bevor sie sie losgeschickt haben?«

Ich beiße mir auf die Lippe. Jasmine weiß, wie regierungstreu mein Vater ist. Bei ihm hätte ich niemals Schutz gesucht, genauso wenig wie bei Elias' Eltern Deirdre und Tom, unseren direkten Nachbarn, wo Dad mich sofort entdeckt hätte. Blieb also nur der Coach.

»So etwas würde Jasmine nicht tun. Und selbst wenn sie uns verraten wollte – sie hat die Seiten gewechselt, nachdem sie von ReNatura erfahren hat. Ihre Angst und ihr Kampfgeist waren echt!«

»Also glaubst du wirklich, dass sie zurückkommt?«

Ich hole zitternd Luft. »Ich bin mir nicht sicher. Aber ich bin mir sicher, dass sie uns nicht verraten hat.«

»Menschen verraten Menschen«, sagt Hunter bitter. »Ich dachte, das hättest du in Las Almas gelernt.«

»Hunter!«, zische ich empört.

Ocean hört auf, auf seinem Check herumzutippen. »Ist schon gut«, sagt er. »Ich weiß, was passiert ist. Dass Reka und meine Großeltern euch der Administration melden wollten. Yana hat es mir gesagt.«

»Und warum genau hat sie zugelassen, dass du hierbleibst?«, fragt Hunter. Seine Stimme wird sanfter, als er Ocean ansieht. »Yana liebt dich. Sie ist auch deinetwegen nach Las Almas zurückgekehrt. Sie wollte dich in Sicherheit bringen.«

Ocean schluckt. »Tante Reka hat die anderen davon überzeugt, ohne mich zu gehen«, sagt er schließlich. Ungläubig starren wir ihn an. *Warum sollte Reka freiwillig ihren Neffen zurücklassen?* »Als es hieß, dass wir aus Las Almas verschwinden, habe ich als Erstes nach meinem MP3-Player gesucht«, erklärt Ocean. »Aber ich fand ihn nicht.«

»Oh, Ocean, es tut mir –«, beginne ich, doch Hunter bringt mich mit einer Handbewegung zum Schweigen.

»Red weiter, Ocean.«

»Ich erinnerte mich, dass ich ihn im Bungalow vergessen hatte. Als ich ihn aber auch dort nicht fand, dachte ich, Tante Reka hätte ihn vielleicht in Yanas Zimmer entdeckt und zurück in den Keller gebracht.« Ocean stockt. »Dort entdeckte ich etwas anderes«, sagt er dann leise. Er steht auf, verschwindet im Wohnzimmer und kommt mit seiner Tasche zurück, die er vor uns auf den Tisch stellt. Er holt einen handlichen Karton daraus hervor. »Ich konnte nicht alles, was ich darin gefunden habe, einordnen. Aber genug, um zu verstehen, dass Sol Dinge wusste. Gefährliche Dinge.« Er wirft Hunter einen Blick zu. »Ich … ich habe verstanden, dass Sol für dieses Wissen ermordet wurde. Und dass Reka diesen Umstand seit vier Jahren vor uns allen verheimlicht hat.« Er streicht über den Kartondeckel. »Also habe ich sie vor die Wahl gestellt. Entweder, sie überredet meine Eltern und alle anderen, mich das hier nach New York bringen zu lassen – oder ich zeige Yana, was ich gefunden habe.«

»Aber Yana wusste alles«, sagt Hunter verständnislos. »Sie wusste, dass meine Mutter Reka vor ReNatura gewarnt hat. Und dass Reka Mums Tod verheimlicht hat.«

Einen Moment lang erwidert Ocean nichts, als müsse er diese Information erst verarbeiten. Dann schüttelt er den Kopf. »Ich glaube nicht, dass Yana alles weiß. Und ich fürchte, ihr wisst es auch nicht.« Er nimmt den Deckel von dem Karton und deutet auf das Etikett darauf. Die Schrift ist verblasst, aber noch lesbar:

NY General Hospital – Patientennummer 364

Riviera, Sol Marianna

Ich sehe zu Hunter hinüber. Sein Gesicht ist blutleer. »Das müssen die Dinge sein, die sie bei sich hatte«, sage ich sanft.

Hunter schließt die Augen. »Als sie aus dem Wagen stieg, trug sie ihre Handtasche über der Schulter«, murmelt er.

Ich schlucke, als ich zusehe, wie er gegen den Strudel der Erinnerung ankämpft. Seine Mutter wusste von ReNatura, genau wie meine. Deshalb wollten sie mit uns nach Kanada fliehen, das damals noch unabhängig war. Ich denke an Mums Recherchen, an die Liste der Frauen, die im Jahr nach dem Wahlsieg der Kristallisierer aus ihren Jobs gedrängt wurden. *Vielleicht hat Sol ähnliche Nachforschungen angestellt. Vielleicht trug sie irgendetwas bei sich, das uns auf eine neue Spur bringen kann …*

Hunter zieht den Karton zu sich heran. Ich bin froh zu sehen, dass Sols Kleidung fehlt. Auch die Handtasche, von der er gesprochen hat, ist nicht da, dafür ein Durcheinander, das wohl ihr Inhalt gewesen ist. Hunter betrachtet einen Schlüssel und streicht über das silberne Herz mit der Aufschrift *Home*, das daran hängt. Zwei Lippenstifte, eine winzige Parfumprobe, die Eintrittskarte zu einem Film im Alpine Cinema. Darunter Unmengen von Zetteln, bedruckt, beschrieben, einige zusammengeknüllt. Hunter nimmt das oberste Blatt Papier heraus. Es ist ein Artikel, den Sol aus der *New York Times* ausgerissen hat. *Kristallisierungspartei schickt überraschenden Präsidentschaftskandidaten ins Rennen*, lautet die Überschrift. Ich sehe auf. Ocean nickt mir zu.

»Lies weiter.«

Nur wenige Tage nach dem großen Skandal kündigt Chloe Cremonte, die Vorsitzende der über Nacht gegründeten Kristallisierungspartei, Mason Kendrick als Kandidaten für die Neuwahlen an. Kendrick, der schon in der vorherigen Wahlperiode als parteiloser Kandidat antrat, zeigt sich selbstbewusst.

»Die Kristallisierungsbewegung ist die Rettung der Vereinigten Staaten von Amerika. An Chloe Cremontes Seite werde ich dafür sorgen, das Leben unserer Bürger durch Traits sicherer zu machen.«

Nach der Hörsaalschießerei, bei der zahllose Studienanfänger ihr Leben ließen, ist das Vertrauen der Bürger in die Politik auf einen historischen Tiefpunkt gesunken. Doch statt sich in gegenseitigen Schuldzuweisungen zu verlieren wie Republikaner und Demokraten, bereitet Chloe Cremonte sich auf einen Neuanfang vor.

»Ich glaube nicht nur, dass es einen Weg aus dieser Krise gibt. Ich glaube, dass dieser Weg uns an einen besseren Ort führen wird! Und wir werden diesen Ort finden, mit mir an der Spitze dieser Partei und mit Mason Kendrick an der Spitze dieses Landes.«

Unter dem Artikel ist ein Bild des Mannes abgedruckt, der wenige Tage später an der Seite von Chloe Cremonte die Gläsernen Nationen ausrufen wird. Hasserfüllt betrachte ich das hagere Gesicht unseres Präsidenten.

»Warum hat sie ausgerechnet diesen Artikel aufbewahrt?«, frage ich.

»Hat mich zuerst auch verwirrt«, sagt Ocean und zieht einen weiteren Zettel aus dem Karton. »Aber seht euch das mal an.«

Ich lege mein Kinn auf Hunters Schulter, während ich die Kopie aus einem Branchenmagazin überfliege. »Mason Kendrick steht auf der Forbes-Liste der Milliardäre?«, frage ich erstaunt.

Hunter nickt langsam. »Und er weigert sich standhaft, offenzulegen, woher das Geld kommt, das ihn dahin gebracht hat. Aber Mum hatte eine Ahnung.« Er deutet auf den zweiten Absatz. Sol hat Kendricks Namen angemarkert. »Inhaber von Pharma-Con«, liest Hunter. »Ist das nicht der Name dieser Firma, von der Reka gesprochen hat?«

Ich höre wieder Rekas Erklärungen zu dem Gift in meinem Blut, die sie uns in der Nacht von Luces Einlieferung gegeben hat.

»Ja«, sage ich tonlos. »Ja, ich bin mir ganz sicher.« Ocean sieht mich fragend an. »Reka konnte einen Stoff in meinem Blut nachweisen, der meine lange Bewusstlosigkeit hervorgerufen hat«, erkläre ich ihm. »Erythrozynol. Ein Medikament, das ein Konzern namens Pharma-Con vor Jahren auf den Markt brachte. Es stellte sich allerdings als schädlich heraus.«

»Moment.« Hunter geht aus der Küche und ist wenige Sekunden später mit Jasmines Laptop zurück. Ungeduldig warten wir, bis er einen Browser geöffnet hat. »Erythrozynol wurde vor sieben Jahren vom Markt genommen«, sagt er dann und deutet auf die Überschrift eines Onlineartikels. »Die alte Regierung hat Pharma-Con alle Lizenzen entzogen, als sich herausstellte, dass ihr Medikament die Leute krank macht, statt sie zu heilen.« Er scrollt weiter nach unten und Ocean und ich lesen mit: *Die Giftnotrufzenrale warnt vor dem in Verruf geratenen Medikament Erythrozynol. Aufgrund seiner Eigenschaft, den roten Blutfarbstoff zu absorbieren und das Blut des Patienten beinahe farblos zurückzulassen, wurde die Substanz als lebensgefährlich eingestuft und unter dem Namen Kristallin registriert.*

Wir starren uns an. *Kristallin.* Meine Kehle schnürt sich zu. Ich erinnere mich an das Gefühl, keine Luft zu bekommen, obwohl ich atme.

Ocean nimmt einen Stapel zusammengehefteter Papiere aus dem Karton. »Das hier ist der Rest.«

Wir beugen uns vor und lesen. Pharma-Con hat seine Lizenzen vor fünf Jahren zurückbekommen. Direkt nach dem Wahlsieg der Kristallisierungspartei. Bis heute produziert der Konzern alle möglichen Arten von Schmerztabletten, doch laut der Analysen, die Sol ausgedruckt hat, machen diese Medikamente gerade einmal die Hälfte des Umsatzes aus. Ich starre auf die zwei Worte, die Sol neben die Zahlen gekritzelt hat. *Kristallin?* Und daneben, verbunden mit einem Pfeil: *WAFFE??*

26

Ich kann meinen Blick nicht von dem Karton lösen. Von Mums Lippenstiften, ihrem Hausschlüssel und dem abgegriffenen Herz, das ich ihr mit zwölf zu Weihnachten geschenkt habe - und von dem Zettelberg. *Kennt Reka all diese Papiere? Hat sie auch das alles gewusst?* Ich denke an Mums Schmuckanhänger, den ich in der Nacht, als Reka uns von Erythrozynol erzählt hat, an ihrem Armband entdeckt habe. Meine Trauer verwandelt sich in Wut. Dass Reka uns ausliefern wollte, kann ich ihr verzeihen. Menschen tun eine Menge, um ihre Familie zu schützen. Aber dass sie Mums Anhänger behält, obwohl sie weiß, dass Ocean nach mir suchen wird? Dass sie mir dieses Erinnerungsstück vorenthält, obwohl sie wissen müsste, wie viel es mir bedeutet? Das werde ich ihr niemals vergessen.

»Die Splitter.« Skyes tonlose Stimme holt mich zurück in die Wirklichkeit.

Ich betrachte das Wort, das Mum am Rand der Umsatzaufstellung von Pharma-Con notiert hat: *WAFFE??* Kann das möglich sein? Haben die Kristallisierer ein Gift entwickelt, um ... ihre Gegner auszuschalten? Skye schiebt ihren rechten Ärmel hoch und streicht über die vier hellroten Narben auf ihrem Oberarm, keine von ihnen länger als ein Fingernagel. Dort saßen die Splitter, die ich herausgezogen habe, nachdem ich Skye aus Angelas brennender Wohnung getragen habe. Die Splitter des Laptops. *Der Bombe.*

Ich denke an Rekas drängende Frage, wie das Erythrozynol in

Skyes Blutbahn gelangen konnte. An unsere Ratlosigkeit. Und dann verstehe ich.

»Jasmine lag falsch«, murmele ich. »Die Kristallisierer hatten uns die ganze Zeit im Visier.«

»Nicht die Kristallisierer. *Sie.*«

Skyes Wangen sind blass geworden. Ihr Gesicht wirkt mit einem Mal hart wie Marmor. »Kendrick brauchte eine Partei, die seine Kandidatur befürwortete. Und der Kristall brauchte ein Mittel, um Zweifler auszuschalten.«

Ich werfe einen Blick auf das Papier. *WAFFE.* Wenn Mum recht hatte - wenn Skye recht hat - dann hat Präsident Kendrick sich Chloes Unterstützung mit einem Gift erkauft, das schwer nachzuweisen ist. Das in der richtigen Dosis schnell tötet und das Blut seines Opfers farblos zurücklässt. *Kristallklar.* Ein Schauer läuft mir den Rücken hinunter. Sind wir nicht die Einzigen, die an Kristallin sterben sollten? *Ist Chloe Cremonte, der gefeierte Kristall, noch stärker von Macht besessen, als ich dachte?*

Ich sehe Skye in die Augen und wünschte im selben Moment, ich hätte es nicht getan. Sie sind dunkel - so dunkel, wie ich sie noch nie gesehen habe.

»Wir verschwinden«, verkündet sie. Als ich mich nicht rühre, sieht sie mich verständnislos an. »Du warst es doch, der aufbrechen wollte!«

Ich stehe auf und gehe zum Fenster. Die Sonne spiegelt sich im Lack von Jasmines Cabrio. *Hat sie wirklich geglaubt, dass Skye und ich der Regierung egal sind? Oder ist sie darauf angesetzt worden, uns das einzureden?* So oder so sollten wir kein Risiko eingehen, indem wir hierbleiben, aber nach den Entdeckungen dieses Vormittags scheint ein Ausflug nach Manhattan gefährlicher als je zuvor. Bisher habe ich Chloe Cremonte für eine machthungrige Politikerin gehalten. Jetzt glaube ich, dass wir es mit einer waschechten Psychopathin zu tun haben.

»Lass uns nichts überstürzen«, sage ich. »Außerdem brauchen wir Geld, wenn wir in einem Motel einchecken wollen.«

Doch Skye ignoriert mich. Sie rafft die Papiere zusammen und stopft sie zusammen mit Mums Lippenstiften, der alten Eintrittskarte und der Parfumprobe zurück zu den restlichen Unterlagen in die Kiste. Ich greife nach dem Schlüssel, bevor sie es tut, und lasse ihn in meine Hosentasche gleiten.

»Pack deine Sachen«, weist sie Ocean an. »Wenn wir mithilfe von Sols Recherche beweisen können, dass Kristallin als Mordwaffe eingesetzt wird, dann haben wir etwas gegen die Regierung in der Hand.«

Ocean nickt und verschwindet mit seiner Tasche im Flur.

»Skye!« Endlich hält sie inne. »Wir können nicht einfach ziellos durch New York City spazieren und -«

»Das will ich auch gar nicht!« Ich erkenne die Stimme meiner Freundin nicht wieder. »Wir nehmen die U-Bahn in Richtung Lower East Side. Und dort suchen wir nach dem *Shine*.«

Mein Mund wird trocken. »Ich gehe nicht zur *Sonne*. Das ist es doch, was du damit sagen willst, oder?« Stumm verfluche ich Luce, die ihr diesen Rat gegeben haben muss. »Wir waren uns einig, Skye! Das sind Radikale. Sie wollen keine Enthüllung, keine Neuwahlen und keine Gerichtsprozesse - sie wollen Krieg!«

Ich höre das Blut durch meine Adern rauschen. *Wir dürfen diesen Schritt nicht gehen, das hat Skye selbst gesagt!* Aber das Mädchen vor mir hat kaum noch Ähnlichkeit mit der Skye, die auf dem friedlichen Weg bestand.

»Die Gläsernen Nationen befinden sich schon seit fünf Jahren im Krieg.« Skyes blaue Augen glühen. Sie ist zu einer Rächerin aus Feuer und Eis geworden. »Der Kristall hat versucht, uns zu töten, uns und wer weiß wie viele andere Regierungsgegner. *Ich* wollte keinen Krieg. Aber jetzt müssen wir in den Widerstand gehen.«

Ocean kommt zurück in die Küche, die Umhängetasche über seiner Schulter. »Die nächste Haltestelle ist gleich um die Ecke. Wir können die U-Bahn in zehn Minuten nehmen oder die in zwanzig.« Er tippt auf seinen Check. »Laut der Internetseite der Administration werden die alten Ausweisterminals hier gerade erst abgebaut, die Checkscanner sind noch nicht aktiv. Wir entkommen also auf jeden Fall einer automatischen Kontrolle. Sollten wir von einem Ordnungswahrer angehalten werden, lasse ich mich kontrollieren und ihr rennt.«

Skye wirft einen Blick auf seinen Check.

»Das kannst du nicht zulassen«, zische ich und ziehe sie beiseite. »Du kannst Ocean nicht mit zur *Sonne* nehmen!«

»Wenn er möchte, dann kommt er mit«, widerspricht sie mir. »Um die Kristallisierer zu stürzen, brauchen wir jeden Einzelnen.«

Ein stolzes Lächeln huscht über Oceans Gesicht.

»Er ist ein Kind!«, explodiere ich.

»Er ist vierzehn Jahre alt«, widerspricht Skye. »Und er ist geblieben, statt zu fliehen. Allein. Kommt dir das nicht irgendwie bekannt vor?«

Ich schließe die Augen und sehe die Handschrift meiner Mutter vor mir. *WAFFE.* Ich spüre ihr Blut an meinen Fingern. Höre mein Versprechen. *Ich werde einen Weg finden, Mum. Ich werde die Kristallisierung aufhalten. Und wenn es das Letzte ist, was ich tue.* Mut misst sich nicht in Lebensjahren.

Skye nimmt mein Gesicht in ihre kühlen Hände und schaut mich an. »Wenn wir gewinnen wollen, müssen wir uns auf ihre Spielregeln einlassen. Ich habe es satt zu fliehen. Es ist die Zeit gekommen, sich umzudrehen und zu kämpfen.«

Wir schauen uns an. *Aber mit wem an unserer Seite wollen wir kämpfen?* Es gibt Dinge, über die CCN nicht berichtet. Verschwundene Politiker, brennende Regierungstransporter, offene Aufrufe zur Zerstörung des Systems im Netz, zumindest vor der

Einführung von Octagon. Wenn wir unser Wissen mit der *Sonne* teilen, wird ein Sturm ausbrechen, den wir unmöglich kontrollieren können. *Aber was, wenn dieser Sturm unsere letzte Möglichkeit ist?*

»Unter einer Bedingung«, sage ich zögerlich und nehme den Karton mit Mums Habseligkeiten an mich. »Wir machen einen kleinen Umweg.«

Ich folge Hunter, der uns zielsicher durch Brooklyns Straßen manövriert. Schuldbewusst denke ich an die kurze Nachricht, die ich Coach Verse auf dem Küchentisch hinterlassen habe, bevor wir zur U-Bahn-Station aufgebrochen sind: *Danke für alles. Wenn jemand nach uns fragt – egal wer –, dann haben Sie uns nie gesehen.* Ich war versucht zu schreiben, dass alles bald ein Ende haben wird. Dass Gabriel nach Hause zurückkehren wird und wir ein neues Leben beginnen können. Aber ich habe es nicht getan. Falls meine, *unsere* Geschichte ein anderes Ende nimmt, will ich keine falschen Hoffnungen geweckt haben.

Schließlich bleibt Hunter vor einem schmalen Reihenhaus stehen. Sein T-Shirt ist schweißnass. Ich nehme seine Hand und vergesse für einen Moment die Wut, die mich bis hierher getragen hat.

»Es könnte sein, dass mittlerweile jemand anders hier wohnt«, sage ich vorsichtig.

Doch Hunter schüttelt den Kopf. »Als Dad uns verließ, hat Mum mir das Haus überschrieben.«

Wie bitte? Mein Puls beschleunigt sich schlagartig. Das Haus läuft auf Hunters Namen. Damit habe ich nicht gerechnet. *Erwarten die Kristallisierer, dass wir hier auftauchen?* Es sieht zumindest nicht so aus, die Straße ist vollkommen ruhig.

»Wahrscheinlich wollte sie uns so schützen, falls Dad zurückkommt und seine Hälfte wiederhaben will.« Hunter presst die Kiefer zusammen, wie immer, wenn er von seinem Vater spricht. »Wenn ihr möchtet, könnt ihr hier warten. Ich werde nicht lange brauchen. Ich muss nur –«

Seine Stimme bricht. Ich weiß nicht, was er im Haus seiner Eltern will. Aber es ist wichtig für ihn, das spüre ich. »Bleib hier und beobachte die Straße«, sage ich leise zu Ocean, dann drücke ich Hunters Hand.

Gemeinsam gehen wir zur Haustür. Der Vorgarten ist voller Unkraut. Längst vertrocknete Sonnenblumen lassen die Köpfe vor der Hauswand hängen. Ich berühre die Blätter und zucke zurück, als sie unter meinen Fingern zerbröseln. Hunter zieht den Hausschlüssel seiner Mutter aus seiner Hosentasche.

»Warte!«, zische ich, bevor er den Schlüssel ins Schloss stecken kann. Erinnerungen befallen mich – an die letzte leer stehende Wohnung, in die ich einfach so hineinspaziert bin. Ich suche den morschen Türrahmen nach Einbruchsspuren ab, aber Hunter hält mich zurück.

»Ich bin als Alexander Dome aus dem Zentrum geflohen«, erinnert er mich. »Die Leute vom Ring, bei denen der echte Dome gerade ist, haben Befehl, ihn bis zum Ende der Testung versteckt zu halten. Die Kristallisierer werden zwar nach meinem Gesicht, aber nach *seinem* Namen suchen. Das Haus ist sicher.« Hunter steckt den Schlüssel ins Schloss, hält jedoch sofort wieder inne.

»Warst du jemals hier danach?«, frage ich behutsam. »Nachdem deine Mum starb?«

Hunter schüttelt den Kopf. »Nein. Ich habe es nicht über mich gebracht.«

Er atmet tief durch und öffnet die Haustür. Zusammen treten wir über die Schwelle. *Hier ist Hunter aufgewachsen.* Die Dielen knarren unter unseren Füßen. Ich muss lächeln, als ich die Kinderbilder an den Wänden sehe. Gleichzeitig fühle ich mich wie ein Eindringling, der die Ruhe dieses Hauses stört. *Die Ruhe der Toten.* Auf einem der Fotos umarmt eine Frau mit Hunters smaragdgrünen Augen einen kleinen Jungen. Im Hintergrund erkenne ich Rekas Bungalow.

»Wurde das in Las Almas aufgenommen?«, frage ich.

Hunter nickt. »So wie andere Familien im Sommer in die Hamptons gefahren sind, sind wir pünktlich zu Beginn der Ferien nach Las Almas aufgebrochen. Manuel hat den Bungalow, den du kennst, ursprünglich als Ferienhaus für Reka, Daniel und Yana gebaut. Unseres stand direkt daneben.«

Wir gehen an den Bilderrahmen vorbei, in denen der kleine Junge zu einem schlaksigen Jugendlichen heranwächst, dem blonde Locken ins picklige Gesicht fallen. Ich betrachte den Mann, der Sol auf jedem Bild einen Arm um die Schultern legt oder ihre Hand hält, als würde er sich Sorgen machen, sie zu verlieren, sobald er sie loslässt. *Ich habe noch nie zwei Menschen gesehen, die so glücklich zusammen wirken …* Ich deute auf ein ausgeblichenes Quadrat auf der Tapete.

»Welches Bild hat da gehangen?«

Hunter atmet tief ein. »Eins von Mum, Dad und Chloe Cremonte.«

Ich denke an unser Gespräch am Strand, an Chloes Hochschulgruppe, zu der Hunters Eltern gehörten. »Hat deine Mum es abgenommen?«

Hunter nickt. »Nachdem mein Vater verschwand. Ich schätze, sie wollte Dad genauso vergessen wie ihre kurze Zeit auf der falschen Seite.«

»Wann wurde deine Mum eigentlich zur Kristallisierungsgegnerin?«

Hunter zieht nachdenklich die Augenbrauen zusammen. »Kurz nach dem großen Skandal, schätze ich. Schon ironisch. Mum wandte sich ausgerechnet dann von Chloe ab, als der Rest der Welt sie zu feiern begann.« Er lächelt. »Sie war noch nie gern wie alle anderen.«

Ich berühre die ausgeblichene Tapete. »Haben Sol oder dein Dad dir je erzählt, wie es war, den Kristall zu kennen?« Es ist schwer vorstellbar, wie die kühle, reservierte Chloe Cremonte Protestschilder malt und neben Hunters Eltern im Bus auf dem Weg zu einer Demo sitzt.

»Damals war Chloe noch nicht *der Kristall*«, sagt Hunter. »Sie war bloß eine junge Frau, deren Ideen überzeugen konnten. Dad hat sie für brillant gehalten, schließlich waren die Traits ein beinahe revolutionärer Gedankengang. Alle haben sie für brillant gehalten.«

»Selbst ich.«

Hunter sieht mich an. »Du warst geprägt vom großen Skandal. Du hast dich hinter Chloe gestellt, weil sie Sicherheit versprach, während das Chaos losbrach. Die Leute in dieser Hochschulgruppe haben keinen Anlass gebraucht, um ihre Freiheit zu opfern.«

Hunter geht auf das Wohnzimmer zu, doch ich halte ihn am Arm fest. »Die Idee der Traits …« Ich starre ihn an. »Sie kam Chloe Cremonte doch erst *nach* dem großen Skandal!« Ich habe den *Silberstreif*, ihre Autobiografie, oft genug gelesen, um zu wissen, dass ich mich nicht irre. »Erst die Impulsivität, die fatale emotionale Entscheidung ihrer Mutter hat Chloe auf den Gedanken gebracht, die Persönlichkeit der Menschen zu kategorisieren!«

Hunter runzelt die Stirn. »Darüber habe ich noch nie nachgedacht.« Er zuckt mit den Schultern. »Wahrscheinlich klang es so einfach besser, als zuzugeben, dass es die Idee der Traits schon seit Jahren gegeben hat, aber niemand außer einer Handvoll Getreuer ihr zuhören wollte.«

Ich denke an die Kristallstatuen, die nach dem Regierungswechsel überall im Land errichtet wurden. Chloe Cremonte wurde noch im selben Sommer, in dem ihre eigene Schwester starb, zur Anführerin einer ganzen Nation – dabei war sie gar nicht das Wunderkind, als das sie sich selbst pausenlos präsentiert. Sie hat im großen Skandal bloß ihre Chance gesehen …

Nachdenklich folge ich Hunter in das geräumige Wohnzimmer.

Er geht zu dem Regal neben dem Fenster, zieht Bücher heraus, stellt sie wieder zurück. Als eine schwere Ausgabe zu Boden fällt, flucht er. Ich hebe sie auf.

»Du suchst nach Erinnerungen, oder?«

Etwas glimmt in Hunters Augen auf. Ist es Schmerz? Er setzt zu einer Antwort an – und verstummt, als plötzlich draußen das Geräusch eines Motors erklingt. *Dabei hat Brooklyn doch im Augenblick Fahrverbot, genau wie Queens* … Hunter und ich wechseln einen Blick. Es gibt nur eine einzige Art von Fahrzeugen, die sich über das Fahrverbot hinwegsetzen dürfen: die schwarzen Transporter der Kristallisierer.

Mein Herz klopft mir bis zum Hals, als ich neben Skye durch den Vorhang des Küchenfensters spähe. Der Transporter rollt langsam die Straße entlang.

»Er fährt weiter.« Skyes Stimme zittert vor Erleichterung. »Hunter, wir müssen hier weg.«

Ich nicke. »Ich weiß. Aber es gibt eine Sache, die ich mitnehmen muss, und ich glaube, ich weiß jetzt, wo ich sie finde. Ich beeil mich, versprochen!«

Ich stürme aus der Küche und die steile Treppe hinauf, die zu meinem alten Zimmer führt - und zum Schlafzimmer meiner Eltern. Vor der Tür, an die ich früher geklopft habe, wenn ich nicht schlafen konnte, halte ich inne. Ich bin nicht darauf vorbereitet, das ordentlich gemachte Bett zu sehen, die Kommode und den großen Spiegel, den Dad vier Blocks weit von einem Straßenflohmarkt nach Hause getragen hat. Aber ich weiß, dass in diesem Zimmer noch etwas anderes ist. *Natürlich hat Mum es nicht im Wohnzimmer aufbewahrt.* Ich atme tief durch, dann öffne ich die Tür. Die Sonne scheint durch die hohen Fenster. Staub tanzt in ihren Strahlen. Ich gehe zu Mums Nachttisch. Ein Hauch ihres Parfums liegt noch immer in der Luft, und ich kämpfe gegen die Enge in meiner Brust, die Tränen ankündigt.

Du hast keine Zeit, um zu trauern.

Ich ziehe die Schublade des kleinen Nachttischs auf. Da liegt es. Ich drücke es an meine Brust, spüre den harten Umschlag. Skye hatte recht. Ich bin wegen Erinnerungen zurück nach Brooklyn gekommen. Aber nicht wegen meiner eigenen.

Während ich im Flur warte, versuche ich vergeblich, meinen Puls zu beruhigen. Ich lausche angestrengt, aber draußen ist alles ruhig. *Es gibt eine Menge Erklärungen dafür, dass ein Regierungstransporter durch Brooklyn fährt.* Vielleicht waren es bloß Ordnungswahrer, die zu ihrem Einsatzort unterwegs sind.

»Hunter?«, rufe ich leise die Treppe hoch, doch ich bekomme keine Antwort.

Gerade will ich ihm nachgehen, als das Motorgeräusch zurückkehrt. Wie in Trance bewege ich mich zur Haustür und sehe durch eins der quadratischen Glasfenster. Der schwarze Transporter. Er fährt die Straße hinab, als wäre er auf Patrouille. *Als würde er nach jemandem suchen.*

Auf einmal habe ich Schwierigkeiten zu atmen, und das liegt nicht daran, dass seit vier Jahren keine frische Luft mehr in dieses Haus gedrungen ist. *Sind sie unseren Spuren zu Coach Verse gefolgt? Wissen sie, dass wir hier sind?*

»Sie müssen herausgefunden haben, dass der geflohene Testleiter nicht Alexander Dome ist.« Hunter tritt neben mich. Er zurrt den Verschluss seines Rucksacks zu. »Es ist die einzig logische Erklärung. Das Haus läuft auf meinen Namen. Und jetzt rechnen sie damit, dass wir hier auftauchen.« Er fährt sich durch die Locken. »Scheiße, es tut mir leid. Ich hätte nicht gedacht, dass sie hier nach uns suchen würden!«

»Dass sie noch immer Patrouille fahren, statt die Tür einzutreten, heißt, dass sie keine Ahnung haben, dass wir bereits hier sind«, versuche ich, Hunter und mich selbst zu beruhigen. »Wir müssen nur einen Weg finden, ungesehen von hier zu verschwinden.«

»Es gibt eine Möglichkeit«, sagt Hunter, als das Geräusch des Motors auf einmal verstummt.

Türen schlagen. Hastig trete ich von der Tür zurück und presse mich gegen die Wand.

»Was machst du denn hier?«, höre ich die Stimme eines Mannes.

»Ich warte auf meine große Schwester.« Das ist Ocean. »Die Schule war bei mir heute früher aus, aber sie hat den Schlüssel.«

»Und wo sind eure Eltern?« Eine Frau.

Oceans Stimme klingt verunsichert. »Arbeiten.«

»Wie lange wohnt ihr schon hier?«

Ich halte den Atem an. *Wenn er jetzt etwas Falsches sagt, redet Ocean sich um Kopf und Kragen!*

»Erst seit ein paar Wochen. Meine Eltern haben das Haus billig bekommen, so baufällig, wie es ist.«

Pause.

Dann die Stimme des Ordnungswahrers, leiser diesmal. »Wahrscheinlich wollte Riviera die Ruine loswerden. Hat das Haus verkauft, weil er wusste, dass wir ihn hier finden.«

Seine Kollegin wendet sich wieder an Ocean. »Die Namen deiner Eltern, bitte.«

Ich presse meine Fäuste gegen meine Stirn. Hunter legt seine Hände auf meine Schultern.

»Es gibt eine Verbindung«, flüstert er in mein Ohr. »Zwischen den Dachböden der Häuserreihe.«

Ich öffne die Augen. »Wir können Ocean nicht zurücklassen.«

Hunter senkt den Kopf.

»Verstößt es gegen die Ordnung, auf der Treppe vor meiner Haustür zu sitzen?«, tönt es in diesem Moment zu uns herein.

»Nein«, erwidert der Ordnungswahrer. »Aber wir haben Anweisung, diese Straße zu beobachten. Wenn eine junge Frau und ein Mann Anfang zwanzig hier auftauchen, dann wäre es sehr hilfreich, wenn deine Eltern sich bei der Administration melden.«

»Was haben sie denn getan?«

Mein Atem stockt, doch dann wird mir klar, was Ocean macht. *Er verschafft uns Zeit zu verschwinden.* Wir sehen uns an. Doch wir rühren uns nicht von der Stelle.

»Das sind vertrauliche Informationen«, antwortet die Ordnungswahrerin auf Oceans Frage. »Die beiden sind gefährlich, das ist alles, was du wissen musst.«

»Wir werden Ausschau halten«, versichert Ocean. Ich kann sein breites, jungenhaftes Lächeln förmlich sehen. »Für Klarheit und Weitsicht!«

Die beiden Ordnungswahrer erwidern den Gruß. Türen schlagen. Ein Motor springt an und das Geräusch entfernt sich. Dann ist alles still. Ich reiße die Haustür auf und ziehe Ocean in den Flur.

»Danke«, flüstere ich in sein Ohr.

»Keine große Sache.« Er schüttelt sich. »Ich werde noch richtig gut im Lügen.«

»So fängt es an«, erwidere ich.

Langsam ebbt die Panik ab, und ich lehne mich erschöpft gegen die Wand, während ich an meine eigene erste richtige Lüge denke. Was wäre geschehen, wenn ich gemeldet hätte, dass der Testleiter Alexander meine Ergebnisse manipuliert? Ich schätze, Caroline hätte Hunter gefasst, er wäre ins Gefängnis gekommen und der Ring wäre aufgeflogen. Ich hätte Elias verziehen und wäre auf das Institut gekommen. Die Commitment-Erklärung hätte mein Herz gebrochen. Vielleicht hätte ich mich geweigert. Aber ganz sicher hätte ich nichts von ReNatura geahnt, bevor es zu spät gewesen wäre.

»Skye?«

Ich schaue auf. Hunter reicht mir seine Hand und zieht mich hoch. Ocean und ich folgen ihm in den ersten Stock, wo er eine Klappe in der Decke öffnet und eine Holzleiter herunterlässt. Als ich hinaufklettere, bin ich fast froh, über einen Brooklyner Dachboden vor Ordnungswahrern fliehen zu müssen. Mein Leben ist gerade zwar alles andere als beschaulich, aber die Alternative wäre weitaus schrecklicher.

27

Gebückt zwängen wir uns durch die niedrigen Türen, die die Dachböden der Reihenhäuser miteinander verbinden. Ich habe vergessen zu zählen, wie viele wir schon hinter uns haben.

»Die Verbindungen wurden ursprünglich gebaut, um es den Schornsteinfegern leichter zu machen, von Haus zu Haus zu kommen«, erklärt Hunter leise, während er ein altes Regal beiseiteschiebt. Eine Staubwolke umhüllt uns und ich muss niesen. Hunter zerrt ein paar Kartons aus dem Weg, dann liegt auch die nächste Tür frei.

»Waren Schornsteinfeger damals alle unter 1,60?«, stöhnt Ocean, nachdem er sich zum dritten Mal den Kopf gestoßen hat.

Hunter grinst. »Früher erschienen mir die Durchgänge wie für mich gemacht. Yana und ich haben oft hier oben gespielt.« Er sieht sich auf dem nächsten Dachboden um. »Das hier ist der letzte.«

Ich werfe einen Blick auf die Klappe zu unseren Füßen. »Was, wenn die Besitzer daheim sind?«

»Wir gehen nicht durch das Haus.« Hunter deutet auf die Dachschräge. »Wir nehmen den abenteuerlichen Weg.«

Ocean ist der Erste, der sich durch die Luke schiebt. Vorsichtig hangelt er sich ein kurzes Stück über die Schindeln, bis er die Stufen der Feuertreppe erreicht, die an der Hauswand hinunter in einen Hinterhof führt.

»Ich gehe als Nächstes«, sagt Hunter. »Dann helfe ich dir, in Ordnung?«

Ich nicke. Hunter klettert durch die Luke. Als er auf dem schrägen Dach einen einigermaßen sicheren Halt gefunden hat, hält er mir seine Hand hin. Ich steige auf den alten Stuhl, den schon Ocean und Hunter genutzt haben, und strecke meinen Kopf durch die Luke ins Freie. Meine Finger sind schweißnass, dabei hatte ich noch nie in meinem Leben Höhenangst. Ich nehme Hunters Hand, stütze mich mit der anderen ab und ziehe mich hoch, dann setze ich einen Fuß auf die Dachschindeln, die in der Nachmittagssonne glühen. Als ich in den drei Stockwerke unter mir liegenden Hinterhof hinunterstarre, wird mir klar, was mir das Herz bis zum Hals schlagen lässt. Es ist die Erinnerung an das letzte Mal, als ich so viele Meter über dem Boden gehangen habe.

»Ganz langsam, okay? Es sind nur ein paar Schritte.«

Ich höre Hunters Stimme wie durch Watte, sehe wieder Tonyas vor Angst geweitete Augen vor mir, unsere aneinandergeklammerten Hände. Wie ich verzweifelt versuche, sie über die Felskante zu ziehen. *Und wie ich scheitere.*

»Skye!« Ocean steht bereits sicher zwischen den Mülltonnen im Hinterhof und bedeutet uns mit wedelnden Armen, uns zu beeilen.

Ich beiße die Zähne zusammen. Wenn wir nicht auf den letzten Metern entdeckt werden wollen, muss ich mich jetzt zusammenreißen. Ich greife Hunters Hand fester. *Er wird mich nicht loslassen.* Vorsichtig setze ich einen Fuß vor den anderen.

»Gut so«, sagt Hunter leise. »Sieh nicht nach unten. Sieh mich an.« Ich hebe den Blick. »Nicht mehr weit.« Wir erreichen die Feuerleiter und ich atme aus. Aber Hunters Hand lasse ich nicht los. »Ich hätte daran denken sollen«, sagt er, als wir wieder festen Boden unter den Füßen haben. Sein Blick ist besorgt.

»Es ist nicht so, als sei eine Kletterpartie übers Dach das Verrückteste, was in den vergangenen Wochen passiert ist«, sage ich und bemühe mich um einen lockeren Tonfall. Das Letzte, was ich jetzt will, ist, Ocean erklären zu müssen, warum mir die Höhe so viel ausmacht. »Lasst uns von hier verschwinden.«

»Das wird vielleicht nicht ganz so einfach wie gedacht.« Ocean winkt uns zum Tor und deutet auf die Straße, wo zwei Frauen wild gestikulierend aufeinander einreden. Gesprächsfetzen dringen an unsere Ohren.

»So ein seltsames Poltern.«

»Haben wir auch gehört.«

»Einbrecher?«

Und dann der Satz, der dazu führt, dass meine Füße sich automatisch in Bewegung setzen.

»Wir sollten die Administration informieren. Die Ordnungswahrer suchen doch nach diesem Pärchen …«

Wir brauchen uns nicht abzusprechen, um zu wissen, was zu tun ist. Ich laufe auf die Mülltonnen zu und klettere auf den Deckel der größten. Von dort aus ziehe ich mich die Mauer hoch, die den Hinterhof umgibt, und reiche Ocean die Hand, um ihm hinaufzuhelfen. Er springt auf der anderen Seite der Mauer hinunter.

»Beeilt euch!« Hunter klettert ebenfalls auf die Tonne und zieht sich neben mich. Ich sehe nach unten. Auf der anderen Seite geht es tiefer hinab, als ich erwartet habe.

»Lasst euch fallen!«, ruft Ocean und deutet auf die Müllsäcke, die sich unter uns stapeln.

Also gut, denke ich. Dann nehme ich Hunters Hand und springe.

Etwas Scharfes streift meinen Unterschenkel entlang, doch ich ignoriere den Schmerz, während ich mich aus dem Meer stinkender Müllsäcke herauskämpfe. Wir durchqueren den Hinterhof, sprinten über den Bürgersteig, durch eine Unterführung und landen schließlich auf der geschäftigen Fulton Street. Unter der Markise eines Ladens bleiben wir schwer atmend stehen.

Skye fährt sich über die Augen, und ich begreife, dass sie ihre

Kontaktlinsen beim Coach vergessen hat. »Also haben sie doch eine öffentliche Fahndung nach uns herausgegeben?«, fragt sie angespannt. Ich fühle mich genauso schutzlos wie sie.

Ocean tippt etwas in seinen Check. »Sieht nicht so aus. Wahrscheinlich haben die Ordnungswahrer nur die direkten Nachbarn informiert. Kanntest du diese Leute, Hunter?«

Ich schüttle den Kopf und sehe mich um. Wir müssen sofort aus Brooklyn verschwinden. Nach diesem Vorfall werden die Ordnungswahrer das ganze Viertel durchkämmen, es vielleicht sogar abriegeln.

»Die nächste U-Bahn-Haltestelle ist Nostrand Avenue«, sage ich. »Es ist der schnellste Weg.«

Wir drängen uns zwischen den Leuten hindurch, die von der Arbeit kommen. Mit unseren Reisetaschen und den verschwitzten Gesichtern hält man uns hoffentlich für Touristen, zumindest, wenn man den Geruch nach Abfall ignoriert, der uns umgibt. Ich steuere auf die Treppen der U-Bahn zu. Wir gelangen an die Schleuse, wo normalerweise die Terminals mit den Ausweisscannern stehen. Doch wie zuvor in Queens wurden sie abgebaut. Auch hier weist ein Schild darauf hin, dass in Kürze Checkscanner installiert werden. Wer sich bis dahin keins der Armbänder besorgt hat, wird einen anderen Weg nehmen müssen, um zur Arbeit zu kommen. *Chloe Cremontes neuem Gesetz sei Dank ...*

»Hier entlang.«

Während wir uns durch die Menge schieben, taste ich nach meinem Rucksack. Ich muss wissen, ob wir das Richtige tun. *Ich brauche dich, Mum.*

»Bitte treten Sie zurück«, tönt eine Männerstimme mit leicht britischem Akzent durch die Lautsprecher. Die U-Bahn fährt ein, die Türen öffnen sich. Noch mehr Menschen strömen auf den überfüllten Bahnsteig. Ich greife nach Skyes Hand und mit der anderen nimmt sie Oceans. Wir drängen uns in den Wagen und finden einen freien Viererplatz. Erschöpft lasse ich mich auf den Sitz am Fenster fallen.

»Du blutest!« Skye senkt rasch ihre Stimme, als die Passagiere um uns herum zu uns herüberschauen.

Sie deutet auf mein Bein. Ein Schnitt zieht sich über meinen Unterschenkel. Ich muss an einem spitzen Gegenstand vorbeigeschrammt sein, als ich in den Müllberg sprang. Ocean holt Desinfektionsmittel aus seiner Tasche und versorgt die Wunde notdürftig. Sie ist nicht tief, brennt jedoch höllisch.

»Hättest du den Coach mal nicht nach Shorts gefragt«, sagt er. »Eine Jeans hätte das wahrscheinlich ausgehalten.«

»In einer Jeans ist man aber auch dem Hitzeschlag nahe«, stöhnt Skye leise. Sie trägt wieder das grüne Shirt mit den langen Ärmeln, in dem ich sie vor dem Lieferanten gerettet habe. Die dünne Jacke hat sie sich um die Hüften gebunden.

In Williamsburg wechseln wir die U-Bahn und steigen in eine Linie, die uns nach Manhattan bringen wird.

»Ein Gutes hatte dieses Abenteuer«, flüstere ich Skye ins Ohr. »Die Administration vermutet uns in Brooklyn. Im Nachhinein war unsere Beinahe-Entdeckung vielleicht der klügste Schachzug, seit wir in New York angekommen sind.«

Sie seufzt. »Hoffentlich hast du recht.«

Als wir die U-Bahn-Station auf der Lower East Side verlassen, begrüßen uns vierspurige Straßen und Hochhäuser. Nicht die modernen Wolkenkratzer mit ihren glänzend silbernen Fassaden, die man üblicherweise mit New York verbindet, sondern alte Blocks aus der Zeit, in der dieses Viertel ein Schmelztiegel der Kulturen war und dreißig Einwandererfamilien im selben Haus ohne Wasser und Strom lebten.

Skye sieht sich um. Ich bezweifle, dass sie schon einmal hier gewesen ist. Die Lower East Side mit ihren Kunstgalerien und Bars ist kein Ort, an den Samuel Anderson seine Tochter freiwillig hätte gehen lassen. Die Luft wird langsam kühler und in den zahlreichen Cafés und Diners um uns herum bestellen die Leute Abendessen. An einer Straßenecke hat sich eine kleine Menschentraube versammelt.

»... sollte es unser Ziel sein, gesehen zu werden!«, dringt die Stimme eines jungen Mannes zu uns herüber. Seine Zuhörer klatschen.

»Wegen so was habe ich New York vermisst«, raune ich Skye zu.

»Wahrscheinlich protestieren sie, weil Domino's ihre Lieblingspizza von der Karte genommen hat.« Skye kichert.

»Wir sind einzigartig, meine Freunde. Jeder von uns. Warum also versuchen wir, jemand zu sein, der wir nicht sind? Warum versuchen wir, einander auszustechen und zu übertreffen in einem Rennen, bei dem es nur Verlierer geben kann - wenn es so viel leichter wäre, uns einfach zu ergänzen?« Der junge Mann hebt die Hände zum Himmel, während die Menge pfeift und applaudiert.

Ich will gerade zum Weitergehen mahnen, als jemand von hinten gegen mich stößt.

»Skye?«

Die Stimme kommt mir nicht bekannt vor. Aber neben mir erstarrt meine Freundin zu Eis.

Skye! So war doch dein Name, oder?«

Erleichtert lasse ich die Schultern sinken, als ich die Frau mit den braunen Locken nach kurzem Überlegen wiedererkenne. »Stimmt.« Ich signalisiere Hunter mit einem leichten Knuff, die Killermiene fallen zu lassen.

»Ich bin Kerissa. Sorry, ich überrumple die Leute manchmal«, entschuldigt sich die nette Verkäuferin aus dem TechMania-Laden. Sie lächelt breit. »Ich freue mich riesig, dass du gekommen bist!«

Mein Blick bleibt an dem Anstecker hängen, den sie an ihrer Bluse trägt. *Pure Perspective.* Der Name, der auch auf dem Banner steht, das hinter dem jungen Mann mit dem Megafon in die Höhe gehalten wird.

»Ich sage, Schluss mit dem Kampf der Geschlechter!«, ruft er jetzt. »Lasst uns statt der ewigen Gleichmacherei wieder Mut zur Männlichkeit und Mut zur Weiblichkeit zeigen. Lasst uns die moderne Gleichstellungshysterie beenden und uns unseren Frieden zurückholen! Es ist ein Zeichen, meine Freunde, dass die Politik die Reinheitsbewegung endlich anerkennt. Es ist ein Zeichen, dass wir den richtigen Weg gehen!«

Lauter Applaus erklingt.

»Vielleicht habt ihr ja Lust beizutreten?« Kerissa hält mir ein Clipboard unter die Nase. »Der Ball findet leider nur einmal im Jahr statt. Aber ihr könnt natürlich auch schon vorher zu unseren Treffen kommen! Und ihr bekommt einen Anstecker.«

»Der Ball?«, frage ich verwirrt.

»Der Reinheitsball«, erklärt Kerissa. »Bei dem wir schwören, uns für unsere Ehepartner aufzusparen? Hast du bestimmt schon mal von gehört. Wir sind der festen Überzeugung, dass die Welt eine bessere wird, wenn unsere Gesellschaft wieder zu unseren natürlichen Werten zurückkehrt.«

»Fanatiker«, zischt Hunter in mein Ohr, als Kerissa dem Jungen mit dem Megafon zujubelt. »Ich wette, sie hält die Evolutionstheorie für eine Lüge. Und wahrscheinlich glaubt sie, dass die Erde eine Scheibe ist.«

»Also?« Kerissa hält mir das Klemmbrett unter die Nase.

»Klar unterschreiben wir«, sage ich, um endlich hier weg zu kommen.

Ocean räuspert sich, als ich den Kuli ansetze. Gerade noch rechtzeitig verstehe ich den Hinweis und unterzeichne mit *Sky Williams.* Freudestrahlend streckt Kerissa mir die Box mit den Ansteckern entgegen und hilft mir, einen davon an meinem Shirt zu befestigen.

»Folgt uns auf Octagon«, lächelt sie, bevor sie wieder in der Menge verschwindet.

»Ich glaube, du weißt nicht, was du da gerade unterschrieben hast.« Ocean hält mir seinen Check unter die Nase. *Pure Perspective – die junge Kristallisierungspartei.* Ich betrachte Fotos von Sommercamps und Diskussionsrunden.

»Die junge Kristallisierungspartei?«, liest Hunter fragend. Ich zucke mit den Schultern – auch ich habe noch nie etwas davon gehört. *Sonst wäre ich wahrscheinlich selbst Mitglied gewesen, genau wie Elias, Jasmine und der Rest unserer Clique.* Hunter schüttelt ungläubig den Kopf. »Die Kristallisierer können doch unmöglich innerhalb von ein paar Wochen New Yorks Jugend organisiert haben!«

»Das mussten sie auch gar nicht«, murmele ich. »Jugendgruppen der Kirche mit konservativen Ansichten gibt es schon lange. Aber jetzt haben die Kristallisierer sie sich unter den Nagel gerissen.«

Ich sehe zu dem Jungen auf dem Podest. Seine Worte könnten auch aus dem Mund von jemand anderem kommen. Denn ich habe sie schon einmal gehört – im Keller des Athene-Zentrums.

Hinter der nächsten Straßenecke reiße ich den Anstecker von meinem Shirt und kümmere mich nicht um das Loch, das er hinterlässt. Ocean schließt zu mir auf. Im Gehen tippt er auf seinem Check herum. »Hat Jasmine geantwortet?«, frage ich hoffnungsvoll.

»Nein, ich habe schon nachgesehen. Auf ihrem gesamten Profil herrscht Funkstille.«

Ich beiße mir auf die Lippe. *Es wäre ja auch zu schön gewesen.* Ich taste nach der Glasscherbe unter meinem Shirt und denke an Luce und ihre seltsame Weigerung, Daliawood zu verlassen. Aiden und sie würden dort noch gebraucht, hat sie gesagt. Bloß wozu? Und ich denke an Yanas Warnung. Wenn ich ehrlich bin, habe selbst ich ein wenig Angst vor dem, was passiert, wenn wir das *Shine* und diesen Yael finden. Aber wir haben keine andere Wahl. *Wenn die Kristallisierer sich Verbündete suchen, müssen wir dasselbe tun.*

Ich sehe mich um, als würde irgendwo ein Schild stehen, das uns den Weg weist. Die Nachmittagssonne spiegelt sich in den Scheiben des Cafés auf der anderen Straßenseite. Geblendet halte ich mir die Hand über die Augen – und dann kommt mir eine Idee.

»Ich glaube, wir müssen in den Osten des Viertels«, sage ich. Mein Bauchgefühl sagt mir, dass wir das *Shine* dort finden werden, wo die Sonne aufgeht.

Wir laufen zehn Minuten, dann zwanzig. Erschöpfung legt sich über meinen Gefahrenradar. Es war ein langer Tag. *Es waren lange Wochen.*

»Da wären wir.« Am Ufer des East River bleibt Hunter stehen.

Jogger laufen an uns vorbei. Ich drehe mich um und betrachte die Gebäude in unserem Rücken, aber keines wirkt wie der Sitz einer Untergrundorganisation. Manche der Backsteinblocks sehen aus wie Wohnhäuser, in anderen befinden sich Cafés und Bars. Ich überfliege die Leuchtreklamen, ohne fündig zu werden. *Aber irgendwo hier muss sich das Shine befinden, ich weiß es einfach!*

»Die Lower East Side hat 9520 Gastronomieunternehmen, davon sind 5900 Bars«, verkündet Ocean. »Wenn ihr keine Ahnung habt, wo genau das *Shine* liegt, dann werden wir noch ziemlich lange die Nadel im Heuhaufen suchen.«

»Besonders, wenn ihr nach der falschen Nadel sucht.«

Ich fahre herum und blicke in hellbraune Augen. Mit einem leichten Rotstich.

»Hallo, Crystal Skye.«

28

Cren!«, rufe ich erstaunt aus. »Du hast also –«

»Die Seiten gewechselt, und zwar endgültig. Keine Lieferwagen mehr, keine Grenzen.« Er mustert Hunter. »Was macht Beths Schoßhund hier?«

Eine Ader an Hunters Stirn tritt hervor. »Ihr kennt euch?«, fragt er an mich gewandt.

»Cren hat mich nach Daliawood gebracht.« Meine Worte klingen wie ein Geständnis. Als hätte ich diese Information absichtlich verheimlicht – was ja auch stimmt. *Aus gutem Grund.*

»Du hast sie da drinnen allein gelassen?«, fragt Hunter kalt.

»Ich hatte keine andere Wahl.« Cren sieht mich an. »Hat Aiden dich gefunden?«

Ich denke an den Zettel, den Aiden mir überbracht hat. *Warte auf die aufgehende Sonne.* »Ja«, erwidere ich. »Danke, dass du ihn gebeten hast, mir zu helfen.«

»Ich bin zwar neu bei der *Sonne*, aber schon jetzt schulden mir ein paar Leute einen Gefallen«, erwidert Cren.

Hunter legt einen Arm um meine Schultern. »Also, kannst du uns zum *Shine* bringen, oder bist du so neu, dass dir der Ort noch nicht verraten wurde?«

»Kannst du deiner Chefin gegenüber die Klappe halten?« Cren verschränkt die Arme vor der Brust. Die Luft zwischen den beiden ist so dick, dass man sie schneiden könnte.

»Beth ist nicht mehr meine Chefin«, presst Hunter hervor.

»Dann bleibt ja nur noch ein Problem.«

»Und das wäre?«

»Dass du ein Feigling bist.« Cren sieht Hunter lauernd an. »Glaub nicht, dass sich daran etwas ändert, nur weil du dich jetzt auf die Seite der Revolution stellen willst.«

Hunter schüttelt verächtlich den Kopf. »Du hast keine Ahnung, wovon du sprichst.«

»Glaubst du wirklich, du wärst ein Held wegen der Sache mit Abigail?« Cren schnaubt. *Abigail?* »*Ich* glaube, es gibt eine Menge Abigails da draußen. Bloß hat nicht jede von ihnen einen Hunter, der bereit ist, für sie –«

»Das reicht!« Hunters Brust hebt und senkt sich heftig.

Cren sieht von ihm zu mir und grinst. »Du bist also sogar zu feige, *ihr* die Wahrheit zu erzählen.«

Hunter lässt mich los und stürmt auf Cren zu, der seinem Schlag geschickt ausweicht, sodass Hunter ins Taumeln gerät.

Ich helfe ihm auf die Beine. »Können wir das Testosteronlevel jetzt wieder runterschrauben?«, zische ich wütend. »Ich habe keine Ahnung, was zwischen Cren und dir vorgefallen ist, und es interessiert mich auch nicht. Er kann uns zur *Sonne* bringen.« Ich schaue Hunter warnend in die Augen. »Und wir waren uns einig, dass das der nächste Schritt ist, oder nicht?«

Hunter klopft sich den Staub von der Hose. Er zögert einen Moment, bevor er leise fragt: »Vertraust du ihm?«

»Ich vertraue meinem Bauchgefühl.«

Als wir zurück zu den anderen gehen, begrüßt Cren mich mit einem Augenzwinkern. »Auf geht's, Crystal Skye. Du bist endlich dort angekommen, wo du hingehörst.«

Cren bleibt vor einem der Blocks stehen. Durch die Glasfassade des unteren Stockwerks erkenne ich hell angestrahlte Leinwände. *Das meinte Cren also mit der falschen Nadel im Heuhaufen.* Wir haben das *Shine* für eine Bar gehalten, dabei handelt es sich in Wirklichkeit um eine … Kunstgalerie?

Cren drückt die Tür auf. Eine junge Frau an einem Tresen blickt auf. »Vier Eintrittskarten?«

»Für die obere Ausstellung«, erwidert Cren.

Die Frau tippt etwas in ihren Computer und wirft uns einen prüfenden Blick zu.

»Meine Gäste«, sagt Cren. »Ich zeige ihnen New York.« Hinter uns wird die Tür erneut geöffnet. Ein Pärchen betritt das *Shine* und sieht sich interessiert um. Die Sprache, in der sie sich leise unterhalten, klingt asiatisch.

»Klär das oben«, murmelt die Rezeptionistin und reicht uns einen Streifen Tickets. Cren zupft sie auseinander und gibt jedem von uns eins.

Wir folgen Cren, der sich gar nicht erst die Mühe macht, langsam an den Exponaten in der unteren Etage vorbeizuschlendern, und gelangen zu einem Aufzug. »Nach euch.«

Die Metalltüren schieben sich zur Seite und Ocean betritt den gläsernen Kasten, doch ich bleibe wie angewurzelt stehen. Bilder aus dem Zentrum flackern vor meinem inneren Auge auf. Das Szenario im Aufzug. Wie ich versuche, mich aus der engen Testungskabine zu befreien. Der Schmerz, als ich abrutsche und falle. Hunters Arme, die mich festhalten.

»Ich kann nicht«, stammle ich und stolpere zurück, als würde die Aufzugskabine mich verschlingen, wenn ich ihr zu nahe komme. Ich ertrage es nicht, die Nacht im Kofferraum wieder zu durchleben, wie jedes Mal, wenn Enge und Dunkelheit mich einschließen.

»Gibt es keinen anderen Weg nach oben?«, wendet Hunter sich an Cren.

»Leider nicht, außer ihr wollt von außen über die Feuertreppen klettern.« Hoffnung glimmt in mir auf. »Das war ein Witz«, rudert

Cren hastig zurück, als er meinen Blick bemerkt. »Die Feuertreppe ist unser Fluchtweg. Sie kann nur im absoluten Notfall genutzt werden. Falls wir auffliegen sollten«, fügt er leise hinzu, wohl um mir klarzumachen, dass eine kollabierende Rebellin nicht als Notfall zählt. Er sieht mir fest in die Augen. »Du hast die Fahrt im Lieferwagen überstanden, richtig?« Ich nicke. »Also wird das hier ein Kinderspiel.« Er streckt mir seine Hand entgegen. Sie ist groß und kräftig. »Du bist stärker als deine Angst, Crystal Skye. Das hast du doch schon längst bewiesen.« Ich schließe die Augen und mache einen Schritt nach vorn. »Genau so«, murmelt Cren nah an meinem Ohr, als ich in der Kabine stehe. Dann wendet er sich von mir ab. »Was ist, soll ich bei dir auch Händchen halten?«

Ich öffne die Augen und sehe, wie Hunter in den Aufzug steigt. Er verzieht das Gesicht, als hätte er in eine Zitrone gebissen. Cren holt seine Eintrittskarte hervor und tippt den Code auf der Rückseite in das Tastenfeld neben den Knöpfen für die Stockwerke. Die Tasten haben keine Nummern und sind so flach, dass man sie kaum von der metallenen Oberfläche unterscheiden kann. Auf den ersten Blick wären sie mir niemals aufgefallen. Doch im nächsten Moment schwindet meine Bewunderung für ausgeklügelte Tarnmechanismen, und ich schnappe nach Luft, als die Kabine nach oben schießt. Wir fahren an der Glasfassade hinauf, die jedoch nach der zweiten Etage in denselben roten Backstein übergeht, aus dem hier alles gebaut zu sein scheint. Nach wenigen Sekunden umhüllt uns tiefe Dunkelheit. Mein Herz rast, als ich wieder zu hören glaube, wie die Kofferraumklappe über mir geschlossen wird. Wie der Motor anspringt. *Gleich werde ich den Knall hören. Gleich werde ich hören, wie Sol stirbt …* Ich beiße die Zähne zusammen und denke an die Übung, die mir meine Therapeutin beigebracht hat, als Panikanfälle noch zu meinem Alltag gehörten. *Konzentriere dich auf drei Dinge,* höre ich ihre ruhige Stimme sagen. *Etwas, das du spürst. Etwas, das du hörst, und etwas, das du siehst.* Ich atme tief durch. Angst. Ich spüre Angst. Und … Hunters Hand zwischen meinen Schulterblättern. Ich zwinge meinen Verstand, sich auf die Berührung zu fokussieren. *Also gut, ich spüre Hunters Hand, ich höre jemanden atmen, ruhig, nicht so gepresst wie ich. Und ich sehe …* Ich sehe Dunkelheit. Ein paar Lämpchen an der Wand des Aufzugs leuchten, doch sie reichen nicht aus, um die andere Dunkelheit aus meinem Kopf zu vertreiben. Ich drohe mich zu verlieren, als auf einmal ein grelles Licht neben mir erstrahlt. Ocean hat seinen Check zum Leuchten gebracht. *Ich spüre Hunters Hand. Ich höre Cren atmen. Ich sehe Ocean lächeln. Hand, Atem, Lächeln.* Beschäftigt mit diesem Mantra, lassen meine Gedanken den dunklen Kofferraum zurück in die Abgründe meines Bewusstseins sinken.

Endlich kommt der Aufzug zum Stehen. »Danke«, flüstere ich Ocean zu, als sich die Türen mit einem leisen Pling öffnen.

Wir treten in einen kleinen Raum ohne Fenster. Nur eine längliche Deckenlampe strahlt ihr zittriges Licht auf die Betonwände und zwei Türen. Neben der schmaleren leuchtet ein grüner Pfeil, der den Notausgang kennzeichnet. Dahinter muss sich die Feuertreppe befinden. Cren geht zielstrebig auf die andere, massivere Tür zu. Er klopft drei Mal. Nichts geschieht, und ich spüre, wie sich Hunter neben mir anspannt. Doch dann wird eine Klappe in der Tür aufgeschoben.

»Feuer schlägt Glas«, sagt Cren.

Ein Schauer läuft mir über den Rücken, als auf der anderen Seite jemand antwortet: »Und die Sonne wird aufgehen über Utopia.«

Ein Klicken verrät, dass die Tür von innen entriegelt wird. Als sie sich öffnet, bin ich geblendet, so hell ist das Licht, das uns entgegenstrahlt.

»Wen haben wir denn da?«

Als ich mich an die Helligkeit gewöhnt habe, erkenne ich die Sprecherin, eine Frau Ende zwanzig mit roten Haaren. Sie nickt Cren zu. Den Rest von uns beäugt sie misstrauisch, ohne Anstalten zu machen, uns hineinzubitten. Ich sammle all meinen Mut.

»Das hier sind Hunter Riviera und Ocean –«

»Ocean Cypress«, hilft er mir aus.

Ich richte meinen Blick wieder auf die Rothaarige. »Mein Name ist Skye Anderson. Wir sind gekommen, weil wir Verbündete brauchen.«

Die Frau hebt eine Augenbraue. »So so, *Verbündete.* Interessant.« Sie lacht kopfschüttelnd, fährt sich durch die Haare und dreht sie zu einem lockeren Knoten zusammen, aus dem die Hälfte der Strähnen direkt wieder herausfällt. »Aber leider sind wir kein Auffanglager für Teenager in der Rebellionsphase. Etwas, das du eigentlich wissen solltest«, wendet sie sich vorwurfsvoll an Cren.

Er setzt zu einer Erwiderung an – doch ich komme ihm zuvor. »Luce Vaillant ist auch ein Teenager, oder nicht?« Hunter bedeutet mir mit einem Druck seiner Hand, die Klappe zu halten, doch ich stelle mich nur noch ein wenig gerader hin. »Sechzehn, genau wie ich. Und ihr habt sie aufgenommen.«

Die Frau verschränkt die Arme vor der Brust. »Luce war vertrauenswürdig.«

Ich ziehe die Glasscherbe an dem Lederband unter meinem Shirt hervor.

»Wie bist du an diese Kette gekommen?«, fragt die Rothaarige. Ihr Tonfall ist plötzlich scharf. Sie trägt eine ähnliche Scherbe, bloß ist die an ihrem Lederband grün.

»Luce hat sie mir gegeben. Im Zentrum hat sie mir erzählt, dass die Scherbe euer Zeichen ist. Und in Daliawood hat sie mir versprochen, dass ihr mir helfen werdet, wenn ich sie trage.«

Die Frau klappt überrascht den Mund auf. »Die Kristallisierer haben *dich* nach Daliawood gebracht?«, fragt sie ungläubig.

»Nein. Ich habe mich eingeschleust. Nachdem ich aus dem Zentrum geflohen bin.«

Die Rothaarige pfeift anerkennend durch die Zähne. »Es sind immer die, bei denen man am wenigsten damit rechnet.« Sie schüttelt erneut den Kopf. Und auf einmal weiß ich, warum sie gelacht hat, als ich erklärte, Verbündete zu wollen. *Diese Frau kennt mich.* Oder zumindest meinen Namen.

»Die Testung hat meine Einstellung zur Kristallisierung verändert«, sage ich.

Sie sieht mich mit schief gelegtem Kopf an, als würde sie versuchen, sich einen Reim auf die beiden Versionen von mir zu machen. Da ist die treue Tochter eines Parlamentsmitglieds, auf die sie Luce angesetzt hat, um Informationen über die Regierung zu bekommen. Und da ist das Mädchen, das mit Verbrennungswunden und löchrigen Klamotten vor ihr steht und bereit ist zu kämpfen.

»Nur wenige sind stark genug anzuerkennen, dass sie auf der falschen Seite standen«, sagt sie schließlich. »Willkommen auf der richtigen.«

Ich lächle erleichtert. »Also wirst du uns zu Yael bringen? Wir müssen dringend mit ihm sprechen.«

Die Frau grinst. »Wie wäre es, wenn ihr erst einmal reinkommt.«

Ich trete durch die Tür und kann gerade noch ein überraschtes »Oh!« zurückhalten. Vor uns liegt ein riesiges Loft. Spuren im Mauerwerk zeugen davon, dass es hier einmal Wände gab, die jedoch herausgerissen wurden. Grünpflanzen und ein Sammelsurium alter Regale kreieren trotzdem den Eindruck einzelner Räume, in denen Leute in Sitzsäcken und auf ausrangierten Barhockern sitzen. Doch es ist die über allem schwebende helle Kugel, die mir den Atem stocken lässt.

»Die Sonne!«, entfährt es Ocean.

Die Rothaarige lacht. »Das ist nur eine Projektion. Für solche Spielereien sind diese Helden hier gut, was?«, ruft sie in die Runde und legt den Arm um einen jungen Mann, der an einem dreibeinigen Tisch sitzt. »Geld für eine verdammte Mikrowelle haben wir nicht, aber für euren Computerkram wird regelmäßig das Ersparte geplündert.«

»Das nennt sich der Wille der Mehrheit«, brummt der Angesprochene. »Und tu nicht so, als würde dir unser Himmel nicht auch gefallen.«

Die Frau zuckt mit den Schultern. »Der echte wäre mir lieber.«

»Warum stellst du uns deine neuen Freunde nicht vor, Yael?«, fragt ein anderer.

Ich blicke erstaunt zu der Rothaarigen, die mich breit angrinst. »Das hier sind Skye Anderson, Hunter Riviera und Ocean Cypress. So wie sie aussehen – und riechen, nichts für ungut – haben sie einen langen Weg hinter sich.« Die Männer und Frauen, die zu uns herübersehen, lachen. »Sie haben darum gebeten, mit mir zu sprechen, also entschuldigt uns.«

Während Ocean noch immer mit offenem Mund die über uns schwebende Sonne anstarrt, mustert Hunter unsere Umgebung mit zusammengekniffenen Augen. Ich weiß, dass er sich fragt, wo zur Hölle wir hier gelandet sind. Das Loft wirkt eher wie eine zusammengewürfelte Rooftop-Bar als wie der Sitz von gewaltbereiten Rebellen. Ich drehe mich nach Cren um, doch er ist bereits zwischen den Leuten verschwunden. Die Frau namens Yael macht an einer Sitzecke halt und weist auf drei Hocker.

»Nehmt Platz.«

Ocean und ich folgen der Aufforderung, doch Hunter bleibt hinter mir stehen. Yael wirft ihm einen Blick zu, sagt jedoch nichts. »Ich bin sofort wieder da.«

Mir bleibt kaum Zeit, meine Eindrücke zu verarbeiten, als sie auch schon mit einem Tablett zurückkommt, auf dem sich vier Tassen befinden. Der bittere Duft verrät, dass es sich um Espresso handelt.

»Serviert man den nicht normalerweise in kleinen Tassen?«, fragt Ocean.

Yael schiebt ihm das Kännchen mit Milch zu. »Normalerweise … was heißt das schon.« Sie beobachtet, wie ich Zucker in meine Tasse schaufle, um den Geschmack erträglicher zu machen. Hunter rührt sich immer noch nicht. »Was genau glaubt ihr, hier zu finden?«

»Hilfe«, erwidere ich. Yael hebt eine Augenbraue. »Hilfe dabei, die Kristallisierer zu stürzen«, ergänze ich. »Allen voran Chloe Cremonte.«

Yael lächelt, rührt ihren Espresso um und sieht dann wieder mich an. »Löbliche Absichten.«

»Ich meine es ernst.«

»Das bezweifle ich nicht, immerhin hast du dich in eine Regierungszone geschmuggelt. Warum eigentlich genau?«

»Ich hatte gehofft, in Daliawood ein Straflager vorzufinden«, erkläre ich. »Um die ungesetzliche Freiheitsberaubung Minderjähriger und ihre Behandlung dort zu filmen und gegen die Kristallisierer zu verwenden. Aber Daliawood ist kein Straflager, im Gegenteil.«

Bevor ich von der trügerisch friedlichen Fassade, ProCommunity und den Psychopharmaka erzählen kann, fällt Yael mir ins Wort. »Das Camp der Ordnungswahrer – ist es weit von dort entfernt, wo die Mädchen untergebracht sind?«

Ich denke an das große Gebäude in der Ferne hinter dem Garten und dem Orangenhain. »Ich kann es nicht genau sagen, vielleicht einen oder zwei Kilometer.« Ich nippe an meinem Espresso. »Ihr wisst also, dass sich die Lager der Untreuen in den Regierungszonen der Camps verbergen?«

Yael nickt. »Der Standort von Regierungszonen ist zwar geheim, aber ihr Zweck ist öffentlich zugänglich«, erklärt sie. »Den Listen der Administration zufolge ist die Zahl der Camps seit der Gründung der Gläsernen Nationen deutlich gestiegen. Es gibt also scheinbar mehr Ausbildungsplätze als früher – aber nicht mehr Ordnungswahrer. Wir haben schnell verstanden, dass die Camps in den meisten Fällen nur auf dem Papier existieren. Sie sind zwar der offizielle Zweck der Regierungszone, aber darin verbirgt sich in Wahrheit etwas anderes.« Yael lächelt düster. »Und was die Kristallisierer so fleißig verstecken, war uns sofort klar.« Sie fährt sich durch die Haare, die sich mittlerweile komplett aus ihrem Dutt gelöst haben. »Im Augenblick ist es unsere höchste Priorität herauszufinden, welche Untreuen-Lager sich die Regierungszone tatsächlich mit einem Camp teilen.«

Ich runzle die Stirn. Luce hat mir im Zentrum von ihrer Mission erzählt. Sie sollte herausfinden, was mit den Untreuen geschieht – und wohin sie gebracht werden. Aber die Koordinaten von Daliawood waren wohl nicht alles, was Luce von Dr. Salems Computer aus an Yael gesendet hat. *Warum ist es der Sonne so wichtig, ob sich auf dem Gelände der Farm ein Camp befindet oder nicht?*

Yael trinkt ihren Espresso aus. »Luce vertraut euch«, sagt sie dann. »Also tue ich es auch. Ihr seid uns hier willkommen.«

»Und warum sollten wir euch vertrauen?«

Ich drehe mich zu Hunter um. Sein Gesichtsausdruck ist kühl. Mein Lächeln vergeht mir.

»*Du* bist doch zu uns gekommen«, sagt Yael verwundert. Sie sieht Hunter prüfend Augen an. »Riviera war dein Name, richtig?« Hunter nickt. »Irgendeine Verbindung zu der *Times*-Journalistin Sol Riviera?«

Erstaunt blicke ich von Yael zu Hunter.

»Sie war meine Mutter«, antwortet er.

Yael nickt. »Das sieht man dir an. Du hast ihre Haare. Und ihre Augen.«

»Du kanntest sie?«

»Kennen ist zu viel gesagt. Ich war zur selben Zeit Praktikantin bei der *Times*, als Mrs. Riviera Chefredakteurin war. Ich schlug ihr einen Artikel über Cremontes Anti-Gewalt-Akt vor, eine Bilanz: Ein Jahr Gläserne Nationen – was hat sich verändert?« Yael lächelt. »Sie gab mir den Artikel, obwohl so ein Thema wahrscheinlich jemand Qualifizierteres hätte übernehmen müssen. Dann wurde sie gefeuert. Ich machte weiter, sah mir die Listen aller Schusswaffenopfer im Bezirk A an. Und fand den Namen von Mrs. Riviera.« Yael beugt sich vor und greift nach Hunters Hand. Ich bin überrascht, dass er es zulässt. »Die Idee von Utopia trug ich schon damals mit mir herum.« Sie weist in die Mitte des Raums. »Ein Jahr später gründete sich das Herz dieser Gruppe. Ich nannte uns die *Sonne* – im Gedenken an eine Frau namens Sol, die durch die Hand der Kristallisierer gestorben war.«

»Woher weißt du, wer sie erschossen hat?«, fragt Hunter heiser.

»Nur Kristallisierer bekommen Waffenlizenzen.« Yael sieht Hunter an. »Unser Name soll uns immer daran erinnern, wofür wir kämpfen. Oder besser gesagt, wogegen.« Sie lässt sich wieder auf ihren Hocker fallen. »Also, Sohn der Sonne: Vertraust du uns?«

29

Hunter sitzt neben mir und hält meine Hand.
»Was ist Utopia?«

Yael lächelt. »*Wir* sind Utopia.« Sie deutet auf den Raum um uns herum. Dank der strahlenden falschen Sonne ist es taghell, obwohl draußen hinter den schmalen, hohen Fenstern langsam der Abend hereinbricht.

Ich betrachte die Leute um mich herum. Die meisten von ihnen sind in Yaels Alter, junge Erwachsene, die sich angeregt miteinander unterhalten, ab und an lachen, aber meistens ernst dreinschauen. Eine Frau, die eine leuchtend rote Scherbe um den Hals trägt, fängt meinen Blick auf und lächelt mir freundlich zu. Erst jetzt bemerke ich, dass alle hier in eine Unterhaltung eingebunden sind. Steht einer allein herum, dauert es nur wenige Sekunden, bis sich jemand aus seiner Gruppe löst und den anderen mit zu einem der Tische oder einem Sofa inmitten der Grünpflanzen nimmt.

Meine Aufmerksamkeit kehrt zurück zu Yael, als ein Buch in meinem Schoß landet. *»De optimo rei publicae statu deque nova insula Utopia.«* Zuerst frage ich mich, ob die *Sonne* eine Geheimsprache hat, bis ich bemerke, dass Yael diesen Satz vom Buchdeckel abgelesen hat. »Oder auch kurz: *Utopia*«, fügt sie hinzu. »Für alle, die noch an ihrer Lateinaussprache feilen.« Ich drehe das Buch in meinen Händen. »Geschrieben wurde dieser Staubfänger von Thomas Morus. Er hatte die Nase voll vom düsteren England des beginnenden sechzehnten Jahrhunderts mit seinen Todesstrafen und Armenhäusern. Also schuf er sich seine eigene Traumwelt. Sein Utopia.«

Der Typ, den Yael vorhin umarmt hat, taucht hinter ihr auf. »Willst du unseren Neuzugang direkt wieder vergraulen oder warum gibst du ihnen die Langversion der Geschichte?«

Wenn ich erwartet habe, dass Yael ihn zurechtweisen würde, habe ich mich getäuscht. Sie lächelt ihm nur zu und wendet sich dann an uns. »Wer von euch möchte sich lieber Griffin anschließen und die Insel entdecken?« Ihre Handbewegung verrät, dass mit *der Insel* das Loft gemeint ist. Ocean hebt zögerlich die Hand. »Ich wünsche viel Spaß«, sagt Yael ohne jede Spur von Sarkasmus.

Ich sehe Ocean hinterher, der an Griffins Seite auf eine selbst gebaute Kletterwand zugeht. *So muss es sich anfühlen, seinen kleinen Bruder zum ersten Mal allein mit den großen Jungs losziehen zu lassen.*

»Wo war ich stehen geblieben?« Yael schiebt sich eine rote Strähne hinters Ohr.

»Bei Mr. Morus' alternativer Welt«, sage ich.

»Richtig. Thomas Morus erschuf eine Insel, auf der eine ideale Gesellschaft lebte.« Tyra nimmt mir *Utopia* aus der Hand und schiebt es zurück in das Regal hinter uns. »In unseren Augen lässt diese und auch jede andere Utopie, die während der letzten Jahrhunderte erdacht wurde, an der einen oder anderen Stelle zu wünschen übrig. Deshalb arbeiten wir an unserer eigenen.«

»Also ist es euer Ziel, die Gesellschaftsordnung zu revolutionieren?«, fragt Hunter. Ich höre die Skepsis in seiner Stimme.

Yael nickt ernst. »Wir wollen unter anderem eine direkte Demokratie. Nicht das Parlament sollte über Dinge entscheiden, sondern alle stimmberechtigten Bürger. Die *Sonne* glaubt nicht an Privateigentum, dafür sind wir der Ansicht, dass allen Menschen ein Leben in Würde zusteht. Wir sehen eine Welt ohne Obdachlosigkeit vor uns. Eine Welt mit perfekter Krankenversorgung. Und all das unabhängig von jeglichen Voraussetzungen«, fügt sie mit einem Blick auf meine Handgelenke hinzu. Ein Lächeln erscheint auf ihrem Gesicht, als sie meine beiden Traits bemerkt. »Ich sehe, du hast mit deiner Rebellion gegen die bestehende Ordnung bereits begonnen. Utopien werden gern als Illusionen abgetan, die in der Realität zum Scheitern verurteilt sind. Aber wir sind der Gegenbeweis.« Yael steht auf und deutet auf die riesige Fläche um sich herum, auf die Menge der Menschen, die nur deshalb nicht sonderlich groß wirkt, weil sich überall, wo ich hinsehe, neue Nischen auftun. »Wir glauben, dass ein Zusammenleben auf der Basis von Respekt, freiem Willen und Menschlichkeit keine Wunschvorstellung sein muss.« Sie sieht hinauf zu dem gleißend hellen Feuerball, der über allem schwebt. »Die Sonne wird aufgehen über Utopia.«

Vom Tisch nebenan ertönt lautes Pfeifen. »Hey, Yael! Du kannst die Neuen nicht den ganzen Abend für dich behalten.«

Bevor Yael etwas einwenden kann, werden Hunter und ich in Diskussionen über soziale Gleichheit und die Freiheit aller Gesellschaftsmitglieder verwickelt. Niemand will etwas über unsere Vergangenheit wissen, bloß über unsere Ansichten zur Revolution. Ich genieße die hoffnungsvolle Atmosphäre, das idealistische Glühen in den Augen der Umstehenden und das hitzige Gespräch, bei dem es fast unmöglich ist, dazwischen zu kommen. Auf einmal weiß ich, warum Luce auf die Serenity herabgesehen hat. Es ist eine Sache, sich das Wissen anderer anzueignen. Es ist etwas ganz anderes, eigenes zu produzieren.

»Haltet ihr das denn wirklich für machbar?«, frage ich Griffin, der sich zusammen mit einem strahlenden Ocean wieder zu uns gesellt hat. »Eine Nation ohne Anführer ist doch prädestiniert dafür, im Chaos zu versinken.«

»Wenn Menschen sich einer abstrakten Obrigkeit anvertrauen, führt das dazu, dass sie nicht mehr selbst nachdenken«, erwidert er. »Brauchen wir Personen, die unsere Ideen sammeln und ihre Umsetzung organisieren? Ja. Aber sie sollten sich als Diener des Volks benehmen, nicht als Herrscher über die Menschen, wie die Kristallisierer es tun.«

Ich trinke noch einen Schluck von meinem erkalteten Espresso, als meine Augenlider langsam schwer werden.

Einer nach dem anderen verlassen die Mitglieder der *Sonne* das Loft. Fast habe ich erwartet, dass sie hier leben, aber natürlich sind diese Leute keine Berufsrevolutionäre. Sie sind Angestellte, Lehrer, Schüler, Mütter und Väter. Sie haben eine ganz normale Existenz, bis sie sich abends hier oben versammeln. Auf ihrer eigenen Insel. *In ihrem Utopia.*

Ich sehe hinüber zu Hunter, der ein wenig abseits von den anderen sitzt. Er hält ein Buch in der Hand, schmaler als das, was Yael uns vorhin gezeigt hat. Sein Gesichtsausdruck macht mir Sorgen. Ich habe geglaubt, dass er beruhigt wäre, nun, da sich unsere Befürchtung als falsch erwiesen hat. Die *Sonne* ist eine Bande von Querdenkern, die über den Dächern von Manhattan das Spiel der idealen Welt spielt. Es sind keine Terroristen. Je länger ich zwischen ihnen sitze und ihren Gesprächen lausche, desto mehr zweifle ich daran, dass die Geschichten über ermordete Minister wahr sind. Doch die tiefe Falte auf Hunters Stirn zeigt, dass er alles andere als überzeugt ist.

»Ich dachte, du stehst nicht auf Bad Boys.« Crens Gesicht schiebt sich in mein Blickfeld. Ich spüre, dass ich rot werde, als ich an unser Gespräch im Lieferwagen zurückdenke.

»Tue ich auch nicht«, erwidere ich. »Hunter ist alles andere als ein Bad Boy.«

»Bist du dir sicher?« Cren zieht sich einen Hocker heran. »Die wenigsten beim Ring sind Heilige und Hunter zählt ganz bestimmt nicht zu ihnen. Du weißt schon, der Nervenkitzel, die Gefahr … die Lust daran, Grenzen zu überschreiten.« Cren lässt seinen Blick über meinen Körper wandern. »Und damit meine ich nicht die zu Mexiko, Crystal Skye.«

»Spricht auch nicht gerade für dich, oder?«, gebe ich zurück.

Cren lacht sein leises, provozierendes Lachen. »Ich habe nie gesagt, dass ich ein Heiliger bin.« Er neigt seinen Kopf zu mir herunter.

Ein leichter Geruch nach Aftershave trifft meine Nase. »Sonst hätte ich es nicht so genossen, als du meinen Kuss erwidert hast.«

Wieder schießt Hitze in meine Wangen. Hastig sehe ich mich um, doch Cren hat die Worte so nah an meinem Ohr geflüstert, dass niemand außer mir sie gehört hat.

»Hunter ist anders«, zische ich und rücke ein Stück von ihm ab.

»Oh, ich wette, dass er es auch genießt, dich zu küssen«, grinst Cren. »Wenn du mich fragst, ist nichts falsch daran, etwas Spaß zu haben. Irgendwann sterben wir alle. Du solltest es machen wie dein kleiner Bad Boy und die Party mitnehmen, bevor sie vorbei ist.«

Ich beiße mir auf die Lippe. Ist es wahr, was Cren über Hunters Vergangenheit sagt? *Und wenn schon*, weise ich mich zurecht. *Jetzt ist Hunter der aufmerksamste Freund, den man sich nur wünschen könnte. Mein Freund.* Doch das nagende Gefühl in mir lässt sich so leicht nicht beruhigen. Was denkt Hunter eigentlich über unsere Beziehung? Muss sie nach vier Jahren »Nervenkitzel« nicht geradezu einschläfernd für ihn sein? Ich denke an die Nacht, die wir zusammen in Yanas Zimmer in Las Almas verbracht haben. Einschläfernd trifft das, was da passiert ist, ganz gut. *Fehlt Hunter mit mir etwas?* Unruhig stehe ich auf und gehe durch das Loft.

»Was wollte er von dir?«, fragt Hunter, als Cren in Richtung Aufzug davongeschlendert ist.

»Nichts.« Ich befehle meinen bescheuerten Selbstzweifeln, die Klappe zu halten. »Er wollte bloß über Utopia sprechen. Klingt schon faszinierend, oder?«

Yael tritt zu uns und Hunter behält seine Antwort für sich. »Alle Anwesenden haben abgestimmt«, verkündet sie. »Ihr beide könnt heute Nacht hier schlafen. Morgen sehen wir weiter. Wir können euch allerdings aus Sicherheitsgründen keinen Code für den Aufzug überlassen. Ich hoffe, ihr versteht das.« Yael deutet quer durch das Loft auf eine kleine Küche. »Nehmt euch aus dem Kühlschrank, was ihr möchtet. Decken findet ihr unter dem Sofa. Und es gibt ein

Badezimmer gleich neben der Kletterwand. Wie Cren mir erzählt hat, wird Ocean als Einziger von euch nicht gesucht. Da er sich also frei durch New York bewegen kann, übernachtet er heute bei Griffin und seiner Freundin.«

»Aber das Loft … die Insel, meine ich, wäre doch groß genug für uns drei«, werfe ich ein.

»Das hier ist kein Hotel«, sagt Yael in unmissverständlichem Ton. »Es kann bleiben, wer draußen in Gefahr ist. Alle anderen gehen nach Hause.«

Ich werfe einen Blick zur Tür, wo Griffin und eine dunkelhäutige Frau gerade in ihre Jacken schlüpfen. Ocean wartet neben ihnen und reckt den Daumen in die Höhe zum Zeichen, dass er mit dieser Lösung einverstanden ist.

Bevor Yael sich als Letzte zum Ausgang wendet, dreht sie sich noch einmal um und betätigt einen Schalter an der Wand. Rolläden fahren herunter und verdunkeln die Fenster. Die Sonne, die bis jetzt taghell über unseren Köpfen geleuchtet hat, verfärbt sich mit einem Flimmern rot und verschwindet dann. Hunderte winziger Sterne tauchen an der Decke auf. Die Illusion ist nicht perfekt, aber perfekt genug, um sich in der Vorstellung eines Nachthimmels zu verlieren.

»In Utopia sieht man die Sterne sogar mitten in der Stadt«, lächelt Yael.

Dann schließt sich die Tür hinter ihr und wir bleiben allein unter dem falschen Sternenhimmel zurück.

»Was hältst du davon, wenn wir uns etwas kochen?«, frage ich, als ich aus dem Bad komme.

Hunter legt das Buch, das er in der Hand gehalten hat, auf seinen Rucksack. »Was hältst du davon, wenn *ich* uns etwas koche?« Sanft schiebt er mich zum Sofa.

Ich will protestieren, doch Hunter drückt mich in die Polster. »Ich bestehe darauf.«

Die falschen Sterne werfen einen unwirklichen Schimmer auf die Pflanzen und Möbel um uns herum, die ansonsten nur von ein paar nackten Glühbirnen beleuchtet werden. Es fühlt sich seltsam an, endlich mit Hunter allein zu sein, endlich vor nichts mehr fliehen zu müssen. *Eine Nacht,* denke ich, während ich die Sterne betrachte. *Ich will mein ganz eigenes Utopia nur für eine Nacht.*

Ich sehe Hunter dabei zu, wie er den Kühlschrank durchforstet und eine Pfanne auf den Herd stellt. »Hast du überhaupt eine Ahnung von dem, was du tust?«, frage ich schmunzelnd.

»Höre ich da etwa ein Vorurteil heraus?« Tadelnd deutet er mit dem Pfannenwender auf mich. »Männer in der Küche für unfähig zu halten ist nicht sehr feministisch.«

Die Erinnerung an Jasmine schnürt mir augenblicklich wieder die Kehle zu. *»Hey, Mister Feminist!«* Warum ist sie nicht zurückgekehrt? Warum meldet sie sich nicht? Ich kann nicht glauben, dass sie uns hintergehen würde, auch wenn mir selbst keine andere Erklärung für ihr Verhalten einfällt.

Hunter taucht mit zwei dampfenden Tellern in der Hand vor mir auf. »Die Nudeln würden mit Parmesan und Basilikum natürlich noch besser schmecken, aber meine Ressourcen waren begrenzt.«

Ich nehme den Teller entgegen und entknote meine Beine. »Ich wusste gar nicht, dass du so gut kochen kannst«, sage ich, nachdem ich einen Löffel probiert habe.

»Du bist nicht die Einzige, die voller Geheimnisse steckt.« Hunters Grinsen verrutscht. »Sag mal … muss ich mir Sorgen machen?« Er sieht mich von der Seite an.

»Worüber?«

»Über dich und Cren«, sagt er geradeheraus.

Die Nudeln liegen mir auf einmal schwer im Magen. »Red keinen Quatsch.«

»Worüber habt ihr denn gesprochen?«

»Über nichts Besonderes, sagte ich doch vorhin schon.«

Hunter legt sein Besteck zur Seite. »Ich meine es ernst, Skye. Wenn da etwas zwischen dir und Cren ist, dann möchte ich es wenigstens wissen.«

Die Schuldgefühle machen sich erneut in mir breit, als Hunter aufsteht und unsere Teller zur Spüle bringt. Ich beobachte, wie er sich für einen Moment auf der Anrichte abstützt. *Er glaubt wirklich, dass mir etwas an Cren liegt …* Dabei ist das genaue Gegenteil der Fall. Hunter ist der Einzige, der mir etwas bedeutet. *Und genau deshalb muss ich ihm verschweigen, was auf dem Weg nach Daliawood geschehen ist.* Ich will ihn nicht verletzen. Ich will nicht riskieren, dass er mir nicht glaubt, wenn ich ihm sage, dass ich nichts für Cren empfinde. Was ich bei dem Kuss am Straßenrand gespürt habe, war rein körperlich, nichts weiter. Ich schwebte in Gefahr, verdammt! *Du weißt schon, der Nervenkitzel, die Gefahr …* Ich schüttle Crens Stimme aus meinem Kopf. Hunter darf nichts von dem Kuss erfahren. *Denn ich will nicht, dass er sich die gleichen selbstzerstörerischen Gedanken macht wie ich.*

»Wir haben über unbedeutende Dinge geredet«, sage ich mit fester Stimme, als Hunter zurückkehrt. *Genau das sollte nämlich auch seine Vergangenheit für mich sein: unbedeutend.*

»Wenn das so ist, tut es mir leid, etwas anderes vermutet zu haben.« Hunter lässt sich neben mich auf das Sofa fallen. Er wirft mir ein entschuldigendes Lächeln zu. »Vergessen wir die Sache einfach. Es war dumm von mir, überhaupt zu fragen.« Er stockt. »Ich schätze, ich habe bloß so eine idiotische Angst, dich zu verlieren, auf welche Weise auch immer.«

Ich streiche ihm eine seiner dunkelblonden Locken aus der Stirn und lasse mich von der Wärme einhüllen, die sich in mir auszubreiten beginnt. Unsere Gefühle füreinander sind alles, was zählt. *Nur warum müssen mich meine Gefühle für Hunter gleichzeitig so ver-*

letzlich machen? Manchmal wünschte ich, zurückkehren zu können zu meinem alten Ich, das gut darin war, Emotionen zu verdrängen. Doch das, was ich für Hunter empfinde, lässt mir keine Wahl. Es ist zu stark, es lässt nicht zu, dass ich mich hinter meinen Schutzwall zurückziehe. Und vielleicht will ich auch endlich herausfinden, was dahinter liegt – zusammen mit Hunter.

»Du wirst mich nicht verlieren«, flüstere ich. »An niemanden.«

Er hebt mein Kinn zu sich an. Sein Kuss ist anders als sonst. Nicht sanft und zurückhaltend. Sondern drängend. *Suchend.* Mein Atem geht schneller, als er seine Zunge zwischen meine Lippen gleiten lässt. Alles in mir sehnt sich nach ihm, und was gerade noch ein sanftes Kribbeln war, droht nun mich von innen heraus zu verbrennen.

»Alles okay?«, fragt Hunter leise.

Ich nicke, weil ich mich nicht daran erinnern kann, wie man atmet, geschweige denn, wie man spricht. Hunter lächelt und für einen Moment verliere ich mich in den grünen Augen, in die ich mich – ich weiß nicht mehr, wann – verliebt habe. Dann beuge ich mich vor und küsse ihn zurück.

Nach ein paar Herzschlägen lösen Hunters Lippen sich von meinen, finden den Weg zu meinem Hals und senden von dort aus kleine Schauer durch meinen Körper. Dann spüre ich, wie seine Hand langsam an meinem Bein nach oben wandert. Mein Atem stockt bei dem Gedanken an das, was jetzt kommt. Auf einmal gelingt es mir nicht mehr, meinen Kopf auszuschalten. *Was, wenn ich etwas falsch mache?* Ich denke an das, was Cren über Spaß haben gesagt hat. *Ich wette, keins der anderen Mädchen hatte ein Problem damit, sich bei Hunter fallen zu lassen …*

Ich versuche, die Gedanken auszublenden, doch sie ergreifen Besitz von mir, formen einen Strudel, der mich hinunterzieht an einen dunklen Ort. *Verbrenn dich nicht, wenn du mit dem Feuer spielst, kleine Skye.* Jasmines Worte im Zentrum klingen in meinen Ohren.

Kleine Skye … Hunter verlagert sein Gewicht und ich sinke in die Kissen des Sofas. Über mir sind nur er und die Sterne des falschen Himmels. Noch vor ein paar Wochen bin ich panisch vor meinem ersten Kuss davongelaufen, während Hunter dies wahrscheinlich schon hundertmal erlebt hat. *Hatte es eine Bedeutung? Hat das hier eine Bedeutung?*

Hunter löst sich von mir, als hätte er gespürt, was in mir vorgeht. »Willst du lieber aufhören?«

Ich weiche seinem Blick aus, unfähig, in Worte zu fassen, was ich fühle.

»Wir sollten einfach schlafen gehen. Es war ein verdammt langer Tag.« Hunter steht auf, doch ich halte sein Handgelenk fest.

Ich will mich meinen Gefühlen stellen – egal, wie verletzlich mich das vielleicht macht.

Ich gebe einen überrschten Laut von mir, als Skye mich zurück auf das Sofa zieht. Sie vergräbt ihre Hand in meinen Haaren und öffnet ihre Lippen. Die Distanz zwischen uns löst sich mit jedem Atemzug ein wenig mehr auf, und ich erwische mich bei dem Wunsch, sie ganz verschwinden zu lassen. *Aber es fühlt sich nicht richtig an.* Gerade wollte sie noch aufhören, das habe ich gespürt … Skye fährt mit ihren Fingern die Kante meiner Wange entlang, über meine Brust und meinen Bauch. *Wir sollten das nicht tun. Nicht jetzt, nicht hier. Nicht so.*

»Skye, ich –«

Ihr Mund erstickt meine Worte, ihre Hände spielen mit dem Saum meines Shirts. Dann schiebt sie es nach oben.

Nein!

Alle meine Sinne schlagen Alarm. Auf einmal frage ich mich nicht mehr, was gerade in Skye vorgeht. Ich denke nur noch an mein einziges Geheimnis, das sie noch nicht kennt. *Irgendwann werde ich ihr erzählen, was passiert ist. Aber nicht heute. So weit sind wir noch nicht.*

»Ich kann das nicht!« Erst als ich sie auf dem Boden liegen sehe, wird mir klar, wie heftig ich sie von mir gestoßen habe. »Skye ... es tut mir leid, aber ...« Die Worte lassen mich im Stich.

Ich will ihr aufhelfen, doch sie wendet sich von mir ab.

»Liegt es an mir?«, fragt sie, ohne mich anzusehen. »Mache ich irgendwas falsch?«

Erschrocken setze ich mich auf. »Wovon sprichst du?«

»Davon!« Sie deutet vage auf das Sofa.

Ich schließe die Augen. »Das ... Skye, es hat nichts mit dir zu tun!«

»Und warum -« Skye schüttelt den Kopf.

»Warum was?«

»Warum stößt du mich dann zurück, wenn du -« Sie ringt um Worte, bis sie mich schließlich ansieht. »Was auch immer du in deiner Zeit beim Ring gemacht hast, ist mir egal. Ich will einfach nur wissen, warum du für mich nicht dasselbe empfindest wie für die anderen Mädchen.«

»Ist es das, was Cren dir vorhin erzählt hat?«, frage ich entgeistert. »Dass ich mit anderen geschlafen habe?« Meine Hände ballen sich zu Fäusten. *Wieder mischt er sich in Dinge ein, die ihn nichts angehen.*

Skyes Augen glänzen, doch alles, woran ich denken kann, ist die Verachtung in Crens Stimme, als er mir damals vorwarf, nicht genug für Abigail getan zu haben.

»Hunter -«

»Nein, schon gut. Du willst die Wahrheit wissen? Die Wahrheit ist: Das hier habe ich seit Jahren nicht mehr gemacht.« Ich stehe auf, ziehe mir mein Shirt über den Kopf und werfe es zu Boden.

Skye sieht mich mit geweiteten Augen an.

»Versteh mich nicht falsch«, füge ich bitter hinzu und deute auf das Sofa. »*Das da* schon. Oft. Meistens war es bedeutungslos, aber selbst wenn es das nicht war, habe ich nie getan, was ich jetzt tue. Vielleicht reicht dir das ja als Beweis dafür, wie viel du mir bedeutest.« Ich drehe mich um und höre, wie sie scharf Luft einzieht. *Hässlich, nicht wahr? Das hat eine richtige Narbe so an sich.*

Am liebsten würde ich zur Tür stürzen und verschwinden, aber ich zwinge mich dazu, mich wieder zurück auf das Sofa zu setzen.

»Mein erster Auftrag beim Ring war, die Wilsons zur mexikanischen Grenze zu bringen«, beginne ich gefasst. »Wie das bei flüchtenden Familien mit Kindern üblich ist, haben wir die Fahrt nach San Diego als Urlaubsreise getarnt. Deshalb mussten wir in verschiedenen Städten anhalten und tun, was Touristen auf einem Roadtrip eben so machen. Essen gehen, Museen besuchen. Ich habe mich mit ihrer ältesten Tochter angefreundet, Abigail.« Ich stocke. Seit vier Jahren habe ich ihren Namen nicht mehr ausgesprochen. »Eigentlich hätte ich die Wilsons am Ende der Reise auf einem Parkplatz in der Nähe der Grenze rauslassen und zurück zum Hauptquartier fahren sollen. Aber ich habe den gleichen Fehler gemacht wie Yana in Arizona.«

»Du hast zugelassen, dass sie dir etwas bedeuten«, sagt Skye leise. »Dass Abigail dir etwas bedeutet.«

Ich nicke. »Ich bin ihr gefolgt. Sah zu, wie sie sich mit ihrer Familie in die Schlange einreihte. Sie gaben sich als Tagestouristen aus, eine Anweisung, die wir all unseren Kunden geben. Ich hätte einfach wegfahren sollen. Aber ich konnte nicht.« Meine Stimme schwankt, doch es ist zu spät für einen Rückzieher. »Der Ordnungswahrer kontrollierte erst ihre Eltern. Sie schienen ihre Nervosität gut zu verbergen, denn er ließ sie durch, ohne ihre Traitmarks zu scannen. Dann kam Abigail an die Reihe.« Ich fahre mir durch die Haare.

»Du musst es mir nicht erzählen, wenn du nicht willst«, sagt Skye.

»Doch«, sage ich. »Doch, ich muss.« Skye streckt ihre Hand nach mir aus. Ich nehme sie, ohne darüber nachzudenken. »Der Ordnungswahrer winkte sie aus der Schlange. Das gehört nicht zum Protokoll. Entweder man kommt durch oder man wird verhaftet. Aber dieser Kerl nahm Abigail mit in sein Büro. Ich ging ihnen hinterher. Das Fenster stand halb offen. Er hat ihr gesagt, dass ihre Eltern für immer im Gefängnis landen würden. Genau wie sie selbst. Sie hat versucht, sich zu wehren.« Meine Stimme versagt. »Erinnerst du dich an das Messer, das ich dir gegeben habe, bevor du hinunter ins Labyrinth musstest?«

»Ja.« Skye lässt meine Hand nicht los, und ich klammere mich an ihre, als wäre sie das Einzige, was mich noch hält.

»Es gehörte meinem Dad. Ich habe es in der Nacht, als unsere Mütter mit uns fliehen wollten, in meine Tasche gesteckt - warum auch immer.« Doch ich weiß ganz genau, warum. *Ich wusste, dass Zeiten auf mich zukommen, in denen ich mich verteidigen muss. Mich und andere.* »Ich habe die Tür eingetreten und das Messer gezogen«, sage ich. Die Worte, die zuerst zäh wie Honig über meine Lippen gekommen sind, sprudeln nun aus mir heraus, als wären sie es müde, bloß gedacht zu werden. »Der Ordnungswahrer hat es mir aus der Hand gerissen.« Ich spüre wieder, wie das Metall in meine Haut fährt. »Bei einem sauberen Stich wären wahrscheinlich keine Spuren zurückgeblieben, aber er ist abgerutscht. Ich glaube, an einer Rippe. Vielleicht war es gut so. Besser eine hässliche Narbe als verletzte Organe, oder?«

»Oh, Hunter.« Skye presst die Lippen zusammen.

Bilder und Gefühle durchströmen mich, die ich für immer vergessen wollte. Die ungeheure Angst um das Mädchen, das ich begonnen hatte zu mögen. Und Hass. Unbändiger, endloser Hass auf diesen Mann, der glaubte, sich nehmen zu können, was er wollte.

»Wie bist du entkommen?«, fragt Skye.

Vor meinem inneren Auge sehe ich wieder, wie ich den Kopf des Mannes gegen die Wand schlage. Einmal, zweimal. Sehe Abigails panischen Blick. Meine Stimme klingt nicht wie meine eigene, als ich Skyes Frage beantworte. »Vielleicht habe ich jemanden getötet.«

30

Skye hält mich fest in ihren Armen, während ich zwischen den verdammten Grünpflanzen auf dem Boden knie und meine Tränen nicht mehr zurückhalten kann.

»Ich weiß nicht, ob er überlebt hat«, bringe ich schließlich heraus. »Ich habe Abigail aus dem Büro gezogen, habe die Tür verriegelt und bin abgehauen, nachdem ich gesehen hatte, dass sie bei einem anderen Ordnungswahrer die Grenze passiert hat.«

»Du hast ihr das Leben gerettet«, flüstert Skye in mein Ohr. »Wenn du nicht eingeschritten wärst, dann hätte dieses Erlebnis sie gebrochen. Für immer.«

»Was, wenn es das trotzdem getan hat?«

Keiner von uns beiden hat eine Antwort auf diese Frage. Als ich keine Anstalten mache aufzustehen, bringt Skye Decken und zwei Kissen. Nebeneinander liegen wir unter dem künstlichen Sternenhimmel. *Zwei kaputte Menschen in der schönen Traumwelt von Utopia.*

»Es tut mir leid«, sagt Skye schließlich leise. »Ich weiß nicht, was vorhin in mich gefahren ist. Oder vielleicht schon. Aber das entschuldigt nichts.«

»Es ist okay«, sage ich, doch Skye schüttelt den Kopf.

»Nein, ist es nicht. Ich hätte spüren müssen, dass es dir nicht gut geht.«

»Am Anfang ging es mir ziemlich gut«, versuche ich es mit einem Scherz.

Skye lächelt nur schwach. »Es war nicht fair von mir, deiner

Vergangenheit die Schuld zu geben, wenn eigentlich meine eigene das Problem ist.« Sie atmet tief durch. »Ich hätte einfach sagen sollen, dass es mir doch zu schnell ging. Bloß habe ich damit schlechte Erfahrungen gemacht.«

Ich stütze mich auf meinen Ellenbogen und betrachte ihr Gesicht. »Ich bin nicht Elias.«

Ertappt sieht Skye mich an.

»Und ich bin auch nicht deine Mum. Du musst mir nichts beweisen oder mir irgendwas recht machen, damit ich bei dir bleibe.«

»Meine Mum.« Skye lacht trocken. »Behaupte du noch einmal, *ich* sei hier die Hobby-Psychologin.« Doch das Zittern in ihrer Stimme straft die lockeren Worte Lügen.

Ich küsse ihre Wange. »Liebe sollte bedingungslos sein«, sage ich leise. »Alles andere nennt sich Erpressung.«

»Willst du damit sagen, dass du mich liebst?« Skye schaut mich an. Das Blau ihrer Augen leuchtet so lebendig wie das Meer, und kurz denke ich, dass ich nie aufhören werde, mich in dieser Farbe zu verlieren. »Damals, als du es im Zentrum gesagt hast, habe ich es nämlich auf den Umstand geschoben, dass wir beide kurz davor waren, lebenslänglich ins Gefängnis zu kommen ...«

»Ich will damit sagen, dass du jemanden verdienst, der dich bedingungslos liebt«, unterbreche ich sie lächelnd. »Und wenn ich darf, dann werde ich jede Sekunde meines Lebens damit verbringen, zu diesem Jemand zu werden.«

Als ich es ausspreche, spüre ich, dass es die Wahrheit ist. *Wir werden lernen, dem anderen zu vertrauen, unsere Deckung fallen zu lassen. Nach und nach.*

Dann treffen Skyes Lippen auf meine - und ich höre endlich auf zu denken.

Ich taste nach dem kleinen roten Fleck über meinem Schlüsselbein und sehe mein Spiegelbild lächeln. Hunter trocknet sich neben mir die Hände ab.

»Vielleicht sollten wir Yael um einen Rollkragenpulli für dich bitten.« Er grinst.

»In dieser Hitze?« Ich stöhne. »Garantiert nicht. Außerdem stehe ich zu allem, was passiert ist.« Ich drehe mich zu ihm und stehle einen Zahnpasta-Kuss, bevor ich ihn sanft von mir schiebe und zurück in das grüne Langarmshirt schlüpfe. Der Geruch gibt Hunter allerdings recht – nach sauberen Klamotten müssen wir Yael definitiv fragen, wenn wir nicht weiter wie eine Brooklyner Mülltonne riechen wollen. »Also dann. Bereit für unseren ersten Tag in Utopia?«

Doch Hunter hält mich zurück, als ich die Badezimmertür öffnen will. »Irgendwie habe ich ein seltsames Gefühl. Warum lassen sie Ocean nicht hier schlafen?«

»Das hat Yael doch erklärt«, entgegne ich. »Wahrscheinlich würden hier ständig Leute übernachten, wenn sie kein Auge darauf hat, ob es wirklich nötig ist.«

»Oder sie nutzen Ocean als Pfand«, sagt Hunter. »Sie halten ihn von uns fern, damit sie im Zweifel ein Druckmittel haben.«

Ich lasse die Türklinke los. »Ein Druckmittel? Hunter, die *Sonne* ist auf unserer Seite.«

»Die *Sonne* hat ihre eigenen Pläne. Pläne, über die wir nichts wissen und von denen wir unfreiwillig ein Teil werden könnten.«

Mit einem Kloß im Hals denke ich an den ermordeten Minister. Aber Yael und die anderen Mitglieder wirken nicht wie gewaltbereite Terroristen!

»Hast du damals ein Foto der Leiche gesehen?«, frage ich. »Der Leiche dieses Ministers?«

Hunter schüttelt den Kopf. »Aber ich habe genug darüber gehört, dass –«

»Also kann es auch ein Gerücht gewesen sein?« Hunter antwortet nicht. »Die Papiere deiner Mutter haben uns auf eine neue Spur gebracht«, sage ich eindringlich. »Wenn wir Beweise über Kristallin und seinen Einsatz finden, wird das vielleicht reichen, um Chloe Cremonte zu stürzen. Und du hast gehört, was Yael gestern zu Griffin über Computerkram gesagt hat, oder? Hier gibt es garantiert eine Menge Leute, die sich mit Uploadfiltern auskennen.« Hunter sieht zur Seite. »Deine Mum hätte gewollt, dass wir jede Chance nutzen, meinst du nicht? Wir müssen ihre Unterlagen endlich noch mal genauer ansehen, wenn wir Yael von ReNatura erzählt haben.«

»Yael wirkt vernünftig«, sagt er nach einem Moment. Dann nickt er endlich. »Ich schätze, wir können sie einweihen. Aber fürs Erste nur sie.«

»Nur Yael, versprochen.« Ich küsse Hunter ein letztes Mal und öffne die Tür.

Noch immer strahlen unzählige Sterne vom künstlichen Himmel des Lofts, obwohl es laut der Digitaluhr in der Küche schon halb zehn ist. Ich gehe zu dem Schalter, den Yael gestern bedient hat, und schiebe ihn hoch. Die Rollläden fahren nach oben. Die Decke leuchtet erst violett, dann rot und dann hellblau, bis die Sterne verschwinden und die falsche Sonne aufgeht. Ich lasse es ein paar Mal Tag und Nacht werden, bis mich ein Klopfen unterbricht. Ich werfe Hunter quer durch den Raum einen Blick zu. Er nickt und ich schiebe die massive Metalltür auf.

»Wir haben Frühstück mitgebracht!« Ocean drängt sich an Griffin vorbei und drückt mir eine braune Papiertüte mit dem Logo von *Le Pain Quotidien* in die Hand.

»Ein wenig Heimatgefühl für die beiden New Yorker.« Griffins Freundin deutet auf die Bäckertüte und lächelt mich freundlich an. »Es wird eine Menge über euch erzählt. Ihr scheint ja durch das halbe Land gereist zu sein.« Sie senkt den Blick. »Entschuldige. Kaum aufgewacht und schon mit neugierigen Fragen überhäuft. Mein

Name ist Grace. Wir wollten eigentlich nur vorbeigekommen, um Ocean abzugeben, aber Yael hat uns gebeten …«

»… euch ein wenig Gesellschaft zu leisten«, vollendet Griffin den Satz seiner Freundin und schließt die Tür hinter sich. »Das mit der Losung müssen wir aber noch einmal üben.«

Ich lächle zu Hunter hinüber.

»Siehst du«, flüstere ich und schaue Ocean hinterher, der Griffin und Grace in die Küche folgt. »Es geht ihm fantastisch – und er wird auch nicht von uns ferngehalten.«

Wir setzen uns an den Küchentisch. Grace nimmt mir die Papiertüte ab, um frisches Brot und Schokoladencroissants in einem geflochtenen Korb zu arrangieren.

Ich beuge mich zu Ocean hinüber. »Keine Nachricht von Jasmine?«

Er schüttelt den Kopf. »Nein. Tut mir echt leid, Skye.«

Ich seufze und greife nach einem Croissant. »Habt ihr beide heute frei?«, wende ich mich an unsere Gastgeber.

Griffin setzt seinen Kaffeebecher ab. »So etwas in der Art. Ich arbeite für ein IT-Unternehmen, das mich meine Stunden flexibel gestalten lässt, und Grace hat ihre Stelle gekündigt, um sich voll und ganz der Entwicklung von Utopia zu verschreiben.«

»Nicht wenige von uns treffen diese Entscheidung früher oder später, wenn sie es sich irgendwie leisten können«, sagt Grace. »Die Welt revolutionieren klappt nicht als Nebenjob.«

Ich tunke eine Ecke meines Croissants in meinen Kakao und denke an das, was Hunter im Badezimmer über die Pläne der *Sonne* gesagt hat. Vielleicht sind Griffin, Grace, Yael und die anderen nicht die gewaltbereiten Attentäter, als die sie dargestellt werden. Aber irgendetwas hat die *Sonne* vor. *Etwas, weswegen Luce in Daliawood bleiben musste.*

»Hat Aiden Jeffrey auch seinen Job für die *Sonne* aufgegeben?«

Vier Augenpaare schauen erstaunt zu mir.

»Ja«, antwortet Griffin schließlich. »Aiden ist länger bei der *Sonne* als jeder andere von uns. Ich glaube, fast so lange wie Yael selbst. Er war –«

»Lehrer«, nicke ich. »An der Beauvoir High, ich weiß. Hat er öfter Schüler mitgebracht?«

Grace schüttelt den Kopf. »Nein. Bis auf wenige Ausnahmen haben wir die Regel, nur Volljährige aufzunehmen. Aber Luce hat es in sich – du hast sie ja kennengelernt. Sie hat so einen starken Willen, für eine bessere Welt zu kämpfen.«

Wegen ihrer unbändigen Wut auf die jetzige. Ich denke an Luces Mutter, die in eine Depression stürzte, nachdem die Kristallisierer ihr ihren Beruf nahmen. *Weil eine Emotionale nicht dazu geeignet ist, Ärztin zu sein.*

»Ich hoffe, es geht ihr gut«, sagt Grace. »Wir alle bewundern den Mut der Jugendlichen, die sich in die Lager geschleust haben, um Informationen für uns zu sammeln. Wer weiß, was sie dort erdulden müssen.«

Ich starre sie an. Auch Yael hat sich gestern nur für die Camps in der Nähe der Lager interessiert. *Warum weiß hier niemand, was in Daliawood vor sich geht?*

»Skye?« Hunter fängt meinen Blick auf. »Hilfst du mir beim Abwaschen?« Ich stehe auf und trage meinen Teller zur Anrichte. »Würdest du mir verraten, was du mit diesem Verhör vorhast?«, fragt er leise. »Du warst es doch, die meint, dass wir der *Sonne* vertrauen können!«

»Das meine ich auch immer noch«, flüstere ich. »Aber es ist doch seltsam, dass sich Luce nach Daliawood bringen lassen sollte, um dort Informationen über die Behandlung der Untreuen zu sammeln, hier aber offenbar niemand über ProCommunity und die Psychopharmaka Bescheid weiß.« *Und auch nicht Bescheid wissen will,* denke ich. »Aiden hat Zugang zu allen Räumen und Akten in Daliawood. Und trotzdem gibt er keine Informationen an die *Sonne* durch.«

Hunter zieht die Augenbrauen zusammen. »Hat Luce irgendwas dazu gesagt?«

»Nur, dass sie das Risiko, noch mehr Nachrichten zu senden, nicht eingehen kann. Aber was ist mit Aiden? Hätte die *Sonne* nicht dafür sorgen müssen, dass sie Kommunikationsmöglichkeiten haben?«

»Ich schätze schon«, erwidert Hunter.

Ich denke an unser Gespräch zwischen den Orangenbäumen zurück. *Aiden und ich brauchen keinen Kontakt mehr.* »Es schien, als würde Luce auf etwas warten«, murmele ich.

Hunter bekommt keine Chance, darauf zu antworten.

»Ich sehe, unser Willkommens-Komitee hat ganze Arbeit geleistet.« Yael trägt ihre roten Haare wieder in einem lockeren Knoten. »Gibt es hier noch Kaffee?«, fragt sie. Grace reicht ihr einen Becher. »Also dann«, sagt Yael nach einem Schluck und sieht uns an. »Bereit für den Rest unserer kleinen Insel?«

Yael, Hunter und ich steigen in den Aufzug. Mein Puls schnellt sofort in die Höhe, als ich die dunkle Kabine betrete, aber ich konzentriere mich darauf, mir vor Yael nichts anmerken zu lassen. *Ich bin stärker als meine Angst.*

Das sanfte Pling erlöst mich eher als gedacht, denn wir können nicht weiter als ein Stockwerk gefahren sein. Die Türen der Aufzugkabine öffnen sich und spucken uns in einen weitläufigen Raum. Drei lange Tischreihen voller Computer-Bildschirme ziehen sich von einem Ende zum anderen. Von den Männern und Frauen, die daran sitzen, blicken nur wenige auf, als wir eintreten.

»Was genau ist das hier?«, fragt Hunter.

»Unsere IT-Zentrale«, antwortet Yael nicht ohne Stolz. »Die Computer hat Griffin gespendet. Ausrangierte Modelle aus seiner Firma.«

»So viele?«, staunt Hunter.

Yael zwinkert ihm zu. »Na ja, die meisten der ursprünglichen Besitzer glauben, sie seien nicht zu reparieren.«

»Also ist Stehlen in Utopia erlaubt?«, fragt Hunter belustigt.

»Wenn es der Allgemeinheit nutzt, dann ja«, erwidert Yael. »Außerdem sind die Leute selbst schuld, wenn sie ihre alten Sachen kritiklos wegwerfen, als hätten sie bloß auf eine Entschuldigung gewartet, endlich das Neuste vom Neuen zu kaufen.«

Ich betrachte die konzentrierten Gesichter um mich herum. *Also lag ich richtig mit meiner Vermutung, dass die Sonne fähige IT-Leute hat.*

Hunter deutet mit dem Kopf auf einen Bildschirm. »Ihr habt es geschafft, eure Computer mit Octagon zu vernetzen?«, fragt er.

»Es war nicht gerade einfach«, erklärt Yael. »Nur Administrator-Accounts können sich von allen Geräten aus mit Octagon verbinden, normale Nutzerprofile nur mit Checks. Sobald man trotzdem versucht, sich von einem Computer oder Smartphone aus in Octagon einzuloggen, wird das Gerät als *untrusted device* erkannt und rausgeworfen. Ein prima Druckmittel, damit die Leute sich einen Check holen. Aber Griffin hat einen Virus entwickelt, der Checks dazu bringt, sich mit unseren Computern zu verbinden. So tarnt er ihre Geräteeigenschaft. Seitdem können wir Octagon-Inhalte von hier aus auf jedes Gerät in den Gläsernen Nationen schicken. Zumindest in der Theorie.«

»Aber was bringt euch das, wenn die Uploadfilter eh jeden untreuen Inhalt auf Octagon blockieren?«, fragt Hunter skeptisch. »Solltet ihr nicht lieber daran arbeiten, die Sperren zu knacken?«

»Das haben wir doch schon längst.«

Hunter fällt beinahe die Kinnlade herunter. »Wie?«, bringt er nach ein paar Sekunden heraus. »Ich habe alles versucht!«

Yael grinst. »Lass mich raten: Anonymizer, was absolut sinnlos war. Verschleiern der Dateitypen, was schon etwas mehr Finesse beweist, aber die Filter trotzdem nicht umgehen konnte?«

Hunter nickt zerknirscht.

»Denk nach. Was ist Octagons einzige Schwachstelle?«, fragt sie.

»Es gibt keine«, erwidert Hunter ärgerlich.

Ich muss mir ein Grinsen verkneifen. *Jetzt sieht er mal, wie sich so eine Lehrstunde anfühlt.*

»Oh doch.« Yael schreitet die Tische entlang bis zum Ende des Raumes. In einer geschlossenen Vitrine erblicke ich Checks, fein säuberlich aufgereiht und nummeriert. Es sind mindestens zwanzig, und als ich genauer hinsehe, erkenne ich, dass die Plastikhalterungen, um die sie gelegt sind, leicht pulsieren.

»Eine recht einfache Technik, aber nützlich«, erläutert Yael, als sie meinen Blick bemerkt. »Ein Check, der keine Vitalwerte empfängt, schaltet sich nach einer Woche ab und muss bei der Administration neu konfiguriert werden. Durch die Impulse simulieren wir einen Herzschlag und umgehen solche Probleme.«

Ich denke an Yaels Kommentar über die Ersparnisse der *Sonne*, die ausschließlich in den IT-Bereich fließen. *Jetzt weiß ich, was sie meint.* Zwar wirkt alles, was ich um mich herum sehe, wie selbst gebaut und improvisiert, aber für eine Untergrundorganisation ohne Einnahmen scheint die *Sonne* trotzdem ziemlich professionell aufgestellt zu sein.

»Zurück zu den Uploadfiltern«, fährt Yael fort. »Jeder, dem ein Rest Menschenverstand geblieben ist, hat gemerkt, dass die Einführung von Octagon so nicht geplant war. Und was geschieht, wenn eine Software verfrüht veröffentlicht wird?«

In Hunters Augen blitzt eine Erkenntnis auf. »Sie braucht regelmäßige Updates.«

»Exakt.« Yael verschränkt triumphierend die Arme vor der Brust. »Und während die IT-Experten des Weißen Hauses diese Updates an Octagon durchführen, sind bestimmte Zugänge geöffnet, sogenannte Ports. Wir nutzen den Wartungszeitraum der Server aus, um uns Zugang zum System zu verschaffen. Sind wir einmal drinnen, sehen wir für das Programm aus wie Administratoren und können somit die Uploadfilter umgehen.«

»Ihr könntet jetzt also posten, was ihr wollt?«, frage ich atemlos. *Also müssen wir nur Sols Spur weiterverfolgen und handfeste Beweise für den Einsatz von Kristallin als Mordwaffe bekommen …* »Jeden Inhalt, egal wie untreu?«

»Während des Wartungsintervalls, ja«, antwortet Yael. »Stell dir das vor, als würdest du einem Handwerker die Tür zu deinem Haus offen lassen, damit er ungehindert sein Werkzeug hereintragen kann. Während er im Haus arbeitet, kann sich jeder ungehindert hineinschleichen.«

Was ist das nur für ein Phänomen mit IT-Fachleuten und ihren Analogien?, denke ich. Doch wie schon bei Hunters Türsteher-Beispiel bin ich dankbar für die Erklärung.

»Jedes Mal, wenn wir drin sind, vergrößern wir die Sicherheitslücken ein wenig mehr, damit der Wartungszugang geöffnet bleibt.« Sie sieht Hunter an. »Also – hast du Interesse, uns hier zu unterstützen?« Yael deutet auf die Monitore. »Cren erwähnte, dass du gut mit Computern umgehen kannst.«

Hunter hebt überrascht die Augenbrauen. »Lasst ihr alle Neuen gleich am zweiten Tag in euer Computersystem? Du kennst mich doch gar nicht.«

»Deine Mutter wurde von einem Kristallisierer erschossen«, sagt Yael sachlich. »Ich bin mir ziemlich sicher, dass du keiner von ihnen bist. Außerdem müsste die Regierung erst mal wissen, wo wir sitzen, um verdeckte Spione zu schicken. Überleg es dir.«

Yael führt uns zu einer Sitzecke, und ich lächle, als Hunter zurückbleibt, um über die Schulter einer Frau auf ihren Monitor zu schauen.

»Ihr seid ein hübsches Paar«, sagt Yael, als sie meinen Blick bemerkt. »Genieß die Phase, in der ihr euch noch ständig mit knallroten Wangen hinterherstarrt.« Sie lacht, als ich mir ertappt ins Gesicht fasse. »Ich meine es ernst, das bleibt nicht ewig so.«

»Bist du schon lange mit deinem Freund zusammen?«, frage ich. Erst als ich die Worte ausgesprochen habe, wird mir klar, wie persönlich die Frage ist. »Entschuldige«, stammle ich, »ich wollte nicht –«

»Nicht schlimm«, sagt Yael. »Freundin, wenn schon – aber nein. Ich habe keine, nicht mehr.«

Ihr bitterer Ton lässt mich aufhorchen. Zum ersten Mal frage ich mich, was mit gleichgeschlechtlichen Paaren passieren wird, wenn ReNatura zum Gesetz wird. Ich denke an die Konversionstherapie, die jetzt schon genutzt wird, um emotionale Jungen zu bekehren. *Was auch immer die Kristallisierer mit der LGBTQ+-Community vorhaben – es ist garantiert nichts Gutes.*

»Ihr habt ja wirklich etwas auf die Beine gestellt.« Hunters Ankunft unterbricht meine düsteren Gedanken. Er nickt Yael anerkennend zu.

»Es freut mich, deine Zweifel endlich besiegt zu haben.« Yaels Grinsen ist zurück. »Normalerweise sind wir es, die unsere Neuen auf den Prüfstand stellen, nicht andersherum.« Sie wartet, bis Hunter sich gesetzt hat, dann sieht sie zu mir. »Ich nehme an, dass Luce dir erzählt hat, was wir wissen?«

Ich nicke. »Ihr glaubt an eine Säuberungsaktion«, sage ich. »Deshalb werden in den Zentren untreue Jugendliche herausgefiltert. Und deshalb verschwinden Erwachsene, die sich gegen das System stellen.«

Yaels Hände verkrampfen sich. »Genau. Und bis dahin ergibt auch alles einen Sinn. Was wir uns fragen, ist, warum die Regierung sich im Augenblick ins eigene Fleisch schneidet.« Sie seufzt. »Die Einführung von Octagon hat Proteste hervorgerufen, ebenso die Ausrichtung der gesamten digitalen Infrastruktur auf Checks. Jeder dieser Schritte hätte langsamer und risikofreier eingeführt werden können. Warum so viel Aufhebens um einen falschen Hacker-Angriff machen, wenn man die alten sozialen Netzwerke auch einfach der Reihe nach als überholt hätte darstellen können? Wovor hat der Kristall Angst?«

Vor zwei Jugendlichen, die daran arbeiten, die Wahrheit über ein Programm namens ReNatura ans Licht zu bringen. Ich setze mich auf. »Ich glaube, das können wir erklären. Genau deshalb sind wir nämlich hier, um –«

»Yael?« Ein Mann am anderen Ende des Raumes deutet auf seinen Bildschirm. »Schau dir das bitte mal an.«

Yael steht auf und massiert sich die Schläfen. »Entschuldigt mich.« Als sie an mir vobeigeht, bleibt ihr Blick an meiner Schulter hängen. »Wie ist das denn passiert?«

Ich gebe ihr eine Kurzversion der Ereignisse in Angelas Wohnung. Als ich fertig bin, hebt Yael die Augenbrauen.

»Der Kristall ist zu mehr bereit, als ich geglaubt habe«, murmelt sie.

Ich denke an Kristallin, Chloes kranke, persönliche Mordwaffe, an kristallklares Blut und das Gefühl, von innen heraus zu ersticken. »Kann man wohl sagen.«

Yael deutet auf die roten Spuren meiner Verbrennungen. »Bist *du* bereit, ihr das da zurückzuzahlen?«

Ihr harter Tonfall lässt mich zögern. Doch dann straffe ich die Schultern. »Mehr als bereit.«

Yaels Lippen verziehen sich zu einem Lächeln. »Gut zu wissen.«

31

Hat Yael euch den Keller gezeigt?«, fragt Ocean am Abend. Er beißt in die Pizza, die jemand von den stetig hereinströmenden Mitgliedern der *Sonne* spendiert hat.

In den Etagen unter dem Loft befindet sich nicht nur die IT-Zentrale, wie wir bei unserem Rundgang erfahren haben, sondern auch ein mit alten Fernsehern und Laptops ausgestatteter Raum, der hochtrabend als Newsroom bezeichnet wird. Dort verfolgen zehn Mitglieder rund um die Uhr die CCN-Nachrichten und versuchen gleichzeitig, europäische Sender zu empfangen. Wenn ich geglaubt habe, das Loft sei das Herz dieses Gebäudes, lag ich falsch. In Wahrheit ist es bloß ein etwas exzentrischer After-Work-Club.

»Was für ein Keller?«, frage ich.

»Seit Yael gesucht wird, hat sie sich da unten ihr eigenes Reich geschaffen«, erklärt Grace. *Also sind Hunter und ich nicht die Einzigen, die auf der Abschussliste der Regierung stehen.* »Sie will nicht hier oben im Loft schlafen, obwohl Griffin und die anderen extra für sie die Himmelsprojektion zusammengebastelt haben, damit sie zumindest eine falsche Sonne sieht. Aber ich schätze, sie fühlt sich im Keller einfach sicherer. Die unterste Etage ist immer die letzte, die bei einer Durchsuchung gestürmt wird.«

»Außerdem gibt es da ein altes Schwimmbecken«, wirft Ocean ein. »Echt cool – obwohl die Vorstellung auch ein bisschen gruselig ist, so ganz allein in einem leeren Kellerraum schwimmen zu gehen …«

Yael taucht hinter uns auf und nimmt sich ein Stück Pizza. Ich hätte gern noch einmal allein mit ihr gesprochen und sie gefragt, wie die Pläne der *Sonne* aussehen. Warum es ihr so wichtig ist zu wissen, welche Farmen mit einem Camp der Ordnungswahrer verbunden sind. Aber ich habe sie nicht mehr gesehen, seit sie uns im Newsroom abgeliefert hat. Die inoffizielle Anführerin der *Sonne* scheint eine Menge zu tun zu haben.

»Leere und Stille sind nur gruselig, wenn man nicht weiß, was sich dahinter verbirgt«, sagt sie nun an Ocean gewandt. »Da draußen kann ich mein Gesicht erst wieder zeigen, wenn sich Utopia nicht mehr nur auf diese Räume beschränkt. Und so lange bin ich dankbar für jede Ablenkung, die ich hier drinnen habe.« Sie wischt sich mit dem Handrücken Tomatensauce vom Kinn. »Darüber hinaus ist Stressabbau auch in der Revolution wichtig.«

Ich lege meine Pizza beiseite, als Cren sich neben mich setzt und dabei beiläufig meinen Arm berührt. Das Grün in Hunters Augen wird zu steinharten Smaragden.

»Mit Stressabbau kennst du dich anscheinend ja bestens aus, Crystal Skye«, raunt Cren mir zu. Meine Finger tasten nach dem roten Fleck über meinem Schlüsselbein, den das frische T-Shirt, das Grace mir mitgebracht hat, nicht verdeckt. Cren schnappt sich ein Stück Pizza. »Hat Yael euch das Allerheiligste gezeigt?«

»Die IT-Zentrale, ja«, antworte ich abwesend. Yael und Griffin stehen auf und räumen die leeren Pizzakartons weg. »Sag mal«, sage ich mit gedämpfter Stimme. »Die Nachrichten von den Farmen. Wohin genau werden die geschickt?«

Cren zuckt mit den Schultern. »An die IT-Zentrale, schätze ich. Zumindest habe ich dort angerufen, um den Namen dieser Hausmutter zu kriegen.«

»Kommst du, Skye?« Hunter deutet zu einer Sitzecke, wo sich die anderen gerade versammeln.

»Einen Moment«, murmele ich und folge Cren, der die dreckigen Gläser in die Küche trägt. Ich räuspere mich. »Woher weiß die IT-Zentrale denn über das Personal der Farmen Bescheid?«

»Keine Ahnung, vielleicht hat Aiden eine Liste geschickt, nachdem er ankam.« Cren wirft mir über die Schulter einen Blick zu. »Warum ist dir das so wichtig?«

Ich winke ab. »Vergiss es.« Doch in meinem Kopf rattern die Gedanken. *Also haben Luce und Aiden die Möglichkeit, Kontakt zur Sonne aufzunehmen. Bloß tun sie es nicht, zumindest nicht, um die Informationen zu übermitteln, die ich für wichtig gehalten habe.*

Cren sieht mich an. »Wenn du willst, helfe ich dir, etwas herauszufinden.«

»Wir brauchen deine Hilfe nicht.« Ich drehe mich um. Hinter mir lehnt Hunter mit verschränkten Armen am Küchentisch.

Cren lacht spöttisch. »Und deine Freundin braucht keinen Wachhund.« Als Hunter sich nicht rührt, wendet Cren sich genervt ab und stellt die Gläser in die Spüle. »Hör zu«, sagt er, als er fertig ist. »Wenn sie mich gewollt hätte, dann wäre es nicht bei dem harmlosen Kuss geblieben, okay? Also reib nicht noch Salz in meine Wunden, indem du so tust, als wäre ich eine Bedrohung für euer Happy End.«

Das kleine gestohlene Glück, in dem ich trotz all meiner Sorgen seit gestern Nacht schwebe, zerplatzt wie ein Luftballon.

Nein.

Nein nein nein nein nein nein nein.

»Ist das wahr?«

Der Schmerz in Hunters Stimme zerschneidet mir das Herz. *Deshalb habe ich es dir verschwiegen.*

»Wir waren in Gefahr.« Ich kann nur flüstern. »Es war die einzige Möglichkeit, dem Ordnungswahrer zu entkommen. Ich schwöre dir, Hunter, es hatte keine Bedeutung –«

»Ob es wahr ist!«

Mittlerweile sehen nicht nur Griffin und Yael zu uns herüber, sondern das halbe Loft.

»Hey.« Ein Mann mit Dreadlocks legt Hunter die Hand auf die Schulter. »In Utopia klären wir unsere Streitigkeiten ruhig, okay?«

Hunter reißt sich von ihm los. »Und?«, fragt er mich gefährlich leise. »Bekomme ich eine Antwort?«

»Was ich dir gestern Nacht gesagt habe, war keine Lüge«, bringe ich heraus. *Du wirst mich nicht verlieren. An niemanden.*

Hunter tritt einen Schritt zurück. »Aber es war auch nicht die Wahrheit.« Er dreht sich um und lässt mich zwischen den stummen Mitgliedern der *Sonne* stehen.

»Hunter!« Ich will ihm folgen, doch Cren hält mich zurück.

»Nicht der richtige Moment, Crystal Skye.«

Ich sehe zu, wie Hunter an der Kletterwand vorbeigeht und im angrenzenden Badezimmer verschwindet. Ich schließe die Augen. Seit Wochen habe ich Angst davor, dass die Kristallisierer uns fassen und uns trennen. Ich habe Angst davor, dass meine Mutter uns trennt oder sogar Hunters verfluchter Stolz. *Aber niemals habe ich damit gerechnet, dass ich selbst es sein würde.*

»Wir lassen euch ein wenig Privatsphäre.« Yaels Stimme reißt mich aus meiner Schockstarre. Ich blicke auf und sehe, dass sich bereits eine Schlange an der Tür gebildet hat.

»Ihr müsst nicht gehen«, sage ich schnell, weniger aus Höflichkeit als aus Angst vor dem, was dann passiert. *Ich will nicht wissen, ob es vorbei ist. Und solange Hunter es nicht ausgesprochen hat, kann ich so tun, als könnte alles wieder wie vorher werden.*

»Wir brauchen unseren Schlaf«, erwidert Yael freundlich. »Je eher alle zu Hause sind, desto besser. Es liegen ein paar anstrengende Tage vor uns.«

Sie führt mich zu einem der schmalen Fenster des Lofts. Im frühen Abendlicht erkenne ich tief unter uns eine Handvoll Ordnungswahrer, die eine Straßensperre aufbauen. Aus den Fenstern der Häuser hängen weiße Banner und auf den Straßenlaternen thronen mannshohe Kristalle.

Die Parade.

Wie konnte ich sie nur vergessen? Ich denke daran, wie ich in den vergangenen Jahren an jedem ersten Juli neben Elias in der Menge stand – eine Fahne in der einen und Plastikkristalle in der anderen Hand. *Für Klarheit und Weitsicht*, riefen wir und warteten stundenlang, bis Chloe Cremontes offener Wagen an uns vorbeifuhr. Danach liefen wir mit den anderen zum Spiegelkarree, dem früheren Times Square, wo jedes Jahr die abschließende Kundgebung stattfindet. Ich habe Chloe Cremonte geglaubt, als sie uns eine klare Welt versprach. Eine Welt ohne Ungerechtigkeit und ohne Lügen. *Ich habe sie angehimmelt, ohne zu ahnen, dass sie selbst die größte Lügnerin von allen ist.* Tränen sammeln sich in meinen Augen, als ich an meine eigene Lüge denke.

»Wann ist es so weit?«, frage ich Yael. In dem Durcheinander der letzten Tage habe ich jegliches Zeitgefühl verloren.

»In drei Tagen«, erwidert sie.

Drei Tage. Ich beobachte, wie die versenkbaren Stahlwände hochgefahren werden. Sie blockieren die Zufahrt zu den Straßen, die der Kristall auf dem Weg zum Spiegelkarree nehmen wird. Und das ist noch nichts im Vergleich zu den Sicherheitsmaßnahmen, die am Tag der Parade selbst in Kraft treten. Auf einmal bin ich dankbar für die dicken Mauern des alten Hauses, die mich vor den Augen der Ordnungswahrer schützen. *In diesem Netz aus Kontrollen wären wir niemals unentdeckt geblieben …*

Yael wirkt angespannt. Während die anderen Mitglieder der *Sonne* nach und nach im Vorraum verschwinden und sich vom Aufzug nach unten fahren lassen, bleiben wir nebeneinander am Fenster stehen. Draußen legt sich langsam die Dämmerung über die Stadt, die niemals schläft. An der Hauswand gegenüber wird eine Projektion getestet. Chloe Cremonte lächelt uns in Schwarz-Weiß an.

»Sie wirkt so unantastbar«, murmele ich.

»Vergiss nicht, Feuer schlägt Glas«, sagt Yael.

Ich sehe Chloe ins Gesicht, als ich den zweiten Teil der Losung erwidere. »Und die Sonne wird aufgehen über Utopia.«

Als auch Yael das Loft verlassen hat, gehe ich langsam auf die verschlossene Badezimmertür zu. Mein Herz hämmert gegen meine Rippen, als ich meine Hand auf das kalte Metall der Klinke lege.

»Hunter?« Die Erinnerung daran, wie wir vor wenigen Stunden noch hinter dieser Tür herumgealbert haben, schnürt mir die Luft ab. »Hunter, können wir bitte reden?«

Stille.

Für einen kurzen Moment beginne ich, mir ernsthafte Sorgen zu machen, doch dann fliegt die Tür so heftig auf, dass ich zurückstolpere.

»Worüber? Über den Kuss? Darüber, dass du mich seit Tagen anlügst?«

»Ich habe nichts gesagt, weil ich dich schützen wollte«, flehe ich. »Nach dem Kuss wurde mir klar, wie sehr dich dieser Fehler verletzen würde –«

»*Nach* dem Kuss?« Hunter sieht mich abfällig an. »Du musstest ihn erst küssen, um dir dessen bewusst zu werden?«

»Eigentlich hat *er* mich geküsst«, sage ich leise.

»Also hast du ihn weggestoßen?«

Ich beiße mir auf die Lippe und denke daran, wie ich meine Hand in Crens Nacken gelegt und seinen Kuss erwidert habe.

»Hast du ihm gesagt, dass er aufhören soll?«

»Nein.«

»Dann macht es keinen Unterschied, wer angefangen hat.« Hunters Augen glimmen vor unterdrückter Wut, doch nun beginnt es auch in meinem Bauch zu brodeln.

»*Du* bist gegangen!«, stürzt es aus mir heraus. »Du bist gegangen und hast mich zurückgelassen! Ohne eine Nachricht, ohne eine Verabschiedung. Nachdem du mir versprochen hattest, keine Geheimnisse mehr vor mir zu haben.«

»Und ich habe mich dafür entschuldigt!«, donnert Hunter.

»Ach ja?« Meine wütende Stimme hallt von den Backsteinwänden wider. »Du hast mir gesagt, dass du Angst um mich hattest, aber das ist keine Entschuldigung.«

Hunter hebt die Hände. »Entschuldigung, verdammt! Entschuldige, dass ich es nicht aushalten kann, dich in Gefahr zu sehen.«

Ich schüttle den Kopf. *Ist es zu viel verlangt, dass er die Verantwortung für seinen Fehler selbst übernimmt?*

»War das etwa nicht das, was du hören wolltest?«

»Selbst wenn – eine Entschuldigung macht es nicht ungeschehen!« Meine Stimme überschlägt sich. »Sie macht die Angst, die Hilflosigkeit und den Zweifel, die ich gespürt habe, nicht ungeschehen. Genauso wenig, wie ich den verdammten Kuss ungeschehen machen kann.«

Schwer atmend stehen wir uns gegenüber.

»Du verstehst es immer noch nicht«, sagt Hunter ruhiger. »Es geht mir nicht um den Kuss und noch nicht einmal darum, dass du mir nicht selbst davon erzählt hast. Was mich fertigmacht, ist, dass ich dich gestern direkt gefragt habe, ob da etwas zwischen euch beiden ist.« Ich senke den Blick. »Ich vertraue dir, Skye. Ich habe dir vertraut, seit ich dich im Zentrum vor dem Konsilium gewarnt habe.« Er geht an mir vorbei, ohne mich anzusehen. »Aber du vertraust mir nicht.«

»Das ist nicht wahr«, flüstere ich.

Hunter bleibt stehen. »Meinst du nicht, es waren schon genug Lügen für heute?«

Seine Worte treffen mich wie eine Ohrfeige. Ich will mich rechtfertigen, all die Male aufzählen, an denen ich mein Leben in seine Hände gelegt habe. Doch dann denke ich an gestern Nacht. Daran, dass ich mich von Crens blöden Andeutungen habe verrückt machen lassen, statt offen mit Hunter zu reden. *Vertraue ich Hunter? Vertraue ich überhaupt irgendjemandem?*

»Geh schlafen, Skye.« Er wirft mir eine der Decken zu, bevor er sich mit dem Rücken zu mir auf das Sofa legt.

Wortlos schleiche ich zu einer der Sitzecken und schiebe zwei Sessel zusammen. Als ich einigermaßen bequem liege, vergrabe ich mein Gesicht in der Decke. Sie riecht nach Pfefferminze und etwas anderem, leichtem – Sommer. *Sie riecht nach Hunter.*

Ich taste nach Oceans MP3-Player in der Tasche meiner Jacke, stecke mir die Kopfhörer in die Ohren und lasse meinen Tränen freien Lauf.

Ich weiß, dass Skye eingeschlafen ist, als sie nicht mehr still liegt, sondern sich auf ihren Sesseln hin und her wirft. Im Dunkeln erkenne ich nicht viel außer ihrer Silhouette unter der Decke, die unruhig zuckt. Ein Teil von mir will zu ihr gehen. Es ist derselbe Teil, der sich dafür schämt, sie angebrüllt zu haben. Ich schalte eine der Stehlampen an und hole das schmale Buch aus meinem Rucksack, das ich aus dem Schlafzimmer meiner Eltern mitgenommen habe. Es war nicht leicht für mich, nach Brooklyn zurückzukehren. Aber im Moment brauche ich Mum mehr denn je. Was würde ich um ihren Rat geben! *Würdest du dich auf die Seite der Sonne stellen? Und was bedeuten all diese Papiere zu der Kristallin-Sache?* Nachdenklich streiche ich über das Tagebuch. Smaragdgrün, durchzogen mit goldenen Linien, die orientalische Ornamente bilden. Ich schließe die Augen und spüre wieder den Asphalt des Highways unter meinen Knien. Höre mich selbst, wie ich meine Mutter anflehe, bei mir zu bleiben. *Ihr Mund war geöffnet. Sie wollte mir noch etwas sagen, ich weiß es.* Ein Krachen reißt mich aus meinen Gedanken.

»Skye!«

Ich springe auf. Die beiden Sessel sind auseinandergerutscht, die Decke liegt am Boden. Skye stützt sich auf die Ellenbogen und reißt sich die Kopfhörer aus den Ohren.

»Ist alles in Ordnung?« Ich laufe zu ihr und helfe ihr hoch.

»Ja«, murmelt sie verwirrt. »Ich –« Sie betastet ihre Stirn und sieht zu dem MP3-Player, der ebenfalls heruntergefallen ist.

»Hast du dir wehgetan?«, frage ich.

Skye schüttelt den Kopf. »Ich habe nur geglaubt, ich hätte eine Stimme gehört.« Sie hebt den Blick und mustert mein Gesicht. »Hunter, was ist los?«

»Nichts«, sage ich schnell.

»Du hast gesagt, dass du mir vertraust, oder nicht?« Sorge klingt aus Skyes Tonfall heraus. »Vielleicht bin ich nicht die Person, mit der du im Augenblick am liebsten reden würdest, aber ich bin hier.«

Ich sehe zum Sofa hinüber, auf dem Mums Tagebuch liegt. »Hast du noch deine Albträume?«, frage ich leise.

Skye schüttelt den Kopf. »Nicht mehr, seit du mir erzählt hast, woher sie kommen. Was damals passiert ist, während ich im Kofferraum eingesperrt war. Dafür denke ich jetzt tagsüber daran – ich weiß nicht, ob das eine Verbesserung ist.« Sie fröstelt. »Bist du deshalb wach? Weil *du* von der Flucht geträumt hast?«

Ich seufze. »Nein, das ist es nicht. Das, was ich aus meinem Elternhaus geholt habe –« Skye schaut mich an. »Es war ein Tagebuch. Ich habe uns wegen des Tagebuchs meiner Mutter den Umweg über Brooklyn machen lassen, obwohl ich noch nicht einmal wusste, ob es noch dort ist oder ob sie es mitgenommen hat.« Ich mache eine Pause, aber Skye sagt nichts. »Ich habe gehofft, dass sie etwas geschrieben hat, was uns weiterhilft. Und –« Meine Stimme stockt. »Und ich wollte ihre letzten Worte«, bringe ich mühsam heraus.

Eine Weile ist es still. Dann fragt Skye vorsichtig: »Wäre es leichter, wenn wir es zusammen lesen?«

Der letzte Rest meiner Wut verschwindet. »Das ist es ja«, sage ich. »Das Buch ist verschlossen. Es ist mir nicht aufgefallen, als ich es eingesteckt habe, sonst hätte ich nach dem Schlüssel gesucht.« Ich gehe hinüber zum Sofa und hebe das Tagebuch auf. »Wahrscheinlich kann ich die Metallverriegelung mit einer Nadel aufbrechen.«

Skye deutet auf das Buch. »Darf ich?« Ich gebe es ihr. Sie nimmt das Schloss genauer in Augenschein.

»Vielleicht finde ich in der Küche etwas, womit -«

»Ich glaube, du brauchst gar keinen Schlüssel«, unterbricht sie mich und deutet auf die kleine Einkerbung direkt neben der Verriegelung. »Das ist kein Schlüsselloch. Siehst du? Wenn man es sich genau anschaut, erkennt man, dass die Kerbung zu flach für einen Schlüssel ist, selbst für einen kleinen.« Sie hält das Buch direkt neben die Lampe. Jetzt sehe ich es auch. »Irgendeine Idee, was da reinpassen würde?«, fragt sie.

Ich betrachte die flache, viereckige Einkerbung und schlucke, als mir einfällt, woran mich die Form erinnert. Ich sehe den Anhänger vor mir, den mein Vater Mum geschenkt hat. Silber, gegossen in die Form eines winzigen Buchs, verziert mit einem smaragdgrünen Stein. Der Anhänger, den ich zuletzt an Rekas Armband gesehen habe.

32

»Also werde ich das Schloss doch aufbrechen müssen«, schließe ich, nachdem ich Skye von Mums Anhänger erzählt habe und davon, wo er wieder aufgetaucht ist. »Denn der Schlüssel ist jetzt in Mexiko.« Fort. *Für immer.*

Skye schaut mich nachdenklich an. »Irgendwie glaube ich nicht, dass Reka so etwas tun würde«, sagt sie dann.

Sie steht auf, geht zu meinem Rucksack hinüber und öffnet ihn. Als sie sich umdreht, hält sie den Karton in den Händen, den Ocean aus Las Almas mitgebracht hat.

»Das bringt nichts, Skye«, sage ich müde, als sie ihn zwischen uns stellt. »Wir haben uns den Inhalt doch schon angesehen.«

Skye hebt den Deckel ab. »Aber warum sollte Reka den Anhänger mitnehmen, wenn ihr doch klar sein muss, wie viel er dir bedeutet?«, fragt sie eindringlich.

»Aus demselben Grund, warum sie ihn mir vier Jahre lang nicht geschickt hat.«

»Und an welche Adresse hätte sie das tun sollen, hm? Sie wusste nicht, wo du bist, Hunter! Und außerdem konnte sie nicht riskieren, dass du von ihrem Wissen erfährst. Jetzt hingegen –«

Mein Herz schlägt schneller. *Jetzt hat Reka keinen Grund mehr, mir den Anhänger vorzuenthalten.*

Skye nimmt den Stapel Papiere heraus. »Bereit?«

Ich nicke.

Blatt für Blatt legen wir beiseite, was wir bereits kennen. Zeitungsartikel aus den Tagen nach dem großen Skandal, in denen ein Misstrauensvotum und Neuwahlen gefordert werden. Berge von Kontoauszügen, in denen Mum Zahlen umkreist und unterstrichen hat. Mir schwirrt der Kopf. Und schließlich …

Skye und ich starren beide auf den weißen Umschlag am Boden der Kiste. Eine unwirkliche Hoffnung überkommt mich. *Ein Brief von Mum?* Mir wird flau im Magen, als ich den Umschlag vorsichtig öffne.

Hunter,
in diesem Karton befindet sich alles, was deine Mutter bei sich trug, als sie gefunden wurde. Die Papiere habe ich mir erst vor Kurzem angesehen – als Skyes Symptome auf eine Kristallinvergiftung hinwiesen. Vielleicht bedeutet mein Stillhalten während der letzten Jahre, dass ich feige bin. Aber wenn du älter bist, wirst du mich vielleicht verstehen.
Meine Eltern und meine wütende Tochter wissen seit dem Tag, an dem du aus Las Almas verschwunden bist, dass ich Sols Tod vier Jahre lang vor ihnen verheimlicht habe. Sie wissen, dass Sol eine Kristallisierungsgegnerin war. Für mich behalten habe ich lediglich, was genau deine Mutter herausgefunden hat. Ich überlasse dieses Wissen nun schweren Herzens meinem Neffen, der alle Hebel der Welt in Bewegung setzen wird, um diesen Karton zu dir zu bringen. Ich weiß, wie weh diese Entscheidung seinen Eltern und Großeltern tun wird. Aber wenn ich ihn nicht gehen lasse, wenn ich nicht verschweige, wohin er unterwegs ist, wird Ocean seine Drohung wahr machen und Aiyana von der Waffe der Kristallisierer erzählen. Du kennst sie. Sie würde sich, ohne zu zögern, auf den Weg zu dir nach New York machen. Und ich würde nach meinem Mann auch noch meine Tochter verlieren. Das kann ich nicht zulassen.
Pass auf Ocean auf, Hunter. Ich weiß, dass ich meinen Neffen in den Krieg geschickt habe, um meine Tochter zu retten, und

ich weiß, dass du mich dafür hassen wirst. Wieder kann ich nur hoffen, dass du mich in der Tiefe deines Herzens verstehst.
Was den Anhänger deiner Mum angeht – ich trage ihn seit dem Tag, an dem sie ins Krankenhaus kam und ich nichts mehr für meine beste Freundin tun konnte. Ich schätze, ich wollte mich an sie erinnern. An ihren Mut, an das Leuchten ihrer Augen. Ich hätte ihn dir noch in der Sekunde geben sollen, in der du an die Tür des Bungalows geklopft hast, denn du brauchst diese Erinnerungen mehr als ich. Aber dann hätte ich dir gestehen müssen, dass ich von Sols Tod wusste. Und dass ich damals zu sehr auf das Wohl meiner eigenen Familie bedacht war, um nach dir zu suchen. Diese Schuld wird für immer auf mir lasten, denn vielleicht hättest du nicht denselben Weg eingeschlagen wie deine Mutter, wenn wir dich bei uns aufgenommen hätten. Vielleicht würdest du jetzt mit uns die Grenze überqueren, statt dein Leben in einem Kampf zu riskieren, den noch nie jemand gewonnen hat. Aber ich kann die Zeit nicht zurückdrehen.
Hunter, ich hoffe von ganzem Herzen, dass deine Geschichte ein anderes Ende nimmt als die deiner Mutter. Pass auf dich auf. Wenn nicht um deiner selbst willen, dann für Skye. Sie ist gut für dich. Ihr beide seid gut füreinander.
Reka

Ich lasse den Brief sinken. Reka wird nie verstehen, warum ich keinen anderen Weg als den Widerstand wählen kann, für niemanden. Reka ist nicht wie ich oder wie Mum. Das Mädchen jedoch, das nun die Hand auf meinen Arm legt, schon.

»Willst du nicht in den Umschlag sehen?«

Ich presse die Lippen zusammen. Auf einmal bin ich mir nicht mehr sicher, ob ich wirklich bereit bin zu lesen, was in Mums Tagebuch steht. Der Anhänger fällt in meine Hand. Ich streiche mit dem Daumen über die feinen Konturen des silbernen Buchs, über den grünen Stein, und sehe wieder die Augen meiner Mutter vor mir. Meine Kehle schnürt sich zu. *Sommertage im Brooklyn Bridge Park. Abendessen an unserem viel zu kleinen Esstisch. Quizshow-Kandidaten im Fernsehen auslachen, wenn sie an der 500-Dollar-Frage scheitern. Und das strahlende Gelb der Sonnenblumen.*

Ich stopfe den Anhänger zurück in den Umschlag. »Ich kann das nicht! Es tut mir leid, dass ich dich umsonst wach gehalten habe. Aber ich kann das nicht.«

Skye nimmt mir den Umschlag aus der Hand, als ich ihn in die Kiste legen will. »Erinnerungen tun weh. Aber sie sind ein Teil von uns, egal, wie tief du sie wegzuschließen versuchst.« Sie legt den Anhänger zurück in meine Hand. »Ich kann mir vorstellen, wie du dich fühlst. Natürlich ist es nicht dasselbe – als meine Mum verschwand, habe ich nie daran gezweifelt, dass sie lebt ... Aber ich hatte sie trotzdem verloren.« Skye macht eine Pause. »Du hast deine Mum geliebt. Und du solltest trauern. Aber du darfst sie nicht ausschließen.«

Ich starre auf den Anhänger in meiner Hand. Skye steht auf. Vielleicht glaubt sie, dass ich allein sein will. Doch der Druck in meiner Brust wird beinahe unerträglich, als sie sich abwendet.

»Bleib. Bitte.«

Wortlos setzt Skye sich neben mich.

Als der Anhänger in der kleinen Vertiefung einrastet, springt der Verschluss, der die beiden Buchdeckel zusammenhält, mit einem Klack auf. Ich starre auf die Handschrift meiner Mutter. Ihre Buchstaben neigen sich nach rechts, als wären ihre Gedanken schneller gewesen als ihre Hände.

»Soll ich es dir vorlesen?«, fragt Skye zaghaft.

Ich nicke. Sie legt das Buch auf ihren Schoß, ohne ihren Arm von meinen Schultern zu nehmen.

»9. Dezember. Matteo hat heute Lebkuchen gebacken. Schade,

dass die Hälfte verbrannt ist, weil er über einem Artikel die Zeit vergessen hat. Hunter hofft auf Schnee, damit die Schule ausfällt, aber zugefrorene Straßen sind das Letzte, was ich im Augenblick gebrauchen kann.«

Ich schließe die Augen. Mum erzählt von Weihnachten und Geburtstagen, von meinem Wechsel auf die höhere Schule und dem Stress, den ihre neue Position als Chefredakteurin mit sich bringt. Irgendwann höre ich nicht mehr Skyes Stimme, sondern den warmen, energischen Tonfall meiner Mutter. Ich lasse zu, dass ich mich in den kleinen Alltäglichkeiten meines alten Lebens verliere.

»Ich bin froh über Matteos Unterstützung. Dass er seine Stundenzahl in der Redaktion reduziert hat, hilft mir wirklich sehr. Trotzdem frage ich mich, ob ich es irgendwann bereuen werde, so viel Zeit im Büro verbracht zu haben. Hunter wird so schnell groß, jetzt ist er schon dreizehn. Aber Matteo hat recht. Uns bleibt noch alle Zeit der Welt.«

Skye stockt.

»Lies weiter«, sage ich mit belegter Stimme.

»Es ist seltsam, oder nicht? Als Frau stelle ich mir diese Fragen und überlege, ob ich eine Rabenmutter bin, weil ich meine Karriere vorantreiben will. Die meisten Männer hingegen verschwenden keinen Gedanken an solche Themen. Manchmal glaube ich, dass wir die Welt nie zu einem besseren Ort machen werden. Ich wünschte, ich hätte Chloes Zuversicht. Aber irgendwann wird auch unser kleiner Kristall merken, dass die Welt sich nicht so einfach aus den Angeln heben lässt.«

Ich beiße mir auf die Lippe. Es ist verrückt, Mum über dieselbe Frau wie eine Freundin sprechen zu hören, die ich mit jeder Faser meines Körpers hasse. *Und noch verrückter ist es, mir Chloe Cremonte als idealistische Studentin vorzustellen, die eine Hochschulgruppe leitet.* Heute jagt ihr farbloses Lächeln mir jedes Mal

Angst ein, wenn es auf irgendeinem Bildschirm auftaucht. Auch wenn ich das niemals zugeben würde.

Skye liest weiter.

»Seitdem ich Chefredakteurin bin und auch Matteo bei der Times *arbeitet, vergeht kein Gruppentreffen, ohne dass Chloe uns darum bittet, Artikel über die Traits zu veröffentlichen. Ich habe es wirklich versucht, aber die Redaktionskonferenz hat dagegen gestimmt. Sie halten Chloes Ideen für realitätsfern. Und wenn ich ehrlich bin, kann ich es ihnen nicht mal verübeln. Ich würde alles geben für eine Welt, wie sie Chloe vorschwebt: keine Diskriminierung, Klarheit, Gerechtigkeit. Aber es geht zu weit, Menschen dafür in Kategorien zu zwängen. Chloes Welt wird ein Traum bleiben - und wahrscheinlich ist das besser so.«*

Ich schaue auf das Datum. Der dritte Mai vor fünf Jahren. Langsam nähern wir uns der Zeit rund um den großen Skandal. *Und um Dads Verschwinden ...* Ich rufe mich innerlich zur Ordnung. *Was wir hier machen, hat nichts mit ihm zu tun.* Ich konzentriere mich auf Skyes Stimme.

»Matteo sieht das alles ein wenig anders. Er hängt bei jedem Wort an Chloes Lippen und verpasst kein einziges Treffen der Gruppe, sogar wenn er dafür eins seiner geliebten Basketballspiele ausfallen lassen muss. Reka und Daniel haben sich schon beschwert. Ich selbst gehe nicht mehr regelmäßig zu den Treffen. Die ganze Idee ist nichts als eine nette Utopie. Aber mein Weltverbesserer von einem Mann würde sich wahrscheinlich als Erster »kristallisieren« lassen, wie sie es nennen, wenn es jemals so weit kommt. Er kann den ganzen Tag über Traits reden, wenn man ihn lässt. Manchmal habe ich das Gefühl, er verbringt fast mehr Zeit mit Chloe als mit mir.«

Ein Eisblock rutscht in meinen Magen. Ich habe mich immer gefragt, warum Dad verschwunden ist, obwohl doch alles in Ordnung war. Es gab keinen Streit zwischen ihm und Mum, keinen

Anlass. *Zumindest habe ich das geglaubt ...* Wilde Vermutungen überschlagen sich in meinem Kopf. Ist es möglich, dass mein Vater und Chloe Cremonte eine Affäre hatten? Wollte er mit ihr abhauen und sie ist ihm nicht gefolgt? Mir wird übel. *Alles, aber bitte nicht das!*

Erst jetzt bemerke ich, dass Skye verstummt ist. Sie sieht mich mit geweiteten Augen an. »Vielleicht solltest du das hier lieber selbst lesen«, sagt sie und schiebt mir das Tagebuch zu.

Ich beiße die Zähne zusammen.

14. Juni. Im Büro war die Hölle los. Manchmal verabscheue ich die Art, mit der Journalisten sich auf Schicksalsschläge stürzen, als wären sie Geschenke unter dem Weihnachtsbaum. Chloe entführt ... Ich kann es noch immer nicht fassen, obwohl ich die letzten Stunden damit verbracht habe, die Nachrichten zu sichten, die morgen jede Titelseite beherrschen werden.

Das ist bislang alles, was wir wissen: Chloe ist unauffindbar und Ministerin Cremonte hat die Behörden eingeschaltet. Ich hoffe, dass diese ganze Sache bloß ein Missverständnis ist. Chloe wehrt sich mit allen Mitteln gegen das Establishment, zu dem ihre Mutter gehört. Sie hat es nicht verdient, für politische Sünden zu bezahlen, die sie selbst nicht begangen hat.

15. Juni. Vor meinem Bürofenster geht die Sonne über New York City auf, als wäre nichts geschehen. Als hätten die gestrigen Ereignisse nicht alles verändert. Wie immer versuche ich zu verstehen, was passiert ist, indem ich es aufschreibe. Damit sich das Chaos in meinem Kopf beruhigt. Denn es ist ein verdammt großes dieses Mal.

Matteo und ich glauben seit Langem, dass es bei der letzten Präsidentschaftswahl nicht mit rechten Dingen zugegangen ist. Wir haben damals versucht, die Abstimmungsdaten zur Prüfung zu bekommen, aber wir sind gescheitert, wie jede andere Zeitung in diesem Land auch. Und dann haben wir es, wie alle anderen, auf sich beruhen lassen.

Ich weiß mittlerweile, dass Chloe gestern nicht entführt wurde. Ein Journalist hat ihre Entführung vorgetäuscht, um Ministerin Cremonte und ihre Regierung zu erpressen. Doch anstatt die Wahldaten von damals herauszugeben, hat sie den Secret Service auf die Spur des Erpressers geschickt, mit dem Befehl, auf jeden zu schießen, der Chloe gefährlich werden könnte. Chloe wurde unversehrt in ihrem Wohnheimzimmer gefunden. Der diesjährige Jahrgang von Erstsemestern dagegen ... 49 sind tot. Chloes kleine Schwester ist tot.

Ich sollte nach Hause gehen, ich habe die ganze Nacht im Büro verbracht. Aber das geht nicht. Ich habe Matteo schon eine Nachricht geschrieben, dass er sich heute um Hunter kümmern muss, denn ich kann hier nicht weg. Die ganze Redaktion steht kopf und mein Team braucht mich. Bald werden die Untersuchungseinheiten kommen, werden Laptops und Akten konfiszieren, um herauszufinden, ob es ein Journalist der Times gewesen ist, der die falsche Entführung geplant hat. Ich glaube nicht daran. So etwas würde niemand von meinen Kollegen tun. Aber ich habe das Gefühl, dass ich das alles hier dokumentieren sollte.

Es ist Mittag. Das, was die Medien als den »großen Skandal« bezeichnen, ist innerhalb von Stunden zum Ereignis des Jahrzehnts geworden. Chloe gibt Interviews am laufenden Band, Rufe nach Amtsenthebungen der aktuellen Regierung werden laut. Aus der kleinen Hochschulgruppe ist die Kristallisierungspartei geworden, mit Chloe an der Spitze. Und obwohl alle wissen, dass ihr die Idee der Traits nicht über Nacht gekommen ist, lassen sie zu, dass Chloe sich selbst als politisches Wunderkind inszeniert.

Ich habe schon vier Mal versucht, Matteo zu erreichen, um

mich dafür zu entschuldigen, dass ich immer noch im Büro bin. Aber er geht nicht dran. Ich hoffe, er vergisst nicht, Hunter und Yana nachher zu dieser Geburtstagsparty zu fahren …

Nachmittags. Wenn Matteo sich nur endlich melden würde! Ich habe ihn nicht mehr gesehen, seit er gestern Morgen plötzlich aus dem Büro aufgebrochen ist. Niemand kann mir sagen, wohin er unterwegs war. Ich habe Reka angerufen und gefragt, ob sich Daniels Zustand verschlechtert hat, aber es geht ihm gut, der Chemo entsprechend. Wo also musste Matteo gestern so dringend hin? Zu Hause war er auch nicht, sagt Hunter. Verdammt, langsam mache ich mir richtige Sorgen. Da draußen bricht die Welt zusammen und unser Sohn sitzt ganz allein in Brooklyn! Hunter ist vernünftig, und ich kann darauf vertrauen, dass er zu Hause bleibt, bis ich wiederkomme. Aber wenn ich Matteo jemals gebraucht habe, dann jetzt.

16. Juni. Ich weiß nicht, ob es der Schlafmangel ist oder der Umstand, dass mein Leben gerade zusammenbricht wie ein Kartenhaus, aber ich bin kurz davor, die Nerven zu verlieren. Hunter stellt Fragen, obwohl ich ihn von den Nachrichten fernhalte. Wenn mir nicht bald etwas einfällt, wird er eins und eins zusammenzählen. Ein Journalist hat Chloe Cremontes Entführung gefälscht. Ein Journalist der Times. Ein Journalist, der mit unserer jetzigen Regierung auf Kriegsfuß steht … Gott, wie oft hat Matteo sich am Küchentisch über die Äußerungen aus dem Weißen Haus aufgeregt, die klingen, als würde ein trotziges Kind unser Land führen! Er verachtet alles an unserem Präsidenten, von seinem offenen Rassismus über die Respektlosigkeit Frauen gegenüber bis hin zu seinem Verbreiten von Fake News und dem harten Vorgehen gegen Demonstranten.

Aber ich weiß, dass diese ganze wahnsinnige Geschichte mit der falschen Entführung nicht Matteos Idee gewesen sein kann, auch wenn alle Fakten gegen ihn sprechen. Irgendetwas stimmt hier nicht. Und die einzige Person, die mir Antworten geben kann, hält in diesem Moment eine medienwirksame Gedenkfeier auf Long Island ab ... Wenn ich bis mittags nichts von Matteo höre, werde ich Chloe einen Besuch abstatten müssen.

Ich fahre mir durch die Haare. Dunkel erinnere ich mich an diesen Tag. Damals wusste ich nur, dass mein Vater seit zwei Tagen nicht nach Hause gekommen war. Und dass meine Heimat vor einem großen politischen Wandel stand. Mir ist nie in den Sinn gekommen, beides zu verbinden. *Nicht, nachdem Mum so gründlich dafür gesorgt hat, dass ich glaubte, er hätte uns einfach verlassen.*

Die Tagebuchseite, die ich zwischen meinen Fingern halte, zerknittert. Behutsam löst Skye meine Hand - ich sehe in ihrem Blick, dass sie dasselbe denkt wie ich. Mein Vater, der *Times*-Journalist. Wir haben die Artikel gelesen, die Berichte gesehen. Wir wissen, wie der große Skandal für den Journalisten ausgegangen ist, der Chloe Cremontes Entführung vorgetäuscht hat - er hat sich nach der Hörsaal-Schießerei aus dem Fenster gestürzt.

Ich schlucke hart. Mit zitternden Fingern blättere ich um, doch die nächste Seite ist leer. Dass sie mit Chloe sprechen wollte, waren die letzten Worte, die meine Mutter ihrem Tagebuch anvertraut hat.

Skye zieht mich in ihre Arme. Und obwohl mein Verstand sich verzweifelt dagegen wehrt, sickert eine Gewissheit in mein Bewusstsein. Die Gewissheit, dass Dad nicht einfach gegangen ist. *Er hat sich umgebracht.*

33

»Ich habe Dad verflucht«, sagt Hunter. Er hat den Kopf in seinen Händen vergraben. »Ich habe ihm sogar den Tod gewünscht.«

»Du konntest nicht wissen, was wirklich geschehen ist.«

»Ich hätte die Fragen stellen können, die Mum mir verboten hat.« Seine Stimme ist rau, und ich wünschte, ich könnte irgendetwas tun, um seinen Schmerz erträglicher zu machen. »Ich kann einfach nicht fassen, dass ich keine Familie mehr habe. Versteh mich nicht falsch.« Hunter schaut auf. »Als ich dachte, dass Dad uns verlassen hat, wollte ich nichts mehr von ihm wissen. Aber es gab ihn trotzdem noch, irgendwo auf der Welt. Und jetzt –« Er schüttelt den Kopf. »Jetzt ist er tot, und ich habe die letzten Jahre damit verbracht, ihm unrecht zu tun.«

Ich ziehe ihn an mich, dankbar dafür, dass er mich hinter seine Mauern lässt. »Als du mir am Strand erzählt hast, was mein Vater getan hat«, sage ich leise, »da habe ich ihn gehasst. So heftig, wie ich nie geglaubt habe, jemanden hassen zu können. Und gleichzeitig wusste ich, dass ich ihn deshalb so sehr hasse, weil er mir nicht egal ist. Weil ich ihn liebe. Darum konnte es mich so stark verletzen, was er getan hat.« Ich beiße mir auf die Lippe. »Ich habe mir gewünscht, die Rollen wären anders verteilt gewesen. Es wäre mir lieber gewesen, wenn mein eigener Vater für eine gute Sache gestorben wäre, als dass er als Mörder weiter durchs Leben geht.« Ich sehe Hunter an. »Was ich sagen will, ist, dass deine Gefühle dich nicht zu einer schlechten Person machen. Sie machen dich menschlich. Auch die negativen.«

Hunter lehnt seine Stirn an meine. »Danke.«

»Wofür?«

»Dafür, dass du mir vertraust.«

Um uns herum herrscht ein reges Kommen und Gehen, das Loft gleicht heute Morgen einem Taubenschlag. Hunter starrt in seine Kaffeetasse, als lägen darin die Antworten auf die Fragen, die uns in der Nacht den Schlaf geraubt haben. *Was genau ist am 14. Juni vor fünf Jahren geschehen?* Ihrem Tagebuch zufolge glaubte Sol nicht, dass Matteo die Entführung gefälscht hat. Er mochte Chloe. Sie waren Freunde. Warum hätte er also ausgerechnet ihre Mutter erpressen sollen? Warum kein anderes Regierungsmitglied?

Ocean schnappt sich einen Bagel von dem Teller, den weder Hunter noch ich bisher angerührt haben. »Griffin hat mir erklärt, wie die *Sonne* die Uploadfilter von Octagon umgeht«, sagt er. »Sobald wir endlich einen Beweis dafür finden, dass Kristallin als Waffe eingesetzt wird, können wir ihn direkt hochladen. Habt ihr euch Sols Papiere noch mal angeschaut?«

»Ocean –«

»Wenn wir es schaffen, Cremonte und den Präsidenten wegen Mordversuchen wie dem an euch beiden vor Gericht zu stellen, dann wird das ReNatura aufhalten.«

Ich sehe zu Hunter, der noch keinen einzigen Schluck von seinem Kaffee getrunken hat. »Später, Ocean, okay?«

»Oh, klar.« Er lächelt peinlich berührt. Wahrscheinlich glaubt er, wir hätten unseren Streit von gestern Abend noch nicht beigelegt. »Sorry.« Er verschwindet mit einem weiteren Bagel in der Hand und weicht in der Tür einem Mann mit tätowiertem Gesicht aus, der gerade das Loft betritt und zielstrebig auf eine Sitzecke zugeht. Ich löse den Blick von der Gruppe, die mit ernsten Mienen die Köpfe zusammensteckt.

»Hunter?«, frage ich vorsichtig. »Willst du nicht doch etwas essen?« Hunter hebt den Blick. Unter seinen Augen liegen dunkle Ringe. Er schüttelt den Kopf. »Willst du dich noch mal hinlegen?«

»Ich will aufhören zu denken«, murmelt er. »Aber ich kann nicht.« Er fährt sich durch die Haare. »Warum hat Dad sich nicht verabschiedet? Warum ist er überhaupt diesen Schritt gegangen? Schließlich leben die Agenten, die geschossen haben, doch auch mit ihrer Schuld! Und mein Vater kann nicht gewollt haben, dass Menschen sterben.« Er verstummt hilflos.

»Du darfst dich nicht von der Vergangenheit einholen lassen.« Ich umfasse seine Hände. »Nicht jetzt, wo wir darum kämpfen müssen, dass es eine Zukunft gibt!«

Wir schauen auf, als Yaels helle Stimme durch das Loft hallt. »Victor! Wie weit seid ihr?« Sie schließt die Tür hinter sich und geht hinüber zu der Sitzgruppe vor der Kletterwand. Der Mann mit dem tätowierten Gesicht antwortet etwas, das ich nicht verstehe. Yaels Blick wandert zum Fenster. Sie sieht besorgt aus, obwohl sie versucht, es zu verstecken. *Was hat die Sonne vor?* Der Mann und zwei Frauen begleiten Yael in die Küche.

»Geh«, sagt Hunter. »Rede mit ihr. Ich muss sowieso in die IT.«

»Bist du sicher, dass du arbeiten kannst?«

Hunter lächelt traurig. »Um ehrlich zu sein, freue ich mich über die Ablenkung.«

Ich küsse ihn auf die Wange. »Dann bis später.«

Ich sehe ihm nach, bis er durch die Tür verschwunden ist. Dann folge ich Yael in die Küche.

»Der Zeitplan ist knapp«, sagt eine der Frauen.

»Er wird funktionieren«, erwidert der Mann namens Victor. Er setzt dazu an, noch mehr zu sagen, doch die zweite Frau schüttelt den Kopf, als sie mich bemerkt.

»Skye!« Yael lächelt. »Hast du schon gefrühstückt? Hier muss man sich beeilen, wenn man noch einen frischen Bagel abbekommen will.« Sie streckt sich und holt fünf Teller aus dem Schrank über dem Spülbecken, aber Victor schüttelt den Kopf.

»Nicht für mich. Jim wartet im Newsroom.«

»Oh, klar.« Yael fasst sich an die Stirn. »Ich habe die Besprechung komplett vergessen.« Sie will die Teller wieder wegstellen, doch Victor legt ihr eine Hand auf den Arm.

»Iss in Ruhe und komm nach. Niemandem ist geholfen, wenn du so kurz vor dem großen Tag zusammenklappst.«

Als Victor und die beiden Frauen verschwunden sind, lehnt Yael sich gegen die Anrichte.

»Der große Tag?«, frage ich und nehme den Bagel, den sie mir reicht.

»Die Parade.« Yael reibt sich die Augen. Sie sieht ähnlich müde aus wie Hunter.

»Ihr plant etwas auf der Parade?«, frage ich erstaunt. »Bei den ganzen Kontrollen ist das doch viel zu gefährlich!«

»Wir sind lange genug im Schatten geblieben«, erwidert Yael. »Haben Informationen gesammelt, Listen geführt ... Übermorgen werden wir für diejenigen sprechen, die es nicht mehr können. Weil sie in Lagern sitzen oder im Gefängnis – oder weil sie vermisst werden.«

Zweifelnd kaue ich auf meinem Bagel herum. Eine Rede allein soll die Massen überzeugen? Andererseits hat die *Sonne* offenbar Beweise für das Verschwinden von Menschen. Vielleicht werden die Leute ihr also wirklich zuhören. Und dann –

»Es gibt etwas, das du wissen solltest«, sage ich. »Denn wenn ihr den Leuten übermorgen auf der Parade die Wahrheit über die Regierung sagen wollt, muss es die ganze Wahrheit sein.« Überrascht sieht Yael mich an. »Ich will mit dir darüber sprechen, seit wir hier sind«, beginne ich. Und dann erzähle ich ihr alles, von der Traitzuteilung nach Geschlecht bis zu den Instituten für Ausnahmefrauen. »Die Kristallisierer glauben, dass wir uns verirrt haben«, schließe ich. »Dass wir zur menschlichen Natur zurückkehren müssen. Alles, was sie tun, dient der Vorbereitung auf das ReNatura-Programm. Jedes Gesetz, jeder Beschluss.«

Yael, die mir bis jetzt erstaunlich gefasst zugehört hat, keucht auf.

»Was ist?«, frage ich besorgt.

»Ich –« Sie schließt kurz die Augen. »Mir ist nur gerade etwas klar geworden.« Yael macht keine Anstalten, noch etwas zu sagen, doch ich ahne, was in ihr vorgeht.

»Was ist mit der Frau passiert, die deine Freundin war?«, frage ich leise.

Yael ringt sich ein Lächeln ab. »Sie hieß Delilah«, sagt sie. »Wahrscheinlich sollte ich sagen, *sie heißt*, schließlich ist sie nicht tot. Hoffe ich zumindest. Wir waren auf einer Demonstration, kurz nach der Gründung der Gläsernen Nationen. Die Stimmung kippte. Ich wurde von ihr getrennt. Die meisten Leute rannten auf die U-Bahn-Stationen zu und rissen mich mit sich. Delilah wurde verhaftet. An diesem Tag habe ich sie zum letzten Mal gesehen.« Yael verzieht das Gesicht. »Wogegen wir demonstriert haben, kannst du dir wahrscheinlich zusammenreimen.«

Ich denke an die Ordnung, die nach der Gründung der Gläsernen Nationen die alte Verfassung ablöste. Hauptsächlich geht es darin um Regeln für Rationale und Emotionale. Die Dos and Don'ts für Traitträger. Aber es wurden auch ein paar traitunabhängige Paragrafen hinzugefügt wie das zirkulierende Fahrverbot in Großstädten, die Herabsetzung des Wahlalters auf 16 Jahre und –

»Ihr habt gegen das Verbot der gleichgeschlechtlichen Ehe demonstriert, oder?«, frage ich.

Yael nickt. »Ich würde mich zwar nie in ein verstaubtes Konstrukt zwängen lassen, das seinen Ursprung im Menschenhandel hat, aber für viele ist die Ehe durchaus erstrebenswert. Und ich fand es nicht richtig, dass ihnen diese Möglichkeit verwehrt wird. Also habe ich Delilah überredet, mit auf die Demo zu kommen.« Sie stellt ihre Tasse ab. »Ich hätte es wissen müssen. Die Gesetzesänderungen damals passen so perfekt zu allem, was du sagst. Ich hätte wissen müssen, dass noch mehr hinter den Traits steckt.« Sie blickt auf, und ich stelle erstaunt fest, dass ihre Augen glänzen.

»Wir haben keinen direkten Beweis mehr«, wiederhole ich. Ich denke an den Karton mit Sols Papieren, an Kristallin. »Aber vielleicht finden wir noch einen Weg, allen zu zeigen, wie weit die Kristallisierer für ReNatura gehen.«

Yael lächelt mich an. »Manchmal ist es genug, die Bombe platzen zu lassen, Skye.« Sie steht auf. »Entschuldige mich, aber ich muss dringend in den Newsroom.«

»Yael?« Sie dreht sich noch einmal um. »Welche Rolle spielen Luce und die anderen Jugendlichen auf den Farmen bei eurem Plan?« Die Frage brennt mir seit unserem ersten Gespräch unter den Nägeln.

Yael legt den Kopf schief, als würde sie abwägen, was sie mir erzählen kann und was nicht. »Eine wichtige«, sagt sie schließlich.

»Aber –«

»Sorry, Skye, ich muss wirklich los. Wir reden später weiter, ja?«

»Okay«, sage ich, obwohl sie mich schon nicht mehr hören kann. Ich trage unser Geschirr zum Spülbecken. Wenn Yael mir nicht sagen will, weshalb Luce unbedingt in Daliawood bleiben wollte und weshalb die Information, welche Farm mit einem Camp verbunden ist, so wichtig für die *Sonne* ist, dann werde ich es eben selbst herausfinden. Ich lasse das Geschirr stehen. Cren glaubt, dass die Nachrichten von den Farmen an die IT-Zentrale geschickt werden. Es sollte also nicht so schwer sein, an Luces Nachricht zu kommen.

Ich stürme aus dem Aufzug und nenne an der Tür die Losung. Dann durchquere ich mit langen Schritten das Loft. *Es war ein Fehler hierherzukommen. Ein ganz gewaltiger Fehler.*

»Hunter?« Vertraute blaue Augen blicken in meine. Skye wäre

beinahe mit mir zusammengestoßen. Sie bleibt stehen. »Ich habe mit Yael gesprochen«, sagt sie leise. »Die *Sonne* wird eine Rede halten. Am Tag der Parade. Sie werden über die Vermissten sprechen. Über die Farmen. Und über ReNatura. Aber es gibt noch etwas, das ich herausfinden muss - und das geht nur in der IT-Zentrale.«

»Du hast Yael von ReNatura erzählt?«, unterbreche ich sie.

»Wie wir es abgemacht hatten«, erwidert sie verwirrt. »Was ist los mit dir?«

Ich ziehe sie zur Seite. »Ich habe etwas gesehen«, zische ich. »Gerade, in der IT-Zentrale. Auf dem Bildschirm einer Frau, die mir etwas erklären wollte, war ein Countdown. Sie hat ihn weggeklickt, als sollte ich ihn nicht sehen.«

»Ein Countdown?« Skye runzelt die Stirn. »Kannst du dich erinnern, welche Zeit er angezeigt hat?«

Ich schüttle den Kopf. »Das ging alles viel zu schnell.«

»Vielleicht war es bloß der Countdown zur Parade«, überlegt sie.

»Vielleicht war es aber auch mehr.« Ich sehe Skye eindringlich an. »Diese Leute sind nicht unsere Freunde. Wir kennen weder ihren genauen Plan noch ihre Motivation.«

»Luce ist meine Freundin«, entgegnet sie. »Und Yael ist es auch. Sie will die Untaten unserer Regierung öffentlich machen, genau wie wir. Und ihre Motivation ist, dass sie einen geliebten Menschen verloren hat - genau wie du.« Sie schlägt die Augen nieder. »Entschuldige -«

Doch bevor sie weitersprechen kann, treten Ocean, Griffin und einige andere Mitglieder ins Loft. »Gerade noch rechtzeitig zur Versammlung«, sagt Griffin und deutet auf die größte Sitzecke, wo sich immer mehr Mitglieder einfinden. »Was ist? Ihr wollt doch nichts verpassen, oder?«

34

Ich schrecke hoch, als helles Licht mich blendet. Yael steht am Schalter, der die Sonne aufgehen lässt. Verschlafen reibe ich mir die Augen.

»Kommt in den Newsroom, wenn ihr euch fertig gemacht habt.« Sie legt eine Eintrittskarte mit dem heutigen Aufzugscode auf einen kleinen Tisch neben sich. »Und beeilt euch«, sagt sie grinsend. »Die Revolution wartet nicht.«

Hastig stehe ich auf. Hunter und ich hatten gestern keine Chance mehr, in die IT-Zentrale zu gelangen, um nach Luces Nachricht zu suchen. Und Yael konnten wir auch nicht sprechen, denn sie war weder bei der Versammlung, auf der stundenlang die Route von Chloe Cremontes Paradewagen durchgegangen wurde, noch beim Abendessen.

Hunter gähnt. Wir haben einen Großteil der Nacht damit verbracht, Sols Unterlagen erneut durchzugehen, jedoch ohne mehr über den Einsatz von Kristallin herauszufinden. Nun bleibt uns nichts anderes übrig, als zu hoffen, dass die Leute der *Sonne* zuhören werden. *Und rechtzeitig herauszufinden, woraus ihr Plan genau besteht.*

Eine Viertelstunde später steigen Hunter und ich aus dem Aufzug und gehen über einen engen Flur auf eine geöffnete Tür zu. Der Newsroom ist kleiner als die IT-Zentrale und das Loft, denn auf dieser Etage wurden die Wände nicht herausgerissen, die die einzelnen Räume voneinander trennen.

»Kommt rein, ihr zwei.« Yaels Worte übertönen das allgemeine Gemurmel. Mindestens dreißig Mitglieder der *Sonne* sitzen auf

Stühlen oder lehnen sich gegen die mit schwarzem Stoff verhangenen Wände. Ocean winkt uns von seinem Platz neben Griffin aus zu. Ich winke zurück. Auf den Bildschirmen um uns herum laufen stumm die Nachrichten. Es ist bereits elf Uhr. Wir haben verschlafen.

»Um die Lageberichte der einzelnen Gruppen kurz abzuschließen – wir sind gut vorbereitet«, sagt Yael und betont dabei jedes Wort, als würde sie ein Mantra sprechen. »Aber trotzdem, oder vielleicht gerade deshalb, möchte ich euch vorschlagen, die Operation Rise zu erweitern.« Verwundertes Gemurmel. Ich spüre, wie Hunter sich neben mir versteift. »Und zwar ändern und verlängern wir die Ablenkung.« Yael deutet auf mich. »Skye wird sie vortragen.«

Ablenkung? *Ablenkung wovon?* Ich schaue Hunter mit gerunzelter Stirn an. *Weißt du etwas darüber?*

»Sie soll die Rede halten?« Der Mann mit dem tätowierten Gesicht, Victor, sieht von mir zu Yael. »Denk dran, wir sind diejenigen, die in echter Gefahr schweben, wenn etwas schiefgeht.« Er deutet auf zwei Frauen und den Mann, der neben ihm steht. »Wir und du selbst, Yael. Hast du dir gut überlegt, ausgerechnet so kurz vorher Neue mit ins Boot zu holen?«

»Darüber haben wir doch gestern schon diskutiert«, erwidert Yael. »Sie hat es herausgefunden. Es ist ihr Recht, es publik zu machen.«

Ich starre sie an. Was hat sie vor?

»Jetzt mal Klartext, bitte«, sagt eine junge Frau, die neben Grace steht. »Was soll publik gemacht werden? Es ist doch seit Wochen klar, dass wir die Vermisstenlisten verlesen, wenn –«

Der Rest ihres Satzes bleibt in der Luft hängen, als auf einmal die CCN-Melodie ertönt, obwohl niemand den Ton der Fernseher angeschaltet hat. Alle Köpfe fahren herum.

Auf den Monitoren ist Chloe Cremonte zu sehen, sie steht vor der Flagge der Gläsernen Nationen. Eine Bildunterschrift verkündet:
Gesetzesänderung beschlossen!

»Sicherheit und Freiheit müssen keine entgegengesetzten Ziele

sein«, spricht der Kristall in die Kamera. **»Meine Vision für dieses Land ist Sicherheit für freie Menschen, und genau das wird dieser neue Gesetzesentwurf garantieren.«**

Also ist die Grenzschließung jetzt entschieden, denke ich. Damit hat jeder von uns gerechnet. Höchstens für Ocean wird diese Nachricht schwer zu verkraften sein, denn wenn er seine Familie jemals wiedersehen will, wird er seine Heimat für immer verlassen müssen. *Wir werden all das rückgängig machen*, gelobe ich stumm. *Wenn das Amtsenthebungsverfahren gegen Chloe und Kendrick abgeschlossen ist, wird keins ihrer Gesetze mehr gelten.* Ich schaue wieder in die stahlgrauen Augen des Kristalls auf dem Bildschirm.

»Ich habe mich in der Vergangenheit selbst für die Absetzung gesetzlich angeordneter Planexekutionen engagiert. Aber ich habe auch einen Eid geleistet, für die größtmögliche Sicherheit der Bürger der Gläsernen Nationen Sorge zu tragen. Mit der Auflösung des vor fünf Jahren angeordneten Vollstreckungsmoratoriums leiste ich diesem Versprechen Folge.«

Ich versuche, die Bedeutung von Chloe Cremontes Worten zu verstehen. Ein ohnmächtiges Gefühl macht sich in mir breit. *Habe ich das richtig gehört?* Das kann nicht sein. Das darf nicht sein. Neben mir ist Yael zu einer Salzsäule erstarrt. Sie begreift, was Chloe Cremonte sagt. Und sie kann es ebenso wenig fassen wie ich.

»Mit dem heutigen Tag wird die Todesstrafe in jedem Bezirk der Gläsernen Nationen wieder eingeführt. Terrorismus und jedes Vergehen, das sich gezielt der Destabilisierung unserer Regierung widmet, werden durch gesetzlich angeordnete Exekution bestraft. Ich gebe Ihnen mein Wort, dass wir alles tun, um die Gläsernen Nationen vor gefährlichen Individuen zu schützen.«

Es herrscht Stille im Newsroom. Ich höre, wie Yael die Luft ausstößt. »Tja. Sieht aus, als wären wir nicht die Einzigen mit einem Ass im Ärmel.«

Die Mitglieder der *Sonne* sehen sich an.

»Das ändert alles.« Grace ist die Erste, die sich zu Wort meldet.

Griffin nickt. »Grace hat recht. Unter diesen Umständen sollten wir überlegen, Operation Rise abzusagen. Das persönliche Risiko ist enorm gestiegen.«

»Hier geht es nicht um dein persönliches Risiko, sondern um den Sieg des Kollektivs!«, entgegnet ein junger Mann, dessen Namen ich nicht kenne. »Es geht um Utopia, Leute!«

Während sich eine hitzige Diskussion über Chloe Cremontes neueste Kampfansage entspinnt, suche ich Hunters Blick. *Wir können nicht aufgeben. Wir können nicht zulassen, dass sie uns mit dieser Drohung zum Schweigen bringt!* Aber wir werden uns auch keinem Plan anschließen, dessen Einzelheiten wir nicht kennen. Hunter nickt mir zu und zusammen drängen wir uns durch die Leute.

»Yael!« Sie sieht zu uns herüber. »Was ist die Operation Rise genau?«, frage ich, als wir sie erreicht haben. »Du hast gestern gesagt, dass wir später weitersprechen!«

Yael nickt. »Sie beinhaltet die Enthüllungsrede. Wir werden zeigen, dass wir mit der Regierung nicht einverstanden sind – und zwar deutlich.«

»Reden können wir live über Octagon streamen«, wirft Hunter ein, »dafür muss niemand da draußen sein Leben riskieren.« Er legt schützend den Arm um meine Schultern, als würde er gern hinzufügen: *Ganz besonders nicht meine Freundin.*

Yael sieht sich im Raum um. Sorgenfalten erscheinen auf ihrer Stirn, denn mittlerweile scheinen nicht nur Griffin und Grace verunsichert zu sein. Yael nimmt meine Hand und zieht mich in die Mitte des Raums.

»Sprich«, flüstert sie. Verwirrt sehe ich sie an. »Erzähl ihnen, was du mir erzählt hast.« Sie drückt meine Hand, dann wendet sie sich an die Versammelten. »Es gibt etwas, das ihr wissen solltet, bevor ihr unseren Plan aufgebt.«

Yael tritt zur Seite. Alle Blicke richten sich auf mich. *Wenn ich will, dass die Welt die Wahrheit erfährt, kann ich genauso gut mit der Sonne anfangen.* Ich hole tief Luft. »Die Kristallisierer haben uns jahrelang glauben lassen, dass die Traits der Klarheit dienen und unser persönliches Glück garantieren. Aber das stimmt nicht. Ihr fragt euch, warum Jugendliche aus den Zentren verschwinden? Luce und ich haben die Antwort herausgefunden. Die Kristallisierer suchen nach Untreuen. Genauer gesagt: Sie suchen in den Reihen der Mädchen nach solchen, die sich ihren Plänen nicht fügen werden.« Im Newsroom herrscht Totenstille. »Die Kristallisierer haben ein Programm namens ReNatura entworfen, das unsere Gesellschaft radikal verändern soll und uns zu einem Leben zwingen wird, das unserer sogenannten *menschlichen Natur* entspricht«, fahre ich fort. Meine Stimme zittert, doch ich spreche weiter. »ReNatura behauptet, Frauen seien von Natur aus Emotionale, Männer hingegen rational. Wer von diesem Schema abweicht, wird bestraft.« Ich denke an die Ausnahme-Mädchen, an Jasmine und das Commitment – und an Gabriel.

Griffin räuspert sich. »Und ab wann wollen sie dieses Programm einführen?«, fragt er.

Ich versuche, meine Stimme wiederzufinden. »Wir wissen es nicht genau«, springt Hunter ein. »Aber die Vorbereitungen laufen schon jetzt. In den Zentren, in der Administration, in den Schulen. Die Kristallisierer brauchen Zeit, um die Einstellung der Bevölkerung zu formen. Und um die Emotionalen rechtlich Schritt für Schritt einzuschränken, damit sie sich nicht nur nicht wehren wollen, sondern sich auch gar nicht mehr wehren *können.* Deshalb steht ReNatura noch unter allerhöchster Geheimhaltung.«

Nachdem Griffin den Damm gebrochen hat, werden wir mit Fragen nur so überflutet. Woher wir von dem Programm wissen, wenn es doch geheim ist. Warum die Testung existiert, wenn die Traits doch nach Geschlecht zugeteilt werden. Wir beantworten all diese Fragen, die wir nun schon so oft gehört haben, wie Maschinen. Bis eine junge Frau sich zu Wort meldet.

»Aber Männer und Frauen sind doch unterschiedlich, oder? Ich bin nicht für dieses kranke Programm, aber ich finde es auch schwierig zu behaupten, wir wären komplett gleich.«

»Klar sind wir unterschiedlich«, antworte ich, »aber nur im biologischen Sinne. Die Kristallisierer glauben hingegen, dass unser Geschlecht – also ein einziges Chromosom – unsere gesamte Persönlichkeit bestimmt, und lassen dabei unsere Erziehung und unsere Erfahrungen, die uns doch mindestens genauso stark beeinflussen, völlig außer Acht. Ich bin keine Wissenschaftlerin, aber für mich klingen die Thesen von ReNatura nach einer ziemlich weit hergeholten Erklärung, die nur ein Ziel verfolgt: Die Ungleichbehandlung der Geschlechter wiederherzustellen, die nie ganz aus unserem Leben verschwunden ist.« Ich spüre die Hitze in meinem Gesicht. »Frauen und Männer sind unterschiedlich, aber wir sind gleich viel wert! Wir sind unterschiedlich, aber wir sollten dieselben Rechte und Pflichten haben! So können wir glücklich werden, nicht durch Buchstaben und veraltete Rollenbilder.« In meiner Tasche taste ich nach Luces Glasscherbe. *Ich wünschte, sie wäre hier.*

Cren tritt aus der Menge hervor. »Also – wer ist dafür, dass Skye morgen die Rede hält?« Er grinst mich an, als seine Frage mit durchdringendem Applaus beantwortet wird. »Ich habe es von Anfang an gesagt, Crystal Skye. Wenn es jemand mit dem Kristall aufnehmen kann, dann bist du es.«

Yael hebt die Hände, um sich Gehör zu verschaffen. »Die Operation Rise ist seit dem heutigen Regierungsbeschluss gefährlicher denn je geworden. Chloe Cremonte droht uns mit der Todesstrafe, aber nach allem, was wir von Skye und Hunter erfahren haben, wartet etwas Schlimmeres als der Tod auf uns, wenn wir die Kristallisierer nicht aufhalten. Ein Leben in Unfreiheit ist nicht lebenswert!« Die Männer und Frauen um uns herum beginnen erneut zu klatschen. »Utopia ist zum Greifen nahe. Und das Schicksal hat uns eine Stimme geschickt, die die Welt von unserer Botschaft überzeugen wird!« Yael zieht mich an ihre Seite. »Skye wird auf jedem Check zu sehen sein. Sie wird auf jedem Check zu hören sein.« Sie sieht mich an. »Bist du bereit, deine Rede vor dem gesamten Land zu wiederholen?«

Ich denke an Luces Worte. »Ja«, bringe ich heraus und fange Hunters Blick auf, der mir ermutigend zunickt. »Ja, ich bin bereit.«

Yael lächelt. »Dann ist es entschieden! Wenn der Kristall stirbt und die Gläsernen Nationen im Chaos versinken, dann werden die Menschen in Skye einen Anker haben. Eine Person, der sie vertrauen können.«

Der Kristall stirbt?! Das Blut weicht aus meinem Gesicht, doch Yael scheint nichts davon zu bemerken. »Ich verstehe jeden, der seine Rolle in der Operation Rise aufgeben will. Aber ich fordere dennoch jeden Einzelnen auf, an unserer Seite zu kämpfen!« Eine Welle von Applaus brandet über uns hinweg, während meine Finger sich um Luces Glasscherbe klammern. »Wer ist dabei?«

Hände schießen in die Höhe. Erst zehn, dann zwanzig. Als Letztes hebt Griffin den Arm.

»Dann ist es beschlossen. Morgen bricht für unsere Regierung der letzte Tag im Weißen Haus an. Und für den Kristall der letzte Tag auf dieser Erde. Feuer schlägt Glas!«

»Und die Sonne wird aufgehen über Utopia!«, tönt ein Chor von Stimmen zurück.

Alles um mich herum dreht sich. Haltsuchend klammere ich mich an Hunter. In seinen Augen lese ich denselben Satz, der im Rhythmus meines Herzschlags durch meinen Kopf dröhnt: *Was haben wir getan?*

Ich stürme zum Ausgang. *Ich hätte uns niemals hierherbringen dürfen!* Cren versucht, mich aufzuhalten, doch ich dränge auch ihn zur Seite. Cren, Aiden, Yael. Ihre düstere Entschlossenheit hat mich fasziniert. Ich habe meine Wut und meinen Schmerz in ihnen wiedererkannt. *Und ich wollte nicht wahrhaben, wozu sie fähig sind.*

Draußen zieht Hunter mich eng an sich. »Du kannst das nicht tun«, flüstert er.

»Ich bin hierhergekommen, weil ich geglaubt habe, es zu können.« Meine Stimme hat alle Sicherheit verloren. Sie klingt hoch und so zerbrechlich, wie ich mich fühle. Ist unsere Freiheit es wert, das Leben von Chloe Cremonte zu opfern? Das Leben der Frau, die versucht, uns genau diese Freiheit zu nehmen?

»Wenn Chloe morgen stirbt«, sagt Hunter leise und eindringlich in mein Ohr, »werden die Kristallisierer eine Märtyrerin haben!«

Ich presse die Lippen zusammen. Ich weiß, dass er recht hat.

»Zweifel, Crystal Skye?«

Hunters Blick wird eisig.

Ich drehe mich zu Cren um. »Verschwinde!«

Cren zieht die Augenbrauen hoch. »Warum so höflich?«

Hunter muss mich am Arm festhalten. »Du wusstest es die ganze Zeit, oder?«, zische ich. »Du wusstest, dass Yael und die anderen nicht nur eine Rede vorbereiten, sondern –«

»Sondern den Kristall töten werden, ja«, erwidert Cren kühl. »Und niemand hat dir diese Information verschwiegen.«

»Yael hat mir gesagt, dass ihr für diejenigen sprechen wollt, *die es nicht mehr können.* Sie hat mir *nicht* gesagt, dass ihr einen Mord plant!« Ich atme tief durch. »Ist euch nicht klar, dass ihr euch mit einem Attentat auf die gleiche Stufe stellt wie die Kristallisierer?«

»Das sagt dein Kopf«, erwidert Cren. »Die rationale Skye! Aber du fühlst etwas anderes. Du hasst den Kristall genauso sehr wie wir, Crystal Skye. Du willst dir nur nicht eingestehen, wozu dein Hass fähig ist, wenn du es zulässt.« Ich will mich schon umdrehen und ihn stehen lassen, als er hinzufügt: »Es interessiert dich also nicht mehr, was in Luces Nachricht stand?«

Luce. Meine beste Freundin, der ich mein Leben anvertrauen würde. Weiß sie von den wahren Plänen der *Sonne*? Befürwortet sie Yaels Weg? Auf einen Schlag gilt Cren all meine Aufmerksamkeit.

»Das habe ich mir gedacht«, grinst er und drückt den Knopf am Aufzug.

Die Türen öffnen sich. Ich greife nach Hunters Hand. Aber diesmal ist es nicht die Dunkelheit, die mir Angst macht. Es ist die Frage, ob Luce Teil einer Mordverschwörung ist – und ob ich mich entscheide, es ebenfalls zu werden.

Wie genau wird die Operation Rise ablaufen?«, frage ich Cren, als der Aufzug uns in die leere IT-Zentrale spuckt.

Es gefällt mir nicht, ausgerechnet auf seine Hilfe angewiesen zu sein, aber im Augenblick bleibt mir nichts anderes übrig. Wenn wir den Mord an Chloe aufhalten wollen, brauchen wir so viele Informationen wie möglich.

Ich sehe zu Skye, die auf ihrer Unterlippe herumkaut, und bete, dass sie dasselbe denkt wie ich.

»Verschiedene Gruppen haben verschiedene Aufgaben«, erklärt Cren. »Ich gehöre zur Streckenplanung. Wir haben den Weg, den Cremontes Paradewagen fährt, bis ins kleinste Detail studiert.«

Also wollen sie den Kristall aus der Menge heraus erschießen? Mein Kopf schwirrt. *Genau so etwas habe ich befürchtet.*

»Der Wagen ist mit schusssicherem Glas gesichert«, entgegnet Skye. »Das wird niemals klappen.«

»Aber sobald Cremonte am Spiegelkarree ankommt, wird sie aussteigen und zur Bühne gehen«, sagt Cren und nimmt vor einem der Monitore Platz. »Die Schützen sind in der Menge positioniert und treffen sie, bevor sie ihre Ansprache beginnen kann.« Er tippt etwas in die Tastatur. »Eigentlich sollte Yael die Vermisstenlisten verlesen, aber jetzt wird ja Skye zu den Nationen sprechen.«

»Was, wenn sie das nicht tut?«

Cren lehnt sich zurück und gibt uns die Sicht auf den Bildschirm frei. »Diese Entscheidung sollten wir ihr überlassen, meinst du nicht?«

Ich trete zur Seite, doch Skye lässt meine Hand nicht los. Zusammen schauen wir Cren über die Schulter.

Koordinaten DALIAWOOD: 30°36'N, 83°41'W. Kopplung des Lagers an ein Camp bestätigt.

Und darunter, in Großbuchstaben: *DIE SONNE WIRD AUFGEHEN ÜBER UTOPIA.*

»Luce ist auf unserer Seite.« Cren sieht triumphierend zu Skye auf, die noch immer unbewegt auf die Worte ihrer Freundin starrt. »Sie würde wollen, dass du zum Gesicht der *Sonne* wirst.«

Ich beuge mich vor und scrolle nach unten. Aber viel mehr gibt es nicht. Aiden hat später nur noch die Personallisten der Farm und des Camps gesendet.

»Dass Luce auf der Seite der *Sonne* ist, war mir klar.« Skye schaut verzweifelt auf den Bildschirm. »Aber ist sie es mit offenen Augen? Weiß sie von dem Attentat auf Chloe?«

»Ich kenne deine Freundin nicht«, erwidert Cren. »Aber nach allem, was ich gehört habe, stimmen die Leute, die die *Sonne* in die Lager schleust, noch ganz anderen Dingen zu.« Er steht auf. »Entscheidet euch für eine Seite. Überlegt allerdings nicht zu lange.«

»Die Revolution wartet nicht«, wiederholt Skye leise Yaels Worte.

Cren nickt erst ihr zu, dann mir, bevor er Richtung Aufzug verschwindet.

»Was meint er damit, dass Luce noch ganz anderen Dingen zustimmt?«, fragt Skye, sobald wir allein sind.

Ich ziehe die Tastatur zu mir heran und setze mich auf Crens

Platz. Sekunden später sehen wir statt Luces Nachricht eine ganze Liste von Koordinaten vor uns. Immer mehr Nachrichten laden, alle aus den Farmen der verschiedenen Bezirke. Eine Idee wächst in mir heran.

»Wie viele Camps für Ordnungswahrer wurden noch mal bei der Gründung der Gläsernen Nationen errichtet?«, frage ich Skye, die mir über die Schulter sieht.

»Zehn«, erwidert sie.

Ich klicke mich durch die Nachrichten der Jugendlichen, die die *Sonne* in die Lager der Untreuen geschleust hat. Die Mehrzahl enthält nichts als Koordinaten. Zehn geben an, dass ihr Lager an einen Stützpunkt der Ordnungswahrer gekoppelt ist.

»Sieh nach, ob die auch Personallisten geschickt haben«, bittet Skye.

Ich scrolle durch die Nachrichtenverläufe. Insgesamt zehn Personallisten tauchen auf, gesendet von Aiden, einer Nea, einem Lars und sieben weiteren Namen, die mir nichts sagen. Aber Skye und ich wissen beide, was sie bedeuten. An genau diese zehn Orte wurde nach der Bestätigung eines Camps ein weiteres Mitglied der *Sonne* entsandt. Ich drehe mich zu Skye, die sich an der Tischkante festkrallt.

»Yael wollte nicht wissen, wie es Luce geht«, murmelt sie. »Was wirklich mit den Untreuen geschieht. Ihre oberste Priorität war, herauszufinden, welches der Lager an eins der Camps gekoppelt ist. Deshalb wurden Luce und all die anderen dorthin geschickt.«

»Die Frage ist, warum die Verstärkung gesandt wurde«, überlege ich.

»Yael hat davon gesprochen, die Gläsernen Nationen im Chaos versinken zu lassen.« Skyes Gesichtsausdruck ist düster.

»Willst du damit sagen –« Mein Kiefer verkrampft sich. Die *Sonne* will das Land ins Chaos stürzen. Was läge da näher, als zuerst die Ordnungswahrer auszuschalten?

»Was ist das?« Skye deutet auf ein Programmsymbol im Hintergrund.

Ich öffne es. Der Computer zeigt eine Karte der Gläsernen Nationen. Jedes bestätigte Camp ist mit einem roten Punkt markiert. Darunter verläuft eine digitale Zeitanzeige, die genauso aussieht wie der Countdown, den ich gestern schon gesehen habe. *Tick. Tick. Tick.* Die Zahlen schrumpfen mit jeder Sekunde, die vergeht.

»Bomben«, flüstert Skye. Sie sinkt auf den freien Stuhl neben mir. »Das ändert alles.«

35

»Genau so habe ich mir das vorgestellt.« Yael drückt lächelnd auf Stopp und meine Stimme verstummt.

Die Mitglieder der *Sonne*, die im Newsroom zurückgeblieben sind, nicken zustimmend.

»Es wäre allerdings besser, Skye direkt auf der Parade zu filmen«, sagt ein Mann. »So würden wir zeigen, dass sie nichts fürchtet. Stellt euch das mal vor, mitten auf dem Times Square trotzt eine Rebellin der drohenden Todesstrafe und verkündet das Ende der Terrorherrschaft.«

»Da sind zu viele Hintergrundgeräusche«, widerspricht Yael. »Die Mehrheit der Leute wird Skyes Auftritt als Video von zu Hause aus sehen. Da muss sie gut verständlich sein, nicht in Szene gesetzt.«

Eine Diskussion über die technischen Möglichkeiten entbrennt, doch ich höre nicht länger zu. *Der Mord an Chloe ist eine Sache, aber zehn Attentate auf Camps, in denen neben Ordnungswahrern auch Auszubildende leben? Verwaltungspersonal, Servicekräfte?* Die Operation Rise wird Hunderte von Unschuldigen das Leben kosten.

»Das geht zu weit!«, platzt es aus mir heraus.

Ich habe versucht, nach unserer Entdeckung in der IT-Zentrale mit Yael zu reden, aber sie hat darauf bestanden, erst eine Probeaufnahme meiner Rede zu drehen.

»Was geht zu weit, dass wir Octagon übernehmen werden?« Yael runzelt die Stirn.

»Das ist alles schon längst vorbereitet«, sagt einer der IT-Leute, der sich als Sam vorgestellt hat. »Dank Griffins Virus können wir die Inhalte auch auf anderen Geräten als Checks sichtbar machen. Handys, Laptops. Alles problemlos möglich.«

»Wir müssen aber auch das Ausland erreichen«, wirft eine Frau in den vierzigern ein. »Es muss einen Weg geben, das Geoblocking der Regierung zu umgehen.«

»Die regionale Sperrung von Netzinhalten«, erklärt Sam in meine Richtung. »Wir haben seit dem Internet-Shutdown keinen Zugriff mehr auf ausländische Websites.«

»Ich spreche von Mord«, sage ich. »Mord geht zu weit.«

Kurz herrscht Stille. Dann gibt Yael den anderen ein Zeichen und führt mich an den Rand des Newsrooms.

»Alle großen Revolutionen fordern Opfer«, sagt sie sanft. »Wie haben sich die Russen von der Monarchie befreit? Indem sie die Zarenfamilie liquidiert haben. Wie sind die Vereinigten Staaten unabhängig von England geworden? Durch einen Bürgerkrieg.« Sie sieht mich verständnisvoll an. »Gewalt sollte nie die erste Wahl sein. Aber wir haben keine andere. Denk an deine Wut auf Chloe Cremonte.« Sie deutet auf die Spuren meiner Verbrennungen. »Denk an die Skye, die bereit war, ihr das da zurückzuzahlen.«

Ihre Worte erinnern mich an Crens. *Du hasst den Kristall genauso sehr wie wir, Crystal Skye.* Sie haben recht. In einer dunklen Ecke meines Herzens wäre ich bereit gewesen, Chloes Leben für eine Welt ohne ReNatura zu opfern. Aber für die Operation Rise werden Unschuldige sterben und Jugendliche zu Mördern. *Das ist ebenso grausam wie alles, was die Kristallisierer tun.* Ich betrachte Yael, den Schmerz in ihren Augen, das Mitgefühl. Wem hat sie von den Bomben erzählt? Griffin? Diesem Victor? Cren wusste ganz offensichtlich nichts vom zweiten Teil der Operation. Weil Yael klar ist, dass der Tod Unschuldiger die meisten ihrer Freunde aus der Fassung bringen würde?

Luce hat es nicht aus der Fassung gebracht … *Aiden und ich werden hier drinnen gebraucht.* Auf einmal bin ich überzeugt, dass Luce von den geplanten Anschlägen weiß. Ihre Weigerung zu fliehen, ihre Bitte, keine weiteren Fragen zu stellen – und ihre Antwort auf meine Frage, ob sie sicher ist, dass sie bleiben will: *Todsicher.*

Ich will Yael schütteln. Ihr begreiflich machen, dass sie den falschen Weg eingeschlagen hat, sie anflehen, umzukehren. Aber ich spüre, dass es dafür zu spät ist. Wenn Hunter und ich verhindern wollen, dass unser Land von den Kristallisierern direkt in den Würgegriff der nächsten Terrorherrschaft rutscht, müssen wir einen Weg finden, Yaels Pläne hinter ihrem Rücken zu durchkreuzen. *Und das klappt nur, wenn wir ihr Vertrauen nicht verlieren.*

»Du hast recht.« Ich ringe mir ein Lächeln ab. »Weißt du«, sage ich und hake mich bei ihr unter, während wir zurück zu den anderen gehen, »mir ist gerade eingefallen, wie wir den Effekt meiner Rede noch größer machen könnten.«

»Noch einmal herhören, bitte«, sagt Yael, als sich am Abend alle im Loft versammelt haben.

Unauffällig streiche ich Ocean über den Rücken. Er weicht uns nicht mehr von der Seite, seit Hunter und ich aus der IT-Zentrale zurückgekehrt sind, und scheint wie in Trance. Ich wünschte, wir hätten eine freie Minute gehabt, um mit ihm zu reden. Aber die letzten Stunden waren randvoll mit Anweisungen und Vorbereitungen. Ich stecke noch immer in dem mir aufgezwungenen Aufnahme-Outfit: einem engen schwarzen Shirt und einer ebenso engen schwarzen Hose, die mich aussehen lassen wie eine Möchtegern-Version von Catwoman. Das Kamerateam hat den ganzen Nachmittag gebraucht, um eine Fassung meiner Ansprache aufzunehmen, mit der Yael zufrieden war. Dass ich nach dem zwanzigsten »*Begleitet uns nach Utopia! Die Sonne geht auf über einer friedlichen Zukunft!*« nicht völlig durchgedreht bin, zeigt, wie gut meine Schauspielkünste mittlerweile sind.

»Die Koordinatoren sind noch einmal die Route abgelaufen, die der Kristall morgen nimmt, und haben sichergestellt, dass es keine Änderungen in letzter Minute gibt«, fährt Yael fort. »Chloe Cremonte wird um extakt 15 Uhr auf dem Spiegelkarree vorfahren.«

»Du meinst auf dem Times Square!«, ruft jemand dazwischen. Applaus ist die Antwort.

»Ab morgen haben wir unseren Times Square wieder«, sagt Yael ernst. »Genau wie unser Land. Aber damit wir siegen und der Kristall fällt, muss jeder konzentriert seinen Teil des Plans erfüllen. Die IT versucht heute Nacht weiter, die Kommunikation zum Ausland wiederherzustellen. Der Rest geht nach Hause und verhält sich unauffällig. Morgen erwarte ich alle um Punkt zwölf ausgeruht zurück, genau hier, für eine letzte Besprechung. Aber schon jetzt die oberste Regel: Niemand, und ich betone, *niemand*, der morgen im Außeneinsatz ist, tut irgendetwas ohne die Bestätigung aus der IT-Zentrale. Hat jeder verstanden, was ihre oder seine Aufgabe ist?«

Allgemeines Nicken ist die Antwort. Hunter soll morgen Mittag mit Griffin, Ocean, Sam und ein paar anderen IT-Leuten diejenigen ablösen, die heute die Nachtschicht schieben. Ich soll zuschauen, wie meine kämpferische Ansprache, die vor dem blau leuchtenden Schwimmbecken im Keller gefilmt wurde, das Internet überflutet, und nach Chloes Tod noch eine Livebotschaft senden. *Aber das darf nicht passieren! Irgendwie müssen wir sie aufhalten …*

Yael verabschiedet sich von denen, die aufbrechen. Ocean weigert sich zuerst, aber Hunter überredet ihn, Grace nach Hause zu begleiten.

Ich umarme ihn fest, bevor er geht. »Hab keine Angst«, flüstere ich in sein Ohr. »Wir werden dafür sorgen, dass dir morgen nichts passiert.«

In manchen Gesichtern sehe ich grimmige Entschlossenheit, in manchen Angst. Die meisten zeigen eine Mischung aus beidem. Eine Frau bleibt neben mir stehen und nickt mir zu. »ReNatura war ein Schock. Aber ich bin froh, dass dieses Programm dich zu uns gebracht hat. Die Menschen werden dir zuhören.«

Ich weiß nicht, was ich erwidern soll, und nicke nur.

»Feuer schlägt Glas«, sagt sie mit solchem Stolz und solcher Zuversicht, dass ich fröstele.

»Und die Sonne wird aufgehen über Utopia«, erwidere ich trotzdem. Die Frau verschwindet im Aufzug.

»Ich wusste, Luces Nachricht würde dich umstimmen, Crystal Skye.«

»Hör endlich auf, mich so zu nennen«, sage ich müde.

»Du willst es vielleicht nicht wahrhaben, aber es ist nicht nur deine Augenfarbe, die an Kristalle erinnert. Du hast denselben Kampfgeist wie Chloe – bloß setzt du ihn für die richtige Sache ein.«

»Und Anschläge sind die richtige Sache?«, erwidere ich scharf.

»Du weißt genauso gut wie ich, dass die Kristallisierer niemals freiwillig aufgeben werden. Fanatiker wie sie haben vor nichts Angst, nichts schüchtert sie ein!«

»Auch kein toter Minister?«, frage ich.

Cren mustert mich. »Vielleicht war es ein Fehler zu glauben, du passt hierher.«

Ich denke an unseren Kuss. »Vielleicht haben wir beide Fehler gemacht.«

Cren lächelt schwach. »Für dich war es einer.« Ich setze zu einer Antwort an, doch er hebt abwehrend die Hände. »Lass gut sein. Ich bin meistens der Fehler.« Auf dem Weg zur Tür dreht er sich noch einmal um. »Ich glaube, du passt nirgendwo so wirklich hin. Ist manchmal bestimmt anstrengend, aber nichts Schlechtes. Und wenigstens das hast du mit Hunter gemeinsam.« Cren sieht mich an, als würde er sich mein Bild einprägen wollen. »Auf Wiedersehen, Crystal Skye.«

»Wird er uns verraten?«, fragt Hunter beim Essen. Ich habe ihm meinen Ausbruch gegenüber Cren gebeichtet, sobald das letzte Mitglied der *Sonne* im Aufzug verschwunden war.

Ich schüttle den Kopf. »Nein. Das kann ich mir nicht vorstellen.«

Trotzdem lässt Crens Verabschiedung mir keine Ruhe. Sie klang nicht wie *»Bis morgen«*. Sie klang endgültig.

»Was hat er getan?«, frage ich.

»Was hat wer getan?«

»Cren. Weshalb kannst du ihn nicht leiden? Und was hat es mit dieser Feigling-Sache auf sich?«

Hunter weicht meinem Blick aus.

»Ich will es nicht seinetwegen wissen. Sondern deinetwegen.«

Eine ganze Weile lang sagt Hunter nichts. Als ich schon glaube, nie eine Antwort zu bekommen, legt er sein Besteck zur Seite. »Es gibt zwei Arten von Menschen, die für den Ring arbeiten«, beginnt er. »Solche, die Geld damit verdienen wollen, und solche, die glauben, an Beths Seite etwas verändern zu können. Cren gehört zu der zweiten Sorte, genau wie Yana und Benji, deshalb konnte ich ihn gut leiden. Wir waren Freunde. Als ich nach … nach dem Vorfall mit Abigail ins Hauptquartier zurückkehrte, musste ich mit jemandem sprechen.«

»Du hast es Cren erzählt?«, frage ich erstaunt.

Hunter nickt. »Ich konnte das einfach nicht für mich behalten. Yana war damals noch nicht beim Ring. Und Benji ist Informatiker. Er weiß nicht, wie es ist, da draußen zu arbeiten.« Hunter stockt. »Jede Nacht sah ich den Ausdruck ihres Gesichts vor mir, als ich in dieses Büro gestürmt bin«, fährt er fort. »Und jedes Mal, wenn ich aufgewacht bin, habe ich mir dieselben Fragen gestellt.«

Hunters Kiefer sind fest aufeinandergepresst. Ich kann mir vorstellen, welche Fragen ihn verfolgt haben. *Habe ich den Ordnungswahrer getötet? Konnte Abigail lernen, mit dem zu leben, was ihr passiert ist?*

»Ich weiß nicht, was ich von Cren erwartet habe. Beistand vielleicht. Vielleicht wollte ich auch einfach nur hören, dass ich das Richtige getan habe. Aber Crens Reaktion war eine ganz andere. Er hat gefordert, dass ich den Vorfall der Polizei melde.«

»Wie bitte?« Diese Wendung habe ich nicht erwartet.

»Cren wollte, dass der Ordnungswahrer zur Verantwortung gezogen wird. Er wollte erreichen, dass die Behörden den Fall überprüfen. Aber ich habe mich geweigert, Anzeige zu erstatten.«

»Weil du Angst hattest, dass der Ring auffliegt?«, frage ich.

Hunter schüttelt den Kopf. »Ich wurde ja nicht gesucht und hätte einfach vorgeben können, als Tagestourist alles beobachtet zu haben.« Er seufzt. »Die Wahrheit ist, dass ich den Ordnungswahrer nicht gemeldet habe, weil ich nicht wusste, ob er überhaupt noch lebt. Und weil mir klar war, dass die Polizei so oder so schließen würde, dass der einzige Augenzeuge auch der Mann sein musste, der Abigail so brutal verteidigt hat.«

Deshalb also Feigling.

Hunter schluckt. »Ich habe meiner sterbenden Mutter versprochen, dass ich die Kristallisierer aufhalte«, sagt er leise. »Das wäre aus dem Gefängnis heraus nicht möglich gewesen.«

Ich nehme seine Hand. »Du hast das Richtige getan«, sage ich mit fester Stimme. Erstaunt sieht Hunter mich an. »Du hattest keine Beweise. Du hättest Abigails Leben vollends ruiniert, wenn die mexikanische Polizei sie für eine Zeugenaussage an unsere Behörden übergeben hätte. Deine Entscheidung war gut, nicht feige!«

»Glaubst du das wirklich?«, fragt Hunter.

»Ja. Aber ich glaube auch, dass du wissen musst, was aus dem Mann geworden ist.« Hunter schüttelt erschrocken den Kopf, doch ich lasse nicht locker. »Die Vergangenheit holt uns ein, wenn wir uns ihr nicht stellen! Glaub mir, ich weiß, wovon ich spreche.«

Ein leises Klingeln unterbricht uns. Es kommt aus Hunters Rucksack.

»Ist das Yanas Handy?«, frage ich erstaunt.

Hunter nickt. Er läuft hin und löst eilig den Verschluss des Rucksacks.

»Hey! Ich habe gehofft, dass du dich meldest.«

Ich setze mich neben Hunter und beuge mich vor, um zu erfahren, wie es Yana geht. Doch es ist nicht ihre Stimme, die mir entgegenschallt. Hunters Lächeln tropft von seinem Gesicht.

»Hallo, Hunter. Wie schön, dass du dich so freust, von mir zu hören. Ich nehme also an, die Kristallisierung meiner Tochter verlief nach Plan?«

Fieberhaft rechne ich die Tage nach, die wir bei Coach Verse und der *Sonne* verbracht haben, doch es besteht kein Zweifel. Heute ist der Tag der Kristallisierungszeremonie. Heute haben Bea, Colette, Elias und all die anderen, mit denen Skye vor einem Monat in den Zug ins Zentrum gestiegen ist, ihr Traitmark bekommen. *Wie konnten wir das vergessen?!* Morgen wird der Transregion zurück nach New York fahren, pünktlich zum Kristallfest. Und morgen erwartet Beth ihre rationale Tochter in der alten Bibliothek. Das Handy in meiner Hand ist schweißnass, aber mir ist klar, was ich tun muss.

»Alles verlief genau nach Plan«, versichere ich. »Skye hat nicht einmal mit der Wimper gezuckt, als ihr das R gestochen wurde.«

»Sehr gut.« Beth klingt erleichtert. *Sie glaubt mir. Das erkauft uns zumindest weitere 24 Stunden ...* »Skye ist so tapfer in allem, was sie tut. Das hat sie von mir.«

Ihre Stimme klingt wärmer als üblich und ich spüre einen Anflug von schlechtem Gewissen. *Beth ist eine Mutter, die ihre Tochter liebt.* Doch ein Blick in Skyes Gesicht erinnert mich an den anderen Teil der Geschichte. *Beth ist auch eine Mutter, die ihre*

Tochter durch die Hölle der Testung gehen ließ – obwohl es eine andere Möglichkeit gegeben hätte ...

»Ich möchte mit ihr sprechen«, unterbricht sie meine Gedanken. »Wo ist sie gerade? Du kannst sie sicher unter einem Vorwand ans Telefon holen.« Skye schüttelt panisch den Kopf. »Ich will ihr selbst sagen, dass ich auf sie warte, das kann sie nicht einfach von dir hören«, redet Beth weiter. »Wie sie sich freuen wird, wenn sie erfährt, dass ihre Mum sie nie wirklich im Stich gelassen hat! Ich muss jeden Tag an sie denken, weißt du das, Hunter?« Beth seufzt. »Also – wann kann ich mit ihr reden? In zehn Minuten? Fünfzehn maximal, ich habe noch zu tun!«

Fassungslos starre ich auf das Handy. *Denkt sie wirklich, der Testleiter Alexander könnte ihr mal eben die rationale, treue Skye reichen, die sich aufrichtig freuen wird zu hören, dass ihre Mutter im Untergrund gegen die Kristallisierer arbeitet?* »Bist du sicher, dass ein Gespräch ausgerechnet jetzt klug ist?«, frage ich vorsichtig. »Sie hat gerade ihr R bekommen. Lass sie das erst einmal verdauen.« Am anderen Ende der Leitung herrscht Stille. »Erkläre ihr alles im Hauptquartier«, schlage ich vor. »Ich werde Skye wie geplant dorthin bringen. Beth, du hast vier Jahre gewartet. Verschreck sie jetzt nicht in letzter Sekunde.«

Der Blick aus Skyes kornblumenblauen Augen lässt meinen nicht los.

»Also gut.« Ich sehe Beth vor mir, wie sie im alten Lesesaal auf und ab geht, die Unterlippe zwischen den Zähnen. »Aber wird sie kommen? Hunter, hast du ihr Vertrauen gewonnen?«

Skye drückt meine Hand. »Ja«, bringe ich heraus. »Dessen bin ich mir sicher.«

Als Beth aufgelegt hat, lasse ich das Handy sinken und lehne mich zurück. »Wir werden nicht beides schaffen«, sage ich leise.

»Beides?«

Rastlos stehe ich auf. »Die Attentate verhindern und deiner

Mutter entkommen. Beth wird dich suchen, wenn du morgen nicht auftauchst, Skye. Du hast gehört, wie … wie verrückt sie klingt! Sie wird ganz New York auf den Kopf stellen, wenn es sein muss.« Ich fahre mir durch die Haare. »Und das ist nicht alles. Wir haben keinen Plan! Bisher hat es ausgereicht mitzuspielen, um Yaels Vertrauen nicht zu verlieren, aber was nützen uns die Informationen, die wir so bekommen haben? Wir können die *Sonne* nicht aufhalten, morgen steht es zwei gegen beinahe hundert!« Ich fahre mir mit den Händen über das Gesicht. »Noch in derselben Sekunde, in der dein Video auf Octagon auftaucht, werden die Kristallisierer jedes Beweisstück für ReNatura verschwinden lassen. Sie werden uns als Lügner und Komplizen von Terroristen darstellen.« Kraftlos lasse ich mich zurück auf das Sofa sinken. »Und wir werden sterben, ohne irgendetwas verändert zu haben.«

Skye geht in die Küche und kommt ein paar Minuten später mit zwei Tassen zurück. Während hinter den Fenstern des Lofts eine wolkenverhangene Nacht aufzieht, trinken wir heiße Schokolade und schwarzen Kaffee und suchen den Ausweg aus der ausweglosesten Situation, die ich mir vorstellen kann.

»Wir haben keine andere Wahl, als zu versuchen, die IT-Zentrale unter unsere Kontrolle zu bringen und von dort aus die Operation abzubrechen«, sagt Skye schließlich. »Yael hat selbst gesagt, dass niemand, der morgen im Außeneinsatz ist, irgendetwas ohne die Bestätigung der IT tun kann.«

»Und was ist mit ReNatura?«

»Um ReNatura werden wir uns danach kümmern müssen, genau wie um Mum. Erst einmal müssen wir dafür sorgen, dass kein Unschuldiger stirbt. Und dass die Kristallisierer keine Märtyrerin bekommen.«

»Die IT-Zentrale zu übernehmen wird alles andere als einfach«, werfe ich ein. Es ist eine Feststellung, kein Widerspruch, denn Skye hat recht: *Wir haben keine andere Wahl.*

»Wann waren unsere Pläne jemals einfach?« Skyes Lächeln gibt mir ein bisschen Mut zurück. »Wir sollten versuchen zu schlafen«, sagt sie.

Ich nicke. Erschöpft genug sind wir. Ich breite Kissen und Decken auf dem Boden neben der Couch aus, wie in unserer ersten Nacht bei der *Sonne.* Skye schmiegt sich in meinen Arm und reicht mir einen der beiden Kopfhörer des MP3-Players. Ich schließe die Augen. Doch als Skye auf Play drückt, ist es nicht Oceans sanfte Akustikmusik, die zu spielen beginnt.

36

Raschelt. Ein Knacken. Und dann: Stimmen.

»Wo ist er? Wo ist Matteo?«

Ich reiße mir den Kopfhörer aus dem Ohr. »Mum!«, keuche ich.

Skye umklammert meine Hand. »Die Stimmen«, flüstert sie. »Ich habe mir die Stimmen nicht eingebildet, die mich vorgestern aus dem Schlaf gerissen haben!«

Ich starre auf Oceans MP3-Player, der mich so sehr an Dads erinnert hat. »Wo hat Ocean den Player noch mal hergehabt?«

»Aus Rekas Keller«, antwortet Skye.

Wir wechseln einen Blick. *Der Player sieht nicht bloß so aus wie der meines Vaters. Er ist es!*

»Mum muss ihn in der Fluchtnacht bei sich getragen haben«, murmele ich. Wollte sie eine letzte Erinnerung an Dad? An den Mann, der er war, bevor er Jessica Cremonte erpresste und seine Familie dann allein auf dieser Welt zurückließ?

Skye betrachtet den kleinen Bildschirm. »Ich muss vorgestern im Schlaf auf einen Knopf gekommen sein, der mich von Oceans Playlist zu diesem unbenannten Ordner gebracht hat. Wahrscheinlich hat Ocean ihn für leer gehalten und ihn deshalb nie geöffnet.« Sie sieht mich fragend an. »Bist du sicher, dass du bereit bist, dir anzuhören, was hier drauf ist?«

Ich nicke, wir stecken uns die Kopfhörer zurück in die Ohren – und dann drückt Skye erneut auf Play.

»Sol! Willst du gar nicht wissen, wie es mir geht in dieser Zeit der Trauer? Der große Skandal hat mich schwer getroffen.«

Mir stockt der Atem, als ich höre, wie die helle Stimme, die ich sonst nur aus dem Fernseher kenne, den Namen meiner Mutter ausspricht. *Der Kristall.* Meine Gedanken rasen. Der große Skandal scheint gerade erst passiert zu sein. Also besucht Mum im Moment der Aufnahme Chloe auf Long Island - wie sie es in ihrem letzten Tagebucheintrag angekündigt hat.

»Dein Verlust tut mir leid, Chloe. Aber ich muss Matteo finden. Er ist einfach ... verschwunden. Ich mache mir Sorgen. Und ich will, dass er weiß, dass er nach Hause kommen kann - egal, was geschehen ist.«

Die Stimmen klingen gedämpft. Mum muss den MP3-Player in ihrer Jackentasche tragen.

»Du glaubst, es sei Matteo gewesen, der meine Entführung vorgetäuscht hat.« Chloe sagt das trocken, kalt.

»Alle Anzeichen deuten darauf hin. Obwohl ich es mir beim besten Willen nicht vorstellen kann. Matteo hätte nie jemandem für eine Story geschadet. Erst recht nicht dir.«

»Und was glaubst du stattdessen?«

Es folgt eine Pause.

»Chloe, irgendetwas stimmt nicht mit der Geschichte deiner Entführung. Hast du Matteo überredet ... den Kopf für einen Plan hinzuhalten, den du dir ausgedacht hast?« Mum stellt diese Frage fast einfühlsam. Meine Gedanken überschlagen sich. Kann es wahr sein? Hat Chloe den großen Skandal selbst inszeniert - mit der Hilfe meines Vaters?

»Sol, ich bitte dich! Was passiert ist, war ein großer Schock für mich, wie für das ganze Land. Aber auch wenn es nur ein schwacher Trost ist - wir können aus diesem grauenhaften Vorfall lernen! Traits sind die Antwort auf die Fragen, die wir uns jetzt stellen müssen -«

»Sind deine Traits alles, was für dich zählt?« Mums Stimme zittert. *»Wenn ich mir eine deiner Reden anhören will, dann*

schalte ich den Fernseher ein. Chloe, sei wenigstens mir gegenüber ehrlich!« Jetzt klingt sie flehend. *»Du willst den Traits seit Monaten Aufmerksamkeit verschaffen. Und nun geschieht etwas, das perfekt zu deinen Thesen passt, einfach so?«*

»Was willst du damit sagen, Sol?« Eine Wachsamkeit liegt in Chloes Stimme, die mir Gänsehaut bereitet.

»Dass du deine Entführung … selbst vorgetäuscht hast. Ist es nicht so? Und irgendwie hast du meinen Mann dazu überredet, dir dabei zu helfen, sonst wäre er nicht wie vom Erdboden verschluckt. Bitte, Chloe, ich will doch einfach nur wissen, wo Matteo ist!«

Es folgt wieder eine Pause. Skye und ich wechseln einen Blick.

»Du warst schon immer durch und durch eine Kritikerin, Sol. Immer skeptisch, immer auf der Suche nach einer versteckten Wahrheit. Ist das eine journalistische Berufskrankheit oder wird euch das anerzogen?« Chloe lacht. Es klingt wie splitterndes Glas. *»Aber an deiner Stelle wäre ich vorsichtig mit solchen Anschuldigungen. Immerhin sprichst du mit der Vorsitzenden der Kristallisierungspartei. Und allem Anschein nach bekommt diese Position endlich die Bedeutung, die ihr zusteht. Lies mal.«*

Ein Rascheln ertönt, dann die Stimme meiner Mutter. *»Was ist das?«*

»Die neueste Sonderausgabe der Washington Post. Mit einem Exklusiv-Interview von mir. Ganz richtig - sie schreiben sogar in Washington über das, was passiert ist.«

»Chloe, wo ist mein Mann?«

»Du hast es noch nicht gehört? Es tut mir leid, dass du es ausgerechnet vom Konkurrenzblatt erfahren musst.« Erneutes Rascheln. *»Hier steht es: Gesuchter Journalist beging Selbstmord. Der Mann, der vorgab, die Tochter von Ministerin Cremonte entführt zu haben, hat sich noch am Tag des Skandals das Leben genommen. Ermittlern zufolge stürzte er sich aus einem Fenster*

im fünften Stock der Long Island University, als er die Schüsse des Secret Service hörte.«

»Das ... das kann nicht sein.« Mums Stimme bricht. Ich weiß haargenau, wie sie sich fühlt. Ich weiß, dass sie sich fragt, warum sie nicht genug war, um ihn auf dieser Erde zu halten. Dass sie glauben will, das Letzte gewesen zu sein, an das er gedacht hat. *»Das kann nicht sein!«*, wiederholt sie. *»Deine Entführung kann nicht Matteos Idee gewesen sein. Du ... du hast ihn dazu überredet, nicht wahr? Und er hat die Rolle des Täters gespielt, weil er alles für seine Überzeugung tun würde. Ist es nicht so?«* Mum bekommt keine Antwort. *»Ist es nicht so?!«, ruft sie. »Aber warum hätte er sich dann umbringen sollen -«* Mum stockt im selben Moment, in dem auch mir klar wird, dass etwas nicht stimmt. *»Ihr habt seinen Tod nur gefälscht, oder? Um Matteo zu schützen?«* Rascheln. Mum sagt etwas, das ich nicht verstehe. *»Das kann doch alles nicht wahr sein.«* Jetzt höre ich sie wieder klarer. *»Verstehst du überhaupt, was du unserer Familie antust, Chloe? Das hier ist kein Spiel, verdammt noch mal, und Matteo ist keine Schachfigur!«*

»Ich habe weder etwas mit meiner eigenen Entführung zu tun gehabt, noch habe ich Matteos Tod gefälscht«, unterbricht Chloe ruhig die schrille Stimme meiner Mutter. *»Du kannst gerade nicht vernünftig denken, Sol. Verständlicherweise - also lass mich dir helfen, alles ein wenig klarer zu sehen. Matteo wollte die Regierung stürzen und ist dafür bis zum Äußersten gegangen. Dass die Sache derart eskaliert, hat er nicht vorausgesehen. Und mit den Folgen seiner Tat konnte er nicht umgehen, genau, wie es im Artikel beschrieben wird. Es ist ein wirklich tragisches Ende des Mannes, dem ich in den Gläsernen Nationen einen besonderen Platz zugedacht hatte.«*

»Nein.« Mums Stimme ist kaum noch hörbar. *»Nein, das ist nicht wahr. Matteo würde sich nicht das Leben nehmen. Er liebt*

mich! Er liebt seinen Sohn. Er würde uns niemals freiwillig verlassen.«

Mein Herz schlägt schneller.

»Aber er ist nicht nach Hause gekommen, oder? Sieh mal, Sol. Ich habe dafür gesorgt, dass Matteos Name nirgends in den Medien auftaucht, um euch zu schützen. Für die Welt wird es sein, als wäre er einfach verschwunden. Und ich werde ihm ewig dankbar sein für den Denkprozess, den die Folgen seiner Tat in unserer Gesellschaft ausgelöst haben.«

Zuerst antwortet Mum nicht. Ich stelle mir vor, wie langsam zu ihr durchdringt, dass Dad nicht mehr da ist. Aber sie hat recht. Er hätte uns nicht einfach zurückgelassen!

»Ich will ihn sehen.«

»Sol, sei vernünftig.«

»Er ist mein Mann, Chloe, und ich habe ein Recht darauf, ihn zu beerdigen.«

»Matteos Leiche wurde bereits eingeäschert.«

»Warum so schnell?«

»Es war das Beste für uns alle.«

»Gibt es einen Obduktionsbericht?«

Chloe lacht. *»Sol, dein Mann hat sich das Leben genommen. Das ist kein Verbrechen.«*

»Warst du bei ihm, als es passiert ist?« Chloe antwortet nicht. *»Hier steht, dass er sich aus dem fünften Stock gestürzt hat. Dein Wohnheimzimmer liegt im fünften Stock.«* Mums Stimme ist fester als vorher. *»Chloe, hat Matteo sich aus diesem Fenster hier gestürzt? Hast du versucht, ihn zurückzuhalten?«*

»Ich verstehe, dass das alles schwer für dich ist. Aber deine Fragen bringen dir den Toten nicht zurück. Und sie schaden den Lebenden.« Chloe macht eine Pause. *»Ich werde die Erinnerung an Matteo immer in meinem Herzen bewahren. Ich empfehle dir und deinem Sohn, dasselbe zu tun.«*

Mir wird eiskalt. Mit angehaltenem Atem warte ich auf Mums Antwort.

»Du hast kein Herz, Chloe.«

Schritte erklingen. Und ein Schluchzen. Ich will schon meinen Kopfhörer abnehmen, als –

»Die Presse!«

Skye schaut mit großen Augen auf den MP3-Player in ihrer Hand und auch mein Gedankenkarussell hält für einen Moment an. Wenn mich nicht alles täuscht, gehört diese Stimme –

»Das war seine Ehefrau, oder?« Obwohl sie jetzt weiter weg klingt, erkenne ich ganz klar die Stimme von Mason Kendrick. *»Wird sie ein Problem?«*

Das Geräusch von Mums Schritten ist verstummt.

»Nein, keine Sorge«, antwortet Chloe ebenso weit entfernt.

Ein Klacken verrät, dass sich eine Tür schließt. Lautes Rascheln ertönt, als würde Mum nach dem MP3-Player in ihrer Tasche tasten. Als sie nun spricht, ist ihre Stimme klar und deutlich. *»Wenn du dich da mal nicht irrst, mein Kristall.«*

Die Aufnahme endet. Ich stütze den Kopf in meine Hände. Als Mum an diesem Tag nach Hause zurückkehrte, schloss sie sich lange in ihrem Zimmer ein. Später nahm sie mir das Versprechen ab, niemals nach Dad zu suchen. Sie ließ es mich schwören. *Für all das gibt es nur eine mögliche Erklärung.*

Ich sehe Skye an. »Ich glaube, Chloe Cremonte hat meinen Vater umgebracht.«

»Es ergibt alles einen Sinn.« Hunter starrt abwesend hoch zum künstlichen Himmel des Lofts. »Jetzt verstehe ich, warum Mum sich im selben Moment gegen Chloe wandte, als der Rest der Welt ihr endlich Gehör schenkte.«

Ich schlucke. Chloe Cremonte hätte alles getan, damit die Leute sie wahrnehmen. Und Hunters Vater hätte alles für die Traits getan. *Doch Chloes Entführung vorzutäuschen, muss ihm zu weit gegangen sein.* Also hat der Kristall ihn … aus dem Weg geräumt? Ich spüre das leichte Ziehen meiner heilenden Verbrennungen. Und mit einem Schlag verstehe ich, wie die Puzzleteile zusammenpassen.

»Sols Nachforschungen!«, platzt es aus mir heraus. »Hunter, was, wenn all unsere Spuren zum selben Ergebnis führen?« Ich greife nach seiner Hand. »In den Unterlagen deiner Mum steht *Waffe* neben dem Bericht über Kristallin. Das hat sie nicht umsonst geschrieben.«

Hunter sieht mich an. »Du glaubst, dass Chloe meinen Dad … mit Kristallin umgebracht hat?«

»Deine Mum hat es geglaubt. Warum sonst hätte sie nach ihrem Gespräch mit Chloe angefangen, über Kristallin zu recherchieren?« Ich verstumme. Das Gefühl in den wachen Momenten meiner Bewusstlosigkeit, das Gefühl zu atmen, ohne Luft zu bekommen – es war das Schlimmste, was ich je erlebt habe. Ich potenziere das Ringen meiner Organe nach Sauerstoff um das Doppelte, das Dreifache. *Mein Gott …* »Es tut mir so unendlich leid, Hunter«, sage ich leise.

Doch zu meiner Überraschung schüttelt er den Kopf. »Es muss dir nicht leidtun.« Er setzt sich auf. »Jahrelang habe ich gedacht, mein Vater hätte uns einfach so verlassen. Dann glaubte ich, er hätte sich umgebracht. Aber jetzt weiß ich, dass er nie freiwillig gegangen ist.« Hunter lächelt. Als ich mich ebenfalls aufsetze, bemerke ich allerdings, dass ihm gleichzeitig Tränen über die Wangen laufen. »Er hat uns geliebt, Skye. Er hat nie aufgehört, uns zu lieben.« Ich lege meine Arme um Hunter und halte ihn, so fest ich kann. Nach einer Weile sagt er: »Ich wünschte, ich hätte Mum irgendwie beistehen können. Ich wünschte, sie wäre mit alldem nicht allein gewesen.«

»Aber das war sie nicht.« Ich löse meine Arme und sehe Hunter an. »Sie hatte meine Mutter, schon vergessen?«

Ich denke an Mums Recherchen. An die Liste von Frauen, die nach der Gründung der Gläsernen Nationen aus leitenden Positionen entfernt wurden und die sie auf die Spur von ReNatura gebracht haben. Elizabeth Anderson und Sol Riviera. Die Fotografin und die Chefredakteurin. Sie müssen sich aus dem Büro gekannt haben, zumindest vom Sehen. Dann wurde Sol gefeuert, und Mum begann, kritische Artikel über die Regierung zu schreiben. *Und irgendwann ist ihnen klar geworden, dass sie das perfekte Duo im Kampf gegen die Kristallisierer sind.*

»Es wäre alles so einfach, wenn Mum es geschafft hätte, Chloe den Mord nachzuweisen«, seufzt Hunter.

»Vielleicht hat sie noch andere Dokumente bei euch zu Hause versteckt?«, überlege ich.

Hunter schüttelt den Kopf. »Wenn sie einen handfesten Beweis gehabt hätte, dann wäre er sicher in ihren Sachen gewesen. Mum hätte ihn doch mit nach Kanada nehmen wollen, um ihn von dort aus zu veröffentlichen.«

Er gähnt – doch ich bin auf einmal hellwach.

»Alles okay?«, fragt Hunter, als ich aufspringe.

»Kanada!«, sage ich. »Natürlich.« Aufgeregt wende ich mich ihm zu. »Unsere Mütter wussten von ReNatura. Was, wenn sie nicht nach Kanada wollten, um vor dem Programm zu fliehen? Was, wenn sie es von dort aus *bekämpfen* wollten?«

»Du meinst –« Hunter steht ebenfalls auf. »Du meinst, Beth und Mum hatten einen Beweis … für ReNatura?«

Ich nicke. »Ich habe die ganze Zeit über geglaubt, sie hätten nur ein paar richtige Schlüsse gezogen und wären dann, so schnell es ging, geflohen. Aber Sols letzter Satz auf dem Player klang wie eine Kampfansage. Und außerdem –« Ich senke den Blick. »Außerdem hätte Dad sonst keinen Grund gehabt, auf Sol zu schießen.« Hunter sagt nichts. Ich weiß, dass er an seine Mutter denkt, wie sie blutüberströmt vor ihm auf dem Highway lag. »Dad wollte sie aufhalten«, sage ich leise. »Er wollte verhindern, dass unsere Mütter ihren Beweis nach Kanada bringen und von dort aus die ganze Welt wissen lassen, dass die frisch gegründeten Gläsernen Nationen von Fanatikern regiert werden.«

»Und was aus einem Mann einen Mörder macht, wird ausreichen, um einen Kristall zu stürzen«, sagt Hunter nachdenklich.

»Das ist unsere Lösung!« Ich nehme sein Gesicht in meine Hände. »Die Lösung für unser Beweisproblem!«

»Solange wir herausfinden, wo sich dieser hypothetische Beweis befindet«, bremst er mich.

»Bei meiner Mutter. Schließlich war er nicht in Sols Karton.«

»Es gibt tausend Alternativen. Der Beweis könnte auch verloren gegangen oder bei den Ordnungswahrern gelandet sein, die Mums Leiche gefunden haben.« Hunter schüttelt den Kopf. »Wenn Beth etwas gegen die Kristallisierer in der Hand hätte, warum ist sie damit dann nicht an die Öffentlichkeit gegangen? Warum sollte sie einen Beweis zurückhalten, der alles verändern könnte?«

»Vielleicht, weil sie immer noch den gleichen Plan verfolgt wie vor vier Jahren«, sage ich. »Sie will mich und sich selbst in Sicherheit bringen, bevor sie die Bombe platzen lässt.«

»Wenn du recht hast«, erwidert Hunter, »dann gibt es tatsächlich eine Chance für uns, das Attentat zu stoppen und die Menschen friedlich über ReNatura aufzuklären.«

In seinem Blick lese ich meine eigenen Gedanken: Koste es, was es wolle. *Im Zweifelsfall auch uns.*

37

Unser Plan wird trotzdem funktionieren«, versucht Skye, mir Mut zu machen.

Ich werfe einen Blick auf die Uhr an der Wand der Küche. Hätte Yael uns heute Morgen nicht so lange aufgehalten, wäre Skye schon längst unterwegs. Die blinkende Digitalanzeige erinnert mich an den Countdown der Bomben in der IT-Zentrale. *Es darf jetzt nichts mehr schiefgehen!* Wir müssen es schaffen, ReNatura rechtzeitig zu enthüllen, denn dann wird Chloe die Parade abbrechen. Unsere einzige Chance, den Kristall und die friedliche Revolution zu retten, ist, schneller zu sein als die *Sonne.*

Ich greife in meine Hosentasche und hole den geklauten Check heraus. Während Yael darauf bestanden hat, mit Skye den Inhalt ihrer Livebotschaft zu besprechen, bin ich in der IT-Zentrale gewesen. Die Vitrinen, in der die *Sonne* ihre Checks aufbewahrt, sind zum Glück ungesichert - und die IT-Experten nach einer durchgearbeiteten Nacht unaufmerksam.

»Hier.« Ich halte Skye das silberne Armband hin. »Du wirst ihn brauchen, wenn du durch die Kontrollen kommen willst.«

»Was ist mit der Kamera und den Mikrofon-Sensoren?«

»Deaktiviert. Leider musste ich aber auch die Nachrichtenfunktion abstellen. Ich werde dich nicht erreichen können und du mich ebenfalls nicht. Dafür kann dich über diesen Check aber garantiert niemand tracken.«

Einen Augenblick frage ich mich, worüber normale Pärchen sich morgens unterhalten. Wahrscheinlich darüber, ob es Pfannkuchen oder Toast zum Frühstück geben soll. *Aber normale Pärchen haben auch keine unberechenbare Mutter auf den Fersen, während sie versuchen, ein Attentat zu verhindern.* Ich mustere Skyes entschlossenes Gesicht. Beth ist unsere letzte Hoffnung, auch wenn mir das überhaupt nicht gefällt. Denn wenn mich die Jahre an ihrer Seite eins gelehrt haben, dann das: Beth bekommt, was sie will. Und das einzige, was sie auf dieser Welt wirklich will, ist ihre Tochter.

»Ich schaffe das schon.« Skye nimmt den Check und zieht mich an sich.

»Sie wird versuchen, mit dir zu verschwinden, wie es die ganze Zeit über ihre Absicht war«, flüstere ich in ihr Haar. Diese Befürchtung lässt mich nicht mehr los, seit unser Plan feststeht. »Ob mit R oder ohne. Sie wird alles tun, um dich aus der Gefahrenzone zu schaffen.«

Skye hebt den Blick und sieht mir fest in die Augen. »Nicht gegen meinen Willen.«

Ich lache leise. »Menschen tun eine Menge aus Liebe - wenn es sein muss, auch gegen den Willen derer, die sie lieben.«

Die Art, mit der sie mich ansieht, lässt einen Damm in mir brechen. All die Gefühle, die ich zurückzuhalten versuchte, bahnen sich mit Macht ihren Weg an die Oberfläche. Sehnsucht, Erschöpfung, Panik ... und ein seltsames Ziehen in meiner Brust, für das ich keine Worte finde. *Liebe.* Wir halten uns aneinander fest, ihre Hände in meinem Nacken, meine um ihre Taille gelegt.

»Ich habe Angst, Hunter.«

»Ich auch«, erwidere ich. Ich küsse sie sanft. »Aber Angst ist nur das Schwindelgefühl der Freiheit. Das hat Mum immer gesagt.«

»Deine Mum muss ziemlich klug gewesen sein.«

»Oh, das ist nicht von ihr. Es ist ein Zitat von irgendeinem dänischen Philosophen, Kierkegaard oder so.«

Skye löst sich von mir. *Es hat keinen Sinn, es weiter hinauszu-*

zögern. Sie lächelt mir zu. »Dann lass uns hoffen, dass uns auf dem Weg zur Freiheit nicht allzu schwindelig wird.«

Wir warten schweigend auf den Aufzug. »Für unsere Hoffnungsträgerin«, hat Yael gesagt, als sie Skye vorhin den aktuellen Code gegeben hat, bevor sie uns endlich im Loft allein ließ.

»Bist du sicher, dass ich nicht mitkommen soll?«

»Ja.« Dieselbe Antwort, die sie mir an diesem Morgen schon tausendmal gegeben hat. »Versprich mir, dass du dir keine Sorgen um mich machst. Du musst dich darauf konzentrieren, die IT-Zentrale unter deine Kontrolle zu bringen. Luce darf nicht –« Ihre Stimme erstickt.

Ich nehme ihre Hände in meine. »Ich werde in Yaels Namen Nachrichten an alle Farmen senden, mit dem Befehl, die Operation Rise abzubrechen. Genau so, wie wir es besprochen haben.« Ich sehe sie eindringlich an. »Unser Gegner ist die Zeit. Die Besprechung der *Sonne* beginnt um 12 im Loft und dauert eine halbe Stunde. Ich muss die IT-Zentrale also um spätestens zwanzig nach zwölf abriegeln – bis dahin musst du zurück im *Shine* sein. Mit dem Beweismaterial von Beth.«

Skye nickt mit zusammengepressten Lippen und sieht auf die Zeitanzeige ihres Checks. »Dann habe ich noch genau eine Stunde und vierzig Minuten.« Sie atmet zitternd aus. »Das ist wenig.«

»Du schaffst das«, sage ich leise. »Pass auf dich auf.«

»Du auch!« Skye drückt ihre Lippen auf meine, und während ich verzweifelt die Hände in ihrem Haar vergrabe, kann ich nur eins denken: *Abschiedskuss.*

Der Aufzug öffnet seine Türen. Skye tritt in die Kabine, gibt den Code ein und schließt die Augen.

»Sei bereit für alles, was du vorfindest«, sage ich. *Lass nicht zu, dass Beth mir das Einzige nimmt, was mir auf dieser Welt noch etwas bedeutet.* Die Türen beginnen, sich zu schließen. »Sei bereit für alles, Skye. Und komm zurück.«

»Das werde ich!«, ruft sie, bevor die Türen sich zwischen uns in eine undurchdringliche Metallwand verwandeln.

Auf die eine oder andere Art wird heute alles ein Ende finden, denke ich, bevor ich dem Aufzug den Rücken zukehre. *Auf die eine oder andere Art ist noch heute alles vorbei.*

Die U-Bahnstation ist überfüllt. Ich halte den Kopf gesenkt und ziehe die Ärmel meines Shirts herunter, um meine Traitmarks zu verbergen. Als ich bei den neu installierten Terminals ankomme, scanne ich den Check und atme erleichtert auf, als die Schranken sich öffnen. In der Bahn ist kein Sitzplatz mehr frei. Ich halte mich an einer der Stangen fest. Um mich herum unterhalten sich die Leute über die Parade. Kinder tragen Kristall-T-Shirts, die heute überall am Straßenrand verkauft werden. Einige Jugendliche haben Chloe Cremontes Wahlspruch auf Plakate geschrieben: *Klarheit durch Traits.* Meine Gedanken wandern zum Kristallfest im letzten Jahr. Elias und ich haben seit den frühen Morgenstunden auf dem Spiegelkarree campiert, um am Nachmittag den besten Blick auf Chloe erhaschen zu können. Wir haben unser letztes Taschengeld für kleine Fähnchen mit der Flagge der Gläsernen Nationen ausgegeben und uns den ganzen Tag von den Hotdogs der Straßenverkäufer ernährt. Wir haben Chloes Ansprache zugehört und uns am Abend das Feuerwerk angesehen. Als ich sah, wie die bunten Lichter vom Sommerhimmel regneten, Elias dicht neben mir, habe ich zum ersten Mal eine Wärme in mir gespürt, die nichts mit den Julitemperaturen zu tun hatte. Wie sehr ich mir gewünscht habe, dass Elias dasselbe für mich empfand … Bitterkeit steigt in mir auf, als ich daran denke, wie er Luce und mich an das Konsilium verriet. Sein Ziel war nie etwas anderes als ein perfektes Leben. Und als ich nicht mehr perfekt war, musste ich daraus verschwinden. *Nicht, dass ich es anders gewollt hätte,* denke ich und klammere mich noch fester an die Haltestange. Elias und ich haben uns beide in eine Vorstellung vom anderen verliebt, die niemals wirklich existiert hat.

Die U-Bahn hält und ich lasse mich von dem Schwung der Menschen hinaus auf den Bahnsteig ziehen. Ordnungswahrer stehen am Rand und beobachten die Menge. Mein Herz schlägt mir bis zum Hals, als ich den Check ein zweites Mal scanne, doch niemand hält mich auf. Auf der Straße angekommen, wende ich mich nach links. Es ist derselbe Weg wie der, den Elias und ich jedes Mal zur Serenity genommen haben, wenn wir den Bus verpasst hatten. Als die roten Backsteinmauern meiner alten Schule vor mir auftauchen, verlangsame ich unwillkürlich meinen Schritt. Wie viele Stunden habe ich in diesem Gebäude verbracht, wie viele Runden bin ich auf seiner Trackbahn gelaufen! Ich bleibe stehen und berühre das Tor. Die Metallstäbe haben sich in der Vormittagssonne aufgeheizt. *Für wie kompliziert ich mein Leben damals gehalten habe,* denke ich. *Dabei war alles so einfach.* Ich drücke die Klinke des Tors nach unten, aber es ist verschlossen. Selbstverständlich ist es das. Heute ist nicht nur Samstag, sondern ein Feiertag. Das Kristallfest. *Ich sollte von hier verschwinden! Ich habe keine Zeit zu verlieren.* Wehmütig drehe ich mich um und will mich gerade wieder in den Strom der geschäftig dahineilenden Menschen einreihen, als ich wie angewurzelt stehen bleibe.

»Skye?«

Das kann nicht wahr sein. Haben meine Gedanken einen Geist herbeigerufen? Aber die breitschultrige Gestalt vor mir ist real, genau wie die schwarzen Haare und das herzförmige Muttermal, das unter dem Hemdkragen hervorblitzt. *Elias.* Der Anflug eines Lächelns schwindet aus seinem Gesicht.

»Was machst du hier?«, fragt er argwöhnisch.

»Was machst *du* hier?« Mein Blick fährt zu der Reisetasche über seiner Schulter. *Natürlich, heute ist der erste Juli. Die Testung ist beendet.* Verdammt, warum musste Elias ausgerechnet diesen Weg nehmen! »Willst du zu Fuß nach Hause gehen?«, frage ich, während ich fieberhaft überlege, wie ich aus dieser Situation entkommen kann.

»Mum und Dad waren nicht am Bahnsteig. Ich warte auf den Bus, obwohl der bestimmt ewig braucht bei den Straßensperren.« Elias gewittergraue Augen verengen sich. »Du warst nicht im Zug«, sagt er, mehr zu sich selbst als zu mir. »Du wurdest festgenommen, genau wie die andere!«

Die andere heißt Luce. Eine eisige Faust schließt sich um mein Herz. Elias hat mich schon einmal verraten. Ich sollte rennen, so schnell ich kann – doch meine Füße sind wie festgewachsen.

»Ist es das, was der Konsiliar dir erzählt hat, Vorsteher?« Ich versuche erst gar nicht, meine Wut und meine Enttäuschung zurückzuhalten. »Dann tut es mir leid, dir sagen zu müssen, dass er dich belogen hat.«

»Du bist eine Untreue!«

»Oh, ich bin so verdammt viel mehr als nur eine Untreue«, platzt es aus mir heraus.

Elias betrachtet mich, als sähe er mich gerade zum ersten Mal. »Du hattest jede Möglichkeit.« Er schüttelt den Kopf, als würde er nicht glauben können, dass ich einmal seine beste Freundin gewesen bin. »Verdammt, Skye, du könntest jetzt im Institut sein, wenn du nicht alles für deine Verschwörungstheorien aufgegeben hättest!«

»Ja, das könnte ich«, sage ich bitter. »Ich könnte spannende Kurse belegen, Chloe Cremonte als Mentorin an die Seite gestellt bekommen und mir eine einflussreiche Position erarbeiten – solange ich nicht vorhabe, eine Familie zu gründen.« Elias sieht mich verwirrt an. »Den Studentinnen des Instituts wird das Privileg der Rationalen versprochen«, erkläre ich. »Macht. Aber für ihr R müssen sie bereit sein, alles andere aufzugeben. Sie dürfen nicht heiraten, Elias. Und keine Kinder bekommen. Nie.« Ich denke an die Verzweiflung in Jasmines Gesicht. »Das ist der Deal. Hat das Konsilium euch davon etwa nicht erzählt?«

»Das … das ergibt keinen Sinn«, entgegnet Elias verdattert. »Die Familie ist der Schlüssel zum Glück. Das sagt doch das Programm!«

»Nach ReNatura haben nur diejenigen solches Glück verdient, die in die neue Welt passen.« Ich trete einen Schritt auf ihn zu. »Siehst du denn nicht, dass es eine einzige große Lüge ist? Die Kristallisierer haben ReNatura konstruiert, um ein Weltbild zurückzubringen, das die Freiheit der Menschen schon jahrzehntelang unterdrückt! Wie lange wird es dauern, bis sie Frauen das Wahlrecht nehmen? Wie lange, bis wir nicht mehr verhüten dürfen, für Abtreibungen ins Gefängnis kommen, heiraten müssen, wen unsere Familie uns vorschreibt? Gleichgeschlechtliche Ehen haben die Kristallisierer schon verboten«, sage ich und denke an Yael. »Wann werden sie anfangen, Homosexualität selbst unter Strafe zu stellen?«

»Ein Staat, der sich um seine Bürger kümmert, ist nichts Schlechtes«, sagt Elias verbissen. »ReNatura wird für Sicherheit sorgen.«

»ReNatura wird uns unterdrücken!«

Elias schweigt einen Moment lang. Dann beugt er sich vor, sieht nach links und rechts und raunt mir zu: »Ich merke, dass du verwirrt bist, Skye, und ich mache dir keine Vorwürfe für das, was du gesagt hast. Aber sei vorsichtig, mit wem du so sprichst. Untreue ist kein Kavaliersdelikt mehr. Bald werden separate Gerichte eingeführt, die über das Schicksal gefährlicher Individuen entscheiden.« Er sieht mich an, sein Gesicht ist nur Zentimeter von meinem entfernt. »Verstehst du, was das heißt?«

Chloe Cremontes Worte hallen in meinem Kopf nach. »*Terrorismus und jedes Vergehen, das sich gezielt der Destabilisierung unserer Regierung widmet, wird durch gesetzlich angeordnete Exekution bestraft.*« Ich schlucke, als mir klar wird, dass das neue Gesetz den Kristallisierern nicht nur die Möglichkeit gibt, gewaltbereite Rebellen wie die Mitglieder der *Sonne* zu exekutieren. Es bedroht *alle*, die eine andere Meinung vertreten, mit dem Tod. Ich denke an die Vermisstenlisten und an Colins Vater, der verschwunden ist, nachdem er laut gesagt hat, dass er nichts von den Traits hält. Worte. Worte reichen ab jetzt, um aus unschuldigen Menschen *gefährliche Individuen* zu machen.

Verzweifelt packe ich Elias am Arm. »Das Konsilium hat euch nicht die ganze Wahrheit erzählt. Hunter und ich, wir haben Dinge herausgefunden, Dinge gesehen –«

»Hunter?«

»Ich bitte dich, Elias, tu nichts, was du später bereuen wirst!«

»Du bist nicht verwirrt.« Elias tritt einen Schritt zurück und mustert mich kühl. »Du bist eifersüchtig. Ich bin da, wo du immer hinwolltest! Ich werde in zwei Jahren an der Cremonte mein Jurastudium beginnen, während du dein Leben für irgendeinen Verrückten aufgegeben hast. Aber weißt du was? Daran ist nicht das System schuld, sondern du ganz allein.«

Tränen brennen in meinen Augen. Ich halte sie nicht zurück, wie ich es früher getan hätte. Aber ich weine nicht um Elias. Ich weine um meinen besten Freund, den es nicht mehr gibt.

»Wir werden sehen, wer die Verrückten sind«, stoße ich hervor. Dann dränge ich mich an ihm vorbei.

»Alles in Ordnung bei dir?« Eine Passantin bleibt stehen.

»Ja«, bringe ich heraus und laufe weiter.

Wird Elias mich bei der Administration als *gefährliches Individuum* melden? Ich weiß es nicht. Aber darum kann ich mir jetzt keine Sorgen machen, denn ich muss mich konzentrieren. Ich werfe einen Blick auf meinen Check. Es ist 11:15 Uhr. Um 12 beginnt Yael mit der Besprechung. Um 12:20 muss ich allerspätestens zurück im *Shine* sein, denn zehn Minuten später werden die Mitglieder der *Sonne* ihre Plätze in der IT-Zentrale einnehmen. Wenn wir die Operation Rise aufhalten wollen, müssen wir die Zentrale dann bereits abgeriegelt haben.

Ich beschleunige meine Schritte. Es ist höchste Zeit, den Schlüssel unseres Plans zu besorgen: den Beweis meiner Mutter.

38

Ich eile am verriegelten Haupteingang der alten Bibliothek vorbei. Auf der anderen Straßenseite kontrollieren zwei Ordnungswahrerinnen einen Fußgänger. Ich biege schnell um die Ecke und bleibe erst stehen, als ich den hinter der Bibliothek liegenden Park erreiche. Mein Check gibt blinkend die gleiche Warnung von sich wie die Schilder am Zaun: *Achtung, Einsturzgefahr wegen Baufälligkeit. Betreten der Anlage verboten.*

Die Bibliothek ist ein ehrwürdiges Gebäude aus hellem Sandstein mit großen Bogenfenstern. Ich denke an das goldene Licht, das auf die großen Lesesessel fiel, in deren Polstern ich fast versank. Während ich die Bücher las, die Mum mir aus den Regalen gezogen hatte, verschwand sie selbst bei jedem Besuch für eine gewisse Zeit. Ich habe erst im Zentrum verstanden, dass sie sich hier heimlich mit anderen Kristallisierungsgegnern getroffen haben muss. Ist sie so auf die Spur der entlassenen Frauen gestoßen, deren Liste ich später bei ihren Fotos fand? Hat Mum bei einem dieser geheimen Treffen einen Beweis für die Existenz von ReNatura bekommen? Ein gigantischer Kloß formt sich in meinem Hals. In wenigen Minuten werde ich der Frau gegenüberstehen, die Dad und mich verlassen hat. Die selbst ReNatura enthüllen wollte, die einen Schlepperring gegründet hat, die mich liebt – und das vielleicht zu sehr. *Mum.*

Ich sehe mich um, doch auf dem Bürgersteig sind kaum Passanten unterwegs. Niemand hängt an der Rückseite eines abgesperrten Parks herum. Als ich sicher bin, dass ich nicht beobachtet werde, schlüpfe ich durch die Lücke im Zaun, die Hunter mir beschrieben hat. Ich bahne mir einen Weg durch die Sträucher und Bäume, die am Rand des Parks wachsen und die Geräusche der umtriebigen Stadt verschlucken. Von einem Augenblick auf den nächsten habe ich das beruhigende Gefühl, allein zu sein. Aus dem Schatten der Büsche trete ich auf die menschenleere Wiese. Das Gras wuchert ungepflegt in die Höhe. Früher haben sich hier im Sommer Scharen von Touristen versammelt, um überteuerten Iced Coffee zu schlürfen und die Sonne zu genießen. Im Winter verwandelte sich der Park in einen Weihnachtsmarkt mit Eisbahn und einem riesigen Tannenbaum.

Ich berühre den Rand des alten Brunnens, der keine Fontäne mehr sprüht. Es ist ein Wunder, dass die New Yorker nicht längst die Wiedereröffnung ihres ehemals beliebtesten Freizeitdomizils gefordert haben. Ich schiebe die Erinnerungen an heißen Cider und Karussellfahrten beiseite und eile zum Hintereingang der Bibliothek. Er ist verriegelt, genau wie der imposante Haupteingang, aber Hunter hat versprochen, dass Benji Bescheid weiß und mich abholt.

»Hallo?« Ich nehme meinen Mut zusammen und rufe lauter. »Hallo! Ist hier jemand?« Die Fenster im Erdgeschoss sind mit Brettern zugenagelt, auch auf diesem Weg komme ich also nicht hinein. Ich werfe einen Blick auf meinen Check. 11:32 Uhr. Verdammt, mir läuft die Zeit davon! »Benji?«

»Kannst du nicht lesen oder bist du lebensmüde?«

Ich fahre herum. Hinter mir ist ein Mann aufgetaucht. Er hat langes, dunkles Haar, das er im Nacken zu einem Zopf zusammengefasst hat. »Dieses Gebiet ist aus Sicherheitsgründen gesperrt!« Er beäugt mich misstrauisch. »Hast du mich nicht gehört? Verschwinde!«

Ich betrachte den Mann und denke an Hunters Beschreibung. *Das ist definitiv nicht Benji.* Aber er muss zum Ring gehören, sonst würde er sich kaum hier aufhalten.

Ich reiße mich zusammen und setze die beste blasierte Miene auf, die ich zu bieten habe. »Ich verschwinde gern – aber wenn deine

Chefin herausfindet, dass du mich weggeschickt hast, wäre sie mit Sicherheit nicht sehr glücklich.«

»Was solltest du mit meiner Chefin zu tun haben?«, fragt der Mann säuerlich. Doch dann mustert er mein Gesicht. Die Erkenntnis, wer ich bin, blitzt im selben Moment in seinen Habichtsaugen auf, als ich es ausspreche.

»Elizabeth Anderson ist meine Mutter.«

Mein Mund ist trocken. Angespannt beobachte ich die Mitglieder der *Sonne*. Das Loft füllt sich stetig, obwohl es noch eine halbe Stunde dauert, bis die Besprechung beginnt. Eine halbe Stunde, bis ich mich unbemerkt hinausstehlen und die verlassene IT-Zentrale besetzen werde, um dort auf Skye und den Beweis zu warten. Schweißperlen sammeln sich auf meiner Nase. Wenigstens sind alle anderen auch nervös, sodass meine fahrigen Hände nicht verdächtig wirken. Ich setze ein Lächeln auf, als Griffin, Ocean und Grace eintreten. Sie kommen auf mich zu.

»Wie geht's euch?«, frage ich harmlos.

»Gut. Angespannt, aber gut. Feuer schlägt Glas, nicht wahr?« Griffins zuversichtliches Lächeln erreicht seine Augen nicht.

Mein Blick fällt auf Oceans kalkweißes Gesicht. Schuldgefühle überkommen mich, als ich daran denke, dass Reka mich gebeten hat, auf ihn aufzupassen.

»Hey, Kumpel.« Ich lege ihm den Arm um die Schultern. »Wir sind beide in der IT-Zentrale eingeteilt. Ich bin heute die ganze Zeit an deiner Seite, okay?« *Ich muss nur einen Weg finden, dich unbemerkt mit mir hier rauszuschmuggeln.*

»Skye und du«, sagt Ocean leise, als Griffin und Grace sich weit genug von uns entfernt haben. »Ihr werdet hier nicht mitmachen, oder? Ihr habt einen Plan?« In seinen Augen leuchtet ein

Funken Hoffnung auf, als ich nicke. Er zögert. »Ich habe Angst, Hunter«, flüstert er dann. »Du, Skye und ich, wir sind aus Sicht der Kristallisierer nicht besser als die *Sonne*. Wenn sie uns fassen, dann werden sie uns zum Tode verurteilen.«

»Du bist minderjährig«, sage ich, doch im selben Moment wird mir klar, dass Chloe Cremontes Gesetz Jugendliche nicht ausgeschlossen hat. »Und außerdem kriegen sie die IT-Leute nie«, versuche ich es mit Humor. »Du weißt schon, in Actionfilmen sind wir diejenigen, die sich rechtzeitig absetzen, während die Helden draußen ihr Leben riskieren.« Ich drücke seine Schulter, während wir zu den anderen hinübergehen. »Wir sind vielleicht Nerds, aber dafür überleben wir fast immer.«

Ocean lächelt, doch als die Gruppe anfängt, den Fluchtplan durchzugehen, falls das *Shine* gestürmt wird, versteift sich sein Körper wie ein Brett.

Nach Ihnen, Miss.«

Ich traue meinen Augen kaum, als der Mann mit dem Pferdeschwanz eine Platte zu unseren Füßen anhebt. Er hat mich zu meiner Verwunderung weg von der Bibliothek geführt, bis zurück zum alten Brunnen.

Die Platte, die er beiseitehievt, sieht aus wie ein Denkmal für die Gründer des Parks, verbirgt in Wahrheit aber eine schmale Treppe. Sie führt hinab ins Dunkle, und ich sehe wieder vor mir, wie ich durch die Falltür im Athene-Saal hinunter in die geheime Etage des Zentrums steige.

»Was ist jetzt?« Der Mann stockt. Er räuspert sich und bemüht sich hörbar um einen freundlicheren Ton, als er fortfährt: »Unten erwartet Sie Licht. Haben Sie keine Angst.«

Ich frage mich, ob ich ihm vertrauen kann. *Warum hat Benji mich nicht abgeholt?* Aber ich habe keine Wahl. Ich setze einen Fuß auf die oberste Stufe und kralle mich an dem eisernen Geländer fest, das aussieht, als wäre es mindestens so alt wie die Bibliothek selbst. Also hat nicht erst der Ring diesen Geheimgang angelegt. An der Wand entdecke ich eine Fünf in einem Kreis.

»Warum ausgerechnet dieses Zeichen?«

Der Mann zuckt mit den Schultern. »Keine Ahnung.« Er schließt die Platte über uns. »Verdammter Rost«, flucht er.

Vorsichtig taste ich mich Stufe um Stufe die Treppe hinunter. Je tiefer wir hinabsteigen, desto stickiger wird die Luft. Unten angekommen, drückt der Mann auf einen Schalter. Zuckendes Licht erhellt eine riesige Halle. Sie ist sicher so groß wie die Fläche des Parks über unseren Köpfen.

Staunend betrachte ich die endlosen Reihen aus Bücherregalen. »Was ist das für ein Ort?«

»Ganz früher war das ein Armengrab.« Er bemerkt meine aufgerissenen Augen. »Keine Sorge. Beim Bau der Bibliothek wurden die Gräber ausgehoben und alle Leichen an einen anderen Ort transportiert. Stattdessen wurden die Regale hier eingesetzt, um zusätzliche Bücher lagern zu können«, erklärt er gelassen, als würde er mich gerade nicht durch einen jahrhundertealten unterirdischen Friedhof führen.

»Und das hier ist euer Eingang zur Bibliothek?«

Der Mann nickt. »Ursprünglich waren diese Halle und ihr geheimer Ausgang zum Park bloß eine Sicherheitsmaßnahme, um das Gebäude bei Feuer evakuieren zu können. Uns dienen sie als Zugang. Wir können schließlich schlecht durch den Haupteingang spazieren.«

Als wir weitergehen, werden zwischen den Bücherregalen plötzlich Geräusche laut. Keuchen, Stöhnen. Dann ein dumpfer Aufprall. Ich bleibe wie angewurzelt stehen.

»Keine Geister«, sagt der Mann und lächelt zum ersten Mal. »Nur ein paar Idioten, die meinen, rohe Gewalt könnte sie retten, wenn sie den Ordnungswahrern ins Netz gehen. Ich persönlich setze da lieber auf Köpfchen.« Er deutet auf die letzte Reihe der Regale. »Time out!«, ruft er hinüber und bedeutet mir mit einem Winken, ihm zu folgen.

Hinter den letzten Bücherregalen betreten wir eine freie Fläche. Drei Männer und drei Frauen sehen uns entgegen. Ihre schweißüberströmten Gesichter zeugen von den Kampfübungen, die hier gerade stattgefunden haben.

»Nerv nicht, Caius«, sagt einer der Männer und grinst uns an.

Mein Blick fällt auf eine am Boden liegende Pistole.

»War alles andere als klug von Cremonte, den Waffenbann aufzuheben«, bemerkt der Mann namens Caius beiläufig. »Hat wohl nicht daran gedacht, dass dann nicht nur ihre Leute welche tragen.«

Der Gedanke an die Pistolen, die in den Händen von Victors Team darauf warten, Chloes Leben zu beenden, treibt mich an den neugierigen Blicken vorbei. *Ich brauche Mums Beweis. Und zwar bald.*

»An irgendwen erinnert sie mich«, höre ich eine der Frauen sagen und beschleunige meine Schritte.

Caius' erstaunte und beinahe ehrerbietige Reaktion hat es mich bereits vermuten lassen: Mum hat niemandem von mir und ihren Fluchtplänen für uns erzählt. *Niemandem außer Hunter, auf dessen Schultern alle Verantwortung gelastet hat.*

Caius führt mich über eine Treppe zwei oder drei Stockwerke hinauf, dann öffnet er eine Tür. Ich betrete einen mit Wandgemälden ausgeschmückten Saal, der deutlich kleiner ist als das unterirdische Bücherlager, dessen hohe Decke aber ein angenehmes Gefühl der Weitläufigkeit vermittelt.

»Dieser Teil kommt mir nicht bekannt vor«, sage ich.

»Weil er bereits Jahre vor der Schließung nicht mehr für die Öffentlichkeit zugänglich war«, erklärt Caius. »Hier sollten schon Restaurationsarbeiten stattfinden, bevor das gesamte Gebäude für baufällig erklärt wurde.«

Ich werfe ihm einen Seitenblick zu. »Warum hat die Stadt eigentlich in all den Jahren nie mit den angekündigten Renovierungsarbeiten begonnen?«

»Glaubst du, Beth hätte die Bibliothek als Hauptquartier gewählt, wenn jede Sekunde Gutachter und Handwerker hier auftauchen könnten?« Caius schüttelt lachend den Kopf. »Du vergisst, dass einige Mitglieder des Rings ein Doppelleben führen. Das bringt deiner Mutter Freunde in nützlichen Positionen. Und die erheben regelmäßig Einspruch gegen den Baubeginn.«

Ich folge Caius. Unsere Schritte hallen von den Wänden wider, und ich beginne unfreiwillig, Ehrfurcht vor dem zu empfinden, was Mum aufgebaut hat. *Das hier ist kein Ort, an dem sich eine Untreue versteckt. Es ist der Sitz eines Masterminds.* Wir treten durch honigfarbene Holztüren in einen weiteren Saal, in dem eine beachtliche Menge an Kronleuchtern von der Decke hängt. Unter ihnen sind lange Tische aufgereiht, an denen um die vierzig Männer und Frauen ihre Köpfe über Laptops beugen.

»Hier werden die Routen geplant.« Caius führt mich zwischen den Tischen hindurch. »Die Kunden melden sich bei den Zweigstellen in ihren jeweiligen Bezirken, aber die Fahrer werden alle von hier aus koordiniert.«

Über die Wand rechts von mir erstreckt sich eine gigantische Karte der Gläsernen Nationen. Hunderte, vielleicht Tausende blinkende Punkte ziehen meinen Blick an. Das müssen die Kontakte des Rings sein, Zweigstellen, sichere Wohnungen … Köpfe drehen sich nach mir um, als ich durch die Reihen gehe.

»Skye!«

Ich fahre herum. Ein Typ stürmt durch den Saal. Er ist jünger als Caius – etwa in Hunters Alter. *Benji.*

»Es tut mir leid, ich musste mich um einen Notfall an der Grenze kümmern. Danke, Caius, dass du sie hergebracht hast.« Er nimmt meinen Arm und fügt leise hinzu: »Hunter hat mir nicht erklärt, was los ist, aber wir vertrauen einander. Wenn ihr zusammengehört, kannst du dich auf mich verlassen.« Vor einer hohen Flügeltür bleiben wir stehen. »Ich warte genau hier, falls du Hilfe brauchst.«

»Danke«, bringe ich heraus.

Ich greife nach der messingfarbenen Klinke und frage mich, wen ich hinter dieser Tür vorfinden werde. Meine Mutter – oder Beth.

39

Ich habe doch gesagt, dass ich nicht gestört werden will, bis Hunter kommt!« Die schmale Gestalt, die am Fenster steht, dreht sich zu mir um. »Skye!«

Meine Mutter schlägt sich die Hände vor den Mund.

»Mum!«

Ich stürze auf sie zu und sie zieht mich in ihre Arme.

»Meine kleine Skye«, flüstert Mum und streicht mir übers Haar. »Mein Schatz. Ich bin so froh, dass es dir gut geht.« Ihre Stimme zittert. Nach ein paar Atemzügen lässt sie mich los und hält mich eine Armeslänge von sich entfernt. Ihr Blick bleibt an den roten Spuren meiner Verbrennungen hängen. »Was ist passiert?«, fragt sie erschrocken.

»Zu viel, um es in Worte zu fassen«, antworte ich mit einem zaghaften Lächeln.

Mum streicht mir unbeholfen über den Arm. »Alles wird gut. Jetzt, wo du hier bist, wird alles gut.« Sie wendet sich zur Tür. »Caius, würdest du so freundlich sein und meiner Tochter Limonade aus der Küche holen?« Fragend sieht sie mich an. »Himbeere, oder nicht?«

»Zitrone.«

Als Caius die Tür hinter sich geschlossen hat, herrscht verlegenes Schweigen zwischen uns. »Du musst eine Menge Fragen haben«, sagt Mum endlich. Sie wirkt genauso unsicher, wie ich mich fühle. Die kalte Chefin, von der Hunter gesprochen hat, sehe ich nicht. *Aber ich weiß, was sie getan hat.* Die Erinnerung an Hunters Schmerz bringt meinen eigenen zurück.

»Ja«, sage ich. »Ich habe unendlich viele Fragen.« *Warum hast du nicht schon früher versucht, mit mir zu fliehen? Wie kannst du es mit deinem Gewissen vereinbaren, Unschuldige in Gefahr zu bringen?* Doch ich entscheide mich für die wichtigste: »Wie konntest du Hunter das antun?«

Mum hebt überrascht die Augenbrauen. »Wovon sprichst du?«

»Von den vier Jahren, die er geglaubt hat, irgendeine Schuld bei dir abarbeiten zu müssen.«

Mums Lächeln verschwindet. »Das hat er dir erzählt, so so. Dieser dumme Junge …« Sie sieht mich besorgt an. »Ist da was zwischen euch?«

»Ja«, sage ich geradeheraus.

Mum drückt mich erneut an sich, diesmal so, als hätte ich ihr mitgeteilt, dass ich an einer unheilbaren Krankheit leide. Doch als sie meine Zurückhaltung spürt, lässt sie mich los. »Er wagt es …« Sie schüttelt ihre schwarzen Locken. Sie sind das einzige äußerliche Detail, das ich nicht von ihr geerbt habe. »Aber wenn er glaubt, dass du bleibst, nur weil er nicht fliehen kann, dann hat er sich geschnitten. Ich habe lange genug auf ihn aufgepasst.«

Der Kokon aus Wärme und Geborgenheit, den ihre Nähe um mich gesponnen hat, bekommt Zuglöcher, und ich beginne zu frösteln. »Hast du ihn die ganzen Jahre über so behandelt?«

»Wie behandelt?«, fragt Mum unwirsch.

»Kalt. Abweisend. Fordernd«, stoße ich hervor und wische mir eine Träne von der Wange. Ich habe mich vier Jahre lang selbst bemitleidet, weil ich glaubte, verlassen worden zu sein. Aber ich hatte Dad und Elias, seine Eltern Deirdre und Tom, Coach Verse … Hunter hingegen wurde von niemandem geliebt. Niemand hat sich die Mühe gemacht, sich nach Sols Tod um ihn zu kümmern.

»Er hätte dich gebraucht«, flüstere ich. »Er war doch noch ein Junge. Ein Junge, der gerade seine Mutter verloren hatte!«

»Und ich war eine Frau, die gerade ihre Tochter verloren hatte!«

»Das war nicht Hunters Schuld«, sage ich leise. »Sondern ganz allein Dads.«

»Hunter scheint dir ja wirklich eine Menge erzählt zu haben. Aber er ist nicht der Held, der er vorgibt zu sein!« Mum umfasst mein Gesicht mit beiden Händen. »Er benutzt dich, mein Schatz. Er will dich mir wegnehmen, damit ich denselben Schmerz fühle wie er, als –«

»Als Dad seine Mutter erschossen hat.«

Mum zuckt zusammen, als wäre ich die Erste, die diese Tatsache in ihrer Gegenwart laut ausgesprochen hat. *Und vielleicht bin ich das ja sogar.*

»Wo ist Hunter überhaupt?«, fragt sie, als wollte sie vom Thema ablenken. »Kann ja keine so große Liebe sein, wenn er erst mal Wiedersehen mit Benji und den anderen feiert, statt dich zu mir zu begleiten.«

»Wo Hunter ist, hat dich nicht länger zu interessieren«, gebe ich scharf zurück. »Und fürs Protokoll: Er hat nie so getan, als sei er ein Held.« Ich befreie mich aus ihrem Griff. »Anders als du. Caius und diese Leute da draußen haben keine Ahnung, dass du den Ring nur aufgebaut hast, um mit mir zu fliehen, oder?«

»Es ist nicht so, wie du denkst.«

»Ach nein?« Ich will glauben, dass es gute Gründe für alles gibt, was Mum getan hat. Ich will ihr verzeihen. Aber noch kann ich das nicht. »Warum bist du nicht schon vor Jahren mit mir geflohen? Warum hast du nicht einfach Dads Unterschrift auf einem Ausreiseantrag für mich gefälscht und bist zur Grenze gefahren? Du warst eine der Ersten, die kristallisiert wurde, und zwar als Rationale! Sie hätten dich gehen lassen.« Mum presst die Lippen zusammen. »Sag mir nicht, dass es zu riskant gewesen wäre! Eine gefälschte Unterschrift und eine aus Upperlake entführte Tochter wären ein Kinderspiel gewesen im Vergleich dazu, einen verdammten Schlepperring aufzubauen!« Die hohen Wände werfen das Echo meiner Verzweiflung zurück.

Mum seufzt. »Du hast völlig recht.« Was auch immer ich erwartet habe, das war es nicht. Entgeistert starre ich sie an. »Es hätte einfachere Wege gegeben. Wege, die nicht erfordert hätten, dich vier Jahre lang unter dem Dach eines Mörders leben zu lassen, der dich zur Treue gegenüber einer abscheulichen Bewegung erzieht.« Sie hält inne und mustert mich. »Das scheint Samuel allerdings nicht gelungen zu sein, oder?«

Ich schüttle den Kopf. Dann nicke ich. »Doch«, erwidere ich. »Ich war eine treue Rationale, bis mir im Zentrum klar geworden ist, dass die Kristallisierer Fanatiker sind.« Trotz meiner Wut auf sie erzähle ich Mum in wenigen Sätzen, wie ich ReNatura entdeckt habe. Sie öffnet den Mund, und ich weiß, dass auch sie tausend Fragen hat. Aber sie ist es, die mir Erklärungen schuldet. »Warum? Warum hast du keinen anderen Weg gewählt, wenn dir doch klar war, was die Kristallisierer planen? Warum warten, wenn wir hätten gehen können?«

Die hellblauen Augen meiner Mutter werden eine Schattierung dunkler, als sie mir antwortet. »Ich konnte nicht aufgeben, Skye. Und ich glaube, du wirst das verstehen. Besser als jeder andere.«

Wo ist Skye?«, fragt Ocean leise.

Hoffentlich unterwegs zu uns ... »Sie kommt in die IT-Zentrale«, erkläre ich knapp, während wir auf den Aufzug warten.

Die Metalltüren öffnen sich - und ich starre in Yaels angespanntes Gesicht. *Verdammt.* Ich habe Yael erst vor ein paar Minuten im Loft gesehen. Sie muss es noch einmal verlassen haben, ohne dass es mir aufgefallen ist.

»Die Route wurde bestätigt. Chloe nimmt den gleichen Weg wie immer und kommt um drei Uhr am Times Square an.« Yaels rote Haare sind ein flammendes Durcheinander. Ihr Blick fällt auf mich. »Hunter? Ocean? Wohin seid ihr denn unterwegs?«

Ocean sieht zu mir.

»Ich habe eine Idee, wie wir die Verbindung zum Ausland herstellen können«, improvisiere ich. »Eine bessere als unsere jetzige. Aber ich brauche Zeit, Yael, und Ocean wäre mir eine große Hilfe.«

Yael nickt mir abwesend zu. »Dann will ich euch nicht aufhalten. Die Besprechung ist hauptsächlich für die Teams im Außeneinsatz wichtig.«

Erleichtert ziehe ich Ocean mit mir in die Aufzugskabine.

»Ach, Hunter?«

»Ja?«

Mein Finger schwebt über dem Knopf, der uns in die IT-Zentrale bringen wird.

»Danke für deine Hilfe. Wir wissen alle sehr zu schätzen, was Skye und du für Utopia tut.«

Ich lächle. »Ehrensache.« Die Türen des Aufzugs schließen sich, und ich sinke gegen die Glaswand, als wir nach unten fahren.

Die IT-Zentrale ist leer, die Monitore an den langen Tischen verlassen. Alle sind bei der Besprechung, die in diesem Moment anfängt. *Genau, wie wir es geplant haben.*

»Wir haben exakt zwanzig Minuten Zeit, um herauszufinden, wie die Zentralverriegelung funktioniert«, erkläre ich Ocean.

»Wir schließen uns hier ein?«

»Ja. Sobald Skye mit unserem Beweis für ReNatura zurück ist. Den werden wir hochladen, sodass die Kristallisierer die Parade absagen, bevor Yael oder sonst irgendwer die Chance hat, Chloe zu erschießen. Und ganz nebenbei müssen wir noch zehn Bombenattentate auf die Trainingscamps der Ordnungswahrer verhindern.«

Ocean wird blass, doch er setzt sich neben mich vor einen der Monitore. »Was kann ich tun?«

»Einiges. Dein IT-Talent wird eine große Hilfe sein.« Ich fahre herum, als ein Pling durch den Raum hallt. Der Aufzug! Skye! Mein Herzschlag beschleunigt sich.

»Scheint, als würde endlich mal einer unserer Pläne funktionieren, wer hätte das -« Doch der Satz bleibt mir im Hals stecken, als sich die Türen des Aufzugs öffnen - denn es ist nicht Skye, die aus der Kabine tritt.

Warum ich nicht einfach mit dir ausgereist bin ... Diese Frage lässt sich nur mit ein wenig Vorgeschichte erklären.« Mum deutet auf einen der beiden Samtsessel vor den hohen Fenstern des Lesesaals. Als ich mich setze, kitzelt Staub in meiner Nase. »Meine zunehmend regierungskritische Ansicht war bei der *Times* allgemein bekannt, sehr zum Leidwesen deines Vaters. Er bat mich mehrmals, positivere Artikel über die Kristallisierung zu schreiben. Aber ich bin keine Heuchlerin.« Mein Blick fällt auf das R auf ihrem Handgelenk. »Ich ließ mich für deinen Vater kristallisieren«, erklärt Mum. »Heute verstehe ich selbst nicht mehr, warum. Aber ich schweife ab. Eines Tages tauchte Sol, meine ehemalige Chefredakteurin, bei uns zu Hause auf. Wir kannten uns kaum, ich wusste nur, dass sie immer schon mit der Kristallisierung sympathisiert hatte. Umso erstaunter war ich, als sie wissen wollte, ob ich etwas gegen die Regierung in der Hand habe. Zu diesem Zeitpunkt hatte ich noch keine Ahnung von ReNatura. Ich wusste nur, dass Frauen in Führungspositionen reihenweise ihre Stellen verloren. Aber Sol war überzeugt davon, dass etwas Größeres im Gange ist.«

Mum faltet die Hände über ihren Knien. *Eine vertraute Geste an einer Frau, die mir nicht mehr vertraut ist.* Früher war Mum eine strahlende Schönheit. Die Blässe, die an mir eher kränklich wirkte, ließ sie majestätisch erscheinen; der Mangel an Größe, der mir das Gefühl gab, ein Zwerg zu sein, vermittelte bei ihr den Eindruck einer Porzellanpuppe. Jetzt ist die Haut unter Mums Augen dünn und schattig, ihr Haar hat seinen Glanz verloren und ihre schlanke Figur wirkt abgemagert.

»Also habt ihr euch gemeinsam auf die Suche nach den Geheimnissen der Kristallisierer gemacht«, sage ich.

Mum nickt. »Sol konnte es sich nicht leisten aufzufallen, sie war durch die Geschichte mit Matteo sowieso auf dem Radar des Kristalls. Also übernahm ich es, Informationen in den höheren Kreisen der Partei zu sammeln – was nicht gerade schwer war, schließlich wollte Samuel mich von Anfang an überreden, ihn zu den Treffen zu begleiten.«

»Und Dad hat dir diesen plötzlichen Meinungswechsel einfach abgenommen?«, frage ich.

Mum lacht trocken. »Dein Vater wusste noch nie, was wirklich in mir vorging. Er hat mich freudig jedem vorgestellt, den ich kennenlernen wollte, unter anderem auch Serena Adams.«

Serena Adams. Der Name kommt mir bekannt vor. »Sie ist ein Mitglied des Rats, oder?« Ich erinnere mich an die Frau, die während des Plenums im geheimen Konferenzraum des Zentrums so kritisch nach den Ausnahmen gefragt hat.

»Ja. Serena hatte von allen Ratsmitgliedern schon immer am meisten Verstand. Hinterfragte einige von Cremontes Entscheidungen und hat sich damit nicht gerade beliebt gemacht. Vor dem großen Skandal gehörte sie zu Chloes Hochschulgruppe, damit ist sie eine der wenigen, die weiß, dass dem Kristall die Idee der Traits nicht über Nacht kam. Das ist der Grund, warum sie nicht schon längst von der Bildfläche verschwunden ist.«

»Und über sie bist du an ReNatura gekommen?«, frage ich begierig.

»Ich bat sie bei einem der Parteitreffen um ein Gespräch für einen Artikel, bei dem es um erfolgreiche Frauen in der Politik gehen sollte. Dieser Artikel war natürlich nie geplant und noch weniger hätte man einen solchen Beitrag ausgerechnet mir gegeben – es war schon ein

Wunder, dass ich meine kleine Kolumne schreiben durfte, obwohl ich ja eigentlich nur Fotografin war. Serena aber lud mich ins Weiße Haus ein.« Mum lächelt. »Und von da an war es fast schon zu einfach, an alle Informationen heranzukommen, die ich brauchte. Am Ende des Tages verließ ich den Central Park mit einem unbedeutenden Interview und einem umso bedeutsameren Stick in der Tasche.«

Mein Herz macht einen Satz. *Ein Stick?* »Und was genau hast du daraufgezogen?« Die Worte überschlagen sich in meinem Mund.

»Es gibt ein sogenanntes Manifest. Die Kristallisierer legen darin den ganzen Wahnsinn offen – inklusive manipulierter Testungsergebnisse, Gleichschaltung der Medien und Umerziehungsfarmen für untreue Jugendliche.«

Meine rasenden Gedanken, die sich gerade noch um hochgeladene Dateien gedreht haben, kommen zu einem abrupten Halt. *Umerziehungsfarmen.*

»Du wusstest es? Du wusstest, dass aus den Zentren Mädchen verschwinden?!«

Mum streckt ihre Hand nach mir aus, doch ich springe auf und bringe meinen Sessel zwischen uns.

»Ich wusste, dass du nicht in Gefahr sein würdest«, fleht sie. »Samuel musste dich zu einer treuen Systemanhängerin erzogen haben, dessen war ich mir absolut sicher – und selbst wenn du angefangen hättest, Dinge zu hinterfragen, wärst du klug genug gewesen, deine Zweifel zu verbergen! Schatz, ich hätte nie riskiert, dass dir etwas geschieht, das musst du mir glauben.«

Ich will ihr glauben, das will ich wirklich. *Aber wenn es die Wahrheit wäre, dann müsste sie nicht so hart daran arbeiten, sich selbst zu überzeugen.* Ich schließe die Augen und tue, was die treue, rationale Systemanhängerin getan hätte. *Meine Gefühle beherrschen mich nicht. Ich gebe ihnen keine Macht über mich. Ich muss jetzt handeln.*

Meine Hände krallen sich in den staubigen Samt der Sessellehne. Ich sehe meiner Mutter fest in die Augen. »Ich brauche diesen Stick,

Mum. Wenn wir das ReNatura-Manifest heute enthüllen, dann werden die Leute sich auf unsere Seite stellen!«

»Ich wusste, du würdest so denken! Ich war darauf vorbereitet, den Schaden wiedergutzumachen, den Samuels linientreue Erziehung angerichtet hat. Aber tief in mir wusste ich, dass das nicht nötig sein würde.« Meine Mutter lächelt mich an. »Ich bin so stolz auf dich, Skye.«

Die widersprüchlichsten Gefühle stürzen auf mich ein. *Sie ist stolz auf mich. Sie hat mich in Gefahr gebracht. Wissentlich.*

Mein Blick bleibt an der mannshohen Wanduhr hängen, deren goldener Zeiger gerade auf die Zwölf springt. *Jetzt beginnt die Besprechung im Loft. Jetzt bringt Hunter die IT-Zentrale unter seine Kontrolle. Und in spätestens zwanzig Minuten muss er sie abriegeln.* Ich reiße mich zusammen.

»Mum, mir läuft die Zeit davon. Bitte, gib mir diesen Stick!«

Meine Mutter seufzt. »Ich wünschte, ich könnte es, mein Schatz. Aber der Stick ist nicht hier.«

In diesem Moment öffnet sich die Tür. Caius tritt ein und stellt ein Tablett auf dem Schreibtisch ab.

»Was heißt das, nicht hier?«, frage ich. Panik steigt in mir auf.

»Sol hatte ihn bei sich. In der Nacht der Flucht. Ich … ich konnte ihn nicht retten.« Mum nickt Caius zu, der daraufhin den Lesesaal verlässt, obwohl ihm die Neugier ins Gesicht geschrieben steht. »Wir hörten schon die Polizeisirenen. Mir blieb keine Zeit, Skye. Wir mussten sie zurücklassen.«

»Also –« Meine Stimme ist nur ein Krächzen. »Also ist das Manifest für immer verloren?«

Mum nickt. »Ich gehe davon aus, dass die Kristallisierer den Stick in Sols Sachen gefunden und beschlagnahmt haben.«

Der Stick ist fort. Tränen verschleiern meinen Blick. Der Beweis unserer Mütter war unsere letzte Hoffnung.

Wir haben verloren.

Trotz allem, was geschehen ist, lasse ich es zu, dass Mum um den Sessel herumgeht und mich in den Arm nimmt.

»Alles ist gut«, flüstert sie mir sanft ins Ohr. »Alles ist gut, Skye. Wir sind genau dort, wo ich uns seit vier Jahren haben will.«

»Ich verstehe nicht«, stottere ich.

Mum rollt meinen rechten Ärmel auf und streicht sanft über mein R. Als sie mich ansieht, beginnen ihre Augen zu glühen.

»Du wirst uns das Manifest zurückholen, mein Schatz. Du und dein R. Und dann können wir beide endlich von hier verschwinden.«

Ich starre auf die Zeitanzeige auf dem Monitor vor mir. 12:17 Uhr. *Wo bleibst du?*

»Schon als ich von den Bomben erfahren habe, ging es mir zu weit«, sagt Griffin.

Wir sitzen nebeneinander in der IT-Zentrale. Als er aus dem Aufzug trat, war ich darauf vorbereitet, ihn mit meinen Schnürsenkeln fesseln und in eine Ecke setzen zu müssen, bis alles vorbei ist. Aber zum Glück ist es anders gekommen. Yael hat ihn zu uns geschickt, um uns beim Kampf gegen die digitalen Blockaden zum Ausland zu helfen. Sie hätte sich wohl nie träumen lassen, dass er uns stattdessen im Kampf gegen die Operation Rise helfen würde. *Genauso wenig wie ich.*

»Grace und ich, wir sind schon so lange bei der *Sonne*«, fährt Griffin fort. »Wir glauben an Utopia! Und wir hassen die Kristallisierer, seit mein Bruder auf der Vermisstenliste steht. Ich schätze, dieser Hass hat uns dazu gebracht, der Operation Rise zuzustimmen. Aber jetzt –« Griffin stützt die Ellenbogen auf den Tisch. »Ich werde nie wieder in den Spiegel sehen können, wenn das heute schlecht ausgeht.«

Erst war ich skeptisch, was Griffins abrupten Sinneswandel anging. Doch Ocean glaubt ihm, dass er den Plan der *Sonne* aufhalten will. Das hat es entschieden. Außerdem ist es ein unschätzbarer Vorteil, jemanden im Team zu haben, der das *Shine* kennt wie seine Westentasche.

»Es gibt also keine automatische Zentralverriegelung?«, unterbreche ich Griffins Erklärungen.

»Nein, wie ich schon sagte - bloß die Sicherheitstüren.« Er deutet auf die massive Schiebetür am Eingang der IT-Zentrale. »Von außen sind sie unmöglich zu öffnen.«

»Es ist zwanzig nach zwölf, Hunter«, sagt Ocean. Seine Schultern sind angespannt. »In zehn Minuten ist die Besprechung vorbei.« *In zehn Minuten steht das gesamte IT-Team der Sonne hier auf der Matte.* »Sollte Skye jetzt nicht spätestens wieder da sein?«

Ich nicke, stehe auf, gehe zum Fenster und werfe einen Blick auf die Straße unter uns. Auf den Bürgersteigen drängen sich bereits die Menschen, die auf den Kristall warten. *Wo bist du, Skye?* In meinem Kopf spielen sich alle möglichen Szenarien ab. Skye, die von Ordnungswahrern gefasst wird. Skye, die es nicht schafft, durch die Straßensperren zu kommen. Skye, die von ihrer Mutter entführt wird ...

»Wir sollten die IT jetzt abriegeln«, mahnt Ocean. »Sonst verlieren wir die Zentrale.«

»Ich weiß«, sage ich. »Aber ohne Beweis wird der Plan nicht funktionieren.« Verzweifelt schüttle ich den Kopf. »Skye und ich sind davon ausgegangen, dass wir unseren Beweis hochladen, während die *Sonne* sich noch fragt, was zur Hölle hier drinnen los ist. Die Parade würde abgesagt werden, bevor Victor, Yael oder sonst irgendwer auch nur die Chance gehabt hätte, Chloe zu erschießen.«

Aber jetzt sieht die Lage anders aus. Jetzt müssen wir uns ohne einen Beweis in der IT-Zentrale verbarrikadieren. Jetzt wird Yael, sobald sie versteht, dass wir sie aufzuhalten versuchen, auf die Zentrale pfeifen und zur Parade eilen. Und sie wird schießen, ohne auf eine Freigabe zu warten.

»Diese Sicherheitstür ... gibt es die nur hier oder auf jeder Etage?«, frage ich.

»Jede Etage hat eine«, erwidert Griffin.

»Auch das Loft?«

Griffin nickt. »Aber sie lassen sich jeweils nur von innen verriegeln. Eine Schutzmaßnahme.«

Ich fluche laut. Es wäre auch zu einfach gewesen, Yael und ihr Team von Attentätern da oben einzusperren, um sie von der Parade fernzuhalten. *Wir sitzen in einer Sackgasse.*

»Du musst es tun, Griffin.« Überrascht sehe ich Ocean an. »Du musst da hochgehen und das Loft von innen verriegeln. Denk dir eine Erklärung aus. Dir werden die anderen vertrauen.« Als Griffin sich nicht rührt, zieht Ocean ihn mit erstaunlicher Kraft auf die Füße. »Du hast gesagt, dass du nicht mehr in den Spiegel sehen kannst, wenn das heute schlecht ausgeht. Also tu etwas!«

Griffin atmet tief durch. »Du hast recht«, sagt er und sieht von Ocean zu mir. »Wenn ich die Sicherheitsverriegelung aktiviert habe, lässt sich die Tür des Lofts drei Stunden lang nicht mehr öffnen, auch nicht von innen. Bis dahin müsst ihr die Kristallisierer zum Abbruch der Parade gebracht haben.«

Ich nicke ihm zu. Griffin umarmt Ocean und klopft mir auf die Schulter. Dann sind wir allein. Ich werfe einen Blick auf die Zeitanzeige des Monitors. 12:28. Skye steckt in Schwierigkeiten, das spüre ich. *Aber es muss eine Möglichkeit geben, ihr zu helfen ...*

Mums Worte dringen nur langsam zu mir durch. Verwirrt löse ich mich aus ihrer Umarmung. »Was meinst du damit, ich soll das Manifest zurückholen?«

Mum lächelt. »Ich brauche jemanden, der den gleichen Weg geht wie ich vor vier Jahren. Jemanden, der sich ins Weiße Haus einschleusen kann, ohne Verdacht zu erregen. Ich brauche *dich*«, schließt sie. »Deshalb bin ich nicht schon längst mit dir aus diesem Land geflohen. Deshalb habe ich dich Samuels parteitreuer Erziehung überlassen.«

Ich beginne zu begreifen. *Deshalb musste ich all die Jahre eine Lüge leben.*

»Es tut mir so leid, meine Kleine.« Mum streicht mir übers Haar. »Aber wenn du diesen einen Schritt noch gehst, dann haben wir es geschafft. Wir können uns das Leben zurückholen, das wir hatten!«

Ich will meiner Mutter gerade begreiflich machen, dass ich die Letzte bin, die irgendjemand ins Weiße Haus lassen würde, als der aufgeklappte Laptop auf dem Schreibtisch sich mit einem Mal von selbst einschaltet.

»Schon wieder!«, ruft Mum verärgert. »Ich dachte, Benji hätte ihnen endlich den Zugriff blockiert!« Doch die Stimme des Nachrichtensprechers bringt sie zum Schweigen.

»Die Regierung hat vor wenigen Minuten die Fahndung nach zwei jungen Erwachsenen herausgegeben. Hunter Riviera und Skye Anderson stehen unter dringendem Verdacht, terroristische Straftaten gegen das eigene Land zu planen. Die Regierung ruft daher alle Bürger zu Vorsicht und Wachsamkeit auf und wird jeden Hinweis auf den Aufenthaltsort der beiden Gefährder belohnen. Passen Sie auf sich auf, meine Damen und Herren. Für Klarheit und Weitsicht.«

40

Mum starrt unverwandt auf den Bildschirm, wo die Schwarz-Weiß-Aufnahme erschienen ist, die an meinem ersten Morgen im Zentrum von mir gemacht wurde.

»Nein«, flüstert sie. »Das kann nicht wahr sein.«

»Die Kristallisierer werden mich nicht bekommen«, versuche ich, sie zu beruhigen, obwohl mir beim Anblick meines Fahndungsfotos selbst das Herz bis zum Hals schlägt.

Meine Mutter hat den Kopf in den Händen vergraben. Aus einem Impuls heraus nehme ich sie in den Arm. »Du brauchst keine Angst um mich zu haben, Mum!«

Endlich sieht sie mich an. Harte Linien zeichnen ihr Gesicht, auf dem ein Ausdruck liegt, den ich nicht kenne.

»Vielleicht werden sie das nicht. Aber du wirst das Manifest auch nicht zurückbekommen.« Sie schiebt mich von sich. »Es war alles umsonst. Vier ganze Jahre völlig umsonst. Ich habe den Ring nach dir benannt, Skye! Ring S – weil *du* der Schlüssel warst!« Ich denke an das Zeichen an Angelas Wohnung und im *Fantasy*, den eingekreisten Buchstaben, den ich für eine Fünf gehalten habe. »Aber jetzt?« Mum macht eine ausholende Handbewegung. »Jetzt ist all das nichts mehr wert.«

Etwas in mir zieht sich schmerzhaft zusammen. *Ist das Manifest alles, was dich beschäftigt, nachdem die Kristallisierer deine Tochter zum Abschuss freigegeben haben?*

Mum geht zum Fenster. »Jetzt wird er nie für das bezahlen, was er uns angetan hat.«

»Er?«

Mums Schultern zucken. Erst denke ich, dass sie weint, doch als sie spricht, ist ihre Stimme fest: »Dein Vater glaubt, über ReNatura Bescheid zu wissen. Aber er hat keine Ahnung von den Details. Er sieht nur die schöne neue Welt, ohne zu hinterfragen, welche Opfer sie fordern wird.« Sie dreht sich zu mir um. »Das Manifest sollte ihm zeigen, wofür er unsere Ehe weggeworfen hat. Er sollte das wahre Gesicht der Kristallisierer sehen – und er sollte daran zerbrechen!«

Ich taumele zurück. »Es ging dir nie um unsere Freiheit oder um dieses Land«, flüstere ich. »Es ging dir einzig und allein … um Rache?« Mir ist, als hätte ich Kristallin geschluckt. Luft strömt durch meine Lungen, aber ich kann nicht atmen.

»Du würdest das verstehen, wenn du durchgemacht hättest, was ich durchgemacht habe«, sagt Mum hart. Jede Spur von Zärtlichkeit ist aus ihrem Gesicht verschwunden.

Jetzt weiß ich, welche Frau Hunter kennengelernt hat.

»Tut es dir wenigstens leid, mich so benutzt zu haben?«, frage ich bitter.

»Benutzt?« Mum schüttelt den Kopf. »Vielleicht bist du doch immer noch das kleine Mädchen, das ich betäuben musste, damit es keine Fehler macht.«

Ich schlucke, als ich an meine Albträume denke. Die Stunden im Kofferraum. Gefangen in der Dunkelheit, unfähig, mich zu bewegen.

Mum ringt verzweifelt die Hände. »Glaubst du, du bist die Einzige, die Opfer bringen musste? Ich sitze seit vier Jahren in dieser Gruft fest und vertraue einzig und allein auf dich. Aber du hast alles ruiniert, Skye! Und wofür? Um dem hitzköpfigen Hunter zu gefallen?« Ihre Worte treffen mich wie ein Schlag ins Gesicht. »Wohin hat er dich gebracht, hm? Wenn du Pech hast, auf den elektrischen Stuhl!« Sie macht einen Schritt auf mich zu. Instinktiv weiche ich zurück, drücke mich gegen die holzvertäfelte Wand. »Ich wollte dich schützen, verstehst du das? Es gibt nichts, was du nicht von mir bekommen hättest. Ich habe jeden Penny, den ich verdient habe, gespart, um dir ein Leben zu ermöglichen, in dem kein Wunsch unerfüllt bleibt!«

Ich sehe in die Augen, die meinen so sehr ähneln. *Sie ist meine Mutter.* Aber das kann nicht alles verzeihen.

»Du irrst«, sage ich und bin überrascht über die Festigkeit meiner Stimme. »Es gibt etwas, das ich nie von dir bekommen werde: Liebe. Und zwar bedingungslose.« Ich denke an Hunters Worte in der ersten Nacht bei der *Sonne.* »Denn alles andere ist Erpressung.«

Ein Krachen reißt Mum aus der Starre, die meine Worte hervorgerufen haben.

»Ma'am?« Caius steht schwer atmend in der Tür. »Da sind Leute, die nach Ihrer Tochter verlangen.«

Mein Blut, das eben noch heiß wie Lava durch meine Adern schoss, gefriert zu Eis.

Das war's. Sie haben mich.

Doch bevor ich einen klaren Gedanken fassen kann, taucht Benji hinter Caius auf und schiebt jemanden in den Raum. »Skye!«

Blonde Haare, markantes Gesicht, sehnige Figur. »Colin!« Er eilt auf mich zu und umarmt mich. »Wie hast du es aus dem Zentrum geschafft?«, frage ich atemlos. »Hat keiner Verdacht geschöpft, dass du uns zur Flucht verholfen hast? Nicht mal der Konsiliar mit der Hornbrille?«

»Er glaubt, dass ihr mich zu allem gezwungen habt«, sagt Colin. Dann wird er zur Seite geschoben und meine Augen weiten sich.

»Wer hätte gedacht, dass ihr beide mal Freunde werdet«, grinst Jasmine.

»Skye, wer sind diese Leute?«, fragt Mum aufgebracht.

»Das Einsatzkommando«, antwortet Jasmine und sieht mich an. »Alles wird gut, okay? Wir sind hier, um dafür zu sorgen, dass du da draußen nicht von einem wilden Mob mit Fackeln und Mistgabeln erwischt wirst.«

»Ihr wisst von der Fahndung?«

»Das gesamte Land weiß von der Fahndung«, erwidert Jasmine trocken. »Aber keine Sorge. Ich habe Hunter gesagt, dass du mit uns sicher zurückkommst. Ich habe es versprochen.«

Blut rauscht in meinen Ohren, und der Raum beginnt, sich zu drehen. *Ich komme zurück, ich verspreche es!*

»Skye?« Colin klingt meilenweit entfernt. »Skye!«

Bunte Sternchen tanzen wie ein Feuerwerk durch die Dunkelheit vor meinen Augen. Das Auto kommt ruckartig zum Stehen. Meine Lider zu heben erfordert beinahe unmenschliche Kräfte. Grüne Augen fixieren meine, beruhigen mich, wenden sich jedoch von mir ab, als eine Stimme von draußen an mein Ohr dringt. »Bleib stehen, wo du bist, Verräterin!«

Der Junge mit den grünen Augen richtet sich auf und schiebt die Abdeckung über uns beiseite. Licht dringt zu mir herunter.

»Und jetzt vom Auto zurücktreten!«, ruft die Stimme.

Die Lippen des Jungen formen ein Wort: Mum. Und dann ertönt ein Knall.

»Ich komme zurück, ich verspreche es!«

Hunters Worte. Jasmines Worte.

»Geht es dir gut?«

Ich stütze mich auf meine Unterarme und taste nach der pochenden Stelle an meinem Hinterkopf. »Ja.« Doch während meine Mutter Caius aus dem Raum schickt und Colin mir auf die Beine hilft, kann ich nur an die letzten Worte denken, die Sol Riviera auf dieser Erde gehört hat. *Vom Auto zurücktreten.* Warum hat mein Vater das gesagt, wenn nicht, weil –

Obwohl mein Kopf schwirrt, richte ich mich auf. »Bring uns hier raus, Mum!« Sie hält in ihrer Bewegung inne. »Wir müssen durch die unterirdische Bibliothek zurück in den Park. So schnell wie möglich.«

»Und dann?« Mum verschränkt die Arme vor der Brust. »Soll ich zusehen, wie deine Hinrichtung live auf CCN übertragen wird?«

Tränen kribbeln in meinen Augen. »Das wäre doch die perfekte Rache an Dad, oder nicht?« Ich atme gegen den Druck in meiner Brust an. »Bitte«, presse ich hervor. »Du bist die Frau, die ihr Leben aufgegeben hat, um die Freiheit dieses Landes zu retten. Wenn irgendetwas von dieser Frau noch übrig ist, dann lass mich gehen. Lass mich das hier zu Ende bringen – denn ich glaube, ich weiß, wie.«

Benji stemmt die Gedenkplatte nach oben. »Bist du dir sicher, dass du da rausgehen willst?«

Ich klettere durch die Öffnung auf die Wiese und sehe hinüber zu den Bäumen, hinter denen die Innenstadt wartet. »Ja«, antworte ich trotz des Klumpens in meinem Magen, der immer größer wird.

Ich schaue zurück zu dem wuchtigen Bibliotheksgebäude. Mum hat mich gehen lassen. *Weil ich ihr nichts mehr nütze?* Der Gedanke schleicht sich in meinen Kopf. Ich weiß, dass das nicht die ganze Wahrheit ist. Aber es ist ein Teil. Und das ist schmerzhaft genug. Kurz glaube ich, am Fenster des dritten Stocks einen Schatten zu erkennen, doch er verschwindet, sobald ich blinzle. *Auf Wiedersehen, Mum.*

Benji schließt die Klappe hinter Colin und Jasmine.

»Woher wusstet ihr, dass ich hier bin?«, frage ich, kaum dass wir allein sind.

»Von Hunter«, sagt Colin. »Er hat versucht, Jas anzurufen, als sie mich gerade vom Bahnhof abgeholt hat. Jas hatte Angst, ihren Check zu benutzen. Deshalb haben wir Hunter von meinem Handy aus zurückgerufen.«

»Er hat uns gebeten, dich sicher zurück zum *Shine* zu bringen«, ergänzt Jasmine.

»Und er hat uns von der Operation Rise erzählt.« Colins Miene verdunkelt sich. »Ich … ich hatte keine Ahnung von den Anschlägen, das musst du mir glauben. Sonst hätte ich niemals bei der *Sonne* mitgemacht.«

»Schöpft Yael Verdacht, dass wir nicht auf ihrer Seite stehen?«

Ein müdes Lächeln huscht über Colins Gesicht. »Könnte man so sagen. Hunter hat die komplette *Sonne* im Loft eingesperrt und zusammen mit Ocean die IT-Zentrale eingenommen.«

Ich seufze auf. *Hunter und Ocean werden die Attentate auf die Camps stoppen. Chloes Mörder sind eingesperrt!* Und am wichtigsten von allem: *Hunter ist in Sicherheit.*

Jasmine hat den eleganten grauen Viertürer ihres Vaters am Bahnhof geparkt. Dankbar lasse ich mich auf den Sitz hinter den getönten Scheiben fallen und atme zum ersten Mal, seit wir den Park verlassen haben, richtig durch.

»Kannst du mir jetzt bitte verraten, warum wir nicht zum *Shine* fahren?«, fragt Jasmine. »Colin und ich haben eine sichere Route!«

»Wir brauchen immer noch einen Beweis für ReNatura«, sage ich, ziehe mir die Sonnenbrille von der Nase und nehme die Baseballcap ab. Eine peinlich klischeehafte Tarnung, die Colin mir gegeben hat, aber sie hat funktioniert, denn auf dem Weg von der Bibliothek zum Auto wurde ich von niemandem erkannt.

»Aber Hunter sagte, du hättest einen Beweis.« Verwirrt dreht sich Jasmine zu mir um.

»Wir haben uns geirrt«, erwidere ich. »Aber ich glaube, ich weiß jetzt, wo ich den Beweis herbekomme.« Ich lehne mich nach vorn. »Also fahr, bitte!«

Jasmine lässt den Motor an. Ich würde alles darum geben, wenigstens kurz mit Hunter zu sprechen, ihm zu sagen, dass ich bald zurück bin. Aber die Kommunikation ist nicht sicher – Hunters Telefonat mit Jasmine war schon ein enormes Risiko.

Sie flucht, als sie den Motor an einer Ampel abwürgt. »Sorry, ich bin Dads Schaltwagen nicht gewohnt. Und mein Cabrio steht noch beim Coach.«

Es kommt mir vor, als wären Jahre vergangen, seitdem wir uns in Queens von Jasmine verabschiedet haben, dabei ist es noch nicht mal eine Woche her.

»Was ist eigentlich beim Dinner schiefgegangen?«, frage ich. »Warum hast du Ocean nicht geantwortet?«

»Der Abend ist anders gelaufen als geplant. Obwohl zuerst alles gut zu gehen schien.« Sie seufzt. »McCarty hat nichts kapiert, ich glaube sogar, er mochte mich. Nicht zu sehr, keine Sorge«, fügt sie hinzu, als sie Colins Blick bemerkt. »Das Problem kam nach dem Dinner. McCarty bestand darauf, mich direkt im Anschluss in einem der Regierungswagen nach Hause zu fahren. Ich konnte ihn schlecht bitten, mich zurück zum Coach zu bringen, also ließ ich mich bei meinen Eltern absetzen, wo ich seitdem geblieben bin.« Sie hebt entschuldigend die Schultern. »Ich wollte euch schreiben, aber es wäre zu gefährlich gewesen. Über den Synchron hätten meine Eltern alle meine Chats lesen können, die Anrufliste gesehen … Und die Mission war ja sowieso gescheitert. McCarty und ich waren keinen Moment lang allein, selbst im Auto war sein Fahrer dabei.«

»Die Hauptsache ist, dass du heil aus allem rausgekommen bist«, sage ich und sehe aus dem Fenster.

Die Vorstadtviertel fliegen an uns vorbei. Dann fährt Jasmine langsamer. Ich bin nicht auf die Welle von Gefühlen vorbereitet, die über mich hereinbricht, als wir in die Straße mit den ordentlichen Vorgärten und für die Parade geschmückten Hauseingängen einbiegen. Ich schließe die Augen. Der Stick war nicht in dem Karton mit Sols persönlichen Dingen. Das könnte bedeuten, dass die Kristallisierer ihn konfisziert haben – aber dann hätten sie auch Sols Papiere beschlagnahmen müssen. Also gibt es nur noch eine Möglichkeit. Denn in der Nacht ihrer Flucht hat Dad Sol befohlen, vom Auto zurückzutreten. Und sie musste sterben, weil sie diesem Befehl nicht gehorcht hat …

»Skye!« Colins Stimme reißt mich aus meinen Gedanken.

Ich sehe auf. Jasmine hat vor unserem Haus geparkt. Unser Haus mit seiner Veranda, dem frisch gemähten Rasen und dem Klettergerüst, das Dad bis heute nicht abgebaut hat. Doch Colin weist auf das Nachbarhaus. Und auf die Gestalt, die dort vor der Tür zu Boden gesunken ist.

Jasmine ist die Erste, die sich rührt. Sie macht sich nicht die Mühe, die Fahrertür zu schließen, läuft durch das Gartentor und geht neben Elias in die Knie.

»Elias!«

Er hebt den Kopf. »Meine Eltern, Jas.«

Colin und ich wechseln einen Blick. Wir wissen beide, dass wir Elias nicht trauen können. Aber seine Verzweiflung ist echt. Kalte Angst durchfährt mich. *Warum waren Deirdre und Tom nicht am Bahnhof?* Wir steigen aus und gehen durch den Vorgarten auf die Veranda zu, wie man sich einem wilden Tier nähert, vorsichtig und langsam.

»Was ist denn passiert?«, fragt Colin.

Elias antwortet nicht. Er scheint uns noch nicht einmal wahrzunehmen. Jasmine steht auf und versucht, einen breiten Klebestreifen abzuknibbeln, der die Tür versiegelt. Es ist nicht das typisch gelbschwarz-gestreifte Klebeband, mit dem Tatorte abgesperrt werden. Dieses hier ist weiß und das daran befestigte Dokument trägt ein schimmerndes Kristallsymbol. Ich nehme es Jasmine aus der Hand. *»Objektsperrung nach Entfernung gefährlicher Individuen«*, lese ich ungläubig vor. Darunter steht kleingedruckt: *Nach Feststellung der Untreue werden Deirdre und Tom Craft zum Schutz unserer Bürgerinnen und Bürger aus der Volksgemeinschaft ausgestoßen.*

Entsetzt starren wir uns an.

»Das heißt noch nichts«, versucht Colin, seinen früheren Freund zu beruhigen.

Aber Elias schüttelt nur den Kopf. »Sie werden Mum und Dad vor eins der neuen Klarheits-Gerichte stellen, genau wie alle anderen, die wegen Untreue verhaftet wurden. Der Konsiliar hat gesagt –« Elias stockt, doch auf einmal packt Colin ihn am Kragen.

»Was hat er gesagt?«

Seine Wangen sind kalkweiß und ich erinnere mich an seinen verschwundenen Vater. An die Vermisstenlisten der *Sonne.* An die verhafteten Flüchtlinge. Untreue Jugendliche werden umerzogen – untreue Erwachsene können sich die Kristallisierer nicht mehr zurechtbiegen. *Sie haben keinen Platz in den Gläsernen Nationen der Zukunft.*

»Er hat gesagt, es sind zu viele.« Tränen strömen über Elias' Gesicht, und mir wird klar, dass ich ihn noch nie weinen gesehen habe.

»Niemandem wird etwas passieren, wenn er unschuldig ist«, sagt Jasmine. Doch ihre Stimme klingt unsicher.

Colin und ich wechseln einen Blick.

»Wir wissen alle, dass das nicht stimmt«, sage ich fest. *Wer das System bedroht, wird sterben.* »Aber es ist noch nicht zu spät, die Kristallisierer aufzuhalten. Wartet hier auf mich!«

Mit fliegenden Beinen laufe ich durch Deirdres Vorgarten. Mein Herz schlägt mir bis zum Hals, als ich vor unserer Haustür ankomme. Ist Dad zu Hause? Er wird wohl kaum zum Bahnhof gefahren sein, schließlich hat man ihm sicher mitgeteilt, dass ich aus dem Zentrum verschwunden bin – mit welcher Erklärung auch immer. Ich krame den Ersatzschlüssel unter der Fußmatte hervor und schiebe ihn ins Schloss.

Drinnen empfängt mich ein vertrauter Geruch, eine Mischung aus unserem Waschmittel und Dads Aftershave. Ich halte einen Moment inne, aber es rührt sich nichts. *Ich bin allein.* Wahrscheinlich ist Dad schon auf der Parade. Erleichtert atme ich auf. Ich weiß nicht, ob ich noch genug Kraft besessen hätte, meinem Vater und seiner unumstößlichen Treue gegenüberzutreten.

Wo ist der Stick? Sein Versteck zu finden ist meine letzte Hürde, jetzt, wo ich sicher sein kann, dass Dad sich mir nicht in den Weg stellt. *Denk nach!* Ein Blick auf die Küchenuhr verrät mir, dass es schon halb zwei ist. Hunter wird spätestens jetzt beginnen, sich zu fragen, wo ich bleibe …

Ich sprinte die Treppenstufen hinauf und bete, dass ich mich nicht irre. Dass Dad den Stick damals wirklich an sich genommen hat. Und dass er ihn hier im Haus versteckt. *Wenn, dann kann er nur an einem Ort sein.* Ich öffne die Tür zum Arbeitszimmer meines Vaters – und ziehe erschrocken die Luft ein. Denn wider Erwarten sitzt dort jemand am Schreibtisch.

Unruhig laufe ich zwischen den Tischreihen der IT-Zentrale auf und ab. Nach all den unbeantworteten Nachrichten der letzten Tage war es ein Wunder, dass mein Hilferuf funktioniert hat. Und jeder Zweifel an Jasmines Loyalität hat sich in Luft aufgelöst, als ich hörte, dass Colin bei ihr ist. *Aber wo bleiben sie jetzt?*

»Jasmine wird dafür sorgen, dass Skye nichts passiert«, versucht Ocean, mich zu beruhigen. »Sie ist ziemlich gerissen.«

Doch ich kann Skyes Fahndungsfoto nicht aus meinem Kopf vertreiben. »Sie sollten schon längst hier sein«, sage ich angespannt. »Irgendetwas stimmt da nicht.«

Ocean sieht von seinem Monitor auf. »So langsam machst du mich nervös, Hunter.«

Ich atme tief durch. »Sorry, Kumpel. Hat mit den Abbruchnachrichten an die Camps alles geklappt?«

»Versendet sind sie«, erwidert Ocean. »Wir können nur hoffen, dass die Bomben nicht trotzdem gelegt werden.«

Er lächelt zuversichtlich, doch seine Hände auf der Tastatur zittern. Nach meinem Telefonat mit Jasmine und Colin hat Ocean mir seine größte Angst anvertraut: als Verräter exekutiert zu werden, ohne sich von seinen Eltern verabschieden zu können. *Wir hätten ihn niemals hier mit reinziehen dürfen ...* Ich reiße mich zusammen. Schuldgefühle helfen Ocean jetzt nicht weiter. Irgendwie muss ich es schaffen, ihn abzulenken, bis Skye zurückkommt und wir wieder etwas zu tun haben.

Ich gehe zu meinem Rucksack, den ich heute Morgen schon unbemerkt in die IT-Zentrale geschmuggelt habe, und krame den MP3-Player aus der Seitentasche. Ich will gerade von Mums Aufnahme zurück zu Oceans Playlist wechseln, als ich ganz unten in der Liste einen zweiten unbenannten Ordner entdecke. Ungläubig starre ich auf das winzige Symbol. Ist es möglich ...?

»Hunter?«

Ich drehe mich zu Ocean um. Seine Augen weiten sich erstaunt, als er seinen MP3-Player in meiner Hand erkennt.

»Wo hast du den denn her?«

»Die Frage ist nicht, wo er herkommt, sondern wo er uns vielleicht hinführt«, murmele ich. Werde ich gleich noch einmal die Stimme meiner Mutter hören? *Und was hat sie mir dieses Mal zu sagen?*

Ich entwirre die Kabel des Kopfhörers und reiche Ocean den einen. Mit klopfendem Herzen drücke ich auf Play.

»Mein Name ist Sol Riviera. Ich bin auf dem Campus der Long Island Universität.« Mums Stimme zittert. *»Ich habe Grund zu glauben, dass Chloe Cremonte meinen Ehemann Matteo Riviera ermordet hat. Falls ... falls Sie diese Aufnahme finden und mir etwas passiert ist, bringen Sie bitte meinen Sohn Hunter zu Reka und Daniel Faray, 203 Church Street, Brooklyn.«*

Ich schließe die Augen. Sie hat zuerst an mich gedacht. *Wie immer hat sie zuerst an mich gedacht.* Ich taste nach Mums Schmuckanhänger mit dem grünen Stein, den ich in meiner Tasche trage, und wappne mich für das, was kommt.

Schritte erklingen. »*Was machst du hier, Mason?*« Chloes Stimme klingt gedämpft. Mum ist zurückgegangen! Sie muss vor Chloes Tür stehen ...

»*Nach unserem aufgehenden Stern am Politikhimmel sehen. Dein Tag war sicher anstrengend, erst die Gedenkfeier und dann ein Besuch von der Times. Obwohl Mrs. Riviera wohl nicht in ihrer Funktion als Chefredakteurin hier war, oder?*«

»*Sie hat sich nach Matteo erkundigt. Ich habe sie auf denselben Stand wie alle Nachrichtensender gebracht, dass er sich vor Verzweiflung über die Eskalation der falschen Entführung umgebracht hat.*«

»*Und das glaubt sie?*«

»*Zumindest wird sie nie das Gegenteil beweisen können.*«

Eine Weile höre ich nur das leise Summen des Players.

»*Ich habe dich unterschätzt, Chloe.*« Ich muss mich konzentrieren, um Kendricks Worte zu verstehen. »*Riviera den Kopf hinhalten zu lassen, war genial. Ebenso genial, wie die vollkommen hysterische Reaktion deiner Mutter als lebendigen Beweis für die Führungsunfähigkeit Emotionaler zu nutzen. Ich hätte wirklich nicht gedacht, dass du es allein nach oben schaffst, als du vor ein paar Wochen mein Angebot abgelehnt hast.*«

Angebot? Also hat Kendrick Chloes politische Karriere unterstützen wollen, wahrscheinlich mit Geld. Aber was hat er im Gegenzug verlangt?

»*Weil du mich immer unterschätzt, Mason.*« Die Stimme des Kristalls ist kühl.

»*Zumindest hätte ich nie für möglich gehalten, dass du den Tod von 49 Erstsemestern in Kauf nimmst. Waren sie auch Teil deines Plans?*«

»Selbstverständlich nicht!«

»Wut steht dir nicht, meine Liebe. Außerdem ist sie fehl am Platz, immerhin hast du Riviera auf dem Gewissen. Ein überraschender Schachzug, muss ich sagen.«

»Was hätte ich denn tun sollen? Matteo war kurz davor, alles zu zerstören. Er wollte die Wahrheit über die Entführung öffentlich machen.«

»Warum hast du ihn überhaupt ins Boot geholt?«

Chloe seufzt. *»Ich brauchte einen Schuldigen für die Polizei. Aber ich versprach ihm, dass seine Identität nicht an die Öffentlichkeit gerät. Und in den Gläsernen Nationen wäre ihm eine einflussreiche Position sicher gewesen. Doch er ließ sich nicht überreden. Die Traits müssten sich von alleine durchsetzen oder gar nicht, sagte er.«*

»Also hast du ihm eine Überdosis meines leider erfolglosen Medikaments verabreicht?«

»Ich habe gehofft, damit würde es schnell und schmerzlos gehen und –«

»Und ohne Blut«, vollendet Kendrick. *»Wie genau hast du es getan?«* Die morbide Neugier in Kendricks Stimme stößt mich ab.

»Ich ... ich habe das Kristallin in ein Glas Brandy geschüttet. Das hatte ich ihm angeboten, weil er sich so furchtbar aufgeregt hat, als ich ihm von meinem Plan erzählte.« Chloes Stimme bricht ab.

»Also hast du aus Kristallin kurzerhand eine Mordwaffe gemacht.« Kendricks Lachen klingt halb belustigt, halb anerkennend, als wäre das eine gelungene Leistung in einem Spiel. *»Da waren die Jahre, die ich in die Entwicklung gesteckt habe, wohl doch nicht ganz umsonst.«* Er wird wieder ernst. *»Mein Angebot steht noch, Chloe. Jetzt, wo du ... persönliche Erfahrungen mit Kristallin gesammelt hast, bist du vielleicht nicht mehr ganz so abgeneigt.«*

»Warum willst du die Herstellungslizenzen überhaupt zurück, wenn du Kristallin sowieso nicht verkaufen kannst?«, fragt Chloe.

»Es ist kompliziert.«

»Und ich bin unfähig, komplizierte Zusammenhänge zu verstehen?«

»Nein, nein, natürlich nicht.« Er macht eine Pause. *»Wenn man Kristallin im Flüssigzustand inhaliert, dann kann es, wie soll ich sagen, leichte Halluzinationen auslösen.«*

»Du willst dein gescheitertes Medikament als Droge verkaufen.«

»Du solltest doch am besten verstehen, dass kleinere Übel für das große Ganze in Kauf genommen werden müssen. Mit den Gewinnen, die Pharma-Con durch Kristallin erzielt, können neue Medikamente entwickelt werden, die vielen Menschen das Leben retten werden! Es macht noch nicht einmal abhängig –«

»Du willst das Geld ausschließlich der medizinischen Forschung zugutekommen lassen?«

»Ich werde die Rendite für jedes Projekt nutzen, das mir unterstützenswert erscheint. Auf die Gefahr hin, mich zu wiederholen – aber wenn du Hilfe brauchst, stehe ich zu deiner Verfügung.«

»Ich brauche kein Geld, Mason. Aber ich wäre an einer anderen Form der ... Kooperation interessiert, wenn du deine privaten Geschäfte aus deinem offiziellen Leben heraushalten kannst.«

»Was genau willst du damit sagen?«

»Ich brauche einen Präsidentschaftskandidaten, jetzt, da Neuwahlen anstehen. Ich bin vor dem Gesetz zu jung für das Amt. Du hingegen brauchst eine Partei, wenn du nicht wieder schon die Vorwahlen verlieren willst. Und natürlich deine kostbaren Lizenzen.«

»Was lässt dich glauben, dass ich noch immer Interesse an einer Präsidentschaftskandidatur habe?«

Jetzt ist es Chloes helles Lachen, das aus dem Kopfhörer erklingt. *»Du willst Macht, Mason, wolltest du immer schon. Und ich bin bereit, dir einen Anteil von meiner Macht zu überlassen, solange du die Interessen der Kristallisierer vertrittst. Wir sind politisch bisher nicht auf derselben Seite gewesen, aber wir haben die gleichen Vorstellungen von erfolgreicher Führung eines Landes.«*

Es folgt eine Pause.

»Wirst du klarkommen, Chloe?«

»Selbstverständlich werde ich das. Und tu nicht so, als seist du unschuldig. Du hast mir das Kristallin verschafft. Wenn du die Phiole nach unserem Gespräch über die Pharma-Con-Lizenzen nicht hiergelassen hättest -«

»Chloe, wirst du damit klarkommen?«

»Meine Gefühle spielen keine Rolle. Nicht, wenn es um die Zukunft der Menschheit geht.«

Ich starre auf den MP3-Player. *Das hast du dir also eingeredet, um dein Gewissen zu beruhigen.*

»Matteo hat das große Ganze nicht verstanden«, fährt Chloe fort. *»Er musste sterben, sonst hätte er aller Welt die Wahrheit über den großen Skandal verraten. Ich musste es tun! Aber von nun an werden die Traits von allein überzeugen. Ich musste mir bloß Gehör verschaffen!«*

»Du brauchst dich nicht zu rechtfertigen. Auf dem Weg zu den Gläsernen Nationen, die du dir vorstellst, werden uns immer wieder schwache Geister begegnen, die den höheren Sinn nicht sehen. Aber wir beide - wir haben eine Vision.«

»Wir beide, also?«

»Wir beide.«

Ich stelle mir vor, wie Chloe und Kendrick sich die Hände schütteln - oder was auch immer man macht, wenn man gerade den Beginn einer Diktatur besiegelt.

»Auf die Vorsitzende der Kristallisierungspartei.«

»Und auf ihren Präsidentschaftskandidaten.« In Chloes Stimme ist nichts von Kendricks Triumph zu hören. Im Gegenteil, sie klingt nachdenklich, wenn nicht sogar besorgt. Doch im nächsten Moment findet sie zurück zu der eiskalten Fassade, die sie stets der Öffentlichkeit zeigt. *»Darauf, dass uns niemand mehr unterschätzt. Und dass mich niemand mehr unterschätzt, Mason.«*

Das Letzte, was ich höre, bevor die Aufnahme endet, ist das Klirren von Glas.

41

Ich denke an meinen Vater. Daran, dass seine Organe eins nach dem anderen den Kampf um Sauerstoff verloren haben, während Chloe ihm beim Sterben zusah. Wieder und wieder hallt ein Satz durch meinen Kopf: *Ich bin bereit, dir einen Anteil von meiner Macht zu überlassen.* Und: *Wir sind politisch bisher nicht auf derselben Seite gewesen.* Die Untertreibung des Jahrhunderts. Ich springe auf und laufe zu meinem Rucksack. Auf Knien durchwühle ich Mums Karton. Schließlich finde ich den Artikel, den ich suche: *Parteiloser Senator zieht Kandidatur zurück.* Als Skye und ich nach Hinweisen auf Kristallinmorde gesucht haben, erschien uns die Information, dass Mason Kendrick in der Vergangenheit schon einmal erfolglos für das Amt des Präsidenten der Vereinigten Staaten kandidiert hatte, nicht wichtig. Auch warum er damals aus dem Rennen flog, hielten wir für irrelevant. Jetzt hingegen … Ich überfliege den Artikel.

Der konservative Senator Mason Kendrick betonte bei mehreren Auftritten die Notwendigkeit »natürlicher Geschlechterrollen« für eine funktionierende Gesellschaft. »Falsch verstandener Feminismus fördert einseitig Frauen im Erwerbsleben, nicht aber Frauen, die Hausfrau und Mutter sind«, so Kendrick. Das müsse sich ändern. »Es ist Aufgabe der Politiker und besonders des Präsidenten, das Leben der Menschen zu verbessern. Dem werde ich mit einem speziellen Förderprogramm nachkommen.« Umfragen zeigen jedoch, dass Mason Kendrick mit seiner Haltung besonders bei jungen Wählerinnen und Wählern Unmut hervorruft.«

Ich lese den Absatz ein zweites Mal, dann ein drittes. *Notwendigkeit natürlicher Geschlechterrollen. Falsch verstandener Feminismus.* Das alles klingt verdächtig nach den Aussagen eines ganz bestimmten Programms. Ich lasse das Blatt sinken. *Gibt es ReNatura schon länger, als ich dachte?* Hat Kendrick es bereits bei seiner ersten Kandidatur entwickelt - Jahre, bevor die Gläsernen Nationen überhaupt gegründet wurden? Ich presse mir die Finger gegen die Schläfen. Skye hat schon damals am Strand daran gezweifelt, dass Chloe die Traits für ReNatura erschaffen hat ...

»Was hat das alles zu bedeuten, Hunter?« Ocean ist hinter mir aufgetaucht, den MP3-Player in der Hand.

Hat Kendrick die Traittheorie ganz einfach benutzt, um ReNatura zu legitimieren? Hat er Chloe benutzt?

Warum zur Hölle ist mir nicht schon vorher aufgefallen, dass sich Kendricks frühere Aussagen exakt mit denen des Programms decken?

Ich stehe auf. »Es bedeutet, dass Chloe Cremonte im Kampf gegen ReNatura vielleicht auf unserer Seite ist«, sage ich. Vielleicht war es nicht sie, die uns in Angelas Wohnung töten wollte. Vielleicht hofft sie insgeheim, dass Skye und ich ReNatura ein Ende bereiten ...

Ich zucke zusammen, als ein metallisches Geräusch vom Fenster zu uns hereindringt. Dann höre ich Stimmen. Ich sehe in Oceans aufgerissene Augen, und mit einem Schlag wird mir klar, dass wir bei unserem genialen Plan, die *Sonne* im Loft einzusperren, ein entscheidendes Detail vergessen haben. *Die Feuertreppe.*

Skye.« Der Schreibtischstuhl gibt ein leises Quietschen von sich, als Dad sich zu mir umdreht. »Du weißt es, oder?«, fragt er leise. Mein Vater sieht noch genauso aus wie vor einem Monat, als er mich zur Central Station brachte und mir auftrug, meinen Platz zu verteidigen. »Du weißt es«, wiederholt er. »Sonst würdest du dich nicht in deinem eigenen Zuhause bewegen wie eine Fremde.«

Ich betrachte den Mann, den ich zu hassen versuche, seit Hunter mir die Wahrheit erzählt hat über die Nacht, in der unsere Mütter fliehen wollten. Doch statt eines Monsters sitzt derselbe Vater vor mir, den ich nie aufgehört habe zu lieben.

»Was weiß ich, Dad?« Meine Finger umklammern den Türgriff. *Ich will es aus seinem Mund hören. Ich will verstehen, wie mein Vater zu Sols Mörder werden konnte.*

»Du weißt, warum deine Mutter verschwunden ist. Was sie zur Flucht bewogen hat.« Hinter ihm auf dem Bildschirm seines Computers entdecke ich mein Fahndungsfoto, direkt neben Hunters. Dad folgt meinem Blick. »Und … und du weißt, dass ich für Sol Rivieras Tod verantwortlich bin.«

Kein »Es war nicht meine Schuld«, kein »Mir blieb nichts anderes übrig«. Dad sieht mich einfach nur an und wartet auf meine Reaktion. *Auf mein Urteil?* In seinem Blick liegt der gleiche Schmerz, den ich nun schon seit vier Jahren an ihm beobachte. Ich habe immer geglaubt, es sei der Kummer wegen Mum gewesen. *Aber es war Reue.*

»Warum?« Dieselbe Frage, die ich als Kind tausendmal am Tag gestellt habe. Jetzt verzieht er das Gesicht, als hätte ich ihm eine Ohrfeige gegeben. »Warum, Dad? Warum warst du bereit, für ein Programm zu töten, das uns ins letzte Jahrhundert zurückwerfen wird?«

»Ich weiß nicht, wie genau du herausgefunden hast, was die Kristallisierer planen.« Zum ersten Mal in meinem Leben höre ich Dad von *den Kristallisierern* sprechen statt von *uns.* »Aber angesichts des Drucks, den die Partei auf mich ausübt, seit du aus dem Zentrum geflohen bist, und der Vorwürfe, die jetzt gegen dich erhoben werden, muss es auf ziemlich spektakuläre Weise gewesen sein.« Dad atmet tief ein. »Ich hingegen erfuhr damals durch Zufall von ReNatura. Man erklärte mir, dass ich die Informationen über das Programm unter allen Umständen geheim halten müsse. Die Rettung unserer Gesellschaft würde davon abhängen. Ich wusste nur so viel, wie sie mich wissen ließen. Und was sie erzählten, klang großartig. Eine Welt im natürlichen Gleichgewicht. Weniger Gewalt, weniger Alleinsein, weniger von allem, was uns krank macht. Toleranz für Ausnahmen. Das alles wollte ich schützen.«

Dad holt einen winzigen Schlüssel aus der Tasche seines Jacketts und beugt sich hinunter, um ihn in das Schloss der mittleren Schreibtischschublade zu stecken. Seine Bewegungen sind mechanisch, als hätte er sie in Gedanken schon hundertmal durchgespielt. Mit einem leisen Klack springt die Schublade auf.

»Die ganze Wahrheit habe ich erst erfahren, als es zu spät war.«

Ich starre auf den silbernen Stick in der Hand meines Vaters. *Ich hatte recht.* Mum hat den Stick für immer verloren geglaubt, weil sie dachte, Sol hätte ihn bei sich getragen. Aber etwas an dieser Geschichte passte nicht zusammen. Hunters Mutter ist zurück zum Wagen gegangen, wohl wissend, dass eine Pistole auf ihre Brust gerichtet war. Bevor sie starb, riss sie die Beifahrertür auf. Was Hunter und ich für einen Fluchtversuch gehalten haben, muss eine verzweifelte Tat gewesen sein, um den Stick zu retten.

»Er war im Auto«, spreche ich aus, was ich geahnt habe, seit ich meinen alten Albtraum in der Bibliothek noch einmal durchleben musste.

Dad nickt. »Im Handschuhfach. Den Wagen habe ich noch in derselben Nacht zum Schrottplatz gebracht. Dann habe ich mir angesehen, was deine Mutter herausgefunden hatte.«

Ich lese in seinem Gesicht, was er nicht über die Lippen bringt: *Es hat alles verändert.* Ich schlucke. Dad schiebt den schmalen Stick in den Laptop. Auf dem Bildschirm erscheint ein Dokument mit dem Namen **Manifest**. Meine Augen fliegen über die Überschriften der Seiten, die Dad hinabscrollt. **Aufnahmestopp an höheren Schulen für das emotionale Geschlecht. Natürliche Steigerung der Geburten-**

rate durch Familienförderung und das ProCommunity-Programm. Verantwortungsübernahme des rationalen Geschlechts. Je weiter Dad nach unten scrollt, desto härter werden die beschriebenen Maßnahmen: **Bekämpfung von Untreue einschließlich der Feminismus-Bewegung. Familien- und kinderfreundliche Gestaltung der Gesellschaft, um dem Trend der Selbstabschaffung entgegenzuwirken.**

Und schließlich: **Umsetzung der folgenden Punkte: Gesetzlich festgelegte Mindestzahl von drei Kindern pro Familie. Verbot von Schwangerschaftsabbrüchen. Streichung der Unterstützung für Alleinerziehende. Anerkennung der Gender-Ideologie als verfassungsfeindlich. Verbot widernatürlicher Beziehungen …**

Ich schließe die Augen, doch die Worte verschwinden nicht. »Du weißt es seit vier Jahren.« Mir ist übel.

»Ich wusste, dass ich keine Chance hatte, die Kristallisierer aufzuhalten. Also habe ich das Einzige getan, was noch zählte.« Mein Vater sieht zu mir auf. »Ich habe versucht, dich vor alldem zu beschützen.«

Er erhebt sich schwerfällig von seinem Schreibtischstuhl. »Mir war klar, was kommen würde. Also habe ich dafür gesorgt, dass du in der bestmöglichen Position bist. Als Rationale hättest du das Leben führen können, das ich mir für dich erträumt habe.«

Aufnahmestopp für das emotionale Geschlecht. Ausreiseschutz für naturtypische Frauen. Einschränkung der Geschäftsfähigkeit von E-Bürgerinnen. Die Worte drehen sich vor meinen Augen, verwandeln sich in einen Sog, der alle mit sich zieht, die sich nicht wehren können. Dad wollte mich schützen. Dad wollte dafür sorgen, dass ich nicht mitgerissen werde in eine Welt, die mir die Luft zum Atmen nehmen würde. Ich sehe ihn an, wie er da steht mit hängenden Schultern und grauem Gesicht. Ein Teil von mir ist wütend, dass er mein Wohl über alles andere gestellt hat. Denn wie hätte ich jemals frei sein sollen in einem Land, in dem es niemand sonst mehr ist?

Bevor ich etwas herausbringen kann, stolpert unten jemand in den Flur.

»Skye?« Colins Stimme.

»Hier oben!« Ich laufe ihm entgegen.

Auf der Treppe stoßen wir fast zusammen. Jasmine und Elias sind hinter ihm, ihre Gesichter erhitzt.

»Was ist passiert?« Ich nehme das Handy, das Colin mir reicht.

»Skye?« *Hunter.* Der Klang seiner Stimme lässt mich taumeln. Rau wie der Wind und warm wie die Junisonne.

Ich sinke auf die Treppenstufe unter mir. »Ja. Ich bin's.«

Ich höre, wie Hunter ausatmet. »Die Lage hat sich geändert. Yael, Victor und die restlichen Schützen sind entkommen.«

»Was?«

»Sie sind aus dem Fenster des Lofts geklettert und über die Fassade zur Feuertreppe gelangt. In diesem Augenblick sind sie auf dem Weg zur Kundgebung. Bitte komm, so schnell es geht, zum *Shine.* Ocean lässt dich in die IT-Zentrale, aber du musst dich beeilen. Bald wird sich auch der Rest der *Sonne* aus dem Loft befreien und dann muss er die Zentrale abriegeln, sonst kann er sie nicht halten.«

Er. Ich beiße die Zähne zusammen, als mir dämmert, warum Hunter das Risiko eines Anrufs eingeht. *Tu mir das nicht an ...*

»Ich habe den Beweis, Hunter!«, sage ich hastig. »Ich bringe ihn zu dir, ich bin in zwanzig Minuten da –«

»Das ist zu spät. Yael und die anderen sind schon unterwegs – und der Kristall darf unter keinen Umständen sterben.« Hunters Stimme wird hart. Ich weiß, was das bedeutet. Er schottet sich von seinen Gefühlen ab, bevor sein Auftrag beginnt. *Dieser Anruf ist ein Abschied.*

»Hunter, du kannst das *Shine* auf gar keinen Fall verlassen! Nach dir wird öffentlich gesucht!«

»Die Fahndung darf mich jetzt nicht aufhalten. Deine Zweifel waren begründet, Skye. Chloe steckt nicht hinter ReNatura. Es ist Kendrick! Kendrick allein hat sich das Programm ausgedacht. Wenn Chloe stirbt, haben die Kristallisierer eine Märtyrerin und der Präsident freie Hand! Das dürfen wir nicht zulassen. Geh zum *Shine* und warte dort, bis alles vorbei ist.«

»Nein, Hunter! Bitte –«

»Ich liebe dich.«

Ein erbarmungsloses Tuten verkündet, dass Hunter aufgelegt hat. Ich lasse das Handy sinken.

»Er geht zur Parade«, sage ich tonlos. Ich klammere mich ans Treppengeländer. Vor meinem inneren Auge sehe ich, wie Hunter sich durch die Menge der Besucher drängt. Wie er das Spiegelkarree nach Yael und ihren Leuten absucht. *Du musst etwas tun …* Meine Gedanken kämpfen sich nur mühsam durch den dichten Nebel aus Angst, der alles in mir lahmlegt. Jeden Nerv, jeden Muskel, bis ich nur noch aus Angst zu bestehen scheine. Angst um Hunter. *Etwas tun, irgendetwas …* Über mir erklingen Dads schwere Schritte. *Dad … Das Manifest … Der Stick!* Ich springe auf, renne atemlos die Treppenstufen zurück nach oben.

»Octagon«, keuche ich. »Dad, hast du einen Administratoraccount?«

Als mein Vater nickt, stürme ich an ihm vorbei zu seinem Laptop. Was hat Yael in der IT-Zentrale gesagt? Administratoraccounts können sich auch über Computer auf Octagon einloggen. Ich taste nach dem Stick an der Seite des Laptops. Er glaubt, dass es zu spät ist, aber das Manifest wird Hunter retten. Sobald ich es hochgeladen habe, wird die Regierung die Kundgebung absagen, wie es unser Plan gewesen ist. Ich werfe einen nervösen Blick auf die Zeitanzeige des Monitors. Zwei Uhr. *In einer Stunde kommt Chloe am Spiegelkarree an. In einer Stunde wird Hunter sein Leben riskieren, um die gewaltsame Revolution zu verhindern.*

Meine Finger fliegen über die Tastatur und halten inne, als ich nach Dads Passwort gefragt werde. Ich drehe mich um und sehe in seine grauen Augen. Für einen Moment glaube ich, dass er versuchen wird, mich aufzuhalten. Doch dann beugt er sich vor und tippt eine Zahlenfolge ein. 0306. Der dritte Juni. *Mein Geburtstag.* Meine Finger beginnen zu zittern.

»Du brauchst mich nicht zu schützen.« Dad legt seine Hand auf meine Schulter.

Ich schlucke schwer. »Es wird Gerichtsverfahren geben.«

»Ich weiß«, antwortet er ruhig. »Vielleicht hilft es mir, dass ich gegen die Grenzschließung zu Mexiko und gegen die Wiedereinführung der Todesstrafe gestimmt habe. Vielleicht glauben mir die Richter, dass ich seit vier Jahren versuche, Schlimmeres zu verhindern. Vielleicht auch nicht.« Der Druck seiner Hand auf meiner Schulter verstärkt sich. »Ich habe immer gesagt, dass du so bist wie ich, Skye.« Ich bin überrascht, Tränen in den Augen meines Vaters schimmern zu sehen. »Aber das ist nicht wahr. Du bist stärker als ich. Du bist klüger als ich. Wenn jemand dieses Land vor seinem Untergang bewahren kann, dann du.« Sein trauriges Lächeln verschwimmt vor meinen Augen. »Tu es. Jetzt.«

Er hält mir den Bestätigungspin hin, der gerade auf seinen Check gesendet wurde. Als ich auch diese Zahlen eingetippt habe, öffnet sich das Newsfeed von Dads Octagon-Account. Ich ziehe das Manifest in die Ladebox und schreibe nach kurzem Überlegen nur einen Satz ins Kommentarfeld: *Wollt ihr die Wahrheit über den gläsernen Käfig wissen, in dem wir leben?* Einen winzigen Moment lang schließe ich die Augen und denke an Luce, mit deren Worten die Jagd auf einen Beweis für ReNatura begonnen hat – und mit denen sie nun endet.

»Es tut mir leid, Dad.«

»Das muss es nicht.«

Ich senke meinen Zeigefinger. Und dann sehe ich zu, wie das ReNatura-Manifest in die Welt hinausfliegt.

Ist das nicht der Mann aus den Nachrichten? Der gesucht wird?«

»Der würde sich doch heute nicht auf die Straße wagen. Er sieht ihm bestimmt nur ähnlich.«

Ein scharfer Seitenblick bringt die Leute zum Verstummen. Jetzt glauben sie, einen Unschuldigen belästigt zu haben. Gut so. Im Laufen wische ich mir den Schweiß von der Stirn. Nicht zu schnell gehen. Zu schnell ist auffällig. Yael, Victor und die anderen sind längst am Times Square. Haben sie sich aufgeteilt? Drei Frauen, zwei Männer. Wenn ja, gehen meine Chancen, sie alle rechtzeitig zu finden, gegen null. Die Ansammlung der Besucher wird immer dichter, und ich wünschte, ich hätte Zeit gehabt, mir irgendeine Art von Tarnung zu überlegen. Aber als ich aus dem Fenster der IT-Zentrale sah, wie Yael und ihr Team über die Feuertreppe entkamen, musste ich handeln. Ein paar Meter vor mir flammt rotes Haar zwischen den Leuten auf.

»Yael?« Doch die Frau, die sich umdreht, könnte altersmäßig ihre Mutter sein. »Verzeihung«, murmele ich und dränge mich weiter durch die Menge.

Ich muss Yael finden. Ich muss sie aufhalten!

»Da kommt sie!«

»Der Kristall!«

Die Rufe mehren sich. Anders als die meisten Leute um mich herum muss ich nicht den Kopf recken, um den Festzug zu sehen, der jetzt um die Ecke biegt. Zuerst kommt die Kapelle, die fröhliche Musik spielt. Doch dann ... Ich runzle die Stirn. Anders als in den letzten Jahren sind es nicht die Mitglieder des Rats, die winkend vor Cremontes Wagen herlaufen und sich feiern lassen. Es sind Kinder. Zwanzig, vielleicht dreißig Jungen und Mädchen im Grundschulalter schwingen lachend kleine Fähnchen. Sie tragen weiße Kleider oder Anzüge und aus der Menge ertönt ein kollektives Seufzen. Ich ziehe die Augenbrauen zusammen. Sind diese Kinder einfach nur der neuste Teil der Show? Sollen sie dem

Kristall Sympathiepunkte bringen? Doch als Chloes Paradewagen im Schritttempo heranrollt, verstehe ich. Sie sitzt nicht wie sonst auf der Rückbank eines Cabrios, sondern in einem geschlossenen Auto, dessen Karosserie vollständig aus Glas zu bestehen scheint. Sie hat die Hand zum Gruß erhoben und lächelt, ruhig und gefasst wie immer.

Aber eigentlich hast du Angst. Sonst würdest du dich nicht mit gläsernen und menschlichen Schutzschilden umgeben.

Es folgen Fahnenträger und offene Wagen, aus denen Kristallkonfetti in die Menge geworfen wird.

Dann ist der Festzug an uns vorbei. Ich wende mich ab. Kinder ... Kinder sollen den Kristall vor einem Angriff schützen. Denn wer würde so weit gehen zu schießen, wenn Kinder in der Nähe sind? Ich denke an den kämpferischen Ausdruck in Yaels Augen, an Victors Entschlossenheit - sie werden vor nichts zurückschrecken. So schnell es geht, bewege ich mich durch die Menge. Ich muss zum Times Square gelangen, bevor Chloe aus ihrem Wagen steigt - sonst war alles umsonst.

Ich schiebe mich durch die Menge, ohne darauf zu achten, ob Elias, Jasmine und Colin noch hinter mir sind. Bis zum Beginn der Innenstadt sind wir mit dem Auto gekommen, den Rest mussten wir zu Fuß zurücklegen. Mein Atem geht stoßweise. *Wo bist du?* Wieder einmal verfluche ich meine Körpergröße, die mich nichts als die Kristallanstecker sehen lässt, die hier jeder an der Brust trägt. *Hunter. Ich muss Hunter finden.* Die Menge wird dichter, je näher ich dem Times Square komme.

»Hast du das gesehen?« Um mich herum deuten die Leute auf ihre Checks. Ich ziehe mir Colins Baseballcap tiefer ins Gesicht, doch ich höre, was sie sagen.

»Wer ist Samuel Anderson?«

»Ein Parlamentsmitglied, glaube ich. Der, der die E-Care-Versicherung für Emotionale eingeführt hat. Aber viel wichtiger ist, was er hier schreibt!«

Begriffe wabern durch die Menge. *Bekämpfung von Feminismus. Entfernung gefährlicher Individuen. Commitment-Erklärung.* Sie werden von Mund zu Mund getragen. Fragend, schockiert – und vor allem eins: ungläubig. Ich beiße die Zähne zusammen. Haben wir uns verschätzt? Ist das Vertrauen der Menschen in die Regierung so groß, dass sie sich nicht auf unsere Seite stellen werden, obwohl wir ihnen den Grund dafür auf einem Silbertablett präsentieren? Mein Check zeigt 14:50 Uhr an. In zehn Minuten beginnt die Kundgebung. Ich beschleunige meine Schritte. Vorbei an den Türmen der Administration. Vorbei an verständnislosem Kopfschütteln. Das Wort *Fake News* dringt an meine Ohren. Ich fahre herum, will den Leuten erzählen, was ich mit eigenen Augen gesehen habe – erinnere mich aber gerade noch rechtzeitig an die Fahndung. Niemand darf mich hier erkennen. *Finde Hunter. Halte die Sonne auf. Dann sehen wir weiter.* Keuchend erreiche ich wenige Minuten später den Times Square. Die Mitte des Platzes ist leer bis auf eine extra für Chloe Cremontes Ansprache errichtete Bühne. Absperrungen halten die Leute zurück. Die riesigen Bildschirme an den Hochhausfassaden strahlen in den Farben der Gläsernen Nationen, Weiß, Silber und Blau. Gleich werden sie Chloe Cremontes Gesicht zeigen, während sie ihre Ansprache hält. Meine Hände verkrampfen sich. *Wo bist du, Hunter?* Auf dem Weg hierher hat Colin versucht, ihn zu erreichen, aber Yanas Handy, das Hunter genutzt hat, antwortet nicht. Ich drehe mich um die eigene Achse auf der Suche nach den dunkelblonden Locken und den smaragdgrünen Augen, in die ich mich verliebt habe.

Ich schlucke. Es stimmt. *Ich liebe dich.* Liebe. Das stärkste aller Gefühle und gleichzeitig das, vor dem ich mich immer am meisten gefürchtet habe. Weil es eine Macht über mich hat, die ich nicht kontrollieren kann.

Musik ertönt. Die Nationalhymne. Ich sehe, wie sich der Festzug auf die Mitte des Platzes zubewegt. *WO BIST DU?* Die Kapelle und eine Gruppe von Kindern stellen sich vor der Bühne auf. Mein ganzer Körper spannt sich an, als Chloes Wagen auf den Platz fährt. Und dann sehe ich ihn.

Auf der gegenüberliegenden Seite des Times Square bahnt Hunter sich einen Weg durch die Menge. Auf einmal verschwinden die Geräusche um mich herum. Ich höre keine Musik mehr und keine Hochrufe, nur noch meinen eigenen, hämmernden Herzschlag. Links von der Bühne entdecke ich Yael. Sie steht direkt hinter der Absperrung. Mein Blick fährt zur anderen Seite. Da ist Victor, der mit einer Hand die Glasscherbe umfasst hält, die er um den Hals trägt. Neben ihm erkenne ich die Frau mit den dunklen Haaren, die uns als Cora vorgestellt wurde. Sie schauen Chloes Wagen entgegen. Hunter drängt sich weiter durch die Menge, er hat die Absperrung und Yael jetzt fast erreicht. *Aber selbst wenn er sie aufhält, werden die anderen schießen!*

Und dann wird mir klar, dass Yael gar nicht Hunters Ziel ist. Er scheint sie noch nicht einmal wahrzunehmen. Stattdessen schiebt er sich an der Absperrung entlang, weiter durch die Menge in Richtung der Bühne, vor der Chloes Wagen in wenigen Sekunden zum Stehen kommen wird. Mein Herz setzt aus. *Sie* ist sein Ziel. Chloe Cremonte, die Frau, die keine Märtyrerin werden darf. Die Hunter mit seinem Leben schützen wird, um uns alle zu retten.

»NEIN!«

Der Schrei, der sich meiner Kehle entringt, geht in der Musik und dem Jubel unter. Verzweiflung legt sich wie eine kalte Faust um meine Kehle.

Und dann laufe ich.

42

Es ist ein eigenartiges Gefühl, wenn man genau weiß, was gleich passieren wird – und man das Unausweichliche trotzdem nicht verhindern kann.

Ich sehe, wie Hunter auf der anderen Seite des Platzes über die Absperrung springt und an den Ordnungswahrern vorbei auf die Mitte des Platzes zusprintet, wo der Kristall in diesem Moment aus dem Paradewagen steigt. Ich sehe nicht, wie fünf Mitglieder der *Sonne* ihre Pistolen entsichern. Aber ich weiß es. Ohne nachzudenken, klettere ich ebenfalls über die Absperrung und renne um zwei Leben.

Dann fällt ein Schuss.

Die Stille, die nun folgt, ist unendlich laut. Vor dem Wagen des Kristalls liegt ein regloser Körper. Ich sinke neben ihm auf die Knie. Da ist Blut, viel zu viel Blut, um es jemals stillen zu können.

»Es tut mir so leid«, flüstert er. Seine Lippen sind blass. Behutsam ergreife ich seine Hand, streiche über seine Wange. Um mich her geschehen tausend Dinge gleichzeitig. Colin fängt Jasmine auf, bevor sie zu Boden sinkt. Ordnungswahrer bringen die Kindergruppe hinter der Bühne in Sicherheit. Victor wird aus der Menge gezogen und festgenommen, während sich Personenschützer um den Kristall aufstellen. Nichts von alldem erscheint mir real.

»Warum hast du das getan?« Meine Stimme ist kaum hörbar, doch er versteht mich.

»Ich bin aufgewacht. Genau wie … wie du es wolltest.« Elias' Gesicht ist schmerzverzerrt. »Weißt du nicht mehr?«

»Doch«, wispere ich und denke an die Nacht, in der ich mich ins

Zentrum der Jungen geschlichen habe. »Doch, ich weiß es noch.« Ich umklammere seine eiskalten Finger, als könnte ich ihn so bei mir halten.

»Es –«

»Streng dich nicht an!« Ich zwinge meine zitternden Lippen zu einem Lächeln. »Gleich kommt Hilfe. Jeden Moment kommt Hilfe, okay?« Sein Gesicht verschwimmt vor meinen Augen.

Elias drückt meine Hand. »Es … es war noch nicht zu spät, oder?«

Jetzt laufen die Tränen haltlos über mein Gesicht. »Nein, es war noch nicht zu spät.« Ich halte ihn fest, klammere mich an seine Schultern, die früher so stark waren. »Du hast uns gerettet! Deine Eltern werden freigelassen. Mit der Kristallisierung ist es vorbei.«

»Das ist gut.« Gewittergraue Augen schließen sich und ich gebe einen erstickten Laut von mir. »Es war gut.«

Sanitäter umschwärmen uns. Sie ziehen mich von Elias weg und hieven seinen schlaffen Körper auf eine Trage. Als sie ihn in den Rettungswagen schieben, weiß ich, dass ich ihn nie wiedersehen werde. Meine Kraft verlässt mich wie die Luft, die ich ausatme. Ich beobachte, wie Colin und Jasmine zu Elias in den Krankenwagen steigen. Die Leere in mir droht mich zu ersticken.

»Skye!«

Da ist Hunter, der sich mit aller Kraft gegen die Ordnungswahrer wehrt, die ihn festhalten. Wie in Trance laufe ich zu ihm und drücke mein Gesicht an seins, voller Schuldgefühle über den Funken Glück, der in mir glimmt, weil *sein* Herz noch schlägt. Um uns herum fliehen die Menschen in alle Richtungen. Ordnungswahrer und Polizisten versuchen, das Chaos unter Kontrolle zu bringen. Vergeblich.

»Es ist alles vorbei, Hunter.« Ich hebe den Blick und sehe ihm in die Augen. »Die Leute glauben uns nicht. Ich habe das Manifest hochgeladen, aber sie glauben nicht, was sie lesen!«

Hunters Lippen berühren mein Ohr. »Sie werden glauben, was sie hören.«

»Was meinst du –« Bevor ich meinen Satz beenden kann, zerren die Ordnungswahrer uns auseinander.

Niemand achtet auf den Schrei, den ich ausstoße. Die Leute wollen nur weg von dem Platz, aus der Schusslinie kommen, sich in Sicherheit bringen. Aber die angrenzenden Straßen sind eng und ebenfalls voller Menschen. Sie sitzen in der Falle.

Doch nicht alle versuchen zu fliehen. Jemand bewegt sich gegen den Strom. Ich erkenne einen flammend roten Haarschopf.

»Hunter!«, brülle ich.

Yael stürmt auf uns zu. *Nein,* korrigiere ich mich. *Auf etwas hinter uns. Auf jemanden.*

Ich reiße meinen Arm aus dem Griff des Ordnungswahrers und sehe aus den Augenwinkeln, dass Hunter sich ebenfalls befreien kann. Gemeinsam sprinten wir auf Chloe Cremonte zu, die wie erstarrt neben ihrem Paradewagen steht. Einer der Personenschützer redet auf sie ein, will sie dazu bewegen, zurück ins Auto zu steigen. *Warum geht sie nicht in Deckung?* Bevor wir sie erreichen können, zerreißen vier Schüsse die Luft. Cora fällt dort, wo gerade noch die Kapelle und die Kindergruppe gestanden haben, zu Boden. Ein auf der Bühne postierter Personenschützer lässt seine Waffe sinken.

»Steigen Sie endlich in den verdammten Wagen!«, schreie ich.

Doch Chloe Cremonte rührt sich nicht. »Skye Anderson.« Atemlos bleibe ich vor ihr stehen. »Ich habe dich unterschätzt.« Erst jetzt bemerke ich die langen Ärmel ihres weißen Hosenanzugs, den hochgeschlossenen Kragen. *Die Kleider des Kristalls sind kugelsicher,* denke ich. Aber deshalb ist sie doch noch lange nicht unangreifbar!

Einige Meter von uns entfernt überwältigen Polizisten Yael und ringen sie zu Boden. »Es sind noch zwei weitere Attentäter in der Menge!« Adrenalin pumpt durch meine Adern, als Chloes Männer ihre Waffen auf mich richten. »Bitte!« Meine Stimme überschlägt sich. »Bitte, Sie müssen in den Wagen steigen!«

Chloe nickt einem ihrer Personenschützer zu, der sich daraufhin eilig entfernt und in sein Headset spricht. Den anderen bedeutet sie mit einer Handbewegung, die Pistolen zu senken. Dann lächelt sie so seelenruhig, als säßen wir bei einer Tasse Kaffee in ihrem Büro.

»Als ich von dem Mädchen gehört habe, das Beweismaterial für ReNatura aus dem Zentrum geschmuggelt hat, hielt ich dich zuerst, anders als der Rest des Rats, nicht für eine Gefahr. Aber ihr habt ganze Arbeit geleistet, du und dein … Rebellenfreund.«

Sie wirft einen Blick über ihre Schulter. Hunter steht mit erhobenen Händen neben dem Wagen. Zwei von Chloes Personenschützern zielen mit ihren Waffen auf seine Brust.

»Sie wollen das doch auch nicht!«, ruft er, als Chloe ihn ansieht. »Mason Kendrick hat sich ReNatura ausgedacht, nicht wahr? Zwingt er Sie mitzumachen? Oder tun Sie das, um Ihre Macht zu behalten, genau wie Sie damals für Macht –«

Chloe Cremonte hebt die Hand und einer der beiden Männer zwingt ihn in die Knie. »Hunter Riviera.« Der Kristall wendet sich zurück zu mir. »Was erzählt er da?«

Ich reiße meinen Blick nur mühsam von Hunter los. »Wir … wir denken, dass Sie ReNatura gar nicht zustimmen. Dass Kendrick Sie gezwungen hat mitzumachen –«

Ein perlendes Lachen unterbricht mich, kalt wie ein Gebirgsbach. »Mason Kendrick hat mich zu gar nichts gezwungen. Jetzt schau nicht so erstaunt.« Chloe lehnt sich gegen die geschlossene Tür des Wagens. »Es stimmt, die Rückkehr zur Natur war sein Plan, von dem ich erst erfuhr, nachdem meine Traits ihn zum Präsidenten gemacht hatten.« Sie verzieht kaum merklich das Gesicht. »Ich erkannte ReNatura als das, was es ist: ein antifeministisches Streitprogramm, geboren aus der Angst schwacher Männer. Also habe ich getan, was Frauen seit Jahrhunderten tun. Ich habe mitgespielt – oder zumindest habe ich es so aussehen lassen.«

»Die Institute –«

»Ganz richtig. Nur über meine Leiche hätte ich meine Traits von

Mason und seinen ReNatura-Jüngern in die Fesseln der Neuzeit verwandeln lassen. Ich habe mich vorbereitet. Mehr als die Hälfte aller obersten Testleiter sind Frauen.«

Caroline. Ich denke an die strenge oberste Testleiterin, die ich für ein Muster der Systemtreue gehalten habe. *Dabei gehörte sie die ganze Zeit zum geheimen Team des Kristalls.*

»Ich habe mir Frauen ausgesucht, denen ich trauen kann, und die Institute geschaffen, um Mädchen mit Potenzial zu starken Anführerinnen auszubilden, die für ihren Platz kämpfen werden. Ich habe Leandra Kingston zur Chefin der Ordnungswahrer gemacht. Evanna Salem leitet das ProCommunity-Programm. Kendra Singh hat Octagon erschaffen. Ich habe auf Zeit gespielt, Skye. Genau wie Kendrick und seine Freunde. Und ich hätte gewonnen.« Die Augen des Kristalls funkeln.

Wir haben ihre Pläne durchkreuzt … Kalte Angst durchschießt mich.

In diesem Moment nähert sich der Personenschützer mit dem Headset dem Wagen. »Wir haben sie, mein Kristall. Jim Rodnick und Annabella Stone.« Ich sehe zu der blonden Frau, die sich mit aller Kraft gegen den Griff der Polizisten wehrt, und dem Mann, der den Blick gesenkt hat. »Bei beiden wurden Waffen sichergestellt. Wie wünschen Sie mit den gefährlichen Individuen zu verfahren?«

»Gesetzesgemäß«, erwidert Chloe Cremonte knapp.

Jim und Annabella werden abgeführt, genau wie Yael und Victor. Zu meinem Horror wird auch Hunter auf die Beine gezogen.

»Nein!« Ich hechte nach vorn, doch im selben Moment zielen drei Pistolen auf meine Brust. Ich bleibe wie angewurzelt stehen und werfe Chloe einen flehenden Blick zu. »Bitte! Wir sind auf einer Seite. So ist es doch, oder?«

»Lassen Sie den jungen Mann los, Williams«, sagt sie, ohne ihre blassgrauen Augen von mir zu nehmen.

Der Mann zögert, sieht von Hunter zu mir und öffnet den Mund, doch Chloe kommt ihm zuvor. »Habe ich mich missverständlich ausgedrückt?«

Er schüttelt den Kopf, rührt sich aber nicht von der Stelle. »Sie wünschen, dass ich Sie mit den beiden gesuchten Kriminellen … allein lasse?«, fragt er ungläubig.

»Ich wünsche, dass Sie meine Befehle befolgen! Kümmern Sie sich um die Attentäter, wie es das Gesetz der Gläsernen Nationen vorsieht, und überlassen Sie uns unserem Gespräch.«

Der Mann gibt Hunter frei, die anderen senken ihre Pistolen. Ich umklammere Hunters Hand, während ein Ordnungswahrer endlich eine Decke über Cora breitet. Es dauert nur Sekunden, bis vier rote Flecken den Stoff tränken. Vier Schusswunden. Vier verzerrte Blüten. Meine Fingernägel graben sich in Hunters Hand. Werden Yael, Victor und die anderen beiden auch durch eine Kugel sterben? Oder wird man ihnen Gift spritzen? Sie hängen? *Werden sie sich noch wünschen, dass ihr Tod so schnell gegangen wäre wie der von Cora?* Trotz der Sommerhitze beginne ich zu zittern.

»Sie haben einen Fehler gemacht«, sage ich heiser. »Aber sie verdienen es nicht zu sterben.«

Chloe sieht den Abgeführten hinterher. »Auch ich habe nicht die Macht, das Gesetz zu beugen.«

»Aber der Präsident … er wird abdanken müssen, oder nicht? Seine Beschlüsse können für ungültig erklärt werden!«

Chloe hebt eine Augenbraue. »Glaubst du tatsächlich, die Verschärfungen der inneren Sicherheit wurden über meinen Kopf hinweg eingeführt?« Neben mir verwandelt sich Hunters Körper zu Stein. »Weißt du überhaupt, was für harter Kritik ich ausgesetzt war, als ich die Grenzschließung vorbrachte? Die Klarheitsgerichte? *Ich* war es, die ihre Karriere riskiert hat, um uns alle zu schützen! *Ich* habe die Untreuenfrage gelöst und die Grenze stabilisiert, damit die Bürger der Gläsernen Nationen endlich in Sicherheit leben können!«

»Aber nicht in Freiheit«, platzt es aus mir heraus. »Nicht, solange Unschuldige für ihre Meinung sterben müssen!«

»Große Ideen fordern Opfer.« Chloe legt ihre kühle Hand unter mein Kinn und zwingt mich, ihr in die Augen zu sehen. »Du bist eine Kämpferin, Skye, sonst wärst du nicht hier. Sonst hättest du auch einfach fliehen und die Gläsernen Nationen sich selbst überlassen können.« Zum ersten Mal flackern Emotionen in ihren blassgrauen Augen auf. »Du bist wie ich!«

»Nein.« Ich greife fester nach Hunters Hand. »Ich will für eine bessere Zukunft kämpfen, das stimmt. Aber mit friedlichen Mitteln. Es ist noch nicht zu spät, diesen Weg einzuschlagen.«

Chloe sieht mich an. »Genau das«, sagt sie leise, »ist dein Fehler.« Die Hoffnung, die ich eben noch geschöpft habe, löst sich in Luft auf. »Du glaubst, man wird dir einfach so geben, was du willst, wenn du darum bittest. Aber so funktioniert es nicht.« Sie hebt die Hand und winkt jemandem hinter uns. *Nein!*

»Bitte –«

»Ich habe kein Interesse mehr daran, mit dir zu sprechen. Dir fehlt … das gewisse Etwas, das man braucht, um es zu etwas zu bringen.«

Verzweiflung breitet sich in mir aus. »Weil ich nicht zulassen würde, dass Tausende ihre Stimme verlieren, damit *meine* gehört wird?«

Jemand dreht mir die Arme auf den Rücken. Ich schreie auf, klammere mich an Hunter – doch vergebens. Wir werden getrennt.

»Lasst sie hier«, befiehlt Chloe ruhig. »Sie sollen sich meine Ansprache anhören, bevor ihr sie wegbringt.«

Der Mann, der mich festhält, stößt mich auf die Knie. Ich presse die Lippen zusammen und schwöre mir, keinen Laut von mir zu geben. Nicht jetzt und nicht … später. Nicht, solange Hunter mich noch hört.

»Bei allem Respekt, mein Kristall.« Der Personenschützer namens Williams tritt vor. »Wir sollten die Kundgebung abbrechen.

Es ist bereits ein Hubschrauber unterwegs, um Sie hier rauszuholen, auf den Straßen kommt niemand mehr durch.«

Chloe deutet auf die Menschen, die in Panik versuchen, den Platz zu verlassen. »Solange ich Zuhörer habe, werde ich sprechen.«

»Miss Cremonte –«

»Sie sagten, Sie haben die Attentäter gefasst, oder nicht?«

»Alle, von denen wir wissen.« Williams wirft einen Blick in meine Richtung. »Aber es könnten noch mehr sein.«

»Ich schulde meinem Volk Mut und Rückgrad, Williams«, erwidert Chloe Cremonte. »Und außerdem …« Sie winkt ihn zu sich heran und erteilt ihm leise einen Befehl.

Der Mann zuckt zurück. »Halten Sie das nicht für –«

»Mut und Rückgrad, Williams!«

Er nickt widerwillig. Chloe wendet sich ab und geht gemessenen Schrittes auf die Bühne zu. Dort richtet sie das Mikrofon. Mein Herzschlag pocht in meinen Ohren, während die Sekunden vergehen. *Worauf wartet sie?* Ich fahre zusammen, als die ersten Töne der Nationalhymne erklingen. Die Kapelle, die sich zusammen mit der Kindergruppe hinter der Bühne in Sicherheit gebracht hatte, wird von Ordnungswahrern und einem gequält wirkenden Williams zurück auf den Platz geführt. Die ehemals perfekte Festtagskleidung der Kinder ist zerknittert, eins der Mädchen wischt sich das Gesicht mit dem Ärmel ab. Ich beiße die Zähne so fest zusammen, dass sie knirschen, als die verängstigten Kinder nacheinander auf die Bühne steigen und sich in einer Reihe vor Chloe aufstellen.

Sie muss wahnsinnig sein, durchzuckt es mich.

Die Menge beruhigt sich. Als die Nationalhymne endet, nickt Chloe der Kapelle zu und beugt sich zum Mikrofon. »Bürgerinnen und Bürger der Gläsernen Nationen! Sie sind in Sicherheit! Es besteht keine Gefahr mehr!« Vollkommene Stille liegt nun über dem Platz. »Sie haben gerade erleben müssen, dass Untreue unser Land und unser Leben bedrohen. Die von mir vorgebrachten Gesetze werden schreckliche Vorfälle wie diesen in Zukunft verhindern. Doch ich weiß, dass Sie noch etwas anderes bedrückt.« Chloe nickt jemandem neben der Bühne zu. Auf den riesigen Bildschirmen an den Hochhausfassaden taucht das Deckblatt des Manifests auf. *Was hat sie vor?* »Unter Präsident Kendrick sind Dinge geschehen, die ich sehr bedaure«, spricht Chloe weiter und deutet auf die blauen Buchstaben des Manifests. »Was Sie über das sogenannte ReNatura-Programm lesen, ist die Wahrheit.« Gemurmel setzt ein. Vereinzelte Rufe. »Aber –« Chloe hebt die Stimme. »Aber ich habe unter größtem persönlichen Risiko bereits Schritte eingeleitet, um die Umsetzung dieses grauenvollen Programms zu verhinden. Und als Ihre neue Präsidentin werde ich auch den Anschlägen der Untreuen ein Ende bereiten!«

Neben mir schnaubt Hunter wütend, was ihm einen heftigen Stoß einbringt. Blut läuft aus seiner Nase und auf einmal sehe ich unser Schicksal vor mir wie eine Vision. Chloe wird die Verfassung ändern lassen, sodass sie trotz ihres Alters Präsidentin werden kann. Hunter und ich werden sterben. Und der Bann des Kristalls wird niemals gebrochen. Ich senke den Blick, als mir klar wird, dass wir nicht mehr sind als Schachfiguren in Chloes Spiel. Die Veröffentlichung des Manifests war ein unvorhergesehener Zug, doch er hat nicht uns zum Sieg geführt. Sondern sie.

»Mein ganzes Leben lang musste ich darum kämpfen, gehört zu werden«, ruft Chloe in die Menge. »Als ich zur Vorsitzenden der Kristallisierungspartei wurde, dachte ich, dieser Kampf wäre endlich vorbei. Aber er hatte gerade erst begonnen. In den letzten fünf Jahren habe ich hinter den verschlossenen Türen des Weißen Hauses härter denn je um Respekt und die Macht, die mir zusteht, kämpfen müssen.« Überrascht sehe ich auf. »Weil ich jung bin. Weil ich eine Frau bin. Und weil ich die äußerst unweibliche Eigenschaft besitze, mich nicht zu fügen.«

Ich mustere Chloes harten Gesichtsausdruck, die Maske, die sie in der Öffentlichkeit nie fallen lässt. Die sie unantastbar macht. Die keine Angriffsfläche bietet. Und auf einmal ahne ich, wie aus Chloe der Kristall geworden ist. »Ich habe meine Stimme behalten, ganz egal, wer mich zum Schweigen bringen wollte. Und heute sage ich Ihnen, dass die Gläsernen Nationen unter meiner Führung ein faires Land sein werden. Ein Land der Chancengleichheit. Ein Land, in dem die Stimmen Ihrer Töchter endlich gehört werden!« Chloe tritt einen Schritt nach vorn und nimmt zwei der Kinder an die Hand. Eins von ihnen, das kleine Mädchen, das gerade noch geweint hat, lächelt jetzt stolz. Und als hätte dieses winzige Lächeln einen Damm gebrochen, flutet Applaus über den Platz.

»Für Klarheit und Weitsicht!« Die Rufe erschallen erst vereinzelt und durcheinander, dann ordnen sie sich zu einer Stimme. Sie dröhnt mir in den Ohren.

Ich drehe den Kopf und sehe zu Hunter, wappne mich, die gleiche Angst in seinen grünen Augen zu sehen, die mir die Luft abschnürt. Doch sein Blick ist fest auf die riesigen Bildschirme über der Bühne gerichtet. Der blaue Schriftzug des Manifests flackert. Überrascht richte ich mich auf. Ein reißender Schmerz zieht durch meine Schultern, als die Hand des Ordnungswahrers mich niederdrückt.

»Klarheit und Weitsicht, Bürgerinnen und Bürger, das ist es, was –«

Die Lautsprecher geben ein Knacken von sich und Chloe verstummt mitten im Satz. Stattdessen ertönt eine andere Stimme aus den Lautsprechern.

»Mein Name ist Sol Riviera. Ich bin auf dem Campus der Long Island Universität. Ich habe Grund zu glauben, dass Chloe Cremonte meinen Ehemann Matteo Riviera ermordet hat.«

Es durchströmt mich heiß und kalt.

»Der MP3-Player, Skye!«, ruft Hunter.

Auf der Bühne umklammert Chloe Cremonte den Mikrofonständer wie einen Rettungsanker. »Das ist eine völlig haltlose Unterstellung –« Sie stockt, als ihr klar wird, dass ihr Mikrofon nicht mehr funktioniert. Wieder knistern die Lautsprecher.

»*Matteo hat das große Ganze nicht verstanden.*« Eine Aufnahme von Chloes Stimme hallt über den Platz. »*Er musste sterben, sonst hätte er aller Welt die Wahrheit über den großen Skandal verraten. Ich musste es tun!*«

»*Also hast du ihm eine Überdosis meines leider erfolglosen Medikaments verabreicht?*« Jemand anders spricht. Der Präsident.

Ich sehe Hunter an. *Was ist das für eine Aufnahme?*

Chloes Stimme vom Band antwortet: »*Ich habe gehofft, damit würde es schnell und schmerzlos gehen.*«

Ich keuche auf. *Ein Geständnis. Diese Aufnahme ist ein Geständnis!*

Der Griff um meine Schultern lockert sich, die Menge auf dem Times Square ist totenstill. Ich starre zu Chloe hinauf.

»Worauf wartet ihr noch?« Der Kristall deutet auf Hunter und mich. »Bringt sie weg von hier!«

Doch statt mich zu einem der wartenden Transporter zu zerren, lässt der Mann, der mich festgehalten hat, meine Arme los.

Mit klopfendem Herzen stehe ich auf und sehe mich um. Die Leute sind wie erstarrt. Langsam trete ich in die Mitte des Platzes. »Der große Skandal war eine Lüge!«, rufe ich.

Ich erwarte, jeden Augenblick von Kugeln durchsiebt zu werden, doch nichts geschieht.

»Mach weiter.« Hunter ist ebenfalls aufgestanden. Er nickt mir zu.

Ich richte meinen Blick auf die Menge. »Es gab nie einen Journalisten, der Chloe Cremontes Entführung gefälscht hat. Aber es gab einen, der nicht bereit war, den Kristall bei einem Betrug zu unterstützen.« Ich hole tief Luft. »Matteo Riviera hat sich nicht selbst umgebracht. Er wurde ermordet. Chloe Cremonte hat einen Freund getötet, um endlich die Macht zu bekommen, die sie glaubte zu verdienen. Sie hat uns alle belogen – und wir wollten ihr glauben. Wir wollten an die Sicherheit glauben, die sie und ihre Traits uns versprochen haben. Das macht uns nicht zu schlechten Menschen. Aber jetzt ist es Zeit, die Augen zu öffnen.« Meine Stimme zittert nicht, denn ich habe keine Angst. Stattdessen spüre ich eine tiefe Ruhe in mir. Ich weiß, dass nicht nur Hunter hinter mir steht, sondern auch Sol, auch Matteo. Und mit ihnen all die Verschwundenen, in deren Namen wir kämpfen. »Heute müssen wir die Kristallisierung aufhalten! Denn wenn wir es nicht tun, wird es weitergehen mit den Lügen und den Verbrechen. Unschuldige verschwinden, Jugendliche, die sich auflehnen, werden kriminalisiert, und Traits bestimmen, welches Leben wir leben dürfen. Das alles muss aufhören.«

Aus den Augenwinkeln nehme ich eine Bewegung wahr. Es ist Ocean! Er hält seinen Check auf mich gerichtet und bedeutet mir, weiterzusprechen. Als ich nach oben sehe, blicke ich meinem eigenen Gesicht entgegen. Jeder der riesigen Bildschirme rund um den Times Square zeigt mich, mein abgekämpftes, verschwitztes Ich. Und die Leute hören mir zu. Ich suche Hunters Blick. Und dann wird mir klar, was ich sagen muss.

»Ein vorbestimmtes Leben gibt uns das Gefühl von Sicherheit.« Ich schaue auf meine Handgelenke. »Es ist beruhigend, genau zu wissen, wer wir sind und wer wir sein werden. Diese Sicherheit zu verlassen macht Angst, das habe ich selbst gespürt.« Ich lächle und sehe auf. »Aber Angst ist nur das Schwindelgefühl der Freiheit.«

EPILOG

Staubkörnchen tanzen in den Sonnenstrahlen, die durch das Fenster auf die Bettdecke fallen. Für einen Moment betrachte ich Hunters schlafendes Gesicht, bevor ich aufstehe und ins Badezimmer gehe. Mit mehr Mühe als gewöhnlich widme ich mich meiner Frisur, stecke meine Haare hoch und entscheide mich dann doch dafür, sie frei über meine Schultern fallen zu lassen. Die helle Bluse, die ich wähle, verdeckt die Spuren meiner Verbrennungen nicht, aber das macht mir nichts. In den letzten Wochen sind aus den roten Striemen blasse Narben geworden, die kaum noch auffallen, wenn man nicht genau hinsieht.

»Pfannkuchen oder Toast?«, fragt Hunter, als ich in die Küche komme.

»Pfannkuchen.«

Ich sehe zu, wie er den altmodischen Herd anstellt, vorsichtig, als würde er sich bemühen, die Ordnung eines Fremden nicht durcheinanderzubringen.

»Wir können New York immer noch verlassen«, sage ich und lege meine Arme um ihn. »Jasmine schreibt, dass ihr Kalifornien gefällt. Sie und Colin haben ein kleines Appartement in Santa Cruz gefunden. Wir müssen nicht hierbleiben, wenn dir die Erinnerung an deine Eltern zu schwer fällt.«

Das Öl in der Pfanne zischt, als Hunter eine Kelle Teig hineingibt. »Heute geht es nicht um mich«, sagt er und haucht mir einen Kuss auf die Stirn. »Wir konzentrieren uns jetzt erst einmal darauf, dich durch diesen Tag zu kriegen, okay?«

»Okay.«

Ich decke den Küchentisch und stelle den Fernseher an, damit die Morgennachrichten mich von dem ablenken, was mich in einer Stunde erwartet. Noch vor Kurzem hat jeder Sender pausenlos Wiederholungen meiner Rede vom Times Square ausgestrahlt. Es war Griffin, der die IT-Zentrale unter Kontrolle gehalten hat, während Ocean sich todesmutig auf die Kundgebung wagte. Als ich das Foto einer schlanken, dunkelhäutigen Frau mit asymmetrischer Frisur sehe, weiß ich, dass es heute Morgen ein anderes Thema gibt.

»Philippa Morrison erklärte, dass sie auf eine offizielle Feier zu ihrer Amtseinführung verzichtet. Morrison und ihre Regierung werden sich ab sofort damit beschäftigen, die Scherben der Gläsernen Nationen zu beseitigen.«

Ich beiße mir auf die Lippe. In den Monaten nach dem Zusammenbruch der Kristall-Administration haben Hunter und ich mehrfach versucht, etwas über den Verbleib unserer inhaftierten Freunde zu erfahren. Während die Farmen für untreue Mädchen und die betreuten Wohnanlagen für emotionale Jungen schon in den ersten Tagen nach der Verhaftung von Chloe und Präsident Kendrick aufgelöst wurden, warten Deirdre, Tom, Colins Vater und auch Angela noch immer auf ihr Urteil. Man müsse ihre Fälle erst untersuchen, hat man uns gesagt. Ich richte den Blick zurück auf den Fernseher.

»In diesem Moment befindet Morrison sich in Mexiko-Stadt, wo sie mit Präsident Castillo über die Rückführung Tausender Geflüchteter berät.«

Bilder werden eingeblendet, die mich in die Zeit vor den Gläsernen Nationen zurückversetzen. Erschöpfte Menschen stehen zwischen Zelten vor einer Essensausgabe Schlange. »Die in das Nachbarland geflohenen Kristallisierungsgegner, die in den Gläsernen Nationen als *Untreue* verfolgt wurden, haben nach der Amtseinführung von Präsidentin Morrison keinen gültigen Asylstatus mehr. Trotzdem weigern sich einige von ihnen, in ihre Heimat zurückzukehren.«

Plötzlich erkenne ich in der überfüllten Zeltstadt ein bekanntes Gesicht. »Hunter!«

Er lässt die Pfanne stehen und kommt zu mir herüber. »Was ist?«

Ich deute auf den Fernseher. Und da sind sie. Hunter und ich sehen zu, wie Yana den Ankommenden Zelte zuweist, während Reka Wasserflaschen ausgibt. Hunter lächelt.

»Also hast du ihnen verziehen?«, frage ich beklommen.

»Ich habe gelernt, sie zu verstehen«, entgegnet Hunter. »Menschen sind nicht sie selbst, wenn sie versuchen, diejenigen zu schützen, die sie lieben. Das weiß ich mittlerweile.« Auf dem Bildschirm hebt Yana ein verloren gegangenes Kind auf ihre Hüfte. »Sie tun, was sie schon immer getan haben«, sagt Hunter leise. »Sie retten Familien.«

Unsere Fahrt mit der U-Bahn bezahlen wir nicht mit dem Check, sondern mit Münzen, wie früher.

»Philippa hat die richtige Entscheidung getroffen, als sie mit ihrer Geschichte an die Öffentlichkeit gegangen ist«, sagt Hunter nachdenklich. »Ich hatte keine Ahnung, dass es innerhalb des Rings eine Bewegung für faire Fluchtbedingungen gab. Philippa hat einiges riskiert. Aber die Leute vertrauen ihr.«

Und sie verurteilen Mum, füge ich in Gedanken hinzu. Hunter und ich haben erst im Laufe des Wahlkampfs erfahren, dass Yana nur an den falschen Transmittern arbeiten konnte, weil Philippa ihr das nötige Geld zur Verfügung gestellt hat. Sie hat alles versucht, um sichere Fluchtwege zu schaffen und den Ring zu einer fairen Organisation zu machen. Jetzt ist sie ins Weiße Haus eingezogen, was beweist, wie weit dieses Land gekommen ist.

Meine Mutter hingegen kann nie wieder in ihre Heimat zurückkehren. Sie ist in derselben Sekunde in einen Flieger gestiegen, in der meine Rede auf dem Times Square dank Oceans Hilfe viral gegangen ist – und da Mum trotz all der Jahre als Chefin einer Schlepperorganisation nie auf einem Fahndungsplakat gelandet ist, wurde sie auch nicht an der Ausreise gehindert. Vielleicht ist es besser, dass sie mich nun endgültig verlassen hat. Denn nachdem Philippa die erpresserischen Geschäfte des Rings offengelegt hat, hätte ich zu ihrer Verteidigung vor Gericht nichts mehr zu sagen gehabt.

In der U-Bahn-Station empfängt uns ein riesiges Poster, das beinahe die gesamte Wand bedeckt. Den Hintergrund bilden blaue Buchstaben oder vielmehr ihre Schatten. *ReNatura.* Allein das Wort lässt Schauer über meinen Rücken laufen. Doch darüber, in schwarzer, unübersehbarer Blockschrift, steht ein anderes Wort. YourNature. Trotz meiner Nervosität muss ich lächeln.

»Bea kann wirklich stolz auf sich sein.« Meine computeraffine, liebenswerte Bea, die im Zentrum so schnell zu meiner Freundin wurde. Als wir vor zwei Wochen telefoniert haben, hat sie gefragt, was ich von der Kampagne halte. Ich habe meine beiden Tattoos angesehen und gesagt, dass ich sie großartig finde. YourNature ist ein Aufruf dazu, man selbst zu sein. Denn was ist schon *die* Natur des Menschen, die Mason Kendrick und seine Anhänger uns aufdrängen wollten? Wir sind unterschiedlich. Wir sind Frauen, Männer oder irgendetwas dazwischen, die Frauen, Männer oder irgendetwas dazwischen lieben. Wir wollen gleiche Chancen. Wir wollen wir selbst sein können, in jedem Bereich unseres Lebens.

»Bereust du, dass du ihr Angebot ausgeschlagen hast, Botschafterin der Bewegung zu werden?«, fragt Hunter, während wir zum Ausgang gehen.

Ich schüttle den Kopf. »Nein. Ich gönne ihr die Aufmerksamkeit, die sie bekommt. Vor Publikum oder mit Journalisten zu reden ist immer noch das Letzte, was ich will.«

Ein paar Wochen nach dem Kristallfest haben die Reporter endlich aufgehört, Hunters Elternhaus in Brooklyn zu belagern. Ich bin dankbar für die Ruhe. In den Medien kursieren natürlich trotzdem tausend verschiedene Versionen unserer Geschichte. Einige feiern uns als unerschrockene Helden, andere sind der Meinung, dass der Sturz des Kristalls gar nicht unser Verdienst war. Die Wahrheit liegt – wie immer – irgendwo in der Mitte.

»Bist du bereit?«, fragt Hunter, als wir vor dem riesigen Gerichtsgebäude stehen bleiben.

»Nicht wirklich«, antworte ich.

Dad hat mich nicht darum gebeten, heute für ihn auszusagen. Das rechne ich ihm hoch an. Ich drücke die schwere Klinke hinunter und lasse Hunters Hand los. Er kommt nicht mit. Das haben wir so vereinbart. Hunter muss nicht entschuldigen, was mein Vater getan hat. Es reicht, dass er mir seinen Segen gegeben hat, heute hierherzukommen.

Ich nenne einem freundlichen Herrn am Eingangsportal die Nummer des Verhandlungssaals und folge seiner Wegbeschreibung in den dritten Stock. Der Korridor riecht nach Bohnerwachs und geplatzten Träumen. Vor der unscheinbaren grauen Tür zu Dads Verhandlungssaal bleibe ich stehen. Ein Blick auf meine Uhr verrät mir, dass ich zu früh bin. Ich habe noch eine halbe Stunde Zeit, bis man mich aufrufen wird. Ich lasse mich auf einen der Holzstühle im Gang sinken und stelle mir vor, wie Dad auf der Anklagebank sitzt, mit seinem grauen Anzug und der schwarzen Krawatte. Er braucht kein Gericht, das ihm die Schuld zuspricht für das, was geschehen ist. Das tut er schon selbst – seit vier Jahren.

Ein Stück weiter den Gang hinunter wird eine Tür geöffnet. Menschen strömen aus dem Saal. Andere, die wie ich auf dem Gang gewartet haben, strömen hinein. Die neue Regierung um Philippa hat die Kristallverhandlungen der Öffentlichkeit zugänglich gemacht. In ein paar Wochen, wenn die Kernprozesse um Chloe Cremonte, Mason Kendrick und die Mitglieder des Rats beginnen, wird man rund um das Gericht wohl kaum noch einen Fuß auf den Boden bekommen. Ich beobachte die Leute, die an mir vorbeigehen. Manche tuscheln, andere bleiben stumm, und manche nicken mir zu, als sie mich erkennen. Es ist keine Schaulust, die die Bürger New Yorks in diesem goldenen Herbst in kalte Gerichtssäle treibt. Es ist die Angst, ihr Schicksal noch einmal in fremde Hände zu legen – die Angst, noch einmal der Falschen zu vertrauen.

»Der Staat New York gegen Luce Vaillant.«

Ich fahre herum. *Luce!* Wie oft habe ich den Beamten der Vermisstenstelle ihren Namen genannt, nur um mit einem mitfühlenden Kopfschütteln nach Hause geschickt zu werden … Der Gerichtsdiener scheucht die letzten Zuschauer in den Saal. Ich laufe den Gang hinunter, quetsche mich in letzter Sekunde zwischen einer Frau im Übergangsmantel und einem angespannt wirkenden Mann durch die Tür und setze mich auf einen der freien Plätze. Zwei Reihen vor mir entdecke ich Fiona zwischen ihren Eltern. Sie kommt nur unregelmäßig zur Schule, genau wie Sadie, und wenn sie es tut, spricht sie mit niemandem, auch nicht mit mir. Die Richterin betritt den Saal. Mein Mund ist trocken, als ich mir dieselbe Frage stelle wie damals in der IT-Zentrale der *Sonne*: *Wusste Luce von den Bomben?*

Und dann sehe ich sie. Ihr helles Haar umrahmt ihr herzförmiges Gesicht wie ein Heiligenschein. Aufrecht nimmt sie auf der Anklagebank Platz. Mit zitternden Fingern fahre ich in meine Hosentasche und umklammere die bernsteinfarbene Glasscherbe. Das ehemals geheime Zeichen der *Sonne* ist mittlerweile bekannt, sein öffentliches Tragen strafbar. Trotzdem habe ich es bis heute nicht über mich gebracht, die Kette zu entsorgen.

»Miss Vaillant, Sie haben am ersten Juli dieses Jahres die Anweisung bekommen, eine Bombe im Trainingscamp der damaligen staatlichen Sicherheitskräfte zu platzieren. Ist das korrekt?«

Ich halte den Atem an, als ich wie alle anderen auf Luces Antwort warte. Ein Teil von mir will meine beste Freundin nicht zusammen mit Yael und den anderen ins Gefängnis wandern sehen – egal ob schuldig oder unschuldig.

»Nein. Ich habe die Anweisung bekommen, denjenigen zu decken, der sie dort deponieren sollte.« Luce heftet den Blick fest auf die Richterin, ohne Notiz vom Publikum zu nehmen.

»War Ihnen die Natur Ihrer Mission bewusst, als Sie sich freiwillig in eine Einrichtung der damaligen Regierung bringen ließen?«

»Nein.«

Ich atme aus. *Luce wusste nichts von den geplanten Attentaten. Sie hat mir damals im Zentrum nichts verschwiegen.*

»Warum ließen Sie sich dennoch zur Beihilfe bewegen?« Die Richterin betrachtet Luce über den Rand ihrer Brille hinweg.

»Weil mich kurz vorher eine Nachricht erreichte, die mich glauben ließ, das Richtige zu tun.« Luces Stimme schwankt. Sie presst die Lippen zusammen.

»Was für eine Nachricht, Miss Vaillant?«

Luce hat den Kopf gesenkt. Sie starrt auf ihre Hände, und ich spüre, wie der harte Knoten in mir sich zu lösen beginnt. *Es gibt weder nur Gutes noch nur Böses.* Ich möchte am liebsten aufstehen und über das kleine Geländer steigen, das die Zuschauer von der Anklagebank trennt. Ich möchte Luce in den Arm nehmen und ihr sagen, dass jetzt alles vorbei ist.

»Zuerst habe ich mich geweigert«, beginnt Luce. Tränen glänzen in ihren Augen. »Aber dann hat Aiden mir gesagt, dass meine Mutter –« Luce schuttelt den Kopf.

»Miss Vaillant, ich muss Sie leider bitten weiterzusprechen.«

»Dass Mum sich umgebracht hat.« Luces Stimme ist nur ein Flüstern.

Ich schlucke schwer. Was hat Luce mir im Labyrinth des Zentrums erzählt? *Es ist, als hätte Mums Trait sie in eine Fremde verwandelt.* Das E und die immer härteren Restriktionen haben die ehemalige Chirurgin in eine tiefe Depression gestürzt. Ich sitze auf meinem Platz im Zuschauerraum und weine um Luces Mum, ein Opfer der unheilvollen Mischung aus Trait-Theorie und ReNatura.

Am Ende kommt Luce mit Sozialstunden davon, immerhin ist die Bombe, die zu legen sie geholfen hat, dank Oceans Nachricht nie gezündet worden. Aber ich bekomme kaum noch mit, was die Richterin über mildernde Umstände sagt. Ich sehe nur Luce, die strahlende, lebensfrohe und doch ernsthafte Luce, die jetzt mit geröteten Augen ihrer Urteilsverkündung lauscht.

Nichts ist vorbei.

Bevor der Gerichtsdiener sie durch eine Seitentür aus dem Raum geleiten kann, wirft Luce einen Blick in den Saal. Ich hebe die Hand, als wollte ich ihr zuwinken, was mir im selben Moment furchtbar albern vorkommt. Doch als sie mich erkennt, durchkreuzt ein Lächeln die Trauer in ihrem Gesicht. Ich erwidere es und wir halten uns an unserem Lächeln fest. Es ist ein Versprechen, dass alles gut werden kann – wenn auch noch nicht heute.

Durch das Fenster neben meinem Tisch sehe ich Skye aus dem Gerichtsgebäude kommen. Schnell logge ich mich aus und falte die Seite zusammen, die ich ausgedruckt habe. Am Tresen bezahle ich meinen Muffin und die zwei Stunden am Computer. Internetcafés erleben eine wahre Wiedergeburt, jetzt, wo alle Checks und Geräte, die jemals Zugang zu Octagon hatten, konfisziert worden sind.

Die Tür öffnet sich mit einem leisen Klingeln. »Hey.«

Ich versuche, den Zettel verschwinden zu lassen, doch Skye hält meine Hand fest. »Was ist das?«

Sie streicht das Papier glatt, und ich starre auf die Adresse, für die ich mich durch sieben Websites klicken musste. *Willow Cemetry.*

»Ein Friedhof«, sagt Skye leise. »Du hast sie gefunden?«

Ich nicke.

»Dann sollten wir uns auf den Weg machen!«

»Nein«, entgegne ich. »Nicht heute.«

»Möchtest du dorthin?« Blaue Augen fixieren meine.

»Schon, aber -«

»Dann los.« Skye öffnet die Tür des Cafés und sieht mich auffordernd an.

»Willst du wirklich nicht lieber zurück nach Hause?«, versichere ich mich ein letztes Mal.

»*Du* bist mein Zuhause.«

Ihre Gräber liegen auf einem kleinen Hügel am Ende des Friedhofs, fernab von den imposanten Mausoleen und Engelsstatuen. Ich knie mich vor die grauen Steintafeln. Skye reicht mir die kleine Gartenschaufel, die wir am Eingang zusammen mit den zwei Sonnenblumen gekauft haben. Nacheinander setze ich sie in die Erde, dann richte ich mich auf.

»Sie sehen schön aus«, sagt Skye sanft.

Sie gibt mir ein Taschentuch, und ich frage mich, wie Mum es geschafft hat, Dads Urne damals ganz allein zu beerdigen. Und wer hier war, um ihren eigenen Sarg ein Jahr später in dieselbe Erde zu lassen. Reka?

Skye betrachtet Mums schlichten Stein. »Wir können einen neuen anfertigen lassen«, schlägt sie vor. »Es wird kein Problem sein, wenn -«

Wenn ein Teil von Samuels Konten auf Skye überschrieben wird, sobald er ins Gefängnis geht. Meine Mutter hat vor ihrer Flucht alles Geld abgehoben, das sie besaß. Wo es ist, wissen wir bis heute nicht. Wahrscheinlich hat sie es irgendwie nach Kanada transferiert.

»Es tut mir leid, dass deine Aussage Samuel nicht helfen konnte«, sage ich und meine es ehrlich. Ich weiß, was es bedeutet, seine Familie zu verlieren, und ich wünschte, ich könnte Skye dieses Gefühl ersparen.

»Er hat ja noch Glück gehabt«, sagt sie leise. »Zehn Jahre sind keine Ewigkeit.«

Es war nicht Samuels Arbeit für ein diktatorisches Regime, die das Gericht zu dieser Strafe bewogen hat. Eine Aussage seiner Frau hat den längst ad acta gelegten Mordfall Sol Riviera jedoch neu aufgerollt. Es war typisch für Beth, ein Video zu drehen und es dem Gericht zukommen zu lassen, bevor sie in ihren Flieger stieg. Ich schätze, so hat sie endlich die Rache bekommen, die sie immer wollte. *Er hat es verdient,* flüstert eine Stimme in mir. *Schließlich ist er ein Mörder. Und Mörder verdienen keine Gnade.*

»Ich habe bei Gericht noch etwas herausfinden können.«

»Ja?«

Skye streckt mir die Hand entgegen. Die Nachmittagssonne spiegelt sich im gleißenden Metall des Taschenmessers. »Sein Name ist Marius Dwight«, sagt sie vorsichtig, als hätte sie Angst vor dem, was ihre Worte in mir auslösen könnten. »Er lebt. Was du damals getan hast, um dich ... um euch zu verteidigen - es hat ihn nicht umgebracht.«

Meine Hände krallen sich in die feuchte Erde. *Ich habe ihn nicht umgebracht.* »Bist du dir sicher?« Meine Stimme klingt heiser.

»Ganz sicher. Abigail hat unter dem Schutz der mexikanischen Behörden Anzeige gegen ihn erstattet.«

Ich richte mich auf und strecke die Hand nach dem Taschenmesser aus. Skye reicht es mir. Ich grabe eine kleine Kuhle, gleich neben Dads Sonnenblume. *Ich muss mich nicht mehr verteidigen. Diese Zeiten sind vorbei.*

Skye legt den Arm um mich, als ich das Messer verscharrt habe. Wir sehen zu, wie ein leichter Wind die Blätter der Sonnenblumen erzittern lässt. Hinter den Gräbern meiner Eltern steht eine Bank. Ich stelle mir vor, wie Mum hier saß und meinem Vater erzählte, was sie über ReNatura herausgefunden hatte. Dass sie zu fliehen plante. Dass sie die Gläsernen Nationen stürzen würde - für ihn.

Skye lehnt sich an mich. »Ich wünschte, wir könnten das alles einfach vergessen.«

»Wirklich alles?«, frage ich.

Mit einem traurigen Lächeln schüttelt Skye den Kopf. »Nein, nicht alles. Aber das, was wehtut.«

Ich taste nach der Schachtel, die ich seit einer Woche in meiner Jackentasche mit mir herumtrage. »Ich habe auch etwas für dich.«

»Was ist es?«

»Sieh nach.«

Skye hebt den Deckel und holt überrascht Luft. Vorsichtig berührt sie den alten Anhänger, Silber, gegossen in die Form eines winzigen Buches, verziert mit einem smaragdgrünen Stein. Ich nehme die Silberkette heraus, die ich passend zu Mums Anhänger gekauft habe, und lege sie Skye um den Hals.

»Vielleicht erinnert sie dich an das, was wir gewonnen haben.«

Skye verschränkt ihre Finger mit meinen. »Das tust du doch schon. Jeden Tag.«

Hand in Hand setzen wir uns auf die Bank und blicken auf unsere Stadt hinunter.

Es ist wichtig, sich zu erinnern, auch wenn die Erinnerung wehtut. Denn nur so kann unsere Zukunft besser werden als das, was hinter uns liegt.

NACHWORT

Die Gläsernen Nationen sind ein fiktives Land. Ich habe Chloe Cremonte erfunden, genau wie das ReNatura-Programm. Doch hinter der Figur des unantastbaren Kristalls stehen all die realen Frauen, die sich ihren Platz in der Führungsebene ihrer Länder zwar nicht mit Chloes Grausamkeit, aber ebenso bitter und mit hoher Opferbereitschaft erkämpfen mussten. Hinter ReNatura steht zu großen Teilen das aktuelle Wahlprogramm der AfD, in dem jede Abweichung vom binären Geschlecht abgelehnt wird, das »anerkannte Regeln zur Partnerschaft und Familie« in der Schule unterrichten will, gleiche Bezahlung der Geschlechter bei gleicher Arbeit ablehnt und Frauen durch ein »Bundesministerium für Familie und Bevölkerungsentwicklung« wieder zu ihrer Rolle im angeblich so förderungsbedürftigen traditionellen Familienbild zurückführen will – der Rolle als Hausfrau und Mutter.

Diese Rolle ist keineswegs schlecht oder veraltet. Aber sie muss eine Möglichkeit sein, eine Wahl, keine Pflicht. Wie schnell uns diese Wahl jedoch genommen werden kann, habt ihr beim Lesen dieses Buches gespürt – und ich beim Schreiben. So viel von dem, was Hunter und Skye entdecken, existiert schon längst, wenn auch nur am Rande des politischen und gesellschaftlichen Feldes. Manchmal macht mir das Angst, doch dann denke ich an all die realen Skyes, Hunters, Oceans und Jasmines da draußen. Denn solange es genug unter uns gibt, die den Mut haben, ihre Stimme zu erheben, wird es nie so weit kommen wie in den Gläsernen Nationen. Hoffentlich.

Die Autorin

Lina Frisch ist 23 Jahre alt. Sie kommt aus Flensburg und lebt mittlerweile in Osnabrück, wo sie Psychologie studiert. Ihre Liebe zu Geschichten entdeckte sie schon im Kindergarten – und schreibt selbst, seit sie einen Stift halten kann. Der erste Band »Falling Skye« war ihr Debütroman.
Mehr auf Instagram unter *linafrisch_autorin* oder auf *www.lina-frisch.de*